胡仰曦/著

痕迹
又见瞿秋白

人民文学出版社

图书在版编目（CIP）数据

痕迹：又见瞿秋白/胡仰曦著．—北京：人民文学出版社，2018
ISBN 978-7-02-014743-4

Ⅰ.①痕… Ⅱ.①胡… Ⅲ.①传记文学—中国—当代 Ⅳ.①I25

中国版本图书馆 CIP 数据核字（2018）第 278435 号

责任编辑　陈建宾　王一珂
装帧设计　李思安
责任校对　刘晓强
责任印制　任　祎

出版发行　人民文学出版社
社　　址　北京市朝内大街 166 号
邮政编码　100705
网　　址　http：//www.rw-cn.com

印　　刷　三河市宏盛印务有限公司
经　　销　全国新华书店等

字　　数　352 千字
开　　本　680 毫米×1000 毫米　1/16
印　　张　26.25　插页 33
印　　数　1—6000
版　　次　2019 年 1 月北京第 1 版
印　　次　2019 年 1 月第 1 次印刷

书　　号　978-7-02-014743-4
定　　价　59.00 元

如有印装质量问题，请与本社图书销售中心调换。电话：010-65233595

瞿秋白（1899—1935）

少年瞿秋白与父亲瞿世玮

瞿秋白的母亲金璇

1920年5月，瞿秋白在北京

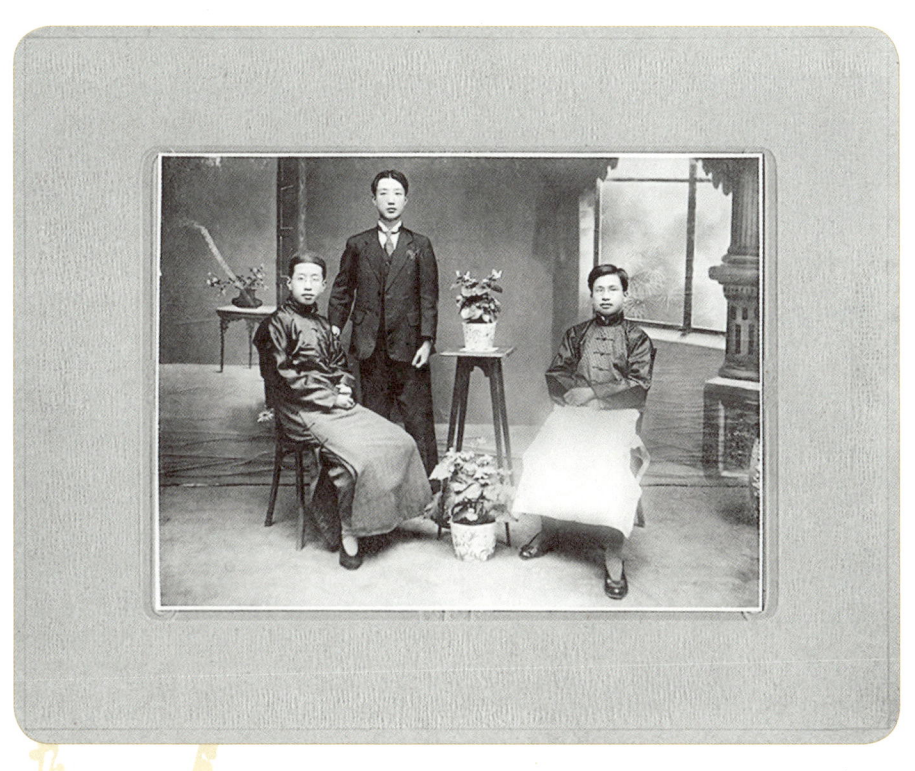

1920年赴俄前，瞿秋白与友人摄于北京
（左起：李子宽、瞿秋白、金诚夫）

1920年，瞿秋白与《新社会》同仁摄于北京
（左起：瞿秋白、郑振铎、瞿世英、耿式之、耿济之）

1920年赴俄前,瞿秋白与友人(左起:李宗武、俞颂华、瞿秋白)

1921年，瞿秋白与李宗武（左）在莫斯科

1921年，参加共产国际第三次代表大会的部分代表在莫斯科
（后排左四为瞿秋白，左五为张太雷；前排右四为俞秀松）

1922年，参加共产国际第四次代表大会的部分代表在莫斯科（前排左一为刘仁静，左四为季诺维耶夫，季诺维耶夫前面为布哈林；倒数第二排左六为陈独秀；后排左三为瞿秋白）

1923年，瞿秋白在上海

1924年8月，出席国民党一届二中全会的成员合影
（后排左三为瞿秋白；前排左四为廖仲恺，左六为孙中山）

1924年底，瞿秋白与杨之华在上海

1927年4月28日,瞿秋白与杨之华在武昌第一小学。这里举行了中国共产党第五次全国代表大会开幕式

1927年，瞿秋白在汉口中共中央办公室门前

1928年，瞿秋白与杨之华摄于黑海之滨

1929 年 9 月，瞿秋白、杨之华与女儿瞿独伊在莫斯科

1929年，杨之华与女儿瞿独伊。照片上文字系瞿秋白亲笔

1930年，瞿秋白与苏联友人在莫斯科郊外巴库疗养院
（前排左二为杨之华，右一为蔡和森，蔡和森左面为瞿秋白）

1930年7月,瞿秋白与杨之华回国前在莫斯科

瞿秋白狱中赠送陈炎冰的照片及题词

1935年6月18日，瞿秋白就义前在长汀中山公园凉亭留影

1930年8月，瞿秋白从苏联绕道柏林回国。柏林广场文化角的剪纸艺人为他制作了这张剪影

本书作者与瞿秋白之女瞿独伊、外孙女李晓云合影

目 录

自序 …………………………… 1

第一章 家 乡 …………………… 1
1. 环溪 ……………………… 2
2. 大红名片 ………………… 7
3. 父亲的画 ………………… 14
4. 娘娘 ……………………… 22
5. 宁姐 ……………………… 30

第二章 北 平 …………………… 37
6. 黄先生 …………………… 38
7. "出卖真理" ……………… 49

第三章 第一次赴俄 ……………… 61
8. "饿乡" …………………… 62
9. 郭质生 …………………… 118

第四章 上 海 …………………… 133
10. 丁玲和他 ………………… 134
11. "生命的伴侣" …………… 150
12. 独伊 ……………………… 162
13. 误会 ……………………… 170

第五章 武 汉 …………………… 192
14. 蓝布袍子 ………………… 193
15. 庐山 ……………………… 201

第六章　一九二七年年底 …… 214
　16. 忆太雷 …… 215
　17. □□□（缺漏）…… 220

第七章　第二次赴俄 …… 230
　18. "老爷" …… 231
　19. 忆景白 …… 240
　20. 面包问题 …… 252
　21. 夜工 …… 264

第八章　退养时期 …… 270
　22. 油干火尽时 …… 271
　23. "做戏" …… 280

第九章　苏　区 …… 321
　24. 那松林的"河岸" …… 322
　25. 真君潭（雪峰）…… 327
　26. 只管唱，不管认 …… 332
　27. 淡淡的象 …… 341

第十章　上　杭 …… 348
　28. 逃！ …… 349
　29. 饿的研究 …… 356
　30. 不懂的 …… 369

第十一章　汀　州 …… 383
　31. 得其放心矣 …… 384

　附录　多余的话 …… 388

自 序

瞿秋白不仅是中国无产阶级政治的先驱,也是中国无产阶级文学的先驱,他在现代中国文学领域的不朽建树,特别是关于中国无产阶级革命文学的理论建设深深地影响了一个时代。而他本人潮起潮落、多姿多彩的一生也为中国新文学的画廊平添了一层瑰玮幻丽和气韵深长。瞿秋白逝世后,特别是最近的三十余年间,他的传记出版过多种,内容笔触大多投放在其政治生涯与革命历史上,以纪念性文本和研究性评传的形式流传,从文学的视角或者说更多地从精神和思想史层面为瞿秋白的生命史、心灵史作解读与诠释的似乎很少。瞿秋白作为文学的天才,他心灵深处无比丰富的文学世界没有能够得到合理充分的开掘和深刻精细的演绎。瞿秋白的一生有一根"文学"的线牵引着,贯穿着,他的心灵史完全可以用文学的烛火来尽情观照,也完全可以用文学的笔墨来完整表述。——事实上瞿秋白本人曾考虑过用文学的笔墨为自己的一生作传。

瞿秋白被关押在福建长汀囚室中时,曾草拟过一份《未成稿目录》,内容大抵两部分:一是《读者言》,包括十个题目:1. 王凤姐。2. 张飞与李逵。3. 安公子。4. 野叟曝言主义。5. "阿Q"。6. "阿Q"以后。7. 酒瓶问题。8. "不成话"。9. 古汉文。10. 翻译。二是《痕迹》,包括三十一个题目:1. 环溪。2. 大红名片。3. 父亲的画。4. 娘娘。5. 宁姐。(以上《家乡》)6. 黄先生。7. "出卖真理"。(以上《北平》)8. "饿乡"。9. 郭质生。(以上《第一次赴俄》)10. 丁玲和他。11. "生命的伴侣"。

12. 独伊。13. 误会。(以上《上海》)14. 蓝布袍子。15. 庐山。(以上《武汉》)16. 忆太雷。(以上《一九二七年年底》)17. □□□(缺漏)。18. "老爷"。19. 忆景白。20. 面包问题。21. 夜工。(以上《第二次赴俄》)22. 油干火尽时。23. "做戏"。(以上《退养时期》)24. 那松林的"河岸"。25. 真君潭(雪峰)。26. 只管唱,不管认。27. 淡淡的象。(以上《苏区》)28. 逃!29. 饿的研究。30. 不懂的。(以上《上杭》)31. 得其放心矣(《汀州》)。

历来的史家与瞿秋白研究者一致认为这份《未成稿目录》是瞿秋白准备撰写文学札记文章和自传性作品的初拟目录,《读者言》是他内心盘旋多时、一直想一吐为快的札记杂文,而《痕迹》无疑就是他自传草稿的章节目录。即是说文学自传的纲目瞿秋白自己已经拟定,虽粗糙、简略,但他一生历史的人事线索、事业大纲都涉及了,而且时间结构、空间安排与人物地点均合乎历史逻辑与记忆伦理的惯常律例。

进一步,即是说,假以时日,延缓执行死刑,让瞿秋白多活一段时间,哪怕两周、三周,多至一月、两月,瞿秋白肯定会如数写出那些腹中酝酿已久、口中一吐为快的"未成稿",包括那份题为《痕迹》的文学自传稿。我们说它是"文学自传",因为《痕迹》清一色的文学题目设定,文学语词峻深,文学意味浓重,文学情趣沉厚,文笔驰骋的空间宽广远大。——"何事万缘俱寂后,偏留绮思绕云山"?瞿秋白确实想,也完全能用他文学家的笔墨才情完成这份《痕迹》的书写,了却自己曲折深重的文学宿命,包括"眼底烟云过尽时"的世事浮沉与人物教训。瞿秋白认为他的政治层面的文字债已经全部还清了,他的《多余的话》正可以说是一份政治自传或者政治自白,先前已经交卷。可惜的是国民党没有给瞿秋白留延时间,历史无情,《痕迹》胎死腹中,这不仅是瞿秋白的无奈,也是我们后人的遗憾和损失。

瞿秋白的一生固然是短暂的,其内容却极其丰富,可以说波澜壮阔、气象万千,而且本质上充盈了文学的浪漫。但似乎再也没有人想到依照其《痕迹》那样来叙述来回匀他的一生。——这部人生往往被史家与研究者写成了革命奋斗的悲壮历史,其间的文思横溢、多才多艺、笔墨香与书卷气由于时间的流失、扬弃、遮掩与淡忘,渐渐变得愈来愈稀薄了,即是说"痕迹"愈来愈淡薄了,一些刻骨铭心的细节渐渐被埋藏在历史记忆的深处了。本书是我的一种尝试,它的构思与撰写即是完全依照瞿秋白的遗愿设计与叙述程序,完全依照《痕迹》"未成稿"的纲目章节梳理人事、安排框架的。

《痕迹》的传记框架基本是完整的,瞿秋白思考它、设计它的时候一挥而就、胸有成竹,但到了我的手里却困难重重,所谓关山层叠、烟雾迷茫。但既然是试辟草莱,便须给自己添一点大胆莽闯的粗气热血。瞿秋白已经设计好了这部大戏的几本几折、出场人物,他甚至亲手绘画了历史背景并搭建了戏剧冲突的若干场景,有时道具都准备好了。我们完全可以忠诚地沿着他的原有思路与编剧线索大胆闯一回,大胆演一场。

要写出《痕迹》设定的宽阔与曲折,我得细细读完瞿秋白的几乎所有的"文学"文字,深深走进瞿秋白的内心世界,尽情鉴赏他的文学世界里显现过的形象美色,体验他头脑里、胸襟中掀起过的每一次汹涌的波涛,即是说,瞿秋白所有的饱满文学情趣的作品,心灵颤动的乐章,每一段旋律,甚至每一个音符都要细细考索与聆听,都要切入腠理地观察与鉴赏,都要领会与消化。大到《饿乡纪程》《赤都心史》《多余的话》一类的诗史,小到《心的声音》《儿时》《"美"》等珠玑小品,有时一段笔记、一纸信笺、一句半句题跋,往往就是一首需要读懂的诗。瞿秋白不仅是个意义完整的文学家,而且本质上更像是一个诗人。他的许多文章均有诗的质地、诗的旋律,诗性的哲学组成了瞿秋白诗意的生命历程。我甚至隐隐觉得瞿秋白许多时候是用写诗的态度来处理他的政治事业,甚至用诗的形象创意和建构逻辑来分析判断现实中的矛盾与困惑,他对自己的生命荣辱千秋功罪的处置也秉持了诗人的胸怀气度与认识思维。——瞿秋白的"诗"或许正是我们观察他的最佳视角。作为诗人的瞿秋白已经完满地完成了"诗人"的使命,留给我们大珠小珠一盘珠玑,我们能不一一摩挲拂拭,寻觅心痕、辨识真迹,透射出其内质的光芒的同时,梳理出诗人革命家一生的心路历程与历史坐标。——

我暗下决心要利用瞿秋白每一寸文学的波澜、每一段美感的漩涡,借助瞿秋白每一句"诗"来塑造好其历史,更感性、更"感觉",也更艺术、更诗意地描画出他的心灵。

瞿秋白的一生经历——血肉的、精神的——比他那个时代的历史更深刻,也更丰富,更符契"诗"的本质。瞿秋白曾说:我已经"溅血以偿社会,毋使社会杀吾感觉"。瞿秋白已来不及依照自己设计的线索编织出经纬鲜明、血肉饱满的《痕迹》,但愿我的这册《痕迹》能够扛起瞿秋白遗下的重担,镂刻出其逼真的人生"痕迹",不仅描摹全他的躯壳,而且透凸出他的灵魂。长袖善舞,情采风靡,为人境留下一轮高挂绝丽的长虹。

瞿秋白在《多余的话》的最后——说尽了政治遗嘱与名实千秋之后,说:"中国的豆腐也是很好吃的东西,世界第一。"这一句话也许并没有什么特殊的含义,只是瞿秋白表达潇洒风度与放任文艺才情的一句俏皮话,或许也是他对人世间包括中国物质文明的另类的留恋与赞赏吧!但这句话并不"多余",加上了这句话,才是完整的瞿秋白。而容纳了、放置了瞿秋白的世界才是"美丽的世界",才是他舍不得但又不得不"永别了"的世界。

最后,感谢李晓云、景同生老师对本书写作提供的大力支持与无私帮助。他们不仅贡献了大量极为珍贵的历史图片,并对书中诸多史实、细节进行了核实与修正。在此更诚挚祝愿瞿独伊老人身体康健。

第一章　家　乡

　　二十世纪的开始,是我诞生的时候,正是中国史上的新纪元。中国香甜安逸的春梦渐渐惊醒过来,一看已是日上三竿,还懒懒的朦胧双眼欠伸着不肯起来呢。从我七八岁时,中国社会已经大大的震颠动摇之后,那疾然翻覆变更的倾向,已是猛不可当,非常之明显了。幼年的社会生活受这影响不小,我已不是完全中国文化的产物;更加以经济生活的揉挪,万千变化都在此中融化,我不过此中一份而已。

——瞿秋白《饿乡纪程》

1. 环 溪

  我幼时虽有慈母的扶育怜爱；虽有江南风物，青山秀水，松江的鲈鱼，西乡的菘菜，为我营养；虽有豆棚瓜架草虫的天籁，晓风残月诗人的新意，怡悦我的性情；虽亦有耳鬓厮磨哝哝情话，亦即亦离的恋爱，安慰我的心灵；良朋密友，有情意的亲戚，温情厚意的抚恤，——现在都成一梦了。

——瞿秋白《饿乡纪程》

  清高鹗补《红楼梦》第一百二十回，讲到贾政赦罪复职，"一日，行到毗陵驿地方，那天乍寒，下雪，泊在一个清静去处"，抬头便见一僧一道，夹着宝玉作歌曰："我所居兮，青埂之峰；我所游兮，鸿蒙太空。谁与我逝兮，吾谁与从？渺渺茫茫兮，归彼大荒！"待他赶上前去，心虚气喘，惊疑不定，只见白茫茫一片旷野，并无一人……

  在"满纸荒唐言，一把心酸泪"中，那下凡历劫的怡红公子，终在"毗陵"了却尘俗，飘然登彼岸而去，留给世人无尽唏嘘。虽说是"假作真时真亦假"，然"毗陵"这个地界倒也不虚，还颇有些来历：春秋时期为吴属延陵邑，汉代改称"毗陵"，后随年代变迁，又有"晋陵""兰陵"之谓，至隋代始称"常州"。唐宋元明后至清乾嘉时代，成就"天下名士有部落，东南无与常匹俦"的文化重镇。到了清末民初，所谓"中吴要辅"的常州府治正设在首县武进。

  话说正值世纪交替之年，府城东南角有一广化门，门内有一天禧桥，桥北有一青果巷，巷内一条长石板路指向东西，坐北朝南数间巍峨石库门宅邸林立其间，均有了些年纪。沿途数到第八十六号，却是东西两院,前后五进。走进西院第三进,赫然一座堂皇楠木大厅,厅中屏门上悬"百鸟朝凤"中堂,厅内高挂一排玻璃宫灯,两壁布满山水、花鸟条幅。堂前堂后更各植有桂树四株——主人家"八桂堂"之称由此而来,远近闻名。

东院第四进是一幢精致秀雅的双层小楼,为内眷所居,因遍植兰、桂、菊、梅,更有芍药、凤仙、鸡冠、牵牛,百卉争奇斗艳,天成奇异之香,故取芳名"天香楼"。这一日正是清光绪二十四年十二月十八日申时(1899年1月29日),瞿家老二房一支内四房第十六世懋字辈添一新丁,初名懋森,号熊柏。因此儿发际天生长了两个旋儿,俗称双顶,父母亲便顺天意,为其取一乳名"阿双"。①

瞿家先祖世居湖北黄梅,宋代南迁至吴越,定居虞山。明初,虞山瞿氏一支迁往荆溪。明中叶成化年间,再迁至晋陵。据《瞿氏宗谱》记载:"晋陵瞿氏,明季巨富,号'瞿半城'。西郊有覆街屋,至今犹称瞿家棚。武进县仓廒则瞿氏之仓廒也。""祖孙、父子、兄弟、叔侄,世代科名,两朝勿替,迄于今已数百年簪缨不绝。""三自世祖以来,至今奕奕缙绅,蝉联八代","相继为士大夫者十余世矣,诗书之泽如此绵远,亦人家所难能而不可必得者也"。甚至留下"无瞿不开榜"之佳话。阿双的曾祖父瞿锡保,道光丁酉顺天乡试举人,拣选知县。祖父瞿廷仪,字贞甫,获五品顶戴,挂"云南白盐井大使"虚位,实际上却是胞弟瞿廷韶(字赓甫)幕下文案职司。就在阿双呱呱坠地的同一年,叔祖瞿赓甫荣升湖北按察使,翌年又升为布政使,因曾经参与镇压捻军和辅助张之洞"西学为用"的新政而获三次面圣的殊荣。阿双的父亲瞿世玮,字稚彬,号一禅,道号圆初。在十五世同辈中排行老七,人称"瞿七爷"。与父亲一样,瞿世玮也只有一个"国学生"及"浙江候补盐大使"的虚衔,实际上却是赋闲家中,侍奉风瘫老母,并帮忙照管叔父功成名就后大兴土木、用以收官之后颐享天年所建之"八桂堂"。

---

① 文中对瞿秋白度童年、少年时期的故乡居所八桂堂、天香楼、星聚堂、贤庄等地的文字描述,参考了陈铁健《从书生到领袖——瞿秋白传》一书,上海人民出版社1995年版,谨此致谢。

对于祖父、父亲两代托庇于叔伯门下的尴尬身份地位及其所注定的未来凄苦畸零之前途命运,童年阿双不可能有所知觉,平日里气氛森严、奢华富丽的"八桂堂"根本无法拴住他活泼好奇的稚嫩身心。对他来说最开心的头等大事,莫过于母亲说要带他去大姑母和外祖母家"白相"。天香楼里雕廊画栋上精雕细琢的葡萄、松鼠,再栩栩如生也比不过田野中的蚯蚓、溪流边的青虾、稻田里的黄鳝来得活泼有趣。没有什么能比大自然无忧无虑的"游乐场"本身,更能吸引孩子们的"童心大悦"了。

大姑母与外祖母的家位于江阴西乡贤庄,离常州城约二十里,清流禾稼,风光旖旎。庄外有一条澈碧灵动的小溪,仿佛一枚玉环,将整个村庄环抱其中,人们便称它为"环溪"。环溪岸边,外围一圈白杨绿柳,内围一园粉桃翠竹,核心则是一片青瓦白瓷般的玲珑村舍。远远眺望,活脱脱一枝水中浮荷,让人不禁牵动心弦,浮想联翩。

环溪周围,一片广袤的原野,贤庄的农民世世代代在这片土地上耕耘劳作,生生不息。不远处的姬墩山上,满山遍野不知名的花花草草,散发着清馨的淡香。在山坡上草丛中嬉笑打滚的孩童中,常有阿双小小的身影。他喜欢在一望无垠的田野上撒欢地奔跑,把白色的纸鸢高高放起,给纤纤看;他喜欢和小伙伴们一起赶牛上山,牛儿吃草,他就采各色野花,编个花环给纤纤戴;他还喜欢钻进稻田抓黄鳝,伏在溪边钓青虾,拿给纤纤玩。大姑母的四个女孩儿中,也不知怎地,阿双最欢喜纤纤,觉得和仙仙、明明、珊珊都不如和她来得亲密友爱。

不知不觉中,夜色降临。在星光月影下,孩子们又在谷堆旁开始了追跑打闹的捉迷藏游戏。游戏的后续节目自然是罚唱歌、讲笑话和猜谜语。阿双不爱这些,便把母亲平日里给他讲的"鬼故事"抖出来吓人。他绘声绘色、连唬带跳地讲"画皮",说这世上真的就有当面对你笑、背后挖你心肝的"人"哪。吓得小伙伴们四下逃窜,一哄而散。这时,他又自觉无趣,想把大家再唤回来。可是伙伴们仿佛田野里的泥鳅,钻进草丛中便呲溜不见了。只留下阿双和堂兄弟姐妹们,胡乱抓了几只萤火虫,装在小玻璃瓶里,便悻悻地踏上青石台阶,走进村庄正中一所深宅大院的黑漆大门内。

一进门,又是几进几出,厢房林立,人工穿凿的园林、假山、小桥、凉亭、荷花池一应俱全,可阿双却没了兴致。他常常独自在厢楼凭窗而坐,望着厅壁上的五色玻璃发呆:想着各回各家的小伙伴们此时在做些什么。那时的他,还不可能明白,贤庄四周都是贫苦的农家,伙伴们的父辈祖辈,正是以佃户的身份,世代租种当地最大的地主——金家的土地维生。而他的大姑父金翰如,身为十乡总董,家资富足,正是环溪的头面人物,与阿双的外祖父金心芗更是同宗。金心芗,名城,祖籍安徽旌德,原住江阴县西乡大岸上村,后迁居贤庄。出身世代官宦之家,本人官至广东盐运使。阿双的母亲金璇,字衡玉,是他的次女,自小聪慧,文史诗赋均具修养,更写得一手娟秀小楷,有才女之称。就连婆婆都称赞她说:"如果稚彬也能像我家媳妇那样有学问,考科甲就很容易了。"而当年的瞿稚彬,由于父亲早逝,母亲久病,寄居叔伯门下,婚事便是在岳丈家成礼,并住了一段时间后,才搬进八桂堂天香楼的。

"在儿童时代就混进了野孩子堆儿"的阿双在和农家孩子们的游戏追逐中,与他们建立了一种莫名的情感:既然同在一处玩着,那么所谓"我们"与"他们"之间究竟又有什么不一样呢?一次,阿双和小伙伴一起放牛。回到家中,母亲却发现他的裰子不见了,反复追问下,阿双才说山上风大,看到小伙伴光着背,冷得瑟瑟发抖,便把自己的裰子脱下来给小伙伴穿了。一向也尽力接济别人的母亲听后,淡淡一笑,说:"这种事,好是好,就是我们也不多啊!"阿双听了,不服气,顶嘴道:"不多!不多!我们总比他们多些。"直到十年后,阿双在上海与爱人、友人忆起此事时,仍为一生中唯一一次对母亲的回嘴懊悔不已。

1920年,在人生一次重大的旅途之前,他曾有过这样一段自述:

我幼时虽有慈母的扶育怜爱;虽有江南风物,青山秀水,松江的鲈鱼、西乡的蒓菜,为我营养;虽有豆棚瓜架草虫的天籁,晓风残月诗人的新意,怡悦我的性情;虽亦有耳鬓厮磨哝哝情话,亦即亦

第一章 家乡

离的恋爱,安慰我的心灵;良朋密友,有情意的亲戚,温情厚意的抚恤,——现在都成一梦了。

——瞿秋白《饿乡纪程》

那一年的环溪梦中还有一幅蕴涵着初恋情愫的山水画作:只见江水滔滔,一叶小舟颠簸;江岸上山岭险峻,林木苍翠;秋雾蔽日,飞鸟远去。那是游子注定远行的形单只影,那是离人身后故乡佳人牵肠挂肚的一腔泪滴。画外飘然有谢灵运《登池上楼》诗句袅袅:"潜虬媚幽姿,飞鸿响远音。薄霄愧云浮,栖川怍渊沉。"上题"丙辰孟秋临鹿林居士杂寓谢灵运诗为题以应纤哥雅属",落款"秋白瞿爽",下有白文"瞿爽"、朱文"秋白"印二方[1]……

再到十五年后,那一日的晌午时分,环溪之梦真正走向了尽头。他奋力拖着实在沉重得已然挪不动的身体,勉强倚靠在一棵小树旁坐下隐蔽,在茂密的草丛中屏住呼吸,咬紧牙关。只听得四周风声渐起,树枝与草丛摇晃了起来,幅度越来越大,散发出阵阵原野的清香。神经本处于极度紧张中的他,忽然全身松弛了,不由自主地闭上了眼睛,在内心作出一种等待与迎接的姿势。那不期而至的来自环溪的温柔撩拨,虽然只有短短的几秒钟,却恍然如隔世……

环溪,环溪,为何你在此时此地踏梦而来?

只听得草丛外边有人端枪大喊:"里面有人没有?"

刹那间,他从内心醒来:唯有回不去了的,才是故乡。

一路走来,他已经太疲倦了,剩下的只能是再深深地吸上一口气,那一口属于自然、属于童年、属于初恋的气息;那一抹无邪无忧、天真烂漫的绚彩;那一种关于"故土"的真实记忆的虚空。

那一刻,他明白,环溪的清流云影、草树禾稼,从此真的只是一梦了……

---

[1] 此画是瞿秋白于1916年秋赠予表妹纤纤的《江声云树图》。该年年底,瞿秋白便离开故乡常州。日后,纤纤亦应父母之命,侍嫁他人。

2. 大红名片

  我们做一个中国人，尤其是知识分子，起码要懂得中国的文学、史学、哲学。文学如孔子与五经，与东周的辞赋，与建安、太康、南北朝文学的不同，以及唐诗、宋词、元曲、明清小说的特点；史学如上古、中古、近古，特别是近代史以及私人著述的野史笔记；哲学如先秦的子学、汉代的经学、魏晋南北朝的佛学、宋明的理学等，都要有一个初步的认识，否则怎能算一个中国人呢？

——羊牧之《霜痕小集》引瞿秋白语

  对于1903年发生在家族历史上那一场声势遮云蔽日、排场铺陈浩大、气派如压地银山般惊动了整个武汉三镇的大出殡，四岁的阿双并没有留下任何记忆，他只仿佛从大人们的慌乱中听得叔祖瞿赓甫没了。据说当时，不仅朝廷诏令湖北官府大事周章："寅僚垂涕，兵民巷哭，汉口各商，三营兵弁，恭送牌匾，日几数起。"张之洞电挽一联："人琴怀旧三千里，风浪同舟十五年。"就连驻扎汉口的各国洋人使节都屈尊免贵地下了半旗，中西合璧式的志哀仪礼将瞿家之尊荣体面推向顶峰，以至多年以后，这场丧礼仍成为家族人氏追念往昔辉煌的谈资。

  而就在这热闹非凡、烈火烹油的盛景之下，瞿稚彬却悄无声息、不留痕迹地举家迁出了八桂堂，暂且落脚于河对面的乌衣巷。不几日，由于乌衣巷房屋过于狭小，无法久居，只好又带着母亲、妻儿搬进了寄居八桂堂之前的另一寄居所——星聚堂。在瞿稚彬外祖父庄士全名下之星聚堂，位于常州西门织机纺，是一座前后五进、大墙门口有左右石狮坐镇的祖传老宅。院内轿厅、大厅齐备，并有数进家族厢楼耸立。瞿家人一进门，只占据了九皋楼正楼底层的三间小小的房屋。瞿稚彬带着母亲、妻子住在东面两间，阿双与弟妹则住在西面的后房。门面上是以照管老母为名借住于母亲的娘家,实际上却难掩八桂堂主人身后,不堪其直系遗族争夺财产的严辞催逼,而被世态炎凉那一把"冷嘲热讽"的风刀霜剑直接扫地出门的尴尬窘境。更何况,眼下星聚堂的借住也还是几经周旋告求,外加缴纳每月七块大洋的租赁条件才好不容易得来的。所谓"亲到贫时不算亲",亲戚关系不过一纸租赁合同。

小小年纪的阿双,尚不懂得什么是"寄人篱下"的运命,更不会产生对于未来全家人即将走向"坐吃山空"的不归路的惊惧。孩子无瑕的内心想要抓住的,只是当下无忧无虑的嬉戏童真与阖家团圆的温馨欢乐。在他之后,父母已经相继有了妹妹轶群、大弟云白,很快又会迎来景白、垚白的出生。① 他还有一个非亲兄弟,便是母亲陪嫁丫头徐氏的儿子羊牧之。据说,当时阿双和羊牧之合睡一床,两人常常并头抵足,互唱唐宋小诗及小令为乐②。

这一年,阿双五岁,到了入塾读书的年纪。坐镇星聚堂庄氏书馆的是年仅十八岁的庄怡亭。此人年岁不大,身体柔弱,据说脸上还带几点麻子,却也能规矩方圆严格要求,并不脱严师风范。另一方面,虽也是六扇格窗、四方书案、笔墨纸砚、蒙童读本,毕竟尚未脱少年心性,不肯正襟危坐,颇愿开明创新。识字之余,便带着八九蒙童在天井游戏耍玩,并植树种花,名为"体育"与"自然"。阿双植了一株桂树,常常爱惜浇水。平日家中又有严母《千家诗》《唐人万首绝句》的教诲,在书写方面颇有进益,博得塾师"聪敏伶俐"的四字评价。

转眼到了1905年,阿双进入星聚堂外靠近织机纺旁觅渡桥下新建的一所冠英两等小学堂读书。堂长庄苕甫是举人出身,却力主改革维新,矢志废科举而兴办新式学堂。校名"冠英",即取"冠乎群英"之意,有《校歌》唱道:"欧风美雨,飞渡重洋,横来东亚兮。睡狮千年,誓将惊醒兮。大有为兮,冠英学生兮。"在《春季旅行歌》和《春秋季运动会歌》中,更有"花花草草有精神,莺燕都成阵。少年世界春世界,努力向前

---

① 星聚堂期间,瞿稚彬与金衡玉还生有懋红、懋鑫(一女一子),皆早夭。
② 参见羊牧之《我所知道的瞿秋白》,《党史资料丛刊》1979年第1辑。本书所涉及羊牧之对瞿秋白的回忆还有《霜痕小集》等文字。

行"以及"天择由来因物竞,运动要竞争……"等张扬维新思想的语句。在实际教学方面,冠英学堂更是开风气之先,成为最早聘请"洋教习"全面施行新式教育的学堂之一。据比阿双早半年进入冠英小学堂的庄均回忆,当时他与阿双身材相当,便坐了同桌,共用一条板凳,就坐在倚墙第二排第一和第二座。教室进门处是一排落地长窗,上下都是玻璃。这个表面看起来穿着普通、沉默文静的男孩,性格上却不普通。由于酷爱读《三国演义》,在班上还与其三弟景白的奶妈的儿子杨福利以及姑表兄弟金庆咸仿效"桃园三结义",三人各取一个别号,结为异姓兄弟:杨福利居长,号"霁松";金庆咸次之,号"晴竹";阿双居末,却号"铁梅"。明明本是单薄瘦弱的微小身躯,却在内心渴望着一副挺拔直节的铮铮傲骨。不过这也是当时中国社会底层躁动不安的少年常捏合的社交形态,常凝结的江湖理想,松、竹、梅、菊或梅、兰、竹、菊也是此时节最常套用的"比德"性质的名字。

一日,上完日本教习开设的"博物"课,阿双无比兴奋地跑回家向羊牧之报告,原来课上的内容居然是一次狗的尸体解剖。阿双避开大人,特意找出纸笔,准确地画出心脏的位置,压低声音向小伙伴解释:"我母亲平常总对我说,为人心要放在当中。其实没有一个人心在当中的,可见古人不了解心的位置。"这也是童年阿双第一次接触到近代科学原理,而他关注的命题居然是人心的位置,颇具世道权衡取舍的宿命启示与哲学义理选择的象征意味。

后来,羊牧之也进入冠英小学堂,二人每每放了学便在一处做作业,母亲常常过来查看,放下手中的一把红枣和花生糖。闲时,他们便将白洋蜡烛切一段,刻上字,充当象棋对弈。一次,羊牧之吃了阿双一个炮,却反被他将死。阿双拍掌笑道:"你不懂'将欲取之,必先予之'的道理啊!"

也许正是母亲平日潜移默化的影响,阿双的头脑中,从没有自居"少爷"的意识,也不明白为何别人会把自己当作"少爷"。上街遇到年长的乞丐对他喊"少爷",他便会赶忙制止,把一个铜元放在人家手中,嘴里却彬彬有礼地说道:"老人家,你不要喊我'少爷',我不是'少爷'。"

一日午后,阿双和羊牧之往东门外天宁寺林园游玩,边捕捉各色昆虫,边采集各类树叶做标本,忘情之间走入园林深处。时至傍晚,两个孩子正伸脖聆听鸟儿的欢唱,忽见天上盘旋一只苍鹰,瞬间削入林际,攫一小鸟,振翅而飞。除了树木惊慌的晃动,林间却是一片死寂。阿双显然被此情此景弄呆了,一时之间似乎颇有所悟。

回到家中,阿双依旧神魄不定,若有所思,在廊上走来走去,就连手中那册旧历春节好不容易央求父亲给他买的《绣像三国演义》仿佛都失去了吸引他的魔力。翻到《张翼德怒鞭督邮》那一回,正不得要领,忽听得屋中杯盏碰落地面的声音,接着,便是父亲震怒的吼声:"混账东西,办他!拿我的名片,送他到衙门里去!"在阿双的印象中,父亲一直是不愠不怒、平和可亲的,此时却暴跳如雷,就仿佛林间那只张牙舞爪的大苍鹰!阿双吓坏了,头脑中不断涌出问号:什么是衙门?什么是名片?为什么要拿名片把人送到衙门里去?

没有什么可以阻止一个九岁孩子的好奇心,很快他便知道了个大概。所谓名片,就是印着父亲"候补盐大使"头衔(孩子尚不懂得什么是虚衔)的一张大红纸;所谓衙门,就是治理一方老百姓的官府;而拿了父亲的大红名片去衙门,就可以把父亲嘴里那个"混账东西"扒下裤子,打上二十下屁股。知道了这些,回头再看《张翼德怒鞭督邮》,便觉得"特别有滋味"了,而"尤其有意思的是张角他们的造反",阿双想:肯定也是怕有人要打他们的屁股吧。"你们要打人家的屁股,人家自然要造反,为什么又要叫人家是黄巾贼呢?"总之,这世间有苍鹰抓小鸟,也有人打别人屁股;鸟,既有苍鹰与小鸟之分,那么,人便也有打别人屁股的和被别人打屁股的之别。至于为什么会有这样的分别,根据什么分别,以及应该如何看待、解决这种分别,当时的阿双是不可能搞得清楚的。

1909年春,阿双顺利从冠英小学堂初等班毕业,在家自修半年后,于秋天考入当时常州唯一的一所新式中学——常州府中学堂(1913年更名为江苏省立第五中学)预科。其时正值中国旧资产阶级民主革命的仁人志士们与清政府千钧一发、决战在即的历史时刻,"斗争""牺牲""鲜血"等语汇与孙中山、章太炎、秋瑾、徐锡麟、邹容、陈天华等名姓相结合,在广大少年人的头脑中掀起一场来势汹涌的革命风暴。仿日本明治维新的"军国民教育"口号与古希腊勇士尚武的"斯巴达精神"笼罩在学堂的上空。年仅十岁、因矮小瘦弱而排在全班末尾的阿双也在军操课上一边嘴里唱着"心肝虽小血自热,头颅虽小胆不惊",一边奋力掮枪操练不止。

然而,回到星聚堂,眼见阶前白菊花盛开,内心纤柔善感的阿双却作出这样一首工整的小诗:

> 今岁花开盛,栽宜白玉盆。
> 只缘秋色淡,无处觅霜痕。

母亲读了称好,而素来颇信星相之说的父亲却摇摇头,产生"恐怕是儿不得善终"的看法。阿双却也自此逐渐淡用了此前用于自勉的"雄魄""铁梅"等别号,即以接近天然本性的"秋白"字行。

据羊牧之的记忆:少年秋白在中学时期除钻研正课外,旧文学如《西厢记》《牡丹亭》《聊斋志异》《花月痕》等,都看过。已开始读《太平天国野史》《通鉴纪事本末》、谭嗣同的《仁学》、严复译的《群学肄言》、扪虱谈虎客(韩文举)编的《中国近世秘史》等,书桌上摆着红木盒的大端砚、白瓷水盂、刻字的铜尺、大笔筒,枕头边则经常乱堆着《杜诗镜铨》与《词综》。

一次,秋白在吃饭时意味深长地对羊牧之说了这样一段话:

> 我们做一个中国人,尤其是知识分子,起码要懂得中国的文学、史学、哲学。文学如孔子与五经,与东周的辞赋,与建安、太康、南北朝文学的不同,以及唐诗、宋词、元曲、明清小说的特点;史学如上古、中古、近古,特别是近代史以及私人著述的野史笔记;哲学如先秦的子学、汉代的经学、魏晋南北朝的佛学、宋明的理学等,都要有一个初步的认识,否则怎能算一个中国人呢?

这一时期的秋白,劳心忧思的爱国情怀已如荷尖初露。对此,同学李子宽在《追忆学生时期之瞿秋白、张太雷两先烈》一文中有如下的追忆:"秋白少年时多病体弱,面色惨白,发深黄。当我入中学时(一九〇九年入中学补习班),秋白已先我在校,为一年级正班生,较我高半年,即因病留级,以是次年乃与我同班。……秋白由于体质孱弱故,不好运动,游息时仅偶而跑跑浪木,打打乒乓,留在自修室时间较多。平时沉默寡言笑,鲜与人争;即偶遭欺罔不堪忍受事,亦只微露怒容,掉头不顾;较之其他少年立即抗争甚至恶声动武者迥不相侔。略久始了解其内心常在幽郁惨怛之中,其反应之所以不同,并非由于怯懦。……独于课外读物,尤其是思想性读物,研读甚勤,如《庄子》、《仁学》、老子《道德经》、《新民丛报》、《饮冰室文集》等。在民初中学初级生中能注意此类读物者并不多见,尤其是江苏五中。我班同学受秋白影响亦偶向其借阅《饮冰室文集》及《仁学》等,此两书内容秋白在校时常引为谈助。惟《庄子》除秋白外,他人皆不易无师自通,亦惟秋白能独立思考。"

与此同时,思想上对社会现实的不满也在少年不羁反抗的心中厚积薄发地渐次显现。一次,秋白在一篇作文中借题发挥,对反抗政府的农民表示了同情与支持。国文教员是一个因循守旧的老秀才,历来视革命如洪水猛兽,斥革命党人为"乱臣贼子",自然将瞿文打上"思想反动"的标签加以叱责。不料,秋白看到此人的批语之后,竟不知"悔改",又兀自加上一大段批语的批语予以反驳,一副"不怯懦"的傲骨已暗中养成。

当时的常州中学堂已日渐发展成为伺机推翻清廷的秘密据点,学校重视的是课本及行动纪律,师长一味贯彻主观愿望,模仿日本教育模式,对学生进行严厉管束,不仅不注意多方启发思想,甚至对性情较活跃的学生存在有意压制行为。而秋白不仅不以为意,还有着自己的一套应对办法。校友钱穆在其《师友杂忆》中便爆料了这样一段往事:

> 时全校皆寄宿生,家在城中者,周末得离校。一日,舍监室又出示,周末须告假,乃得离校。时低余两级有一同学名瞿双,因其发顶有两结故名。后易名霜,遂字秋白。其人矮小文弱,而以聪慧得群誉。周末晚餐后,瞿双独自一人直入舍监室,室内壁上有一木板,悬家在城中诸生之名牌。瞿双一人肩之出室,大声言,今晚全

体告假。户外数十人呼哗为助。士辛师一人在室,竟无奈何。遂大群出至门房,放下此木板,扬长离校。瞿双星期一返校,是否特有训诫,则未知之。

不久,辛亥革命的枪声传至常州。秋白第一时间跑到屋中剪下发辫,用手提着连蹦带跳地拿给母亲及众人看,嘴里喊着:"皇帝倒了,辫子剪了!"只觉得痛快淋漓。妹妹轶群在《怀念哥哥秋白》一文中表达了对此情此景的深刻印象:"他在中学读书时,为辛亥革命前后的时代风云所激荡,已经忧国忧民,深深思索国家的命运和革命的前途了。他在周围的人中,最早剪掉了那象征种族压迫的辫子。我现在还记得他高擎着自己剪掉的辫子,在天井里欢呼雀跃的样子。在当时他幼小的心里,以为国家已经有救了。"

然而到了第二年的双十节,形势却急转直下。轶群眼见着又发生了这样的一幕:"那年的双十节,即辛亥革命后的第一个国庆节,许多人家都挂上红灯笼,表示庆祝,有的还在灯笼上写上'国庆'。哥哥却与众不同,弄了个白灯笼,写上'国丧'两字,挂在侧门上。我那时已经懂事,怕惹出祸来,赶忙摘下,他又去挂上;我再去摘下,他还是去挂上,还追来追去地要打我。我终于拗不过他,只好听凭这盏'国丧'白灯笼悬挂门外,直到天明。事后,我听他对人说,这时孙中山已经退位,袁世凯当了大总统,并且抓着兵权,还有什么可'庆'的呢!这个'民国'就要名存实亡了。"

这一年,秋白不过一介十二岁少年,却怀着如此深沉的忧国之心,这样明晰的政治见识。这与他在常州府中学堂的大环境不无关系。校长屠元博本人便在日本加入了同盟会,庶务长、兵操教员等也都是同盟会员,他们常在学生中进行潜移默化的民族革命教育。何况当时瞿秋白与晚两年入学的张太雷已成挚友,时相过从。师长与同学的影响不可谓不大。

与此同时,母亲平素从"旧道德"范畴出发的"与人为善""扶危济困"的言传身教又将"铲不均"的理想早早植入秋白的头脑之中。羊牧之曾回忆过这样一件事情:"记得有一次上午,他邀我去东门外走走,在太平寺那边,正碰着一位四、五十岁衣衫褴褛的农民,站在一家不开门的店堂前,身旁站着头上插一个稻草结的小女孩在卖。路人都同情地围绕着议论。秋白看后,拍拍我的肩说:'走吧,那个小女孩低垂着脸,好像在出卖我的妹妹似的。'并指着从身边擦过的一个戴阔边礼帽的大胖子说:'什么时候大胖子要饿瘦了,天下就好过了。'"

此时,他的家庭距离堕入"不得不出卖自己妹妹"的"不均"的最谷底尚有一段喘息的距离,他个人的内心因此也还保留有一份不多的余裕。

总之,少年秋白的思想内核,用当时他自己的话概括出来,便是:"自古以来,从冲天大将军黄巢到天王洪秀全,做的都是'铲不均'。孙中山提的'天下为公',也是为了平不均。可见当今社会,必须从'均'字着手。"这也是出生于19世纪末20世纪初的一代先进少年所共有的意识。他们的大多数没有赶上亲身投入旧民主主义革命的机会,只能慨然失望于辛亥革命未能如想象般一扫阴霾,拯救中国于深重危难,而未来将唤他们于觉醒的五四新文化运动尚未到来,在这一段思想理论的空白期,用什么实现这一个"均"字,依然是时代留给他们的一道待解的命题。

若干年后,他将九岁时发生的这一张大红名片的故事写在信里,寄给挚友鲁迅[①]。那一张大红的名片,仿佛那一只苍鹰,依然在上空盘旋,依然在向地上的人们叩问那一个"均"字实现的途径。

3. 父亲的画

……在中国这样社会之中既没有阔亲戚,又没有钻营的本领,况且中国畸形的社会生活使人失去一切的可能,年纪已近半百,忧

[①] 信落款1932年6月10日,当时未发表,1953年据手稿编入《瞿秋白文集》第2卷时,编者加题目《关于整理中国文学史的问题》。

煎病迫,社会还要责备他尽什么他所能尽的责任呢?

——瞿秋白《饿乡纪程》

童年时,阿双记忆中的父亲,是这样一幅画:

父亲牵着他的小手,一同出常州东门外,沿着护城河,隔岸有一处道观,观中晨钟暮鼓,内有一阁,高六丈,其上金碧交辉,古木藤蔓缠绕在侧,翠竹红梅点缀其间。踏径而去,阁后又有柏屋三间,悬额曰古春轩。壁上张悬名人字画,其中石几木榻、诗文笔墨俱全,兼有道士焚香奉茶、文人墨客谈禅论道,池边还有白鹤闲庭游走,不胜清高雅致之极。小小的阿双大气也不敢出,只得踮起脚尖,费力地攀着桌沿儿,看父亲与友人高谈阔论并时不时手到拈来,看似潇洒随意地在纸上画上几笔,感觉十分羡慕,不自觉间便深深熏陶在这一片飘飘然的诗情画意之中了。有时,这个淘气鬼会忍不住爬上画案一气涂鸦,父亲也只是宽容地"微笑着",并常常抚摸他的头。回家路上,父子二人每每手牵着手,嘴里一同吟咏诗词,阿双记得其中一首是清初乡贤诗人赵翼的名句:"出郭寻春羽客家,红梅一树灿如霞。樵阳未即游仙去,先向瑶台扫落花。"在阿双的心目中,离开故乡之前,曾寄托了他孩童时代一腔"奇思遐想"的,除了"环溪的清流禾稼",便是"常州红梅阁的翠竹野花"了。后来,他特作《红梅阁》诗一首,纪念那些在他人生初期颇为难能可贵的与父亲一起谈画论诗的风雅时光:

出其东门外,相将访红梅。
春意枝头闹,雪花满树开。
道人煨榾柮,烟湿舞徘徊。
此中有至境,一一入寒杯。
坐久不觉晚,瘦鹤竹边回。

成年后,秋白记忆中的父亲,则是另外一幅画:

山东济南大明湖畔,黯黯的灯光,草棚底下,一张小圆桌旁,坐着三个人,残肴剩酒还觑着他们,似乎可惜他们已经兴趣索然,不再动箸光顾光顾。……其中一个老者,风尘憔悴的容貌,越显着蔼然可亲,对着一位少年说道:"你这一去……随处自去小心,现在世界交通便利,几万里的远路,也不算什么生离死别……只要你自己不要忘记自身的职务。你仔肩很重呵!……"那少年答应着站起来。其时新月初上,照着湖上水云相映,萧萧的芦柳,和着草棚边乱藤蔓葛,都飕飕作响。三人都已走过来,沿着湖边,随意散步,秋凉夜深时,未免有些寒意。对着这种凄凉的境界,又是远别在即,叫人何以为情呢?

——瞿秋白《饿乡纪程》

翻开中华书局1929年5月初版的画史权威郑午昌所著《中国画学全史》,《现近画家传略》名目中赫然记载着"瞿园初,武进,山水"。可见,瞿稚彬在其生命的最后时期(在济南)是以画家的身份跻身文艺界的。据在济南曾拜园初为师学画的王凤年的回忆和他保留下来的几十帧瞿稚彬的画作(有《岁寒图》《田家乐》《山居图》《秋山落叶图》《洞庭春色》《小山长河图》《寻隐者不遇》《风雨归舟》等)判断,画风隶属清初江南主流画派"四王吴恽"一路,尤爱王石谷。笔泽苍润,古朴典雅。同样是这位王凤年,向世人交代了瞿稚彬在济南也是在人间的最后几笔痕迹:瞿稚彬流寓济南后,生活十分清苦,与儿子阿垚二人相依为命寄居在大明湖南岸百花洲畔一位王姓友人家中,以园初为名教授绘画维持生计。1927年白色恐怖的旋风袭来,秋白作为"共党要犯"被通缉,为了不连累友人,瞿稚彬带着阿垚从王家搬出,在济南"私立美术学校"教授书画糊口。该校1931年出版的《山水入门歌诀问答》一书,据说便是瞿稚彬一生教画的心血之作,由浅入深地为初习山水画者介绍基础知识、入门引路,书中所有示范性图例,都出自其亲笔。① 此后,瞿稚彬穷困潦倒,又几经流转,最后不得不迁住南门外东燕窝街的正宗坛(即正宗救济会),直至1932年6月19日病逝。经同乡友人和学生

---

① 参见王凤年《瞿稚彬先生二三事》,《山东文史资料选辑》第21辑,山东人民出版社1986年版。

的救助,他被安葬于南郊千佛山西麓的江苏第二公墓。而阿垚则在父亲死后,流落道观,直到1935年被瞿云白寻至接往南京同住,第二年病死于武汉。没有人知道瞿稚彬在人生最后时期的心理状态,以及撒手人寰之际,作为父亲的内心究竟怎样看待自己那个已经轰轰烈烈、做了共党"匪首"的儿子。

在这两幅有关"父亲的画"之间,究竟发生了什么?

大凡想要描画一个家族由盛而衰的命运,其住所的"搬迁"往往成为一条主线。"星聚堂—八桂堂—乌衣巷—星聚堂"正是作为一家之主的瞿稚彬带领全家老小行进的路线,而随着贤庄大姑母的去世,柴米接济的断绝致使瞿稚彬竟连星聚堂每月七元的租金也交付不起,这个世代定居常州的家族之一脉终于走到了月落星散之前的最后一站——城西瞿氏宗祠。

同样由叔祖瞿赓甫出资建造的瞿氏宗祠,坐落在城西觅渡桥北,门前蹲两尊石狮,门额上有"城西瞿氏宗祠"木匾。一河之隔,便是星聚堂,短短几条街道,却仿佛一条不归之路,唯有遥相望,黯神伤。随着瞿稚彬一家一脚迈进宗族祠堂的门槛,便也意味着他们一脚堕入了赤贫的深渊,命运中只剩下最后的挣扎。

景况至此,亦年老体弱的徐氏便携子羊牧之离开了瞿家。无可奈何的分别之际,秋白犹对羊牧之执手相嘱:"好好读书。"此后,但逢周末或假期,羊牧之还是会常常光顾这个冷清阴森、停放着瞿姓许多潦倒族人的灵柩、本是用于供人祭拜祖先的祠堂,来向秋白讨教数学与英语。每一次,他都是从东院首进的宗祠侧门进入,通过厨房、饭厅与客堂,屏门后便是瞿稚彬与金衡玉的卧房。二进与三进之间有个小天井,四周有小廊回合,种植着淡雅的菊花。西侧有一口水井,瞿家兄弟姊妹几个常常会从井中汲水,或浇花或作为日用。随后穿过三四进的穿堂,阳光充足,照得见书案与笔架,只见瞿稚彬正在那里专心伏案,埋头作画。羊牧之不敢打扰,快步闪进第四进房间。大屋里秋白的几个弟妹正在嬉戏玩耍,内间小屋名"翻轩"的,便是秋白的卧室兼书房。轩东墙下一小床,窗下一方桌,上置煤油灯一盏,壁上悬一地图,挂玉屏第一支。一见到他来,秋白微锁的眉头便会暂时展开,有时会随手递给他一本《泰西五十轶事》,或是一本《花月痕》,翻开扉页,上面自画老梅一枝,明月一轮,掩映其间,上盖"铁梅"小方章一枚。

那时的秋白,常穿一件黑色马褂罩在旧棉袍上,脚下的鞋子也是补丁上加补丁。饭食是最简单的豆腐百页与蔬菜,并不见荤腥。一日,羊牧之奉母命给瞿家送一篮芋头。秋白留他吃中饭,却是早上剩下的一点白粥。秋白仿佛毫不介意,边吃粥边询问其学习及生活近况,并用筷敲敲碗边说:"我们原来天天盼望孙中山,可是革命胜利了,老百姓生活还是改不了。我还有点粥吃,乡下还不知多少人连粥都吃不上哩!"

又一日,正值中秋前夕。羊牧之一踏入"翻轩",不见笔墨书香,却眼见秋白在整理一包衣物,说是母亲暂时不穿的一件绸棉袄和几件陪嫁时的旧衣服要送到孙府弄当店典质。羊牧之发问:"天一冷太夫人怎好没棉袄?"秋白苦笑说:"天下冻饿人何止我母亲,到那时再说吧!"

切身感受到的家庭的悲惨境遇加剧了秋白对辛亥革命后的政治坏象的失望、迷惘之情,又苦于寻不着出路。在一次闲谈《水浒》中的英雄好汉时,他竟然语出惊人地愤然说道:"现在就是没有梁山泊聚义的地方,我虽不能做拿着双斧的李逵,至少也好做一个水边酒店里专门接送来往好汉的酒保。"羊牧之笑说:"做个酒保有什么出息?"他便也笑了,回答:"做个那样的酒保也是有意思的。"

除了玩笑闲谈,秋白的痛定思痛也曾上升到一定的理论高度:

> 二十年来思想激变,一九一一年的革命证明中国旧社会的破产。可惜,因中国五十年的殖民地化使中国资产阶级抑压他的内力,游民的无产阶级大显其功能,成就了那革命后中国社会畸形的变态。资产阶级"自由平等"的革命,只赚着一舆台奴婢匪徒寇盗的独裁制。"自由""平等""民权"的口头禅,在大多数社会思想里,即使不生复古的反动思潮,也就为人所厌闻,——一激而成厌世的人生观:或是有托而逃,寻较远于政治科学的安顿心灵所在,或是竟顺流忘反,成绮语淫话的烂小说生涯。

——瞿秋白《饿乡纪程》

当时的秋白并不知道自己这一番少年意气的讲话,日后却成了中国总结辛亥革命失败的历史教训的最早的理论成果之一。当时的他还只继续沉浸在对自我的解剖之中:

> 所以当我受欧化的中学教育时候,正值江南文学思想破产的机会。所谓"欧化"——死的科学教育——敌不过现实的政治恶象的激刺,流动的文学思潮的堕落。我江苏第五中学的同学,扬州任氏兄弟及宜兴吴炳文都和我处同样的环境,大家不期然而然同时"名士化",始而研究诗古文词,继而讨究经籍;大家还以"性灵"相尚,友谊的结合无形之中得一种旁面的训育。然而当时是和社会隔离的。

——瞿秋白《饿乡纪程》

对于秋白这段避世的"名士化"生活,作为当时同学的李子宽在《追忆学生时期之瞿秋白、张太雷两先烈》一文中有如下一段回忆作为佐证:

> 省立五中制度,上午上课四小时,下午上课两小时;下午三时后,学生主课较差者补课一小时,如国文、英文等。其他学生则于此时间上游艺课一小时,游艺内容有书法、篆刻、军乐、雅歌等,由学生自由选择分组练习。秋白曾一度选雅歌(昆曲)学"拾金"一出,继而弃去,以后彼于著作中曾批评唱曲行腔咬字不尽符自然,其认识即基于此。后一年改习篆刻(治印),我亦与俱,其时发现秋白于小学(说文)已具相当知识,于各种印谱早有研究,较诸我辈初作尝试者迥然不同。秋白于治印之皖浙两派,于浙派较为爱好,所治印章在校时为多……秋白于音乐能吹洞箫,偶于月下一吹,音调婉转而凄楚,似惟此器适合于其情性。于国画能作山水,但亦不常作,在校时只写过两三幅,我乞得一幅。

李子宽乞得的这幅山水,是秋白留世不多的几幅笔墨之一。画面上高山临水,老松数株,山下水阁一座,内有一人横琴抚弦。画上题词云:

松风自度曲,我琴不须弹。胸中具此潇洒,腕下自有出尘之概,何必苦索解人耶。——己未春清明,为子宽五兄雅属,秋白瞿爽(附印)。

此外,李子宽还记得秋白亦好诗词:"自一九一三至一九一四年之间,秋白课余时间付诸吟咏者不少。最初,我班同学年龄较幼者四人即江都任乃闇、宜兴吴南如与秋白和我,相约学作诗词,从咏物开始。我未得其门径,不久即退出。秋白与任、吴乐此不疲,各存二三百首,抄录成帙,秋白与任君进步尤速,惜稿早失。三人惟秋白间亦作词,事隔四十年其成品亦不复能追忆矣。"

羊牧之则记得秋白平日还擅长手工雕刻,在常州中学堂读书期间,他制作的木制汤匙曾作为学校八十多种展品之一被选送巴拿马万国博览会展出。在篆刻石章方面,尤其偏爱浙派,苍劲古朴。据他回忆:"秋白替我刻一篆文名章,把羊字的角'M',刻得特别大,我说角太大了,不好,要重刻。他笑说:'角大能克敌,角大能摧坚,角大能自卫,怎能不大!'"

虽然在校有国文教师史蛰夫的精心教导,但秋白之篆刻,还是自幼受五伯父瞿世璜的启蒙,家中便藏有鹅黄、鸡血、寿山、桃源等精石;秋白之书法学"龙门二十品",爱临摹亲戚名书家庄蕴宽的魏碑,故终其一生下笔均带几分魏意;而他的山水国画,自然是师承乃父,自幼看在眼里,熏在画中,便也心领神会。虽然自小身处书香艺海,但在秋白眼中家族里最具名士气息的还要数自己的父亲。父亲不仅画得一手好画,更精通医书,钻习黄老之学,颇具有读书人不同流合污的精神,他在红梅阁中信手挥毫的风度派头正是中学时代的秋白最崇敬而羡慕的。虽然这种风度派头最终消磨于大明湖畔的凄凉晚景,但相信直至生命的最后时刻,秋白心目中父亲的形象从未轰塌。作为父亲,虽然因"无能""无用"而饱受世事摧残,承担命运不济,但即便在破产之后,却仍要将别人"视作敝屣"的旧时诗古文词稿整理出来"做个纪念",画画、修行,了此残生,最终保持了君子固穷之风不堕。作为儿子,也依然能从世俗对其父"无能""无用"的判词中超脱出来,将来自父亲血脉之中的文人名士清介自守的风格骨气继承并恪守一生。

之所以如此,归根结底是秋白对身处其中的中国社会现象有清醒的认识,使他并没有把家族的衰败破产怪罪到无力供养妻儿的父亲头上。在距今九十多年前,青年秋白便振聋发聩地告诉世人:"人生都是社会现象的痕迹,社会现象都是人生反映的蜃楼。"他在《饿乡纪程》中这样写道:

> 中国社会组织,有几千年惰性化的(历史学上又谓之迟缓律)经济现象做他的基础。家族生产制,及治者阶级的寇盗(帝皇)与半治者阶级的"士"之政治统治包括尽了一部"二十四史"。……最近一世纪,已经久入睡乡的中国,才曚曚瞳瞳由海外灯塔上得些微光,汽船上的汽笛唤醒他的痴梦,汽车上的轮机触痛他的心肺。旧的家族生产制快打破了。旧的"士的阶级",尤其不得不破产了。畸形的社会组织,因经济基础的动摇,尤其颠危簸荡紊乱不堪。
>
> ……
>
> 我幼时的环境完全在破产的大家族制度的反映里。大家族制最近的状态,先则震颤动摇,后则渐就模糊澌灭。我单就见闻所及以至于亲自参与的中国垂死的家族制度之一种社会现象而论,只看见这种过程,一天一天走得紧起来。好的呢,人人过一种枯寂无生意的生活。坏的呢,人人——家族中的分子,兄弟,父子,姑嫂,叔伯,——因经济利益的冲突,家庭维系——夫妻情爱关系——的不牢固,都面面相觑戴着孔教的假面具,背地里嫉恨怨悱诅咒毒害,无所不至。"人与人的关系"已在我心中成了一绝大的问题。人生的意义,昏昧极了。我心灵里虽有和谐的弦,弹不出和谐的调。
>
> ……在中国这样社会之中既没有阔亲戚,又没有钻营的本领,况且中国畸形的社会生活使人失去一切的可能,年纪已近半百,忧煎病迫,社会还要责备他尽什么他所能尽的责任呢?

若干年后,在关乎生死的牢狱审讯中,当端枪的狱卒粗暴地讯问其"姓名?职业?"时,他迟疑了片刻,抬头凝望已然看不到了的天空。父亲的画就在那里高高飘扬着。端坐书案、手捧医书的父亲,正在下方定定地望着他,脸上带着慈祥的微笑。他不禁眼前一湿,便从嘴边坚决地滑过一句:

"我叫林琪祥。我是医生。"——

这也许是他对父亲最后的一声纪念了。

4. 娘　娘

亲到贫时不算亲,蓝衫添得泪痕新。
饥寒此日无人管,落上灵前爱子身。

——瞿秋白《哭母》

耐铭甥倩如晤:前日名片与皮袄均收到,勿念。壬甥回后,时有不适。医者云:气血不足,故较前两胎病重。余劝其服药,彼又不肯,执定欲下胎。医与收生妇均不肯,云非比私生者,彼等须伤阴鸷。昨经余再三言自愿,始允;须洋五元,明日来此。后又嘱余早通知甥倩,最好有本人在此云云。壬甥先时虽欲如此,现又觉愁急。余观之可怜,故一夜未能合眼。余想甥倩既欲来常谋事,不妨早日来此,余亦可胆壮也。余因壬甥产后失调,故想趁此调养,但子孙系尊父母骨肉,不敢独主,望禀。堂上彼人所要之五元,须尊处出,余非惜此小费,可免日后招怪之意。接得此函,可去看乡间小孩一次,即来常。余再不见面责备,实因人手太少。甥倩或能稍代余劳,况谋生之事,准在中校。能定后,壬甥亦多一喜慰之念。如肯来,望将壬甥之帽只(帽子在面架旁上面之描金箱内)与珠花,并自铺盖均带来,丝棉亦带来,欲甥倩为阿双温英文耳。此颂　侍祉　廿二　姨字再者,洋头绳袜壬甥本拟自结,因身体不快,故未能结;如请人结,需费一元。甥倩果要否?又第三年及今年月报带来,借我一阅。(瞿稚彬附言)

这是秋白父母瞿稚彬与金衡玉留存至今的唯一一封完整的家书。① 信中所提"壬甥"是秋白大姨妈之女,嫁无锡秦耐铭。秦家原为无锡望族,后亦衰败凋零。秦耐铭夫妇生有四子一女,全靠秦耐铭做教师的微薄收入维持生活,但他们仍竭尽力量帮助瞿家。作为一个濒临破产的家庭的实际中坚,金衡玉深知自己的长子天赋异禀,且抱负极高,因此内外操劳之中,内心最为挂念秋白的教育,一心想使其成材,成为重振家族的希望。她曾在另外的书信中透露出想要秦耐铭帮助秋白研究些学问的意思,因为"阿双年龄大起来了",而"他的父亲不管一切",满纸辛酸苦楚。

1913年秋,这个外柔内刚、忍辱负重,仅凭一己之力试图拉扯一家老小脱离颓败困厄的女人终于按捺不住要与命运做一最后博弈。为纾解整个家族一潭死水的困局,她作出了家族史上的两大重要决定:第一,将祖母送到杭州四伯父家;第二,让瞿稚彬前往湖北黄陂二姑母周家管账。做第一个决定,是考虑到四伯父瞿世琥当时在泰兴任知事,处境毕竟较为宽裕;而第二个决定是想来瞿稚彬还在壮年,应该积极走出家门谋事,创造一笔能够长远地维持家庭生计的固定收入。在金衡玉看来,这是她对自己的人生作出的最后挣扎。她很明白,面对看不到希望的命运主动出击的结果不外乎两个:要么得偿所愿,要么万劫不复。站在命运的结点上,金衡玉唯有果断而决绝。

很快,她便迎来了命运的"回馈":首先是祖母不愿意远离故土,在常州去往杭州的船上大骂金衡玉不贤不孝。到达杭州短短两年后便撒手人寰。而四伯父瞿世琥随后也很快获罪罢官,生活顿时陷入拮据,对瞿稚彬一家的接济从此彻底断绝。另一方面,瞿稚彬在黄陂周家的月俸区区不足三十元,尚不够自己一身的日常开销,因而能够拿回常州家

---

① 引自刘小中、丁言模编著《瞿秋白年谱详编》,中央文献出版社2008年版,第30页。

中的唯有空空两手,清风一袖。可以说,金衡玉最后的期望不仅轻易化为乌有,更仿佛深陷泥沼后的无望挣扎,在一定程度上反而加速了家族的覆亡。因此,当祖母去世的噩耗传来,这个隐忍、坚强的铁娘子终于哭倒在婆婆的遗像前。十六年不分黑夜白昼的辛苦服侍,却在最后两年因将婆婆送走而功亏一篑,招来族内漫骂与非议无数。再看家中前路漫漫,却是黑暗无边。秋白在中学堂每学年需要缴纳学费三十元、膳食费三十元,再加上制衣、购买书籍文具等杂费,即使再怎样望子成龙,在衣食饱暖尚且无着的情况下,金衡玉即便是有三头六臂,也是再也不能应对的了。

1914年前后,一位同班生结婚,在校外请同窗吃喜酒。秋白饮而醉,在席上失声哭泣,同学们大惊,忙问其缘故,却回答曰:"伤心人别有怀抱。"再三追问,亦只得此七字。第二年暑期一过,秋白果然辍学。从此,"将丈夫逼走,将婆婆搬死,让儿子中学不得毕业"的三大罪状便将金衡玉活活钉牢在了耻辱柱上。

秋白的失学,在家中仿佛发生了一次地震,对金衡玉来说,更是一种精神上的幻灭。瞿轶群在《母亲之死》一文中回忆说:"哥哥在失学的日子里,饮食很少,每餐不足一小碗饭,有时出现低热。他变得很沉默,大部时间是在他的卧室兼书房(翻轩)里读书、写字,深夜也还是在昏暗的煤油灯下凝神看书。各种书:时事评论、翻译小说、文选、通鉴、老庄哲学、宋词唐诗,还有佛学,他都要看。同学之间也有来往,本城的张太雷,扬州任氏兄弟,都是他在江苏五中的好同学,常到书房里晤谈。彷徨、思考、苦闷,是哥哥这个时候的精神状态。眼看儿子如此情状,母亲默默无言。"

时值中秋,瞿家大门上粘贴的催账单,已经积得一寸有余,而从湖北归家的瞿稚彬却是两手空空。刚满四十周岁的金衡玉,要强之心早已灰灭,只绝望地从牙缝中断续挤出这样一句话:"要等我七十岁,才能还清这些债啊!"与家人相顾无言的一声叹息中,她已暗自拿定了主意——不必再挣扎,不必再嗟怨,甚至也不必再恐惧。只需用自己的生命为这个已经坍塌的大家庭奉上最后的牺牲,同时也是对自己备尝辛酸与磨难的人生作出最后的否定。

行动还是要分几个步骤进行：

首先,以急需贴补家用为名,拜托秦耐铭给长子秋白谋求一份工作。学业既不得维持,至少可以让儿子自立于社会。很快,秦耐铭便带来消息,无锡江陂国民小学校需要聘用一个教员。于是,金衡玉竭尽全力,积极争取,还亲自做了年糕、粽子,以备说情送礼。1916年1月下旬,金衡玉早早打发秋白动身去无锡,并刻意嘱咐:工作机会来之不易,自此一去,短时间内不必回常州。秋白想到自己终能凭本事挣来薪水,每月可以略微减轻些母亲的压力,便也欣然领命前往。他哪里知道,这是母亲计划中最为关键的一步。短短数天以后,他便会从无锡回到常州,洞悉一切。这也是他人生中第一次踏出常州,却如一场疾风骤雨,让其充分体味了人生无常,命运无情。

然后,寻一个借口将已渐通人事的女儿轶群打发至其舅家。随后,再若无其事地唤次子云白上街替她买回一大包红头火柴。趁夜,将火柴上的红头一根根全部掐下,用桃花纸包扎成黄豆般的小丸状,暂且收起不提。

最后,便是砸锅卖铁、使出浑身解数做出一桌比往年任何时候都要丰盛的年夜饭:糟扣肉、红烧鳜鱼、清炖鸡块……还打了一壶酒,全家团团围坐,尽享最后的盛宴。金衡玉微醺之下,环视身边一桌子女:末子坚白只有五岁;唯一的女儿轶群现已寄养于舅舅金声侣家中;次子云白业已过继给六伯父瞿世琨;三子景白、四子垚白自幼失学。而十七岁的长子秋白,已赴无锡谋业,另有懋红、懋鑫一女一儿均已早夭……在《母亲之死》中,瞿轶群忆起当日的情景,如是写道:"父亲和母亲居上座。母亲环顾席上,对秋白不参加除夕家宴似乎有点惦念。父亲说:'今夜菜肴比往年好,阿双不来吃,可惜!'母亲讲了一些吉祥如意之类的话,希望我们尊敬父亲和哥哥,兄弟和睦。她还跟父亲对酌,酒酣,母亲的谈话里,我只听到:'爸爸(我的外公)前年去世,在这个世界上,疼我的、保护我的人是没有了……'是伤心失意的话。"

正当秋白在秦耐铭的陪伴下游玩惠山二泉,在景徽堂前品茶作诗的时刻,常州一座破旧、阴冷的祠堂中,一个女人正悄然整理着家中各种当票、借据以及她个人的书册与手迹。子夜时分,从秋白的翻轩射出一道灯光,那么渺小而幽暗,无力冲破笼罩在整个祠堂偌大一团的肃杀之气。窗外是更深的暮色,黎明之前,万物寂然。这一天是1916年2月7日,农历大年初五……

对于那一夜的如烙印一般的回忆,瞿轶群继续痛苦地写道:"初五日子夜左右,在睡眼朦胧中,我看到哥哥的房里射出灯光。我披上外衣悄悄地爬起来窥视,只见母亲在灯下疾书,神情严肃。父亲均匀的鼾声从隔房传来。母亲又到阿云、阿森、阿垚阿谷睡的房间里去转了一会。当她坐下来继续执笔书写的时候,我怕被母亲看见,身上又觉得很冷,就迅速回床钻进自己的被窝里。怪我不懂事,我还来不及想一想这个情节的涵义,又睡着了。我依稀觉得母亲曾到我床前来站了一回,俯首在看我。初六凌晨,我是被父亲急促的呼唤声惊醒的。父亲面色青白,大声痛哭。……父亲去本城医院请求急诊,但当时兴的规矩,医院在春节期间概不应诊,急诊也不看,医生回家过节去了。最后请来了一位外科郎中,不管用。母亲在全家的一片慌乱和嚎哭声中辗转折腾,经受了极度的痛苦之后,于当日下午六点钟左右(酉时)停止了呼吸。她两眼睁得大大的,满脸呈红色。"

收到父亲发来"母亲病重,接信速回"的告急信,已是9日的上午,心急如焚的秋白在秦耐铭夫妇的陪伴下坐上了下午一点多的火车,直奔常州而来。一踏进家门,眼睁睁见到母亲的遗体,他始终无法相信这一切就是真实:桌上残存的半瓶虎骨酒,地上散落的火柴头,举止失措的父亲,慌乱嚎哭的弟妹,仿佛一张张碎片向他飞击而来。而郎中所描述的母亲临终所经受的十几个小时的极大痛苦更让他肝肠寸断。

瞿稚彬向贤庄大姑母的二女儿金君敏的公公庄重借款一百元,置了一口棺材,将遗体草草入殓。舅舅金声侣送一挽联:"我妹非如人妹,傲骨珊珊男子相;伊女就是我女,□□□□□□□",下联后半句不存。瞿稚彬则于悲愤中写下"受尽讥谗全大局"一句,后因怕得罪亲戚,不得不改作"受尽饥寒全大局"。——对于常人凡骨来说,饥寒的杀伤力远远小于讥诮。

此刻,常州城内城外,一派祥和。元宵灯节在即,人们正张灯结彩,喜气洋洋、热闹不已。而瞿氏宗祠内,却是别样一番孤冷清寂。秋白与弟妹轮流为母亲守灵。夜晚时分,月光倾洒在堂前,照亮"金宜人之位"的灵牌。秋白表面不作一声,内心却是江海翻腾。短短数日,已天人永隔。世间顿时换了模样。凝视着母亲的灵柩,秋白却比任何时候更能懂得她所有的心思:面对债台高筑,唯以一死抵债;儿女无依,唯以一死求族中公育。母亲选择离弃人世,确实是牺牲一己之身而全了一家大局。但在另一个层面,秋白也体悟到了母亲作为一个独立的个体,也是在以一身之死直指天下不公。对于无权无势的穷苦人民来说,可用于反抗不公社会的唯一本钱便是不惜抛洒一腔热血来维护生命尊严了。

自从金衡玉自杀弃世之后,瞿家一门星散。秋白再度踏上了无锡的土地,开始正式执教江陂国民小学校。父亲瞿稚彬带着垚白回到湖北黄陂,继续在二姑母家管账,不久后便迁往山东。云白跟随六伯父遗孀费氏居住,轶群则带着弟弟景白开始游走于表舅陆家、舅舅金声侣家及贤庄大姑母家,最小的弟弟坚白因年幼和一位许氏阿妈留在了瞿氏宗祠,直到1921年,轶群、景白和坚白才被接往杭州四伯父处同住。

秋白踏入社会的第一站——无锡江陂国民小学校(现名江溪小学),位于无锡江溪桥东,前身为南宋理学名儒杨龟山后裔于1906年在杨氏宗祠南祠堂创办的"道南书塾",初名私立江陂初等小学堂,1915年应教育部要求,更名为"杨氏私立江陂国民学校"。其时有学生几十人,秋白名为校长,其实就是这所学校唯一一个"全能"型教师:国文、算术、音乐、美术、英文,一身承担。走出校门,四周都是农舍,旁边一条小河,名曰"溪河",如果搭乘小船,一日便能回到常州。秋白因家事苦闷之时,常沿河散步,却又目睹地方恶霸欺压农户的情景,心下更为痛苦。而昔日好友李子宽早已因学潮而被常州中学堂除名,同样因"桀骜不逊、素行不谨"而受到校方警告的张太雷也年轻气盛,二人相伴北上投考北京大学预科,一时之间音信全无。回想自己这一段畸零枯寂的生涯,秋白在《饿乡纪程》中总结道:"我因母亲去世,家庭消灭,跳出去社会里营生,更发现了无量无数的'?'。和我的好友都分散了。来一穷乡僻壤,无锡乡村里,当国民学校校长,精神上判了无期徒刑。所以当时虽然正是袁世凯做皇帝梦的时候,政治思想绝对不动我的心怀。思想复古,人生观只在于'避世'。"

转眼四月清明时节,秋白回常州瞿氏宗祠,祭奠母亲,并写就《哭母》一诗:

> 亲到贫时不算亲,蓝衫添得泪痕新。
> 饥寒此日无人管,落上灵前爱子身。

然而,"唯心的厌世梦"终是做不长的,几个月后,他便辞去了江陂教职,返回常州,为母亲守孝。至年底,秋白终于下定决心,溯江赴武汉,投奔武昌的堂兄瞿纯白,准备开启人生全新的一页。而下面这段自白,也正可以看作一个历经家庭离散、内心孤苦无着的少年,为了继续生存下去,不得不故作坚强,挥别故土的一番感言:

> 我的诞生地,就在这颠危簸荡的社会组织中破产的"士的阶级"之一家族里。这种最畸形的社会地位,濒于破产死灭的一种病的状态,绝对和我心灵的"内的要求"相矛盾。于是痛,苦,愁,惨,与我生以俱来。我家因社会地位的根本动摇,随着时代的潮流,真正的破产了。"穷"不是偶然的,虽然因家族制的维系,亲戚相维持,也只如万丈波涛中的破船,其中名说是同舟共济的人,仅只能有牵衣悲泣的哀情,抱头痛苦的下策,谁救得谁呢?我母亲已经为"穷"所驱逐出宇宙之外,我父亲也只是这"穷"的遗物。我的心性,在这几几乎类似游民的无产阶级(lumpen proletariat)的社会地位中,融陶铸炼成了什么样子我也不能知道。只是那垂死的家族制之苦痛,在几度的回光返照的时候,映射在我心里,影响于我生活,成一不可灭的影像,洞穿我的心胸,震颤我的肺肝,积一深沉的声浪,在这蜃楼海市的社会里;不久且穿透了万重疑网反射出一心苗的光焰来。

——瞿秋白《饿乡纪程》

然而九年过去以后,金衡玉的灵柩依然停放在瞿氏宗祠内,秋白在上海与羊牧之重逢时,伤心欲绝地赠其诗云:

君年二十三,我年三岁长。
君母去年亡,我母早弃养。
亡迟早已埋,死早尤未葬。
茫茫宇宙间,何处觅幽圹。
荒祠湿冷烟,举头不堪望。

自那之后,又过了一个九年。当他身处黑暗、阴冷、潮湿的牢狱之中,心里亦是一片灰灭。他仿佛看到眼前一个单薄瘦弱、面色苍白的十七岁少年,痛哭流涕地跪倒在地。他的视线追随着少年,终于定格在一口冰冷、孤寂的灵柩上。他听到自己内心碎裂的声音。母亲!你仍旧这么孤单。儿子已经走近绝路,只待身丧,却不知母亲之柩,自此何人收葬?

他已经不会知道,几年以后,常州私立群英中学借瞿氏宗祠办学时,才将母亲的灵柩移至常州东郊牌楼东面的义冢地。

他也不会知道,再到十年之后,母亲的灵柩被迁移至西郊公墓,墓碑上刻"瞿秋白烈士母亲金太夫人之墓",下署"媳杨之华 女瞿轶群敬立"。

他更不必知道,又待十年过后,伴随着一场地动山摇的政治运动,母亲之墓终被捣毁,归于一片灰飞烟灭。

而我们知道的,是他一生之中最后一次谈到自己家庭与母亲的那一段文字:

我虽然到了十三四岁的时候就很贫苦了,可是我的家庭世代是所谓"衣租食税"的绅士阶级,世代读书,也世代做官。我五六岁的时候,我的叔祖瞿賡〔廷〕韶还在湖北布政司使任上,他死的时候正署理了湖北巡抚。因此我家的田地房屋虽然在几十年前就已经完全卖尽,而我小的时候,却靠着叔祖伯父的官俸过了好几年十足的少爷生活。绅士的体面"必须"继续维持。我母亲宁可自杀而求得我们兄弟继续读书的可能;而且我母亲因为穷而自杀的时候,家里往往没有米煮饭的时候,我们还用着一个仆妇(积欠了她几个月的工资到现在还没有还清),我们从没有亲手洗过衣服,烧过一次饭。

　　直到那样的时候,为着要穿长衫,在母亲死后,还剩下四十多元的裁缝债,要用残余的木器去抵账。我的绅士意识——就算是深深潜伏着表面不容易觉察罢——其实是始终没脱掉的。……

——瞿秋白《多余的话》①

5. 宁　姐

　　唯心的厌世梦是做不长的。经济生活的要求使我寻扬子江而西。旧游的瓜洲,恶化的秦淮,长河的落日,皖赣的江树,和着茫无涯涘的波光,沉着浑噩的波声,渗洗我的心性,舒畅我的郁积,到武昌寻着了纯哥,饥渴似的智识欲又一线可以充足的希望。——饭碗问题间接的解决法。

——瞿秋白《饿乡纪程》

　　常州——无锡——自食其力的日子不能继续了。十七岁的少年秋白,怀揣着表舅母"当了当头"借给他的路费,在常州西城大运河码头登船西行,栖栖皇皇地重新寻觅衣食依托之地。常州到武昌的一条水路,载不尽对过去的离愁别绪,更负不起对未来的嗟叹忧虑。几年以后,青年秋白终于痛定思痛,将昔日因这条"自然大流"牵动而起的对"生命大流"的遐思,从心头付诸笔下:

　　生活也好似行程。青山绿水,本来山阴道上,应接不暇。疾风

---

① 引自《瞿秋白文集·政治理论编》第7卷,人民出版社1991年版。文前有编者按语,详见本书附录。以下《多余的话》文本均引自此书。

迅雷,清阴暖日,就是平平常常一时一节的心绪,也有几多自然现象的反映。何况自然现象比社会现象简单得多,离人生远得多。社会现象吞没了个性,好一似洪炉大冶,熔化锻炼千万钧的金锡,又好像长江大河,滚滚而下,旁流齐汇,泥沙毕集,任你鱼龙变化,也逃不出这河流域以外。这"生命的大流"虚涵万象,自然流转,其中各流各支,甚至于一波一浪,也在那里努力求突出的生活,因此各相搏击汹涌,转变万千,而他们——各个的分体,整个的总体——都不知道自己,不知道自己的转变在空间时间中生出什么价值。只是蒙昧的"动",好像随"第三者"的指导,愈走愈远,无尽无穷。——如此的行程已经几千万年了。

人生在这"生命的大流"里,要求个性的自觉(意识),岂不是梦话!然而宇宙间的"活力",那"第三者",普遍圆满,暗地里作不动不静的造化者,人类心灵的谐和,环境的应响,证实天地间的真理。况且"他"是"活力",不流转而流转,自然显露,不着相而着相,自然映照。他在个性之中有,社会之中亦有,非个性有,非社会有,——似乎是"第三者"而非第三者。

"生命大流"的段落,不能见的,如其能见,只有世间生死的妄执,他的流转是不断的;社会现象,仍仍相因,层层衔接,不与我们一明切的对象,人生在他中间,为他所包涵,意识(觉)的广狭不论,总在他之中,猛一看来,好像是完全汩没于他之内。——不能认识他。能认识他的,必定得暂舍个性的本位。——取第三者的地位:"生命大流"本身没有段落,可以横截他一断;社会现象不可认识,有个性的应和响;心灵的动力不可见,有环境为其征象。

在镜子里看影子,虽然不是真实的……可是真实的在那里?……

——瞿秋白《饿乡纪程》

不识人生真面目,只源身在此"流"中。少年秋白此去武昌投奔的"纯哥",即瞿纯白,是四伯父瞿世琥之长子,名常,字纯伯,以字行。毕业于京师大学堂法文专修班,曾先后在上海南洋大学、南洋万言学堂、北京清河陆军大学和民国大学等学府做过教员,当时正在京汉铁路局任通译。虽已可以算得瞿家大族新一代中的翘楚,却也在经济生活中未能免于捉襟见肘。由于瞿稚彬的三个子女轶群、景白、坚白最终寄养于杭州四伯父家中,而长子秋白以及日后的垚白则投奔纯白,可以说,金衡玉去世以后,瞿稚彬全部子女的抚养重担都落在了瞿世琥父子的肩头上。因此,当瞿纯白尽心竭力帮助秋白考入武昌外国语专科学校学习英文之后,却对维系学业的昂贵学费望洋兴叹,无能为力了。不久,秋白唯有再次中途退学,等待寻求生存他法。

且说瞿稚彬带着体弱失聪的垚白,此刻也从常州来至武昌,准备投往黄陂二姑母瞿婕青(阿多)家,以图能够继续帮忙管账糊口。秋白正闲,便决定陪同父亲和弟弟走一遭黄陂。在黄陂,父子三人受到了二姑母阿多,堂姐瞿兰冰(懋陞),表兄周君亮(均量)、周君适的热情欢迎。经历了荒祠一家星散、僻壤孤独教学、武昌无力学业的少年秋白,一时之间又被人世亲情温柔包围了。周君适回忆说:"当他们到达我家的时候,我母亲一手拉着稚彬,并把秋白和阿垚一手揽在怀里,痛哭失声的情景,至今还历历如在目前。"①

贫困交加、居无定所、流离颠沛的父子三人,终于在黄陂得到了短暂的喘息机会。根据周君适的回忆:"秋白的性格沉默寡言,生活俭朴,相貌俊秀,但不喜穿着修饰,他的唯一爱好是读书。我家后栋有一小园,房屋三间,两间藏书,一间是家塾,由我的大哥君亮教读。秋白叫阿垚和我一起读书,他自己已经常坐在书橱前,选择爱读的书,从早到晚,孜孜不倦地阅读。他最爱读的是《老子》、《庄子》、《资治通鉴》和二十四史等书,不爱读四书五经。他经常教导我们勤奋读书,不要贪耍,他指着满架图书说,有这样好的条件,还不用功读书,真是太可惜

---

① 本节周君适、周君亮家兄弟对瞿秋白的回忆,参见周君适《瞿秋白同志在黄陂》,载《山花》1981年第7期;周君亮《坠尘集》,台北商务印书馆1973年版。

了。并把大禹惜寸阴、陶侃惜分阴和车胤囊萤映书的故事讲给我们听。他平时是很少说话的,可是讲起故事来,话匣子打开了,却滔滔不绝,娓娓动听,他那坚强的意志,和蔼的语气,给我留下了深刻的印象。"

那时,周君适与秋白同榻而眠,往往深夜一觉醒来,发现秋白仍旧坐在昏暗的煤油灯下扯卷夜读不辍。精神力固然发挥到了极致,但肉体上的弦却也因此紧绷出了危险的信号:他面容消瘦、身体薄弱,开始经常咳嗽不止。姑母和堂姐见状很是忧疑,特意请了大夫来诊脉。一诊不要紧,果然已是肺病初期。家中一阵忙乱,又是开方,又是抓药,更添了好几张嘴苦口婆心劝他夜里不要再读书伤神。秋白表面应着,私下里却说不是什么大病,不必小怪大惊。每晚只等众人都睡去了,照旧起身点灯读书至天亮方休。一个历经坎坷波折,与家人生离死别,因此性格偏于内向幽闭,而又天生具备文气才情的少年夜夜苦读,其实正是在自己面对自己,苦苦探索着自我问题的解答。正如他自己在《饿乡纪程》中所说:"惨酷的社会,好像严厉的算术教授给了我一极难的天文学算题,闷闷的不能解决;我牢锁在心灵的监狱里。'内的要求'驱使我,——悲惨的环境,几乎没有把我变成冷酷不仁的'畸零之人'……"

少年秋白在黄陂时期的这段独立、安静的智识训练,由于碰撞到了表兄周君亮的交汇切磋而更添非常之效果。他自己也曾感慨说:"到黄陂会见表兄周均量,诗词的研究更深入一层;他能辅助我的,不但在此,政治问题也渐渐由他而入我们的谈资。然而他一方面引起我旧时研究佛学的兴趣,又把那社会问题的政治解决那一点萌芽折了。这三四个月的旅行,经济生活的要求虽丝毫没有满足,而心灵上却渐渐得一安顿的'境界'。"

秋白也看佛书,如《成唯实论》《大智度论》等,并经常与君亮交流。有一次君适和秋白开起玩笑:"难不成你已经看破红尘了么?"秋白却一脸严肃地回答:"老庄是哲学,佛经里也有哲学,应该研究。"

在潜心研究形而上的同时,实际的社会经济问题亦始终未曾从少年秋白的脑海中分离出去。他清醒地意识到瞿家与周家这一段黄陂温情岁月并不会持续长久,由于二者在经济地位上的不平等,也就注定了日后必然的分道扬镳。他深知:"生活困难,心绪恶劣,要想得亲近人的慰藉,这也是人情,可是从何说起!亲人的空言虽比仇人的礼物好,究竟无益于事。况且我的亲友各有自己阶级的人生观。照实说来,又恐话不投机,徒然枉费。"因此,当见到周君亮在一次教导阿垚时使用了体罚,让阿垚直挺挺地跪在地上时,秋白大受刺激,极为敏感且反应很大地呼喝道:"起来,这成个什么样子!"差点造成与周君亮之间的罅隙。可以说,为社会痼疾求解决的政治诉求与为自我心灵求安顿的佛学研究,二者相反却相成地共存于秋白的黄陂之行中,仿佛一个酝酿、储备的阶段,为未来的人生步骤奠定了起踏的阶梯。

时光行至那年元宵节之夜,风清月朗,满城爆竹箫鼓之声,热闹非凡。周家兄弟邀秋白去闹市观花灯,以解他心头郁结。秋白却提议到铁锁龙潭吟诗赏月,于是,主随客便。话说那铁锁龙潭是个偏僻冷清的所在,名源于民间传说大禹治水之时,在深潭之中锁了一条龙;潭中央立一铁柱,柱上拴有铁链,下垂潭底,为黄陂一名胜。那夜,对着皎洁月色与清冷潭影,秋白高声吟诵杜甫的诗句:"思家步月清宵立,忆弟看云白日眠。"众人知他触景生情,想念起在杭州的弟妹,忙用话岔开,问他这潭里是否真的锁着龙。秋白亦知众人之意,便又把《史记》中孔子见老子后,对门人说的一段话念了出来:"鸟吾知其能飞,鱼吾知其能游,兽吾知其能走,至于龙,吾不知,其乘风云而上天。吾今见老子,其犹龙耶。"这话是告诉众人:龙变化莫测,岂能锁得住?随后,面对着使他"低徊留恋"的黄陂铁锁龙潭的清波皓月,秋白吹起呜咽作响的洞箫,并填词一阕:"一泓潭水,铁锁老龙潜不起。莫漫哀吟,听我悲箫宛转声。　华年初送,如电如云还如梦。珍重心期,休待秋霜入鬓时。"且说那月月底,秋白便离开黄陂,回到武昌,很快便又跟随调动到外交部条约司通译科任职的瞿纯白,一起远赴北京。不久之后,瞿稚彬便也带着阿垚离开了周家,前往山东继续寄人篱下的飘零生活去了。

在此后的人生中,秋白常常回想大明湖畔小酒馆晚膳之后,他同着父亲回到父亲寄居的好友家中的那个夜晚。父子二人同榻而眠,整整谈了半夜。第二日一早,他便坐上火车进京了。日后,他还用一段极为感性的文字记录下了在火车上的那一番缠绵悱恻的离愁别绪:

> 一人坐在车里,寂寞得很,英国人又躺下睡着了。我呆呆的坐着思前想后,也很乏味,随手翻开一本陶渊明的诗集,看了几页又放下了。觉着无聊,站起来凭窗闲望。半阴半晴的天气,烟云飞舞,一片秋原,草木着霜,已经带了些微黄,田地里禾麦疏疏朗朗,显得很枯瘠似的,想起江南的风物,究竟是地理上文化上得天赋较厚呵。火车的轮机声,打断我的思潮,车里却静悄悄的,只看着窗外凄凉的天色似乎有些雨意,还有那云山草木的"天然"在我的眼前如飞似掠不断的往后退走,心上念念不已,悲凉感慨,不知怎样觉得人生孤寂得很。猛然看见路旁经过一个小村子,隐约看见一家父子母女同在茅舍门口吃早饭呢。不由得想起我与父亲远别,重逢的时节也不知道在何年何月,家道又如此,真正叫人想起我们常州诗人黄仲则的名句来:"惨惨柴门风雪夜,此时有子不如无。"
> ——瞿秋白《饿乡纪程》

那济南一别之后,除了1923年归国后的一次探望,秋白再也没有见到过他的父亲。对于瞿稚彬来说,也确实是应了"此时有子不如无"——这个长子算是白生白养了(虽然作为父亲,他其实也没有完全尽到"养"的责任)。不管是在黄陂小憩,还是在济南小聚,尽管看起来都是均为寄食者身份的父子两代人的凄凉重逢,然而,作为一个在中国近现代历史上留下了重墨"痕迹"的人物,秋白却绝不是一个倚赖亲戚、浑无出息的寄食者。虽然在他早期的生命中,既有来自无锡秦家、黄陂周家的无私援助,也有为他"当了当头"凑路费的表舅母、从武昌到北京一路为他遮风护航的"纯哥",或许还有一个今天我们已无所细考,却同样在他孤苦无依的少年时期给予了他雪中送炭的温暖帮助,以至在生命最后时期依然念念不忘,特意用绝笔郑重写下的亲人"宁姐"(笔者猜测是其一位堂姐或表姐),但没有选择地降生在一个改天换地、不可逆转的大时代,同样没有选择地投生到一个没落凋零、寄人篱下的家庭,做了一个在时代大潮裹挟下已不能独善其身,更无法保全家人的父亲的儿子,或许才是他一生悲剧性格的根源所在。"士的阶级"的出身就像一枚胎记,不仅是在生存层面,同时也在精神层面,乃至政治信仰与哲学世界观层面折磨、困扰着他,使他终生摆脱不了"畸零人"的心理暗影。直至生命结束的那一刻,它仍在不断撞击他的心门,使他陈出痛彻心扉的"多余的话",而正是那些话,又不知撕裂了多少人心,陪他一起疼痛、挣扎,乃至纠结至今……

第二章　北　平

　　小小的院落，疏疏的闲花闲草，清早带些微霜，好像一任晓风飑拂摇移，感慨有些别意，仿佛知道，这窗中人快要离他们远去万里了。北京四年枯寂的生涯，这小小的院落容我低徊俯仰，也值得留一纪念，如今眼看别离在即，旧生涯且将告一段落，我也当有以安慰安慰这院落中的旧伴呵。

　　　　　　　　——瞿秋白《饿乡纪程》

6. 黄先生

　　从此别了均量又到北京,抱着入大学研究的目的。当时家庭已经破碎,别无牵挂,——直到如今;——然而东奔西走,像盲蝇乱投要求生活的出路,而不知道自己是破产的"士的阶级"社会中之一社会现象呵!

——瞿秋白《饿乡纪程》

　　"黄蕴深(1872—1953),名宗麟,号云深,闵行人。清光绪二十九年(1903年)留学日本。宣统二年(1910年)在日本法政学校毕业后回国,钦赐法政科举人。民国元年(1912年)任中国驻朝鲜仁川领事,后升任汉城(今首尔)副总领事、代理总领事。民国五年回北京,任外交部主事,兼中央防疫处主任、俄文专修馆馆长。民国十八年任吴县县长,倡议在苏州玄妙观后面建造中山纪念堂,率先捐款,响应者众,纪念堂于民国十九年落成。民国三十五年任上海县参议会议长,并在闵行合股恢复浦海银行,任经理。擅长隶书,工绘画,能诗词。又潜心研究中医,虽不挂牌行医,但为乡里治病,有请必到,不收酬金,乡里称贤。解放后迁居苏州,1953年病逝。著辑有《吴县城区附刊:江苏省》(成文出版社,1931年)及《闵行诗存》留世。"——以上文字来源于上海市地方志办公室发布的《闵行区志》。

　　与这位"黄先生"有关的历史记录,还有刊登于2006年7月24日《人民政协报》、贵钧撰写的《北京外交部俄文专修馆略记》一文中的一段文字:

每天下午4时内堂功课完毕后,要由校长率领学生背诵一遍"耻字歌"。"耻字歌"之来源,是袁世凯闹帝制时日本提出二十一条,以要挟袁承认。当时全国高等学校群起反抗,俄文学堂曾由校长率领全体学生到中央公园(中山公园)开会游行。返校后令全校学生撰拟耻字歌词,当时选中一篇,其词句为:"吾人有大耻乎?(由校长提问)有大耻!有大耻!(学生齐答)吾人忘此大耻乎?(由校长提问)不敢忘!不敢忘!(学生齐答)嗟嗟此耻我心伤,我心不死何日忘,我心未死当求立,求所以立在自强。(校长率学生一起朗诵)""耻字歌"每天都要由校长率学生齐读一遍,以示卧薪尝胆不忘国耻之意。诵完之后,齐赴操场踢足球及做拔河运动等。当时所踢之球并非一般之皮球,乃系外用旧布内填棉花缝制而成者。此球踢起来消耗体力较大,目的用其锻炼足力,健强身体。

文中的"校长"即时任北京外交部俄文专修馆馆长的黄蕴深。这是一个在历史上默默无闻、着墨不多的人物,却被秋白恭恭敬敬地尊为"黄先生",端端正正地写进《未成稿目录》中作为人生自传的《痕迹》的第六名目,从而载入史册。虽然,至今学界对"黄先生"的庐山真面目仍然莫衷一是,没有定论,但笔者根据时间序列、前情后因,大胆推测:秋白笔下的这位"黄先生",便是黄蕴深。因为这一份秋白在生命最后关头挥手而就的自传名目,看似仓促,其实却见真情;看似草率,其实却是不经深思熟虑、由心直感而发的人生线索,从父亲、母亲、景白等至亲,到杨之华、独伊等至爱,再到丁玲、张太雷、冯雪峰、郭质生等挚友,每一个名目下都包含血泪实感。黄蕴深之所以能够以"黄先生"赫然位列其中,应与其当时俄文专修馆馆长的身份脱不了干系。而秋白之进俄文专修馆,正是其几经人生挫折之后终于选择接受的命运安排,也可以说是瞿秋白人生道路极为要紧的转折契机。

从常州到武昌,再从武昌到北京,秋白一路跟随他的纯哥,继续着"孑然一身"的寄居生涯。位于东皇城根草厂胡同南口路西的一座三进房屋的院落,在此后的四年中,既是为他遮风避雨、供他衣食饱暖、容他"低徊俯仰"的小小容身之所,又成为他开眼看世界的一座平台。此时的青年秋白,已然有了对"旧生涯"的自觉感悟,并开始了对"新生活"的主动追求与探测。虽然从入北京到五四运动爆发的三年,被他自己称为"最枯寂的生涯","友朋的交际可以说绝对的断绝",但同时却既有"北京城里新官僚'民国'的生活"给他以"一重大的痛苦激刺";又有张勋复辟的颠乱时局使他经受护送堂兄家眷避兵祸于黄陂,复辟闹剧收场后又重返北京的心灵震荡;更有北京大学文学院的胡适、陈独秀等人对旁听学问的他进行醍醐灌顶的新思想与新文化的启蒙,不可谓全无斩获。只是瞿纯白收入微薄,不足以支撑住青年秋白的瑰丽梦想——进北大读书。于是,只能"东奔西走,像盲蝇乱投要求生活的出路"。

秋白不无感伤地自我记录道:"我在母亲自杀家庭离散之后,孑然一身跑到北京,本想能够考进北大,研究中国文学,将来做个教员度这一世,什么'治国平天下'的大志都是没有的,坏在'读书种子'爱书本子,爱文艺,不能'安分守己的'专心于升官发财。到了北京之后,住在堂兄纯白家里,北大的学膳费也希望他能够帮助我——他却没有这种可能,叫我去考普通文官考试,又没有考上,结果,是挑选一个既不要学费又有'出身'的外交部立俄文专修馆去进。这样,我就开始学俄文了(一九一七夏),当时并不知道俄国已经革命,也不知道俄国文学的伟大意义,不过当作将来谋一碗饭吃的本事罢了。"这段文字,便是《多余的话》中《"历史的误会"》的开篇词。秋白进入俄文专修馆,可以算是其真正的历史人生的开幕,"历史的误会"也正是从这里埋下最初的线索。

秋白在常州中学堂的老同学李子宽此时也到了北京,与秋白重逢,并得以记录下反映当时秋白真实心绪的浮光掠影:

> 一九一七年八月我到北京,秋白已先我月余到来……我往访晤,斗室不盈丈,秋白挑灯夜读甚艰苦,时已确定入外交部俄文专修馆。据秋白告我,原拟入北京大学文科(此年北大文科招生,不要文凭,只要程度相当),曾商之于所投奔之堂兄纯白。纯白时供职于交通部京汉铁路局,兼俄文专修馆法文教员,值中交票贬价时

期,月薪所入不敷家庭开支,不能为秋白筹学费,因劝秋白入俄文专修馆,谓在就学时期当为秋白力任膳宿供应,大学学费则非力所能堪,俄文专修馆免费可以走读。此为秋白当时专习俄文之缘由。

——李子宽《追忆学生时期之瞿秋白、张太雷两先烈》

俄文专修馆坐落于东总布胡同十号的一座西洋式建筑内,原为东省铁路学堂,民国元年作为外交部训练外语人才的专门学校,改称为外交部立俄文专修馆,保持甲乙丙丁戊五个班级。秋白考入的是第二届甲班。俄文专修馆可以算是青年秋白真正意义上的"母校",是他历经颠沛、长期失学后,重新回归学业道路的第一间课堂,虽然不是梦想中的北大,甚至根本不是自己选择的理想专业,但学校的包容与接纳对当时的秋白的心理抚慰是巨大的,他终于结束了漂泊无依的"旧生涯",在他的脚下,已经展开了全新的人生道路。而黄蕴深作为这所学校的校长,便成为秋白"新道路"上所遇见的第一位校长,也是第一位"先生"。虽然黄先生对秋白的影响,或许与他此时旁听的胡适、陈独秀、李大钊等人不能同日而语,但毕竟是正宗嫡系,更何况,这还是一位卧薪尝胆不忘国耻每日坚持带着学生诵读"耻字歌"、与学生齐赴操场踢足球及做拔河运动的爱国先生。耳濡目染之中,黄先生的举手投足、一言一行,也给青年学生秋白留下了极为深刻的正面印象,这也在一定程度上促使秋白一心着力于专业的学习。——历史地看,也正是这一点成就了或者说成全了瞿秋白一生的正大事业。

据秋白当时的同班同学沈颖在《关于秋白的一点回忆》一文中记载:"秋白在校每考必列第一或第二名。彼时俄文专修馆每星期日上午有文课,全体学生一律参加,秋白的中文程度很好,所作文课几乎每次均油印传观,以致名遍全校内,无人不知!秋白同志除上课外定有自修表,据记忆所及,大概为俄文、英文、法文、社会科学及哲学等。每日不论多忙,必定要照表把应做的工作做完,所以往往到深夜两三点钟才睡。喜吸纸烟,烟卷常不离口。平日甚少谈话,然每作谈论,辞如泉涌,滔滔不绝,而且关于每一问题都是作有系统的陈述。对于报章所发表的大事件虽事隔多日,而谈及时总是源源本本的说出来。记得有一次,胡政之为聘请大公报副刊编辑,邀秋白、济之(耿济之)等吃便饭(大约在民国九年秋天,彼时胡政之刚由法国回来,不久为了适应新文化潮流,欲改组天津大公报副刊),席间五六人只听到秋白与主人胡政之的谈话,由时事而及文艺而及法国出版的李白诗选译文,使我大为惊异佩服他的渊博。未几我又与他同赴天津,采访俄人柏烈伟,他以三年的俄文程度,平日在校很少练习俄文会话的机会,竟然说得相当流畅。"

说到秋白过人的外语学习能力,瞿纯白的儿子瞿重华也在其口述、李凤山整理的《大叔秋白生平琐记》中有所提及:"也许正是贫困的家境,更加激励了秋白大叔发奋图强,刻苦钻研的坚强意志。在学校里,秋白大叔的学业成绩总是在前几名,而'俄专'的课程远远满足不了他的求知欲望。那时候我父亲为了多挣点钱养家,曾在一个法语补习班兼课,自己编写了一套法文教材。大叔又利用这个机会,在学习俄文的同时,自学起法文来。想不到几个月之后,他的法语水平,竟然远远超过了补习班的其他正式学员。"——瞿秋白的外语天赋是惊人的。

再说到课外的"自修表",按照秋白自己的话说,便是:"我的进俄文专修馆,而同时为哲学研究不辍,一天工作十一小时以上的刻苦生涯,就是这种人生观(即秋白所说的'二元的人生观',见后文的引述。——引者注)的表现。当时一切社会生活都在我心灵之外。学俄文是为吃饭的,然而当时吃的饭是我堂阿哥的,不是我的。这寄生生涯,已经时时重新触动我社会问题的疑问——'人与人之关系的疑问'。"

1917年秋,秋白得假返回常州,将还在念私塾的云白也带到北京。为了堂兄弟们及自己一家老小的衣食起居,瞿纯白不得不设法多挣钱养家。其时常常去瞿家走动拜访的李子宽便曾提及:"我去时偶和秋白同饭,常以白萝卜和干贝两小块或虾米少许就煤球炉上狂煮,以汤佐餐,取其味隽,不需更加作料,亦不求量。"

对于纯哥按照"家族的旧道德"对他们兄弟的培植扶助,秋白感铭于心,但到底还是被"新时代的自由神"移易了心性,不能纯然坐在"旧"的监狱里。他说:"厌世观的哲学思想随着我这三年研究哲学的程度而增高。然而这'厌世观'已经和我以前的'避世观'不相同。渐渐的心灵现象起了变化。因研究国故感受兴趣,而有就今文学再生而为整理国故的志向;因研究佛学试解人生问题,而有就菩萨行而为佛教人间化的愿心。这虽是大言不惭的空愿,然而却足以说明我当时孤独生活中的'二元的人生观'。一部分的生活经营我'世间的'责任,为自立生计的预备;一部分的生活努力于'出世间'的功德,做以文化救中国的功夫。"

因此,"二元的人生观"投射于他当时的处境便也表现为两个层面。第一个层面便是情感上依然偏于"枯寂",并未走出思想的苦闷、彷徨期。在此期间,他曾作一首七绝,云:

雪意凄其心悒然,江南旧梦已如烟。
天寒沽酒长安市,犹折梅花伴醉眠。

1932年年底,他曾重录此诗,书赠鲁迅,并在诗后添加跋语,称:"此种颓唐气息,今日思之,恍如隔世。然作此诗时,正是青年时代。殆所谓'忏悔的贵族'心情也。"就在1918年前后,当他埋头于研究佛学,并响应北大胡适之"再造文明""还历史一个本来面目"的号召准备致力于整理国故时,他的这位日后的人生挚友,也正"潜伏"在绍兴会馆里的槐树下摹钞着魏晋古碑。

另一个层面则是"一九一八年开始看了许多新杂志,思想上似乎有相当的进展,新的人生观正在形成"。与新的人生观同步发生的便是与"枯寂""断绝"相对的新的社交圈子的形成:郑振铎、耿济之、许地山、瞿世英等一批志趣相投的新朋友进入了青年秋白的新世界。瞿重华在《回忆秋白叔父在北京的情况》一文中写道:"大叔除了勤奋学习外,还积极参加了当时进步学生的各种社会活动,结交了许多志同道合的朋友。我记得,那时候经常有和大叔年纪不相上下的人到我家里来,聚集在他的屋子里,热烈地谈论着,常常到深夜。我印象最深的是郑振铎(当时他在北京铁路管理学校读书),他瘦高个子,穿一件半旧的长衫,几乎是天天都来,有时一天要来两趟。"

又根据耿济之的妹妹耿洁之在《耿济之的青少年时代》一文中的回忆："大哥有一个最要好的同班同学——瞿霜（即瞿秋白）。每天，他都和大哥一道回我家来复习功课，我们叫他霜哥。霜哥长得瘦瘦的，很清秀，但是两颊红红的，听说有肺病，父亲就不大乐意让他来，怕传染给我们。大哥也不在乎，一直与他亲如手足。……霜哥比我们更苦，孤身一人在北京上学。饿了买两个烧饼就着白开水咽下。上俄文专修馆后，学校发给每人一套黑制服，不论春夏秋冬，大哥和霜哥都把制服穿在身上，一直穿了五年，补了又补。霜哥的制服也时常拿到我家来补。……还有两个穷学生，一个是郑振铎，一个是许地山。郑振铎在北京铁路管理学校学习，许地山是燕京大学的学生。他们四人没有一天不在我家读书，不管是刮风，还是下雨下雪，几乎天天如此。他们整天在一起讨论和研究文学，忘掉了饥饿和冷热。该吃饭了，这三个朋友知道我家有时连碗粥也匀不出来，便悄悄溜出来买个烧饼充饥。到了星期天，有时四个人到图书馆去一整天，也不过是啃烧饼填填肚子。"

郑振铎则在《记瞿秋白同志早年的二三事》一文中对当时的秋白这样评价道："秋白在我们几个朋友里面，是有'少年老成'之称的。许地山、耿济之、瞿世英和我的年龄都比他大。地山在入大学之前，还曾'饱经世故'，到过南洋，做过教师。但比起秋白来，似乎阅历都没有秋白深。秋白在我们几个人当中，够得上是'老大哥'。他说的话，出的主意，都成熟、深入、有打算、有远见。他的中国书念得很多，并大量的刻苦的读着哲学书。对于'老''庄'特殊有研究。我那时只读些刘知几《史通》、章实斋《文史通义》之类的书，见解很幼稚，对于他的博学和思想的深刻是十二分的佩服的。有许多事，都要去请教他。"

而秋白自己的叙述，也的确体现了郑振铎对他"成熟""深入""有远见"的评价：

> 最初北京社会服务会的同志：我叔叔瞿菊农，温州郑振铎，上海耿济之，湖州张昭德（后两位是我俄文馆的同学），都和我一样，抱着不可思议的"热烈"参与学生运动。我们处于社会生活之中，还只知道社会中了无名毒症，不知道怎么样医治，——学生运动的

意义是如此，——单由自己的体验，那不安的感觉再也藏不住了。有"变"的要求，就突然爆发，暂且先与社会以一震惊的激刺，——克鲁扑德金说：一次暴动胜于数千百万册书报。同时经八九年中国社会现象的反动，《新青年》《新潮》所表现的思潮变动，趁着学生运动中社会心理的倾向，起翻天的巨浪，摇荡全中国。

——瞿秋白《饿乡纪程》

这段话写于1920年，正如学者王观泉所指出："那种对于刚刚发生的社会运动立即看出它扭转乾坤的作用的预见性，远远走在与他同般大的'智识青年'前面，而与无论从年龄从知识结构都比他长一辈的如李大钊、陈独秀等杰出分子同步。"①

翻天巨浪袭来，秋白和伙伴们于是卷入漩涡，孤寂的生活瞬间被打破——"菩萨行的人生观，无常的社会观渐渐指导我一光明的路"——五四运动爆发了。

　　一九一九年五四运动的时候，北京的大学生全都卷入这个大运动中了。它像一声大霹雳似的，震撼醒了整个北京、整个中国的青年学生，以至工人和中年知识分子。山洪暴发了。由于一九一七年俄国大革命的影响，中国走上新的革命道路了。这个开始，这个以反帝的爱国运动开始的学生运动，在实际上已经是翻天覆地的伟大革命的序曲。而且，实际上的领导者也是中国共产主义运动的先驱者们，秋白同志就是其中之一。

　　……我们几个人代表的都是小单位，而且在那些单位里，做工作十分困难，群众意见多，领导不起来，特别是我几乎成了"单干"。我们这一群代表着"俄专"、"汇文"和"铁路管理"的便在一起，成了一个小单位，主要的原因是平常见面多，比较熟悉，因之，在开会、活动时也就常常在一起了。秋白在我们之中成为主要的"谋主"，在学生会方面也以他的出众的辩才，起了很大的作用，使我们的活动，正确而富有灵活性，显出他的领导的天才。越到后

---

① 王观泉：《一个人和一个时代：瞿秋白传》，天津人民出版社1991年版，第84页。

来,我们的活动越困难,北大、高师都无法开会了,只好到东城根的"汇文"去开。开的时候,老在夜间。悄悄的个别的溜进来开会。散了会之后,也一个个的悄悄的溜出去。军阀的走狗们变得更狡猾了,说不定就埋伏在附近,叫一声你的名字,如果回头一答应,就会被他们捉去。他们以这样的方式,已经捉了好几个人。秋白是很机警的,曾经被一个走狗追踪了半天,跟上了电车,又跟上了人力车,但他转弯抹角的兜圈子走,终于甩掉了那个狗子。自此之后,秋白的行动显得更小心了。有时,总是我们三两个人一同走,以便彼此有照应。

以上这些片断记忆同样来自郑振铎,区区几笔便为我们生动地描画出当时当地青年学子置身革命运动的一幅简略草图。从"五四"到"六三",再到抗议"马良祸鲁",在如渐涨的潮水般一浪接一浪的社会运动冲击中,一个瘦削、苍白的年轻身影不顾身体孱弱,奋力随波逐流,仿佛一朵小小的白色浪花,细小却坚实地奋战并盛开在激荡辽阔的海面。它的声音尚且轻弱,几乎被埋没于滚滚逝水发出的合鸣之中,然而对于穿越了时间,隔岸观战的我们来说,却能在退潮后的沙滩上有幸采撷一二碎片,以示不愿忘却的纪念。毕竟对于这个在身心剧烈跌宕之后竟吐出血来的肺病患儿来说,"干了这平生痛快事,区区吐血,算什么一回事!"

碎片之一:1919年7月17日,《晨报》第6版发表署名"瞿秋白投稿"文章——《不签字后之办法》。文章冷峻、务实,带有前瞻性地具体指出"今中国专使既未签字于德约,则此后"政府所应办者三项、国民所应办者六项、学生所应办者三项,并于最后总结说明:"仆素昧于外交大势,兹就愚见所及,有所陈述,不觉所望于政府者太奢,即所望于国民者亦恐太过,然人患不能自立,苟有决心,何事不就?不甘自轻而召侮,海内明达君子,其进而教之。"

这是秋白生平发表的第一篇政论文章。

碎片之二:1919年9月15日,《新中国》第1卷第5期刊登托尔斯泰短篇小说《闲谈》译文,署名"瞿秋白",后收入《俄罗斯名家短篇小说集》,《新中国》杂志社1920年7月出版。

这是秋白生平发表的第一篇翻译文字。

根据郑振铎的回忆,那个时候他们这一群人的翻译实践,可以说是中国直接从俄文原著翻译俄国文学的开始,而这一点从政治文化的角度来看,潜在意义重大:

> 我们在那个时候开始有一个共同的趣味就是搞文学。我们特别对俄罗斯文学有了很深的喜爱。秋白、济之是在俄文专修馆读书的。在那个学校里,用的俄文课本就是普希金、托尔斯泰、屠格涅夫、契诃夫等的作品。……我们这时候对俄国文学的翻译,发生了很大的兴趣。秋白、济之,还有好几位俄专里的同学,都参加翻译工作。我也译些契诃夫和安德烈耶夫的作品,却都是从英文转译的。同时,也看些用英文写或译的俄国文学史,像小小的绿皮的家庭丛书里的一本《俄国文学》,就成了我们怀中之宝。秋白他们译托尔斯泰、屠格涅夫、高尔基的小说,普希金、莱蒙托夫的诗,克雷洛夫的寓言,其中有关于作家的介绍,就是由我从那本小书里抄译出来的。……我们译的东西,其初是短篇小说,由耿济之介绍到《新中国》杂志去发表。这杂志由一位叶某(已忘其名)主编,印刷得很漂亮。后来由一个什么人的介绍(已忘其名),我们认识了"研究系"的蒋百里。他正在编"共学社丛书",就约我们译些俄国小说、戏剧加入这个丛书里。

——郑振铎《记瞿秋白同志早年的二三事》

根据1920年11月下旬上海《时事新报》连续刊登的《共学社出书预告》,其中"俄罗斯文学丛书"一栏确实记载了将由秋白翻译托尔斯泰的《复活》;由耿济之、张普、秋白共同翻译《托尔斯泰短篇小说》;郑振铎译《俄国文学概论》;耿济之编《俄国文学史》。后来因计划赶不上变化,《复活》转由耿济之翻译。秋白则在郑振铎所著《俄国文学史略》中,撰写了第14章《劳农俄国的新作家》。

碎片之三:1919年10月29日,上海《时事新报》"学灯"栏刊登

《〈新社会〉出版宣言》，即《发刊词》，署名"郑振铎"：

> 什么是我们改造的目的呢？我们向那一方面改造？我们是向着德莫克拉西一方面，以改造中国的旧社会的。我们改造的目的就是想创造德莫克拉西的新社会——自由平等，没有一切阶级一切战争的和平幸福的新社会。
>
> 什么是我们改造的手段——态度和方法——呢？
>
> 我们改造的方法，是向下的——把大多数中下级的平民的生活、思想、习俗改造过来；是渐进的——以普及教育作和平的改造运动；是切实的——一边启发他们的解放心理，一边增加他们的知识，提高他们的道德观念。
>
> 我们的改造的态度，是研究的——根据社会科学的原理，参考世界的改造经验；是彻底的——切实的述写批评旧社会的坏处，不作囫囵的新旧调和论；是慎重的——实地调查一切社会上情况，不凭虚发论，不无的放矢；是诚恳的——以博爱的精神，恳切的言论为感化之具。总括起来说，我们的改造的目的和手段就是：
>
> 考察旧社会的坏处，以和平的，实践的方法，从事于改造的运动，以期实现德莫克拉西的新社会。

这里的"我们"，即瞿秋白、郑振铎、耿济之、许地山、瞿世英……几个意气满满、志向远大的年轻人，已经不能满足于参加请愿运动与埋头翻译文学，也想要抖动起渐硬的翅膀，在改造出一个"新社会"的豪言壮语中试飞起航。他们鲜明地打出了"德谟克拉西"的光辉旗帜，誓言从此服膺"德先生"。

于是，一本定位于"专给青年阅读"的旬刊杂志诞生了。这也是秋白作为骨干成员，参与筹建、创办的第一本公开发行的刊物。

然而十六年以后，他却写下了一段自白，为自己五四时期的三段碎片加上了一道耐人寻味的最后的人生注脚——"历史的误会"，也正是从这一时刻开启了它匪夷莫测的大幕：

> 一九一八年开始看了许多新杂志，思想上似乎有相当的进展，

新的人生观正在形成。可是,根据我的性格,所形成的与其说是革命思想,无宁说是厌世主义的理智化,所以最早我同郑振铎、瞿世英、耿济之几个朋友组织《新社会》杂志的时候,我是一个近于托尔斯泰派的无政府主义者,而且,根本上我不是一个"政治动物"。五四运动期间,只有极短期的政治活动,不久,因为已经能够查着字典看俄国文学名著,我的注意力就大部分放在文艺方面了,对于政治上的各种主义,都不过略略"涉猎"求得一些现代常识,并没有兴趣去详细研究。然而可以说,这时就开始"历史的误会"了:事情是这样的——五四运动一开始,我就当了俄文专修馆的总代表之一,当时的一些同学里,谁也不愿意干,结果,我得做这一学校的"政治领袖",我得组织同学群众去参加当时的政治运动。不久,李大钊、张崧年他们发起马克思主义研究会(或是"俄罗斯研究会"罢?),我也因为读了俄文的倍倍尔的《妇女与社会》的某几段,对于社会——尤其是社会主义的最终理想发生了好奇心和研究的兴趣,所以也加入了。这时候大概是一九一九年底一九二〇年初,学生运动正在转变和分化,学生会的工作也没有以前那么热烈了。我就多读了一些书。

——瞿秋白《多余的话》

7. "出卖真理"

我很小的时候,就不知怎样有一个古怪的想头。为什么每一个读书人都要去"治国平天下"呢?各人找一种学问或是文艺研究一下不好吗?……我根本不想做"王者之师",不想做"诸葛亮"——这些事自然有别人去干——我也就不去深究了。不过,我对于社会主义或共产主义的终极理想,却比较有兴趣。

——瞿秋白《多余的话》

1919年10月,北京基督教青年会约请秋白、郑振铎等人编辑一本专给青年阅读的杂志。11月1日,《新社会》正式创刊。根据《本刊简章》的说明,每份售价本地三元铜元,外地邮购三分大洋,半年五角,全年一元,会员打八折优惠。刊物内容为:提倡社会服务,讨论社会问题,介绍社会学说,研究平民教育,记载社会事情,批评社会缺点,述写社会实况,并随时向读者报告青年会及其下属北京社会实进会的消息。

在《新社会》第1、第2、第3号上,秋白连放三炮,发表了《欧洲大战与国民自解》《中国智识阶级的家庭》《革新的时机到了!》三篇文章,急切地表达着他这个年纪的青年人所特有的源源不断如泉水般的新思路新观点。显然这三篇文章的论旨正是困惑着他多时而此刻他已有新鲜答案的重大命题。他迫不及待地向读者展示的思想成品虽未纯熟却是诚意十足、灵光闪烁,还带着淬火出炉的腾腾热气,其中所承载的激越与亢奋让人颇有直面而来、不及应接之感。

他忽而振臂高呼:"中国人尤其应该觉悟得快一点。要有世界的眼光,知道新思潮是壅不住的,赶快想法子去适应世界的潮流,迎合世界的现势。要有历史的眼光,知道思潮的变迁,是历史上一定的过程,不可避免的,赶快想法子去疏导,不等他横决。中国人如其有这种历史的眼光,对于大战后世界的现势彻底觉悟,真能有精确的辨别力,实在的责任心,真能有坚毅的志向,明敏的智能,真能有爱惜光阴的心,慎重办事的心,那么,中国新社会的基础就建筑在这上面。"

继而斩钉截铁:"我主张攻击旧道德并不是现在的急务,创造新道德,新信仰,应当格外注意一点。攻击旧道德的力量应当居十分之四,创造新道德的力量应当居十分之六。"

再而信誓旦旦,指出社会改造应采取六大措施:"一、竭力传播德谟克拉西;二、竭力打破'君子小人'主义;三、竭力谋全人类生活的改善;四、到穷乡僻县——远至于西藏、蒙古、新疆——去,实施平民教育;五、实行'工学主义','学工主义';六、研究科学,传播科学。"——瞿秋白最初的声音尖厉而锐急,历史定格了他上阵时披坚执锐、正面冲锋的形象。

根据郑振铎的回忆：

> 那时青年会想出版一本专给青年阅读的杂志，约了我们几个人做编辑。我们商量了几天，决定出一个周刊，是八开本的十六页，定名《新社会》。孔君负责做经理，我负责集稿并校对。我跑印刷所，也经常跑到秋白、济之、地山、世英的家里去取稿。每个星期天早上，我都到秋白那里去一次，有时，济之也同去。我们到秋白家里时，他常常还不曾起床，抽着香烟拥被而坐，不时的咳嗽着，脸色很苍白。我们很为他的身体担忧。但一谈起话，他便兴奋起来。带着浓厚常州口音的国语清晰而有条理的分析着事理。他的稿子总写得很干净，不大涂改，而且是结实、有内容。我一进屋子，他便指着书桌上放着的几张红格稿纸，说道：
>
> "已经写好了，昨夜写得很晚。你看看，好用么？"
>
> 他在那个时候，已经习惯了在深夜写作了。他的国文根底好，——在学校里他的国文得过一百零五分——写的白话文，"文言"气息很重，有时，用的典故，我还不大懂得。……我们所写的开头还谈些青年修养，介绍些科学常识；到了后来，却完全鼓吹起社会改造、家庭革命，向当时的统治者直接进攻了。《新社会》成了反帝反封建的队伍里一支勇敢的尖兵队。远到四川、两广、东北等地，都有我们的读者。秋白的尖利异常的正面攻击，或明讽暗刺的文章是《新社会》里最有份量的。
>
> ——郑振铎《记瞿秋白同志早年的二三事》

《新社会》创刊当月，全体编辑部成员便决定去往当时新思潮的集散地——北京箭杆胡同《新青年》杂志社拜访陈独秀。这也是秋白与陈独秀的第一次会面。陈独秀提出，希望《新社会》办成给劳动界灌输知识的通俗报纸，社会改造运动要做切实的工作，不要说空话。这给这群初出茅庐的年轻人带来了不小的震动。他们即刻聚集到东城西石槽胡同郑振铎的家里，商议出五条改革和发展的动议：一、注重于社会学说的介绍，每期均应有一篇社会研究的著作。二、注重于本会会务及服务成绩的报告。三、此后登载的论文,都应该有研究的态度,科学的根据。四、社会上临时发生的重大事件,应该有严密的批评与指导。五、本刊应该逐期尽力的改善,做到纯粹"社会研究社会批评"的地步。

《中国的劳动问题？世界的劳动问题？》《林德扬君为什么要自杀呢？》《知识是脏物》《小小一个问题——妇女解放的问题》《社会运动的牺牲者》《社会与罪恶》《文化运动——新社会》等一系列文章,均写在秋白见到陈独秀之后。在历史的长河中,当一个人遇见另一个人,本来好比沧海一粟,却又仿佛冥冥之中启动了相互反应的神秘按钮,变化潜藏于暗涌,一时一地并不显山露水,结局却往往扭转了乾坤。

变化产生于秋白的内部,也许连他本人都无知无觉。他只是用笔记录了他的口,书写了他的心。

他写:"中国是一个农业国,农业可以不注意么？""可怜！农业国的中国,几千万农人受着军阀、财阀、学阀间接直接的强暴侵略,有什么利器——抵制的方法——呢？""非创造新的信仰、新的人生观,改革旧制度,打破旧习惯不可,而这件事决非一时的群众运动所能做得到。……社会运动的牺牲者,要去做社会运动,应当没有无限的轻信心,没有极端的感情,不受无意识暗示,而有积极的怀疑心,有沉静的研究心,有强固坚决的毅力。"

他写:"五四运动是中国国民性估价的时候,平时看不出的品性一时都暴露出来了。在这时期,许多青年竭力往前奋斗,就发见了社会上种种恶现象,受了几次几番的挫折,真有人要自杀,也真有人彻底觉悟。""愿意牺牲的人必定有他的绝对不肯牺牲的东西。""他们绝对不牺牲他们的人格。"然而,"自杀的动机,只是觉悟的第一步,并非就是觉悟"。"我们觉悟之后就去奋斗……我们往前一步,就是进步。不要存着愤嫉的心,固执的空想,要细心去观察社会的病源。我们于热烈的感情以外,还要有沉静的研究。""青年呵！……不要叫社会杀你,不要叫你杀了社会,不要叫社会自杀。……你要在旧宗教,旧制度,旧思想的旧社会里杀出一条血路,在这暮气沉沉的旧世界里放出万丈光焰。"

他写:"知识就是赃物,财产私有制下所生出来的罪恶。废止知识私有制,就是废止财产私有制的第一步。"

他写:"女子既然是受着旧宗教、旧学说、旧社会的影响变成这种样子,似乎这全是旧宗教、旧学说、旧社会造出来的罪恶,文学家不过是把它描写出来罢了。殊不知道文学的作品——诗、词、文章、小说、戏剧——多少有一点支配社会心理的力量。文学家始终要担负这点责任。"

《新社会》一号接着一号地印刷着,秋白他们的文字也在一篇接着一篇地生产着,作为一个"出卖真理"的产业链上的一端,秋白却也始终保持着一份真诚与清醒,把自己的现状描述为"栖栖皇皇""寝食不安",如处"狂涛骇浪"之中。追求真理之路,是如此漫漫长远,个人的力量却又是如此渺渺不足道:

> 中国社会思想到如今,已是一大变动的时候。一般青年都是栖栖皇皇寝食不安的样子,究竟为什么?无非是社会生活不安的反动。反动初起的时候,群流并进,集中于"旧"思想学术制度,作勇猛的攻击。等到代表"旧"的势力宣告无战争力的时期,"新"派思想之中,因潜伏的矛盾点——历史上学术思想的渊源,地理上文化交流之法则——渐渐发现出来,于是思潮的趋向就不像当初那样简单了。……不论政治上,经济上,学术上的思潮都没有明确的意义,只见乱哄哄的报章,杂志,丛书的广告运动,——一步一步前进的现象却不能否认,——而思想紊乱摇荡不定,也无可讳言。
>
> 我和诸同志当时也是飘流震荡于这种狂涛骇浪之中。
>
> ——瞿秋白《饿乡纪程》

于是,身处狂涛骇浪之中、急于寻求方向的秋白又把视野集中转向翻译——这种表面上机械、枯燥的语言转换工作对于有缘分的译者来说,往往就是一个可遇而不可求的知识吸收源。从偶然遇到一篇文章,到认识一位作者,从而得以触碰到作家所在的国度,进而理解并采撷异国的思想文化,有意识地注射于自身,再重新回头通过自身贡献给母国,影响、作用于本民族的传统价值体系,语言的转换便由此成为头脑的转换。

《新社会》时期,秋白选择介绍的作者包括托尔斯泰、果戈理、普希金、倍倍尔、都德、马志尼,他们分别来自俄国、德国与意大利。他赞赏马志尼的名言:"男子和女子——琴上的两个音符,没有这两个音符,人类的心灵,好像琴上的弦,永不会正确也不会和谐。男女真正的、坚定的结合——只在于精神上的关系。只有性别上的关系而没有精神上的关系——那是夫妇双方痛苦的起因。"他评价果戈理"艺术上的本领就在于描写刻画'社会的恶'而又没有过强的刺激。于平淡中含有很深的意境,还常常能与读者以一种道德上的感动"。他认为都德的作品"文思锐利,意境活泼盛传于世。……读着有无限感慨,想来想去,一句也说不出来,一句也写不下去;心上只剩得一个'?'……"他向读者推荐登载了倍倍尔《社会之社会化》的俄国杂志《钟》"是输入社会主义于俄国最早的杂志。由今日看来,《钟》确是有功于宝雪维几(即布尔什维克)呵!"

由翻译而介绍,由介绍而研究,由研究而发表评论,这一过程催生了这一时期秋白最重要的两篇文学评论文章——为沈颖译普希金《驿站监察吏》所作序以及为《俄罗斯名家短篇小说集》第一集所作序。秋白认为普希金的《驿站监察吏》"艺术上、体裁上的创作,却无意之中,为后来的文学家,歌鄂黎,屠格涅夫,陀斯妥亦夫思奇,托尔斯泰开一先河",指出:"中国现在所需的文学,似乎也不单是写实主义,也不单是新理想主义,一两个空名词,三四篇直译文章所能尽的,所以不得不离一切主义,离一切死法子,去寻中国现在所需要的文学,应当怎样去模仿,模仿什么样的,应当怎样去创造,创作什么样的,才能使人人都看得懂……受得着新文学的影响,受得着新文学的感动。"

而在"俄罗斯文学已经在俄国发生绝大的影响,便是在世界上发生绝大的影响","表现一国的国民性,表现一国的思想精神,就是文学"的认知前提下,他又提出中国现阶段研究俄罗斯文学的必然性与重要性:"俄罗斯文学的研究在中国确已似极一时之盛。何以故呢?最主要的原因,就是:俄国布尔什维克的赤色革命在政治上,经济上,社会上生出极大的变动,掀天动地,使全世界的思想都受他的影响。大家要追溯他的远因,考察他的文化,所以不知不觉全世界的视线都集于俄国,都集于俄国的文学;而在中国这样黑暗悲惨的社会里,人人都想在生活的现状里开辟一条新道路,听着俄国旧社会崩裂的声浪,真是空谷足音,不由得不动心。因此大家都要来讨论研究俄国。于是俄国文学就成了中国文学家的目标。……文学只是社会的反映,文学家只是社会的喉舌。只有因社会的变动,而后影响于思想;因思想的变化,而后影响于文学。"

由译介的需要转而明确研究俄罗斯文学的必要,再由俄罗斯文学为媒介,触角渐渐深入俄国社会政治、经济、文化的方方面面。不知不觉之间,俄国与秋白渐行渐近。此后,秋白陆续发表了《谁的利器? La grève, Le sabotage, 谁知道呢?》《劳动底福音》《伯伯尔之泛劳动主义观》《世界底新劳动节,中国底新劳动节》等关注劳工利益、歌颂"劳工神圣"的文章。尽管如此,面对"主义",他却并没有被冲昏头脑,依然保持着高度的清醒与自知。他自我总结道:"社会主义的讨论,常常引起我们无限的兴味。然而究竟如俄国十九世纪四十年代的青年思想似的,模糊影响,隔着纱窗看晓雾,社会主义流派,社会主义意义都是纷乱,不十分清晰的。正如久窒的水闸,一旦开放,旁流杂出,虽是喷沫鸣溅,究不曾自定出流的方向。其时一般的社会思想大半都是如此。我以研究哲学的积习,根本疑及当时社会思想的'思想方法'。所以我曾说:'现在大家,你说我主张过激,我说你太不彻底,都是枉然的……究竟每一件东西,既是我们的研究对象,就得认个清楚;主观客观的混淆,使你一百年也不能解决一个小小的问题。……'"

1920年5月,在做完纪念国际劳动节三十周年的三期"劳动号"之后,《新社会》被北洋政府警察厅查封。对此,秋白愤慨不已:"我们中当时固然没有真正的'社会党',然而中国政府,旧派的垂死的死神,见着'外国的货色'——'社会'两个字,就吓得头晕眼花,一概认为'过激派','布尔塞维克','洪水猛兽'——于是我们的《新社会》就被警察厅封闭了。这也是一种奇异现象,社会思想的变态:一方面走得极前,一方面落得极后。"

在因言获罪的时代,往往却是"野火烧不尽,春风吹又生"。几乎就在陈独秀于上海秘密建立、李大钊也在北京积极筹备建立(北京共产党早期组织于两个月后成立)中国共产党早期组织的同时,原《新社会》的几个年轻人也已经聚在一起,商讨新刊物的筹备。不难想象当时议论的热烈程度,郑振铎在《记瞿秋白同志早年的二三事》中记录下了新刊名称的诞生过程:

> 秋白那时已有了马克思主义者的倾向,把一切社会问题,作为一个整体来看。我们其余的人,则往往孤立的看问题,有浓厚的唯心论的倾向。有的还觉得他的议论"过激"。我则具有朦胧的社会主义的信仰,而看的书却以无政府主义的著作为多,因此,就受了他们的影响,而主张什么"人道主义"。《新社会》旬刊被禁止出版后,讨论要出版一个"月刊"时,我就主张定名为《人道》月刊。秋白当时表示不赞成这个名称。他的见解是正确的,鲜明的。但他并没有提出别的名称出来,大家也都赞成我的意见,当即定名为《人道》。

对于《人道》的诞生,秋白则是这样描述的:"北京青年思想,渐渐的转移,趋重于哲学方面,人生观方面。也像俄国新思想运动中的烦闷时代似的,'烦闷究竟是什么?不知道。'于是我们组织一月刊《人道》(Humanité)。《人道》和《新社会》的倾向已经不大相同。——要求社会问题唯心的解决。振铎的倾向最明了,我的辩论也就不足为重;唯物史观的意义反正当时大家都不懂得。"

由于思想上的分歧,秋白在《人道》上只留下了一首散文诗歌《远》,这也是他的《心的声音》诗文系列的最后一首,前四首分别为《错误》《战争与和平》《爱》《劳动?》,分别刊载于《新社会》,这一组散文诗也是他第一次尝试用白话文作诗:

> 远!远远的……
> …………

呻吟……呻吟……
——"咄！滚开去！哼！"
警察底指挥刀链条声,
和着呻吟……——"老爷"
"赏……我冷……"……呻吟……
——"站开,督办底汽车来了,
哼！"火辣辣五指掌印
印在那汗泥的脸上,也是一幅春锦。

掠地长风,一阵,
汽车来了。——"站开……。"
白烟滚滚,臭气熏人。
看着！长街尽头,长街尽……
隐隐沉沉一团黑影。……
晚霞拥着,微笑的月影。
…………
远！远远的……

然而在畜道横行的时代,旨在唤起一般人的觉悟,发挥民本主义的精神,希望让深处黑暗的人可以得到点光明,天真地认为宣扬人道主义的力量可以扭转乾坤,大声疾呼着"人道主义！人道主义！人类的将来,系于此一语了！""人类的一线生机系于此了"的《人道》月刊准备出第2号时便不幸夭折,其创刊号便也成了终刊号。秋白与他的伙伴们"出卖真理"的道路也暂时告一段落了。

回头望去,从《新社会》到《人道》的这条"出卖真理"的道路,仿佛让人们相信秋白在那一刻从"文学"走向了"政治",从"青年"走向了"战士",挥一挥衣袖,没带走一片云彩。日后,曾与他一路同行的伙伴郑振铎,却在回忆中记录下了他悄然留下的不易为人察觉的那一小片"云彩"：

我们组织了一个研究文学的团体，名为"文学研究会"，我们五人（另三个为耿济之、瞿世英和许地山）都是发起人。①

——郑振铎《回忆早年的瞿秋白》

而日后，三十六岁的秋白则是这样给自己的二十一二岁说明定性的：

我二十一二岁，正当所谓人生观形成的时期，理智方面是从托尔斯泰式的无政府主义很快就转到了马克思主义。人生观或是主义，这是一种思想方法——所谓思路；既然走上了这条思路，却不是轻易就能改换的。而马克思主义是什么？是无产阶级的宇宙观和人生观。这同我潜伏的绅士意识，中国式的士大夫意识，以及后来蜕变出来的小资产阶级或者市侩式的意识，完全处于敌对的地位；没落的中国绅士阶级意识之中，有些这样的成分：例如假惺惺的仁慈礼让，避免斗争……以至寄生虫式的隐士思想。完全破产的绅士往往变成城市的波希美亚——高等游民，颓废的，脆弱的，浪漫的，甚至狂妄的人物，说得实在些，是废物。我想，这两种意识在我内心里不断的斗争，也就侵蚀了我极大部分的精力。我得时时刻刻压制自己的绅士和游民式的情感，极勉强的用我所学到的马克思主义的理智来创造新的情感，新的感觉方法。可是无产阶级意识在我的内心是始终没有得到真正的胜利的。

……我每每幻想着：我愿意到随便一个小市镇上去当一个教员，并不是为着发展什么教育，只不过求得一口饱饭罢了，在余的时候，读读自己所爱读的书，文艺、小说、诗词、歌曲之类，这不是很逍遥的吗？

——瞿秋白《多余的话》

或许在秋白的心目中，文艺始终是第一等要紧的，而"推翻一个问题，决定一种政策"，永远是职业的本分工作，那是"替别人做的"。而

---

① 在《文学研究会会员录》中，瞿秋白被列为第40号正式成员，实际参与了研究会的初期酝酿工作。

真正为自己做的、"求一口饱饭"之外的所谓"逍遥"和"回到自己那里去"的休息,究竟又该是什么样的呢?

在《我走过的道路》中,茅盾则声情并茂地记录过这样一件生活趣事:

> 当郑振铎和高君箴结婚仪式之前一日,郑振铎这才发现他的母亲没有现成的图章(照当时文明结婚的仪式,结婚证书上必须盖有主婚人,即双方家长,介绍人及新郎新娘的图章),他就写信请瞿秋白代刻一个。不料秋白的回信却是一张临时写起来的"秋白篆刻润格",内开:石章每字二元,七日取件;如属急需,限日取件,润格加倍;边款不计字数,概收二元。牙章、晶章、铜章、银章另议。郑振铎一看,知道秋白事忙,不能刻,他知道我也能刻图章,就转求于我。此时已为举行结婚仪式之前夕,我便连夜刻了起来。第二天上午,我把新刻的图章送到郑振铎那里,忽然瞿秋白差人送来一封红纸包,大书"贺仪五十元"。郑振铎正在说:"何必送这样重的礼!"我把那纸包打开一看,却是三个图章,一个是郑母的,另两个是郑振铎和高君箴的,郑、高两章合为一对,刻边款"长乐"二字(因为郑、高二人都是福建长乐县人),每章各占一字,这是用意双关的。我一算:润格加倍,边款两元,恰好是五十元。这个玩笑,出人意外,郑振铎和我都忍不住捧腹大笑。自然,我刻的那个图章,就收起来了,瞿秋白的篆刻比我高明十倍。郑、高二人本来打算在证书上签字,不用图章,现在也用了秋白刻的图章。下午举行结婚仪式,瞿秋白来贺喜了,请他讲话,他便用"薛宝钗出闺成大礼"这个题目,讲了又庄严又诙谐的一番话,大意是妇女要解放,恋爱要自由。满堂宾客,有瞠目结舌者,有的鼓掌欢呼。

到了20年代末30年代初期,虽然身处政治漩涡之中的秋白与郑振铎等早年文友已经渐行渐远,但文友们却一直从旁关注着他,并默默地在内心期待着他重返文学园地、与文艺再续前缘。郑振铎在《回忆早年的瞿秋白》中这样写道:"我们已经不大见面了,偶然见了一面,我也从来不去打听他的住处,甚至有几次在街头遇到了,他戴着鸭舌帽,帽檐低压着眉梢,坐着洋车,疾驰而过,我们只是彼此望了一下,连招呼也不打……"秋白牺牲十几年后,郑振铎如是写道:"秋白的瘦削而苍白的脸,带着很浓厚的常州口音的谈吐,还是活生生的活在我的心上,活在所有他的朋友们、同志们的心上。"

第三章 第一次赴俄

一线的光明！一线的光明，血也似的红，就此一线便照遍了大千世界。遍地的红花染着战血，就放出晚霞朝雾似的红光，鲜艳艳地耀着。宇宙虽大，也快要被他笼罩遍了。"红"的色彩，好不使人烦恼！我想比黑暗的"黑"多少总含些生意。并且黑暗久了，骤然遇见光明，难免不眼花缭乱，自然只能先看见红色。光明的究竟，我想决不是纯粹红光。他必定会渐渐的转过来，结果总得恢复我们视觉本能所能见的色彩。——这也许是疯话。

——瞿秋白《饿乡纪程》

8. "饿乡"

　　清管异之称伯夷叔齐的首阳山为饿乡，——他们实际心理上的要求之实力，胜过他爱吃"周粟"的经济欲望。——我现在有了我的饿乡了，——苏维埃俄国。

——瞿秋白《饿乡纪程》

　　这里的"管异之"即清文学大家管同——江苏上元人，与秋白的故乡常州是紧邻。管同称谓的"饿乡"，有政治上"不食周粟"的含义，而秋白的"饿乡"恰也正是中国的紧邻苏维埃俄国。他就要奔赴他的"饿乡"去了。

告别"黑甜乡"

　　世界上对待疯子，无论怎么样不好，总不算得酷虐。我既挣扎着起来，跟着我的"阴影"，舍弃了黑甜乡里的美食甘寝，想必大家都以为我是疯子了。那还有什么话可说！我知道：乌沉沉甘食美衣的所在——是黑甜乡；红艳艳光明鲜丽的所在——是你们罚疯子住的地方，这就当然是冰天雪窖饥寒交迫的去处（却还不十分酷虐），我且叫他"饿乡"。我没有法想了。"阴影"领我去，我不得不去。你们罚我这个疯子，我不得不受罚。我决不忘记你们，我总想为大家辟一条光明的路。我愿去，我不得不去。我现在挣扎起来了，我往饿乡去了！

——瞿秋白《饿乡纪程》

1920年秋天,北京《晨报》社与上海《时事新报》社联合发出《共同启事》:

> 吾国报纸向无特派专员在外探取各国真情者,是以关于欧美新闻殊多简略之处,国人对于世界大势,亦每因研究困难愈趋隔阂淡漠,此诚我报界一大缺点也。吾两报有鉴于此,用特合筹经费遴派专员,分赴欧美各国担任调查通讯事宜,冀稍尽吾侪之天职,以开新闻界之一新纪元焉。

所谓十月革命一声炮响,为中国送来了马克思主义;而《晨报》及《时事新报》启事一经颁布,也为秋白带来了他去"饿乡"的机遇。他自我剖析道:"我呢?以整顿思想方法入手,真诚的去'人我见'以至于'法我见',当时已经略略领会得唯实的人生观及宇宙观。我成就了我世间的'唯物主义'。决然想探一探险,求实际的结论,在某一范围内的真实智识,——这不是为我的,——智识和思想不是私有权所能限制的。况且我幼时社会生活的环境,使我不期然而然成一'斯笃矣派'(Stoiciste),日常生活刻苦惯的,饮食起居一切都只求简单节欲。这虽或是我个人畸形的发展,却成就了我入俄的志愿——担一份中国再生时代思想发展的责任。"现在看来,其自我预测之准、自我期许之高,也实在令人惊异。

关于秋白的赴俄,除了一份启事,还与孙九录、俞颂华等人的促成与助力有关。秋白在常州府中学堂的昔日同窗孙九录这样回忆道:

> 一九二〇年冬,北京《晨报》招聘三位懂俄语的记者赴苏联考察,我的三叔父孙光圻是梁启超进步党的国会议员,主持进步党在北京的机关报——《国民日报》及进步党的后身研究系的机关报——《晨报》的笔政。我当时在北大尚未毕业,但已兼任上海《时事新报》(研究系在上海的机关报)驻北京外勤记者,不过不懂俄语,故虽对世界上出现第一个社会主义国家有好奇心,亦无法取得《晨报》的招聘资格。我乃向我叔父竭力推荐瞿秋白,说他能胜任,再加上有外交部护照科科长瞿纯白打招呼,秋白遂得以《晨

报》记者身份于一九二一年初前往莫斯科。

——孙九录《瞿秋白在常州府中学堂和北京的一些情况》

而俞颂华与秋白之间的最初交往则缘起于1919年9月,俞颂华与张东荪共同创办的《解放与改造》曾刊登了秋白翻译的托尔斯泰《告妇女》、《答论驳〈告妇女〉书》(节录)。两人书信往还,彼此都留下良好的印象,便也开创了未来共同谋事合作的契机。因此,当俞颂华经张东荪、梁启超介绍,得到北京《晨报》总编辑陈博生支持,获准赴俄采访,并允许他聘请译员同行的时候,本身通晓英语、日语、德语,却偏偏不懂俄语的俞颂华,自然而然地想到了秋白[①]。总之,几方面的合力,终于促成了秋白的"饿乡"之旅。

瞿纯白对秋白赴俄的打算,一开始是绝不赞成的,认为秋白在此刻功亏一篑,放弃掉几个月即可到手的俄文专修馆文凭,放弃掉未来稳妥的外交官生涯是在"自趋绝地"。秋白却坚持己见,据理力争,声明自己"不是为生乃是为死而走"的。他说:"俄国怎样没有吃,没有穿,……饥,寒……暂且不管,……他始终是世界第一个社会革命的国家,世界革命的中心点,东西文化的接触地。……我已经决定走的了。"纯白见秋白决心已定,便也就不再加以劝阻,反而勉励他到俄国后专门研究学问,不要半途而废。到了这时,身处居住了四年的小院,面对在家事上对自己帮助不少的哥嫂,秋白又突然感性了起来:"兄弟的情分,平常时很觉泛泛,如今却又有些难舍。——人生生活的剧烈变更,每每使心理现象,出于常规,向一方面特别发展。我去国未决定以前,理智强烈,已决定后,情感舒展伸长,这一时期中总觉得低徊感慨之不尽。然而走是已决定走的了。我这次'去国'的意义,差不多同'出世'一样,一切琐琐屑屑'世间'的事,都得作一小结束,得略略从头至尾整理一番。"

首先是母亲死时遗下的债务须得暂时有个交托。再有旧时的古文

[①] 参见俞颂华《十二年前旅游苏俄的回想》,《俞颂华文集》,商务印书馆1991年版,第243页。

词稿,要交给远客异乡的父亲做个纪念。大明湖畔,秋白拜别父亲之后,坐上了济南返京的火车。

与纯白一家在前门外廊坊二条的荣光照相馆照了一张全家福之后,10月15日晚,秋白到北京饭店面见远东共和国代表优林,办理了出国护照。一切就此决定,他与李仲武、俞颂华三人便也成了我国派驻俄国的第一批记者。深夜时分,在东皇城根下一条僻静的胡同深处一座小小院落的南屋里,几个年轻人心事重重地围坐在一起。其中一个叫作王统照的,在三十年后向人们揭开了那一夜的神秘面纱①:"约摸又过了一小时,他们专在那儿等待叫做秋白的方匆匆地从夜风中冲进。一身西装衣服上抖满了街尘。刚走入客厅,他立刻摘下眼镜用手绢擦抹,高亢而迅利地说出他迟到的缘故。'明儿早上几点?'有人直截问他。'六点半,——天还不亮哩。'秋白的面容又瘦又苍白,与胖胖的屋主人青年恰好成一对照。……'谁也不必送,哈!送么?也就是东车站,这隔赤塔还远得很呢。哈哈!'秋白总是满不在乎的洒脱神气,虽然明儿大早他要开始走上现时极少中国人愿意去与能够去的国度的长途。"

秋白环视友朋,慷慨陈词:"我暂且不问手段如何,——不能当《晨报》新闻记者而用新闻记者的名义去,虽没有能力,还要勉强;不可当《晨报》新闻记者,而竟承受新闻记者的责任,虽在不能确定的思潮中(《晨报》),而想挽定思潮,也算冒昧极了,——而认定'思想之无私有'……现在一切都已预备妥帖,明天就动身,……诸位同志各自勉励努力前进呵!"在座的人们无不"带着佩服与羡望的心理,望着秋白。至于在那个大国的空前大革命后,负有人民使者任务的青年,预测他的未来,谁也不能有什么断语"。

值得说明的,一是胖胖的屋主人便是耿济之;二是秋白迟到的真实缘故,恐怕并不是他向久等的友人们"高亢而迅利地说出"的那一个。真正的缘故不必细究,不过题有"丙辰孟秋临鹿林居士杂寓谢灵运诗

---

① 参见王统照《恰恰是三十个年头了》一文。

为题以应纤哥雅属"的那一幅山水画作想来已交到了应交之人的手中。环溪一梦,也随之终到尽头……

让我们跟随秋白本人的记忆,来到 16 日清晨的北京东火车站站台:

> 我纯哥及几位亲戚兄弟送我,还有几位同志,都来和我作最后的诀别。天气很好,清风朗日,映着我不可思议的情感,触目都成异象。……握手言别,亲友送我,各人对我的感想怎样,我不知道;我对于各人自有一种奇感。……"我三妹,他新嫁到北京,处一奇异危险的环境,将来怎么样? 我最亲密最新的知己,郭叔奇,还陷在俄文馆的思想监狱里?——我去后他们不更孤寂了么? ……"断断续续的思潮,转展不已。一声汽笛,忽然吹断了我和中国社会的万种"尘缘"。从此远别了!

——瞿秋白《饿乡纪程》

18 日清晨,秋白在天津接到郑振铎、耿济之与瞿世英分别从北京寄来的专门为他所写的送别诗。

耿济之与郑振铎的诗《追寄秋白宗武颂华》:

> 民国九年十月十六日同至京奉车站送秋白,颂华,宗武赴俄,归时饮于茶楼,怅然有感,书此追寄三兄。
>
> 汽笛一声声催着,
> 车轮慢慢的转着。
> 　你们走了——
> 　走向红光里去了!
> 新世界的生活,
> 我们羡慕你们受着。
>
> 但是……
> 笛声把我们的心吹碎了,
> 我们的心随着车轮转了!

松柏依旧青着,

秋花依旧笑着,

燕都景色,几时再得重游?

冰雪之区——经过,

"自由"之国——到了。

别离——几时?

相隔——万里!

鱼雁呀!

你们能把我们心事带着去么?

汽笛一声声催着,

车轮慢慢的转着。

笛声把我们的心吹碎了,

我们的心随着车轮转了!

瞿世英的诗《追寄颂华宗武二兄暨秋白侄》:

回头一望:悲惨惨的生活,乌沉沉的社会,

　——你们却走了!

走了也好,走了也好。

　只是盼望你们多回几次头,

看看在这黑甜乡酣睡的同人,究竟怎样。

要做蜜蜂儿,采花酿蜜。

　不要做邮差,只来回送两封信儿。

太戈尔道:"变易是生活的本质。"

柏格森说,宇宙万物都是创造,——时时刻刻的创造。

你们回来的时候,
希望你们改变,创造。

我们虽和你们小别,
　只是我信:
我们仍然在宇宙的大调和,
　普遍的精神生活中,
和谐——合一……

我没有什么牵挂,
不知,你们有牵挂也不?

秋白接信读诗,心绪难平,引起"许多自然和乐的感想",便当即回信,云:

我们今天晚车赴奉,从此越走越远了。越走越远,面前黑魆魆地里透出一线光明来欢迎我们,我们配受欢迎吗?诸位想想看!我们却只是决心要随"自然"前进。——不创造自创造!不和一自和一!

你们送我们的诗已经接到了,谢谢!……
菊农叔呀!"采得百花成蜜后,为谁辛苦为谁甜???"
我们此行的意义,就在这几个问题号里。
流血的惨剧,歌舞的盛会,我们都将含笑雍容的去参预。你们以为如何?……

随信,他也并附诗一首《去国答〈人道〉》,想着"他日归来相见,这也是一种纪念":

来去无牵挂,
来去无牵挂!……
说什么创造,变易?
只不过做邮差。

辛辛苦苦,苦苦辛辛,

几回频转轴轳车。

驱策我,有"宇宙的意志"。

欢迎我,有"自然的和谐"。

若说是——

采花酿蜜:

蜂蜜成时百花谢,

再回头,灿烂云华。

当天晚上,秋白便登上京奉线,向着奉天(今沈阳)进发了……

"滞留"哈尔滨

会场里人拥挤得不了,走不进去。我们就同会长商量,到演说坛上坐下。看坛下挤满了的人,宣布开会时大家都高呼"万岁",哄然起立唱《国际歌》(International),声调雄壮得很。——这是我第一次听见《国际歌》……

——瞿秋白《饿乡纪程》

19日一早醒来,火车刚走近山海关。秋白起身,"遥望一角海岸,白沙青浪映着朝日,云烟缭绕,好似拥出一片亚洲大陆的朝气"。傍晚,车抵奉天。秋白三人需在此换乘南满铁路列车,才能继续北上。在嘈杂、混乱的转车过程中,中国脚夫在不经意间已被"日本西崽"所替代,待到秋白回过神来,才发现自己身处车厢内的职员已经完全换成了日本人,不禁愕然:"我现在已入满洲,出中国;仿佛记得中学地理教科书上写着,这满洲三省还是中国领土,为什么一出山海关到了奉天站,——他那繁华壮丽的气象,与北京天津不相上下,——却已经另一世界似的,好像自己已经到了日本国境以内呢?"

然而,尚不及他细想,第二日清晨车抵长春后,又要再度换车,通过形式上已经收归中国管理的中东铁路,往哈尔滨去。这一回,"日本西崽"又移形换影般变成了"俄国马夫",车内职员也大半换成了俄国人。与"大变活人"一同上演的,还有莫测的天气。走到长春,还是天地萧然变色;待到了哈尔滨,则已是寒风凛冽的严冬气象了。总结一路行程,秋白道:"从天津到哈尔滨,走过三国的铁路,似乎经过了三国的边界:奉天是中日相混,长春哈尔滨又是中俄日三国的复版彩画。哈尔滨简直一大半是俄国化的生活了。"由于谢美诺夫领导的远东自卫军梗在满洲里与赤塔之间,与赤塔民军激烈交火,赤塔与满洲里之间的通路桥梁因此被毁坏,一时之间道路断绝,三位记者竟是寸步难行了。一筹莫展,日子竟一天天耗了下去,三人之中不时发出退回北京的提议。秋白记述道:"哈尔滨生活程度异常之高,一间房二块钱一天,一顿饭——很坏很坏的——一元几角钱,我们三人一天至少五六元化费。看看天气又冷,天天坐在层冰严结的水晶宫里。"让三人均未想到的是,这一停,便过了五十多天,用秋白的话来讲是"正出始料之外";然而,"哈尔滨一游,恰可当'游俄'的绪言",虽然等待的日子烦闷心焦,然而"眼前横着一种希望",就这样立足原地细心观察、耐心等候,随着日子一天天地流逝,"得着的教训,也就不少"。

带着问题,秋白开始有意识地从哈尔滨经济、文化生活的"实际"进行调查。——进入驻访记者的角色——在很短的时间内,他就对中俄日三国在哈尔滨政治、经济势力的此消彼长以及在哈中国人的地区分布、阶层与行业划分有了一个大致的了解。哈尔滨在历史的作用下成为俄国新旧党的纠葛之地,秋白颇有感触,出于反方向的"好奇",秋白还拜访了右党《光明报》主笔。《光明报》是谢美诺夫的机关报,其主笔自然也是哈尔滨右党的著名人物。

对于俄国新旧势力之争,秋白的倾向是明确的。作为新闻记者,他又是观察敏锐、言谈诚恳而思考深刻的。他更多地关注俄国布尔什维克运动当下的实践轨迹。他曾两次采访布尔什维克派的"劳工大学"。

秋白第一次奔赴劳工大学是在1920年11月7日,即俄历十月二十五日,这一天正是"彼得城发生世界上第一次无产阶级革命"的三周年纪念日。出自俄国工党联合会会长国耳恰阔夫斯克(今译戈尔恰科夫斯基)的介绍,秋白等三位中国记者得以走进这所哈尔滨工党联合会预备开办劳工大学的新房子,参加"十月革命"庆祝会。由于会场拥挤,会长国氏更直接将三人安排在演说坛就了座。只看得坛下黑压压的人头攒动,山呼"万岁",气势惊人。随着宣布大会开始,全场肃然起立,高唱《国际歌》,声调极其雄壮。这也是秋白第一次听见《国际歌》,嘹亮的"英特纳雄纳尔"震撼耳膜,弥漫心灵。随即,赤塔远东新政府在大会宣告于这一日正式成立,人们纷纷登坛演讲,庆贺与歌颂苏维埃政府、俄罗斯共产党、第三国际以及世界革命所取得的成就。场面宏大,情绪激昂,令三位中国记者人未到俄国,而得先领略俄国共产党及其政治生活的一点浓郁的"空气"。

会后,一行人等又参加了一位多数党友人的家宴——"屋子里放着盛筵,电灯上包着红绸,满屋都是红光,红光里是马克思,列宁,杜洛次基的肖像"——然而,满屋红光中的宾客成分却含混复杂,布尔什维克与孟什维克之间的争论、攻击甚至是斥骂,一切都令对"饿乡"尚停留在浪漫的向往阶段的青年秋白感到新鲜与刺激。他并不知道中国国内共产党早期组织是否已经成立,是否已经向着建党过渡;他更不清楚什么是真正的政治斗争以及政治斗争的异常残酷性;更不会预见到今后自己注定的道路与运命。这一天,在他的脑海里回荡的只有《国际歌》慷慨激昂的旋律,眼前摇晃的只是笼罩着马克思、列宁等领袖肖像的一片红光,心头感知的唯有自己感性、痴心的迷醉……

秋白第二次奔赴劳工大学是三天后的11月10日晚,为了撰写俄国革命史的宏愿,他专程来听乌思德略洛夫讲授"俄国社会思想发展史"的课程——"听讲者甚多,约有八九百人,除工人外,资产阶级亦甚多,拥挤不堪,竟未觅得座位。会中秩序虽不甚整齐,然气象颇佳,沉静严肃;与七日之庆祝会相比以观,颇足见俄国国民伟大之气概也。"——课后，秋白撰写了《哈尔滨之劳工大学》一文，向北京《晨报》与上海《时事新报》的读者们详细介绍了劳工大学的现状及课程与师资情况。

在哈尔滨滞留期间，曾有一次与俄国车夫的奇遇，令秋白心灵颤动，感怀不已。

> 黯黯的天色，满地积雪，映着黄昏时候的淡云，一层一层春蚕剥茧似的退去，慢慢透出明亮严肃的寒光来；喊喊喳喳私语的短树，林里穿过尖利残酷的寒风；一片空旷的冬原，衰草都掩没在白雪里，处处偶然露出些头角，随着风摇动，刷着雪丝作响；上下相照，淡云和积雪，像是密密诉说衷肠，怨叹生活的枯寂，哈尔滨秦家岗南头，俄国人住家多数在那里，热闹的市面已经过去了。我走去看一俄国朋友并访他的妹子马露西霞……
>
> ——瞿秋白《饿乡纪程》

——这一日，本是再平常不过的一次访友。夜晚七八点钟的光景，秋白怅然若失地走出他们的家门。在毫无预兆的情况下却开启了一段奇遇：天气寒冻，街道冷落，走了好长一段路，却不见人影。好容易看到前方有一辆马车，忙召唤一声，却得了一句："Kudai?"秋白这才知道是一位俄国车夫，面前则是一辆破旧不堪的俄国马车，天寒地冻，便也只好说了地方，坐上车去。不到一里半的车程，却要五角大洋——俄国车夫一般只知道要日本金票，不要中国洋钱，秋白这里是和他折算的。即便是搭车，秋白也不忘自身的记者使命，趁此机会与俄国车夫有一搭无一搭地攀谈起来：生意如何，家计怎样维持，有没有加入俄国工会，去没去听过音乐会等等。一路下来，聊得忘乎所以，不知不觉间却与目的地背道而驰。于是，意料之外的奇异瑰丽之景毕现：

> 其时云影翻开，露出冷冰冰亮晶晶的一轮明月，四围还拥着寒雾，好像美人出浴披着轻纱软被似的；马路旁寒林矗立，一排一排的武装着银铠银甲，万树枝头都放出寒浸浸的珠光剑气；——贪看

着寒月雪影,竟忘告诉车夫,走错了路。愈走愈远,——错误偶然与人以奇遇:领略一回天然的美,可是寒意浸浸,鼻息都将冻绝,虽则沉寂的寒夜,静悄悄已没一点半点风意,宇宙的静美包涵在此"琉璃天盒"里,满满的盛住没起丝毫震荡,然而大气快成冰水,"干冷"的况味,也不容易受。

——瞿秋白《饿乡纪程》

从奇景中回过神来的秋白,这才提醒车夫,调转车头。俄国车夫并不懂得领略"天然的美",无法与秋白感同身受,只在嘴里一个劲儿埋怨嘟囔着:"……中国人……中国人今天怎么忽然不知道哈尔滨街道的俄国名字?……叫我跑这许多冤枉路。"

哈尔滨旅馆生活一瞬已有一月多了,天气一天一天冷起来,街上的积雪,树梢的寒意,和着冷酷陈死的中国社会空气,令人烦闷。北地严寒,渐渐的显他的威武。可是我心苗里却含着蓬蓬勃勃的春意:冒险好奇的旅行允许我满足不可遏抑的智识欲,可爱的将来暗示我无穷的希望。宇宙的意志永久引导人突进,动的世界无时不赖这一点"求安"的生机。你如其以"不得知而不安"就自然倾向于"知"。

——瞿秋白《饿乡纪程》

终于,12月10日,随着火车的一声长啸——"启程了,启程了!向着红光里去!苏维埃俄国,是二十世纪世界第一个社会主义共和国,究竟如何情形,虽有许多传说,许多宣传,又听见他们国内经四年欧战三年内乱,总不知详细,只是向着自由门去,不免起种种想象。此去且要先经新造的民主主义的远东共和国,——为苏维埃俄国之缓冲地,行民主主义制度而执政党是共产党——布尔塞维克;亦是研究的兴趣盎然。快走了!快走了!快到目的地了!苏维埃制度,——无产阶级独裁机关,——共产主义——马克思经济学的社会主义,可以有研究的机会了!"——

蒙昧也人生!

霎时间浮光掠影。
晓凉凉露凝,
　　初日熹微已如病。

露消露凝,人生奇秘。
　　却不见溪流无尽藏意;
却不见大气瀿洄有无微。
　　罅隙里,领会否,个中意味?

"我"无限。"人"无限。
　　笑怒哀乐未厌,
漫天痛苦谁念,
　　倒悬待解何年?

知否?知否?倒悬待解,
　　自解解人也;
澈悟,澈悟,饿乡去也,
　　饿乡将无涯。

　　口中吟着这首《无涯》,秋白在心中默默地与这座城市告别:别了,哈尔滨!别了,人生旅途中意外停滞却获意外"奇遇"的五十几天!

满洲里·赤塔·莫斯科

　　现在已到门庭,请举步入室登堂罢。

——瞿秋白《饿乡纪程》

　　满洲里——与异路人一路同行,与同路人擦身而过。车行满洲里的途中,秋白望着车窗外的皑皑雪色,陷入沉思:如果把西伯利亚直贯满洲的铁道,看作欧亚大陆的血脉——"南边遏于'南满铁道的手铐',北边锁着'谢美诺夫的脚镣'"——血脉壅滞,自然便颜色死灰,四肢臃肿困顿,呈现一副奄奄待毙的病状。只见那"车行飞掠,听着狂吼的北风,震颤冰天雪窖的严壁,'红色恐怖'和东方太阳国的财神——资本主义——起剧烈的搏战,掀天动地呢"。

俗语讲"百年修得同船渡",赴俄专列上有缘同行的六个人:三名新闻记者与三名莫斯科领事馆官员,却远非一路人。秋白三人原本想着有机会与领事同行,应该具有很积极而重要的意义:他们因此获得便利,就可以在旅途的交往过程中获悉"中俄外交以前的经过,中国在俄的外交界向来的态度,在俄京外交团里的地位,在俄国华侨里的口碑"等等一系列基本情况。然而,事实却让他们大跌眼镜。陈广平作为总领事,前后也在公使馆干了近七年,非但对于俄国文化无丝毫了解,外交政治上的大势竟也是一问摇头三不知,甚至连几句普通的俄语都讲不利索。对于自己未来领事上任后的职责、工作,也是两眼一抹黑,一副完全摸不着头脑的样子。

但是就是这个看似"糊涂"的陈领事,却也有其精明的时候。比如向秋白他们索要车费,骗取他们带至莫斯科的面粉,还有预先付印留俄华侨的护照。据秋白的观察,那一日护照印好后,印刷局的人专程送了来,陈广平慌慌张张、匆匆忙忙地把一沓沓的护照收进箱子里,锁好,又打开,打开再锁好,来来回回几次方安下心来。到了晚间,他又把箱子打开,这一回却是特特向人显摆,只见他从中抽出一张,脸上带着诡异的笑容,手上却一掀一掀地说道:"到了莫斯科,这就是钞票呵!……"这一幕令秋白不禁心寒意冷,一声叹息道:"截然两个世界两个社会的人聚在一块,精神上的接触,发生种种的痛感,绝不投机的谈话,费了无限的宝贵光阴,双方各自隐匿了真面目,委蛇周旋也夺去我不少精力。"

在秋白眼中,他们明明同路,却又是异路人:"同住在一车上,谈及中俄外交,所聆诸位领事的清教,又是'纯粹的中国式答案':一面说得太抽象的,无着落的结论——'贪''廉','爱国''卖国',这公使是'好人''坏人';一面又说得太具体的,无原则的事实——'俄国人不请吃饭,看不起他','俄国不信他的话,什么什么事不和他表同意'。不能回答我,中国外交界方面在某一时期,处什么地位,取什么态度。(譬如说:克伦斯基政府时,中国公使是中立,还是承认?)亦不能回答我,中国外交方面对俄革命有什么具体的意见,留俄华侨当如何处置。(譬如说:陈领事去莫,将行使何种职务,负何等外交上的责任?)亦许他们掩藏,而实在他们自己也不懂。同时,日常一处起居,无谓的应酬话:'我在北京那天打麻雀输多少多少……'等,——这是我所谓中国式的实际社会生活。"

然而,"这种绝对两个世界的人,——无经验的青年和陈死人的官僚,——相处在一起,日日谈些面是心非的话,精神上的痛苦,固然很大,却还可以借此一窥中国旧生活的内幕"。况且,这旅途之上,也并非只有异路人。

12月13日晚,列车到达满洲里站,恰逢中国边防处驻俄军事代表张斯麐中将就在这一天回国,也同时车抵满洲里。在乏味枯寂的旅途中终于遇上了一位可以与之对话的人物,经过哈尔滨的一段滞留,职业新闻嗅觉已经锻炼得极为灵敏的秋白三人便立即与其约谈。

说起来,张斯麐赴俄还是段祺瑞当国务总理时期由总统徐世昌派往的。据他所说,中俄外交本是极有希望的。莫斯科政府很愿意放弃一切帝国时代所侵略的权利,和中国展开友谊的对话。然而,一方面中国政府没有确定的对俄方针,不仅不给全权,更时时掣肘,令他办事常常"有头无尾";另一方面,更致命的是随着段祺瑞内阁的突然倒台,张斯麐立刻从"公派官员"沦为了"非正式代表",甚至被怀疑为间谍,只有带着满身的误解与指责灰溜溜地归国。更具戏剧性的是,此时此刻他居然又在满洲里的站台上遇到了由新总统派出的"正式代表"陈广平一行。双方的擦身交替而过,均颇为尴尬。

然而,同时发生在满洲里车站的瞿秋白与刘绍周的擦身而过却更让人觉得意味深长。刘绍周当时的身份是旅俄华工联合总会会长,很少有人知道他是史上"第一个参加共产国际的中国代表,也是第一个见到列宁并得到列宁帮助而对在俄华侨工作作出杰出贡献的中国人"[①],被秋白称赞为"在俄留学生最出色的一个人才"。

据史料记载,刘绍周作为中国社会主义工人党的代表,曾经列席了共产国际第一次代表大会,并作为中国代表在大会上发言。此后,他又参加了共产国际的第二次代表大会。《晨报》对此也有两行字的报道,称:"1920年7月又在莫斯科开第二次会议,差不多各国都有代表列席。我们中国也有一位姓刘的,做中国社会党的代表,但是因为没有团体的证明书,没有投票权。"当时在已经开始了马克思主义宣传的中国,没有人注意到刘绍周。同样地,刘绍周本人也对国内已成立了中国共产党早期组织的情况一无所知。于是,在历史的结点上,他成了满洲里车站上一个普通的归国华侨,此后还因故滞留哈尔滨,远离了共产主义运动,入中东铁路局工作,直到1956年才正式加入中国共产党。而瞿秋白,一个当时他在满洲里车站偶遇的,对他参加共产国际的经历颇为感兴趣,因此他对他讲了许多在俄华侨以及共产主义的事情的、普通的年轻新闻记者,却成了日后中国共产党历史上的一位领袖人物。他与他,就这样在历史的轨道上神奇地擦身而过了……

赤塔——立下入"赤国"的原则。张斯麐中将回国坐的是战后第一次自赤塔至满洲里的列车,而秋白一行于12月16日出发坐的则是战后第一次自满洲里至赤塔的列车。由于沿途的桥梁铁道被战争毁坏,只暂时在厚厚的冰面上架了临时铁轨,再加上整夜的暴风雪,车行速度非常之缓慢。听着车身颠簸的"厉声作响",秋白觉得这凄厉之声仿佛"替冤死于'白祸'的俄国劳动人民,哀诉于东亚初临的贵客"。"黑夜里望着窗外,乌洞洞暗沉沉,微微远见惨白的雪影映着,约摸知道是一片荒原。偶然一阵厉风,刮着火车烟筒里的烟,飞舞起来,掠过窗外,突然闪过万丈红光,滚滚的往东去。……"

路途千辛万苦,随着几次突然一震、砰然一响,"车要出轨

---

① 王观泉:《一个人和一个时代:瞿秋白传》,第152页。

了！……车下冰碎了！"的虚惊，12月18日，终于到达了远东共和国的新都城——赤塔。

尽管气温已经降到了零下四十多度，本来就有肺病的秋白，也每每感到呼吸上的困难，但是，对于这座被称为中国"消极的殖民地"的城市的社会生活的好奇压倒了一切。他欣欣然地专注投入到了"观察"与"调查"之中。他走进中国小茶馆、中国理发店去听那"东腔西调"的中国式俄语；走进市场了解物价水平；走进戏院观摩资产阶级留下的遗产，周旋于中国小买卖人、俄国苦力、俄国资产阶级等形形色色的人物之间，触碰最鲜活的实际生活片断。据他的观察，中国人在赤塔的人数极多，中俄两国劳动人民密接的文化关系也是非比寻常。在哈尔滨的时候，他便曾有过一番相似的感慨："中俄两国民族的接近，确比日本人及其他欧洲人鞭辟入里得多。中国苦力心目中的俄国人决不是上海黄包车夫心目中的'洋鬼子'。下级人民互相间的融洽比高谈华法、华美文化协会的有些意思——他们大家本不懂得'文化'这样抽象的名词，然而却有中俄文化融会的实效。"

作为"中俄文化融会的实效"的表现，一位在哈尔滨的时候认识的俄国朋友委托秋白给他在赤塔的亲戚捎一封家书。于是，秋白便获得机会"在这家人家见着西伯利亚居民生活之一斑"：

> 赤塔北郭已在山腰。松林寂寂，垂着银幕，铺着银毡，山气清新，丝毫城市文明的浊气，都已洗濯净净。我找着这家人家，走进栅门，就是一大院落，院子里拴着牛马，旁边放着牛奶桶。房屋都是纯粹俄国式的"木屋"，又精致又朴实。到了里面，也有小小一间客厅，收拾得很干净。

——瞿秋白《饿乡纪程》

女主人也很殷勤、豪爽，见秋白问起她的生活，更是侃侃而谈道："呵！赤塔么？生活比哈尔滨还要贵呢。糖也没有，茶也没有，几时你们中国才能运茶到我们这里来呢。以前这里茶也是很便宜的，面是本地出产，不用说了。现在面包贵得不成样子。离中国这样近，一斤茶都买不着。真正奇怪！"说着还拿出一大包谢美诺夫在这里发行的大面额钞票，一百几十万卢布，如今却变成了一堆废纸。吃完了还算可口的俄国黑面包，秋白等告辞出来，与主人家一个从伊尔库茨克过来买粮食的熟人同路回去。一路上，这个本是知识阶级出身的人大骂布尔什维克："唉！什么共产主义！布尔塞维克只会杀人。还有什么……"秋白默默地看着他，一边在心中寻找着恰如其分的词语来描绘他："淡淡的月光拂着云影，映着寒雪，照见他智识阶级式的武断的头脑，——蓬松的头发胡须，油腻的颈项下，拖着破烂的领结，拥着乌黑的皮领，还点头摆脑咕噜着：'他们自己吃好的穿好的，还说是共产党……呢？'"

此前，中国驻赤塔副领事葆毅，也是秋白俄文馆的同学也对俄国革命后的形势不置可否，还劝秋白不要到莫斯科去。一位俄国资产阶级小姐因为自家的房产被充公，更是谈"莫"色变："可怕得很！可怕得很！莫斯科去么？……"秋白对这些负面的信息全都不屑一顾，他在心里念叨着："资产阶级的心理，生来如此。"从而，对莫斯科的向往之情反而日切。但好事多磨，由于手续的问题，他们在赤塔又滞留了下来。于是，三人之间再度发生改变计划的讨论。经过哈尔滨五十几天的锻炼，秋白倒也不急不躁了，准备安心留在赤塔，研究远东共和国的政体及共产主义，多余的时间正好再用来练习俄语。

此后，三人除却社会生活调查之外，也开始有意识地出入政府机关，寻找机会与远东政府的机关政要直接对话。他们先后与交通部长、粮食部长、外交总长兼国务总理实现了"面对面"的访谈。写出了《东俄之近状与华侨》《访远东交通总长及食粮总长记》《旅俄华侨问题》等文，发往北京《晨报》，并在《共产国际远东书记处公报》第一期的《远东来信》栏目发表了《中国工人的状况和他们对俄国的期望》一文。在这篇通信中，秋白写道："我国无产阶级只寄希望于你们这些勇敢的俄国工人，你们为全人类的幸福而英勇奋斗，建立了苏俄社会主义共和国，正在实现社会主义原则，克服种种困难，与黑暗势力进行斗争，历尽千辛万苦，而始终没有灰心丧气。中国无产阶级极为钦佩你们，衷心地祝愿你们获得成功和胜利。"秋白希望，通过俄国无产阶级的努力，"世界上将会出现人道和正义","全世界人民将觉醒起来";而他们三人的这次旅俄之行也能给"中国的社会主义运动以第一次推动"。

可以说,从哈尔滨到满洲里,再到赤塔,一路走来,秋白从一个"新闻新人"开始磨炼自我,充分体会与实践了作为一名"新闻记者"的责任。对此,他特意进行了阶段性的小结,并明确了自身除外派"新闻记者"之外的文化责任:

>"社会生活切近的感受,再比之于'外交式'的考察,使我得一结论:如其仅仅为政治外交上的交涉,大关节目的考察,或是有了'抽象名词爱'的社会调查家,那么,就是重要人物的谈话,参观,访问也就足够足够了,——况且这是'新闻记者'的责任;假使除此之外,还想为实质社会生活的了解,要了解人类文化意义之切实隐掩的深处,以至于人生的价值,个人与社会间的精神物质两方面的结构,那就不如以一无资格的'人',浸入于所要考察的社会里,一方面又得于考察时,提出自己的观点,置之于可能的最高限度的客观地位上,然后所得才能满足自己的希望,——宁可比较的不完全些,不广泛些。"——所以我决定从此多留意于我自己冥求人生问题答案的目的,至于"新闻记者"的责任,只能在可能的——我的精力限度以内略略尽一些罢了。
>
> ——瞿秋白《饿乡纪程》

滞留赤塔期间,赤塔共产党委员会送给秋白三人很多书籍,其中包括《俄罗斯共产主义党纲》《社会主义史》等书籍,以及《共产国际》等刊物。眼见1921年的元旦已近,秋白等却被困在挂着中华民国五色共和旗的"'银烛'高烧的中国专车"上,眼见着身边的外交官们互相循例道贺,还要请出"'中国的'消遣品"——麻雀牌与牌九之类"以光佳节"。车窗外却分明映照出"'民主共产'的远东之穷苦国民的颜色,他们寒颤颤拥着泥烂敝裘,挽着筐子篮子",闻着中国专车内的"朱门酒肉臭"呢。

堕入"精神的监狱"之中,秋白唯有靠手边的书籍、刊物解些愁闷,哪知"披阅一过,才稍稍知道俄共产党的理论",茅塞顿开,从此立下入"赤国"行使自我责任之"原则":"从此于理论之研究,事实之探访外,当切实领略社会心理反映的空气,感受社会组织显现的现实生活,应我心理之内的要求,更将于后二者多求出世间的营养。我的责任是在于:研究共产主义——此社会组织在人类文化上的价值,研究俄罗斯文化——人类文化之一部分,自旧文化进于新文化的出发点。寒风猎猎,万里积雪,臭肉干糠,猪狗饲料,饥寒苦痛是我努力的代价。现在已到门庭,请举步入室登堂罢。"

1月4日,火车再度启程,离赤塔,赴乌金斯克。秋白的思绪随着车轮上下翻滚,"东方稚儿"一梦方醒:

> 寒气浸浸的车舱里,拥着厚被,躺在车椅上,闭眼静听,澎湃的轮机声,怒号的风雪声,好一似千军万马奔腾猛进,显现宇宙活力的壮勇,心灵中起无限的想象,无限的震荡;一东方古文化国的稚儿,进西欧新旧文化,希腊希伯来文化,剧斗刚到短兵相接军机迫切的战场里去了:炸爆洪声,震天动地,枪林弹雨,硫烟迷闷的新环境,立刻便震惊了"东方稚儿"安恬静寂的"伪梦"。——新文化的参谋处,一面要定攻击西欧旧文化之战略,一面要行扑灭东欧半封建文化遗毒的抗拒战斗力之计划。正是军书旁午千钧一发的时机,何况战略的玄妙在于敌人反抗力之利用,新建筑的构成在于安顿基础之苦功,请看他所负责任的重大——全人类新文化的建设!他所为工作的艰苦——数十重"文化落后障碍物"的排除!无怪搏战所用的力量如此之重,战争过程活现得如此之剧烈。"东方稚儿"!你只待春梦初醒,冷眼相觑,那战线渐渐展开,炮弹远度之所及,不由得你不卷入旋涡呵!

——瞿秋白《饿乡纪程》

到了莫斯科。"'赤色'的火车头来带着我们的车进苏维埃的新俄了。"——越来越接近新俄的心脏——莫斯科了。

赤塔——乌金斯克——色楞河边——梅佐夫——贝加尔湖——伊

尔库茨克——乌克——扎姆卓尔——克拉斯诺亚尔斯克——新尼古拉耶夫斯克——白拉宾斯克——鄂木斯克——秋明——科东——维亚特卡——沃洛格达。

一路之上，秋白的脑海中既留下了贝加尔湖畔的美景——

蜿蜒转折的长车沿着湖边经四十多个山洞，拂掠雪枝，映漾冰影，如飞似掠的震颤西伯利亚原人生活中之静止宇宙，显一显"文明"的威权。远望对岸依稀凄迷，不辨是山是云，只见寒浸浸的云气一片凄清颜色，低徊起伏，又似屹然不动，冷然无尽。近湖边的冰浪，好似巉岩奇石突兀相向，——不知几时的怒风，引着"自由"的波涛勃然兴起，倏然一阵严肃冷酷的寒意，使他就此冻住，兴风作浪的恶技已穷，——却还保持他惨狠刚愎倔强的丑态。离湖边稍远，剩着一片一片水晶的地毡，激映天地，这已是平铺推展的浪纹，随着自然的波动，正要遂他的"远志"，求最后的安顿，不意不仁的天然束缚他的开展，强结成这静止的美意，偶然为他人放灿烂突现的光彩。凄清的寒水，映漾着墨云细雪，时时起无聊畏缩的波动，还混着僵硬琐碎的冰花，他阵阵的绉痕，现于冷酷凄凉的颜面，对着四围僵死冻绝的乡亲，努力表示那伟大广博的"大"湖所仅存的一点生意："呵！不仁的'寒'神震怒，荡漾狂澜几乎全成僵绝的死鬼，所剩我这'中心'一毫活泼的动机，在此静候春风；和煦的暖意，不知甚时才肯惠临？……"

——瞿秋白《饿乡纪程》

也留下了乌拉岭山麓下可爱的俄国乡村中的温情一幕——

琐居复凑的木屋，盖着一片白雪，中间矗立希腊教堂的塔影，铜顶的光彩闪铄不定，和四围万树的雪枝相语，只有午钟初动，传响山壑时，突然打断他们密密相诉的情话。车窗外有一老人，掘着铁轨中的死雪，模糊的须影里露着忠诚朴实的面貌，披着破旧油腻皮氅，把着铁铲，勤勤恳恳的一铲一铲抛那雪块。笑嬉嬉手挽手飞跑来了两个小孩，约摸七八岁。老人似乎和他们说着几句话，一个小孩就拿起雪铲帮着铲雪,那一个两手捧着雪块搬运;大约有十几分钟,铲雪的放下铲子,从破口袋里掏出来一块黑面包,捧雪的忙忙的抛下雪块赶来要着半块面包;两个小孩相对着吃,笑嬉嬉的似乎谈什么事情;忽然捧雪的捡起一块雪掷去,掷在那铲雪的肩上,两个又扭在一块,相打起来;一个翻倒在地,一个往前就逃,翻倒的站起来就追;那时老人举起铲子,只看见他蓬松胡须的嘴唇乱动,似乎说着一大篇话似的,小孩子却头也不回。我正看得出神,忽然"嘟"的一声汽笛,车已动了,那老人和小孩都渐渐不能看见了,只有那老人体力工作时和蔼沉静怡然自乐的笑容和小孩子活泼天真的神态,还在我心里留一印象。

——瞿秋白《饿乡纪程》

结束了西伯利亚的旅程,秋白领悟道:"来俄之前,往往想:俄罗斯现在是'共产主义的实验室',仿佛是他们'布尔塞维克的化学家'依着'社会主义理论的公式',用'俄罗斯民族的原素',在'苏维埃的玻璃管里',颠之倒之试验两下,就即刻可以显出'社会主义的化合物'。西伯利亚旅行的教训,才使人知道大谬不然。只有实际生活中可以学习,只有实际生活能教训人,只有实际生活能产出社会思想,——社会思想不过是副产物,是极粗的现象。"先有社会生活与斗争实践,后有理论总结与经验提炼——这个宝贵教训与实践真知偏偏被后来某些追随者忘却——他们只记得些苏联经验与模式,记住些教条与纲领,便大胆改造,鲁莽实践,造成了惨痛的教训,也破坏了苏维埃试验模式的名声。

当列车驶离沃洛格达,与莫斯科渐行渐近的历史时刻,秋白留下了这样一段心路历程:

车轮雷辗,鼓动热烈的声浪,血气奋张,含着不定的希望,舞手蹈足似的前往,经俄国大河复尔嘉(Volga)的上流,铁桥两面,望去已经隐约看得见两两三三的工厂的烟筒。二十五日早起,忙着整理什物,四十多天的火车生活快完了。天色清明,严肃的寒风,裹着拥锦的白云越发谨饬,宇宙含笑融容,都和煦我的心灵,使勿太沉寂。满目雪色长林,欣欣然迎我这万里羁客。苍苍的暮霭,渐渐地漫天掩地的下罩,东方故国送别的情意,涌出一丸冷月安慰我的回望。轮机轧轧,作谐和的震动,烟汽蓬勃喷涌,扑地成白云缭绕;夹着木柴火炉的飞舞,星星在长林墨影冻堤白雪上显现灿烂勇武的"红光",飞掠的车龙更抛拂他们成万条宛转的金翼。沿铁道两旁,行近莫斯科郊外的地方,夹着两排疏疏密密的雪树,车行拂掠着万条枝影前进,偶尔掠过林木的缺处,就突然放出晶光雪亮的寒月,寒芒直射,扑入车窗,如此闪闪飞舞突进,渐近莫斯科。已经遥遥看见城中电光明处,黑影中约略还辨得出喘息稀微的工厂烟汽。几分钟后已到莫斯科雅洛斯拉夫站……寒月当空,杂嘈的人声中,知道已到"饿乡"了。

——瞿秋白《饿乡纪程》

1921年1月25日晚11时,经历了"饿乡"取经路上种种颠沛、滞留及动荡,秋白与同伴俞颂华、李宗武,终于到达了风雨飘摇却又奇光闪烁的赤国都城——莫斯科。

古树的寓言——黎明来临

回飞安琪儿,低吟绕天梁;
云拥星月惊,神歌盛意昌。

清灵赞洪福,天幕阖且张;
大哉我主宰,竭诚为颂扬。

长抱赤子心,悲泪盈洪荒;
歌声清且纯,无言意自长。

此曲留人世,历炼心志良;

> 天声自玄妙,尘俗敢相望?
>
> ——瞿秋白译莱蒙托夫诗《安琪儿》

"赤都第一夕的心影"在东方稚儿秋白的心底留下了一深切的印象:这四世纪前俄罗斯莫斯科时代皇朝的旧宫,如今处于"欧洲无产阶级'心海'的涛巅","涌着俄罗斯劳动者心血热浪","颠危震荡于资本主义风飓之中",它是"俄劳动者社会心理的结晶","他们心波的起伏就是新俄社会进化的史事,他们心海的涵量就是新俄社会组织的法式"。东方稚儿"渐渐自觉他的内力","于人类文化交流之中求一灯塔的动机已开,饿乡之'饿'如其不轧窒他的机括,前途大约就可以见平风静浪的海镜,只待于百忙之中,将就先镇定了原人时代海运的帆篷舵索,稳稳的去探奇险"。

抵达当晚,秋白一行风尘仆仆,踏雪而行。在皑皑雪影下,走进一栋六层大楼的第四层。初来乍到,带着旅途的疲累与抵达目的地后的新奇、振奋,秋白以一种跃跃欲试的心情来回打量着眼前这一间俄罗斯联邦苏维埃社会主义共和国外交人民委员会东方司司长的办公室:"窗帘华丽而破旧,稀微的雪影时时投射进来;和软的沙发,华美的桌椅时时偶然沾着年久的尘埃,欣欣然的欢迎远客;打字机声滴滴锘锘不停,套鞋沾着泥雪在光滑可爱的地板上时时作响;办事员都裹在破旧的皮大氅里手不停挥的签字画押,忙忙碌碌往来送稿;兴兴勃勃热闹的景象中,只有大病初愈的暖汽管,好一似血脉尚未流通,时时偷着放出冰凉的冷气,微微的暗笑呢。"而这间办公室的主人杨松,正面带微笑地向远道而来的客人欢迎致意:"我们这里怎么样!……可是很冷呵,你瞧我穿着皮大氅办公呢。……中国的劳动人民自然是对我们表很亲密的厚意,可惜协约国封锁以来,谣言四布,他们未必得知此地的实情,或多误会。诸位到此,正可为正直的中国人民一开耳目,为中俄互相了解的先声。我们能不竭诚欢迎吗!不过我们处于极窘急的经济状况,一切招待有不周到的地方,还请原谅。……"

果然,在抵达莫斯科的第三天,秋白他们便切身体会到了什么是所谓"极窘急的经济状况"。当他们第一次拿着外交人民委员会发的"膳票",来到公共食堂用餐时,便闹了一个"笑话"——"我们头一天到食堂去早餐,看见人人吃完之后,把所剩下的面包、糖、牛油,或是用盒子装,或是用纸包起来,各人都自己带回去。我们还笑他们真可谓穷极了。不想到午餐的时候,人人都有面包、糖、牛油,独我们三人没有,后来打听才晓得早晨所给的东西是整天的。"——对于李宗武的这段回忆,俞颂华也有补充说明:"早晨一杯豆咖啡,一方黑面包和几块糖。午餐和晚餐时不再发面包,只是一两碟菜和一杯豆咖啡。面包和糖须将早晨吃剩下来的带去。所供给的菜大多是素的,偶有盐鱼,但很少有肉。食堂里忽然不开中餐或晚餐的时候也遇到过,惟这种情形尚属不多。"而秋白则这样记录道:"饭菜恶劣,比较起来,在现时的俄国还算是上上等的,有些牛油、白糖。同吃饭的大半都是外交委员会的职员。我看他们吃完之后各自包着面包油糖回去,因问一问同行的人。他说俄国现在什么都集中在国家手里,每人除办事而得口粮外,没处找东西吃用,所以如此。"

第四天,秋白、俞颂华与李宗武三人每人分别领到一张证明书,上面写着:

俄罗斯社会主义联邦苏维埃共和国外交委员会东方部1921年1月28日发。

北京《晨报》(上海《时事新报》)通信记者×××因考察 R.S.F.S.R.(即俄罗斯社会主义联邦苏维埃共和国),现已到莫斯科,×××君算是 R.S.F.S.R. 的客人,应受外交委员会的保护。

外交人民委员会副委员长　加拉罕

东方部部长　杨　松

至此,秋白们拿到了在俄的一纸临时身份证明,终于可以正式以记者的身份开展采访工作了。然而,此时此刻他们三人却依旧被困在中国外交使节专车的车厢里动弹不得。迟迟未解决住宿问题的原因,倒也并不是新俄外交部不重视几位中国记者,而是莫斯科作为新晋之都,全国的政治、文化中心,大批政府机关及工作人员正呈浩荡之势从彼得堡迁移而来,一时之间的房源分配竟然是极度短缺、紧张。而秋白三人初来乍到,对此情况还浑然不觉。直到这日,三个立志自费留学新俄,与秋白等在哈尔滨福顺客栈曾有过一面之缘的北京大学学生专程过来看他们。哈尔滨一别之后,三个北大学生跟随俄国商人早一个月便到了莫斯科,对此地已有了一定了解。他们特意跑过来告诉秋白三人,陈广平领事正为了要房子而和新俄外交部僵持不下,他们劝秋白等也要主动出击,不然还会一直被留在车厢里。于是,经人提醒之后,秋白等终于在2月2日搬离车厢,被分配入住专为外国代表安排的公寓——旧时的旅馆"Knyaji Dvor"("贵族宫"),秋白感叹道:"我们三人占了两间屋子。桌椅床铺电灯都很完全。草草收拾整理停妥,房间汽炉烧得暖暖的,吃饭在公寓里有饭堂。饱食暖居,凭窗闲望,金灿灿辉煌的大教堂基督寺的铜顶投影入目,四围琐琐的小树林,盖着寒雪,静沉沉的稳睡呢。这种物质生活的条件,虽然饮食营养太坏,亦满可以安心工作了。我想一切方便,都赖旧时旅馆的结构处置,公共居住公共消费,也可见资本主义给社会主义打得一好基础呵。"

当食宿等一切安排妥当之后,东方稚儿便迫不及待地要开眼看一看这个心中期盼已久的圣地了,而他选择的第一站便是久负盛名的特列嘉柯夫美术馆:"雄伟壮丽的建筑,静悄悄的画室,女郎三五携着纸笔聚在一处一处大幅画帧之下。——这是德理觉夸夫斯嘉画馆(Trityakovskay gallereya),我们在莫斯科第一次游览之处。那地方名画如山积,山水林树,置身其中,几疑世外。兵火革命之中,还闪着这一颗俄罗斯文化的明星。铁道毁坏,书报稀少,一切文明受不幸的摧折,于此环境之中,回忆那德理觉夸夫斯嘉(Pavel Mihailovith Trityakovskay, 1832—1898,这画馆的首创者)的石像,还安安逸逸陈列在他死时病榻之处,正可想起'文化'的真价值。"

莫斯科特列嘉柯夫美术馆是以俄罗斯著名鉴赏家及艺术保护人巴威尔·米哈伊洛维奇·特列嘉柯夫在生前捐献给国家的艺术品为基础,不断扩充而成的集俄国绘画艺术之大成的艺术宝库。它在向全民开放后,既显示了俄罗斯璀璨无比的艺术之光,更体现了苏维埃政府的艺术保护政策。在父亲的影响下，从小便对"四王吴恽"山水画颇有研究与实践的秋白流连在俄国著名画家的手笔之间，惊叹忘返："旧文化沙砾中的精金，攸游观览，可以忘返。于此间突然遇见粗暴刚勇的画笔，将来派的创作，令人的神意由攸乐一变而为奋动，又带几分烦恼：粗野而有楞角的色彩，调和中有违戾的印象，剧动忿怒的气概，急激突现的表显，然而都与我以鲜，明，动，现的感想。"

然而，秉承艺术天赋的秋白的感想却并不仅仅停留在艺术欣赏的层面，他进一步深入挖掘道："俄罗斯文化的伟大，丰富，国民性的醇厚，孕育破天荒的奇才，诞生裂地轴的奇变，——俄罗斯革命的价值不是偶然的呵！社会之文化是社会精灵的结晶，社会之进化是社会心理的波动。感觉中的实际生活教训，几几乎与吾人以研究社会哲学的新方法。进赤俄的东方稚儿预备着领受新旧俄罗斯民族文化的甘露了。理智的研究侧重于科学的社会主义，性灵的营养，敢说陶融于神秘的'俄罗斯'。灯塔已见，海道虽不平静，拨准船舵，前进！前进！"

进入新俄之后，在试图摆脱资本主义旧文艺，创立社会主义新文艺的大生态环境下，标榜摧毁旧文艺的将来派的艺术新风以强劲之势扑面而来，东方稚儿便也不免被席卷其中，除了欣赏将来派的画展，秋白还曾去往国家第二剧院观看将来派的戏剧演出，并由友人介绍，认识了将来派诗人马霞夸夫斯基（马雅可夫斯基），得到了他的一本诗集。既然身临俄罗斯新旧文艺交替期其境，对于将来派艺术，秋白自然也有一番自己独特的直观感受，将其形象地比喻为"夜余""晨初"的"黎明来临"："人类的文化艺术，是他几千百年社会心灵精采的凝结累积，有实际内力作他的基础。好一似奇花异卉受甘露仙滋的培植营养：土壤的膏腴，干枝的壮健，共同拥现此一朵蓓蕾。根下的泥滋，亦如是秽浊，却是他的实际内力的来源；等到显现出鲜丽清新的花朵，人人却易忘掉他根下的污泥。——社会心灵的精采，也就是包含在这粗象的经济生活。根本方就干枯，——资产阶级经济地位动摇，花色还勉留几朝的光艳。新芽刚才突发，——无产阶级经济权力取得，春意还隐于万重的凝雾。那将来主义，俄罗斯革命后盛行的艺术上之一派，——是资产阶级文化的夜之余,无产阶级文化的晨之初;他是春阑的残花,是冬尽的新芽……悄悄地里偶然遥听着万重山谷外'新曲'之先声,又令人奋然振发,说:黎明来临……黎明来临!"

亲身感受着俄罗斯文化艺术的"黎明来临",更加敲打着东方稚儿对自己祖国文化深切关怀的律动心弦。他将故国比作一棵古树,写下了一则足以撼动全体中华儿女魂灵的"古树的寓言":

> 荒凉广漠的大原,拥抱着环回纡折的峦古,冷风凄雨,严霜寒雪,僵绝的冰流渐渐的溅裂,飞舞的沙砾阵阵的扫掠,一切"天然"的奇酷累年积月,层层抑遏,却有兀傲猖狂的古树,翘然矗立于其中。臃肿的伟干,蜷曲的细枝,风伯雹神恨他的猖獗,严刑酷罚一日不离这"天然之叛贼",飕飕微动就已震颤,点滴僵石,却又木然,唉!积威之下,难道他畏怯至此!年龄无量数,幅员无量大,经受尝试无量苦,——不知道天地的久长,宇宙的辽阔,鳏寡孤独的惨戚。只时时飑拂自己的万里长枝,零星琐叶,从容徘徊于此惨忍不仁的"天然"间。似乎是已经老态龙钟,枝叶委琐,雨侵虫蚀,靡靡难振,然而又未尝闻斧斤之声而有丝毫转侧,受啄木之喙而起细微呻楚,确也崛然强项。只有凄微的风色,匿黯的日影,重云摩顶,孤鹄啼枝,添绘了几许悲愁的景象!回忆小阳春时几微流转些将近暖谷的和风,偶尔沾惠些尚未凝霜的甘露,虽则凄惨依然,预觉"严冬之恶神"狂暴,却还有余力作最后的奋斗,试一试防御的战术,居然能及时自显伟大的"春意之内力";那时何等光荣!殊不知道一切都如梦呓,到而今枉然多此悲叹。然而!……然而这春意之内力,他是自信的,不过何日得充分发展,何道得出此牢笼,他那时也许未尝想及。然而……然而他是自信的,神圣的古树呵,自有他永不磨灭的自信力。

——瞿秋白《饿乡纪程》

秋白将笔下极富想象力的灵动文字融入深刻的政治及文化寓意,他继续写道:

果不其然！在荒原万万里的尽端，炎炎南国的风云飙起，震雷闪电，山崩海立，全宇宙动摇，全太阳系濒于绝对破灭的危险恐怖，天神战栗，地鬼惊啸。此中却还包孕着勃然兴起，炎然奋焰，生动的机兆，突现出春意之内力的光苗，他吐亿兆万丈的赤舌，几几乎横卷大空。我们的老树，冰雪的残余，支持力尽，远古以来积弱亏蚀，——况且赤舌的尖儿刚扫着他腐朽的老干，于是一旦崩裂，他所自信的春意之内力，乘此时机莽然超量的暴出，腐旧蚀败的根里，突然挺生新脆鲜绿的嫩芽，将代老树受未经尝试的苦痛。

　　可惜，狂波巨涛，既卷入深曲的港湾，转折力尽，又随"天然"的惰性律而将就澌静。赤舌的光苗于此渐黯渐黯。他国新林中的鲜芽受不足春之热力，又何从怒生呢？孤另另这一棵古树中的新枝，好不寂寞凄清。何况旧时残朽的枝叶，侵蚀的害虫，还有无数的遗留，苛酷的天然，依然如旧，或者暴风霹雷之后，天文的反动，更加暴虐苛刻，冷酷非常。春意的内力呵！你充满宇宙，暂借此一枝不自然，超其能量而暴发的新芽，略略发泄。还希望勇猛精进抗御万难，一往不返，尤其要毋负这老树兀岸高傲的故态呵！

——瞿秋白《饿乡纪程》

　　初涉新俄，写下"古树的寓言"，东方稚儿更加坚定了从"饿乡"采撷新芽，捧回故土，贡献"老树"的责任之心："唉！资本主义的魔梦，惊动了俄罗斯的神经，想求一'终南捷径'，早求清醒。……中国文运的趋向，更简直，更加速，又快到这一旧步。同梦同梦！东方文化和西方文化的交流，在俄在华原是一样，少不得必要打过这几个同样的盘旋。我这东方稚儿却正航向旋涡，适当其冲，掌舵得掌稳才好。还有我个人心理的经过，作他浮桨前依拂的萍藻，更成交流中之交流；必得血气平静，骇浪不惊，又须勇猛镇定，内力涌现。我寻求自己的'阴影'，只因暗谷中光影相灭，二十年来盲求摸索不知所措，凭空舞乱我的长袖，愈增眩晕。如今幸而见着心海中的灯塔，虽然只赤光一线，依微隐约，总算能勉强辨得出茫无涯际的前程。何况孑然飘零，远去故乡，来此绝国，交通阻隔，粗粝噎喉，饿乡之'饿'，锤炼我这绕指柔钢，再加以父母兄弟姊妹，一切一切，人间的关系都隔离在此饿乡之'乡'以外。如此孤独寂寞，虽或离人生'实际'太远，和我的原则相背，然而别有一饿乡的'实际'在我这一叶扁舟的舷下，——罗针指定，总有一日环行宇宙心海而返，返于真实的'故乡'。"

秋白的思想意识，尤其是社会判断与观念认识正在迅速趋向成熟。

高门巨族的精魂

万树森疏，西风又紧，
拥落叶如潮做奇响。
独那月亮儿静悄悄地，
万籁中，自放灵光。

虽有些纤云薄翳，
原不碍，原不碍，
他那果毅沉潜的活力，
待些须，依旧是光华万丈。

渗透了，渗透了，
那宇宙的奥秘，
一任他秋意萧萧，秋云黯黯，
我只笑，笑君空扰攘。

——瞿秋白《秋意》

时势逼人，就在秋白等还在为初到莫斯科的衣食住行等生活细节一筹莫展之时，一件足以撼动现代国际政治运动史和思想文化史的大事发生了——1921年2月8日，克鲁泡特金逝世。正如秋白所说："我们到莫斯科开始工作时，第一事就是克洛扑德金逝世。"

事实上，自从2月2日秋白三人搬进外交委员会公寓之后，他们便每日通过报纸新闻密切关注克氏的病情,当时的俄国媒体会每天向全民告知克氏的体温以及医生的诊断情况。9日,噩耗传来。12日,秋白等便到诺俄迪维奇教堂瞻仰克氏遗容。据俞颂华描述:"我们曾到礼堂里去参观,看见克氏的遗容,须发皓白,面色如生,十分蔼然可亲。"①13日一大早,他们更是匆忙收拾起照相器材,冲进了汹涌浩荡的送殡人群之中。秋白用他的文字对当日的实况进行了历史性的记载:

> 远远的就看见人山人海,各种旗帜招飐着。沿路有人发一张《克氏日报》,上面还载着许多吊文传志,并且还有克氏死后无政府团体通告全欧全俄全世界的无线电稿,列宁批准暂释在狱无政府党参预殡礼的命令。当日送殡的除种种色色无政府团体外,还有学生会,工人水手等联合会,艺术学会等,社会革命党,社会民主党少数派都有旗帜。最后是俄罗斯共产党,共产国际,还有赤军拿着俄罗斯社会主义联邦苏维埃共和国的赤色国旗。无政府主义者手持旗帜,写着无政府主义的口号,其余各团体也都张着"克氏不朽"的旗。人山人海拥拥挤挤之中,我远望着克氏的灵榇抬出来,面色还蔼然含笑似的,——宗武正拿着照相机照呢,——猛听得震天动地的高呼"万岁"声。一时人丛中更挤得厉害,乱杂之中我只听得四方八面嘈杂的谈话和巡官的号令:"请诸位保持秩序,不要往上挤,……""克氏科学上的功绩,道德上的廉洁,真可不朽,虽然他不是……""无政府主义大家殡礼,为什么要军队警察来参预?不用他们……""唉,挤死了!""哼……无政府主义,本来就是无秩序……"我好容易挣扎着走出人丛,站着一旁,远远的见克氏的灵榇拥着黑魆魆一片人影,无数旗帜慢慢的往南去了。
>
> ——瞿秋白《赤都心史·无政府主义之祖国》

此后的一日,克氏的亲戚林德女士向秋白讲述了克氏病重之时屡次梦见中国字的奇事。据说当时,克氏的温度非常之高,常常乱梦热呓,每每不得安寝,因生平酷喜音乐,便对林德女士请求:"唉!我又看

---

① 俞颂华:《十二年前旅游苏俄的回想》,《俞颂华文集》,第251页。

见许多埃及中国字的花花绿绿影子,似乎只想著书,要去看这些不懂得的字!请你弹琴解闷罢,省得我又乱梦颠倒……"

又一日,克氏的学生纪务立介绍秋白去见了克鲁泡特金夫人一面。夫人老态龙钟,听说从中国远道而来的新闻记者都来吊唁克氏,十分激动。秋白还热心地送了夫人一袋白面,这在当时物资管制的时期可算是很珍贵和实用的礼物呢。会面结束后,身为外交人民委员会职员的纪务立不无自豪地对秋白说道:"这是真正的俄国贵族王爵夫人。"

为了进一步走近昔日俄国贵族的精神世界,应托尔斯泰孙女苏菲亚的邀请,秋白一行参观了托氏在莫斯科的旧宅,当时已辟为陈列馆。秋白回忆道:"托尔斯泰陈列馆离我们寓所不远。馆中非常清洁整齐。苏菲亚指示讲解各种图画照相,并有一小画,为托氏亲笔所绘,画中有一小马一大人,苏菲亚说,这是他小时,祖父赏他的玩物。到托氏家后,苏菲亚母亲很亲热的接待我们并送给我们好几本书——其中有一本为《老子》的俄文节译本。"

此后,秋白与苏菲亚颇有往还,秋白还为苏菲亚题诗《皓月》一首:

皓月落沧海,碎影摇万里。
生理亦如斯,浩波欲无际。

一个清风朗日的春日早晨,秋白与苏菲亚、纪务立以及前俄最高法院院长的女儿嘉德琳女士相约郊外踏青。只见"莫愁园畔,莫斯科河边,绿林荫下沐浴畅怀。青青的灌林,悠悠的池水,士女三五,携手并肩,尽着情话呢"。清风阵阵拂面,秋白感受到"全宇宙都在怀抱中了",心情十分愉悦。而身边的纪务立却显得存有些忿忿不平之气。她悄悄对秋白和苏菲亚说:"你看嘉德琳女士,以前的贵族,那倨傲之态还依然存在,不大愿意理我似的……"秋白劝慰道:"也不见得。你心上不舒服,因为他待你没有你所要的亲热样子罢了,怎说不理呢?他不是刚才还和路旁的农家女问话的么?……"

从莫愁园往回走时,天色尚早,只见街道一遭遇风吹,便尘土飞扬。路上一个扫街夫,却不用水,只将手中的扫帚胡乱挥舞,顿时更加是黄沙扬洒,铺头盖脸而来。纪务立见状,忍不住上前责问。那个扫街夫却没好气儿地回声嚷嚷:"请你问列宁去！'他们'没有给水,教这样扫的,又怎样办。"秋白回身望着那人,没有追问,心中却也若有所思。

　　回到寓所吃晚饭时,秋白有意与饭厅的女仆闲话家常,一女仆说起由于政府年年收尽农民所有产出,家乡农村的生活实在举步为艰。秋白宽慰她说,政府很快就会实行课税法,自此以后,不会收尽余粮,农民生活定能得到改善。女仆却摇头表示并不信政府公报上的政策,农民们如今都消极怠工,不肯多种粮食,就怕来年又枉费了气力呢。秋白无话。只听得门口台阶上坐着的几张被夕阳照得红艳艳的"神圣的劳工颜面",也在那里三言两语地随意谈着"政策"呢。一天下来,他的耳畔响彻着来自旧贵族、农民、劳工、女仆、扫街夫等各色人等的各色声音。他切实地意识到,短短的时日之内,"饿乡"已经在向他这个"东方稚儿"徐徐展开一幅多角度多层次的巨大画卷,将他裹挟于其无尽的复杂性之中,他努力寻找着最终能够带回中国的路径与答案。而在此之前,他还有一场注定的心灵旅行——清田村之行——去拜谒俄国旧日高门巨族的精魂,从而触及俄民族最深层的精神内核。为此,他特意留下了一篇《清田村游记》,用极为细腻感性的笔锋详细记载下此行的点点滴滴,后收为《赤都心史》第二十八篇。就让我们跟随着这些隽永不灭的文字,穿越时空,共同用心灵去探访秋白笔下的清田村,去感受一下那高门巨族的不散精魂吧。

　　所谓"清田村",即"雅波"庄园,俄语意为"明媚的林中空地",距离莫斯科约四百里,一代文豪托尔斯泰正是在这里诞生;在这里写下闻名世界的《安娜·卡列尼娜》《战争与和平》等巨著;也是在这里最终入土为安。现时其一方面作为由教育人民委员会经营管理的托尔斯泰邸宅陈列馆的所在;另一方面又是革命后托尔斯泰派公社经济的实践大本营。承蒙苏菲亚的盛情邀请,又恰逢莫斯科教育厅第一试验模范学校的一群小学生们在读了托氏文学事迹之后,特赴清田村旅行参观的机会,秋白与李宗武二人便搭上了小学生们的专车,一同前往清田村而来。一路上,小学生们一脉嬉笑天真,热情地拿出干粮和牛乳与两位中国记者分享，惹得李宗武忙着给他们照相。秋白在旁观看，只觉得小学生们的"神态真使人神往"。同行的还有一位老者，徐徐向中国记者谈着自己的人生经历，着重强调着："第一要知道怎么样生活，人生的意义，唔，操守，心地……"秋白感叹道："老者谈吐朴实，是中下社会的人，蔼然可亲，俄国风度非常之盛，谈及托氏主义，那一种宗教的真诚，真也使人敬仰俄罗斯民族的伟大，宽洪，克己，牺牲的精神。"

在清田站边几间狭小而清雅的木屋中修整一夜之后，第二日清晨，秋白一行便穿过秋雾朦胧的桦树林，向目的地清田村徒步前行。一路之上，"小桥转侧，树影俯窥溪流，水云映漾，轻步衰草上，如天然的氍毹，心神散畅，都市心绪到此也不由得不自然化了。转向北，直望大道，两旁矗立秋林，红叶斑斓，微风偶然奏几阕仙乐；遥看草间车辙，直行远出，有如川流——旷阔的村路一变而成'流水道'影。黯淡秋云，却时时掩隐薄日，日影如伞盖迎人，拂肩而过。偶然见一二农夫乘着大车，纵辔遄行，赶着马，'嘟嘟嘟'飞掠而过。抵托氏邸宅栅门，就见中世纪式堡垒；——这邸宅原是托氏母家复尔广斯基王爵的遗产，地主制度的遗迹还可以看得见。进栅门后，转侧行数十步，遥隔花棚已见托氏宅，犬吠声声报客至，宅中人有出来探望的呢。"

出来探望的正是托尔斯泰的幼女亚历山大，她亲切地引导众人进入宅邸，只见室内陈设简洁古朴，两间图书室，放满书柜，饭厅里有一架钢琴，四壁挂着托尔斯泰姓氏族人的画像，东边一小过室，只摆一小圆桌，上放《读书一周记》，这本是托氏生前每日清晨吃早饭前写日记、记语录的所在。再向内一间便是书房，秋白注意到满架书籍中还夹着一本芝加哥出版的汉英对照老子《道德经》。书桌上文具破旧简陋，一切都如托氏生前模样未动。趁着"摄影师"李宗武上上下下里里外外用胶片记录现场之时，秋白也跟着从旁仔细观察细节，不禁心生感慨："托氏生前的生活确很朴素，——贵族生活如此却也在意想之外。"据亚历山大回忆，她父亲晚年精神极度痛苦，分地给农民等心愿因受外界阻挠迟迟不得实现，时刻心神不安，几度欲出走抛弃一切。楼下书室中，有一小栋为托氏"初起忏悔，屡思自缢之处"。宅邸后院有一棵大树,枝叶繁茂,漫散四处,因托氏生前常坐此树下与贫农村民谈话而得名"贫者树"。自树下小径,穿过一片果林与草场,便来到托氏的墓前。林中设一树椅,是托氏生前散步时的休憩之地。秋白目望着小学生们以落叶穿成一圈,郑重地挂在托氏的墓碑上,又见四周"满天湿云飞舞,瘦叶时时经风细吟,一仰首满目清朗,乡野天地,别有会心",更加感慨"托氏的遗泽更使人想起古人浑朴的天性,和此自然相交洽"。

走出栅门,便离开了托氏产业的范围。遥望烟雨迷濛,寥落秋原上的三五村落,秋白突然萌生了中国人走访"俄国农夫"的念头。于是,便信步走进一户农家,只见:一小木屋,小小巧巧四五间,屋中板桌板凳,屋角挂着希腊神像,壁上还有一张半新不旧的油画。墙壁里嵌一火炉,中置铁板,可烤面包和煮菜,炉顶高及屋梁,上铺床铺,冬天睡在炉顶上,不仅烘得暖暖的,还能拥着枕头听着屋顶上暴风雪呼啸的声音……

从农家出来,更激发了秋白要眼见为实地考察一下托尔斯泰派公社的兴趣。早在莫斯科时,嘉德琳女士就对他们作出评价说:"托尔斯泰派都是非常之有道德的人,可是大概不是务实的人,经营事业,没有经验。"如今来到实地,秋白具体了解到:现时托派公社共有社员十八九人,田地是用托氏遗产分给农民后所剩余的,共有麦田四十七俄亩(一俄亩抵中国十八亩),菜圃二俄亩,另有果园三十五俄亩,马六匹,牛七头,羊十头。男女社员都亲自下田耕种及纺织,生产品完全公有,各取所需,每年只需付国家五十普特(每普特抵中国三十斤)的食粮税,其他一切自由,几与外界隔绝。秋白不禁赞叹道:"恬静的生活,一切'人间乐'都抛弃。劳作的神圣,自然的怡养固然胜似他百倍。"

晚上,回到托尔斯泰邸宅的饭厅里,与托氏妻妹及另一中年妇人——托氏另一亲戚等闲聊,只听得她们用贵族式的派调议论着近二十年来"男女同学"的新教育多么不成体统。说起"为什么在英法'男女同学'就不要紧,俄国却不行"时,秋白也不禁插嘴,道:"我们中国也是这样说:'为什么在外国就不要紧,一到我们中国就不成样子。'"

带着满腔思绪,秋白坐马车离开清田村,回忆着一天行程,感受着秋夜雨露,聆听着马蹄声声,仰看着流云走月,光芒四射,他仍沉浸在对于清田村"贵族的残梦"以及"旧时的俄国"的想象之中。

归途中他再次造访来时过宿的别墅,并和看别墅的农夫夫妇闲聊。

"革命时,你们分着多少地呢?"

"一亩半田。这两年勉强还够。今年又有什么'食粮税',我们也负担轻些,——一年付三分之一,十二铺德。生活要说宽馀是说不得呢。我们革命前也从没见过三块卢布以上的钱。现在罢,管着别墅,每月经亚历山大·托尔斯泰的手,由教育委员会得八九十苏维埃卢布,——算得什么,几角钱!"

秋白他们走时,主人送他们,又说道:

"我们这两天吃的面包都不够。公社里剩的面包,——现在可以出卖了,——我们去买也得出四五千块钱一斤。他们都是大学生,虽说什么集合生产,究竟不大会种田。那四五十亩田,据我看来,还不如分给我们小农好些。……唉!穷人还是穷,富人还是富。……"

想起昨天的公社之行,又让秋白多增了一重感触。

经近一天一夜的走走停停后,秋白一行回到莫斯科,此行所见所闻,仿佛一幅杂色斑斓的奇画在他面前徐徐展开,他总结感想如下:

  托尔斯泰——世界的伟大文学家,遗迹芳馨。旧时代的俄国,——贵族遗风还喘息于草间,依稀萦绕残梦。智识阶级的唯心派,新村式的运动,也有稀微印象。俄罗斯的农家生活,浑朴的风俗气息,而经济上还深陷于小资产阶级。平民农夫与智识阶级之间的情感深种社会问题的根蒂,依然显露。智识阶级问题,农民问题经怒潮汹涌的十月革命,冲动了根底,正在自然倾向于解决。——新教育与旧教育的过渡时期。

  ……其他乡间秋色,怡人情性,农家乐事,更饶诗意,生活的了解似乎不在远处……

可以说,经历了清田村之旅之后,秋白对于19世纪70年代的时代精神即所谓"忏悔的贵族"的内心世界有了更为感性的认知:知识阶级自己觉得所受的教育,衣食都是欠农民的债,极愿意走近农民,帮助他们,使良心得以安放。解放农奴不过是还债的第一步;第二步便是"往民间去",知识阶级自己的"复生"须得依靠神圣的劳动,真诚学习"农民世界"里的原理,从而"遁入古俄浑朴之乡"。

然而值得一提的是,在对旧俄文学进行整理和爬梳基础上撰写的《俄国文学史》(后由蒋光慈改题为《十月革命前的俄罗斯文学》)中,秋白对托尔斯泰作品的评价却是令人意外地相当保留:否定其思想,肯定其艺术,而对艺术方面的成就又基本上一笔带过并不做深究细挖。这应该是之后接触过列宁对托尔斯泰的评价的原因。列宁认为托尔斯泰像一面俄国革命的镜子,反映了俄国革命的"某些重要方面"。但是,托尔斯泰的作品表现的是"农民的资产阶级革命"的特点。托尔斯泰"绝对地不能够了解工人运动和它在为着社会主义的斗争里的作用,也不能够了解俄国革命"。托尔斯泰的"精神"、托尔斯泰的"主义"只能葬送俄国革命和革命的民众。列宁说事实上俄国革命在许多时候,在许多场合都是被托尔斯泰的"精神"和"主义"葬送的,它们成了革命失败的"极严重的原因"。当然列宁也认为,摆脱了"托尔斯泰主义历史罪恶"的革命战士也会历史地不可避免地涌现出来,把俄国革命向前推进。托尔斯泰的那个时代(1861—1905)的"过渡性质"产生了托尔斯泰的作品与他的托尔斯泰主义。这个"过渡性质"的时代"教唆"了托尔斯泰叫喊出"全世界的精神"、禁欲主义、不抵抗主义、悲观主义、物质虚无主义。列宁认为:"托尔斯泰的学说无条件地是乌托邦的,而它的内容是反动的,这是反动这字眼的最准确的、最深刻的意义。"列宁又说托尔斯泰学说又包含了社会主义的批判成分,包含了"可以作为教育先进阶级的宝贵的材料",因而"实际上有时候给民众的某些阶层一点利益"。托尔斯泰主义与学说的主要方面则是负面的、有害的。

因此,之前旧俄的其他作家在思想上的问题秋白都能妥善处理,然而一到托尔斯泰这里,流畅的讲解与评述便戛然而止,飞扬的思维顿时显得犹豫迟疑,颇为耐人寻味。也许是出于对托氏天才的震撼与被眩惑,也许是对列宁的批评尚需消化、验证。就其个人而言,这或许也是当时他在艺术审美与革命理念层面上的内心矛盾尚未完全解决的一个表现吧。

俄罗斯的心灵

烦闷忧愁，
和谁握手，
在这心神
不定的时候？

希望,希望,
绝无影响，
又何事
徒劳意想？
芳时易过
驹隙年光。

爱乎谁爱，
枉费心神，
暂时的——
不值得，
永久的——
不可能。

自视又何如？
陈迹都无。
苦乎乐乎？
一切比泡影还虚。

情爱呢？
可知，这甜情蜜意，
禁不起——
理性一闪，
迟早是——
雨消云散。

生活呢？
你且……
冷眼相觑，
才知道：
人生空泛，
人生真太愚。

——瞿秋白译莱蒙托夫诗《烦闷……》

莫斯科生活伊始，秋白三人考察求知的热望勃发高涨，然而一方面是物质生活的极端贫乏；另一方面，活泼泼的中国青年第一次切身领教到俄罗斯冬天寒冷的残酷与漫长。每日被凄凄惨惨戚戚地关在一片白茫茫的大地冰窖之中，到底产生了无限"烦闷"的情绪。足足四五个月后，眼见春天的脚步渐近，俄国生活终于渐渐转出了生意。凭借着敏锐、细腻的观察力与感受力，秋白已经开始着手将看似零散、琐细的"俄罗斯的生活"的碎片，梳理出一幅"俄罗斯的心灵"的拼图。

他这样描述复活节的夜祭：

夜深了。虽是俄国诗人的"五月天气"，晚寒还暗袭行人的衣袂。莫城稠密的街市，一时也稍沉寂，隐隐约约渐听着四处教堂的圣钟殿鸣——陡破夜神的深寂。巷口街梢，三三五五的人影渐现，一时多似一时。教堂钟声愈久愈多，愈晚愈洪，圣诗的歌声摇曳沉抑，萦绕天际。等到夜间一二时，教堂的圣阶前已聚着黑密密一大堆人,星星点点耀炫着信教徒手中的圣烛,画像的高门下排着神甫入庙的仪式,年老龙钟褴褛疲弱的乞丐双手拱着等候基督教徒的慈悲——复活节的夜祭开始了。

——瞿秋白《赤都心史·劳工复活》

复活节是俄国旧历中最重大的节日,按照习俗,各家各户都要拿出家中最鲜美丰盛的食物大摆筵席,亲朋好友往来欢聚,人人见面都要行接吻礼,就连未出嫁的女郎也不例外。孩子们的礼物则是五彩缤纷的"复活彩蛋",庆祝活动要持续整整一周。然而十月革命以来,连年战乱,物资紧缺,俄国老百姓已经有两三年没有好好庆祝过这一传统节日了。今年恰逢新经济政策实行的头年,商业开放,俄国民间一扫过去黑面包加中国茶的枯寂冷淡,突现出春日般"活泼泼"的气象来了。

就在俄国民间家家户户喜迎复活节"复活"的时候,秋白更为关注的则是1921年恰与复活节撞日的五一国际劳动节。一大清早,他便走上莫斯科街头感受劳动节气氛,谁知"暖欣欣的朝阳,温和的春风,路上行人却很寂寞"。几乎所有市民都去参加昨夜的复活节夜祭,估计现在刚刚休息不久,即便已经起床,也还要忙着准备节日用品、走亲访友,已经没有什么人还有纪念劳动节的兴致了。只有赤场附近还有一些政府组织的农民群众在人工搭建的演讲台上跳舞,教育人民委员会也组织了一批幼稚园的儿童身着新衣走上街头呼号"万岁",播放着"工人运动复活"广播演讲的电车游走在城市各个角落……

后在发往《晨报》的通讯《莫斯科之耶稣复活节及五一节》中,秋白不无感慨地写道:"他们共产党的精神非常之好。可惜比之全国国民,人数太少,人才太缺,所以每每办事有些不周到的地方。以'五一节'和'耶稣复活节'相比而观,使人领略到俄国国民性及共产党之'五一'运动的意义,不免发生一种奇异的感想呵!"

对比两个月前自己的所见所闻,秋白继续详细而生动地描述了新经济政策下俄国市场上的显著变化:

十字街间,旷场两面,一排一排小摊子。……人山人海,农家妇女,老人,工人,学生……种种色色人,簇拥在一处。这里一批白面包,香肠,火腿,牛奶,糖果点心,那里一批小褂,绒裤,布匹。一堆一堆旧书旧报,铁罐洋锅,碗盏茶杯,……唔!多得很呢!再想不着:严冬积雪深厚,——我们初来时,劳动券制之下,——这些丰富杂乱的"货物",都埋在雪坑里冰池底么?经济市场的流通原来这样。……

远远的日影底下,亮晶晶耀着宝石,金链;古玩铜器,油画也傲然一显陈列馆的风头。有华丽服装,淡素新妆的贵妇人,手捧着金表,宝盒等类站在路旁兜卖。有贵族风度的少年,坐在地下,展开了古旧贵重的红氍毹,等着顾主呢……

——瞿秋白《赤都心史·贵族之巢》

从中,秋白归纳出一条"资本运作"的脉络来:原来革命后贵族破产,所余未收没的衣饰古玩因新经济政策初行而流到市场上,再经过短短两三月时间的套现,便能渐渐集股,开起大小商铺,最常见的正如咖啡馆之类。然而,根据经济发展规律,秋白进一步断言:"新经济实行,资本主义在相当范围内可以发展。而资本集中律一实现,这班小资本的买卖不过四五月就得倾倒。"单就白面包为例,根据秋白的追踪观察:最开始还是家庭作坊里零做的,渐渐地便已经看得见一两种同式同样又同价的白面包,原来已有犹太旧商人复活,做起了大宗批发产业链条。由此,秋白总结道:"资本的发展——按经济学上的原则——真是'速于置邮而传命'。"

与此同时,俄国东部正在出现大面积的旱灾,根据俄报报道,"一堆一堆饥疲不堪的老人幼童倒卧道旁,呻吟转侧。……啮草根烂泥。……竟有饥饿难堪的农家,宁可举室自焚。……还有吃死人肉的呢。"秋白痛心疾首地指出:"莫斯科城市新资产阶级开着辉煌的咖啡馆,饭馆,哼,募捐队去时,大大的商铺,只出得几万块钱。'利'……'利',麻木的神经,暗黑的良心……是市侩主义的标帜。"

事实上,就在秋白登陆"饿乡"伊始,苏俄的政治哲学与文化政策,苏俄的精神历史与艺术传统便深深震撼了他的灵魂。他不断地叩问究竟真正何为"俄罗斯的心灵",何为"俄罗斯的精神"?或者说"俄罗斯的心灵""俄罗斯的精神"究竟在哪些方面真正地展现出来?身处莫斯科,他一面沐浴着社会主义最初的光华与暖意,一面忍受着物质条件艰苦的煎熬;一面学习着观察着苏俄新社会,一面研究着其旧历史——包括俄国人的心灵史与文艺史——由于秋白自身浓烈、炽热、高张的文学体性与艺术才情,更由于他精湛的俄文水平、对斯拉夫民族精神体验与信仰结构的高超的悟性以及勤奋细腻、一丝不苟的工作风格,他最终找寻到了最令他心醉神迷,又最让他感到舒心爽志、涌动才情的新天地——俄国文学。

在为好友郑振铎翻译的俄国作家路卜洵的小说《灰色马》写的序中,瞿秋白说:

>那伟大的"俄罗斯精神",那诚挚的"俄罗斯心灵",结晶演绎而成俄国的文学,——他光华熠熠,照耀近代的世界文坛。这是俄国社会生活之急遽的瀑流里所激发飞溅出来的浪花,所映射反照出来的异彩。文学是民族精神及其社会生活之映影;而那所谓"艺术的真实"正是俄国文学的特长,正足以尽此文学所当负的重任。文学家的心灵,若是真能融洽于社会生活或其所处环境,若是真能陶铸锻炼此生活里的"美"而真实的诚意的无所偏袒的尽量描画出来,——他必能代表"时代精神",客观的就已经尽他警省促进社会的责任,因为他既能如此忠实,必定已经沉浸于当代的"社会情绪",至少亦有一部分。社会情绪随那社会动象的变迁而流转,自然各成流派,自为阶段。每一派自成系统的"社会思想",必有一种普通的民众情绪为之先导,从此渐渐集中而成系统的理论,然此种情绪之发扬激厉,本发于社会生活及经济动象的变化,所以能做社会思想的基础而推进实际运动;因此,社会生活顺此永永不息的瀑流而转变,则向日所谓有系统的"社会思想",到一定时期,必且渐因不能适应而就渐灭,所剩的又不过是那普通的情绪而已。社会情绪的表现是文学,其流派的分化,亦就隐约与当代文学的派别相应;社会思想的形式是所谓"学说",——狭义的社会

理想；因此种理想往往渗入主观，故"致其末流"虽或仍不失其为一派社会情绪的动因，然而只能代表那"过去"的悲哀了。俄国文学史向来不能与革命思想史分开，正因为他不论是颓废是进取，无不与实际社会生活相的某部分相响应。俄国文学的伟大，俄国文学的"艺术的真实"，亦正在此。

大抵在1921至1922年间，秋白投身于对旧俄文学的整理与爬梳工作，撰写完成了《俄国文学史》初稿，只是当时他并没有谋求出版，而是把文稿留给了同道蒋光慈。直到1927年，蒋光慈出版自己的《俄罗斯文学》时，秋白的这部《俄国文学史》才被改头换面为《十月革命前的俄罗斯文学》，正式出现在世人面前。而郑振铎1924年出版的《俄国文学史略》一书的末章《劳农俄国的新作家》，一样也是秋白的笔墨和精神。这样，至少在形式上，秋白完成了对旧俄、新俄文学、文学史的整理和书写工作。

另外，在1920至1925年间，秋白还着手翻译了托尔斯泰的《闲谈》《祈祷》，果戈理的《仆御室》《妇女》，阿里鲍甫的《可怕的字》，兹腊托夫拉斯基的《痴子》以及契诃夫的《好人》等七篇旧俄文学作品。

而谈到秋白在此后对新俄苏维埃文学的译介与推扬，更使他成了中国无产阶级革命文学理论的奠基人与中国无产阶级文化运动的领路人，秋白对苏俄文学的积极传播与中国左翼文艺家的真诚接受也同时相得益彰地构成了20世纪二三十年代中国文艺界一道特别明亮夺目的风景线。

"高山苏维埃共和国"

无可围抱的寰区
　　却披来缟素天衣无缝，
万千含孕的宇宙
　　剩得白茫茫一片奇梦。

俄雪,俄雪,
拿破仑禁不起裂天冻。
死寂,死寂,
好一似沉沦大陆,浑蒙。

鸟语隐地底,
绿意凝未动。
看!看,障于人与自然之间,
只有那黯云四匝寒芒涌。

俄罗斯的寒,令南国遄来的旅客,对他这冷淡的主人翁,常起奇异的感想。虽则"寒主人"十二分的殷勤,周旋揖让,反是冷气直喷,令人欲绝。况且严酷的雪影,惨淡的雪色,凄凄黯黯,白茫茫,浑漠漠,一年一百五十天不见天日。我,——江南花柳明媚中的产儿,怎不觉得,他——"俄雪",是"我"与自然之间的屏障。

——瞿秋白《俄雪》

"前几天医生说我左肺有病,回国为是。昨天不是又吐血么?七月间病卧了一个月,奄奄的生气垂尽,一切一切都渐渐在我心神里磨灭……还我的个性,还我为社会服务的精力来!唉!北地风寒积雪的气候,黑麦烂肉的营养,究竟不是一片'热诚'所支持得住的。万里……万里……温情的抚慰,离故乡如此之远,那能享受。习俗气候天色,与故乡差异如此之大,在国内时想象之中都不能假设的,漫天白色,延长五月之久,雪影凄迷,气压高度令人呼吸都不如意。冰……雪……风暴……那有江南春光明媚,秋花争艳的心灵之怡养。……梦呓模糊,焦热烦闷,恍恍忽忽仅有南国的梦影,灿黄的菜花,清澄的池水……桃花……唉!心神不定,归梦无聊。病深了!病深么?"这是秋白写于8月5日的病中日记。

9月16日,恰逢中国旧历的八月十五中秋佳节,此间夜夜盗汗,咳嗽吐血的秋白更加心绪不畅,郁郁客中,挥手写下一首《东方月》:

一

万里奇游,饥寒之国。
闻说道"胡天八月雪",
　　可也只萧萧秋意,依依寒色;
只有那赤都云影,掩没了我"东方月"。

二

　　月圆月缺人离别,
　　　人离别,长相忆。
万古"中秋",未入欧人诗思词说。
原万族共"婵娟",但愿"婵娟"年千亿。

三

又何必,人相念,月相望,细问太阴历?
　　欧亚华俄——情天如一。
团圞梦影,灯前不堪回忆,
独恨那凝云掩映,希冀一线俱绝。

四

秋原黄叶,才领略别离滋味,
怎知道,有灾浸流乱,更饥寒万里。
只听那琐碎的蹄声,凄凉的雨意,
催嫦娥强现半面,掩云幕,永诀矣!

九天后,他便按捺不住提笔给早在5月便离俄赴德的俞颂华写了

一封信,表达了"不如归去"的苦闷心情:

> ……我一个病人,为精力所限,为才力所限,为学识所限,在这八个月内的成绩如此而已!……是成是败?以我这样学识浅薄,精神疲敝的人,来做开天辟地研究俄罗斯文化(在我以前俄国留学生有一篇好的文章出来过没有)的事业,勉强有这一些成绩,能否算得最高限度?……
>
> ……总上三种原因:(一)求学问题,(二)通信问题,(三)经费问题,再加我现时的病状,不能不决定回去了。现在我已着手进行,可是旅途困难,行李笨重,还不知道什么时候才走得成功呢。……

从旧病复发到异乡中秋,一个多月的时间,似乎触发了秋白思念家乡,解剖自我,思考人性的情绪风暴,一种倾诉的冲动正如龙卷风般在他的胸中逐渐成形,酝酿爆发。由于通道梗阻,当隔断音信半年之久,才收到家人于3月份发出的家书之时,秋白终于忍不住感动涕泣,热泪沾襟了:"他写着中国家庭里都还'好'。唉!我读这封信,又有何等感想!一家骨肉,同过一生活,共患难艰辛,然而不得不离别,离别之情反使他的友谊深爱更沉入心渊,感切肺腑。况且我已经有六个月不得故乡只字。于今也和'久待的期望一旦满足'相似……然而,……虽则是如杜少陵所言'家书抵万金',这一封信,真可宝贵;他始终又引起我另一方面的愁感,暗示我,令我回想旧时未决的问题;故梦重温未免伤怀呵。问题,问题!好几年前就萦绕我的脑际:为什么要'家'?我的'家'为什么而存在的?——他早已失去一切必要的形式,仅存一精神上的系连罢了!"

通过对"家"的感慨,秋白又将矛头直指向自"我",发出铿锵有力、毫不犹疑的自我宣言道:"秋白的'我',不是旧时代之孝子顺孙……而是'新时代'的活泼稚儿。"他将自己的责任明确为:"盼望'我'成一人类新文化的胚胎。新文化的基础,本当联合历史上相对待的而现今时代之初又相补助的两种文化:东方与西方。现时两种文化,代表过去时代的，都有危害的病状，一病资产阶级的市侩主义，一病'东方式'的死寂。……固然不错，我自然只能当一很小很小无足重轻的小卒，然而始终是积极的奋斗者。我自是小卒，我却编入世界的文化运动先锋队里，他将开全人类文化的新道路，亦即此足以光复四千余年文物灿烂的中国文化。'我'的意义：我对社会为个性，民族对世界为个性。无'我'无社会，无动的我更无社会。无民族性无世界，无动的民族性，更无世界。无社会与世界，无交融洽作的，集体而又完整的社会与世界，更无所谓'我'，无所谓民族，无所谓文化。"

就在秋白慷慨发布"自我宣言"十几天之后的12月15日，他终因"物质生活渐渐的减少"与"智力工作更无限制的增加"而导致病势沉重，被转移到莫斯科郊外的高山疗养院治疗，开始感受"高山苏维埃共和国"的"军国主义式管理与医生独裁统治"："静静的寝室，窗儿总是半罅着；清早冷浴；饮食有定量定时；在院中雪下强睡；量药称水有人专值；晚间偶坐厅中笑语，医生演讲病源，病状，医术；有时还请人歌唱演剧奏琴，作娱乐。"总之，此地"科学的威权最高无上"，医生定下的规则，谁也不能违背。

住院四五天之后，秋白才感觉精神渐渐清晰，"回忆复活；低徊感慨缠绵悱恻之情，故乡之思隐约能现"，于是，理智与情感的龙卷风乘势喷薄而发：

> 咦！我生来就是一浪漫派，时时想超越范围，突进猛出，有一番惊愕歌泣之奇迹。情性的动，无限量，无限量。然而我自幼倾向于现实派的内力，亦坚固得很，"总应当"脚踏实地，好好的去实练明察，必须看着现实的生活，做一件事是一件。理智的力，强行裁制。我很知道，个性的生活在社会中，好比鱼在水里，时时要求相适应。这我早就知道！二十余年来的维新的中国，刚从"无社会"状态出来，朦胧双眼，——向没有见着自己的肢体肤发，不用说心肝肺脏了，他酣睡中的存在，比消灭还残酷。如何不亟亟要求现实精神呢。然而"刚从无社会状态出来……"可知是开天辟地草创的事业。此中的工作者，刚一动手，必先觉着孤独无助：工具破败，

不堪适用，一切技术上的设备，东完西缺，总而言之，这是中国"并非社会压迫个性而为社会不助个性"之特别现象。自然而然，那特异伟力超越轨范的需要也就紧迫。两派潮流的交汇，湍洄相激，成此旋涡——多余的人。

假使有人在此中能兼有并存两派而努力进取，中国文化上未始不受万一的功劳。然而"我"，——是欧华文化冲突的牺牲，"内的不协调"，现实与浪漫相敌，于是"社会的无助"更斫丧"我"的元气，我竟成"多余的人"呵！噫！忏悔，悲叹，伤感，自己也曾以为不是寻常人，回头看一看，又有什么特异，可笑可笑。应当同于庸众。"你究竟能做什么，不如同于庸众的好"，理智的结论如此；情性的倾向却很远大，又怎样呢？心与智不调，请寻一桃源，避此秦火。……"然而，宁可我溅血以偿'社会'，毋使'社会'杀吾'感觉'。"……

噫！心智不调。无谓的浪漫，抽象的现实，陷我于深渊；当寻流动的浪漫，现实的现实。不要存心智相异的"不正见"，我本来不但如今病；六七年来，不过现实的生活了，心灵的病久已深入，现在精神的休养中，似乎觉得：流动者都现实，现实者都流动。疗养院静沉的深夜，一切一切过去渐渐由此回复我心灵的旧怀里；江南环溪的风月，北京南湾子头的丝柳。咦！现实生活在此。我要"心"！我要感觉！我要哭，要恸哭，一畅……亦就是一次痛痛快快的亲切感受我的现实生活。

——瞿秋白《赤都心史·中国之"多余的人"》

秋白曾经在考察俄国工人的日常生活时发出感慨："他们——非智力的劳动者，——即使有困难苦痛，大概永没有我这一种——'烦闷'呵。"自认为一个中国的"多余的人"，他有着太多"多余的烦闷"，最终化为一句句"多余的话"，回响在历史的时空中……这些"多余"嵌入秋白灵魂之深之久，掀动灵魂波澜之宽之长，乃至成为他心中的一个大块垒，到人生的最后阶段更凝结而为《多余的话》，筑成其一道特殊的生命线或风云眼，永远铭刻在他的命运轨迹之间。

完成了对"家""人""我"的思考,在一片"俄雪"的白色世界中,秋白又进行了关于"自然"的哲学思考。首先他从印度哲人泰戈尔对印度文化与希腊文化的自然观总结中得到启示。泰戈尔说:"希腊文化发生于海隅小城市,——都市的城壁暗示'占有'的冲动,他视'自然'为敌;譬如行路的人,以大道为障碍人与目的之间的远度。印度文化发生于森林温地,——长枝漫叶;起居感受于其中,增长'融洽'的精神,他视'自然'为友;譬如行路的人,以大道为人与目的之间的因缘,——实在就是目的的一部分。人与自然,个性与社会的协调,为将来的文化;浓郁的希望,仁爱,一切一切……由忿怒而至于喜乐……"

　　秋白由此引申出俄国文化与中国文化的自然观对比:"俄国的白林寒雪,旧文化的激发性也是当然;他视'自然'为邻人;偶然余裕,隔篱闲话家常,——封建遗化农村公社的共同寂静恭顺的生活;有时窘急,邻舍却易生窥伺,——西欧的顽皮学生,市侩主义维新后之传染病。中国的长河平原,感受无限制的坦荡性;他视'自然'为路人:偶然同道而行,即使互相借助,始终痛痒漠然。俄国无个性,中国无社会;一是见有目的,可不十分清晰,行道乱投,屡易轨辙;一是未见目的,从容不迫,无所警策,行道蹒跚,懒于移步。万流交汇,虚涵无量,——未来的黄金世界,不在梦寐,而在觉悟,——觉悟融会现实的忿,怒,喜,乐,激发,坦荡以及一切种种性。是久远久远的过去话,也许是遥遥遥远的将来之声。"

　　就在身体的暂时休憩与思维精神的持续亢奋中,秋白在高山疗养院里迎来了1922年。他饶有兴趣地看着身边的医生、职员、病友们纷纷呼朋唤友,在大厅里竖起一棵大杉树,并在上面插上小烛,融融火光,照耀得满室温情脉脉。依照俄旧历,从圣诞到新年,每家每户必定要燃"杉烛"。大人们还会把送给小孩子们的礼物,诸如纸制的小牛、小马、飞艇、镰刀、望远镜等一同挂在杉树上,看着小孩子们在旁欢歌舞蹈。秋白感受着俄国浓郁的新年气氛,不由得想到自己离家已经六年,而"温情乐意的人生,在亲亲切切的生活里,中国社会生活中少见如此"。

关于秋白在高山疗养院期间的状况，曹靖华在《罗汉岭前吊秋白》一文中回忆道："我们在莫斯科，你的肺病已经很严重了，医生说你的一叶肺已经烂了，说你顶多不过支持三两年。但你总不肯休息。……后来真不能支持了，就在莫斯科近郊高山疗养院疗养，我几乎每星期日都去看你，你从来总是兴奋得忘了病，忘了一切，口若悬河地谈论着。你说苏联是一座琳琅满目的革命宝山，你要拼着你的病弱的生命，把革命的宝贝更多地运到祖国来。你那时躺到床上，床头没有台灯，你就把吊灯拉到床头，拴到床架上，俯到枕上写文章。你说，病是要养的，可是书更要读，工作更要做，不能不做。"

共产主义之人间化

灰色的短夜，星汉徐移，"沉闷"如飞云一般渐渐吹散，放出些早凉，凝凝的细露，淡淡的晓色，长林丰草间偶然一阵一阵清风，"夜"的威权慢慢地只剩得勉强支持的姿态。小鸟欣欣的相语，蛩虫矇矇的相投，一望远东，紫赤光焰，愈转愈明，炎炎的云苗，莽然由天际直射，烘烘烈烈，光轮轰旋，——呀！晓霞！晓霞！

——瞿秋白《赤都心史·晓霞》

秋白第一次踏进克里姆林宫的时间是在1921年的2月中旬。那一日，他与李宗武在外交部东方司和《真理报》编辑部的帮助下，终于获准进入克里姆林宫采访教育人民委员会委员长卢那察尔斯基，激动的心情跃然纸上："我当日就同颂华、宗武准备好入宫券，同进克莱摩；经过两重卫卒，到宫里，巍然高大的城墙，古旧壮丽的建筑，令人神爽。"由于入宫的目的是在仅有的十分钟之内，完成中俄文化交流史上一次重要的对话，并于3月11日的《晨报》上以一篇署名"莫斯科特派记者佳"的电文《劳农政府治下之教育——劳农政府委员之谈话》留下珍贵的历史印记，秋白与克里姆林宫的第一次照面只能是匆匆一瞥，细致赏玩的缘分要留到二进克里姆林宫的6月份了。

在两进"克莱摩"之间,秋白参观了教育人民委员会的幼稚园、林业学校、劳动学校、弱智儿童教育学校、无产阶级文化部等机构,关注了喀琅施塔得海军叛乱,并参与报道了新生苏维埃俄国处于艰难过渡时期的最重大事件——俄共第十次全国代表大会。

遗憾的是,由于身体抱恙,秋白并没有以记者身份亲自参加俄共十大,但他每日通过报章收集间接材料,再运用高超的综合领会之功力,还是写出了资料翔实、理论明晰的专题报道《共产主义之人间化——第十次全俄共产党大会》。这篇报道全文共三万多字,以《民族问题》《外交问题》《共产党组织问题》《第三国际会》以及《小结》五个组成部分,连载于6月22日至9月23日北京《晨报》

在《民族问题》一节中,秋白指出:"共产主义是'理想',实行共产主义的是'人',是'人间的'。他们所以不免有流弊,也是自然不可免的现象,如单就'提携小民族,使越过资本主义的过程而并达于共产主义'的大政方针,及他们首领的深自警惕,抱定宗旨,不折不挠去实行,这种态度看起来,虽不能断定他们最后的成功,然而必是见他们实行自己的理想而并且能深切研究实际生活中之状况及对付他们的相当办法——这是中国人应当注意的。"

在《共产党组织问题》一节中,秋白提出:"共产党的运用政权,全仗着党内组织的精密,办事的敏捷。……共产党之精神是在于使最有觉悟最有知识最有才能的人运用政权,指导群众。……照议决案原文说,'要使党员中没有一个不是积极的自动的党员'。所以实行民主主义乃是一种增进党员知识觉悟程度的方法。"

而在《小结》中,秋白这样总结道:"总之,实际生活上的教训——人间化——是不能不领教。共产主义从此不能仍旧是社会主义丛书里一个目录了。世界及社会实际状况的研究之洽切适用与否及'民间去运动'之成熟与否,是社会改造过程第一步所必当注意的,这一层中国人亦应当用一用心,俄国革命史是一部很好的参考书呵。"

虽然成功报道了俄共十大,按照秋白自己的说法,政治生活的莫斯科第一次与他以一深切的感想则要等到后来的六月赤潮。1921年6

月,接连有四个国际大会在莫斯科城召开:共产国际第三次大会、共产国际妇女部第二次大会、少年共产国际第二次大会、赤色职工国际第一次(成立)大会。

其中,秋白以记者身份参加了共产国际第三次代表大会以及此前的红场阅兵仪式:

> 十七日,各会各国代表差不多都到齐了;在赤场行阅兵典礼欢迎代表团。广大的旷场,几千赤军,步马炮队,工人军事组织,共产党军事训练部,男工、女工、儿童、少年都列队操演。……各国代表都致祝词。……"万岁"声……
>
> 昨天共产国际行第三次大会开会式。大剧院五千余座位都占得满满的,在台上四望,真是人海,万头攒动,欣喜的气象,革命的热度已到百分。祇诺维叶夫致开会词:"我以第三国际执行委员会的名义宣布第三次的'为全世界所嫉视的'共产国际大会开会……"下面鼓掌声如巨雷,奏《国际歌》……
>
> ——瞿秋白《赤都心史·莫斯科的赤潮》

会议正式召开之日,秋白二进克里姆林宫,更是第一次亲眼见到了在心中神交已久的革命领袖列宁:

> 克莱摩宫十三世纪的宫墙,七百年前的教堂——朴素古旧,建筑奇特,当时必是国家中央最大的圣地,而今比着后代西欧式的新殿宇,已竟很低很狭了,累世纪的圣像画壁——人面衣饰,各画之间还留着古艺术的"条件性",好一似中国的关帝像,希伯来君士但丁文化的遗迹还显然;中央执行委员会,人民委员苏维埃的办公室,都在新殿宇内:巨大的跳舞厅,光滑雪亮的地板,金碧辉煌的壁柱,意大利名艺术家的雕刻,有一部分宫殿,彼得大帝以前的俄皇起居,还另设陈列馆人员指导游览,西欧化后俄国的文明已算会集希腊日耳曼的精髓糟粕;现今则安德莱厅赤色光辉四射,全宇宙映耀,各国劳动者代表的演辞,声音震及环球,——第三次大会的共产国际;今日之克莱摩宫真做得人类文化三阶段的驳杂光怪的

象征。

　　列宁出席发言三四次，德法语非常流利，谈吐沉着果断，演说时绝没有大学教授的态度，而一种诚挚果毅的政治家态度流露于自然之中。有一次在廊上相遇略谈几句，他指给我几篇东方问题材料，公事匆忙，略略道歉就散了。

　　安德莱厅每逢列宁演说，台前拥挤不堪，椅上、桌上都站堆着人山。电气照相灯开时，列宁伟大的头影投射在共产国际"各地无产阶级联合起来"，俄罗斯社会主义联邦苏维埃共和国等标语题词上，又衬着红绫奇画，——另成一新奇的感想，特异的象征。……列宁的演说，篇末数字往往为霹雳的鼓掌声所吞没。……

——瞿秋白《赤都心史·列宁杜洛次基》

　　对于初见列宁，秋白是发自内心地情感激荡，不遗余力地想要用自己的一枝笔杆记录下关于这位世纪伟人所有的形象与感受。在四个月后的十月革命纪念活动上，秋白有机会再一次亲眼见到列宁，他依然难掩心潮澎湃。他明白，作为中国极少数极幸运的历史亲历者，他的职责就是细腻真实地记录下历史的点滴与片刻：

　　第三电力劳工工厂——旧时的奇纳摩工场。……集会的人，看来人人都异常兴致勃发。无意之中，忽然见列宁立登演坛。全会场都拥挤簇动。几分钟间，好像是奇愕不胜，寂然一晌，后来突然"万岁"声，鼓掌声，震天动地。……

　　工人群众的眼光，万箭一心，都注射在列宁身上。大家用心尽力听着演说，一字不肯放过。列宁说时，用极明显的比喻，证明苏维埃政府之为劳动者自己的政府，在劳工群众之心中，这层意义一天比一天增胜，一天比一天明了：

　　——"拿着军器的人"，向来是劳动群众心目中一可怕的东西；现在不但不觉他——赤军——可怕，而且还是自己的保护者。

　　列宁末后几句话，埋在热烈的掌声中。……

鼓掌声,"万岁"声,《国际歌》乐声,工厂的墙壁,都显得狭隘似的,——伟大的能力正生长。……

在共产国际三大上,秋白不仅见到了列宁,还见到了托洛茨基。当时,托洛茨基也在大会作了演讲。演讲毕,秋白与各国新闻记者一起围住托氏提问,托氏兴致极高,耐心解答。秋白还记录下一个生动的小细节:托氏"手里的一枝短铅笔,因他指划舞弄,突然失手飞去,大家都哄然笑起来"。当时作为新闻记者的秋白自然想不到,仅仅四年之后,他便会成为最早在理论上批判托洛茨基的中国共产党人之一。在托洛茨基与斯大林的政治斗争中,他很快地选择了俄共的主流派立场,服膺并拥护、继承了斯大林的政治体系与意识形态。

会后,在莫斯科市苏维埃为各国代表举行的宴会上,作为一个"稍有常识","又能说几句俄国话"的中国记者,秋白被众人视为"俄国境内希世之珍",都围拢过来与他交谈,最后他竟被欢闹的人群高高举起,"几乎抛上了天"。因为他能够在思想结构与文化线索上——而不仅仅是在语言层面上——沟通中苏,这个特定身份与特殊技能也正是他日后在中共党内地位骤升的重要条件。此时此刻的秋白,无疑是身心畅快的。这种畅快,不仅仅在于自己作为记者亲身参与共产国际三大,深切感受到了新俄的政治空气,还有一个更为重大的私人原因,便是在共产国际三大召开之前一个月,即1921年5月,他便已经与张太雷重逢,并经时任共产国际驻伊尔库茨克远东书记处中国科书记的张太雷介绍,加入了俄共为预备党员,9月转为正式党员。① 根据党的国际主义原则,如果这个党员的原籍国有共产国际认可的无产阶级政党,他就自动具有双重党籍身份。而中国的共产党早期组织早于1920年8月起即已在上海和北京等地成立。共产国际三大召开之后的7月23日至8月初,中国共产党在上海(后转嘉兴)举行第一次全国代表大会,宣告中国共产党正式诞生。从

---

① 关于瞿秋白入党时间问题,采用瞿秋白本人《记忆中的日期》中的时间,并参考了张秋实《解密档案中的瞿秋白》(东方出版社2011年版)及钱听涛《瞿秋白入党时间考析》(载《瞿秋白研究》第4辑,学林出版社1992年版)的相关考述。

此,秋白不再是一个单纯的中国热血青年记者,而成了一名真正意义上的共产党组织中人。

9月,就在秋白转为正式党员的同时,他被组织派往莫斯科东方劳动者共产主义大学的中国班担任翻译与助教。1921年5月正式开学的东方大学,坐落于莫斯科市郊特维尔斯卡娅大街15号,共有学生六百余人,按国籍分为中国班、朝鲜班、日本班、蒙古班、印度班等。其中中国班人数最多,学员里包括了一串耳熟能详的姓名:刘少奇、罗亦农、任弼时、肖劲光、王一飞、彭述之、蒋光慈、曹靖华、韦素园、萧三……他们都出身于上海渔阳里6号的外国语学社,由共产国际远东局派往上海的华侨党员杨明斋负责建办,实际上是隶属于上海共产党早期组织和社会主义青年团的组织。当时,学员中的绝大部分都还没有来得及掌握简单的俄语,而教课的俄国教师也都不懂中文,双方的教与学只能仰仗秋白、李宗武、郭质生等少数几名翻译助教。根据曹靖华回忆,他周末经常与韦素园一起去找秋白谈天,仿佛"真是书呆子碰到了书呆子,好像《天方夜谭》的人物似的,聊一千零一夜也聊不完"。他也曾评价秋白在东方大学的执教情况说:"瞿秋白同志会说流利的俄语,许多课都是他协助翻译的。老师用俄语上课,他当即译作汉语解释给我们听。他发音清晰、用字准确,举止斯文、风度优雅……他是过来人,知道学习俄语的难点,明白我们的疑窦,讲授起来很有针对性,也极容易理解。加上他是一个有很高文化修养和感情丰富的人,以他的细心和热情,才华和学识,在同学们中间很快就赢得了极高的声誉。"①萧三也曾在《秋风秋雨话秋白》中回忆:"秋白同志担任助教和翻译,讲授唯物辩证法、政治经济学等课。他经常来到我们中间询问工作、学习情况,对我们十分关怀。"温济泽则在《瞿秋白同志战斗的一生》中指出:"当时东方大学有四十几个中国学生,编了一个中国班,其中多数是从国内派去学习的革命干部,瞿秋白同志给中国班的学生上俄文课,担任理论课的翻译。他教课非常认真、热情。他有病,有时累得脸色发白,仍旧滔

---

① 钟子硕、李联海:《曹靖华访问记》,《新文学史料》1986年第1期。

滔不绝地讲。当时中国学生都不懂俄文,俄国教师除去一人而外,都不懂中文。瞿秋白同志像是他们中间的一道桥梁,帮助他们完成了教和学的任务。"

从此,秋白一方面继续行使记者职责,撰写了《赤俄之第四年》《第九次全俄苏维埃大会》《全俄共产党第十一次大会》《莫斯科传来——日诺亚会议情形》《智识阶级与劳农俄国》《新经济政策之因,旧政治思想之果》《劳农俄国之经济前途》等一系列极具分量的通讯报道寄回国内,另一方面又承担着东方大学繁重的教学任务,尽管肺病缠身,仍努力挣扎,积极投入"出世间"的工作。即便在进入高山疗养院治疗期间,他还以中国代表团中的共产党代表身份参加了远东劳动人民大会,拖着沉重的病身,为中国代表充当翻译。在"彼得城的山呼万岁与赤色四射"中,他终因劳累过度而吐血昏倒,醒来后又被重新送入了"高山苏维埃共和国"。

直到1922年11月5日至12月5日,共产国际第四次代表大会在彼得堡和莫斯科召开,秋白也迎来了人生的重大转折与契机。此次会议,中国共产党派出了以总书记陈独秀为团长的最高规格代表团,秋白担任中国代表团翻译。据代表团中的刘仁静回忆:"在共产国际'四大'上,他又任我们的翻译。在这段时间,我们朝夕共处,他和陈独秀谈得投机,和我关系也不错。"与陈独秀的再次相遇与惺惺相惜成了秋白拜离饿乡,回归祖国的契机——"临走前一星期,我还不能决定,——回国的川资已经来了,此后若要继续留学,经费或者不愁,——不必一定要国内接济;可是研究社会哲学的理论如此之久,而现实的社会生活只有俄国历史的及现今的环境,中国社会呢?客中中国书籍没有,不用说现代的不能研究,就是历史的都不成。于是决定回国一次。"

12月21日,在陈独秀的劝说与盛情邀请下,秋白踏上了归国的旅程:

> 我离俄国,真正有些低徊不舍的感慨,——那一种纯朴自然,新生的内力,活泼泼地向上的气象是有叫人留恋之处,虽然也有不

少糊涂颟顸的蠢气,却不害其为世界第一新国,——劳农的国家。

——瞿秋白《赤俄之归途》

值得一提的是,秋白在莫斯科除了写就《饿乡纪程》与《赤都心史》两部描述第一次赴俄的心路历程的著作之外,还应有一本文集或诗集,名为《赤潮集》,可惜已不存世。只有一首蒋光慈根据《赤潮集》序文中的"西来意"一词所作的诗歌,作为它曾存在过的孤证:

> ……
> 维它啊!
> 中土阴沉,
> 我们负了取经的使命,
> 将来东方普照的红光,
> 能不能成为今日取经人的心影?
> 我们不要中辍啊!
> 努力罢!——那是我们的荣幸。
> 我们应当坚信啊!
> 勇进罢!——前路有自由美丽之神。
> 维它!维它!
> 你愿这"西来意"
> 化成一现的昙花,
> 还是宇宙波流中的推轮?

9. 郭质生

同时东方司还派一翻译郭质生,他懂中国话,生长在中国,所以有中国名字,虽然他不能译得很好,我们也另有英文翻译,亦是外交委员会派来的,自己又可以说几句俄文,本来用不着他,然而后来我同郭质生竟成了终生的知己,他还告诉我们许多革命中的奇闻逸事,实际生活中的革命过程。因此,我们……"非正式的"考察调查也从那天见郭质生起。

——瞿秋白《饿乡纪程》

在《赤都心史》中,提到郭质生一共有四次。

第一次,1921年4月23日:

俄友郭质生来谈,说今天是俄国旧历复活日曜日,家家都插"瘦柳",教堂中行大礼拜呢,因邀我们去看。希腊教的仪式,却是中国人的基督教观念中所没有的。

……

我们回到寓所,郭质生问我有何感想。我说仿佛不在欧洲。他笑着说俄国东方文化很深,大多数农民群众,迷信得很呢。——革命之后才稍好些。诚然不错,希腊教仪式竟和中国道教相似。

农民因俄国旧文化的缘故,守旧而且愚昧。据郭质生说:十月革命初期,各地乡村中农民奋起,高呼分权万岁,各村通行须有当地地方政府的执照,如此者三月。后来国内战争剧烈,农民少壮都受征调,政府派遣食粮军收集食粮,农民才渐渐忘掉苏维埃政府分给土地驱逐地主的政策而起怨怼之心。现时新经济政策初实行,还时时听见农民反抗的事——他们还不十分相信呢。然而革命前俄国人民有百分之七八十不识字,如今识字者的数目一跃而至百分之五十。最大的原因有两个:(一)二月革命后政局上不断的起非常之巨大的剧变,虽然沉寂的乡僻地方也渐渐有得政治消息的兴趣,各党宣传者多四出散给报纸。(二)退伍兵士,从战线回家,思想已大改变。——因此现在农民对于宗教的关系稍淡,思想上的改造,已经要算大告成功了。

第二次,1921年8月12日:

郭质生和我说:有一营官兼营中政治文化委员会会员,不知怎么样作弊得五百万苏维埃卢布,营长及委员长两人最初假装着不知道。此后营官赂赠营长妻以地毯,却骗了委员长。营长及委员长两位长官的夫人彼此谈起来,委员长夫人吃起醋来了!于是这件事就此发作。营官的老母托质生去看他,他对着质生凄然的说道:"听说判决死刑……枪毙,……枪毙……难道我的命只值五百万……五百万么?……"

第三次,1921年8月15日:

郭质生——虽是"非政治主义者",然而始终是热烈的"忏悔的贵族",嫉视市侩主义的文化……

第四次,1921年9月25日:

夜深散宴归来,又过质生处一谈,在莫斯科物质生活太困苦,还"不如归去",或者有"可为"。……病体支离,要做的,应当做的,也都不能做。

郭质生(1896—1979),苏联汉学家,原名弗谢伏罗德·科洛科洛夫。他出生在中国新疆,曾任职于苏联外交人民委员会,译过《红楼梦》,并编译《俄汉辞典》。秋白与这位"终生的知己"最重要的一个交集便是郭质生曾经帮助秋白研究探讨中国的文字改革。

在1922年9月10日的《晨报》通讯《智识阶级与劳农国家》一文中,秋白曾经表示:"中国莫斯科的通信记者,可怜只有区区一个,全副功夫,永久只注意于'政治'、'外交'、'经济','会议又会议',未免也厌烦,何况名震全球的'文学的俄国'、'社会思想的俄国',半世纪来,几掌握世界的精神文明,何独于光荣的十月革命之后,而反可以使他落寞呢?"在秋白心底里,"俄国的文学""文学的俄国"仍占据着崇高巍峨的地位,时不时就要升腾上来侵占、淹没政治的位置。

事实上,从1921年开始,苏俄政府采用拉丁字母创制少数民族的新文字,并将其推广为大规模的卓有成效的扫盲运动的系列举措便引起了秋白的高度兴趣,并给予他深刻的影响。在俄期间,他开始注意搜集各种资料,试图研究利用拉丁字母拼写中国文字的方法,并在归国前将整整两大本相关资料交与郭质生代为保存。1928至1930年期间,秋白再度赴莫斯科与郭质生重逢时,郭质生将保存完好的两本资料交还秋白,从而促使秋白再度燃起对中国文字改革的研究兴趣,并于1930年在莫斯科出版了《中国拉丁化的字母》一书。

回到中国以后,在极端秘密的地下生活状况下,秋白仍不惧风险地与郭质生保持着书信联络。在1931年2月7日致郭质生的中文信中,秋白写道:

  许久不看见你了,时常想念你。我回来了之后,已经过了将近半年,因为病和忙,始终没有功夫写信给你。现在我病得更利害了,因此已经开始休息,大概可以休息两三个月的工夫。

  ……

  现在我寄上一本读本:《国语罗马字模范读本》——这是依照政府公布的拼音方式编的,比我们的方式繁难复杂得多。这是完全的北京方言——因为政府的新方式,把以前注音字母的拼法有些改变:就是ㄐㄩ和ㄒㄧ混合只用ㄒㄧ(ㄒㄩ亦是这样),把ㄈ废去,只用ㄩㄝ等等。你可以用做参考的材料。我以为普通话仍旧要保存,发展,方言同时要制造拼音方法——让他们"并存",将来废除汉字之后,中国一定要有一个时期是"多种言语文字的"国家。至于四声的分别拼法,实在是非常之困难,这本书可以做一个例子。

  我本想多寄几本,因为没有钱,所以不能够。半个月后,可以有法想:我将要时常寄国语的文学的,小说杂志等等给你。

  我请求你的事,是要你寄我一切好的关于拉丁化问题的小册,著作,杂志,以及言语学的一般书籍,再则,新出的以及旧的文学,小说,以及杂论。这件事情,我千万的拜托,费神费神。如果你能够常常寄来,那真是不胜"感激之至"了!等候你的回信。

一个多月后,秋白再度致信郭质生,这一次用的是俄文:

  一个半月以前写了信给你,一直等待回信,但至今没有收到。也许是地址写错了?你生活得好么?我的妻子常常想念你们和你们的孩子。我们这里的生活非常寂寞。尽管中国有过自己的"Renaissance"("文艺复兴"),但几乎还没有自己的作家和美术家。到处都是市侩习气,盛行的只是马路文学或用上海话来说"Semolae Wenhio"("四马路文学")。因此,再次三跪九叩首地请求你经常寄我一些俄文书籍:小说,短篇小说,新的或是旧的文学作品都可以。还要各种文艺杂志(哪怕是《小说报》等等也好),以及有关阿拉伯文拉丁化的材料。再则,你能否马上就给我找一找:1.中国短篇小说(发表在《小说报》上的);2.克鲁普斯卡娅回忆录;3. A. 托尔斯泰的《两姐妹》和《一九一八》;4.几种新期刊。再三地拜托你。

你收到我们的邮件没有?一次——《国语罗马字读本》;另一次——《小说月报》四本。在这封信里,附上刊登在《申报》上的有关成立"中国语言文字学会"报道的摘录。倘若你有兴趣以你本人或某个团体的名义和这个学会联系,那么我就可以通过你提出我们主张的方案,用它来批判南京官方的草案。等候你的回信。紧握你的手。

问候你的夫人,我的妻子问你好。

瞿秋白　1931年3月12日

再:有一封信,请你转寄给我们的女儿,地址另开。

请你马上寄两三本我著的《中国拉丁化的字母草案》给我。　又及

寄信寄书处——直接寄:上海四马路东华里(中华书局隔壁)申江书店转李文芳女士收启(前信所说办法取消)

两封信[①]的原件一直由郭质生亲自保管。新中国成立后,郭质生将这两封信及他所收藏的瞿秋白照片一同转交杨之华。在附寄的一张短简上,他高度赞扬秋白"是中国卓越的共产党员",并深情写道:"瞿秋白是我的知己朋友,是永远不会忘掉的亲人。"

---

① 以上两封书信第二封由瞿独伊翻译,二信均载《新文学史料》1982年第4期。

归 途

> 秋白离中国两年,回来本急急想把在俄研究所得以及俄国现状,与国人一谈,不料到京三天,所接触的中国现实状况,令我受异常的激刺,不得不先对中国说几句"逆耳之言"。
>
> ——瞿秋白《最低问题——狗彘食人之中国》

"我再想不到,两年之后回来见着一个狗彘食人的中国。"——正如秋白所言,就连他自己也万想不到,这句"逆耳之言"竟是他时隔两年,重新踏上日夜思念的国土之后,嘴里能发出的唯一感觉:

> 万里之外时时惦念着故乡,音信阻隔,也只隐隐约约听见国内"红白面打架的把戏"。一进北京才有人告诉我,去年上海金银业罢工工人竟遭"洋狗"噬啮,唐山罢工工人又受印度兵的蹂躏。中国政府原来是"率兽食人"的政府,谄媚欧美帝国主义,以屠杀中国平民劳动者为己任。
>
> ——瞿秋白《最低问题——狗彘食人之中国》

悲恨之余,秋白依然将一腔眷恋与认同投向刚刚告别的彼岸之赤俄:

> 第一先要声明,我两年来的通信已经将观察所得随时公开诸国人,无论如何总应当知道:——俄国是一个人的国,也许是"人食狗彘"的国,可决不像狗彘食人的中国。这就是我所谓"平常得很",有的是人情天理中的事!
>
> ——瞿秋白《赤俄之归途》

在《赤俄之归途》一文中,秋白记录了归途的点滴,以及"在俄境内与俄国平民"最后"接触的回想":

> 走过上乌金斯克时,护照上要盖印,——因为远东共和国与苏

维埃俄罗斯虽已宣言合并，然而手续上，因为时不久，还没有完全办妥，所以免不了这一层麻烦。半夜三更，很大的狂风，起来去换票盖印，好不讨厌。走到护照检查处，又站了一小时方才办好。人多，不得不排班等候。许多人挤着在一破车里，——就是护照检查处。有一老人说："我上次走过，痛快得多。现在这一位一定是新来的，不会办。"又一人道："我以前办过这事，那用这样麻烦。他自不会想法子，——自己起身到车上走一趟，随时查随时盖印，一忽儿就完了……"我心上想，俄国人真有耐心，到处都是排班等候。秩序总算有的。过了上乌金斯克，赤塔，到满洲里，从此便到中国境了。

而万里跋涉，终于重新跨入到一线之隔的中国境内之后，情况又如何呢？

一进中国境，最触目的就是到处只见穿着"号衣"的军警；俄国这样的"独裁""专制"的国家里，街上向来看不大见他的"民警"。哈尔滨下站后我就因在车上时这最触目的东西时时盘问，只得缓一缓，在哈住了三天。直到一九二三年一月十三日方才到京。

北京·上海·广州

火车行进北京城时，远远看着天坛，城楼，中国式的建筑，不禁怦然心动。"我与你们久别了，中国的文化呵！不知道满中国布满了如此之多的军警，是否为着保护你们的？……"

——瞿秋白《赤俄之归途》

在秋白的心目中，政治上的高明，恰恰不在于"满街的军警"。回到北京之后，他依然寄住在瞿纯白位于东城大羊宜宾胡同的家中，有时也会在黄化门西妞妞房的瞿菊英家小住。据瞿重华在《大叔秋白生平琐记》中的回忆:"秋白大叔住在我家期间,比起出国之前,要显得谨慎得多。按当时的规矩,居住地段派出所的警察,每月要到所辖区挨家挨户收取'卫生费'。警察走后,大叔总要问问,警察是来干什么的?讲了些什么?"

不谨慎是不行的,这是一个新党员直面斗争的隐匿生活的开始。其时,秋白已经通过上海的陈独秀与在北京的中共中央机关取得联系,开始参与中央宣传委员会的工作,协助编辑中共中央机关周报《向导》。发表于1923年1月31日《向导》第18期的《政治运动与智识阶级》一文便是秋白为党报撰写的第一篇文章。文中分析了中国新旧知识分子的社会地位与政治态度,指出"在两种政治倾向的冲突中",知识阶级注定"只是社会的喉舌",必须同革命主体工农群众相结合。这也标志着秋白开始正式参与党的理论建设与宣传工作,他所关心的重点是知识阶级在政治运动中的地位和作用。

抵京的第三天,即1月15日,秋白便与李大钊、蔡和森、张国焘等一起参加了北京马克思学说研究会在高师大礼堂举行的纪念德国共产主义者李卜克内西与卢森堡女士殉难四周年大会,并发表演讲。

值得一提的是,在此次会议议程的安排上,首先由主席宣布大会开始之后,便是由秋白演唱《国际歌》。而这首秋白在1920年哈尔滨俄侨十月革命庆祝会上第一次听到的"全世界无产阶级的歌",又在三年后通过他的译文与简谱传唱中国社会。虽然秋白并不是第一个翻译《国际歌》的中国人,它的最早中译版本是秋白在俄文专修馆的好友郑振铎与耿济之于1921年5月27日发表在《民国日报·觉悟》上的《第三国际党的颂歌》,但由于没有附排曲谱,而未能在社会上真正"唱"起来。直到1923年6月15日,《新青年》季刊创刊号上刊登了瞿译《国际歌》及简谱,《国际歌》才逐步发展成为此后中国共产党在集会时的必唱曲目。

瞿重华还记得当年秋白大叔教他们一群小孩子唱《国际歌》的情形:

《国际歌》的歌页,也是大叔亲手复写的。和往常不同,歌页上的词曲排列成三行。第一行,是秋白大叔根据五线谱译成的简谱。第二行,是秋白大叔据法文原文歌词译成的中文。时隔六十年,歌词已经记不清了,只记得当时的歌词是文言文,歌词中的'安特那雄奈尔'一词未做意译,而用法文音译入乐。第三行,是法文歌词原文。

——瞿重华口述、李凤山整理《大叔秋白生平琐记》

对此,曹靖华也有一段声情并茂的回忆:

> 你住的是一个跨院,有两小间房,外间靠门口的隔壁跟前,放着一张小风琴。你那时正在译《国际歌》,仔细斟酌好了一句,就在风琴上反复自弹自唱,要使歌词恰当地能配合乐谱。你说《国际歌》当时已经有了三种译文,可是没有一种译得像样,更谈不到能唱了。你要把它译得能唱,使它在中国人民口头上传布开来。最令我敬佩的是外文"国际"一词,在外文是那么长的一串音节,而在汉语却只有"国际"两个音,这怎么能使它配上原谱呢?你说这个字在西欧各国文字都是同音,所以汉语也应该相同。你采用了音译"英德纳雄纳尔",解决了这一难题。并且认为这样在唱时可和各国之音一致,使中国劳动人民和全世界无产者,得以同声相应,收万口同声,情感交融之效。

——曹靖华《罗汉岭前吊秋白》

后来,《国际歌》的中文歌词由萧三最终修订完成,而其中"International"一词沿用瞿译,仍保持音译不变。对此,秋白在《新青年》上也曾特地做过说明:

> "国际"一字,欧洲文为"International",歌时各国之音相同,华译亦当译音,故歌词中凡遇"国际"均译作"英德纳雄纳尔"。
>
> 此歌自一八七〇年后已成一切社会党的党歌,如今劳农俄国采之为"国歌",将来且成世界共产社会之开幕乐呢。欧美各派社会党,以及共产国际无不唱此歌,大家都要争着为社会革命歌颂。
>
> 此歌原本是法文,法国革命诗人柏第埃(Porthier)所作,至巴

黎公社(La Commune de Paris)时,遂成通行的革命歌,各国都有译本,而歌时则声调相同,真是"异语同声",——世界大同的兆象。

诗曲本不必直译,也不宜直译,所以中文译本亦是意译,要紧在有声节韵调能高唱。可惜译者不是音乐家,或有许多错误,然而也正不必拘泥于书本上的四声阴阳。但愿内行的新音乐家,矫正译者的误点,令中国受压迫的劳动平民,也能和世界的无产阶级得以"同声相应"。再则法文原稿,本有六节,然各国通行歌唱的只有三节,中国译文亦暂限于此。

国共合作后第一批来华的苏俄军事顾问亚·伊·切列潘诺夫曾经在莫斯科陆军学院汉文系跟随秋白学习过汉语,根据他对当时中国人唱《国际歌》的回忆,"大多数同志都知道瞿秋白翻译的《国际歌》词……1924年8月10日,'沃罗夫斯基号'在黄埔岛旁抛了锚。我们红色海军战士同黄埔军校的学员举行多次亲切的会见、联欢,并且同台表演文娱节目。我们不止一次用两国语言一齐高唱《国际歌》,歌声庄严而雄浑"①。

与瞿译《国际歌》一同出现在1923年6月15日的《新青年》季刊创刊号上的还有秋白撰写的《世界的社会改造与共产国际》《现代劳资战争与革命》《世界社会运动中共产主义派之发展史》《评罗素之社会主义观》以及译文《俄罗斯革命之五年——此篇为列宁在共产国际第四次世界大会上之演说》《共产主义之于劳工运动》等。它们阵容整齐地排列组合成"共产国际号",向世人昭示着从1915年9月到1922年7月、出版了七年之久的《新青年》杂志历经一年的停顿,终于完成改组,正式以党的理论季刊的面貌重新出发。而党中央选定的刊物负责人正是刚刚从"饿乡"归来不久的瞿秋白。因此,早在4月初,秋白便离京赴沪,开始筹办《新青年》季刊与日后的《前锋》月刊,并继续参加《向导》的编辑工作。

《新青年》新刊创刊号上的《本志启事》向全体读者致意并表明:

---

① 王观泉:《一个人和一个时代:瞿秋白传》,第266页。

本志自与读者诸君相见以来,与种种磨难战,死而复苏者数次;去年以来又以政治的经济的两重压迫,未能继续出版,同人对于爱读诸君,极为抱歉。兹复重振旗鼓为最后之奋斗,并以节省人力财力及精审内容计,改为季刊,数量上虽云锐减,质量上誓当猛增,补前此衍期之过。其定阅而未寄满者,一概按册补齐,以酬雅意,并此声明。

这篇《本志启事》"很可能是瞿秋白起草的"①,除此之外,秋白还手写刊名,并在封面大胆使用了一张原题为"来自监牢的庆祝和呼声:共产国际万岁!"的宣传画,放在铁窗图案下,以井字框围。

在新刊号发刊词《〈新青年〉之新宣言》中,秋白明确提出了未来《新青年》季刊的性质、方针与任务。指出"《新青年》当为社会科学的杂志",致力于"研究中国现实的政治经济状况","表现社会思想之渊源,兴起革命情绪的观感",并"开广中国社会之世界观,综合分析世界的社会现象","为改造社会的真理而与各种社会思想的流派辩论"。他大声疾呼:"《新青年》曾为中国真革命思想的先驱,《新青年》今更为中国无产阶级革命的罗针。"

带着从内容到形式都凝聚了自身一腔心血的《新青年》新刊创刊号校样,秋白意气风发地从上海启程,奔赴广州出版发行,并准备作为苏俄归国代表参加中国共产党第三次全国代表大会,正式投身于中国共运的洪潮怒涛之中。

1923年6月12日至20日,中共三大在广州东山恤孤院后街31号召开。陈独秀、李大钊、蔡和森、张国焘、恽代英、向警予、毛泽东、共产国际代表马林等参加会议。秋白主要负责起草党纲草案,参与党章修改工作。他和张太雷合作将共产国际的相关决议翻译成中文,印发给大会代表讨论。6月14日,他在会上作了共产国际"四大"的情况汇报,并在此后几天的会议讨论中,提出关于国共合作的十六条意见,得到了共产国际代表马林的信任与好评。

---

① 王观泉:《关于〈新青年〉创刊号封面设计的补正》,《文物天地》1982年第2期。

马林回忆说："我想了解中国同志的想法，便向瞿秋白提出了一个问题：'请告诉我，我应该怎样阐述共产国际提纲中的观点和我在会上对提纲的解释？我是否需要对中国形势做一番分析并将其与其他东方国家加以对比？'他回答说：'不用这个办法。必须很具体。一些同志倾向于尽可能疏远国民党，必须看到支配他们思想的细微论据。'"在6月20日至越飞、达夫谦、布哈林、季诺维也夫等人的信中，马林谈到中共三大的进行情况时，给予了秋白极高的评价，他说："中国的领导同志陈独秀、李大钊在年轻的瞿秋白同志帮助下，在代表大会上取得了一致意见，大家想在国民党内引导这个政党去执行国民革命的政策。瞿秋白曾在俄国学习过两年，他是这里最优秀的马克思主义者。""占主导地位的看法是愿大力支持国民党，党的领导人陈独秀就持有这个看法。李大钊教授和他们最好的助手年轻的瞿秋白同志与他看法相同。瞿秋白曾在俄国学习两年，他是唯一真正懂得马克思主义理论的人，回国后，他发表了一本关于我国的书，该书起初获陈独秀的极好评价。瞿的确是唯一能按马克思主义的方法分析实际情况的同志。"①

也正因如此，中共三大后，中共中央才会委托秋白致信共产国际主席季诺维也夫，全面汇报中国现时的政治、经济状况，并委派他赴杭州召集浙江省共产党员与青年团员会议，传达中共三大的决议与精神，要求青年团员在接受党的领导以及"保存本团的独立的严密组织"的前提下，加入国民党。

杭州·常州

6月下旬，秋白到杭州，住在板桥路岳王村四伯父瞿世琥家中，得以与寄居在那里的妹妹瞿轶群，弟弟景白、坚白短暂团聚。日后，瞿轶群在《回忆我的哥哥瞿秋白》一文中说道："一九二三年初夏，哥哥到杭

---

① 中共中央党史研究室第一研究部编：《共产国际、联共（布）与中国革命文献资料选辑（1917—1925）》，北京图书馆出版社1997年版，第415页。

州来看我们了。他从苏联回来已有一段时间了。见到亲人,我是多么高兴啊!我发现他变了,他穿着西服,态度沉静,显得严肃,不像过去那样好说好动。他很少外出,只到烟霞洞去看过胡适。平时在家,常和四伯父闲谈。在四伯父面前,他规矩周到,很讲礼节,不露革命者的锋芒。他用常州话与他们谈谈家常,描述在苏联的见闻,如剧院里的演出和马戏团的滑稽表演之类,四伯父、四伯母听得兴致勃勃。……哥哥那些天晚上总睡得很晚,忙着什么工作。清早我去给他打扫房间,满地烟蒂,看样子一晚上吸了一包多烟。他在常州府中念书时肺已不好,我劝他不要吸这么多烟,他笑笑不说什么。有几次我还看到他画画,但画好后看看不满意,随即撕掉。他爱文艺的性情,还是没有改变的。"

在诗意漫溢的西子湖畔,秋白留下了"飞来峰下坐听瀑泉,——/我恨不能再乘风飞去。/且来此冷泉石上,/做个中流的砥柱"的蓬勃奋发之句。

7月30日,他致信此时也正在杭州烟霞洞休养的胡适,这也是现存瞿秋白写给胡适的唯一一封信:

前日寄上两本书(《新青年》及《前锋》),想来已经收到了,——先生暇时,还请赐以批评。

我从烟霞洞与先生别后,留西湖上还有七八日;虽然这是对于"西子"留恋,而家事牵绊亦是一种原因。自从回国之后,东奔西走,"家里"捉不住我,直到最近回到"故乡",就不了了。一"家"伯叔姑婶兄弟姊妹都引颈而望,好像巢中雏燕似的,殊不知道衔泥结草来去飞翔的辛苦。……

到上海也已有十天,单为着琐事忙碌。商务方面,却因先生之嘱,已经答应我:"容纳(各杂志)稿子并编小百科丛书以及译著。"假使为我个人生活,那正可以借此静心研究翻译,一则养了身体,二则事专而供献于社会的东西可以精密谨慎些。无奈此等入款"远不济近",又未必够"家"里的用,因此我又就了上海大学的教务,——其实薪俸是极薄的,取其按时可以"伸手"罢了。

虽然如此,既就了上大的事,便要用些精神,负些责任。我有一点意见,已经做了一篇文章寄给平伯。平伯见先生时,想必要谈起的。我们和平伯都希望"上大"能成南方的新文化运动中心。

我以一个青年浅学,又是病体,要担任学术的译著和上大教务两种重任,自己很担心的,请先生常常指教。①

上文马林提到的秋白发表的"一本关于我国的书",即上海商务印书馆出版的《饿乡纪程》。这本书最初正是由陈独秀专门致信胡适郑重推荐的:"秋白兄的书颇有价值,想必兄已看过。国人对于新俄,誉之者以为天堂,毁之者视为地狱,此皆不知社会进化为何物者之观察,秋白此书出,必能去掉世人多少误解,望早日介绍于商务,并催其早日出版为要。"②后经胡适介绍给商务印书馆负责人王云五。而早年与秋白一起编《新社会》《人道》的郑振铎、耿济之、许地山、瞿菊农等一批同伴,此时也都围拢在由茅盾牵头,并背靠商务印书馆作为出版经济实体的文学研究会中。一回国,秋白便与这些往日故旧重续前情。

事实上,早在4月初赴沪筹办《新青年》期间,念旧的秋白便曾回常州、无锡一趟,以释放自己长期郁积的怀乡之情。羊牧之回忆说:"他只告诉我,从苏联回国后,出于对故乡的留恋,曾去常州一次。一个人压低了帽檐,围了大围巾,坐在人力车上,从织机纺星聚堂过觅渡桥经瞿氏宗祠,打算停下,以不便而没有下车。再从大街到青果巷八桂堂经麻巷出东门到天宁寺。"

据瞿安章在《在我记忆中的霜叔》中的回忆,秋白在常州逗留了两日,借住在八桂堂老家的明月廊书斋中:"看到他面貌白皙,体形瘦削,鼻架金丝眼镜,身穿藏青色哔叽学生装,态度潇洒,和蔼可亲。……饭后他同我攀谈,问我:'你上什么学校?'我答:'在育志小学四年级。'他说:'哦,我晓得,那是新城隍庙小学呀,我以前常去,熟悉得很哩。'他又问我:'从育志向东,过麻巷,出东门,那一带地方你熟悉么?'我答:'我十岁在东门读私塾,有时出城去玩。'他接着问:'东门外红梅阁现在怎样了?'我答:'我只去过天宁寺、玄妙观。''……',他顿时陷入了

---

①② 《胡适来往书信选》(上),中华书局1979年版,第154、160页。

沉思。"

离了常州,他又到无锡,见到了秦耐铭。秦耐铭在《回忆瞿秋白烈士》一文中描述当日的情景时说:"一九二三年春天,瞿秋白从苏联回到上海工作时,曾来无锡看过我们。我留他午膳,喝一两杯酒,谈到高兴时,我们问他:'俄国十月革命已经完成,人都说赤化的恐怖,究竟怎样?'他抬起头,看到案上盆中栽着一个红萝卜,便指着说:'就和这个东西一样,外面通红,里面雪白,很纯净的。'又说:'共产党打倒资产阶级,使人民个个得到平等地位,个个都有饭吃,他们的心地也是很纯净的,真不差啊!'他说完,就笑笑。"

7月20日,秋白拜别杭州亲人,返回上海,再度踏上崭新阶段的事业征程。

第四章 上　海

万郊怒绿斗寒潮,检点新泥筑旧巢;
我是江南第一燕——为衔春色上云梢。

——瞿秋白《江南第一燕》

10. 丁玲和他

> 这个朋友瘦长个儿，戴一副散光眼镜，说一口南方官话，见面时话不多，但很机警，当可以说一两句俏皮话时，就不动声色地渲染几句，惹人高兴，用不惊动人的眼光静静地飘过来……
>
> ——丁玲《我所认识的瞿秋白同志》

秋白初回国时，除了党内的办刊等宣传工作，还需要一个能够对外公开的职业身份。李大钊曾经设法为他在北京大学谋取俄罗斯文学史的教授职位未果，此后，他又相继婉拒了纯白为他安排的外交部的工作以及胡适为其推荐的商务印书馆的事务。直到党的三大结束，秋白才正式接受组织的委派，担任上海大学教务长兼社会学系主任。正如茅盾在《我走过的道路》中所说："平民女学是党办的第一个学校，上海大学是党办的第二个学校。"当时，如果说黄埔军校是国共合作期间由国共合办而由苏俄及共产国际方面的军事专家负责培养军职人员的武备大学，那么上海大学则是由国民党出面而由共产党主持的培养政治干部的文科大学，二者交相辉映，成为国共合作期间的"文武"双星。

1923年8月2日与3日，《民国日报》副刊《觉悟》刊登了上海大学教务长瞿秋白倾注心血，为上大未来所设计的发展规划：《现代中国所当有的"上海大学"》。文中明确指出上海大学的办学宗旨是使其成为"南方的新文化运动中心"，根据此宗旨，分为两大学院：社会科学院与文艺院。社会科学院下设社会学系、经济学系、政治学系、法律学系、哲学系、史学系。文艺院下设文学系与艺术系，其中文学系又包括中国文学系、英文系、俄文系、法文系、德文系；艺术系则包括绘画系、音乐系、雕刻系。秋白认为："切实社会科学的研究及形成新文艺的系统——这两件事便是当有的'上海大学'之职任,亦就是'上海大学'所以当有的理由。"秋白还引用俄国诗人涅克拉索夫的诗句："人人不一定是诗人,做一个'公民'却是你所应当的。"期望上海大学各系各专业的学生,都应该拥有学习"现代政治"的意识。

8月8日,上海大学全体教职员工齐聚一江春酒家,成立了上大最高决策机构:评议会(后改为校行政委员会)。评议会由十名评议员组成,校长于右任任评议会主席,秋白被选为评议员之一,开始集中全力整顿、改革上大学务。

据周建人回忆,他之所以会有机缘进入上海大学教授达尔文进化论,就是接受了秋白的当面延请:

> 那是在一九二三年夏天,我在商务印书馆工作的同事沈雁冰(那时他还没有用"茅盾"这个笔名),带了一个陌生人来看我。我一看那人,约摸二十四五岁年纪,穿着西装,衣履整洁。他长得神采奕奕,风度翩翩,英俊挺拔,举止潇洒。
>
> 我把他从头到脚打量了一番,他也在打量我。
>
> 沈雁冰给我介绍说:
>
> "这位是瞿秋白。"接着,又把我介绍给他。
>
> 秋白没有一句客套,像当时人们初次见面说些"久仰久仰"之类的话。不,他一点没有寒暄,还没有等我开口,他两手一摊,说:
>
> "哎哟！你是英雄无用武之地呀！"说着,和我热烈地握手。
>
> 这样别开生面的初相识,倒是很少有的,现在回想起来,他的神态声音,好像还在目前。
>
> 他为什么要来找我呢？
>
> 原来他从苏联回来,担任了上海大学社会学系主任,在物色教师,要我去讲达尔文的进化论。
>
> ——周建人《我所知道的瞿秋白同志》

当时,秋白本人主讲《社会科学概论》《社会哲学》等多门课程,并亲自撰写了《社会科学概论》《社会哲学概论》《现代社会学》《现代民族问题》四本讲义。《社会哲学概论》概括介绍了恩格斯的《反杜林论》，《现代社会学》则批判继承布哈林的《历史唯物主义理论》，标志着秋白继李大钊之后，成了将辩证唯物主义与历史唯物主义作为完整的马克思主义哲学体系在中国传播的先驱者之一。而其中影响最大最为深远的，无疑是1924年10月由党办的上海书店出版的《社会科学概论》，直到1949年6月仍在继续发行新版本，是秋白作为一名中共早期马克思主义理论家所撰写的一部影响历久弥新的社会科学研究专著。

而说起秋白授课的风采，当年上海大学的学生胡允恭在《我所知道的上海大学》一文中回忆道："秋白讲授社会哲学史时，他对欧洲各种哲学流派了如指掌，尤其对黑格尔的哲学，以及由黑格尔哲学到马克思主义哲学都讲解得十分透彻。他讲课时经常了解同学的原有程度和接受能力，决不满堂灌。他常引用许多古今中外的故事，深入浅出地把一个个问题讲得极为通俗易懂。秋白十分注意结合当时革命斗争的实际，反复分析、解释，尽力讲清每一个概念。这样，既宣传了革命道理，又把现代政治讲活了，同学们很喜爱听他的课。所以，每当秋白讲课时，再大的教室也总是挤得满满的。"

而根据杨之华的记忆，当时除了社会学系本班的学生，还有中、英文系学生，其他大学中的党团员或先进的积极分子，甚至恽代英、萧楚女以及上大附属中学部主任侯绍裘等同志专程来听秋白的课。她在《忆秋白》一文中说道："当课堂里开始安静下来的时候，我看到秋白从人丛中走进课堂，走上了讲台。他穿着一件西装大衣，手上拿着一顶帽子，他的头发向后梳，额角宽而平，鼻梁上架着一副近视眼镜，与他的脸庞很相称。他和蔼亲切地微笑着，打开皮包，拿出讲义和笔记本，开始讲课了。他的神态安逸而从容，声音虽不洪亮，但即使站在课堂外的同学也能听到。在他的讲话中，没有华丽的词藻和空谈。同学的水平参差不齐，他为了使大家明白，引证了丰富的中外古今的故事，深入浅出的分析问题，把理论与当前的实际斗争相结合。同学们都很珍重地记下笔记，万一有人因为参加社会活动而缺了课，非要借别人的笔记抄下来,才能安心睡觉。"

丁玲也认为"最好的教员却是瞿秋白":

> 他几乎每天下课后都来我们这里。于是,我们的小亭子间热闹了。他谈话的面很宽,他讲希腊、罗马,讲文艺复兴,也讲唐宋元明。他不但讲死人,而且也讲活人。他不是对小孩讲故事,对学生讲书,而是把我们当作同游者,一同游历上下古今,东南西北。我常怀疑他为什么不在文学系教书而在社会科学系教书?他在那里讲哲学。哲学是什么呢?是很深奥的吧?他一定精通哲学!但他不同我们讲哲学,只讲文学,讲社会生活,讲社会生活中的形形色色。后来,他为了帮助我们能很快懂得普希金的语言的美丽,他教我们读俄文的普希金的诗。他的教法很特别,稍学字母拼音后,就直接读原文的诗,在诗句中讲文法,讲变格,讲俄文用语的特点,讲普希金用词的美丽。为了读一首诗,我们得读二百多个生字,得记熟许多文法。但这二百多个生字、文法,由于诗,就好像完全吃进去了。当时我们读了三四首诗以后,我们自己简直以为已经掌握了俄文了。
>
> ——丁玲《我所认识的瞿秋白同志》

丁玲所说的"我们",即她与王剑虹,当她俩在湖南省桃源县第二女子师范学校第一次面对面时,一个十四岁,一个十六岁。丁玲回忆说,那时的"王剑虹已经是师范二年级的学生了……我们的教室、自修室相邻,我们每天都可以在走廊上相见。她好像非常严肃,昂首出入,目不旁视。我呢,也是一个不喜欢在显得有傲见的人的面前笑脸相迎的,所以我们从来都不打招呼。但她有一双智慧、犀锐、坚定的眼睛,常常引得我悄悄注意她,觉得她大概是一个比较不庸俗、有思想的同学吧。果然,在一九一九年五四运动爆发后,我们学校的同学行动起来时,王剑虹就成了全校的领头人物……她口若悬河的讲词和临机应变的一些尖锐、辟透的言论,常常激起全体同学的热情。她的每句话,都引起雷鸣般的掌声……"

王剑虹,原名王淑璠,1903年出生于四川省酉阳县龙潭镇,土家族人。母亲在其十二岁那年去世。父亲王勃山,辛亥革命时期加入同盟会,后任孙中山广州国民政府秘书,解放后还曾出任四川省人民政府参事等职。受父亲的影响,王剑虹从小便具有民主革命的思想,其名"剑虹"就是取自龚自珍《坐夜》诗句:"万一禅关砉然破,美人如玉剑如虹。"1920年春,王剑虹跟随父亲来到上海求学,在上海中华女界联合会做临时文字工作,因此结识了徐宗汉、王会悟、李达、陈独秀、高君曼等人,并作为上海中华女界联合会改组筹备委员会的成员,"有幸成为刚成立的中共党组织首次改造该妇女团体的历史见证人和积极参与者。从此,她登上了中国现代妇女运动的早期政治舞台"①。

改组后的中华女界联合会创办了中共第一份妇女刊物《妇女声》周刊,王剑虹与王会悟担任主要编辑。在创刊号上,王剑虹撰写《女权运动的中心应移到第四阶级》一文,呼吁中国知识妇女"应该组织团体,加入无产阶级革命军的前线,努力反抗一切掠夺和压迫,从根本上去改造社会,建设自由平等的、男女协同的社会。"1922年,《妇女声》停刊,妇女宣传工作转移到了由杨之华等人负责的上海《民国日报》副刊《妇女周报》。此时的王剑虹则将主要精力转移到了平民女子学校的筹备工作上,并劝说当时还叫"蒋冰之"的丁玲离开湖南,一起进入平民女子学校读书,从而"寻找真理,去开辟人生大道"。杨之华曾回忆:"一九二二年我在上海时,曾去过'平民女学'一次,看见丁玲穿一件夏布背心,男男女女坐在一起,我有点看不惯,觉得太随便了。"②没过多久,丁玲与王剑虹便"对当时的平民女校总感到不满",两个倔犟好强的年轻人遂顺应内心,大胆"决定自己学习,自己遨游世界,不管它是天堂或是地狱"。当她俩误打误撞地闯荡到南京,偏偏便运命注定般地遇到了正在东南大学出席中国社会主义青年团第二次全国代表大会

---

① 陈福康、丁言模:《杨之华评传》,上海社会科学院出版社2005年版,第102页。
② 《杨之华的回忆》,中国社会科学院现代史研究室、中国革命博物馆党史研究室选编《"一大"前后——中国共产党第一次代表大会前后资料选编》(二),人民出版社1980年版,第28页。

的秋白：

> 一天，有一个老熟人来看我们了。这就是柯庆施，那时大家叫他柯怪，是我们在平民女子学校时认识的。……跟着，第二个熟人也来了，是施复亮（那时叫施存统）。我们认为他是一个好人，他是最早把我们的朋友王一知（那时叫月泉）找去作了爱人的。……后来，他们带了一个新朋友来，这个朋友瘦长个儿，戴一副散光眼镜，说一口南方官话，见面时话不多，但很机警，当可以说一两句俏皮话时，就不动声色地渲染几句，惹人高兴，用不惊动人的眼光静静地飘过来，我和剑虹都认为他是一个出色的共产党员。这个人就是瞿秋白同志……
>
> 不久，他们又来过一次。瞿秋白讲苏联故事给我们听，这非常对我们的胃口。……他对我们这一年来的东流西荡的生活，对我们的不切实际的幻想，都抱着极大的兴趣听着、赞赏着。他鼓励我们随他去上海，到上海大学文学系听课。……他保证我们到那里可以自由听课，自由选择。施存统也帮助劝说，最后我们决定了。他们走后不几天，我们就到上海去了。
>
> ——丁玲《我所认识的瞿秋白同志》

来到上海大学之后，丁玲与王剑虹遂进入中国文学系学习，三人过从甚密。就像丁玲所述，秋白几乎每天放课后都要到她们的住所谈诗讲文，渐渐地，聪明的丁玲看破了他与她之间不能说的秘密：

> ……偶然翻开垫被，真是使我大吃一惊，垫被底下放着一张布纹信纸，纸上密密地写了一行行长短诗句。自然，从笔迹、从行文，我一下就可以认出来是剑虹写的诗。她平日写诗都给我看，都放在抽屉里的，为什么这首诗却藏在垫被底下呢？我急急地拿来看，一行行一节节啊！我懂了，我全懂了，她是变了，她对我有隐瞒，她在热烈地爱着秋白。她是一个深刻的人，她不会表达自己的感情；她是一个自尊心极强的人，她可以把爱情关在心里，窒死她，她不会显露出来让人议论或讪笑的。我懂得她，我不生她的气了，我只

为她难受。我把这诗揣在怀里……

秋白的住地离学校不远……我无声地、轻轻地把剑虹的诗慎重地交给了他。他退到一边去读诗,读了许久,才又走过来,用颤抖的声音问道:"这是剑虹写的?"我答道:"自然是剑虹。你要知道,剑虹是世界上最珍贵的人。你走吧,到我们宿舍去,她在那里。我将留在你这里,过两个钟头再回去。……你们将是一对最好的爱人,我愿意你们幸福。"

他握了一下我的手,说道:"我谢谢你。"

等我回到宿舍的时候,一切都如我想象的,气氛非常温柔和谐,满桌子散乱着他们写的字,看来他们是用笔谈话的。他要走了,我从桌子前的墙上取下剑虹的一张全身像,送给了秋白。他把像揣在怀里,望了我们两人一眼,就迈出我们的小门,下楼走了。

——丁玲《我所认识的瞿秋白同志》

1924年1月,秋白与王剑虹结婚,婚后迁至慕尔鸣路(今茂名北路)彬兴里307号。丁玲回忆说:"这里是一幢两楼两底的弄堂房子。施存统住在楼下统厢房,中间客堂间作餐厅。楼上正房住的是瞿云白,统厢房放着秋白的几架书,秋白和剑虹住在统厢房后面的一间小房里,我住在过街楼上的小房里。我们这幢房子是临大街的。……这屋里九口之家的生活、吃饭等,全由秋白的弟弟云白当家。我按学校的膳宿标准每月交给他十元。剑虹也是这样,别的事我们全不管,这自然是秋白的主张,是秋白为着同剑虹的恋爱生活所考虑的精心的安排。"

虽然相聚时刻短暂,但瞿王婚后的生活是甜蜜、温馨而颇具梦幻色彩的。据丁玲回忆,"他西装笔挺,一身整洁,精神抖擞,进出来往,他从不把客人引上楼来,也从不同我们(至少是我吧)谈他的工作,谈他的朋友,谈他的同志。他这时显得精力旺盛,常常在外忙了一整天,回来仍然兴致很好,同剑虹谈诗、写诗。有时为了赶文章,就通宵坐在桌子面前,泡一杯茶,点几支烟,剑虹陪着他。他一夜能翻译一万字。我读过他写的稿纸,一行行端端正正、秀秀气气的字,几乎连一个字都没有改动。"闲暇时光,秋白还会教王剑虹和丁玲篆刻、刺绣、吹箫,甚至唱昆曲,但更多的时候,还是一杯清茶,围炉夜话。冬天来临,理家好手的云白贴心地为兄嫂准备了一个烧煤油的烤火炉,秋白与剑虹则坚持将其放置在丁玲的房间。每每三人围坐在一处,将电灯关了,火光从炉盖上的一圈小孔中射出,天花板上满是"闪烁的微明的晃动的花的光圈",屋子里的气氛美极了。秋白用安静、清透、富有磁性的声音讲着当时文坛的奇人轶事,讲着浪漫主义、自然主义、写实主义的文学流派,讲着为人生还是为艺术的理论争鸣。丁玲说:"我只是一个小学生,非常有趣地听着。这是我对于文学上的什么浪漫主义、自然主义、写实主义以及为人生、为艺术等等所上的第一课。那时秋白同志的议论广泛,我还不能掌握住他的意见的要点,只觉得他的不凡,他的高超,他似乎是站在各种意见之上的。"她曾经不无迷惘与困惑地问秋白:"我将来究竟学什么好,干什么好,现在应该怎么搞?"秋白的回答毫不犹疑,掷地有声:"按你喜欢的去学,去干,飞吧,飞得越高越好,越远越好,你是一个需要展翅高飞的鸟儿,嘿,就是这样……"这些话曾给当时的丁玲以"无穷的信心"。而在秋白,他毫不掩饰对丁玲与王剑虹"都走文学的路,都能在文学上有所成就"的强烈期冀,正反映了其对自己向往而又不容易实现的"文学梦"的那一种植根于心、难以割舍的心结情愫。

在秋白心目中,王剑虹为他提供的是一个足够慰藉他多愁善感心灵的情感的港湾,弥补了他从少年时期以来一直如阴影般盘桓在心头的家庭归宿感的缺失。另一方面,由于王剑虹的体弱多病而自己因革命工作的需要,不得不在上海、广州之间来回奔波,不能常伴身边照顾病妻的现实,更使得秋白对剑虹唯有一腔疼惜、内疚之情。

婚后不久,秋白便离开上海,赴广州参加国民党"一大",他作为鲍罗廷的翻译,参与了一系列重大决策的制定,并被选为国民党候补中央执委。期间,他几乎每天都要寄回一封用五彩布纹纸写的信,信中还常夹带有诗句和具哲理的美文:

生命要享受,一切形式主义要摧折。可是……
不要闲愁,不要……好生的……只有规律外的放浪是自由快意的；那单纯的放浪任意只能使神智空泛得难受……

——1924年1月5日

梦可[①]！我甚时再能自由？我这次自承无力了。我并不是好胜，故意说我自己不诚挚。我是因为十六年来，自己抑制了我的人性——血脉里管着白水；不敢自信还值得人家的爱。天地间只有一个你，救了我的人性。我到如今方才得了一线生命。

——1924年1月7日

我不知怎的，近来又能很动情的很真挚的想着我的父亲，我的已死的母亲，甚至于我六七岁时看见过的外祖母；我已经又能很悲酸的为他们堕泪。

——1924年1月9日

我的心碎了。我若毁坏了我的人格，呵！你现在再不念了。你如今懂得我那次对冰之说这话的意思吗？思前想后的种种计较总也不能没有，尤其是我们这样"人"。我们又何尝是人呢？你偏偏爱我，我偏偏爱你，——这是冤家，这是"幸福"。唉！我恨不能插翅飞回吻……

爱恋未必要计较什么幸福不幸福。爱恋生成是先天的……单只为那"一把辛酸泪"，那"惜惜奇气来袭我心"的意味也就应当爱了，——这是人间何等高尚的感觉！我现在或者可以算得半"人"了。

梦可！梦可！我叫你，你听不见，只能多画几个"！！！！！"可怜，可怜呵！

——1924年1月12日

……我们要一个共同生活相亲相爱的社会，不是要一所机器栈房呵。这一点爱苗是人类将来的希望。……

"要爱，我们大家都要爱——是不是？

---

① 梦可：法文音译，意为"我的心"。

——没有爱便没有生命;谁怕爱,
谁躲避爱,他不是自由人。"
——他不是自由花魂。

——1924 年 1 月 13 日

我向来不信宗教,然而我知道有宗教的人的心境。我现在每每"祷告"——这是一种奇绝的境界,我有个高高在上的明镜,澈映我的心灵。我昨晚想了一夜:或者这是所谓"幸福"罢?

——1924 年 1 月 14 日

这两天虽然没有梦,然而我做事时总是做梦似的——时时刻刻晃着你的影子,言语都……平生最大的"生趣"。没有你,我怎能活?以前没有你,不知道怎样过来的,我真不懂了;将来没有你便又怎样呢?我希望我比你先没有……

——1924 年 1 月 16 日

……我内部矛盾的人生观,虽然有时使我苦痛,然而假使缺少矛盾之中的一方面,我便没生命:没有"爱"我便没有生命的内容,没有"事"我便没有生命的物质。

——1924 年 1 月 26 日

……我苦得很——我自己不得你的命令,实在不会解决我的人生问题。我自己承认是"爱之囚奴","爱之囚奴"!我算完全被征服了!

恋爱和社会的调和,——我不过抽象的说,——本是我一生的根本问题,我想它们本是调和的,我自己不敢信,要问我的"心","心"若给我一个承认,我可以壮壮气往这条路上走去。自己的"心"都不肯给我作主,谁又作得主呢?

——1924 年 1 月 28 日①

---

① 以上瞿秋白致王剑虹信件内容引自瞿独伊、李晓云编注《秋之白华:杨之华珍藏的瞿秋白》,人民文学出版社 2018 年版。

正如丁玲在《我所认识的瞿秋白同志》一文中所说的,秋白同剑虹这一段生活的行迹,"尽管……是短暂的,但过去这一段火一样的热情,海一样的深情,光辉、温柔、诗意浓厚的恋爱,却是他毕生也难忘的"。

然而,一切事与愿违。同年7月,当时正在湖南老家探望母亲的丁玲收到了来自王剑虹的书信:

> 说她病了。……秋白却在她的信后附写了如下的话,大意是这样:"你走了,我们都非常难受。我竟哭了,这是我多年没有过的事。我好像预感到什么不幸。我们祝愿你一切成功,一切幸福。"……又过了半个月的样子,忽然收到剑虹堂妹从上海来电:"虹姊病危,盼速来沪!"……我到上海以后,时间虽只相隔一月多,慕尔鸣路已经完全变了样子,"人去楼空"。我既看不到剑虹——她的棺木已经停放在四川会馆;也见不到秋白,他去广州参加什么会去了。……秋白用了一块白绸巾包着剑虹的一张照片,就是他们定情之后,我从墙上取下来送给秋白的那张。他在照片背后题了一首诗,开头写着:"你的魂儿我的心。"这是因为我平常叫剑虹常常只叫"虹",秋白曾笑说应该是"魂",而秋白叫剑虹总是叫"梦可"。"梦可"是法文"我的心"的译音。诗的意思是说我送给了他我的"魂儿",而他的心现在却死去了,他难过,他对不起剑虹,对不起他的心,也对不起我……我看了这张照片和这首诗,心情复杂极了,我有一种近乎小孩的简单感情。……我像一个受了伤的人,同剑虹的堂妹们一同坐海船到北京去了。我一个字也没有写给秋白,尽管他留了一个通信地址,还说希望我写信给他。
>
> ——丁玲《我所认识的瞿秋白同志》

日后,丁玲写下了中篇小说《韦护》,通过丽嘉与韦护的爱与怨,写尽了秋白与剑虹的那段短暂却深刻的"不了情",并用十分神到、精细的笔墨揭示了她所亲眼观察到的秋白复杂矛盾的内心世界与精神图像演绎的轨迹:

我相信你是比其他一切人都能了解我的。当你听我述完我幼时的困苦,和我母亲的自杀之后,你抱着我,为我过去嘤嘤啜泣的时候,你便应知道我是得了一种怎么样的天秉啊!是一种完全神经质的、对一切都起着幻灭之感的人。若果在那时,我能得到一点爱,即使只有你所给我的百分之一,我一定也满足了我的梦想,我一定永远睡在爱情的怀中讴歌一世。可是你知道,我却在未得爱情以前,接受了另一种人生观念的铁律,这将我全盘变了,这我所同你讲过的我三年的冷静的穷苦生活可以为证!但能诅咒谁呢,我竟遇着了你,你喊醒了我曾有过的,和未敢梦想的一切热求。于是争斗开始了,一面站在我不可动摇的工作上,一面站在我生命的自然需要上。我苦斗了好些时,我留下了一束诗作为纪念。但是太不幸了,真是你的不幸,你为什么爱我呢?我一看到我是有希望你听我说一句话的时候,我便发狂似的觉得有倾倒在你面前之必要。于是爱情战胜了!这要感谢你,呵,多么甜蜜的时日呵!我们享有过的,只是太短促了。不久这争斗便又开始……多么可惜呵,你没有看出我的怯懦来。你没有一丝一毫想从我工作上取得胜利。于是终究造成了我们的爱情的不可弥补的缺憾,这分离的惨剧!……我现在只有一点遗恨,我后悔没有在这三月之中给你一点俄文的基础,使你能去读我所读过的那些诗句。然而这也是多么可笑的遗憾呵!

——丁玲《韦护》

与此同时,另一双眼睛也在始终关切地注视着秋白,在日后的《忆秋白》一文中,她用含蓄细腻的文字娓娓写道:"那时,秋白在中国共产党中央宣传部工作。这项工作已经够他忙了,又加上上海大学这一副不轻的担子。在生活上,他偏又碰到了不幸,他的妻子王剑虹病重了。他们夫妇感情是很好的,王剑虹在病重的时候,希望秋白在她的身边,不要离开她。秋白也很愿意多照顾她。一回到家里,就坐在她的床边,陪伴着她。在他的长方形书桌上,常常整齐地放着很多参考书,他就在那里埋头编讲义,准备教材或为党报写文章。从王剑虹病重到去世,我们只看出他似乎有些心事重重,与平时不同,但他从没有漏过会或者缺过课,并且仍然讲得那么丰富、生动。这时,我们对于秋白也更加了解了。"

四个月以后,这一双眼睛成了秋白的第二任妻子。

而这一年的冬天,丁玲与秋白在北京相遇:

> 一天傍晚,我走回学校,门房拦住我,递给我一封信,说:"这人等了你半天,足有两个钟头,坐在我这里等你,说要你去看他,地址都写在信上了吧!"我打开信,啊!原来是秋白。他带来了一些欢喜和满腔希望,这回他可以把剑虹的一切,死前的一切都告诉我了。我匆匆忙忙吃了晚饭,便坐车赶到前门的一家旅馆。可是他不在,只有他弟弟云白在屋里,在翻阅他哥哥的一些什物,在有趣地寻找什么,后来,他找到了,他高兴地拿给我看。原来是一张女人的照片。这女人我认识,她是今年春天来上海大学,同张琴秋同时入学的。剑虹早就认识她,是在我到上海之前,她们一同参加妇女活动中认识的。她长得很美,与张琴秋同来过慕尔鸣路,在施存统家里,在我们楼下见到过的。这就是杨之华同志,就是一直爱护着秋白的,他的爱人,他的同志,他的战友,他的妻子。一见这张照片我便完全明白了,我没有兴趣打听剑虹的情况了,不等秋白回来,我就同云白告辞回学校了。
>
> 我的感情很激动,为了剑虹的爱情,为了剑虹的死,为了我失去了剑虹,为了我同剑虹的友谊,我对秋白不免有许多怨气。
>
> ——丁玲《我所认识的瞿秋白同志》

谁想一个多月后,丁玲忽然收到了一封杨之华从上海发来给秋白的信,托她转交。丁玲回忆说:

> 我本来可以不管这些事,但我一早仍去找到了夏之栩同志。夏之栩是党员……她可能知道秋白的行踪。她果然把我带到当时苏联大使馆的一幢宿舍里。我们走进去时,里边正有二十多人在开会,秋白一见我就走了出来,我把信交给他,他一言不发。他陪我到他的住处,我们一同吃了饭,他问我的同学,问我的朋友们,问我对北京的感受,就是一句也不谈到王剑虹,一句也不谈杨之华。

他告诉我他明早就返上海,云白正为他准备行装。我好像已经变成了一个老人,静静地观察他。……从此我们没有联系,但这一束信①我一直保存着作为我研究一个人的材料。……这一束用五色布纹纸写的工工整整秀秀气气的书信,是一束非常有价值的材料。里边也许没有宏言谠论,但可以看出一个伟大人物性格上的、心理上的矛盾状态。

——丁玲《我所认识的瞿秋白同志》

1927年12月,丁玲在《小说月报》发表处女作《梦珂》,当时的秋白还不知道"丁玲"即蒋冰之的笔名,曾专门向郑超麟打听"一个署名丁玲的人写了一篇小说,描写五四运动时候人的心境,写得很逼真,不知是谁?"

三年后,他终于找到了"丁玲"。对于那次事发突然的久别重逢,丁玲这样记录道:

> 秋白和他的弟弟云白到吕班路我家里来了。来得很突然,不是事先约好的。他们怎么知道我家地址的,至今我也记不起来。这突然的来访使我们非常兴奋,也使我们狼狈。那时我们穷得想泡一杯茶招待他们也不可能,家里没有茶叶,临时去买又来不及了。他总带点抑郁,笑着对我说:"士别三日,当刮目相看,你现在是一个有名的作家了。"他说这些话,我没有感到一丝嘲笑,或是假意的恭维。他看了我的孩子,问有没有名字。我说,我母亲替他

---

① 关于这束信,丁玲回忆道:"在北京……我徜徉于自由生活,只有不时收到的秋白来信才偶尔扰乱我的愉悦的时光。这中间我大约收到过十来封秋白的信。这些信像谜一样,我一直不理解,或者是似懂非懂。在这些信中,总是要提到剑虹,说对不起她。他什么地方对不起她呢?他几乎每封信都责骂自己,后来还说,什么人都不配批评他,因为他们不了解他,只有天上的'梦可'才有资格批评他。那么,他是在挨批评了,是什么人在批评他,批评他什么呢?这些信从来没有直爽地讲出他心里的话,他只把我当作可以了解他心曲的,可以原谅他的那样一个对象而絮絮不已。我大约回过几次信,淡淡地谈一点有关剑虹的事,谈剑虹的真挚的感情,谈她的文学上的天才,谈她的可惜的早殇,谈她给我的影响,谈我对她的怀念。我恍惚地知道,此刻我所谈的,并非他所想的,但他现在究竟在想什么,为什么所苦呢?他到底为什么要那么深地嫌厌自己,责骂自己呢?我不理解,也不求深解,只是用带点茫茫然的心情回了他几封信。"(《我所认识的瞿秋白同志》)

取了一个名字,叫祖麟。他便笑着说:"应该叫韦护,这是你又一伟大作品。"我心里正有点怀疑,他果真喜欢《韦护》吗?而秋白却感慨万分地朗诵道:"田园将芜胡不归!"我一听,我的心情也沉落下来了。我理解他的心境,他不是爱《韦护》,而是爱文学。……后来,许久了,当我知道一点他那时的困难处境时,我就更为他难过。

——丁玲《我所认识的瞿秋白同志》

此次会面之后的1931年9月,丁玲主编的左联机关刊物《北斗》第1卷第1期上便出现了秋白的《画狗吧》以及《哑巴文学》两篇文章。次年5月,《北斗》第2卷第2期上,又刊登了杨之华撰写、秋白修改的署名"文君"的小说《豆腐阿姐》。对于秋白重返文学园地,领导左联工作的这一时期,丁玲如是写道:

他那时开始为《北斗》写"乱弹",用司马今的笔名,从第一期起,在《北斗》上连载。"乱弹"内容涉及很广,对当时政治的腐败、社会的黑暗等,都加以讽刺,给予打击。后来又翻译了很多稿件,包括卢那卡尔斯基的《解放了的董·吉歌德》。特别使人印象深刻的是他写的评"自由人"胡秋原和"第三种人"苏汶等的论文,词意严正,文笔锋利。秋白还大力提倡大众文学,非常重视那些在街头书摊上的连环图画、说唱本本等。他带头用上海方言写了大众诗《东洋人出兵》,这在中国文学运动史上是创举。在他的影响下,左联的很多同志也大胆尝试……

秋白还阐述了马克思、恩格斯的现实主义文学理论。他论述的范围很广,世界的,苏联的,中国的。他的脑子如同一个行进着的车轴,日复一日地在文学问题上不停地旋转,而常常发出新论、创见。为了普及革命文化,秋白还用了很多时间研究我国文字拉丁化问题。

以前,我读过《海上述林》,最近我又翻阅了《瞿秋白文集》。他是一个多么勤奋的作家啊!他早在苏联的时候,一直是那么不倦地写呀,译呀。而三十年代初,他寄住在谢澹如家,躲在北四川路的小室里,虽肺病缠身,但仍是日以继夜地埋头于纸笔之中,他既不忘情于社会主义的苏联,又要应付当时党内外发生的许多严重复杂的问题,他写的比一个专业作家还多得多啊!

——丁玲《我所认识的瞿秋白同志》

1932年3月,秋白不期而至地出现在了丁玲的入党仪式上,给了她一个"惊喜":

> 一九三二年"一·二八"后,我要求参加共产党,很快被批准了。可能是三月间,在南京路大三元酒家的一间雅座里举行入党仪式。同时入党的有叶以群、田汉、刘风斯等。主持仪式的是文委负责人潘梓年。而代表中央宣传部出席的、赫然使我惊讶的却是瞿秋白。我们全体围坐在圆桌周围,表面上是饮酒作乐,而实际是在举行庄严的入党仪式。我们每个人叙述个人入党的志愿。……潘梓年、瞿秋白都讲了话,只是一般的鼓励。

——丁玲《我所认识的瞿秋白同志》

此外,丁玲还曾与瞿杨夫妇在鲁迅的家里意外相遇过一次:

> 我在鲁迅家里遇见秋白一次,之华同志也在座。一年来,我生活中的突变,使我的许多细腻的感情都变得麻木了。我们之间的谈话,完全只是一个冷静的编辑同一个多才的作家的谈话。我一点也没有注意他除此之外的任何表情,他似乎也只是在我提供的话题范围之内同我交谈。

——丁玲《我所认识的瞿秋白同志》

这也是有文字记载的她与秋白的最后一次见面。而在秋白身后,能够从"文学"的线索追思追念秋白,也许是最懂得秋白、最理解秋白短暂人生心路曲折的恐怕也要首推丁玲了。在辨别《多余的话》的真伪时,丁玲一眼就认出这绝对出自秋白的手笔,并明确表示了她的赞赏、理解与认可。她说:"我第一次读到《多余的话》是在延安。洛甫同志同我谈到,有些同志认为这篇文章可能是伪造的。我便从中宣部的图书室借来……我读着文章仿佛看见了秋白本人……那些语言,那种心情,我是多么地熟悉啊。"读到最后,她"非常难过,非常同情他,非常理解他,尊重他那时的坦荡胸怀",并认为此"话"不易为一般人理解,"且会被某些思想简单的人、浅薄的人据为话柄,发生误解或曲解"。一看《多余的话》中的文句,丁玲便读出了秋白的心灵世界,认出了秋白的精神骨髓。甚至可以这样说:她对于他而言——二者之间思想游走的线索大抵相同,因此在许多方面从历史同质到心曲互通,很多话不必言明而自明,虽不是"梦可",却也可谓是共渡冷暖人生中相敬相爱的知己了。

瞿秋白如泉下有知,必定会留下悠然一句:知我者,有丁玲……

11. "生命的伴侣"

> 我留恋什么?我最亲爱的人,我曾经依傍着她度过了这十年的生命。是的,我不能没有依傍。不但在政治生活里,我其实从没有做过一切斗争的先锋,每次总要先找着某种依傍。不但如此,就是在私生活里,我也没有"生存竞争"的勇气,我不会组织自己的生活,我不会做极简单极平常的琐事。我一直是依傍着我的亲人,我唯一的亲人。我如何不留恋?我只觉得十分的难受,因为我许多次对不起我这个亲人,尤其是我的精神上的懦怯,使我对于她也终究没有彻底的坦白,但愿她从此厌恶我,忘记我,使我心安罢。
>
> ——瞿秋白《多余的话》

1900年,浙江省萧山县坎山镇三岔路村杨氏大院里诞生了一个小女孩,皮肤白皙,圆圆的脸,大大的眼,甜甜的笑,被大家称作"小猫姑娘",或是"阿猫"。

杨家祖上以经营米店为生,阿猫的父亲杨羹梅却利用祖父的遗产,开起几家茧行,做起了丝茧生意。根据阿猫的儿时记忆,每到春天"开秤收茧"的时节,"一包包的现洋从上海运去,两个人一担,这样的有几十担,'哼子呵子'挑上岸来,两旁有带着枪的兵士押送。于是乎镇上就热闹了起来。我也时常跑到茧行里去玩,'开秤'的时候,行里面的人很多,有先生们(职员),'看茧的'工钱最大,其次是'秤茧'的,大手和副手,再其次的是烘茧的工头和男工,还有许多'剥茧的'、'拣茧的'乡下女人和年青的姑娘。自然她们的工钱比别的人要少得多。这都是每年一季的临时工人,——'茧市'完了结束了,他们又得另外去找饭吃。鲜茧上市的时候,我的父亲大忙而特忙,一面管理茧行里的总的事务,一面要招待从上海去的朋友,母亲也一样的忙碌。"[1]

在19世纪的最后二十年,即使是在中国浙江省的萧山县城里,也已经出现了电报局、机器缫丝厂、女子学堂以及可以供白天碾米、晚上发电照明的电气公司。新世纪文明的产物冲击着古老的浙东传统文化,因常年在杭州、上海一带往还游走的杨羹梅自然也是见多识广,交际广泛,被当地人视为"开明人士"。而他的女儿却对自己的父亲有着更为"清醒"的另一番认识:"我的父亲是最小的一个,自小就宠养惯的,不知在什么地方学会了吸鸦片,他简直是家庭里的王太子,种花木,养金鱼,骑马,打鸟,生气的时候就同母亲争闹。他很要面子,对人不肯小气,于是用度很大。祖父死后,他与大伯父争夺遗产,分家就足足分了三年。自从他做茧商之后,每年一次到上海。上海人的消费的方法他都学到,嫖堂子呢,据说是'生产的来源',非嫖不可,非有'应酬'不可,以至于非讨小老婆不可,于是在上海设立'公馆'。"后来,由于花销巨大而市场上的中国本土丝又竞争不过洋丝,杨家的生意年年蚀本,年年卖沙地,最后不得不到了破产的境地。

在阿猫眼里,母亲钱福庆更是一个苦命的女人:"在平日屡次的受着父亲的磨难,屡次的受别人——邻居,本家的极可耻的侮辱和讥笑:

---

[1] 本节所引用阿猫(杨之华)对童年、少年时期(至1919年冬)经历的自述回忆文字,出自杨之华《文尹回忆录》,载《瞿秋白研究》第12辑,学林出版社2002年版。

因为她从父亲那里没有得过一点儿的爱情。她在年青的时候爱上了自己的情人,在这件事情上什么人也不会体谅她,甚至她最亲爱的自己的儿子,也会骂她,用极巧妙的字句暗暗地刺她。就是我自己,在当时虽然可怜她,但是也以为她是个'有罪'的女人。她在痛苦,不自由,受着不可耐的压迫,侮辱,嘲笑的生活里,曾经自杀过多次。是的,如果没有我,她早就离开了人间。"后来,钱福庆依靠日夜不休地缝茧袋(一只一角大洋)积攒起的一点私房,集中在一家作坊里收利,结果却被作坊主席卷钱财,溜之大吉,使得她只得沉默暗泣。杨羹梅病逝后,钱福庆一直守寡将近半个世纪。

阿猫回忆说:"家庭的破产,已经在我离开父母之后。而我的幼年生活却在周围的烦恼,吵闹,互相怨恨和谎骗之中过去了。当时的印象似乎是这样:每个人应当贪心,狠毒,应当压榨别人,然而又应当慈善、怜惜,受另外一些人的压榨……这些所给我的,只有恐怖,惊慌,可怕的黑暗和莫名其妙的重压。此外,还有什么呢?所剩的,是父亲的少爷式的痴呆,母亲的放高利贷的'热情',总算和我没有什么缘分。"

"我总不喜欢在家,只要父母不闹架,那我就到处乱跑,后来别人都叫我'野大姑娘'。这些绰号慢慢地传到母亲的耳朵里,她动了气,只要我一回家,她总没有笑脸对我的。我还是照样的跑出去,可是我怕回家。有一次我在外面烫坏了手,知道回去不得的,后来别人送我回去,讨了一场打。从此把我关进了书房。这并不是要我读书,而是要我坐监狱。哥哥有书、有笔、有砚台,而且一切都是新的,连衣服也是新的,而我都没有,只是孤零零的坐在墙角落里。也没有人来理我,我不敢作声的哭了几天,后来先生给我一本《三字经》,一天教我两句,而母亲对先生说,'女人用不着读书,野不过,关关够了。'既然这样,自然先生对我一切从宽……"

后来,正是这位教了阿猫几句《三字经》的先生,用一句"外边女子已经不兴缠足,把她解了罢"的话语,最终化解了阿猫的缠足之苦,保留了阿猫的一双大脚,也正是这双大脚,又在日后成全了阿猫的离家求学之路。

十四岁那年,"野大姑娘"阿猫参加了萧山县二等小学的入学考试,那时的她,还只会画圆圈,不会写字。进入一年级之后,她第一次看到黑板与粉笔,也第一次从"阿猫"变成了"杨之华"。但上学的记忆,并不那么美好:"高班的同学很少同我说话。同班的小朋友都比我矮,他们也一样地排挤着我,当我是个乡下姑娘……""我的周围仿佛有条河似的隔离着。说一句,看一眼,接触着的是陌生,是冷冰,生活寂寞。自然我只怨自己不早读书,没有丝毫恶心怨别人。每天回到寓所管自己温习功课。"

不久,这所小学便因缺乏经费而关门,杨之华不得不再度面对入学考试,这一次她报考的学校是杭州女子职业学校(后改为浙江女子私立实业学校):"又要经过考试。呵,难关又到了。我学过的算术是加减乘,填圈已经学会,并且填得算好的了,可是文章不会做。一进职业学校的'考场',看见许许多多人,坐着,写着,看看黑板上写的粉笔字:'说妇女职业',算题是小数的加减乘除。有很多题目,我的胆量似乎比以前大了,并没有先前那么怕了。写了题目之后乱七八糟的写了一行十六个字。写的是什么可忘记了。算题上的小数点一概丢了。结果第二天在榜上写出了我的名字,在'句儿'之上做'句兄'——就是倒数第二名。这自然又是一桩可耻的事,难免听些亲戚们的讽刺话。然而这对于我有很大的帮助,使我不得不在生活里去找寻应该懂的新的知识。"

杨之华在杭州女子职校读的是一年制的缝纫班,学习的课程包括:修身、国文、算数、家事、体操。主课缝纫要学习如何使用缝纫机、中西式的剪裁以及刺绣镂花等。这些课程令杨之华终身受益。瞿独伊就曾回忆说:"妈妈很懂得生活美……尽管斗争生活那么紧张、忙碌,但常常自己亲手做衣服,无论是中式衣服,还是俄式萨拉番(一种农村姑娘穿的宽大袍裙),她都做得非常合体。"秋白临终就义时穿的黑色上衣,也正是出自杨之华之手。

1916年,杨之华继续她的求学之路,考入浙江省立女子师范学校学习,并想要在毕业之后成为一名女子小学教员,从而自食其力。比起女职,女师的课程要丰富得多:除了修身、读经、教育、国文、习字、数学、物理、化学,还有历史、地理、法制、经济、博物、图画、手工、园艺、乐歌、体操等。然而传统贤妻良母式的培养模式以及封建女性典范的树立与宣传,还是让杨之华颇感失望与压抑:"我进了省立第一女师,学校一样的黑暗,拆信和不自由反而更加厉害,仿佛我在那时候也没有什么大的奢望,换一个环境也是好的。贤母良妻的教育,一天九个小时的课程,死板用功的方法,弄得我的简单的头脑更麻木了。"

然而身处大时代,个人的压抑与苦闷都是暂时的。1919年的脚步从容不迫地到来了。杨之华回忆说:"读到三年级的时候,适值闹事的年头。……四年级的同学为文凭而努力,不敢参加任何违背学校的事情。预科和一二年级仿佛被监视被欺骗所束缚住了。三年级生其中一部分跃跃欲试企图着些什么。"终于,在进步同学的带领下,杨之华等女师学生勇敢地冲出了校长亲自把守的校门,上街参加集会游行,"动员了,分小组,往各处演讲。我被派到城外,在那里:有个火车站,有饭店,有茶馆。在茶馆里坐着许多小工、挑夫、轿夫。还有那些闲人。我们的小组有五人,有的爬上了桌子开始演讲了……"。

随即,杨之华与张琴秋、王华芬等又向严厉的校规发起挑战,大胆剪发。当一头长长飘逸的发辫,顷刻化为利落、干练的"五四头"时,在理想糅杂着热血的时代里,杨之华留下了记录她青春光华的第一张剪影。此时的她再也无心留恋杭州女师的一纸毕业文凭,只身奔赴上海,欲找机会前往苏俄学习。

在赴苏计划因故搁浅后,杨之华一面积极备考上海女子青年体育师范学校(即女师体校),一面留在未来公公沈定一(即沈玄庐)等人创办的《星期评论》社参与工作,开始正式登上社会活动的大舞台。她第一次读到《星期评论》,还是在1919年夏天的女师校园里,简单朴素的一份纸制刊物,上面却充满了沈定一、戴季陶、李汉俊、陈独秀、刘大白等人热情呼唤劳工神圣、妇女解放,译介马克思主义,介绍苏俄、欧美各流派思想的激扬文字。日后,杨之华在《回忆秋白》一书中写道:"五四运动的革命风暴,使我睁开了眼睛,第一次接触了政治……同时受到传播社会主义思想的上海进步刊物——《星期评论》的影响,我的思想起了变化,再也不愿死读书、读死书了。"在沈定一的指引下,她参加了"工读互助团"的活动,"《星期评论》里,人人劳动,人人平等。像油印传单等工作,大家都动手,我也在其中做技术工作。相互间直称名字,大部分女人剃光头,像一个尼姑。"①

1920年5月,陈独秀与《星期评论》社同仁相识后,力邀沈定一、戴季陶、李汉俊以及邵力子、俞秀松、刘大白等人参加马克思主义研究会。6月,陈独秀、李汉俊、俞秀松、施存统、陈公培五人在环龙路老渔阳里2号陈独秀寓所开会,决定成立共产党早期组织,即中共发起组。当时身处《星期评论》社的杨之华,虽然没有直接参与其事,却也有幸从旁成了一名历史观察者,她在日后回忆道:"《星期评论》社的一部分人,曾和社外的李达等成立共产主义小组。那时,我没参加。大约是在一九二〇年的秋天(或冬天)一个夜里,玄庐、秀松等十余人从外边回来。我听见戴季陶在屋子里哭。第二天,我问发生了什么事情?他们告诉我,昨天在一个地方成立共产主义小组,戴季陶怕违背孙中山的三民主义,当时就拒绝了。哭的原因一方面发生内心动摇,自己的言行不一致;另方面,受不起大家的批评。那时,共产主义小组的名称,大概是'马克思主义研究会',还没有叫'共产党'。俞秀松、邵力子、沈玄庐都参加了这个研究会。"②除了沈定一与邵力子的言传身教,杨之华提到,李汉俊也曾经对她多有帮助,不但带她去日本、朝鲜的进步朋友家接受新思想,还介绍她到一位俄国朋友那里学习俄语。而俞秀松也在她孤军奋战,备考女师体校期间写信鼓励她说:"寂寞是烦闷底一种原因,烦闷是自寻苦痛,非但烦闷的自己苦痛,凡表同情于他的都因他底苦痛而苦痛起来了。所以我们到了什么寂寞的地方去,第一要认作寂寞的地方是清静的,不是寂寞的;第二要想些方法来过这清静地方底快乐

---

①② 《杨之华的回忆》,《"一大"前后——中国共产党第一次代表大会前后资料选编》(二),第26页。

事……多和朋友通信,因为和朋友通信是桩极快乐的事,而且一则可以发挥个人底随时的感想,二则可以熟练白话文字,三则可以增加个人底感情。"①如此得天独厚的"人的"环境,自然带动了青年杨之华的自觉与进步。

1920年9月,杨之华如愿考取女师体校。1921年3月19日,她参加了上海各校男女学生发起的援助北方五省四百个县灾区的"一日捐"活动,并在3月30日的上海《民国日报》副刊《觉悟》上发表了处女作《由上海募捐而得之教训》,文中提及:"我在两星期以前到义赈大会去跳舞,看见屋子里满挂着灾民底照片,同时又听到军乐底声音,心里悲壮交集了,于是也就愿意去募捐助赈。""3月19日,我们学生就分队到各处替北方灾民做乞丐,无论遇着什么人,都向他们讨钱。……我募了一日的捐,遇着慷慨而穷的人也很多,遇着那种楼上的(富)人也很多。唉!穷人反慷慨,富人反吝啬,这到底是怎么一回事呢?难道真是富人底钱,不是从光明的地方来,不须到不光明的地去吗?"杨之华由此感慨道:"满天风雨使人愁!我希望从黑云中钻出一条微光来,照彻了世界的罪恶,降下一阵大雨来,洗清了一切的龌龊。什么族界、种界、国界,何分之有呢?但这是空想,要彼实现,还须中国人努力!还须人类共同努力啊!"

为了进一步宣传社会改革思想,将在《星期评论》社里知晓的新思潮、新观念带进女师体校的校园,杨之华特意请来陈望道先生,为女师体校教授国文。这一点不久便成为她"反对奴化教育"的铁证,引起校方的强烈不满,随即给了她一纸"开除"令,也使杨之华从此结束了人生中两次肄业的中等教育阶段,随后在沈定一的安排下,她回到萧山衙前,筹办农村小学。杨之华回忆说:"一九二一年下半年,沈玄庐叫我到萧山办'农村学校'。浙江萧山的农民运动,就是从这个'农村学校'

---

① 《俞秀松烈士日记》,《上海革命史料与研究》第1辑,开明出版社1992年版,第304—305页。

开始的。"①值得一提的是,衙前农民协会是中国历史上第一个现代农会组织,而衙前农民运动也是中国共产党人领导的第一次有组织、有纲领的农民运动。衙前农村小学,最初的校址就设在沈定一的家中。据杨之华的回忆,农村小学的教员都是来自杭州师范的进步学生,包括宣中华、徐白民、唐公宪等。1921年9月至1923年底,杨之华在衙前农村小学总共度过了两个年头,在此期间,除了参与衙前农民运动、参加改造农村的先声组织"悟社"的活动、参加小学校家访及白马湖夏季讲习会等经历,她还正式加入了社会主义青年团。

时间回溯到1920年6月,当时的杨之华尚处在《星期评论》被迫停刊之后与报考女师体校之前的真空"迷茫"期。从小便与她订了娃娃亲的青梅竹马的沈剑龙(沈定一之子)来到了上海。他们男女二人一起骑脚踏车出游,甚至一起在河里游泳,颇为得当时风气之先。半年后的1921年1月26日,双方在两家父母安排下结婚。据杨之英在《纪念我的姐姐杨之华》一文中的叙述,"姐姐二十岁就嫁到沈家,那次结婚十分简朴,姐姐去夫家只穿一套粉红色的衣服,既不坐轿也没有带嫁妆。结婚仪式在沈玄庐先生主持下,成了一个演讲会。会上,夫妇双方各作自我介绍,会后也不请酒设宴。"就这样,在沈定一的支持与沈剑龙的默许下,杨之华在思想观念依旧保守落后的农村乡间大胆、叛逆地实现了"双不"(不坐轿、不带嫁妆)的新式结婚。同年11月5日,女儿沈晓光诞生。然而,婚后的进步青年杨之华与长年生活在乡间的公子哥沈剑龙之间还是免不了由于思想境界的差距、志趣的不相投而在感情上分歧愈大,终于产生了罅隙与裂痕。杨之华毅然决定,再次到上海去,继续追求她所向往的充满信仰与有作为的新生活。

谁知一到上海,她便陷入了一场笔墨官司,不得不在1922年7月26日的上海《民国日报》副刊《妇女评论》上发表《社交和恋爱》一文,表明自己的恋爱观。杨之华写道:"恋爱是神圣的,不是可以当作口头

---

① 《杨之华的回忆》,《"一大"前后——中国共产党第一次代表大会前后资料选编》(二),第27页。

谈的。恋爱是人格的结合,误解人格的观念,把部分与全体相混,没有理解人格的意义的,是不配说'恋爱'两字的。我很看重自己的人格,并且同时又看重别人的人格。如果我和某人真有恋爱,别人说我恋爱也不妨。否则我非痛骂那看轻人的人格的人们不可。我底意志,哪个可以来动摇我?哪个可以来勉强我?哪个敢来支配我?我握有我支配自己的权限,更没有被人支配我的余地。我要忠告青年们觉悟起来,不可随便看轻自己和别人的人格,不可有破坏心对付新文化运动,免得演成进行中的难题。我希望青年对于男女社交问题多多讨论,并希望多多批评!"此后,杨之华又陆续发表了《对于"争论'社交和恋爱'"的争论》《旧伦理底下的可怜人》《离婚问题的我见》《谈女子职业》等文章,加上她早期的小说《我不去!叫太太去!》,充分表达了青年杨之华对于妇女解放若干问题的早期思考。

1924年1月,杨之华愉快地走进了闸北青云路青云里,与众多慕名而来的男女青年一起,挤进一间破旧的里弄房子,投考上海大学。她的目标是在当时最为"时髦"的学科——社会学系。20日参加完考试后,21日,杨之华便以插班生的身份进入到秋白所在的上海大学社会学系。

进入上海大学社会学系后的杨之华,如鱼得水,非常活跃。据当时的同学陈企萌在《五卅前后的杨之华同志》一文中的叙述,"'上大'社会学系是十分活跃的,上课时学习革命理论,下课后参加实际斗争。校内墙报林立,相互争鸣。社会学系的墙报就是杨之华编辑的。她发动同学写稿,请艺术系同学绘画,编得图文并茂,有声有色,内容丰富,深得全校师生的好评"。当时的社会学系除了正规的上课,学生们还纷纷投入工人运动、学生运动、妇女运动。向警予就曾多次造访上海大学的女生宿舍,为革命工作物色年轻一代的妇女干部,杨之华很快进入她的视野,成为重点培养的对象之一。

1924年6月的一天,社会主义青年团上海大学支部转告杨之华,说孙中山先生的苏联顾问鲍罗廷和他的夫人要了解一些上海妇女运动的情况,因为向警予正在湖南长沙生产,一时不能赶回上海,上级便指定由她去汇报这项工作。据杨之华说,"在鲍罗廷家中,出乎意外地,我看到了秋白,原来他是专为我们做翻译来的。一见到他,我觉得有了依靠,心情就平静下来了。秋白用俄语同鲍罗廷夫妇交谈着,把他们提出的问题翻译给我听,并且指点我说:'你先把这些问题记下来,想一想再慢慢说。'由于受秋白的鼓励,而且要我谈的情况我也比较熟悉,当时谈话的气氛又十分亲切友好,我的拘束就逐渐消失了,愈说愈起劲。秋白满意地微笑着,仔细听我说话,然后翻译给鲍罗廷夫妇听。最后,秋白又把鲍罗廷夫人介绍的苏联妇女的生活情况,翻译给我听,唯恐我理解不了,还给我详细地解释,使我初步了解到苏联妇女的幸福生活,得到了很多启发和鼓励。"[1]

在此期间,杨之华不仅协助向警予,担起国民党上海执行部妇女部的工作,积极为《民国日报·妇女周报》组稿、撰稿,还到工厂区进行调研和宣传,并参与上海大学附设平民学校委员会的工作。终于有一天,杨之华鼓起勇气,向学校党支部和向警予提出了入党的要求。她这样回忆道:"不久,秋白对我说:'你要求入党的申请书,支部和我都看过了。因为我最近很忙,组织上要向警予同志与你面谈,但我也想找时间同你谈谈。'我听了他的话,又高兴、又担心地说:'我对马列主义的理论不大懂,你讲的课我有时候还听不懂,实际工作的经验也很少,我觉得自己还不够党员的条件。'秋白诚恳地说:'你是 C.Y.,已经是靠近党的积极分子,只要努力学习马克思列宁主义,并且把学习理论和实际工作结合起来,就一定能够更快地进步。学习马克思列宁主义,只有在实际的阶级斗争中才能领会,你读书听课有不懂的地方,可以随时问我和其他同志。向警予同志很关心你,她跟我谈过你的情况。'最后,秋白约我在一个星期日到向警予同志家里去,谈我的入党问题。……我叙述了个人的经历和生活上的遭遇,谈到党和团对我的培养教育,以及我对党的认识和为党献身的决心。秋白听完我的叙述,严肃地说:'你从封建家庭里跑出来是有勇气的,但是,革命是长期的尖锐的阶级斗

---

[1] 杨之华著、洪久成整理:《回忆秋白》,人民出版社1984年版,第5页。

争,你一定会遇到更多的困难。作为一个共产党员,必须在阶级斗争的风浪中经得起种种考验。'接着,他分析了我的思想认识,阐明了党的性质和组织原则。最后,他满怀热情地说:'是的,你要求加入共产党是完全正确的。我愿意介绍你入党。'……几天以后,有秋白、警予、施存统等同志参加的上海大学党支部大会上,通过了接收我入党的决定。"[1]这一天,正是1924年的6月24日。

很快,10月10日"双十节"来临。杨之华与秋白等上海大学中共党组织成员参与筹备下午2时上海各界三十多个团体在闸北河南路桥北面的天后宫举行的国庆纪念大会。早晨,杨之华和秋白等先到南市半淞园散步,下午得到天后宫会场已有租界当局勾结国民党右派等收买了为数不少的流氓地痞准备捣乱大会的消息后,秋白被劝回家暂避。杨之华等人按时赶到会场,目睹了上大进步学生黄仁被流氓推下二米高的讲台,这就是"黄仁事件"。事后,杨之华受党组织委派,守在保隆医院黄仁的病床前寸步不离,此时的黄仁已然"头盖骨已破,脑质损坏,内脏之伤不计其数",在《回忆秋白》一书中,杨之华详细记录下了当夜的情况:"过了午夜十二时,夜深人静,一间小小的病室里,只有我和黄仁同志两人,他躺在白被下面,一动也不动,我不断替他擦去从鼻孔里、从嘴角里流出来的鲜血,正在这时,突然,秋白出现了。'他怎样了?'秋白一进门,就急切地问。我把医生的话告诉了他。他俯下身来,摸摸黄仁同志的额角,小心地揭开被子,察看受伤的身体,轻轻地呼唤着黄仁同志的名字。但黄仁同志仍然阖着眼,似乎沉沉睡熟,不能答应了。秋白把两手插在大衣袋里,站直身子,沉思着。最后,他答应我天一亮就把棺木、寿衣送来,他就走了。"凌晨2点,黄仁不幸气绝身亡。

"黄仁事件"后,秋白受中共中央委托,写信给苏联顾问鲍罗廷,向其介绍了国民党上海执行部和上海大学内部由此分化、冲突的内情。不久,被冠以"上海共产党首领"称号的秋白在慕尔鸣路的住处遭到巡捕搜查,据杨之华在《回忆秋白》中记载,"秋白从此转入地下活动。他

---

[1] 杨之华著、洪久成整理:《回忆秋白》,第7—10页。

秘密居住在先施公司职员孙瑞贤同志的家里,地点在北四川路底兴业里一号。秋白住在三层楼的阁楼上,继续领导行动委员会及其他工作。组织上指定少数同志负责同秋白进行联系,我是其中之一。那天,我走进阁楼时,他正伏在桌上起草文件。我把他的住所和上海大学被搜查,他的书籍被焚的事告诉了他。他放下手中的笔,站起身来,在窄小的阁楼里踱了一会儿,然后停下来,像是对我,又像是自言自语地说:'书可以被烧掉,但是,革命的理想是烧不掉的!'"此后,秋白被迫辞去上海大学教职。杨之华也随之离开了上海大学。

随后,两人的身影同时出现在了萧山。根据杨之英在《纪念我的姐姐杨之华》一文中的回忆:"我第一次见到秋白是一九二四年十一月,姐姐同他一起到萧山家中来的时候。当时姐姐已决定与沈剑龙离婚,她和秋白来家就是为商议这件事的。秋白给我的印象是文质彬彬,说话斯文,十分有礼貌。他们到家后,立即派人把沈剑龙请来,三个人关在房间里谈了差不多一整夜。临走时,我看他们说话都心平气和,十分冷静,猜想姐姐与沈剑龙离婚和与秋白结婚的事已经达成协议。果然,姐姐和秋白回到上海后不久,邵力子主办的《民国日报》上就登出了……"①

杨之英所说的正是 1924 年 11 月 27 日至 29 日,上海《民国日报》连续刊登的三条启事:

> 杨之华、沈剑龙启事:自一九二四年十一月十八日起,我们正式脱离恋爱的关系。

> 瞿秋白、杨之华启事:自一九二四年十一月十八日起,我们正式结合恋爱的关系。

> 沈剑龙、瞿秋白启事:自一九二四年十一月十八日起,我们正式结合朋友的关系。

为了纪念这一时刻,秋白亲手制作了一枚金别针赠予爱妻,上面镌

---

① 关于杨之华、沈剑龙离婚的具体过程,茅盾《我走过的道路》中有另一种说法,即沈剑龙赴上海,在张太雷、施存统、张琴秋等见证人面前,双方协议,在《民国日报》登三份启事。

刻"赠我生命的伴侣"的字样。此外,据羊牧之的儿子羊汉先生撰文回忆,当时"秋白还爱刻图章。有一次,他对之华说:今后有空,我一定把'秋白之华''秋之白华'和'白华之秋'刻成三枚图章,以示你中有我,我中有你,无你无我,永不分离之意。之华听了笑说,倒不如刻'秋之华'和'华之秋'二方更妥帖简便些"①。

从此,"秋之白华"——"我中有你,你中有我"的一段旷世情感拉开了历史的帷幕。而沈剑龙则特意剃了一个光头,手捧鲜花,拍了一张题为"借花献佛"的照片送给秋白作为结婚贺礼。这一情节经过改编,后来在上映于2011年6月的电影《秋之白华》中得以传神再现,三位演员含蓄、无声却深沉、细腻的眼神交汇与肢体表演堪称经典。

在此之后,沈剑龙与秋白之间还有过几次书信往还。杨之华也曾把独伊的照片寄给沈剑龙。据郑超麟在晚年文选第1卷《史事与回忆》中的文字记载,"有一次,我们到秋白和之华的新家去,说话间来了一个人。他们介绍说:'这位是剑龙。'秋白同他亲密得如同老朋友。之华招待他,她像出嫁的妹妹招待嫡亲的哥哥"。沈剑龙一生共结婚三次,由于抗战期间做过伪职,抗战之后晚年生活萧条潦倒,据说一日在河边钓鱼时,不慎掉入河中溺亡。

12. 独 伊

小小的蓓蕾,
含孕着几多生命,
陈旧的死灰,
几乎不掩没光明。
看那沙场的血花灿烂,

---

① 羊汉:《一九二七年秋白在武汉时的情况片段》,《瞿秋白研究:纪念瞿秋白诞辰九十周年》,瞿秋白纪念馆、瞿秋白研究会1989年编辑出版。

经过风暴之后的再生。

谁道是无意中的赤化?

却是赤爱的新的结晶。

——瞿秋白写给独伊的诗

1921年11月5日,杨之华诞下女儿晓光。后来,又将女儿的名字改成"独伊",即只生她一个的意思。与沈剑龙离婚后,杨之华的父母拒绝参加女儿与瞿秋白的婚礼,而沈家更是从此断绝了杨之华与女儿独伊接触的途径。

这对于杨之华来说,是一段不堪回首的心痛回忆。她在《忆秋白》中这样写道:"我的离婚,受到当时人们封建思想的反对,他们把我的孩子当作私有物,不允许我看见我的女儿。……我渴望着看到她,秋白很能理解这种母亲的心情,他同情我,安慰我,并且在一九二五年的春天,帮助我抽出一个空,回乡下去看孩子。到达家乡的时候,天已经黑了。我独自一人走到过去公婆家里。我过去的公公知道了我的来意,突然沉下脸来,冷酷地说:'我不能让你看她。'并且不再理我了。"后来,在沈定一姨太太的帮助下,杨之华好不容易见到了心心念念的女儿:"她正在玩玩具。我抑制了心中的狂喜,轻轻走到孩子面前,她玩的正是我从上海买回去的玩具呵!孩子天真地对我说:'妈妈,我告诉你,我的妈妈死掉了。'她那两颗黑黑的眼睛,不住地看着,又拿手上的玩具给我看:'这是妈妈买来的。''独伊,我的好女儿,我就是你的妈妈。''不,'孩子固执地说:'我有两个妈妈,一个是你,一个在上海死掉了!'我掉下了眼泪。……在我离开上海的第二天夜里,秋白曾经不安地到火车站来接我,但是没有接到。又过了一天,我才回到了上海,他从我的神色中,已经知道这一次去,并不是很顺利的。秋白懂得母亲心灵上所感到的一切,他比谁都了解我,他想尽一切来安慰我……不久,又写了一首长诗给我,痛斥了黑暗的旧社会,并且表示:孩子有着光明的前途,我一定爱护她,一定会比她自己的生父更负责任的培养她,教育她,使她将来在社会上发挥她的力量……"

此后,"我们又抽了一个时间,两个人一起回到我的家乡。在我母亲家里,我们想了一个办法:派人把孩子偷出来,然后抱回上海。那天,秋白和我站在一座山上等着。等了好长时间,才看到孩子出来了,大姨太太和照护孩子的人跟随在后边。我高兴地把孩子抱在怀里,孩子的两条小胳膊也紧紧地搂住我的脖子。正在这时,突然奔来两个大汉,一阵风似地把孩子抢走了。……我和秋白冷冷清清地从河边走着,一路上默默无语,我第一次也只有这一次看到秋白流下了眼泪……"经历了几番波折之后,杨之华痛定思痛,发挥锲而不舍的精神,终于辗转将女儿从萧山衙前沈家接了出来,从此,秋白、杨之华与独伊一家三口团圆。不久,迁往上海闸北宝通路顺泰里12号居住,与茅盾家为邻,两家女孩都在商务印书馆办的幼儿园就读,每天由双方父母负责轮流接送。据茅盾在《我走过的道路》中的回忆,他曾经为秋白、独伊和自己的爱女沈霞(亚男)拍过一张合影,作为这一时期的珍贵纪念。杨之华充满深切情感所表达的那一句——"秋白无论在我和独伊或其他人面前,总不使人感到独伊不是他亲生女儿。独伊从小没有感到秋白不是自己的亲爸爸。"——应该是对秋白作为"好爸爸"的最高评价。

1928年5月下旬,杨之华带着独伊同罗亦农的妻子李文宜结伴赴苏联,其时秋白为了筹备中共六大已先行抵达莫斯科。独伊回忆说:"出国前,妈妈曾把一些美金缝在我的裤子里,路上不知怎么把这条裤子丢了,妈妈非常着急,本来就没有多少钱,又把外汇丢了。在火车上,我们买日本盒饭时,三个人只得买两份,我有时吃不饱,饿了就哭,妈妈和李阿姨常把饭菜省给我吃,她们自己宁可饿着。"当时,组织上为了安全起见,还特意安排了两名男同志作掩护,分别与杨之华和李文宜假扮夫妻。独伊还记得:"妈妈嘱咐我:如果有人问起叔叔是谁,你就喊他'爸爸'。我乖乖地答应了。但喊过几次以后,我有些奇怪了,便问妈妈:'我怎么会有这么多的爸爸呀?'妈妈笑了。"[1]

---

[1] 瞿独伊:《难忘的回忆》,杜魏华主编《先驱者的后代——苏联国际儿童院中国学生纪实》,中国民主法制出版社1990年版,第10页。

到达莫斯科后，秋白一家三口重聚，一起住在共产国际的高级宿舍柳克思旅馆。日后，独伊在《寻觅双亲的足迹（苏联纪行）》一文中充满眷恋之情地回忆起当时与父母同住在二楼12号的"家"："这间房子是很大的（至少在当时我的眼中是如此）。房间的深处是一个恰能容下一张大床的壁龛。在靠窗的地方摆着父亲的写字台，旁边有一个阳台，夏天总摆满花草。父亲经常外出，也常有朋友来访，他们一谈就是很久。晚间父亲总是伏案工作，直到深夜。"

1928年6月至1930年7月，是"秋之白华"第一次共赴苏联工作、生活、学习的一段黄金岁月。而七岁的独伊，跟随父母来到莫斯科，也成为中共六大会议上年龄最小的"嘉宾"，她很快乐地记得："休会期间，一些参加'六大'的阿姨常教我唱歌、跳舞；父亲偶尔带我到野外去玩，采集各种野花。我到现在还能记起爸爸在大自然中那兴奋和欢快的面容，他和我一起漫步在葱绿的草地上，兴致勃勃地逗我玩耍嬉笑。他给我的童年留下了很多美好的回忆！"

六大之后，独伊继续跟随父母留在莫斯科，进入了当地的儿童院学习与生活。杨之华在《忆秋白》中如是回忆："秋白知道独伊爱吃牛奶渣，每隔一星期，秋白从共产国际机关下班回来，路过店铺子，总不忘记买一些回来，带到幼儿园去给独伊吃。后来独伊调到另外一个幼儿园，这个幼儿园是在离莫斯科较远的一个小城市即依凡城。我们去看她，要坐一夜火车。星期六晚上我们就睡在火车里过夜，并带着星期日吃的食物。在车厢里，有不少像我们一样的父母。早晨，我们走到幼儿园的时候，孩子们排了队出来，唱歌欢迎父母，接着又表演节目给父母看。父母带来的食品玩具都放在一起，大家一起吃一起玩。然后由父母分别带领自己的孩子出幼儿园，秋白和我带着独伊到附近的森林中去。这是我们最幸福最愉快的一天，我们充分享受了天伦之乐。在这一天中，秋白是高兴的、活泼的，使他忘却了工作的紧张与疲劳，他和孩子痛快地尽情地玩着。夏天，我们在树林里采蘑菇，秋白画图和折纸给孩子玩；冬天，地上铺满了厚厚的雪毡，秋白把孩子放在雪车里，他自己拉着雪车跑，故意把雪车拉得忽快忽慢，有时假装跑不动了，有时假装摔一跤,用手蒙了脸哭了起来,这时候独伊就向我叫起来:'妈妈,我跌一跤不哭,你看好爸爸跌一跤就哭了。'秋白一听这话,放开了手,哈哈大笑。孩子也很高兴,拍手大笑。笑声震荡在天空中,似乎四周的一切也都为我们的欢乐而喜气洋溢。我见秋白这样爱护独伊,心里有说不出的高兴。"

当秋白几次因病住院期间,他还不忘经常给独伊写信。其中几封写道:

小独伊:

你会写信了,——我非常之高兴。你不病,我欢喜了。我很念着你。我的病快要好,过三个星期我要回莫斯科,那时要看你,一定来看你。我的小独伊。再见,再见。

好爸爸

独伊:

你为什么要哭?你看好爸爸滑雪了!

好爸爸

(下面是秋白画自己在滑雪)

独伊:

我画一个你,你在笑。为什么笑呢?因为你想着:你是好爸爸和姆妈两人生出来的。

(下面是秋白画独伊牵着一只兔子)

当得知独伊所在的森林学校规定男女学生一律要剃光头,秋白怕独伊作为小女孩会很排斥与难过,便特意写了封信逗独伊开心:

独伊:

我的好独伊。你的头发都剪了,都剃了么?哈哈,独伊成了小和尚了。

好伯伯的头发长长了,却不是大和尚了。

你会不会写俄文信呢？

你要听先生的话，要听妈妈的话，要和同学要好，我欢喜你，乖乖的小独伊，小和尚。

好伯伯

而在一封给杨之华的信中，他这样写道："你的信，亲爱爱，是如此之甜蜜，我像饮了醇酒一样，陶醉着。我知道你同着独伊去看《青鸟》，我心上非常之高兴。……好爱爱，独伊如此的和我亲热了，我心上极其欢喜，我欢喜她，想着她的有趣齐整的笑容，这是你制造出来的啊！好爱爱，亲爱爱，我每天总是梦着你或是独伊。"[1]

1930年7月，杨之华与秋白准备归国，并将独伊托付给了鲍罗廷夫妇。在《寻觅双亲的足迹（苏联纪行）》中，独伊回忆说："一九三〇年父母亲准备回国时，考虑到当时国内白色恐怖严酷和地下斗争艰苦危险，决定将九岁的我留在苏联的国际儿童院，同时嘱托鲍罗廷夫妇对我多加关照。记得父母离我回国前夕，不巧我重病发烧，而他们正在忙于交接工作和整顿行装。是鲍罗廷命他的小儿子诺尔曼送我进了医院。第二天妈妈到医院来看我时告诉我说，爸爸因为事情太忙不能前来。她想到就要和生病的女儿远别，禁不住流泪了。而我当时却不理解这意味着什么。实际上，那就是我和父亲的永别，而和母亲的再次见面，也是五年以后的事了。"从此，独伊再也没有见到过"好爸爸"，年幼的她开始了独自在瓦斯基诺国际儿童院的四年时光，而在她的手里唯有一张父母临走前从克里米亚黑海之滨寄给她的明信片，上面有一束美丽的"勿忘我"花，背面是秋白的亲笔，用俄文写着："送给独伊。妈妈，1930年8月1日，克里米亚"。这张明信片应该并不是独伊收到的来自父亲的最后字迹。在1931年3月12日秋白致俄国友人郭质生的信中曾有提到他另有一信给女儿，请郭质生代为转寄。

而秋白最后一次提到独伊，则是在《多余的话》中："我还留恋什

---

[1] 以上瞿秋白致杨之华与瞿独伊信件内容，引自瞿独伊、李晓云编注《秋之白华：杨之华珍藏的瞿秋白》。

么？这美丽世界的欣欣向荣的儿童。'我的'女儿,以及一切幸福的孩子们。我替他们祝福。"一个小小的引号,道出心中无尽悲酸。

此后,每逢儿童院放假期间,独伊就会住到鲍罗廷的家中:"鲍罗廷爷爷带着他那特有的幽默向我问长问短,奶奶(鲍罗金娜)给我做各种各样美味的俄罗斯食品,而诺尔曼(鲍罗廷次子)则是一派'骑士风度',俨然以我的'保护者'自居,每当我出门都由他护送,以免我受街上淘气的男孩子们欺负。鲍罗廷夫妇住在一个大房间中,两个儿子住在另一间。我来时每晚就由奶奶给我搭个地铺,让我睡在他们的床边。我记得,当时在用英文出版的《莫斯科新闻》编辑部任主编的鲍罗廷,几乎每晚都工作到深夜。……当时常来鲍罗廷家的还有苏兆征、张太雷、蔡畅等同志的子女。"

1935年的一天,独伊正和儿童院的孩子们一起在乌克兰德聂伯罗彼特罗夫斯克参观,一份《共青团真理报》让她得知了父亲已然牺牲的沉重事实,独伊失声痛哭,竟晕倒在地。直到共产国际"七大"闭幕后,她才终于得以与母亲杨之华重逢,"当我母亲再次到国际儿童院来看我们时,许多中国孩子都跑来了,围着她,仰起头亲切地喊她'妈妈',要她讲和自己阔别多年的父母在国内的情况。母亲含着激动的眼泪,把她所知道的一一告诉儿童院的孩子们。"

不久,杨之华将独伊从儿童院接了出来,母女二人住在一起。独伊在《怀念妈妈》一文中写道:"在那些日子里,妈妈白天照常紧张地工作,晚上夜深人静,屋内只有我们母女俩时,她就翻阅父亲的信件和遗作,看着,看着,眼泪就流下来了。那时,我已经十五岁,懂得应该安慰妈妈。虽然我自己也很难过,但为了排解妈妈的悲伤,我就劝慰妈妈:'妈妈,你别哭,我给你唱支歌,好吗?'"

1941年苏德战争爆发,杨之华准备带着独伊回国。临行之前,母女二人专程来到《莫斯科新闻》编辑部与鲍罗廷告别。鲍罗廷像往常一样拿出苏联茶点招待她们,与她们亲切话别。而这一别,也便成了永诀。十年后,鲍罗廷默默病逝于西伯利亚雅库茨克劳改营。在此之前有一天,独伊曾与鲍罗金娜"奶奶"偶然相遇于莫斯科的街道,明显苍老了的"奶奶"的眼光,在中国"小孙女"的身上停留片刻,却立即转身走开,背后留下了"小孙女"发愣的眼神,"莫斯科街道上的匆匆行人都未注意到这仅仅一分钟的一幕悲剧"①。好在十五年后(1956年夏),杨之华与独伊还有机会与鲍罗金娜及诺尔曼重聚于莫斯科。

此后,杨之华与独伊分别化名杜宁、杜伊,辗转踏上归国之路。途中到达新疆迪化(今乌鲁木齐),住在八路军驻新疆办事处。谁能料想,通往延安的道路已被国民党军队封锁,杨之华、独伊母女不幸卷入"新疆冤狱"事件。独伊曾在《怀念妈妈》文中回望漫长、艰辛的四年监狱生活:"妈妈还是我们学习的榜样。她抓紧时间读书,她翻译俄文大词典中关于文法的部分,供同志们学习使用。此外,妈妈还翻译了政治经济学和西方近代史等方面的材料。我在妈妈的督促和帮助下,也抓紧时间学习,整个集体都在进行学习。我一方面充任俄文教员,一方面当学习中文的小学生。我由于久居苏联,回国时中文程度很差,中文基本上是在新疆坐牢时补习的。"

独伊还回忆道:"女牢同志的斗争也常得到男牢同志的支持和配合。我们常利用去医院看病的机会互通狱内外情况。我们通过多种方式把得之不易的国内外局势写在小纸条上,卷成烟卷或用其他传递手段送到大家手中,使大家能经常了解当前的斗争形势,保持清醒的头脑。除医院外,狱中的养病室也是我们常用的联络点。我陪患肺病的母亲在养病室住过两个星期,曾帮助在男女监之间传递消息。敌人还派来一个姓黄的叛徒监视我们,遭到我母亲的严厉训斥,最后无计可施,就把仍在发高烧的母亲同我一起押回狱中。"②

在狱方的报告中,关于杨之华母女的情况,是这样写的:"杜宁、杜伊在苏联居住甚久,所受赤色毒素亦深。"这时,与杨之华母女同时入狱的还有一位从延安到新疆,担任《新疆日报》国际版编辑的青年李何,后来,他成了独伊的丈夫。

---

① 陈福康、丁言模:《杨之华评传》,第321页。
② 瞿独伊:《难忘的回忆》,《先驱者的后代——苏联国际儿童院中国学生纪实》,第23页。

1946年7月,经党中央营救,杨之华、独伊等人从新疆监狱获释,终于进入延安,受到朱德、任弼时等人的热烈欢迎。独伊热情地跳起了乌克兰舞蹈,并向组织提出了入党的请求,获批准。因此,杨之华说:"我和独伊既是难友,又是同志。"

到达延安后,独伊与丈夫李何被分配到新华社工作,跟随部队转移各地。新中国成立的当天,独伊作为苏联文化代表团的翻译也登上了天安门观礼台见证了历史的瞬间。随后,她在广播电台用俄语播送了毛泽东在天安门城楼宣读的中央人民政府公告。

新中国成立后,李何与独伊成为新华社首任驻莫斯科分社记者。1957年,独伊回国,到中国农业科学院工作。李何自1954年起兼任并最终转为《人民日报》记者,1958年回国后担任《人民日报》国际部副主任。1962年因心脏病不幸英年早逝,年仅四十四岁。

"文革"期间,杨之华被关押进秦城监狱,杳无音信,独伊也受到了冲击。直到杨之华在狱中病重病危,独伊及女儿晓云、表妹吴幼英及其他亲属才得以见面。在杨之华被迫害致死后,独伊和家人一直执着奔走,为父母伸冤。1978年,独伊回到新华社,在国际部俄文组继续做翻译和编辑工作,直到1982年离休。

13. 误　会

我自己忖度着,像我这样性格、才能、学识,当中国共产党的领袖确实是一个"历史的误会"。

——瞿秋白《多余的话》

"历史的误会"

我第一次在俄国不过两年,真正用功研究马克思主义的常识不过半年,这是随着东大课程上的需要看一些书,明天要译经济学上的那一段，今天晚上先看过一道，作为预备，其他，唯物史观哲学等等也是如此，这绝不是有系统的研究。至于第二次我到俄国（一九二八——一九三〇），那是当着共产党的代表，每天开会，解决问题，忙个不了，更没有功夫做有系统的学术上的研究。

马克思主义的主要部分：唯物论的哲学，唯物史观——阶级斗争的理著［论］，以及政治经济学，我都没有系统的研究过。资本论——我就根本没有读过，尤其对于经济学我没有兴趣。我的一点马克思主义理论的常识，差不多都是从报章杂志上的零星论文和列宁的几本小册子上得来的。

可是，在一九二三年的中国，研究马克思主义以至一般社会科学的人，还少得很，因此，仅仅因此，我担任了上海大学社会学系教授之后就逐渐的偷到所谓"马克思主义的理论家"的虚名。其实，我对这些学问，的确只知道一点皮毛。当时我只是根据几本外国文的书籍传译一下，编了一些讲义。现在看起来，是十分幼稚，错误百出的东西。现在已经有许多新进的青年，许多比较有系统的研究了马克思主义的学者——而且国际的马克思主义的学术水平也提高了许多。

还有一个更重要的"误会"就是用马克思主义来研究中国的现代社会，部分是研究中国历史的发端，也不得不由我来开始尝试。五四以后的五年中间，记得只有陈独秀、戴季陶、李汉俊几个人写过几篇关乎这个问题的论文，可是都是无关重要的。我回国之后，因为已经在党内工作，虽然只有一知半解的马克思主义智识，却不由我不开始这个尝试：分析中国资本主义关系的发展程度，分析中国社会阶级分化的性质，阶级斗争的形势，阶级斗争和反帝国主义的民族解放运动的关系等等。

从一九二三年到一九二七年，我在这方面的工作，自然在全党同志的督促，实际斗争的反映，以及国际的领导之下，逐渐有相当的进步。这决不是我一个人的工作，越到后来，我的参加是越少。单就我的"成绩"而论，现在所有的马克思主义者都可明显的看见：我在当时所做的理论上的错误，共产党怎样纠正了我的错误，以及我的幼稚的理著〔论〕之中包含着怎样混杂和小资产阶级机会主义的成分。

——瞿秋白《多余的话》

1925年1月，中共四大在上海闸北广东街背后铁路边上一幢三层弄堂小楼里如期举行。秋白任大会政治决议草案审查小组组长，并在此次会议中第一次当选为中央委员，并与陈独秀、彭述之、蔡和森及张国焘五人共同组成中央局，自此正式进入中央决策机构，将以中央宣传部委员、党刊《新青年》主编的身份负责加强党的高层次宣传工作及理论建设，以此参与指导全党。

早在莫斯科时期便自称"远东初醒的社会科学研究者"的秋白，在总结自己从1923年回国之后到1927年之前的主要工作时，曾经这样说道："'没有牛时，迫得狗去耕田'，这确是中国马克思主义者的情形。秋白是马克思主义的'小学生'，从一九二三年回国之后直到一九二六年十月间病倒为止，一直在陈独秀同志指导之下，努力做这种'狗耕田'的工作，自己知道是很不胜任的。"（《〈瞿秋白论文集〉自序》）这虽是他的自谦之语，却也道出了一份敢于承担责任的勇气与意志，而正是这份勇气与意志促使他在第一次国内革命战争期间的几个重大历史结点面前，发出了自己的声音，留下了自己的痕迹，从而一步一步登攀至其人生命运的至高点，也或者说是一个"历史的误会"的最高峰：

1923年，科玄之争。在这一场著名的"科学与人生观"的论争中，秋白配合陈独秀的《〈科学与人生观〉序》，撰写《自由世界与必然世界》与《实验主义与革命哲学》二文，摆明立场，批判了张君劢的自由意志论与胡适的实验主义。

1924年1月21日，列宁逝世。曾经在莫斯科期间数度见过列宁，聆听过列宁报告，并与列宁在会议间隙的"廊上相遇略谈几句，他指给我几篇东方问题材料"的秋白，归国后对于列宁主义的研究与绍介是不遗余力的。他不仅翻译了《列宁主义概论》，撰写了《列宁与社会主义》《历史的工具——列宁》《列宁主义与杜洛茨基主义》《国际主义者列宁之民族主义》等介绍文字，还通过自身研究，以《列宁主义与中国的国民革命》《现代民族问题》《中国革命中之争论问题》等系列文章将列宁主义理论与中国革命实践结合到了一起，为中国早期列宁主义的介绍与研究奠定了重要基础，作出了巨大贡献。

1925年3月12日，孙中山逝世。根据共产国际和中共中央的指示精神，秋白接连撰写《孙中山辛亥革命后之第二功绩——镇压买办阶级商团之反革命》《孙中山之死与孙中山之敌》《孙中山与中国革命运动》，从而成为孙中山逝世后从政治层面评说孙中山一生功过的第一位共产党人。

1925年5月30日，五卅惨案。五卅惨案发生后，为了正确反映上海及全国反帝斗争的情况，及时指导群众运动，党中央创办了第一份机关日报——《热血日报》，秋白任主笔。关于报名"热血"，郑超麟在《史事与回忆》中有如下的解释说明："为什么叫做《热血》呢？因为已经有一个《公理日报》出版了……秋白说：'这个世界有什么公理呢？解决问题的，只有热血！'《热血》销路超过了《公理》，印刷厂印出来几乎不能供给需求……每日社论几乎都是秋白一人手笔……那时瞿秋白和陈独秀每日碰头，他写的社论反映了中央的意见。"而杨之华也在《回忆秋白》中说："秋白在办报中很重视及时掌握情况和密切联系群众。他说报纸宣传工作和打仗一样，必须做到知己知彼。每天了解敌友我的动态和思想情况。他除了在中央会议上了解情况以外，还具体领导党办的'国民通讯社'的工作，布置采访要求，听取记者的汇报。他自己还在百忙中抽身深入工人群众，倾听他们的意见和要求。有一次他到闸北一个工人居住区去，看见一个工人正在看《商报》。这个工人对秋白说，这种报纸都不为工人说话，尽向着帝国主义和资本家，而且文字也不容易看懂，希望有为工人说话并且适合于工人看的报纸。秋白很重视工人的这种要求。"从6月4日《热血日报》创刊到27日被查封，秋白以《热血》为基地，别出心裁地分别用"热"、"血"、"沸"、"腾"、"了"作为署名，发表了《中国民族解放运动之高潮》《流血是为的什么?》《五卅交涉的危机——注意亡国的外交政策》《全国罢工潮与上海开市》《五卅案与废除不平等条约》等一系列文章,促使他对民主革命的认识进一步深入并创新。在发表于《向导》的《五卅后反帝国主义联合战线的前途》一文中,秋白强调五卅惨案之后的联合战线首先要解决的问题是坚持争取国民革命的无产阶级"领导权"。这也"奠定了他经由五大而在八七会议上被拥为党的领导的一块基石"①。

1925年8月20日,廖仲恺被刺。——随着7月戴季陶出版《国民革命与中国国民党》到8月左派领袖廖仲恺在广州被刺身亡,国民党右派从思想理论和实际行动两个层面开启了反对国共合作的大幕。据杨之华在《回忆秋白》中的记载,在中共中央会议上,"经过秋白和任弼时等同志的力争,会议决定反击戴季陶主义,并委托秋白写文章进行驳斥。秋白接受这个任务后,立即找了一些同志了解群众和各方面对戴季陶主义的反映,收集右派反动活动的材料,仔细研究了戴季陶的小册子。我们当时住的是一间很小的房间,秋白就在这个小房间的一小块空地上踱来踱去,或者坐在椅子上吸着烟,咬着笔端(他用的每枝笔端都是咬得粉碎的)。这是他考虑写文章时常有的神情。他全神贯注在工作中,周围的任何动静都不闻不问。思考成熟以后,就动起笔来,衬着复写纸一口气写下去,一写就是两份,写得很整齐清楚,就像是重新抄过的一样。他那驳斥戴季陶主义的小册子——《中国国民革命与戴季陶主义》,就在一天夜里写成了。"

在这篇《中国国民革命与戴季陶主义》中,秋白写道:"总之,戴季陶的思想及主张,完全是要想把国民党变成纯粹资产阶级的政党,而且尽力要把各阶级的革命分子吸收去,使他们都变成戴季陶派——资产阶级的民族主义者。"他认为戴季陶的这些理论和组织问题上的攻击,其目的只在于要让"资产阶级在思想上政治上统辖无产阶级",并从根本上打倒共产党,消灭无产阶级政党。然而戴季陶所谓的"爱国的资

---

① 王观泉:《一个人和一个时代:瞿秋白传》,第333页。

产阶级"目前"在中国还很幼稚,而且一部分还没脱离他们的买办出身,所以还说不上是一种革命力量,还没有变成独立而且集中的政治势力之可能"。因此,秋白得出结论:"对于戴季陶,知识阶级,小资产阶级,甚至于真正之民族的资产阶级,都只有一个出路,就是在这两条路中挑选一条:或者革命,或者反动。"《中国国民革命与戴季陶主义》一文从时局、革命形势、国民党和共产党对于国共合作的种种主张等方面,分析批判了以戴季陶为首的国民党右派集团的理论错误和政治阴谋,是秋白在国共合作时期发表的代表性文章,显示出了其反对党内右倾思想的前瞻意识与理论力量。但在中共继续促进国共合作的1925年当时,《中国国民革命与戴季陶主义》一文并未受到全党的高度重视,从11月"西山会议"召开,到次年3月"中山舰事件"爆发,再到"整理党务案"的提出,直至1927年的"四一二"反革命政变,国民党右派已经从党政军三个方面夺得大权,进而破坏国民革命,而共产党内部右倾思想则发展为投降主义,给了共产党人血的教训,导致了极其严重的后果。

1927年1月,《瞿秋白论文集》编纂。时光进入到历史界域之年——1927,秋白开始着手将自己从1923年1月到1926年12月初所撰写的几乎全部署名文章编撰成册。在自序中,秋白写道:"我现在收集四年来的著述付印,目的是在于呈显中国的马克思主义者应用革命理论于革命实践上的成绩,并且理出一个相当的系统,使读者易于找着我的思想的线索。固然,无产阶级之革命思想的指导,当然是集体的工作,然而我确是这集体中的一个个体,整理我的思想,批评我的思想,亦许对于中国革命的实践不为无益。况且集体的革命工作之意义,正在于其自我批评的发展;而集体的革命思想之形成,亦正在于其各个个体之间的切磋。固然,我这幼稚的马克思主义者之理论里,可以有许多没有成熟的、不甚正确的思想,然而我始终亟亟乎将我的成绩同着我的错误一齐汇集发表,正是因为要发展中国社会思想的自我批评:我们的著作是想要利于革命的实践的,而并非想'藏之名山,传诸其人'的。"

瞿文集共分为八大类:一、中国国民革命的问题;二、帝国主义与中国;三、买办阶级之统治;四、国民会议与五卅运动;五、北京屠杀后国民革命之前途;六、世界社会革命的问题;七、马克思列宁主义的理论问题;八、赤化漫谈。

《论文集》体现出:

首先,秋白在文章中主动运用了将中国革命纳入世界革命轨道的新观念。"把中国革命放在亚洲的'殖民地(半殖民地)民族民主革命'斗争版图,这是第一层次的研究;把包括中国革命在内的东方殖民地(半殖民地)革命与欧洲革命'一致起来',这是第二层次的研究。这就是最早去十月革命故乡感受并研究马克思主义的理论与实践的青年共产党人引进的新的研究方法。"①

其次,在军事论文《中国革命中之武装斗争问题——革命战争的意义和种种革命斗争的方式》中,很早就开始思考武装斗争重要性的秋白提出了"平民武装"和"武装平民"的口号,形成了建立一支由工人阶级和农民阶级在革命政党指导下的"革命的正式军队"的建军思想。

再次,在《国民革命中之农民问题》《世界的及中国的赤化与反赤之斗争》等文中,秋白指出:"中国国民革命是要解决农民问题,土地问题,用各阶级的联合战线,工人阶级的领导来斗争,才能得到胜利。""中国革命如果不解决农民问题,是永世也不能胜利的。"明确将斗争矛头指向地主买办,强调了工农联盟的意识以及用"耕地农有"的原则解决土地问题的方针,显示出了阶级分析的历史辩证法。

总之,《瞿秋白文集》是秋白归国后实践马克思主义之中国化的集大成著作,既是代表了当时党的马克思主义理论水平的扛鼎之作,又是秋白作为中共党史上杰出的马克思主义理论家的重要界碑。

以上所述的种种理论文字表达了秋白对于中国革命大政方针独立的把脉与思考。也在土地革命、武装斗争等实际革命政策方面体现出与陈独秀、彭述之等当时中央最高决策层妥协让步的右倾机会

---

① 王观泉:《一个人和一个时代:瞿秋白传》,第336页。

主义路线的格格不入。而双方的差异与分歧亦随革命现实的发展愈演愈烈。恽代英就曾表示："现在中央很奇怪，我听说秋白同志到处报告是'进攻'、'进攻'，中央又是决定要'退让'。'退让'；中央内部是否有不一致？"这一情况也引起了共产国际方面的注意。苏联驻华代表纳桑诺夫等在1927年3月17日写给苏共中央的信中就明确指出："中央委员会本身，现在实际上由三个人组成的，彭述之代表右派，瞿秋白代表左派，'老头子'（陈独秀）代表中派。"并建议改组党中央。

历史的天平正在悄然发生着失衡与变化，一位年仅二十八岁的文弱青年即将凭借他过人的理论水准与昂扬的战斗勇气临危受命，奋力登上云雾缭绕、奇姿挺拔的中国政治版图的顶峰。

"短裤党"

"呵，今晚上……暴动……强夺兵工厂……海军放炮……他们到底组织得好不好？这种行动非组织好不行！可惜我病了，躺在床上，讨厌！……"

在有红纱罩着的桌灯的软红的光中，杨直夫半躺半坐在床上，手里拿着一本列宁著的《多数派的策略》，但没有心思去读。他的面色本来是病得灰白了，但在软红色的电光下，这时似乎也在泛着红晕。他这一次肺病发了，病了几个月，一直到现在还不能工作，也就因此他焦急的了不得；又加之这一次的暴动关系非常重大，他是一个中央执行委员，不能积极参加工作，越发焦急起来。肺病是要安心静养的，而直夫却没有安心静养的本领；他的一颗心完全系在党的身上，差不多没曾好好地静养过片刻。任你医生怎样说，静养呀，静养呀，不可操心呀……而直夫总是不注意，总是为着党，为着革命消耗自己的心血，而把自身的健康放在次要的地位。这一次病的发作，完全是因为他工作太过度所致的。病初发时，状况非常地危险，医生曾警告过他说，倘若他再不安心静养,谢绝任何事情,那只有死路一条。直夫起初也很为之动容,不免有点惧怕起来:难道说我的病就会死?死?我今年还不满三十岁,没有做什么事情就死了,未免太早罢?呵呵,不能死,我应当听医生的话,我应当留着我的身子以待将来!……但是到他的病略为好一点,他又把医生的话丢在脑后了。这两天因为又太劳心了,他的病状不免又坏起来了。当他感觉到病的时候,他不责备自己不注意自己的健康,而只恨病魔的讨厌,恨世界上为什么要有"病"这种东西。

"呵,今天晚上暴动……夺取政权……唉!这病真讨厌,躺在床上不能动;不然的话,我也可以参加……"

直夫忽而睁开眼睛,忽而将眼睛闭着,老为着今天晚上的暴动设想。他深明了今天晚上暴动的意义——这是中国工人第一次的武装暴动,这一次的暴动关系全中国工人运动的发展……他这时希望暴动成功的心,比希望自己的病痊愈的心还要切些。是的,病算什么呢?只要暴动能够成功,只要上海军阀的势力能够驱除,只要把李普璋,沈船舫这些混账东西能够打倒……至于病,病算什么东西呢?

他这时只希望今晚的暴动能够胜利。

……

秋华,这是一个活泼的,富有同情心的,热心的青年妇人……秋华真是爱直夫到了极点!她为着直夫不惜与从前的丈夫,一个贵公子离婚;她为着直夫不顾及一切的毁谤,不顾及家庭的怨骂;她为着直夫情愿吃苦,情愿脱离少奶奶的快活生涯,而参加革命的工作;她为着直夫……呵呵,是的,她为着直夫可以牺牲一切!

秋华爱直夫,又敬直夫如自己的老师一般。这次直夫的病发了,她几乎连饭都吃不下,她的丰腴的,白嫩的,团圆的面庞,不禁为之清瘦了许多……

秋华这时坐在床沿上,一双圆的清利的眼睛只向直夫的面孔望着;她明白这时直夫闭着眼睛不是睡着了,而是在沉思什么。她不敢扰乱他的思维,因为他不喜欢任何人扰乱他的思维。秋华一边望一边暗暗地想道:

"这个人倒是一个特别的人!他对于我的温柔体贴简直如多情的诗人一样;说话或与人讨论时,有条有理,如一个大学者一样;做起文章来可以日夜不休息;做起事来又比任何人都勇敢,从没惧怕过;他的意志如铁一般的坚,思想如丝一般的细。这个人真是有点特别!……他无时无地不想关于革命的事情……"

……

……秋华……两眼望着直夫要睡不睡的样儿,心里回忆起她与直夫的往事:那第一次在半淞园的散步,那一日她去问直夫病的情形,那在重庆路文元坊互相表白心情的初夜,那一切,那一切……呵,光阴真是快呵!不觉已经是两年多了!抚今思昔,秋华微微地感叹了两声……

……

电车到了铭德里口,秋华下了车,走向法国公园里来。她在池边找一个凳子坐下,四周略看一眼之后,深深地呼吸了几口气。这时微风徐徐地吹着,夕阳射在水面上泛出金黄色的波纹;来往只有几个游人,园内甚为寂静。杨柳的芽正在发黄,死去的枯草又呈现出青色来——秋华此刻忽然感觉到春意了。秋华近来一天忙到晚,很有许久的时候没有到公园里来了。今天忽然与含有将要怒发的春意的自然界接近一下,不觉愉快舒畅已极,似乎无限繁重的疲倦都消逝了。她此刻想道,倘若能天天抽点工夫到此地来散一散步,坐一坐,那是多么舒畅的事情呵!可惜我不能够!……秋华平素很想同直夫抽点工夫来到公园内散散步,但这是不可能的事情:公园内的游人多,倘若无意中与反动派遇见了,那倒如何是好呢?直夫是被一般反动派所目为最可恶的一个人。直夫应当防备反动派的陷害,因此,他与这美丽的自然界接近的权利,几乎无形中都被剥夺了。倘若直夫能够时常到这儿来散散步,呼吸呼吸新鲜的空气,那么或者他的病也许会早些好的,但是他不可能……秋华想到此处,忽然自言自语地说道,我今天一天不在家,也不知他现在是怎样了,我应当快点回去看一看。是的,我不应当在此多坐了!

于是秋华就急忙地出了公园走回家来。

在路中,秋华想道,也许他现在在床上躺着?也许在看小说?大约不至于在做文章罢?他已屡次向我说,他要听医生的话,好好地静养了。是的,他这一次对于他自己的病有点害怕了,有点经心了。他大约不至于再胡闹了。唉!他的病已经很厉害了,倘若再不好好地静养下去,那倒怎么办呢?……不料秋华走到家里,刚一进卧室的时候,即看见直夫伏着桌子上提笔写东西,再进上前看看,呵,原来他老先生又在做文章!秋华这时真是有点生气了。她向桌子旁边的椅子坐下,气鼓鼓地向着直夫说道:

"你也太胡闹了!你又不是一个不知事的小孩子!病还没有好一点,你又这样……唉!这怎能令人不生气呢?你记不记得医生向你怎么样说的?"

直夫将笔一搁,抬头向着秋华笑道:

"你为什么又这样地生气呢?好了,好了,我这一篇文章现在也恰巧写完了。就是写这一篇文章,我明天绝对不再写了。呵,你今天大约很疲倦了罢?来,来,我的秋华,来给我 kiss 一下!千万别要生气!"

直夫说着说着,就用手来拉秋华。秋华见他这样,真是气又不是,笑又不是,无奈何只得走到他的身边,用手抚摩着他的头发,带笑带气地问道:

"是一篇什么文章,一定要这样不顾死活地来写呢?"

"这一篇文章真要紧,"直夫将秋华的腰抱着,很温柔地说道,"简直关系中国革命的前途!这是我对于这一次暴动经过的批评。你晓得不晓得?这次暴动所以失败,简直因为我们的党自己没有预备好,而不是因为工人没有武装的训练。上海的工人简直到了可以取得政权的时期,而事前我们负责任的同志,尤其是鲁德甫没有了解这一层。明天联席会议上,我们一定要好好地讨论一下。……"

"你现在有病,你让他们去问罢!等病好了再说。"

"我现在没有病了。我是一个怪人,工作一来,我的病就没有了。"

"胡说!"

"我的秋华,你知道我是一个怪人么?我的病是不会令我死的。我在俄文学院读书的时候,有一次我简直病得要死了,人家都说我不行了,但是没有死。我在莫斯科读书的时候,有一次病得不能起床,血吐了几大碗,一些朋友都说我活不成了,但是又熬过去了。我已经病了五六年,病态总是这个样子。我有时想想,连我自己也觉得奇怪。我能带着病日夜做文章不休息。我的秋华!你看我是不是一个怪人呢?"

秋华听了他这段话,不禁笑迷迷地,妩媚地,用手掌轻轻地将他的腮庞击一下,说道:

"呵!你真是一个怪人!也许每一个真正的革命党人都有一种奇怪的特点。不过像你这样的人,我只看见你一个……"

……

大家正在讨论的当儿,忽听见敲门声。曹雨林适坐在门旁边,即随手将门开开一看,大家不禁皆为之愕然。进来的原来是大家都以为不能到会的,应当在家里床上躺着的杨直夫!这时的秋华尤其为之愕然,不禁暗暗懊丧地叹道:

"唉,他老先生又跑来了!真是莫名其妙,没有办法!……"

……

"你真是有点胡闹!我不是向你说过吗?"郑仲德说着,带点责备的口气。

病体踉跄的直夫似乎没有听到郑仲德的话的样子,也不注意大家对于他的惊愕的态度,走到桌边坐下。坐下之后,随手将记录簿抓到手里默默地一看；这时大家似乎都被直夫的这种神情弄得静默住了。会议室内一两分钟寂然无声……

……

直夫开始说话了。你听！他说话时是如何地郑重！他的语句中含蓄着倒有多少的热情！有多少的胆量！当他说话时，他自己忘记了他是一个病人。同志们也忘记了他是一个病人。真万料不到在他的微弱的病躯中，蕴藏着无涯际的伟大的精力！……

他说，"总罢工，事前我们负责同志没曾有过详细的讨论与具体的计划。"他说，"在总罢工之后，本应即速转入武装的暴动，乘着军阀的不备，而我们的党却没想到这一层，任着几十万罢工的工人在街上闲着，而不去组织他们作迅速的行动；后来为军阀的屠杀所逼，才明白到非武装暴动不可，才进行武装暴动的事情。可是我们还有一部分负责同志对于武装暴动没有信心，等到已经议决了要暴动之后，还有人临时提议说再讨论一下，以致延误时机。这在客观上简直是卖阶级的行为！……这一次的失败，大部分是因为我们的党没有预备好，也可以说，事前并没有十分明白上海的工人群众已经到了武装夺取政权的时期……现在我们应当怎么办呢？我们应当一方面极力设法维持工人群众的热烈的反抗的情绪，一方面再继续做武装暴动的预备。我们应对把态度放坚决些，我们再不可犯迟疑的毛病了！……"

……

"哈哈！……阿哥！直夫！……哈哈！真有趣！……"

躺在床上的杨直夫听见楼梯响和这种笑声，知是秋华从外边回来了。秋华跑进屋时，一下伏倒在直夫的怀里，还是哈哈地笑得不止。直夫用手抚摩着她的剪短的头发，慢慢地，很安静地问道：

"你今天又为什么这样高兴呢？我的秋华！你快快地告诉我！"

"哈哈！我想起那两个工人的模样儿真有趣！"

"别要笑了罢！哪两个工人的模样儿呢？"

秋华忍一忍气,这才止住不笑了。她于是离开直夫的怀里坐起来说道:

"你可惜不能出去看看!那工人真有趣呢!我在民国路开会回来,遇见两个电车工人,一个扛着枪,一个没有枪扛,大约是没有抢到枪罢,将一把刺刀拿在手里,雄纠纠地神气十足!他们都似乎高兴的了不得!他俩都穿着老长老长的黑呢大衣,你想想他俩扛着枪拿着刺刀的神气,好笑不好笑呢?唉!只有见着才好笑,你就是想也想不到那种味道。"

直夫微微地笑了一下,抬起头来,两眼向上望着,似乎在想象那两个电车工人的神情。秋华想一想,又继续说道:

"总工会门前的大红旗招展得真是好看!也万料不到我们现在居然能够弄到这样呵!"

直夫不等秋华的话说完,遂一把又把她抱在怀里,很温柔地然而又很肯定地说道:

"秋华!你别要太高兴了!帝国主义者,军阀,资本家,买办阶级,一切的反动派,他们能就此不来图谋消灭我们了吗?我们前路的斗争还多着呢!什么时候我们的敌人全消灭完了,什么时候我们的目的才能达到……"

秋华沉默着。

"秋华!"

"什么,阿哥?"

"我们来唱一唱国际歌罢!"

"好!"

……

——蒋光慈《短裤党》中"直夫"与"秋华"的相关文字片段

1927年4月3日,蒋光慈在自己刚刚完成的中篇小说《短裤党》的序言中这样写道:"法国大革命时,有一群极左的,同时也就是最穷的革命党人,名为'短裤党'(Des Sans-culottes)。本书是描写上海穷革命党人的生活的,我想不到别的适当的名称,只得借用这'短裤党'三个字。"日后,郑超麟则在《史事与回忆》中指出书名"短裤党"其实是一处误译:"蒋光赤①的《短裤党》在某种意义上可以说是瞿秋白和蒋光赤合著的。文字是蒋光赤写的,但立意谋篇有瞿秋白的成分,连书名也是瞿秋白定的。但这个书名定错了。秋白要借用法国大革命中的革命群众的特殊名称 Les Sans-Culottes 来称呼蒋光赤书中所写的革命群众及其领导者,但将 Les Sans-Culottes 译为'短裤党',则是错误的,此字恰好应当译为'长裤党'。"郑超麟还回忆说:"蒋光赤的小说出版,我们当中几乎没有人看。大家对于蒋光赤本人,对于他的诗和小说,对于一般新文学,怀有很深的成见,即使有空闲,也不愿去看他的书……瞿秋白比较同情他,也常能同他谈论中国文坛。"

事实上,蒋光慈与秋白夫妇的确颇有渊源。他与秋白初识于1922年的莫斯科东方大学,有过一段师生之谊,并在读秋白的《赤潮集》序文后写诗《西来意》。而秋白身为批准蒋光慈入党申请的党组成员,经常指导其写作或翻译一些唯物论和革命文学的论文,发表于《新青年》《向导》等刊物。1924年回国之后,蒋光慈又与秋白同在上海大学社会学系执教,也成了杨之华的老师,并在1926年8月,为杨之华的《妇女运动概论》作序。据杨之华在《回忆秋白》中回忆:"秋白同蒋光慈的关系也很密切,相当看重这位中国早期的革命作家。蒋光慈经常到我们家里来,同秋白谈论文学工作方面的问题,了解革命斗争的情况。他是一位努力从事革命文学创作又有文学才能的同志。在当时,我们党难以用更多的精力去指导文学工作。他曾对此向秋白提过意见。秋白赞扬他对党的事业的关心,鼓励他作为从事文学工作的党员,更多地发挥积极作用。"而具体针对《短裤党》,杨之华则这样评价道:"秋白对他写的《短裤党》等小说,提过具体意见,大意是说要写好深刻真实地反映革命的作品,必须积极地参加实际斗争,深切地了解革命和革命群众,

---

① 蒋光慈,原名蒋如恒,后改名蒋侠生(侠僧),又改名蒋光赤,意为向往革命、追求光明。大革命失败后,将"赤"改为"慈"。郭沫若曾称赞其人:"他不仅'赤'其名,而且'赤'其实了。"

希望他努力克服粗糙、艺术性比较差等缺点。"

即便是郑超麟,也不会否定"蒋光赤仍是中国'革命文学'的开路先锋"。而《短裤党》也在白色恐怖笼罩的当时,大胆、敏锐地抓住了大革命的时代脉搏,较为真实、直观地再现了上海工人武装起义这一重大题材,文中出场人物皆有实际原型,例如"杨直夫"指瞿秋白,"秋华"指杨之华,"郑仲德"为陈独秀,"鲁德甫"即彭述之,"曹雨林"便是郑超麟等等。正如蒋光慈自己所说:"我真感谢我的时代!它给予了我许多可歌可泣的材料!可惜我的文学天才是很薄弱的,我不能将它所给予我的统统都好好地表现出来。我现在努力完成我的时代所给予我的任务。"而今人也应该感谢这位在三十岁便英年早逝的激情诗人,正是他的一腔热血与"一枝秃笔",将秋白、杨之华夫妇定格于小说文字所创造的特殊时空,为我们了解"秋之白华"在革命年代的英雄本色与真挚情感提供了一份生动、鲜活的历史纪录。例如,秋华照顾肺病复发的直夫的情节。1926年春,秋白的肺病确实复发到很严重的程度,致使面对错综复杂的革命形势,正在全力投入紧张斗争的中共中央不得不将他送入上海宝隆医院住院治疗。按照秋白自己的话来说,"本来我从一九一九年就得了吐血病,一直没有好好医治的机会,肺结核的发展曾经在一九二六年走到最危险的阶段。"对于这段日子的具体情形,《短裤党》中已有部分接近于真实的呈现,杨之华本人也留下了较为详细的回忆文字:

> 一九二六年春天,我接到中央同志的委托,要我强迫秋白同志进医院休息,因为他吐血,不顾自己的身体,带病坚持工作,已经继续两个多月了。当我把中央的命令告诉他的时候,他笑了,深切地感激同志们对他的关心。他对我说:"很想有一个较安静的地方来实现我的心愿——针对当前中国革命中几个重要问题,编译几本值得参考的丛书。"他高兴地拿起一只小提箱,把需要用的参考书、文具等等放在里面。
>
> 党为了他的安全,特请了一个可靠的医生,设法在宝隆医院里找了一间单人病房。秋白进了医院之后,我几乎每天去看他一次。

在头两个星期中,他完全按照医生的嘱咐躺在床上不起来。但他很想了解社会思想现状,开了一张书单子,要我到四马路上的书摊、书铺里到处寻找。我把他需要的书买来,他一个晚上就读完了。后来,我几乎隔一天上一回书铺或书摊,四马路的小书店成为我很熟悉的场所了。

　　到了第三个星期,当我到医院去看他的时候,他仿佛在家里一样,弯着腰坐在椅子上,兴致勃勃地一页一页的写起来了。他不觉得自己是一个病人,还把自己订好的工作计划给我看,对我说:"中国共产党员连我在内,对列宁主义的著作读得太少了,要研究中国当前的革命问题,非读几本书不可。我想将俄国革命运动史分成四部分编译出来……这些都可作为中国革命之参考,非常重要的参考。"

　　他抚摸着俄文原著,用坚决的口吻说:"如果客观环境允许的话,我必定在最短期间完成这个心愿。"……他写作的速度是使人难以想象的,虽然是带病工作,在两三个星期内已将俄国革命运动史的第一部分《俄国资产阶级革命与农民问题》编译了三分之二。

——杨之华《忆秋白》

《短裤党》中描写"秋之白华"情感的文字占据了不少的篇幅,作者一方面通过"病"(直夫患病,秋华照顾病中的直夫)的线索铺陈二人之间的热烈、唯美的浪漫之爱;另一方面则抓住了所谓"秋之白华"——你中有我,我中有你——的情感基础,即共同而坚定的革命理想与克服一切艰难、勇往直前的革命精神。这一点更是符合秋白与杨之华这一对"革命伴侣"的情感现实的。根据杨之华在《忆秋白》中的叙述,早在1925年"二月罢工"期间,秋白便明确点明了这一层意思:"二月初,我们接到上海地委的紧急通知,要我们派人组织罢工委员会,领导工人起来罢工。学校支部派邓中夏、刘华、郭伯和和我等几个人到了潭子湾工人俱乐部,和李立三同志一起工作。我有机会参加工人运动,秋白很是高兴,他最喜欢我穿起工人服装到工人群众中去工作,他说:'我们的爱情就建筑在这里。'每天晚上,他都在等着我回到家里,听我讲述一天的工作情况。……二月罢工从二月九日持续到月底,由小沙渡的内外棉十一个厂蔓延到同兴、日华及杨树浦的大康等纱厂,罢工人数共四万人左右,我第一次看见工人阶级强大的力量和严密的组织性、纪律性。无论在组织纠察队,或者交代具体任务时,工人们那种爽快、不讲价钱、坚决服从工会的精神,使我深为感动。我把自己的感受告诉了秋白,说:'你才知道工人阶级中有无数的天才吗?苏联掌握政权的就是工人阶级,他们战胜了国内外的敌人,正在迅速地建设自己的国家。'他接着又说:'的确,工人学习起来比知识分子进步快的多,在斗争中他们是最坚强的。'"

《短裤党》中直夫带病赶写关系中国革命前途的要紧文章(即《上海二月二十二日暴动后之政策及工作计划意见书》),直夫、秋华夫妇同时出席党的重要会议等情节在现实中均确有所指。1927年2月中下旬,上海工人举行大罢工并进行第二次武装起义。据杨之华在《回忆秋白》中的记载:

> 罢工的第一天,我参加了在上海西门勤业女子师范学校召开的全市积极分子会议。会后,大家分组到指定地段散发传单。我们一组十个人,负责西门一带。当我走进一家烟纸店时,只见店员们紧张地朝马路上张望,老板见我要发传单,脸色发白,急忙迎上前来,双手作揖,求我赶快走开。我回头一看,才发现西门十字街头围着一群人。我想一定出了事,就立刻走进附近一个弄堂,把剩下的传单放进一个垃圾箱里,然后在一家商店里买了一对花纸灯笼,装做过路的市民走向十字街头。看到那里有十几个凶神恶煞似的孙传芳的大刀队员,其中一个正挥起钢刀向跪在地上的一个市民砍去,旁边还有两具无头的尸体……
>
> 我立即离开这个屠杀场,去通知一起工作的同志注意避开大刀队,但有几个同志怎么也找不到。我强忍着满腔悲愤回到家里。秋白正在写文件。他放下笔,转过身来看望着我,仔细听我报告情况。他很关怀同我一起散发传单的同志的安全,郑重地嘱咐我再去寻找没有找到的几个同志,然后赶到中央机关去报告情况。我

照着他的嘱咐做了。

……

二十三日晚上，秋白和我去参加中央和江浙区委的联席会议，先后到达了会场。……秋白对于这次起义的教训和下次起义的问题，作了系统的发言。他指出：这次罢工开始以后，领导人犹豫动摇，组织士兵、学生、市民和小资产阶级群众响应工人罢工的决心不够；起义也缺乏充分的准备；对组织人民政权，只作为一般的宣传口号，没有实际组织工人和各界人民选举'市民代表大会'的代表，而一味依赖大资产阶级，等待国民党右派钮惕生去接洽李宝章（孙传芳的走狗，上海防守司令）兵变，等待大商人的决策……脱离革命群众，把革命的领导权双手奉送给资产阶级。结果，工人罢工已经三天，兵变无望，大商人旁观，才在二十一日午夜仓猝决定了起义计划。

24日起义失败当夜，第一次目睹工人阶级鲜血的秋白，控制不住满腔悲愤，一挥而就《上海二月二十二日暴动后之政策及工作计划意见书》，直抒胸臆，严厉批判党内错误策略，并提出自己在政治、军事、党团等方面的意见与计划，明确建议"党对于二月念二日暴动，应公开承认此'事前未及早准备'之错误及中央自二月十七（？）至二十一日晨之政策动摇不定与疏忽而不周到之错误"，充分证明了秋白作为政治家临危不惧、面对危机能迅速作出对策的指挥素质与应变能力。这份意见书是第一次国内革命战争时期党工运战线的一份宝贵总结，党中央十分重视，在出版秋白的《中国革命中之争论问题》一书时，特意作为附录一同面世。

而《短裤党》的结尾对两位工人雄赳赳地扛枪拿刀的样子和总工会门前的大红旗招展的描写，即是指上海第三次工人武装起义的胜利。杨之华亲身参与了领导丝厂女工罢工、组织工会的工作，并"和工人群众一起欢度着这一段光辉的日子"。小说最后杨直夫教导秋华说的一番话也正是现实中秋白对所有起义参加者在起义胜利后产生盲目乐观情绪的提醒以及对未来革命形势的冷静与谨慎的分析。

正如秋白所说:"暴民专政正是《短裤党》那篇小说的理想。"《短裤党》中虽不免带有一些浪漫主义的调味渲染,但其作为革命报告文学的现实主义元素依然在中国现代文学史上熠熠生辉。

另外值得一提的是,《短裤党》的出版距离"四一二"只相隔半年多时间,白色恐怖的气氛已然降临,而敢于出版它的机构便是有着"创造社的摇篮"之称的泰东图书局。1927年大革命失败后,郭沫若、成仿吾等人合办"创造社出版部",将过去由泰东图书局出版的"创造社丛书"收回自主出版,其中便有蒋光慈的《俄罗斯文学》一书,而其下卷《十月革命前的俄罗斯文学》(即《旧俄文学史》)正是秋白的手笔。其实,早在1925年底,郭沫若与秋白就在蒋光慈的穿针引线下有了一面之缘。在《一次会见》中,郭沫若这样写道:"秋白的面孔很惨白,眼眶的周围有点浮肿。他有肺病,我早是晓得的,看到他的脸色却不免使我吃惊。他说,他才吐了一阵血,出院才不久。……我希望秋白给我些关于土耳其方面的资料,他答应了,并说随后检出,由光慈交来。秋白那时已把《新青年》杂志恢复,注重在文化方面的问题。做文章的似乎就只有他和光慈两人,他希望我们也做些文章去。"据说,秋白还建议郭沫若翻译托尔斯泰的《战争与和平》,并曾推荐郭去广东大学任职。

一年后,蒋光慈在武汉的长江书店出版了由秋白题签的自己的第二本诗集《哀中国》;行走在国民革命军北伐行列中的郭沫若,顶着"总司令行营政治部主任"的头衔,却在南昌的朱德家中意气风发,挥毫写就痛快淋漓的《请看今日之蒋介石》,即将遭遇通缉而踏上长达十年的东瀛流亡生涯;而秋白则破釜沉舟,痛心疾首地在《中国革命中之争论问题》中向党提出右倾错误导致革命失败的十七条意见,即将在八七会议后"实际主持"中央政治局工作。瞿、郭二人在武汉重逢,数度携手,举杯痛饮白兰地。待挥挥衣袖,潇洒分手之日,便是此生永诀之时。

再八年后,意识到生命即将走到尽头的秋白,在汀州狱中给身在日本的郭沫若留下了他的最后一封信,信中写道:

我现在已经是国民党的俘虏了,这在国内阶级战争中当然是意料之中可能的事。从此,我的武装完全被解除,我自身被拉出了队伍,我停止了一切种种斗争,在这等着"生命的结束"。可是这些都没有什么。使我惭愧的倒是另外一种情形,就是远在被俘以前——离现在足足有四年半了——当我退出中央政治局之后,虽然是因为"积劳成疾"病得动不得,然而我自己的心境就已有了很大的变动。我在那时,就感觉到精力的衰退甚至于澌灭,对于政治斗争已经没有丝毫尽力。偶然写些关于文艺问题的小文章,也是半路出家的外行话。我早就"猜到了"我自己毕竟不是一个"战士",无论在那一站线上。

　　这期间看见了你的甲骨文字研究的一些著作,《创造十年》的上半部。我想下半部一定更加有趣:创造社在五四运动之后,代表着黎明期的浪漫主义运动,虽然对于"健全的"现实主义的生长给了一些阻碍,然而它确实杀开了一条血路,开辟了新文学的途径。而后来就像触了电流似的分解了,时代的电流使创造社起了化学的定性分析,它因此解体,风化。这段历史写来一定是极有意思的。时代的电流是最强烈的力量,像我这样脆弱的人物也终于禁不起了。历史上的功罪,日后自有定论,我也不愿多说,不过我想自己既有自知之明,不妨尽量的披露出来,使得历史档案的书架上,材料更丰富些,也可以免得许多猜测和推想的考证功夫。

　　只有读着你和许多朋友翻译欧美文学名著,心上觉着说不出的遗憾。我自己知道虽然一知半解样样都懂得一点,其实样样都是外行,只有俄国文还有相当的把握,而我到如今没有译过一部好好的文学书(社会科学的论著现在已经不用我操心了)。这个心愿恐怕没有可能实现的了。

　　还记得在武汉我们两个人一夜喝了三瓶白兰地吗?当年的豪兴,现在想来不免哑然失笑,留得做温暖的回忆罢。愿你勇猛精进!

　　这封信原由秋白嘱托军医陈炎冰保管并代为寄出。1935年陈炎冰在赴澳门之前,将此信和一张附有秋白题字的照片,及秋白赠予他的诗词手迹一并交给同事王廷俊保管。照片上面写着两行饱含深意、引人深思的"并不是格言,也不是哲理,而是另外有些意思的话":"如果人有灵魂的话,何必要这个躯壳!但是,如果没有的话,这个躯壳又有什么用处?"——同年10月,王廷俊在南京将陈炎冰交付的所有材料寄给在美国留学的柳无垢,又由柳无垢转寄其父柳亚子,最后由柳亚子交到郭沫若的手中。

1930年,时为左联作家的《短裤党》作者蒋光慈因反对"立三路线",被开除出党,近一年后病死于上海。

第五章　武　汉

武汉时代的前夜(一九二七年初),我正从重病之中脱险,将近病好的时候,陈独秀、彭述之等的政治主张,逐渐暴露机会主义的实质,一般党员对他们失掉信仰。在中国共产党第五次大会上(一九二七年四五〔月〕间),独秀虽然仍旧被选,但是对于党的领导已经不大行了。武汉的国共分裂之后,独秀就退出中央,那时候没有别人主持,就轮到我主持中央政治局。

——瞿秋白《多余的话》

14. 蓝布袍子

> 钊自束发受书,即矢志努力于民族解放之事业,实践其所信,励行其所知,为功为罪,所不暇计。今既被逮,惟有直言。倘因此而重获罪戾,则钊实当负其全责。惟望当局对于此等爱国青年宽大处理,不事株连,则钊感且不尽矣!
>
> ——李大钊《狱中自述》

九十多年前,在进进出出于北大红楼图书馆徜徉书海、求知若渴的青年学子们的脑海中,有着这样一个"不思量,自难忘"的不灭身影:中等身材,身穿一件褪了色的蓝布袍子加黑马褂,鼻上架一副儒雅的银丝边眼镜,嘴边两撇略显俏皮的黑胡子,脸上带着诚朴谦和的微笑,面对青年们的各种提问求教,他总是能从书架上信手拈来几本中文或外文的书籍,从容畅谈。1927年4月28日,这一身影从此于尘世消灭,却又在宇宙时空永生。正如他自己所说:"以宇宙之青春为自我之青春,宇宙无尽,即青春无尽,即自我无尽"……

秋白最早得遇"蓝布袍子",还是他在俄专做学生代表的时期。当时正在北大读书的李子宽,日后在《追忆学生时期之瞿秋白、张太雷两先烈》一文中这样回忆道:"时虽已在十月革命以后,北大政治系教授莫敢于课室中谈论俄事或诠释社会主义精义;或者由于大都系英美留学归来分子,本少关心到此。一日秋白问我:北大政治系亦研究社会主义否,我答以仅偶尔提到,并未呼起注意或详作诠释。秋白谓'应该研究一下',语至此截然而止。此简单几句当时即使我感到秋白的新倾向,其后,秋白、太雷不时偕来北大访李守常先生,来时辄到我室,我所得印象益以清晰,卒知有时访李为接洽活动经费,其他我未尝动问。"可见,早在1919年五四运动前后,秋白与"蓝布袍子"李大钊之间已有师生之谊,并很快体现在公开的文字上。1920年元旦,李大钊刚刚在《星期评论》第31期发表《美利坚之宗教新村运动》,秋白随即在同月出版的《新社会》第9期上迅速作出响应:"李守常先生做了一篇《美利坚之宗教新村运动》……我看了就引起好多的感想……希望守常先生快把那欧文派、傅利耶派、伊加利派的新村发表出来。"

同年3月,李大钊组织、指导北大学生邓中夏、张国焘、刘仁静等人,秘密成立"马克思学说研究会",旨在帮助青年学生学习马克思主义,为创建中国共产党作了思想及组织上的准备。作为学俄文的学生,秋白"因为读了俄文的倍倍尔的《妇女与社会》的某几段,对于社会——尤其是社会主义的最终理想发生了好奇心和研究的兴趣,所以也加入了"。

同年8月,秋白与郑振铎等人组成人道社,创办《人道》月刊。李大钊特地贡献了一篇《美洲的新村运动》,以表支持。只可惜《人道》因为经费不足,只出了一期便停刊,李大钊的这篇文章标题便也只空留在了《新青年》刊登的《人道》第2期"要目广告"上。16日,周恩来带领天津觉悟社入京,与少年中国学会、曙光社、青年工读互助团及人道社等五四运动后诞生的进步社团在陶然亭召开联合会议,敦请李大钊担任总指导。18日,各团体代表齐聚北大图书馆,决定成立"改造联合"组织,并发表《宣言》,称:"我们集合在'改造'赤旗下的青年同志,认今日的人类必须基于相爱互助的精神,组织一个打破一切界限的联合。"不久以后,"改造联合"组织中的很多成员便成了各地党的早期组织重要成员。

同年秋天,俄专尚未毕业的秋白被北京《晨报》聘为驻俄特派员,即将与俞颂华、李宗武一同奔赴饿乡。临行前,他与耿济之、郑振铎、瞿菊农三人一番诗歌往还,被刊登在《晨报》第7版,而当时《晨报》副刊的主编正是李大钊。这说明青年秋白的赴俄,作为师长与社团指导的李大钊至少是知情的,而更合理的推测是,李大钊在秋白赴俄这件决定了他一生走向的重大事件上扮演了一个"推波助澜"的导演者角色。

正是由于李大钊的主持，《晨报》副刊才出现了一系列有针对性的新俄政经与社会状况的文章报道，在产生了一定社会影响后，才进一步促使《晨报》生发了专门派驻记者奔赴新俄实地采访，获取第一手新闻素材的想法，青年秋白也才有可能通过俞颂华以及中学同学孙九录的搭桥，最终得到亲身赴俄的重要人生契机。假设当时的秋白曾经就是否赴俄一事面聆过李大钊，想必李大钊也一定给予了支持、鼓励的意见并极力促成。待秋白接受了两年多"赤色洗礼"，从新俄归国，李大钊看到昔日的进步学生已然成长为一名精通俄语、熟悉新俄实际并颇具马克思主义理论素养的党内青年，自然倍感欣慰。秋白也很快进入角色，1923年1月13日抵北京，15日便和李大钊一起参加了纪念德国共产主义者李卜克内西与卢森堡女士殉难四周年大会，并相继发表演说。从此，秋白与李大钊之间的关系有了质的飞跃，既为往昔的"师生"，又为今日的"党内同志与亲密战友"，开始了肩并肩、为了共同的革命理想而奋斗的阶段，而二人日后的最终结局也颇应和了"前赴后继"的意味，李大钊的《狱中自述》与秋白的《多余的话》两篇绝笔，均为心声咳吐、灵魂裸出之作，直至今日，依然焕发着各自不可磨灭的历史光芒。

秋白正式参加中央宣传委员会的工作之后，为了谋得一个对外安全的掩护身份，李大钊曾设法介绍他到北京大学俄国文学系教授俄国文学史，但终因校方忌惮秋白身上明显的"赤色"，不敢发与聘书而作罢。直到国共两党合作整顿建设上海大学，秋白才担任了上大社会学系主任，这其中李大钊也起到了关键性的推荐作用。据程永言在《回忆上海大学》中的记载："于、邵两氏（于右任校长、邵力子副校长）为商量'上大'的校务，在福州路（前四马路）同兴楼京津菜馆内邀约李大钊、张继两先生中午便宴……李先生即介绍邓中夏先生（安石）出任总务长，瞿秋白先生任社会学系主任。于、邵两氏即叫程代表（程嘉咏）去宝山路欢迎邓先生到校视事……随后，瞿秋白先生亦到校。"与此同时，陈独秀与李大钊又将编辑党刊《新青年》的重任一并交给秋白，体现出了两人对这位刚刚从俄国采撷真理归来的革命青年共同的看重与提携。从1923年1月开始，秋白与李大钊的名字共同出现在各种党内会议与党外讲演的名单中。许广平在《鲁迅回忆录》中曾形容那时站在李守常先生身边的秋白"是一位英气勃勃的青年宣传鼓动员的模样",并深深记得他"留长头发,长面孔,讲演起来头发掉下来了就往上一扬的神气"。而共产国际代表马林更在向共产国际的汇报信中明确地将秋白称作"他们(指李大钊与陈独秀)最好的助手"。

然而这一切的并肩作战与精诚合作在1927年4月戛然而止。4月6日,"旧军阀"张作霖突然袭击苏联大使馆及其驻京的各大附属机关,逮捕了李大钊等仁人志士共六十余名,被《晨报》称为"辛丑条约设定保卫界以来,空前未有之事"。六天后,就在北京文教界二十五所大学的校长还在徒劳地联名呼请营救李大钊的同时,"新军阀"蒋介石在上海毫不含糊地举起屠刀,展开反赤大清洗。一南一北,新旧两大军阀可谓遥相呼应,共产党人腹背受敌,被推向了历史转折的悬崖峭壁。4月28日,李大钊"首登绞刑台","神色未变,从容就死"。

可以说,"李大钊之死"与"四一二"反革命政变发生在同一年的同一个月内,带给了中国共产党人无比剧烈的双重刺激。据说,当鲍罗廷在武汉国民党中央党部的会议上宣布李大钊的死讯时,担任翻译的张太雷当场泣不成声。对于共产党这个年轻的政党来讲,三十八岁身死的李大钊不仅是中国马克思主义的奠基人,更是党在年龄上承前启后,在作用上砥柱中流的灵魂人物。而在"四一二"这场实际的疯狂屠杀中,斗争在一线的共产党人与普通工人群众所付出的鲜血教训更是触目惊心。面对两大噩耗,秋白的心情无疑是沉痛和悲怆的,据羊牧之在《我所知道的瞿秋白》一文中的记载,当时秋白曾向羊牧之连连哀叹:"我们太幼稚了,这一着棋,输给了蒋介石。我们对不起上海工人阶级,我们对不起牺牲的同志,血的教训,太沉痛了。"他一方面追思李大钊"为人民革命而死,死得光荣";一方面反思自己作为中央常委,"第一线斗争的经验太少,单是读了几本马克思的书,干不好革命"。事已至此,他只能痛定思痛,运用自己的全部精神力量,努力使面临前所未有重大危机的党从绝境获得生机。

早在3月下旬,为了筹备中共五大,秋白已然身在汉口,加入中共中央汉口临时委员会,由于宣传部长彭述之还在上海,便兼管中央宣传部工作。据茅盾在《我走过的道路》中的回忆,当时他正应中央要求,主编《汉口民国日报》,而秋白就住在旧英租界辅义里27号一栋二层小楼的楼上,楼下便是中宣部,"我们已有几个月不见面了,不免倾谈一番各自的经历和感受。他精神焕发,但头发却留得很长,大概没有时间理发。他听说我要编《汉口民国日报》,就说,当前的报纸宣传要着重这样三个方面:一是揭露蒋介石的反共和分裂阴谋;二是大造工农群众运动的声势,宣传革命道理;三是鼓舞士气,作继续北伐的舆论动员。……他对蒋介石的反动很忧虑,说此人十分阴险,嘴上讲的和实际做的完全两样,现在掌了军权又有了京沪杭的地盘,完全是个新军阀,将来后患无穷!果然不出秋白所料,没有过几天,蒋介石就在上海对共产党和革命群众大肆屠杀"。

据杨之华在《回忆秋白》中的记载,在"四一二"当天,她仍在上海,当晚便接到中央要她立即去武汉的电报。她忍不住胸中激愤,仍然冒险参加了第二天上海工人群众抗议蒋介石叛变革命的示威游行,于13日夜乘船离开上海,奔赴汉口与秋白重聚。当她一迈进辅义里27号,"熟悉的脚步声传入我的耳中,秋白提着皮包上楼来了。见了我,他愉快地微笑着说:'我们离别一个月,革命的进展比一年还快!'看来,他比在上海时活跃多了。他脱掉长衫,挂在屋角的衣架上,然后就走到书桌前,从抽屉里取出三本文件,对我说:'这是我在武汉和你见面的礼物。'他把三本文件逐件交给我,并扼要地做了介绍。第一本就是由秋白出版的毛泽东同志著的《湖南农民运动考察报告》的第一个单行本……"

当时,为了筹备即将召开的中共五大,中央分别成立了农民土地委员会、职工运动委员会和组织委员会三个委员会为会议准备材料,秋白与毛泽东被指派为农民土地委员会的主持人。机缘至此,使秋白想起毛泽东的《湖南农民运动考察报告》由于彭述之的反对,只在3月12日的《向导》第191期上刊登了前半部分,后半部分没有继续刊登,便索性将全文交给武汉长江书局发行单印本,并为之亲写序言。秋白指出:"中国农民要的是政权,是土地。因为他们要这些应得的东西,便说他们是'匪徒'。这种话是什么人说的话!这不但必定是反革命,甚至于不是人!"他大力称赞"彭湃是广东农民之王,毛泽东是湖南农民之王",并呼吁:"中国革命家都要代表三万万九千万农民说话做事,到战线去奋斗,毛泽东不过开始罢了。中国的革命者个个都应当读一读毛泽东这本书,和读彭湃的《海丰农民运动》一样。"

1927年4月27日,中国共产党第五次全国代表大会在武昌秘密开幕。这是一场面对生死危机的大会,也就注定了是一场无比艰难的大会。杨之华在《回忆秋白》中的一段文字表明,早在五大开幕前夕中央召开的预备会议上就已经是剑拔弩张、混乱一片了:"在讨论党的工作的总结时,对中山舰事件、上海工人起义、'四一二'事变等重大事件中党的路线和策略的看法,双方的观点都截然不同:一方指出,在这些事件中,暴露了党的领导对资产阶级一味退让妥协的右倾机会主义;一方则拒不承认,反而把中山舰事件归咎于革命力量的不足,'中山舰跑得太快',指责上海工人不应该起义,等等,来为他们的错误辩护。……会议没有结果。秋白回到家里,心情很沉重,他预感到问题不易解决,决心坚持同机会主义作斗争。"

斗争的主要武器便是他呕心沥血之作——《中国革命中之争论问题:第三国际还是第〇国际?——中国革命中之孟雪维克主义》。全文共七万字左右,分为《中国革命么?——中国经济及社会阶级略说与中国的国际状况》《谁革谁的命?——中国革命的党纲与政纲问题》《谁能领导革命?——中国革命之战术问题》《如何去争领导?——中国革命中之策略问题》《领导的人怎样?——中国革命中之共产党党内问题》五个章节,是建党以来,党内第一次有系统地公开批评"彭述之主义"右倾错误的重要文献,也是"我党成立以来第一次以马克思主义理论为指导,运用历史唯物主义方法论全面总结的一部完全可以看作是第一次国内革命战争时期的党史"[1]的重要文本,最终成为蒋介石

---

[1] 王观泉:《一个人和一个时代:瞿秋白传》,第325页。

"清党"反共之后第一次党的全国会议——中共五大的主要的纲领性文件,并立即送交莫斯科出版了俄文译本。

在《回忆秋白》中,杨之华这样描述了这本小册子在会议当时引起的直接反响:"第二天开会的时候,在每个代表的座位上放着一本小册子,封面上印着:'《中国革命中之争论问题》,瞿秋白著',扉页上印着:'第三国际还是第〇国际?——中国革命中之孟塞维克主义'。代表们被这本小册子的醒目的题目吸引住了,很有兴趣地翻看着。会场的气氛活跃起来了,出现了笑声和议论声。恽代英同志戴着一副白丝边眼镜,一边笑,一边对我说:'这个标题写得好,写得尖锐。目录上的五大问题也提得鲜明:中国革命么?谁革谁的命?谁能领导革命?如何去争领导?领导的人怎样?问得实在好!'"

《中国革命中之争论问题》实际上揭开了系统地批判右倾机会主义路线的序幕,然而由于陈独秀否认右倾机会主义错误,小册子并没有能够在中共五大上得以充分讨论。李立三回忆说:"这本小册子,对于当时的机会主义,的确是一个有力的攻击。但是这本小册子在当时并没有能引起全党同志严重的注意,甚至在五次大会时也没有很热烈的讨论,于是党的机会主义的危险,并没有能挽救过来。"(李立三《一九二五至一九二七年中国大革命的教训》)苏联驻华代表纳索诺夫则认为:"中国的彼得罗夫主义(彭述之主义)在其基本理论原理和策略结论上与反对派的路线是完全一致的,瞿秋白同志在《中国革命中之争论问题》的小册子中对此作了全面的论证(遗憾的是,可以看出来,了解这个小册子的人很少,其实,这本小册子,尽管有一些缺点,但除了给彼得罗夫主义以毁灭性批判之外,它还对中国的阶级力量作了很有价值的分析,提供了很多实际材料)。"对此,秋白自己的总结是:"第五次大会的积极意义,固然是在大会上议决关于中国革命根本的原则的问题:革命前途,领导权及土地革命的意义。固然这些原则问题到此时若再不解决是一步也不能前进的,可是事实上连这些原则也不过是形式上的接受罢了。对于蒋介石叛变后的新形势,并无明显的具体的决定。……第五次大会的空气是'共产主义与三民主义合作到底的万岁'。这是在严重的斗争之前夜的清闲态度。这当然是说一般同志浮面的态度。第五次大会之时,其实各个同志心内都有'不安'的预觉,那表面的清闲态度,不过是'无办法'的自欺的安慰。"(瞿秋白《中国革命与共产党》)

5月9日,这次艰难的大会落下帷幕,共产国际指示共产党员仍然留在国民党内,甚至指出:"革命的现阶段之中,共产党与国民党的关系,比以前应当更加紧密。"然而,共产党人的妥协退让,换来的却是5月17日夏斗寅叛变与5月21日的"马日事变"。这一时期,秋白肺病再度反复,心力交瘁中又写出《长沙政变与郑州开封的克复——革命之胜利与危机》《革命的国民政府之危机》《革命失败之责任问题》等文章,由于不得违背共产国际关于中国问题的决议,文章仍然强调"中国共产党积极参加武汉'临时革命政府'的活动是必要的"。直到7月14日,共产国际执委会的《关于中国革命的当前形势》中,还在指示中国共产党人"不退出国民党"。7月15日,汪精卫便召开"分共会议",第一次国共合作完全破裂。从此,中国进入长达十年的土地革命战争时期。

面对眼前革命浪潮一番沉浮,秋白却显出了一派沉着肃穆。一日傍晚,他主动找到当时供职于中央宣传部的幼时好友羊牧之,对他意味深长地说道:"在武汉的日子不会太长了,趁没离开时,再去黄鹤楼走走吧!"日后,羊牧之在《我所知道的瞿秋白》一文中用文字记录下了当晚定格于其记忆深处的一幕:

> 我们登上黄鹤楼后,面对着烟水苍茫的武汉三镇和白浪滚滚的江流,两人心情都很激动。秋白情不自禁地吟着崔颢的那首黄鹤楼七律,并感慨地说:"千百年来,多少文人雅士,英雄豪杰,都似江流一去不复返,安知几十年后,我们又何尝不是如此啊!但去要去得有价值。"

历史的洪流滚滚,国事、党事、人事,翻开了新的一页。

1927年的8月到来了。

15. 庐　山

> 当我不得不担负中国共产党的政治领导的时候,正是中国革命进到了最巨大的转变和震荡的时代,这就是武汉时代结束之后。分析新的形势,确定新的政策,在中国民族解放运动和阶级斗争最复杂最剧烈的路[线]汇合分化转变的时期,这是一个非常艰巨的任务。
>
> ——瞿秋白《多余的话》

1927年7月13日,中共中央发布《中国共产党中央委员会对政局宣言》,宣布撤回参加国民政府的共产党员,与国民党政府正式决裂。当夜,秋白便单独跟随鲍罗廷离开汉口,上了江西庐山。两人住在庐山仙岩饭店一幢公寓式别墅内,共同研究新时期新政策以及改组中共中央领导层等重大问题。八天后,两人由庐山返回汉口。

对于神秘的庐山八日,人们所知道的只是这八日之后的既成事实。张国焘在《我的回忆》中说道:"七月二十一日,瞿秋白从庐山回到武汉,立即提出了改组中共中央领导的问题。在汉口法租界他的那所新布置的秘密寓所内,他告诉我鲍罗廷可以经过冯玉祥的西北区回莫斯科去,共产国际派了一位新代表来,名叫罗明那滋,一两天内就要到达。据鲍罗廷告诉他,罗明那滋是少共国际出身,不懂中国情形,素以左倾著称,要我们好好的和他打交道。接着瞿秋白又表示他这几天在庐山与鲍罗庭冷静的研讨,认为中国革命是失败了,责任问题要有交代。中共一切,虽然事实上是遵照共产国际的指示进行,但不能让共产国际担负这个失败的责任,因为莫斯科威信的丧失,将会影响世界革命,也会助长托洛茨基派攻击斯大林的气焰,更会使中共党员不信任共产国际的领导。为了使共产国际今后能够领导世界革命,中共中央只有挺身出来负担起这个责任。"

在这次谈话的两天以后,张国焘便与秋白一同会见了共产国际派驻中国的新代表罗明纳兹。张国焘对当日的情形还记忆犹新:"罗明那滋首先表示他是共产国际的全权代表,奉命来纠正过去共产国际人员和中共中央在中国革命中所犯的种种错误,并指导中共工作。接着他并不询问我们目前的实际情况,立即宣称:中共中央犯了严重的右倾机会主义的错误,违反了共产国际的指示。现在共产国际决定改组中共中央的领导,陈独秀不能再任书记,甚至要受到开除党籍的处分。你们两人如能摆脱机会主义,仍可参加领导工作。现在如不首先反对机会主义,别的事情是谈不上的。我问他中共中央究竟犯了哪些错误,他大致是这样回答的:中共中央主要是放弃了在中国革命中争取无产阶级的领导⋯⋯这种错误发生的根本原因,是中共中央为一些小资产阶级的知识分子所盘据,缺乏阶级意识和革命的坚定性,对共产国际的正确指示,很久以来都是机会主义的加以曲解。现在共产国际不能信赖那些动摇的知识分子,要大胆的提拔一些坚定的工人同志,担负中共的领导工作,并使他们在中共中央占多数。罗明那滋那番话,激起了我胸中的怒火。⋯⋯谈话结束后,瞿秋白也颇感失望。他曾向我表示,共产国际为什么派这样一个少不更事的人来当代表,只会反机会主义,提起南昌暴动就没有主意了。⋯⋯罗明那滋与瞿秋白单独长谈之后,他似对中共情形有了一些了解。⋯⋯第二天我们会晤,他虽仍不满我的见解,但态度已较客气了。他重提要绝对拥护共产国际,立即召集会议,改组中央;其口吻已不似昨天那种'宣读上谕'的神情。"

7月21日,秋白被补为临时中央常务委员会常委(7月12日,中共中央改组,成立临时中央常务委员会,李立三、李维汉、周恩来、张太雷、张国焘五人为委员)。

7月27日,鲍罗廷离开武汉,经内蒙古返回苏联。第二年的春天,他将与秋白在莫斯科重逢。

8月1日,周恩来、贺龙、叶挺、朱德、刘伯承率部二万余人,在南昌打响了武装反抗国民党反动派的第一枪。南昌起义被秋白誉为"真正的奋斗",从此,中国共产党迈入了独立革命的崭新时期。

8月7日清晨,二十一名散发着蓬勃朝气与热血豪情的中共党员会同共产国际代表罗明纳兹及其助手纽曼秘密聚集于汉口三教街41号(今鄱阳街139号)一栋三层的西式楼房内,召开中央紧急会议,史称"八七会议"。——陈独秀人在武汉,但没有参加会议。据当年与会代表郑超麟在《史事与回忆》中的记载:"召开'八七'会议的那个房间并不大,会场有一张两抽屉的长方桌子,靠北窗放着。桌子右端坐着瞿秋白,左端坐着罗明那兹。我坐在桌子前面,面向窗子。我背后靠墙摆着一张双人床。罗亦农坐在罗明那兹右边,不靠桌。毛泽东、李震瀛、彭公达坐在背后的床上。长方桌和双人床之间,最多放着五六只凳子。"

　　秋白在会上宣读了根据罗明纳兹带来的共产国际最新指示,而由他自己参与翻译、起草和修改的《告全党党员书》,在总结大革命失败的经验教训的基础上,确定了第二次国内革命战争的总策略:第一,中国共产党独立革命;第二,将实行土地革命确定为党的总方针;第三,决定以武装斗争夺取革命政权。会议决定由提出"政权是由枪杆子中取得的"的毛泽东以中央特派员身份返回湖南策划湘赣边界的秋收起义。

　　9月初,毛泽东在安源张家湾召开军事会议,部署起义。参加起义的部队有原国民革命军第二方面军总指挥部警卫团、湖南平江和浏阳的农军、湖北崇阳和通城的部分农军、安源煤矿的工人武装约五千人,统一编为工农革命军第1师。9月9日,起义从破坏粤汉铁路北段开始发动。9月11日,起义部队分别从江西的修水、安源、铜鼓等地进入湖南,会合平江、浏阳地区的起义农民,准备会攻长沙,但由于敌强我弱,遭到很大损失。9月14日,毛泽东在浏阳上坪召开紧急会议,决定改变攻打长沙的计划,命令部队到浏阳文家市集中。19日,在文家市召开的前委会议通过毛泽东的意见,决定起义军向南转移。29日,部队到达永新县三湾村,并在这里进行了著名的"三湾改编",确定了党对军队的领导,奠定了政治建军的基础,是建设新型人民军队的重要开端。毛泽东在率领起义军南下途中,经过调查研究,选定位于湘赣边界的罗霄山脉中段作为部队的立足点。10月27日进至罗霄山脉中段井冈山的茨坪,11月初到达茅坪。第一块工农武装割据的红色革命根据地——井冈山革命根据地随之创建。而这具有深远意义的政策支持的起步,正是发源于秋白对毛泽东《湖南农民运动考察报告》的足够重视与认可。

八七会议第一次系统地批判了以陈独秀为代表的党内右倾机会主义路线,并选举出新的临时中央政治局,苏兆征、向忠发、瞿秋白、罗亦农、顾顺章、王荷波、李维汉、彭湃、任弼时九人为临时中央政治局委员,邓中夏、周恩来、毛泽东、彭公达、张太雷、张国焘、李立三七人为候补委员。任期至下一届中国共产党全国代表大会(即中共六大)召开。

两天后,秋白主持召开了临时中央政治局第一次会议。会议选出他与苏兆征、李维汉三人为临时中央政治局常委,秋白作为临时中央政治局三人常委中的第一负责人,开始实际主持党中央工作。这一年,他二十八岁。由于八七会议是在革命遭遇重创的危急形势下召开的非正常会议,秋白并没有头顶"党总书记"的头衔。此时距离中国共产党第六次全国代表大会的召开还有十个月的时间。

事实上,从鲍罗廷临回国前将秋白单独一人带上庐山,再到罗明纳兹上任伊始便在秋白一人协助之下起草八七会议文件《告全党党员书》,就已然表明共产国际选定了由秋白代替犯了右倾错误的陈独秀,在极端困难的形势下领导中国共产党着手恢复、重建和整顿的工作。秋白到过苏联,参加过共产国际会议,是屈指可数亲眼见过列宁的中国共产党人之一,马克思主义理论素养在当时的党内可谓首屈一指。同时,他深精俄语,能够在实际工作层面与共产国际驻中国的代表精诚合作,共产国际会做此番考虑不足为奇。除去共产国际垂直领导各国共产党的铁律之外,秋白本身的政治素质在当时的党内也是足以服众的。作为三常委之一的李维汉日后在《关于八七会议的一些回忆》中这样说道:"为什么大家都推选瞿秋白同志负责?我认为从实际情况来看,秋白在当时是比较适当的人选。建党初期秋白即在中央担任宣传和理论方面的负责工作,积极宣传马克思主义和党的政治主张,对中国革命和党的建设有贡献。在陈独秀推行投降主义时,他曾进行过抵制。他在党的五大时,发了《中国革命中之争论问题》的小册子。……由于瞿秋白同志的理论水平比较高,无论是反对戴季陶主义,还是反对陈独秀投降主义,他的旗帜都比较鲜明。所以陈独秀的总书记职务被撤销以后,大家很自然地就推选了他。"

十个月后的莫斯科,秋白在中共六大上回看八七会议,总结这次会议"是中国共产党历史上的转变关键,它在使党布尔塞维克化的事业上,有极重大的意义。八七会议用布尔塞维克的公开的精神,指斥机会主义的错误,提出土地革命底中心口号,指出无产阶级和农民要推翻反动的国民党中央政权底目标,定出武装起义的总方针;党员群众起来,开始肃清指导机关中的机会主义成分,改变旧的指导机关,——这样,将党从机会主义的泥坑之中救出来,重新走上革命的大道"。

八七会议后,秋白曾几度拜访处于隐居状态的陈独秀(当时陈独秀就居住在汉口俄租界一栋与八七会议会址距离不远的房子里)。秋白劝其听从共产国际的建议去往莫斯科,并继续就中国革命的问题与其交换看法。面对此时的陈独秀,秋白的心情一定是不平静的。从创办《新社会》时期作为热血青年第一次拜访五四运动旗手陈独秀,到共产国际四大期间作为新晋的青年共产党员担任党的创始人及时任总书记陈独秀的翻译,朝夕相处之间得其真心赏识与信赖,并与其一同归国,再到归国后作为得力助手伴其左右共同投入火热的中国大革命,历经成败沉浮,陈独秀对秋白来说,始终是亦师长亦同志的特殊存在。即便是在批判其右倾机会主义的檄文《中国革命中之争论问题》中,秋白依然动情地写道:"中国从陈独秀同志的《新青年》(民国五年)之文学革命算起,到今年的上海的暴动,只有十年。这十年之中的历史阶段,都包含着俄国十九世纪三十年代到一九〇五年的类似的过程……我们的十年抵俄国七十年呢!我们党的成绩和胜利,说不尽的。"秋白对陈独秀如此之高的历史总结与评价,确实是发自内心的。在日后共产国际猛烈批判陈独秀应对中国大革命失败负责的中共六大上,他也依然坚持实事求是的原则态度,指出:"是否责任由他一人负呢?大家说不应该,又说他应负一点。这是法律的观点。他的思想是有系统的,常有脱离马克思列宁主义的观点。在政治意义上说,是他要负责的,但他的作用在中国革命中始终是伟大的。在武汉他有机会主义的政策,妨害了甚至出卖了工人阶级,这是不错;但当时的中央政治局,是和他共同负责的。至于过去,则五四运动的《新青年》杂志以来,他对中国革命有很大的功绩。现在,只说他个人做了错误,在政治上,机会主义应由政治局负责。"然而,历史偏偏选中他在此刻"取独秀而代之"。作为推动历史车轮的当事者,走到人生尽头回看来路时,秋白中肯地表达了自己内心的复杂感受:"其实,我虽然在一九二六年年底及一九二七年年初就发表了一些议论反对彭述之,随后不得不反对陈独秀,可是,我根本上不愿意自己来代替他们——至少是独秀。我确是一种调和派的见解,当时想望着独秀能够纠正他的错误观念不听述之的理论。等到实逼处此,要我'取独秀而代之',我一开始就觉得非常之'不合式',但是,又没有什么别的办法……"

很多人认为秋白之所以能够在反右倾斗争中脱颖而出,取代陈独秀一度成为中国共产党的最高领袖,主要是他对内"调和",对外"听话"的软弱文人性格使然。而此后,他又很快因为犯了左倾盲动主义错误而遭遇批判,也是因为其对共产国际的"瞎指挥"过于亦步亦趋所致。所谓"成也于斯,败也于斯"。似乎连他自己都承认:"我向来没有为着自己的见解而奋斗的勇气,同时,也很久没有承认自己错误的勇气。当一种意见发表之后,看看没有有力的赞助,立刻就会怀疑起来;但是,如果没有一个另外的意见来代替,那就只会照着这个连自己也怀疑的意见做去。看见一种不大好的现象,或是不正确的见解,却还没有人出来指摘,甚至其势凶凶〔汹汹〕的大家认为这是很好的事情,我也始终没有勇气说出自己的怀疑来。优柔寡断,随波逐流,是这种'文人'必然的性格。"

然而,事实却一次次证明,并非如此。反右倾也罢,反左倾也罢,将秋白一身的政治得失一味归功或归咎于共产国际是有失偏颇的,或者说这只是让人"无可奈何"的外部环境、客观因素。真正决定秋白人生命运的,必然是也只能是其自身的性格特征——不惜身。正如张承志所言:"瞿秋白的文章做人,于散淡慵倦之间,藏着一根遮蔽的骨头。……也许应该特别注意的是:他每逢遇事,便显示出不惜身的气质。当穷党被屠戮之际,他不犹豫地支持李立三南昌起义的决断。不仅一件,是瞿秋白而不是别人主持了发动秋收暴动的'八七'会议。他虽有优柔的爱文倾向,但绝非缺乏做人的烈性。"(张承志《秋华与冬雪》)

的确,文人都是爱惜羽毛的,而作为一介文人的秋白却是一个"不惜身"的战士。在这里仅以八七会议前后这一时期为例。秋白的"不惜身",首先便是字面意义上的"不惜身体"。武汉时期,据与姐姐姐夫一同生活的杨之英在《纪念我的姐姐杨之华》一文中的回忆:"当时,肺病的痛苦严重折磨着秋白,但我见他照常写作,要不就是参加各种会议,根本顾不上休息。姐姐除了完成自己的工作外,还每日陪他熬夜……我当时才十五岁,正在附近一个学校读书,平时除了帮着干点家务外,也曾帮他们送过信。每次送信前,秋白总是十分仔细地教我怎样伪装,怎样讲话,怎样应付环境,所以始终没有出过事。"

中共中央国际联络处的庄东晓曾在1927年7月奉命给秋白送一份急密文件,也因此对当时的秋白留下了惊鸿一瞥的印象。日后,她在《记忆中的瞿秋白同志》一文中这样写道:"离辅义里还很远,我就下了车,装作散步,兜了几个圈子,确定没人盯梢了,才按址去叫门,照预约的叫门法按了门铃,门洞里露出个看不清的面孔,用约定的暗语通了话。门开了,见华姐坐在一张矮凳子上,整理着散乱的纸张和衣物,好像是准备迁居……在房子的另一端,靠近窗户的一边,一个人正伏在桌子上,埋头写着什么。只见他面色苍白,额角上似乎还挂着汗珠。当我把文件取出,说要亲自交给秋白同志时,这位聚精会神伏首写着什么的人,只是调转头看了看我手里拿着的文件,拆开来看,连我是谁,叫什么名字,也没问一声,他的全副精力仍贯注在他写的东西上……华姐边让我坐下,边带着关心和无可奈何的神情对我说:'他昨晚还发着高烧,整夜没睡,一早又爬起身,忙起来了,药也不顾得吃,不听劝,没办法。'"

正如秋白自己所说:"本来我从一九一九年就得了吐血病,一直没有好好医治的机会,肺结核的发展曾经在一九二六年走到最危险的阶段,那年幸而勉强医好了,可是立即赶到武汉去,立即又是半年最忙碌紧张的工作。虽然现在肺痨的最危险期逃过了,而身体根本弄坏了,虚弱得简直是一个废人。从一九二〇年直到一九三一年初,整整十年——除却躺在床上不能行动神志昏聩的几天以外——我的脑经从没有得到休息的日子。在负责时期,神经的紧张自然是很厉害的,往往十天八天连续的不安眠,为着写一篇政治论文或者报告。这继续十几年的不休息,也许是我精神疲劳和十分厉害的神经衰弱的原因。然而究竟我离得衰老时期还很远,这十几年的辛劳,确实算起来,也不能说怎么了不得,而我竟〔成〕了颓丧残废的废人。"虽然他因此自称"脆弱"与"不禁磨炼",却不得不使人得出正相反的结论。

其次,秋白的"不惜身"还表现为不惜获罪于人,也要敢于坚持真理。在《中国革命中之争论问题》中,他坦率地说道:"我将我对于党的意见,亦许是大家不能和我一致的,完完全全的说出来。我肯定的说:我们的党是有病。凡是有病的人,如果'讳疾忌医',非死不可。而我们党的第一种病,便是讳疾忌医。……斩首是中国皇帝的东方文化,是中国的家常便饭。但是我要做一个布尔塞维克,我将服从真正列宁主义的纪律,我可不怕皇帝制度的斩首。我敢说:中国共产党内有派别,有机会主义……如果再不明白的公开的揭发出来,群众和革命要抛弃我们了。我们不能看'党'的面子,比革命还重。一切为革命的胜利!"

正是这份为了革命,为了真理,抛开一切个人风险的大无畏精神显示出了秋白不仅作为一个书生,更是一名战士的内在筋骨。而又正是这副筋骨于1927年这一中国革命历史中的重大转折之年在党内敲响了声声警钟。

再次,秋白的"不惜身"正表现在中国革命遭遇重大挫折的八七会议之后,不计较个人成败荣辱,勇于承担革命重任,并不断在革命实践中汲取经验教训。

9月中旬，改组后的中共中央作出了从宁汉合流后沦为人间地狱的汉口重新迁回拥有六十万产业工人、经历了三次武装起义成功与失败经验及教训的上海的战略决定。据郑超麟回忆："九月下旬，中央从汉口迁往上海，杨之华后走，我陪着瞿秋白乘船，二人住在一间官舱，秋白出舱门，我则常常在门外警戒。船上大概另有警戒的人，因为我们住进孟渊旅馆之后不久，中央交通处王警东（即王凯，解放初期作国务院机要交通局局长），便来旅馆接秋白去了。"

10月24日，新党刊《布尔塞维克》在上海创刊，秋白任主编，为其不遗余力，费尽心血。据郑超麟《史事与回忆》记载："秋白采纳我的建议，改《向导》为《布尔塞维克》。《布尔塞维克》编辑部设在上海兆丰花园（今中山公园）东边的愚园路上的亨昌路（即今愚园路亨昌里）东边最后一排房子的第一家。秋白是《布尔塞维克》的编委会主任。当时他家住在福煦路民厚南里对面一所房子里，后搬到白克路（近池浜路口）。他每周到编辑部来一次，代表中央常委出席党报编委会议，指导工作，又代表党报编委会向中央汇报党报的工作。《布尔塞维克》刊名是秋白题的字。从一九二七年十月二十四日创刊号的《布尔塞维克发刊露布》起，至一九二八年二月二十七日的《两个国内战争》（第十九期）止的全部社论（除了一篇）和纲领性的文章都是秋白写的。其中第十一期社论《苏维埃政权万岁》一篇，因秋白事忙，是我写的。一九二八年春，秋白赴莫斯科，离开《布尔塞维克》编辑部，委托我把《布尔塞维克》继续办下去。"

自此，秋白以新党刊《布尔塞维克》为阵地，鲜明地亮起了建立工农贫民政权之布尔塞维克的精神大旗，积极鼓动各地武装斗争。在《中国革命是什么样的革命》一文中，他明确提出："中国革命是高涨而不是低落，中国革命的高涨而且是无间断的性质，——各地农民暴动的继续爆发以及城市工人中斗争的日益剧烈，显然有汇合而成总暴动的趋势。"而在《武装暴动的问题》一文中，他更根据十月革命的成功范例，作出"农村中四处蜂起暴动的环境之中，城市工人暴动便成了革命胜利的关键……城市的暴动，将要在这种革命高潮的普及于广大群众的过程之中,生长出来,而成为工农暴动在大范围内胜利的中心和指导者"的推断。

秋白的以上文字受到共产国际下发文件《中国革命的教训》所鼓吹的中国革命已经上升到"直接为建立工人阶级和农民专政而斗争"的更高阶段,并且"在较短期内,新的革命高潮将取代革命的暂时失败"的"革命高潮"论调的影响,是毋庸置疑的。就在11月9日、10日,秋白主持召开了中共中央临时政治局扩大会议(史称"十一月会议")。会议听取了共产国际代表罗明纳兹作的政治报告,实际上便是宣读了共产国际对中国革命在八七会议后的路线政策的最新指示精神。在其主导下会议通过了被称为中国共产党革命史上第一份推行"左"倾盲动主义路线的文件《中国现状和共产党的任务决议案》。定性中国革命"必然是急转直下从解决民权革命的责任进于社会主义的革命",强调了中国革命是"无间断的革命",并判断现时的革命形势"无疑的是在高涨",要以十月革命胜利的模式——城市暴动为指导思想,吹响"进攻进攻再进攻"的革命号角!而要提倡"进攻",就要首先惩办"退却"。会议对以周恩来为首的南昌起义前敌委员会全体人员的"机会主义错误"予以警告处分;认为毛泽东领导的秋收起义是"违背中央策略"的失败,不仅给湖南省委全体人员纪律处分,并且解除了毛泽东的临时中央政治局候补委员职务。会议还在组织上强调了今后党的领导干部应逐步实现"工农化",即"去知识分子化"。

李维汉在其自传《回忆与研究》中曾经总结说,八七会议之后,"无论政治上的盲动主义,组织上的惩办主义,以及其重要的'左'倾政策,其创造者都不是中国同志,而是国际代表,主要是罗明那兹。共产国际及其代表罗明那兹,在帮助我们召开八七会议,结束陈独秀投降主义,确定土地革命和武装反抗国民党反动统治的总方针等方面,是有功绩的,这要加以肯定。但是,他们对盲动主义和惩办主义负重要责任。"而他更是这样评价秋白:"我们也应该承认,像一切杰出的历史人物都有他的缺点一样,秋白同志也不是完美无缺的,他犯过'左'倾盲动主义的错误。但是,……这不是他一个人的责任,也不是他一个人负主要责任，主要责任更在国际代表。况且，当时党还不成熟，秋白还年轻，他主持中央工作期间只有二十八岁，犯错误的时间也只有短短的几个月，而且很快就改正了。他犯错误主要是认识问题。我认为秋白是一个正派人，他没有野心，能平等待人，愿听取不同意见，能团结同志，不搞宗派主义，事实上，临时中央政治局是一个五湖四海的班子。他的弱点是在接触实际上有点教条主义。临时中央政治局顺从国际代表，他有一定责任。"

李维汉点到秋白犯"左"倾盲动主义错误，"顺从国际代表，他有一定责任"，但主要还在于其自身的"认识问题"，可谓一语中的。作为一个二十八岁、欣赏克鲁泡特金"一次暴动胜过百万书报"的血气方刚的青年革命者，面对师长、同志、战友们的血染江河，产生激进对立与急于反攻的感性情绪是极为正常的。而我们不要忘记，"四一二"反革命政变之后，中共内部关于是否继续北伐的问题曾产生激烈冲突，在暂缓北伐、立即北伐、南伐取广东等不同的声音当中，提出直接东征讨蒋然后再北伐这一最为激进冒险的主张的党员中，即有秋白。从身处1927年下半年的大多数同样年轻气盛的中国共产党人的主观想象来看，经过八七会议的纠错之后，之前右倾妥协退让的憋屈一扫而为席卷大地的"红色风暴"，中国革命的风向标必将从遭遇重大挫折的谷底直接飞跃至山顶，全国总进攻的革命大风暴态势已然酝酿成形。此时此刻，他们正在焦急、亢奋地等待着八七会议之后城市暴动的第一声枪响。想要他们冷静下来接受革命低潮论，心平气和地采纳"老头子"陈独秀非暴力不抵抗的"四不"口号（不缴租、不完粮、不纳税、不还债），代替"以暴动取得政权"是无从想象的。可以说，共产国际代表提出的"革命不间断论"与"革命高潮论"的"左"倾指示没有正视中国革命的实际情况，却在一定程度上迎合了当时中国共产党人普遍的心理情绪与主观愿望。

而"顺从国际代表"，在一定程度上于秋白也是一定有的。曾有的两年"饿乡"时光在他的生命轨道上留下了不可磨灭的深刻烙印。对列宁、对十月革命、对共产主义的终极理想，他始终抱有极为朴素而坚定的信仰向往。对于作为中国革命的指导者与引路人的共产国际,不管是从主观感情,还是客观纪律,他一定是愿意"顺从"其意的。但这并不表明他在其中只甘于扮演一个"应声虫"的角色,那绝不是秋白的人生底色。

以"城市中心论"为例,秋白接受共产国际以其作为暴动指导思想的指示精神,但他也有自己坚守的"底线",那就是始终强调"城市的暴动必须与乡村的暴动相衔接"。作为毛泽东农村包围城市理论思想最早的支持者,早在《中国革命中之武装斗争问题》一文中,秋白便指出:"在中国国民革命之中,单是市民工人农民的武装暴动,便难以战胜。……城市里大半有帝国主义和军阀的驻军,他们如果用全力扑击,甚至于从日本印度调遣坚军利兵,那就即使市巷战暂时胜利,也很难持久。"这段话很快便在此后的广州起义中得到血的验证。在十一月会议之后,秋白在《中央通告》第十五、十六号中都强调了党的总政策是"联合工农暴动的力量",要积极"发动农民间潜伏待发的暴动,组织农民自发的暴动,努力使农民自发的暴动有最大的限度的组织性",并认为"农村之中比城市之中更加多些客观上的可能"。

而对于所谓"盲动",秋白也保持着一定程度的清醒的警惕意识,在广州起义之前便已实际阻止了多次各地的"玩弄暴动"。他更明确总结:"暴动这一个名词必须用在群众斗争发展到最高点,以武装形式推翻统治阶级夺取政权这一意义上。至若城市工人带有武装性的斗争,或是乡村农民非夺取政权的武装斗争都不得谓之暴动。"

也许一切正如他自己所说:

> 当时,许多同志和我,多多少少都做了政治上的错误;同时,更有许多以前的同志在这阶级斗争更进一步的关口,自觉的或者不自觉的离开了革命队伍。……
>
> 但是以我个人而论,在那时候,我的观点之中不仅有过分估量革命形势的发展以致助长盲动主义的错误,对于中国农民阶层的分析,认为富农还在革命战线之内,认为不久的将来就可以在某些大城市取得暴动的胜利等观念也已经潜伏着或者有所表示。不

过,同志们都没有发觉这些观点的严重错误,还没有指出来,我自己当然更不会知道这些是错误的……

——瞿秋白《多余的话》

这自然是些"多余"的"后话",在 1927 年年底、历史行进的当时,一切正所谓"山雨欲来风满楼",而这关键的风眼便历史性地选择在了广州。

第六章　一九二七年年底

这样我担负了直接的政治领导有一年光景（一九二七年七月到一九二八年五月）。这期间发生了南昌暴动、广州暴动，以及最早的秋收暴动。当时，我的领导在方式上同独秀时代不同了，独秀是事无大小都参加和主持的，我却因为对组织尤其是军事非常不明了也毫无兴趣，所以只发表一般的政治主张，其余调遣人员和实行的具体计划等就完全听组织部军事部去办。那时自己就感觉到空谈的无聊，但是，一转念要退出领导地位，又感得好像是拆台。这样，勉强着自己度过了这一时期。

——瞿秋白《多余的话》

16. 忆太雷

如今他是死了！……死在几万暴动的广州工农兵群众与反革命军阀搏战之中,死在领导工农兵暴动的时候。他死时,党着对于中国工农民众的努力和负责;他死时,还是希望自己的鲜血,将要是中国苏维埃革命胜利之渊泉！

——瞿秋白《悼张太雷同志》

张太雷生于一八九八年,他的家乡在江苏常州,他父亲是一个小商人,很早便死了。他那时还没有十岁。他的母亲一直是借债度日。他在这种困苦的家庭中,勉强在天津北洋大学法科毕业。那时正是五四运动的时候,各种社会主义的团体风起云涌的起来。张太雷就参加最早的社会主义青年团,以及后来共产党成立时之最初组织。他加入党之后,便抛弃一切而为党工作。他曾经派赴莫斯科出席于共产国际之第三次大会。一九二五年初中国共产党第四次大会时,他被选为中央候补委员,同时,被任为中国共产主义青年团中央委员会书记。一九二五年春即调往广州,与陈延年同志共同工作,担任《人民周刊》的编辑,同时帮助鲍罗廷同志。中国共产党第五次大会(一九二七年五月)时,他被选为共产党中央委员,并担任湖北省委书记。一九二七年八月一日南昌暴动,八月七日中国共产党中央开紧急会议,他被选为中央临时政治局候补委员,并且派到广东,担任广东省委员会的书记。他在党里历次担任负责的工作,他的坚决与耐苦是一般同志所知道的。

以上文字于1928年1月2日刊登在《布尔塞维克》第12期,是秋白为张太雷所写之生平。只用区区四百余字,便写尽了这位年轻革命者二十九年的一生。表面上是当时党的最高领袖为广州起义重要负责人之一所撰写的纪念文字,带着官方的简短与冷峻;内里却不知暗含了多少无法诉诸言语的点滴血泪、寸断柔肠。

早在十七年前春天里的常州府,十二岁的秋白便与十三岁的张太雷相识于常州府中学堂,二人从此携手一同走过了同乡、同学、同志的"志同道合"之路。1915年,由于学潮事件的影响,张太雷愤而退学,北上考入北京大学预科,却由于支付不起高昂学费而于次年转投天津北洋大学,入法科法律系。秋白虽然同样在学潮事件中被点名警告,却没有立刻退学,而是于一年后经历家变辍学,1917年春天才辗转来到北京,9月入俄文专修馆。二人经历常州小别之后,又殊途同归,重逢于津京,携手迎来五四新文化运动的洗礼。据李子宽在《追忆学生时期之瞿秋白、张太雷两先烈》一文中回忆:"五四运动起,秋白被推为俄专学生代表,与各校联系活动。张太雷时任天津北洋大学学生代表,屡次来京,旧雨重逢,与秋白过从颇密。太雷服膺社会主义较早,在津久已参加社会主义文献之译述工作,虽进行工作之际,相当秘密,但我辈亲近同学已知其事。就我所得印象,秋白思想之转变得力于此一阶段,太雷之掖进应不在少。"

李子宽所说的"秘密工作"是指张太雷1918年在《华北明星报》当兼职编辑时结识了苏共党员鲍立维,并以此为契机参加了1919年8月、10月以及1920年1月李大钊在天津与鲍立维的三次会见,担当英语翻译等工作。在他的带动下,秋白在五四前后与其一同参加学生运动,一齐拜会李大钊,一起参加"马克思学说研究会",在思想上受到直接的冲击与影响。1920年10月,张太雷在北大红楼,与李大钊、邓中夏、罗章龙等人共同创建了中国共产党北京早期组织,成为中国共产党最早的党员之一,后又奉命回到天津建立党团组织,并任书记一职。与此同时,秋白以《晨报》特约记者身份奔赴莫斯科。途中,二人在天津彻夜畅谈,在两个年轻人的想象中,此次一别仿佛是一场重大的生死离别。张太雷还亲自郑重将秋白送上开往"饿乡"的列车。不曾想短短几个月后,就在秋白抵达莫斯科之时,张太雷业已受李大钊的派遣,以中国共产党组织发起人的身份抵达伊尔库茨克与共产国际远东局接上了组织关系,并担任了共产国际远东局中国科书记,从而成为中国共产党派往共产国际的第一位党代表。二人在莫斯科欣然重聚后,张太雷便以共产国际代表的身份介绍秋白加入俄共(布),并引导其出席了共产国际三大,这也使秋白得以第一次面见列宁,并与之简短交谈。张太雷则在大会上提交了《关于殖民地问题致共产国际"三大"的提纲》,并作了五分钟简短发言,这是共产国际讲坛上第一次响起的来自中国共产党员的声音。此后,张太雷又出席了青年共产国际"二大",在会上当选为执行委员会委员,并被派遣回国主持团的整顿工作。秋白则参与了"二大"的翻译工作。

1923年6月,作为苏联归国代表的秋白与张太雷一同参加了在广州召开的中共三大,共同负责将共产国际的相关决议文件翻译成中文,印发大会代表讨论。7月,秋白主编的中共中央机关刊物《前锋》创刊,平日喜动不喜静的张太雷也拿起笔杆,奉献一篇《法西斯主义之国际性》以表支持。同年夏天,秋白与张太雷又携手走进上海大学的校园,成为同事。张太雷别出心裁地以列宁的《论帝国主义》为教材教授英文课,大获好评。据阳翰笙在《忆我的良师益友张太雷同志》中回忆:"我们知道太雷同志对马列主义造诣很深……名义上讲的是英文课,但课文本身花的时间并不多,因为我们的英文都有一定基础。他讲完课文后,结合我国的现实斗争,谈当前的阶级斗争,谈政治上、组织上的重要问题。……这些真知灼见的主张,给我们以深刻的教育。"而当时张太雷与母亲、妻子、孩子以及李立三夫妇、蔡和森、向警予、彭述之等一同住在中央宣传部即秋白的家中,被外人称为"红色巢穴"。

在秋白的人生轨迹中,如果说陈独秀、李大钊是作为师长辈,一路对其提携、指导;那么,张太雷则是作为同辈人,从中学时代起便与之一路同行相伴,既是同乡发小,又是亲密战友。虽然二人脾气性格迥异,一个朝气蓬勃,活力无限,一个病弱斯文,多才多艺;一个善于行动、实践,一个长于理论、文字,但在刀光血影的革命征途上,二人始终互相扶助、支持,共同进退。

例如,作为党内屈指可数的具备良好翻译与沟通能力的特殊人才,二人同为支持、捍卫国共合作的革命统一战线作出了各自的贡献。张太雷从1921年12月作为翻译兼助手陪同共产国际代表马林到桂林三次会见孙中山开始,便参与了改组国民党、推行国共合作、创建黄埔军校等重大历史事件的策划和实施过程。而秋白作为共产国际代表鲍罗廷的翻译兼助手,在处理有关共产国际与中国共产党及中国国民党三者之间微妙而复杂的关系问题上,同样发挥了不可或缺的重要作用。1924年10月,鲍罗廷及瞿秋白就中共与国民党及孙中山的关系问题与陈独秀等人发生分歧,中共中央发布《就瞿秋白同志关于广东政治路线的报告作出的决议》,对共产国际制定的国共合作政策提出不同意见,这也是秋白第一次在中央文件上被点名批评。后虽经调解,在中共四大得以"平反",但秋白也就此中断了与鲍罗廷的工作关系。中共四大后,秋白在写给鲍罗廷的信中表示:"总的来说,大会正确地评价了过去一年来同国民党工作的意义……我被选进了中央委员会,根据中央的决定,我要长期在上海工作。要给您派去另一个翻译。中央要求您为我解脱您这里的工作。在上海好像已经不追捕我了,我将暂时完全转入地下,为我们党的机关做工作。"而此后中共中央与共青团中央召开联席会议,最终决定接替秋白担任鲍罗廷翻译兼助手的人选正是时任共青团中央总书记的张太雷。

早在中山舰事件之前,张太雷就是最先察觉蒋介石右派面目并与之斗争的共产党人之一,他还将自己所虑及时传达给了苏联顾问团。中山舰事件发生后,张太雷立刻给区委写公开信,揭露蒋介石等对共产党的造谣中伤,蒋介石为此在黄埔军校的大会上公然谩骂张太雷,攻击他"引起两党恶感",张太雷又再度撰文指出"攻击共产分子的问题是国民党本身的问题","是左派或右派在党内掌权的问题"。这场论争在当时的广东影响很大,特别是在黄埔军校引起了很大轰动。秋白在听取了张太雷的意见后,即向中央指出:"蒋现时在各方面地位,均极

瞿秋白诞生地江苏常州
青果巷八桂堂天香楼

瞿秋白魂牵梦萦的环溪

瞿氏宗祠匾額及內景

西摩路（今陕西北路）上海大学校舍

中国共产党第三次全国代表大会旧址

1927年7月，瞿秋白与鲍罗廷赴庐山时的住所

八七会议会址外景

20世纪初的老尼克尔利斯克耶庄园。中共六大即在此庄园内召开

中华苏维埃共和国临时中央政府旧址

中华苏维埃共和国临时中央政府教育人民委员会旧址

长汀瞿秋白囚室

矗立在长汀罗汉岭上的瞿秋白烈士纪念碑

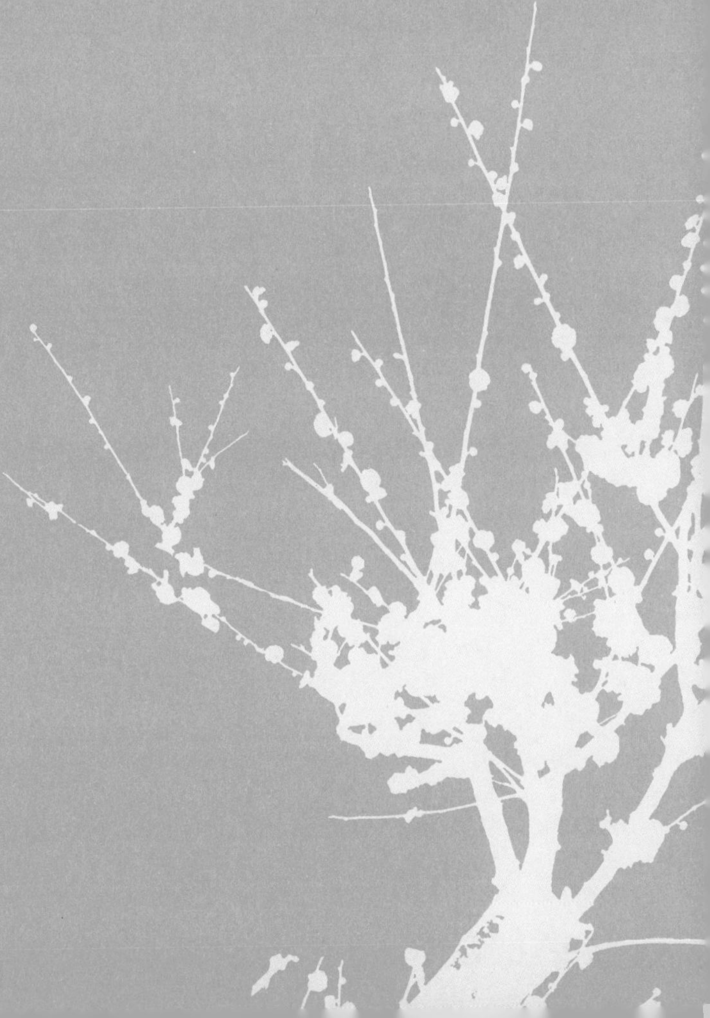

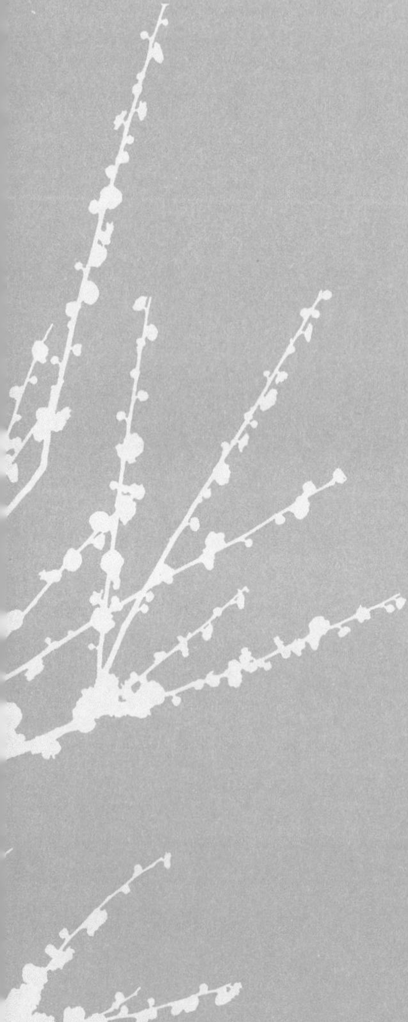

1919年春，瞿秋白绘赠李子宽的山水画《松风琴韵图》

餓鄉紀程

——新俄國遊記

緒言

陰沉沉，黑魆魆，寒風刺骨，肌膚污濕的所在，我有生以來，沒見一點些陽光。——我直到如今還不知道陽光是什麼樣的東西。——我在這樣的地方，覺著本能幾乎清失了。——那裏還有香甜的食物，輕軟的被褥，也只值得怦怦悸慄，醒來黑地裏摸索看吃喝罷了？苦呢，說不得，變呢，我向來不甘受得，依戀着難捨難離，因然不必，趕快的抒扎着起來，可是又往那裏去的好呢？我不依戀，我也不決然捨離……然而心上究竟是何什麼樣的滋味呵！這幾明白了。我住在這裏我應當受，我該當，我離然知道，我「心頭的奇異古怪的滋味」我總說不出來——「他」使我醒，「他」是一個不可思議的謎兒，他變成了一個「陰影」，朝朝暮暮的守着我，我片刻不捨我。這個陰影呀！他總在我眼前呆看——似乎要引起我的感覺。我眼睛早已花了，幸了了，我何

赤都心史

序

人生的經過受環境萬千現象變化的反映於心靈的明鏡上顯確種種光影錯綜閃鑠光怪陸離，祇見電影中體體存存陸續相銜的影片，而實質上卻是一個一個獨立的影片於宇宙觀中盡位。我也雖然建立主觀的餘地變勁轉換複雜萬千，等到分析到極處，原無所「有」然而同樣的環境與響覺無建地所起印象各異。——此所謂「世間的不平等性」於實際生活上永存不滅與世間同其久長所以有生活現象有生活歷史的過程既為實質之差異必定附麗於一定的『鏡面鏡身』於是個影印！之前鏡與鏡的來歷鍛鍊時的經過又為其大小厚薄之前因歷史的過程因此乃得成就。

瞿秋白赴俄期間所寫的《餓鄉紀程》和《赤都心史》

瞿秋白曾负责和参与编辑的《新青年》《向导》《前锋》《热血日报》等报刊

《〈瞿秋白论文集〉自序》手稿

乱弹

—代序

中国绅士的黄金时代，曾经有过自己的艺术。譬如"乾嘉之世"，或者更神秘些"唐虞三代"。可是，要说咱们末世还记得"流风余韵"的，那还是runs得近些罢。三代的"韶乐"，现在即使没有失传，至多也不过给吃相错级的大魔王做个"配享"，例如上海第一名大市民哈同大出丧的时候，曾经用过"韶乐"；至于小市民，那是轮不到的了。倒是三代而下的乾嘉之世的篆典，竟跑到了上海的无线电里。这一个中国的"国粹"居然也发扬而光大起来了。不但第一名市民，就是第五六名等等，也都可以偶然的欣赏欣赏。

"市民"——citizen是所谓自由的公民，这是和"奴隶"对待的名称。中国现在，只有所谓"绅商"才配叫做市民。但是，绅商和绅士已经不同了。商与士一字之差，在时间上至少隔了一世纪。而这曲却不是绅商的艺术，而正是绅士等级的艺术。这老老实实是中

瞿秋白交鲁迅保存的《乱弹》手稿

瞿秋白译普希金长诗《茨冈》手迹并画作

瞿秋白手绘阿Q漫画像

少年瞿秋白用过的书镇、笔洗和墨床等

瞿秋白到莫斯科住旅馆时使用的就餐券

瞿秋白亲手所做、送给杨之华作为结婚礼物的镀金胸针

瞿秋白存放在鲁迅处的箱子

瞿秋白的三弟瞿景白

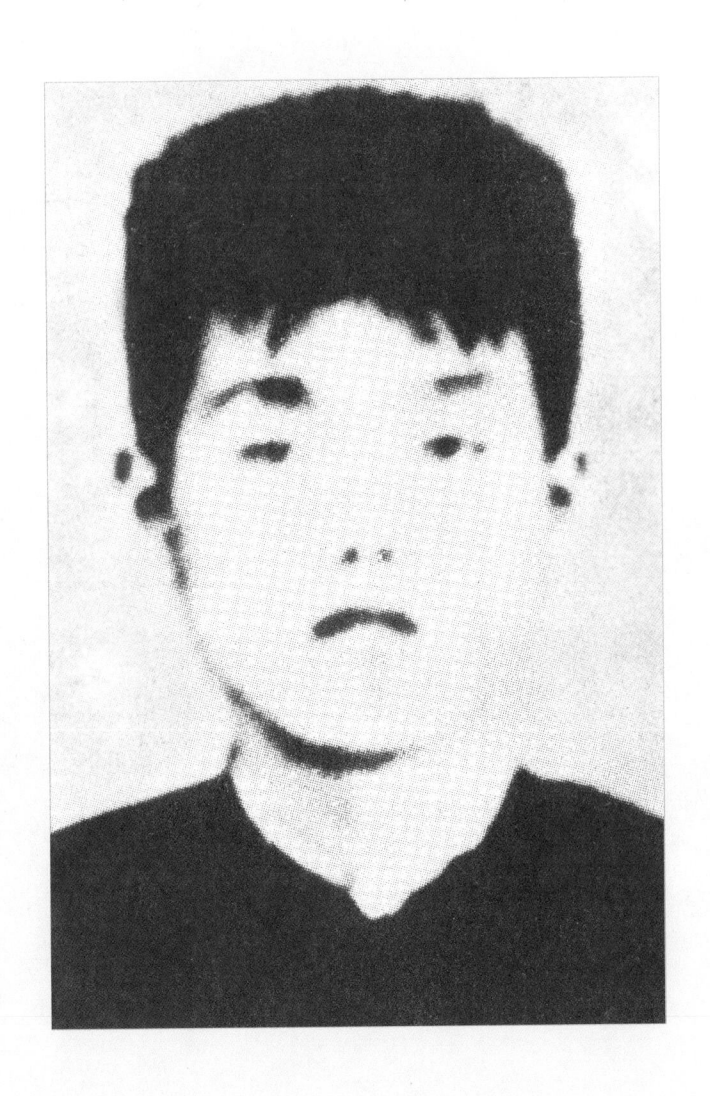

李大钊（1889—1927）

张太雷(1898—1927)

丁玲与王剑虹

徐悲鸿绘鲁迅与瞿秋白（未完成稿）

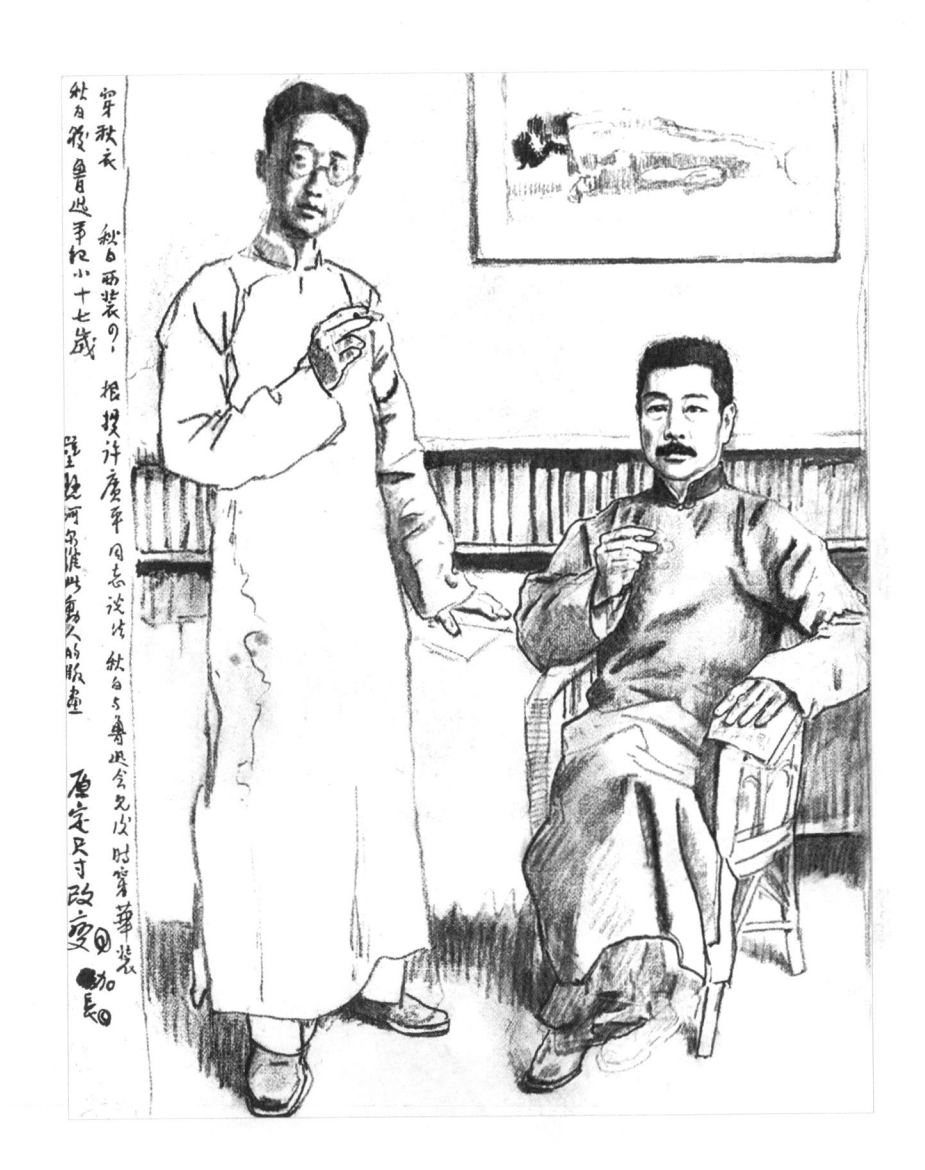

雪意浓其心悒然 江南旧梦已如烟 天寒沽酒
长安市 犹折梅花伴醉眠

此种颓唐气息 今日思之 犹觉隔世 兹作此
诗时正是青年时代 给所谓"忏悔的贵族"
心情也 录呈

鲁迅先生

　　　　　　　　魏凝 一九三二、十二、七

1932 年 12 月 7 日，瞿秋白将早年诗作《雪意》书赠鲁迅

人生得一知己足矣

斯世當以同懷視之

疑仌遁先屬

洛文錄何瓦琴句

鲁迅书赠瞿秋白对联

冯雪峰一家与鲁迅一家

中国共产党中央委员会在瞿秋白遗像前敬献花圈

1980年6月17日，纪念瞿秋白就义四十五周年座谈会在人民大会堂举行

危险,我们如果不预备领导左派群众来代替蒋,则将来情形非常危险。"此后,秋白"举贤不避亲",不惜与张国焘争执,力挺张太雷出任了广东省委书记一职。

1927年7月12日,中共中央根据共产国际指令,改组领导机构,由张国焘、周恩来、李维汉、李立三、张太雷五人组成临时中央政治局常务委员会,代行中央政治局职权。起初的五人常委名单中并没有秋白,他随鲍罗廷密赴庐山再返武汉后,才补入临时中央政治局常委会,后经八七会议,开始主持中央政治局工作。两位当时仅二十八九岁的年轻人同时受命于危难之际,决心以不惜身的大无畏精神力挽革命狂澜。

十一月会议之后,以秋白领衔的党中央与张太雷一起讨论了广州暴动问题,并最终决定了广东总暴动计划。11月20日,张太雷从上海回到广州,开始筹划广州起义。上海一别,也终成了瞿张二人的最后会面。

二十三天后的12月13日,张太雷用俄语念出的一句"哎哟,可恶的魔鬼"成了他的人生绝句。半个月后,秋白这段沉痛的文字出现在党刊之上:

> 张太雷同志死于广州暴动时反革命军阀的乱枪之下了!……十二日晨,因为开广州市的群众大会,张太雷同志出席报告。这时候,李福林的军队,已经由帝国主义军舰掩护,在僻远处渡珠江,绕道广州北部来攻击。广州市内的工农革命军及赤卫队大半都开到北部去应战。所以敌人又能乘虚攻袭公安局——暴动后之总指挥机关。等到张太雷同志从群众大会回到总指挥机关的时候,这机关已被敌人占领,敌人便用乱枪向他的车子射击。结果,太雷同志身中三枪,最后一枪中在心窝,胸膛炸裂而死了(十二月十二日下午二时)!虽然当时群众和赤卫队又重新将公安局夺回;但是十二日那天晚上,反革命军队已经战胜,革命的工农军不得不退出广州,到花县一带去。而张太雷同志瞑目的时候,广州暴动还没有完全失败呢。

张太雷是中共历史上第一个牺牲在战场上的中央委员和政治局成员,他参与总指挥的广州起义所建立的广州工农兵革命政权虽然只存在了短暂的几天,却也是"城市中的苏维埃政权第一次出现于中国",他本人更是最终实现了自己"愿化作震碎旧世界惊雷"的宏愿。而在他身后倒下的,还有五千七百多具革命志士的血肉之躯。

在秋白历数的"我们的党在白色恐怖之下已经牺牲不少负责同志"——李大钊、陈延年、赵世炎、王荷波、张太雷之后,很快便还要加上王一飞、萧石月、涂正楚、李子骥、马英、向钧、向警予、夏明翰等一系列闪光的姓名。

1927年,便在中国共产党人的一片血色中仓促落幕。

17. □□□（缺漏）[①]

原本个别的盲动现象我们和当时的中央从一九二七年十月起就表示反对的;对于有些党部不努力去领导和争取群众,反而孤注一掷或者仅仅去暗杀豪绅之类的行动,我们总是加以纠正的。可是,因为当时整个路线错误,所以不管主观上怎样了解盲动主义现象的不好,费力于枝枝节节的纠正,客观上却在领导着盲动主义的发展。

中国共产党第六次大会纠正了这个错误路线,使政策走上了正确的道路。自然,武汉时代之后,我们所得到的中国革命之中的最重要的教训,例如革命有在一省或几省首先胜利的可能和前途,反帝国主义革命最密切的和土地革命联系着等,都是六大所采纳的。苏维埃革命的方针就在六大更明确的规定下来。

——瞿秋白《多余的话》

---

① 根据瞿秋白《未成稿目录》,《痕迹》第17条目为空白。

如果用八个字来形容广州起义之后到中共六大之前的秋白,恐怕就是"循循善诱,苦口婆心"。结果正如他自己所言:"费力于枝枝节节的纠正,客观上却在领导着盲动主义的发展。"

首先便是中央与广东省委在广州起义失败教训上产生了重大分歧。1928年1月伊始,临时中央政治局会议通过了秋白起草的《广州暴动之意义与教训》决议案。决议案指出:广州的苏维埃政权虽只保持了三天,但它具有重大的历史意义——开创了城市苏维埃政权在中国第一次实现。决议案高度赞扬了工人阶级在广州起义中的英勇精神,并认定广州起义失败后的中国革命"仍旧是直接革命的形势"。而早在1927年年底便被派去处理广州起义善后事宜的李立三则主持广东省委会议,发布了将广州起义失败的原因归结为"没发动群众和军事投机"的《广东省委对于广州暴动决议案》,对广州起义的领导机关以及全体负责同志予以了严厉的纪律处分,并在白色恐怖极为严重的现时态势下,将他们派回广州或广东省内的其他地方做基层工作。中央决议案与地方决议案发生了冲突,需要秋白迅速着手应对,以求尽快统一思想。

1月18日,《中共中央致广东省委信——对〈广东省委对于广州暴动决议案〉的指示》发布,指出广东省委对于广州起义的积极意义没有正确的评估,而对广州起义指导机关与领导同志予以纪律处分也是不恰当的。[①]

25日,再度发布《中共中央致广东省委信——中央不同意省委对广州暴动的结论》。反对将广州起义的失败单纯归咎于指导机关的错误,反对将"偏重军事行动""未充分发动群众"说成是"军事投机"与"机会主义",反对因张太雷等出身知识分子而指控"知识分子把持指导机关"。强调广东省委"必须服从中央的意见,停止省委决议案在各级党部的讨论"。

[①] 本节所用史料,部分引自姚守中、马光仁、耿易编著《瞿秋白年谱长编》及刘小中、丁言模编著《瞿秋白年谱详编》,谨此致谢。

同日,致信李立三个人,要求他立即回到上海与中央面谈,解决思想分歧。改派邓中夏为广东省委代理书记。

27日,连续致广东省委两封信,指示其应该通过坚决实行土地革命任务,加紧造成割据局面,建立苏维埃政权。

月底,针对东江苏维埃政府的暴力过激政策,致信广东省委,告诫道:"苏维埃政府是不好杀的,凡是杀的都是因为反革命派要危害革命及群众利益,不得已而杀的。"

与广东省委的这场拉锯战着实让秋白费心费力。李立三在此次事件中暴露出的思想与行动上的偏激与固执也为其日后发生更为严重的"左"倾冒险主义错误埋下了伏笔。而纵观中共中央致广东省委的数信内容,其中涵盖了广州起义之后以秋白领衔的党中央的几大政策取向:

第一,革命形势。秋白在《广州暴动之意义与教训》决议案中明确坚持中国革命"仍旧是直接革命的形势"的"革命高潮论"。在给共产国际的报告中,他也依然抱持"革命的潮流显然不是低落"的观点。在临时中央政治局常委召开的几次谈话会上,针对现时"中国革命潮流究竟是高涨还是低落"这一主题,曾展开过数度激烈辩论。王若飞提出:"现在革命潮流是低落的。"刘少奇认为:"依乡村看来是高涨的,依城市的看来是低落的趋势……农民的革命是向上涨的,只是波浪式的而非潮流的。"周恩来则指出,中国革命是不平衡的发展,依目前中国工农很需要革命的情形看,革命的潮流并未低落,是高涨的。

可以说,在这一问题面前,秋白的立场态度极为鲜明,绝不讲求模棱两可的说话艺术与表态策略。他明白自己作为临时中央政治局的第一负责人,对必须承担的决策风险责无旁贷。之所以坚持强调"中央常委认为革命潮流一直高涨",不是对中国革命的现实状况缺乏了解,在各种场合他从不吝啬语句分析当前的严重困难:"我们的斗争的确是很困难";"现在我们不能不承认我们的力量比敌人弱,需要休息一下,自然不是永远休息";"我也以为现在整个政策应更郑重的使用党的力量,要使党变成一个群众的党,并要注意培养党的力量,要使党的力量培养到一个地步才能发动,现在党的牺牲是很大的了。"在给共产国际的报告中,他也详细说明了现阶段中国革命发展的不平衡问题,一方面是工人与农民革命运动发展程度的不平衡,除广州市的工人阶级能起来做农民运动的领袖之外,其他城市尚且没有形成这种气候;另一方面是地域革命运动发展程度的不平衡,除广东、两湖存在暴动夺取一省政权的可能性之外,其他省份也还暂且缺乏这种能力。但他依然坚持:客观上中国革命"开始于一省或几省夺取政权是可能的",因此,主观上"一省与几省夺取政权的目标仍然是要有的"。

之所以如此斩钉截铁地说出:"我们可以肯定的说,整个的革命潮流是高涨的,农民自发的暴动是很多的。"倒不是身为领导层刻意显示慷慨激昂,随后一句略带沉痛语气的话语或许才些微透露出秋白心中最深沉的所想——"如说是低落,工农一定是很灰心的。"——1927年惨痛的浴血牺牲,在每一个仍然活着的共产党人心中都留下了不同程度的心伤。中共五大记录在册的五万七千九百六十七名党员,到1928年夏天中共六大召开时业已损失近半(随着勇敢无畏的新鲜血液的不断注入,1930年初党员人数就又增加到了六万五千五百二十八名),面对这样一个事关生死存亡的历史结点,秋白这个人们眼中脾气温文尔雅、性格"圆滑调和"的文人学者型领导者却毫不迟疑地选择了殊死一搏。就连身为二十八名布尔什维克之一,曾将秋白尖刻地称为"全靠读书和写作得到名气",实行的政策却仿佛"孤注一掷"的"赌输了的疯子"的盛岳也不得不承认:"在瞿担任领导时,党刚刚遭到致命打击。他为了在危难中保存住党,做了绝望的努力。"①

对于自己在这一时期的所谓"'左'倾盲动主义"的路线错误,直至生命的最后一刻,秋白才给出了自己的终极解释:

> 武汉分共之后,我们接着就决定贺叶的南昌暴动和两湖、广东的秋收暴动(一九二七),到十一月又决定广州暴动。这些暴动本

---

① 盛岳:《莫斯科中山大学和中国革命》,奚博铨、丁则勤译,现代史料编刊社1980年版,第252页。

身无〔并〕不是什么盲动主义,因为都有相当的群众基础。固然,中国一般的革命形势,从一九二七年三月底英、义〔美〕、日帝国主义者炮轰南京威胁国民党反共以后,就已经开始低落,但是接着而来的武汉政府中的奋斗、分裂……直到广州暴动的举出苏维埃旗帜,都还是革命势力方面正当的挽回局势的尝试,结果失败了——就是说没有能够把革命形势重新转变到高涨的阵容,必须另起炉灶。而我——这时期当然我应当负主要的责任——在一九二八年初,广州暴动失败以后,仍旧认为革命形势一般存在,而且继续高涨,这就〔是〕盲动主义的路线了。

——瞿秋白《多余的话》

第二,革命方式。1928年2月,秋白撰写社论《中国革命低落吗?》,文章除了强调"中国革命无疑的是在高涨"外,还提出了党的政治总路线:"发动群众斗争,准备武装暴动夺取政权,建立工农兵士贫民苏维埃。"而这一总路线在实践中的贯彻方式,即是要在坚持扛起"革命高潮"大旗不倒,积极发动群众准备暴动的同时,具体到每一次武装暴动的实施细节又必须规避"盲动",反对"玩弄"。广州起义失败之后,除了对广东省委的"过激"政策提出批评与提醒之外,秋白对准备武装暴动的各地领导几乎都有过同样循循善诱、不厌其烦的提醒与规劝,虽然这些呕心与费力最后只能归于"枝枝节节的纠正"。

1月2日,致陕西省委信,指出如果兵暴时机与条件不成熟,宁可迟缓动作,竭力使这些条件中的主观成分达到成熟境地。

3日,临时中央政治局会议通过《中央政治局关于湖北党内问题的决议》,明确指出湖北省委和团省委"马上暴动"的倾向是错误的,长江局罗亦农反对暴动是正确的,决定取消湖北省委扩大会议关于开除罗亦农中央委员的决定。决议指示湖北省委在估量暴动时机与条件时,"不能单只看到统治者的崩溃,尤其要注意工农群众革命的高潮和主观的力量",湖北应迅速改变策略,转而发展农村游击战争到割据局面。派李维汉作为中央巡视员巡视两湖,停止原定的两湖年关总暴动计划,重新部署两湖暴动。

9日,临时中央政治局常委会议在讨论浙江问题时,指示浙江省委不要在各地斗争尚不明朗的情况下,就急于制定几县联合暴动计划,更不要每次都将暴动列为第一议事日程,而应普遍地发动农民的斗争。

11日,临时中央政治局常委会议通过《中央告湖北同志书》,指出现时阶段在武汉三镇马上暴动的主张,不仅是一个错误,更是性质上的"玩弄暴动"。在工人群众的斗争和组织力量都很脆弱、推翻统治军阀的决心还未成熟的情况下,假如硬要暴动起来,势必造成徒然的牺牲。

12日,与罗亦农共同起草《论武装暴动政策的意义》,指出:"不问群众情绪的程度如何,不问党的组织力量如何,不问党与群众的关系如何,一味的主张'暴动',无往不是'暴动',这实在是一种盲动主义的倾向。这不是认真的准备暴动,而是玩弄暴动。"

20日,发布《中央致罗迈同志信》,再次对两湖准备举行总暴动持否定态度,坚决反对湖北"即刻举行总暴动",认为湖北省委急于确定总暴动时间表,仍是"不正确的精神之继续"。

28日,致江西省委信。指出计划在南浔路沿线举行暴动并造成割据局面的主张是不正确的,因为条件尚不成熟。

2月3日,发布《中央致罗迈同志及两湖省委信》,指出:"无论湖南湖北哪一省举行全省总暴动,在主观条件上必须要中心城市的群众工作做得很好,中心城市附近各县的农民群众普遍的起来,对于暴动均有相当的认识。各外县的农民必须要有许多县分造成割据的局面,全省都在暴动的恐怖与骚扰中,有确实把握的比较大的兵士兵变才能举行。"罗迈,即李维汉后来回忆说:"党中央的这些总结性的意见是好的,在暴动问题的认识上比原来提高了一步。这些意见说明,当时秋白等人在暴动问题上犯盲动主义错误,是由于缺少经验,因而是认识问题。同时,这些意见在事实上阻止了两湖总暴动的再提出。并且,这些意见还很可能是随后中央容易接受共产国际批评的主观因素之一。但是,当时中央并没有从议程上取消两湖暴动的问题,我去两湖仍然按照中央的方针和指示执行了巡视任务。"(李维汉《回忆与研究》)

8日,致河南省委信。强调中心城市暴动"不是在各地暴动之先,不是简单一城市的暴动",而必须是全省"总暴动之汇合"。只有这样,才能有取得胜利的希望。

第三,革命性质。1月10日,针对郑超麟所写社论《苏维埃政权万岁!》中认为中国当时的苏维埃政权与苏联的苏维埃政权同为无产阶级专政的政权的观点,秋白撰写《中国的苏维埃政权与社会主义》一文加以纠正。秋白指出:现阶段中国的革命性质仍然是资产阶级民主革命,以推翻帝国主义地主豪绅资产阶级的政权,而建立中国人民之中的最大多数的工农兵士贫民的政权即最广泛的民权主义的政权。因此,中国当前建立的各地苏维埃政府不是社会主义政府,也不是无产阶级专政政府,其任务不在于实现社会主义的政纲,而仍是要彻底地完成民权革命。这与十一月会议认为中国革命"必然是急转直下从解决民权革命的责任进于社会主义革命"的激进观点相比已有所敛收,而与共产国际即将于2月25日通过的《共产国际关于中国问题的议决案》中有关"中国现阶段的革命仍是资产阶级民权革命,不是社会主义革命"的说法相一致。

基于以上认识,秋白在2月2日中共中央致江西省委的信中,针对江西是国内富农最多的省份这一实际情况,提出:"我们的胜利尚未有全国或几省的范围的时候,对于自耕农必须取联络的政策,不能大有害于他利益。"而令人始料未及的是,秋白对富农的这一政策态度亦会在日后使他陷入与共产国际代表米夫的一场争论漩涡。

第四,革命领导权。从中央致各地方省委的指示信中可以看出,在暴动问题上,过去首先夺取中心城市的主张已被首先实行周边县份分区割据,以包围中心城市的策略所取代,但仍坚持"暴动的城市应当成为农民暴动的中心和指导者"的"城市中心论",而其本质其实在于始终坚持工人阶级在革命中的绝对领导权。因为"单纯的农民暴动不单是可以影响到党的成分,而且在政治上可以动摇无产阶级领导土地革命的根本问题"。

为此问题,秋白曾专门致信山东省委,针对他在省委通信上看到的一位王同志的一句话:"中国革命的领导在农民不在工人,——详见秋白之《中国革命之研究》。"提出纠正:"这句话是绝无疑义的不正确的。我在第五次大会时,曾写出一本《中国革命中之争论问题》。王同志当然指这本小册子而言。我在那里主要的意思,证明工人阶级应当怎样在民权革命中去争领导权,一直到建立工农民权独裁制,就是与资产阶级争领导权,与资产阶级争领导农民的领导权……必须有工人阶级政党(共产党)的领导,指出这种原始暴动的客观目的:工农民众自己的政权,解决土地问题,然后组织上、武装斗争上才能有革命胜利的前途。"

这一观点在中共六大期间也得到了斯大林当面的支持,斯大林指出:"农民运动和土地革命的最重要的结果,是创建红军。如果能够把参加农民运动的人们争取过来,并且集中部队打下几个城市,那么,这将对今后的局势有更大的意义。"他更强调:"无论在任何时期,农民都是不能领导工人和革命的。"

第五,党内组织与纪律。《中共中央致广东省委信——对〈广东省委对于广州暴动决议案〉的指示》中指出:"这次省委会的根本错误在没有认识广州暴动的全部意义和其给予全世界、全中国工农兵的伟大创造,而仅很狭义地受了广州一部分同志在失败后一时愤激的影响,轻轻地将省委会讨论和注意的中心寄托在查办当事指导机关和负责同志的这一问题上去……表显一个极不正确的指导和估量。"表明秋白对党内集权与惩办主义的错误作风已有所注意,但仍认为执行党的纪律是必要的。在12月2日答复《布尔塞维克》读者志益的来信时,秋白也着重就党的纪律与党内民主谈了自己的看法:"如果说是上级党部或多数的决议应当无条件的执行,就算是封建式的集权,那就不对了。布尔塞维克的党,没有铁的纪律和集权的行动,是不能成功的。党内同志对于决议及党内生活,当然可以发表意见;但是他所认为是革命的主张,必须经过多数同志或上级党部的采纳,方能变成党的主张,方能见之于党的行动。如果各个同志可以自由行动,还有什么党呢! 封建式的集权,必定是以领袖个人的意见威权来集权。这种现象,当然是党内所不容许的。如果各个同志自己都要以个人意见自由行动,以领袖自居,那么,这种所谓反封建式集权,适足造成封建式的纷争。……党内民主化的主要意义,是要一般党员、工农分子,都参加政策的决定,了解政策的意义,并且能自己选择自己的指导机关(选举支部书记、区委等)。并非说既要民主化,便不可以批评。……工农的领袖,只有在严格的党内纪律和党的实际斗争中去造。……你说党要在斗争的新方针之下,造出新的党的组织与生命,要实现党的民主化,要实现党员群众集体的政治生活,要真正实现党的无产阶级化;这些思想都是对的。现在党的主要工作,正在于此。"

而1月30日发出的《中央通告第三十二号》,专讲党的组织与改造。针对党组织削弱的问题,要求各级党部积极进行改组,并要注意选拔积极的工农分子实际地参加指导机关的工作。通告还特别指出了集体领导问题的重要性以及在秘密条件下尽可能实行民主主义的意义。提拔工农分子的问题又一次被秋白重申。早在1927年11月1日临时中央政治局常委会议上,秋白便指出:"党组织问题是一个非常严重的问题,一定要坚决地提拔工人分子,党不但要换灵魂,而且要换躯壳,凡旧的同志稍微不好的即请他自己去找职业。"中央对各级党组织机关在组织和成分上的改造执行了共产国际"指导机关工人化"的片面指示,从短期看是在中共六大出现了向忠发这样一个根本不具备领导革命理论与实践能力的党中央书记,从长远看则造成了"唯成份论"对中国革命的长期不利的影响。

1928年的4月12日,"四一二"反革命政变整一年的日子,秋白痛定思痛,将经过一年血泪反思之所得写成的中共六大的报告——《中国革命与中国共产党》小册子杀青。全书共八万字,分为《中国革命领导权之争》《中国共产党之过去与前途》《中国革命当前的问题》三章,对1925到1927年的中国革命运动作了全面总结,深刻分析了大革命失败的经验教训,对右倾机会主义与"左"倾盲动主义两条路线的错误作了批评与自我批评。

同月下旬,在共产国际执行委员会第九次扩大会议通过的由斯大林、布哈林与中国共产党代表团向忠发、李震瀛等联合提出的《共产国际关于中国问题的议决案》下达至中共中央。《议决案》指出：中国现阶段的革命仍是资产阶级民权革命，不是社会主义革命。革命的目的是"土地革命和消灭封建关系"。认为现阶段的革命是"不间断革命"的观点是不正确的。革命形势的"第一个浪潮"也已经过去，"目前，在全国范围内还没有出现群众革命运动的新高潮。但是，有许多征兆表明，工农革命正在酝酿这种新高潮"。因此，党在目前的任务，是争取千百万工农群众，准备迎接新的革命浪潮的到来。"必须坚决地反对工人阶级某种成分之中的盲动主义，反对在城市与农村无准备无组织地发动暴动，反对把暴动当作儿戏地玩弄暴动"。在农村苏维埃地区，主要"进行土地革命和组织红军队伍，以期这些队伍今后逐渐汇合成为一支全国性的红军"，并强调党要"在乡村和城市，在一系列相邻的省份组织统一步调的普遍行动，而且是有组织的大规模行动，必须反对热衷于零星分散、互不联系的游击战争"。

4月30日，中共中央发出第四十四号通告，宣布："中国共产党中央政治局，讨论国际执委二月会议的中国问题议决案之后，接受这一议决案之一般方针。"秋白指出："中央政治局认为自己过去的工作，正是一面与机会主义余毒奋斗，一面即尽自己的力量指正党内各地所表现出来的盲动主义。——这种盲动主义的倾向，不但表现于无产阶级的工商业中心之玩弄暴动，而且反映着小资产阶级式的农民原始暴动的情绪，如杀烧主义，忽视城市工人阶级的倾向等等。"同时，中共中央不同意中国党的不间断革命论与"托洛茨基在1905年所犯的错误相似"的批评指控，明确表示"这种观点如果移到中国革命上来，是显然不正确的"。

可以说，秋白对共产国际这一议决案的回应是不卑不亢、有理有节的，对莫名的托派帽子是警觉地给予了坚决回击的。尽管如此，"托洛茨基取消派"的罪名还是会在一年后被共产国际的"老爷"及其随从们硬罩在他的头顶。至这时，秋白实际主持中央政治局工作（1927年8月至1928年6月）的十个月落下了帷幕，而他的政治生命在越过八七会议的顶峰之后即将在两个"六大"迅速下跌，再经过三中全会的峰回，距离四中全会的谷底深渊，也只剩下了短短不到三年的时间。

第六章 一九二七年年底

第七章　第二次赴俄

　　一九二八年六月间共产党开第六次大会的时候，许多同志反对我，也有许多同志赞成我。我的进退成为党的政治主张的联带问题。所以，我虽然屡次想说："你们饶了我罢，我实在没有兴趣和能力负担这个领导工作。"但是，终于没有说出口。当时形格势禁，旧干部中没有别人，新干部起来领导的形势还没有成熟，我只得仍旧担着这个名义。可是，事实上六大之后，中国共产党的直接领导者是李立三和向忠发等等，因为他们在国内主持实际工作，而我只在莫斯科当代表当了两年。

——瞿秋白《多余的话》

18. "老爷"

大革命失败的责任问题,中共中央应负责,而不能诿过于共产国际,还是要怪我们自己。

——斯特拉霍夫(瞿秋白)

1928年5月底6月初的一天,莫斯科中山大学学生秦曼云和她的一些同学被叫到秘书长波古里耶夫的办公室,她清楚地记得当日发生的情形:"他给我们分发了一些中文文件,告诉我们把它们刻成蜡纸以便付印,他严厉警告我们不得让其他学生了解这些文件的内容,连我们来过他办公室这件事也不能让人知道。在给我们分发文件之前,他们已经把文件拆成好多部分或者分成好多小段。我们有些人刻写前言,另一些人刻写结论,还有一些人刻正文的各个部分。采用这种警戒办法是为了不让我们任何人了解全貌或文件的整个思想,因为不许我们交换分给我们的文件。"秦曼云知道这些文件不可能是学校的课程讲义,也不可能是党小组的讨论提纲。这一神秘的工作整整持续了一个星期。此后有一天,"波古里耶夫个别告知我们去收拾行具。他对我们说:'明天你们要离开学校到另一个地方去,学校贮藏室今天为你们开放,你们把行李找好,挂上名牌,然后你们就别管了,行李会送给你们的。至于你们放在宿舍和教室中的个人的东西,你们要原样留着,别动它们。你们所要取的,就是在你们想随身带走的东西做个记号。'……'当我们问他,是否我们要回中国去时,他犹豫了一会儿,回答说:'你们现在不要问,到时候你们就明白了。'最后,他提醒我们不要露出一点要离开学校的迹象。"

当这群学生带着前途未卜的沉重心情,坐电车换火车再坐汽车,来到一座古旧的白色建筑物跟前,他们才明白,自己是被抽调过来为即将在莫斯科举行的中国共产党第六次全国代表大会做服务工作,而他们此前翻译并刻印的文件正是中共六大的会议文件。并不直接参会的学生工作人员的保密工作都做得如此细致,而从白色恐怖的中国各地将近百位中共六大代表接到莫斯科,会后再全部安全送回中国的安保工作的细致程度就更是可想而知了。据说,凡是载有会议代表的列车包厢均被要求挂上严密的窗帘,待列车上的其他乘客全部走空之后,会有专车直接开进站台,将代表们从火车上直接拉到大会会址,一路行进过程中同样挂着窗帘。一到目的地,所有代表即刻换上列宁装,尽量不引人注目。

　　归途则比来时路更须谨慎。共产国际的秘密工作人员与"格别乌"合作策划了三条路线:一是取道欧洲,如周恩来夫妇;二是乘坐国际快车,行程九天至满洲里;三是乘坐西伯利亚快车,行程十二天至塞但卡,再转车到中俄边境的五站。据走过第三条线路的秦曼云回忆,在两次中转过程中,俄国人会事先仔细检查代表们的行李和衣着是否与他们的掩护身份相匹配,并严格控制绝不能将俄国制造的哪怕一张纸带出俄国。一切就绪之后,他们会趁夜色用马拉大车将代表们送至中俄边境,再由一名俄国向导带领代表们步行穿越国境线,走到中国境内作为俄国人交通站的一家小咖啡馆内为止。秦曼云回忆说:"我们一走进咖啡馆大门,我们的紧张心情顿时消失。我们神情一松下来,马上感到又累又饿。一杯热咖啡和一盘快餐使我们很快恢复了活力。我们在那儿休息一下我们紧张和疲倦的身躯。当我们在夜暗中偷偷行进时,我深深感到参加革命就是要抛弃个人的一切——自我牺牲的一种形式……"[①]

　　相比于此,秋白的第二次赴俄之路则颇为独特并具有冒险精神:首先走水路从上海到大连,再由大连乘火车到达哈尔滨,然后在哈尔滨共

[①] 盛岳:《莫斯科中山大学和中国革命》,第209—212、221—223页。

产国际地下交通站的安排下从牡丹江的鸡西、密山一带与苏联接壤的黑背山山区秘密越境,最后经西伯利亚铁路到达莫斯科。此后再从市区驱车约四十公里,便来到中共六大会址——位于莫斯科州纳罗福明斯克区五一村帕尔科瓦亚大街18号的旧庄园——老尼克尔利斯克耶庄园内。它曾是俄沙皇时代的大贵族穆辛·普希金的私家庄园。设计精美,气势恢宏,并拥有教堂、喷泉、花廊等系列配套建筑。据李颖[①]寻访,其中作为中共六大会址使用的小楼建于1827年,共有三层,六大主会场就设在二层一间可容纳七八十人的客厅里。小楼的后面还有一座精巧的木制别墅,在六大期间供斯大林、布哈林、秋白、李立三等苏中领导人休息使用。所有代表一旦进入会场后,便一律摈弃真名,使用大会统一编制的号码。在会议发言时,秋白则使用自己特有的俄文名"斯特拉霍夫",意为战胜恐惧,克服困难。距离第一次赴俄仅仅过去了五年时间,昔日往"饿乡"采撷救国真理的青年党员,今日已然成长为中国共产党的最高领袖,即将站在党的全国代表大会的讲坛上以五届中央委员会的名义作政治报告。然而,正所谓"高处不胜寒",当一个人的进退已经成为一个政党政治主张的联带问题的时候,或许这个人所能自己把握的也唯有"战胜恐惧,克服困难"的精神支撑了。

  对于自己会在中共六大陷入一种怎样的困境,想来秋白是心中有数的。共产国际执委会在二月会议的中国问题议决案中已然对他个人提出了诸多批评、指责,党在组织上的工农化,即去知识分子化的方针也是大势已定。然而对于个人的进退得失,他早已在最大程度上抛诸脑后。抚平不同路线主张在党内造成的裂痕与分歧,理清"左"倾右倾在实践应用中左右互搏的思想混乱才是秋白心中亟待解决的当务之急。没有丝毫的犹豫、拖延或逃避,他放弃了在澳门或香港独立召开六大的原计划,主动向共产国际提出趁着共产国际六大、少共国际五大与

[①] 2006年9月,中共中央党史研究室研究员李颖曾随中央党史研究室代表团赴俄罗斯进行学术访问,归国后写成《寻访中共六大会址》一文,载《百年潮》2006年第11期。

赤色职工国际五大这三个国际大会均在1928年春夏召开的契机,将中国共产党第六次代表大会的会议地点也一并定在莫斯科,从而与共产国际直接碰撞、对话,以切实解决中国革命未来的前途方向问题。共产国际当即采纳了秋白的提议。①

争论,亦在意料之中地拉开了帷幕。论争的焦点依然是当前中国的革命形势问题,即中国革命在当下是否处于高潮。关于这场争论的激烈程度,据周恩来的说法,便是"中国代表曾争论到斯大林同志面前"(周恩来《关于党的"六大"的研究》)。作为当日的中国代表之一的黄平在《往事回忆》中的记载:"司机带我到二楼一个房间,房间是非常大的。房门对面墙边摆着一张大型会议桌。斯大林对门而坐,他很谦虚,没有坐在桌首。他的左边坐着周恩来、瞿秋白、邓中夏、苏兆征、米夫和陈绍禹等人。谈话好像结束了。我就坐在斯大林正对面。"针对革命形势问题,斯大林指出:秋白报告中许多地方是对的,可是也有错误。目前,我们不能说中国革命已经处于高潮。李立三立刻表示反对,说:现在还是高潮,因为各地还存在工人、农民的斗争。斯大林则回答:即使革命处于低潮,也会溅起几朵小小的浪花。他随手拿起红蓝铅笔,在一张白纸上画了几条曲线,并在曲线的最低点画了几朵浪花,切莫把这些浪花看成高潮。这场争论终以斯大林的这几朵"小浪花"的比喻而宣告结束。革命高潮论与不间断革命论均在理论上得以遏止,而在实践中却很快便会在心中不服的李立三手中死灰复燃,并且变本加厉。值得指出的是,针对二月决议案,秋白内心也依然在坚持中国革命有无间断的发展、革命形势显然是高涨的,因此党的总策略也依然是武装暴动夺取政权不变的观点。正如他自己所说:"假定六大之后,留在中国直接领导的不是立三而是我,那末,在实际上我也会走到这样的错误路线,不过不至于像立三这样鲁莽,也可以说,不会有立三那样的

---

① 1928年1月18日,临时中央政治局会议讨论关于召开中国共产党第六次代表大会的问题,瞿秋白作报告,提出在3、4月间召开六大,地址暂时考虑在澳门。2月13日,中共临时中央向共产国际执委会建议中共六大在苏联莫斯科举行。见姚守中、马光仁、耿易编著《瞿秋白年谱长编》,第246、249页。

勇气。"对此,"二十八个半布尔什维克"之一的盛岳也曾说过这样一句所谓"俏皮话":"李的革命狂热是和他湖南人的秉性粗暴一起迸发出来,而瞿的江苏学者的温文尔雅决定了他的行为。"①

中国代表与斯大林的这次会面过去九天之后,中国共产党第六次全国代表大会于6月18日正式开幕。秋白致开幕词,在代表中央向大会提出追认八七会议的要求之后,秋白指出:"固然'八七'以后,已逐渐将机会主义肃清了,但事实上政策上一切主要问题上,尚有许多不正确的倾向,如盲动主义、先锋主义之类。这些也是妨碍党的工作的进行的。因此,大会一方面要肃清机会主义的残余,另一方面也要肃清一切变形的机会主义,使党完全布尔塞维克化。"秋白最后说,望"六大"能够纠正一切错误倾向,使党走到正确路线上来,从而完成中国革命和世界革命的伟大任务。

19日,布哈林代表共产国际作《世界革命形势与中国共产党的任务》的报告,重申了中国现阶段革命的性质是资产阶级民主革命,以及中国革命的形势是处在两个高潮中间的低潮时期。他严厉批评陈独秀时期的中共中央对于中国革命的性质和联合战线的任务,缺乏正确的了解,在紧急关头,不能打破敌人的包围,因而犯有机会主义的错误。同时,他还以"武装暴动是精细的艺术,它不像划根火柴那样轻而易举"的比喻批评了八七会议之后的盲动主义。据周恩来的回忆,布哈林在报告中公开批评秋白与张国焘,说他们是大知识分子,要让工人干部来代替他们。②

就在这样的局面下,20日,秋白不慌不忙地走上讲坛,代表五届中央委员会作《中国革命与中国共产党》的政治报告。报告共分为五个部分:一、中国革命问题;二、机会主义;三、盲动主义与暴动政策;四、革命形势;五、党的任务。报告指出:"新的机会主义倾向与盲动主义有关。盲动主义是机会主义的反过面来。马日事变,不准备暴动,固是机

---

① 盛岳:《莫斯科中山大学和中国革命》,第252页。
② 参见周恩来《关于党的"六大"的研究》一文。

会主义;但有的只几十人,亦要来暴动,说今天不能不暴动,主张暴动即社会主义,不暴动即资产阶级的机会主义。所谓机会主义余毒,是有思想上的系统的,是整个人生观宇宙观,是不正确的。""盲动主义是非常之危险的东西,但是不懂盲动主义是什么,而形式上的反对,更危险。"

针对布哈林对党内知识分子的无端指责,秋白掷地铿锵地回应道:"我党缺少理论,有如布哈林和史达林(即斯大林)同志所说的,革命的党要有正确的理论的工作人员,就算几十人也是好的。无理论的党,必归破产。"

对于大革命失败的原因,秋白认为可以批评共产国际对中国的指导不切实,但不能推掉自己的责任。秋白也认为不能将失败的原因归咎于陈独秀一人。28日,他在大会上作《政治报告讨论后之结论》的报告,指出:"是否责任由他(陈独秀)一人负呢?大家说不应该,又说他应负一点。这是法律的观点。他的思想是有系统的,常有脱离马克思列宁主义的观点。在政治意义上说,是他要负责的,但他的作用在中国革命中始终是伟大的。在武汉他有机会主义的政策,妨害了甚至于出卖了工人阶级,这是不错;但当时的中央政治局,是和他共同负责的。至于过去,则五四运动的《新青年》杂志以来,他对中国革命有很大的功绩。现在,只说他个人做了错误,在政治上,机会主义应由政治局负责。"

7月9日,大会通过由秋白起草,经米夫、布哈林修改后,再由秋白修改而成的《政治决议案》。决议案指出:中国革命现在阶段的性质,是资产阶级民主革命。必须用武装起义的革命方法,推翻帝国主义的统治和地主军阀及资产阶级国民党的政权,建立在工人阶级领导下的苏维埃工农民主专政。会议现场,先由秋白逐段宣读,大会代表边讨论边修改,全体一致通过后,全场掌声雷动,欢呼"中国共产党万岁!"并集体高唱《国际歌》。六大修正了过去的命令主义作风,充分发扬了党内民主,从而避免了党沦为"老爷党"的危险,对此,秋白深有感慨地加以肯定。他认为各地代表在讨论过程中对中央进行批评是前所未有的新现象:"以前,所谓党即执委会,执委会即常委,常委即书记,可以决定一切！这次大会就不同,不仅受共产国际指示,并且受各地群众代表的指导。"

在此后召开的六届一中全会上,选举产生了新一届党中央领导机构,中央政治局常务委员会由向忠发、周恩来、苏兆征、项英与蔡和森组成。其中,工人出身的向忠发成为继陈独秀之后在党的正式会议上选举产生的第一任党中央主席。秋白当选为政治局委员。由于布哈林在中共六大宣布:共产国际认为不派代表比派那些犯错误的代表还要好些,因此决定此后对中国革命的指导不再通过派遣共产国际代表的方法,而是主要依靠在莫斯科设立一个常驻共产国际的中共代表团。从而开始了中国共产党在共产国际设立常驻代表团的新阶段,结束了以往由共产国际派驻代表来指导中国共产党工作的历史。根据共产国际的提议,由秋白与张国焘分别担任中国共产党驻共产国际代表团团长与副团长。邓中夏、余飞、王若飞、陆定一为代表团成员。

7月11日,中共六大闭幕。六天后,共产国际第六次代表大会又在莫斯科如期召开。就在这两个六大前后的这段时间,秋白迅速完成了从临时党中央政治局第一负责人到中国共产党驻共产国际代表团团长的角色转换。他的视野亦自此超越了共产国际与中国一国革命的关系,从而上升到国际共产主义运动的大舞台。回首1921年秋白在张太雷引导下第一次参加共产国际大会,即共产国际三大,一切仍历历在目。张太雷在大会留给中国代表的仅仅五分钟的时间里,振臂高呼请求国际共产主义运动的大家庭能够更多地关注中国革命。时隔七年之后,保卫中国革命已位列共产国际六大提出的三大"主要国际任务"之一,中国问题更成为整个会议的首要议题。大会开幕当天,英国支部、美国支部与日本支部便联合发表《告中国工农书》,宣布:"为有中国这支队伍而自豪！""为中国共产党在斗争前列所表现的英雄气概而自豪！"大会还通过开展"声援中国无产阶级的双周运动"的提议,决定给予中国革命刻不容缓的积极援助。而作为八七会议至中共六大期间中国共产党的最主要的领袖,秋白自然成为整个会场众所瞩目的焦点,无法预测但又必须迎接各方袭来的风雨霜雪。而他所表现出的依然是勇于表达并坚持自我观点的本色不改。

7月27日,秋白在共产国际六大的第一次发言就针对布哈林在《国际形势与共产国际之任务》中提出的"第三时期"的理论,"斗胆"发表了自己的不同意见。布哈林在此前的报告中将第一次世界大战后至共产国际六大这段时间分为三个时期:1918年前后至1923年是第一时期,为"严厉的革命恐慌时期"以及"革命潮流波动全欧洲的时期"。这一时期以十月革命的胜利为标志,而止于德国无产阶级革命等的失败;1923至1928年是第二时期,为"资本主义进攻的时期,是一般的无产阶级防御争斗,特别是防御罢工的时期"。这一时期由于欧洲资本主义趋向稳定和"秩序",直接革命的形势就成为世界帝国主义之殖民地区域的特殊性。1928年起便是第三时期,为"资本主义的改造时期",这一时期"随着迅速的资本主义托拉斯化过程而来的是同资本主义对抗力量的增长,以及资本主义内部矛盾的最迅速的发展"。

在谈到中国革命时,布哈林大肆批评中国党在极其严重的右倾机会主义之后,又犯了"低劣"的"左"倾盲动主义错误,然而"现在脱离正确路线的倾向还是右比'左'更甚"。被冠以"左"倾盲动主义帽子的"大知识分子"秋白面对"中国革命是在'向右转'"的双重指控,实在是左右为难,因此在讨论"第三时期"问题之前,他不忘颇具嘲讽意味地回应一句:"同志们都知道,中国人一般都有点'民族局限性'的缺点,虽然中国共产党内有许多所谓的'知识分子',但是,我们的知识十分贫乏,尤其是在国际问题上。"紧接着,他便就"第三时期"问题提出了自己的观点,认为其"还有一个空白,就是在经济分析方面,当谈到工业生产力的增长、技术的改善等等情况时,只是轻描淡写地谈了一下新的经济形势对农业、对亿万农民现状的影响。这方面的分析是浮光掠影或不够清楚的"。而"农民的作用,不论在东方和殖民地国家,还是欧洲国家,对将来的战争都是举足轻重的",他建议"在提纲中更确切、更清楚地阐述这个问题"。紧接着,秋白又谈了殖民地(半殖民地)问题及太平洋问题,认为提纲在这两方面也谈得不深入,不详细,他说道:"既然我们在提纲中得不到有关农业、殖民地(半殖民地)和太平洋问题的明确答案,那么,所谓第三时期和第二时期似乎就区别甚微了。"秋白的话音刚落,便有人插话:"对!"但也立刻遭到了布哈林及赤色职工国际总书记罗佐夫斯基的严厉批评。他们认为强调农业国家的特点,就是否定无产阶级的领导作用。由于共产国际六大是在苏联大规模批判托洛茨基的政治背景下召开的,大会以反右倾为主论调,笼罩在一片"左"倾的氛围之中。因此,秋白从中国革命实践中总结出的有关土地革命的深刻认识在当时只能被视为"不合时宜"。

在共产国际六大上,秋白还针对美共党员佩佩尔发布的"中国党内过去是孙中山主义,现在是托洛茨基主义"的言论予以了坚决回击,他义正严辞地指出:"我们损失了成千上万的同志。不过,我们在数量上的损失虽然很大,然而我们在质量上却锻炼了党,锻炼成为比任何时候都更加布尔什维克化的党。应当承认,武汉事变以后,中国党毕竟找到了新的道路。这不容否认。"

两个"六大"之后,秋白写信给即将启程归国的周恩来说:"两次大会所给我们的确是不少。……政治上的认识,我自觉'自信力'增长很多。党的政治上之生长是异常的明显,两次大会之中,至少使一般参加的同志,得到了更深的了解。"然而,世事难料。共产国际六大召开不到一年的时间,实为左倾的布哈林便以"右派"的身份遭到了尖锐批评和严酷斗争,曼努意斯基与库西宁很快取代了布哈林,成为共产国际的最高领导人。翻脸如翻书般轻易而无情的政治斗争却使真理越辩越不明,左右愈辩愈不分。刚刚还沉浸在为自己的"左"倾盲动主义错误反省的情绪之中的秋白,转眼又要陷入新一轮反"右倾"的漩涡之中了。不懂得审时度势的他,很快就因卷入中山大学的派系斗争以及有关富农问题的争论,而在"左"倾之上又被盖上了一顶"右倾"的大帽。

1929年5月,在与共产国际东方部讨论起草共产国际执委会致中共中央《关于农民问题》的信时,作为共产国际中共代表团团长的秋白与共产国际东方部副部长米夫之间发生了严重分歧。米夫要求中国应该与苏联保持高度一致,加紧反对富农。秋白则从中国的实际情况出发,认为在土地革命中不但不能反对富农,还应该联络富农。两人反复辩论,相持不下。最后在张国焘的调和下,秋白不得不违心地服从共产国际的富农政策。但即便如此,他还是被视为以"右倾"路线与共产国际的"正确"主张相抗衡。1930年春,秋白被撤销中共驻共产国际代表的职务,余下的工作则由周恩来从国内赶赴莫斯科接任。

在有关富农政策的这场争论里,秋白关注的始终是政策本身是否符合中国革命实际,并不惜为此据理力争。而在共产国际眼中,打击富农就是在打击布哈林的"右倾",而反对打击富农自然就变成了实行布哈林"右倾"路线的罪状。秋白的一副筋骨是勇猛精进的革命战士,却不是工于心机策略的政客。尽管在客观上失于激进、冒险,给革命造成了一定损失,但这也在另一层面说明面对实力明显强于自己的敌人,他敢于进攻;面对扮演着中国革命指导者角色的共产国际,他敢于抗争。他只是不懂得,这种为了政治斗争而进行的政治斗争不仅与辨明真理毫无关联,而且往往会与其理想的政治蓝图完全背离,甚至最终会凌驾于人的生命尊严之上。对于既左又右的帽子莫名加诸其个人的头顶,对其个人政治生涯的影响,秋白原本便不以为意;但当一个年轻鲜活的至亲生命(景白)因所谓的路线斗争而消逝异乡,对他的打击与提出的警醒却是致命、深刻的,足以摧毁其体内所有的政治活力。当他终于铭心刻骨地意识到政治斗争的残酷性时,他便也将自动拉下拒绝与结束"做戏"的大幕。只是拒绝与结束的只是那作为躯壳的政治身份,留下的却是永不磨灭、永不宁静的战士魂灵。

值得赘言几句的是,共产国际不同时期驻中国代表们的最终结局也大都是以惨淡收场,毕竟"老爷"之上还有"老爷"。一时之间自以为主宰了别人命运的,自己的命运也最终会被别人所主宰……

19.忆景白

我带了一本书(《小说月报》)跑到湖滨公园;面着山,靠着水,坐在一张飞来椅上看。头一篇看的是,郑振铎的《欢迎太戈尔》。

刚读时,马路上一片的"混帐！忘八！"的骂声——或可以说是狗叫声;因为我的耳鼓的听觉,往往听见这类声音是和狗叫一般,今天回头看见是拥有一个狗心(或者竟是狗都不屑为伍的东西,而是莫可以名的一颗心)的人形机械。——原来是一个衣冠禽兽,在那里骂工人模样的一个人,后来并且将他的兽掌打工人的面颊。我不禁生了一些感想;感想到太戈尔来华之后——在郑振铎的《欢迎太戈尔》文里有说"……给爱与光与安慰与幸福于我们……"的一点。我以为这爱,光,安慰,幸福,是给"人"的,或者切实些说,是给有人情,人性的——可决不是衣冠禽兽"所可得而与"的。这种人,我们只该驱逐,难为保护。这种人,只可使他消灭,不可使他繁殖。

随后又读了郑振铎译的《微思》(太戈尔的《飞鸟集》),徐志摩的《幻想》,徐玉诺的小诗五节,和赵吟声的《秋声》。觉得这些诗意灌满了全身,西湖上的风光包围了全身;全身遂被"情"和"景"剥夺了自由,又因之无忧无虑的大乐。——在此一息中,并且是我有生以来难有的事。——天黑了……

——瞿景白 1923 年写给兄长瞿秋白的信

以上这封信是 1923 年景白自杭州寄给兄长,畅谈自己阅读了《小说月报》中郑振铎《欢迎太戈尔》等文章后的感想。秋白读了弟弟的来信之后回信,对泰戈尔的哲学思想进行了一番嘲讽,指导弟弟应以阶级分析的方法,剥开其哲学的外衣,通过现象看透本质：

真的不错！天黑了……这漫漫的长夜呵。弟弟,景白,你大概渴望那东方,那东方……早升旭日？然而……你既然能听见骂人,想必在马路上。你那时难道不看见湖滨路上万盏电光的灯火,远远看去好像一顶珠冠？那是在西方,西方一重重的楼房,管弦丝竹的淫声,闻得见酒香肉臭。那里的光明固然是光明,可决不是太戈尔的"光"和"爱"。你应当懂得,那光明是私有,……哼！你竟亦要私占太戈尔的"光"和"爱",不给衣冠禽兽。这是你的接触太俗了,激起了你的"我慢"。你为什么不到自然界里去领略太戈尔?他的哲学是所谓"森林哲学",应当与自然融洽无间的。

"那西湖还不是最好的自然界?"

"西湖么?哼!……西……那总还不是森林!"

此后,秋白将这两封信合成一篇《弟弟的信》,交与上海《时事新报·文学》第97期公开发表,想借此教育更多的年轻人。而景白在信中描写那个"拥有一个狗心的人形机械"当街掌掴工人群众的一段文字读来尖锐热辣,颇有乃兄之风范。瞿景白,出生于1906年,是秋白的三弟,小名阿森。在母亲去世之后,寄住在杭州四伯父瞿世琥家。曾就读武阳小学,后考取浙江省立第一师范学校。在《弟弟的信》发表两年后的1925年,景白被秋白带到上海,就读于上海大学。在校期间表现突出,被选为上海大学演说练习会的文书。因耳濡目染兄长所为,产生革命思想,不久即加入中国共产党,曾因积极参加五卅运动而被捕入狱。此后,担任上海曹家渡区团委书记。1926年8月,秋白到广州农民运动讲习所讲演《国民革命中之农民问题》,景白全程跟随并做文字记录,该演讲稿后发表于党内刊物《我们的生活》第4期。1927年3月,景白又跟随兄长奔赴武汉,在中共中央秘书厅文书科工作。1928年4月,他进入莫斯科中国劳动者共产主义大学(即莫斯科中山大学,大革命失败后改名)学习。值得一提的是,他的二哥瞿云白先于他,早在五卅运动后即被选派至莫斯科中山大学留学,毕业后供职于联共(布)中央出版局。因此,当秋白在中共六大期间来到莫斯科,兄弟三人在家族星散之后终于得到了一段宝贵却短暂的相聚时光。然而,1930年秋,当秋白与云白先后启程归国之时,景白却没有机会与兄长们一同回家了。

1928年中共六大前夕,几乎是刚刚迈进莫斯科中山大学校门的景白便被委以重任,进入大会秘书处,率领被秘密选派的中山大学学生为中共六大服务。虽然不清楚他当时是否有机会在大会现场目睹与亲耳聆听自己的大哥代表中国共产党中央向大会作政治报告,想必他的内心都会是无比激动与深为自豪的。中共六大之后,秋白留在莫斯科做了驻共产国际中共代表团的团长,嫂子杨之华则也进入莫斯科中山大学的特别班深造。景白得以常常跑到共产国际的宿舍与兄嫂相聚,言谈甚欢,享受一段难能可贵的家庭之乐。据与景白同一年级的陈修良记忆:景白"很聪敏,长于文字,追求真理,为人正直,敢说敢为。他对于以王明为首的宗派小集团的言论行动,十分不满,特别对以共产国际东方部长米夫为首的'中大'支部局的领导作风,非常不满……景白对秋白很尊敬,同嫂嫂杨之华同志也很友好……景白经常到秋白住的共产国际的宿舍来探望兄嫂,来必谈'中大'的本来情况,他因此遭到王明宗派集团的嫉视"①。由于景白在中大时日尚浅,且又年轻气盛,对于中山大学内部斗争的复杂状况,往往只知其表,不明其里。杨之华更是初来乍到,她还沉浸在自己多年未遂的赴俄留学心愿终于得以实现成真的欢快喜悦之中。就连赴苏联参加中共六大之前也没有想到自己会常驻莫斯科的秋白本人,虽然在国内时可能已经对中大乱局有所耳闻,但在当时对其中脉络缘由、关系利害不可能了解得详细充分,因此对于未来即将遭遇到的深重灾难恐怕都是估计不足的。

莫斯科中山大学,正式名称为中国孙逸仙劳动大学,创办于1925年9月。它是苏联政府在孙中山去世之后,为纪念这位伟人而创立的供国共两党选派青年才俊留学苏联的专门学校。在其存在的1925至1930年间,共培养学员近两千名,形成了中国留学史上的第三次高潮。大革命失败后,国民党于1927年7月26日声明与该校断绝一切关系。此后,莫斯科中山大学更名为莫斯科中国劳动者共产主义大学,成为在苏联大力支持下,专门培养中国共产党干部的学校。尽管前后只维持了短短五年时间,莫斯科中山大学却不可避免地成为中俄关系史、国共关系史以及国共两党党史的重要组成部分。它那拥有不同家庭背景、地域文化特征与政治信仰的中国学员们,在苏俄度过一段难忘岁月后

---

① 陈修良:《瞿景白失踪之谜》,姜沛南、沙尚之编《陈修良文集》,上海社会科学院出版社1999年版,第373—374页。

回到祖国,又如水滴般重新融汇于各自所选择的不同道路,并最终殊途同归,抵达各自人生际遇的终点。有意思的是,在经历了几番命运浮沉之后回看中山大学,他们依然会各持己见,争论不休。正如他们当年时的模样。

中山大学的校址位于莫斯科沃尔洪卡大街 16 号,正面对着莫斯科大教堂广场,紧邻克里姆林宫,正宗是原俄国贵族的豪华住宅区。学校是一座四层楼房,拥有百余个房间,设计精致宽敞,富丽堂皇。餐厅、图书馆、教室、学习室、办公室应有尽有。楼前坐拥一大片树林,楼后的篮球场,冬天泼水后便又成为溜冰场。学校的食宿情况,据杨尚昆回忆:"学生上课是一个地方,住的是另一个地方,那里像大礼堂一样,一排排床,房子还整洁,但没有单间房,厕所是公用的。已经结婚的夫妻,就用铁丝拉起白布,划出一块来。学员的生活待遇很好,衣食住行都由学校供给,每周还有两次晚餐改善伙食,星期六有蛋炒饭、火腿肠、鸡蛋,每月津贴二十五卢布,一般用于买烟酒和吃中餐。来莫斯科的途中,我发现车站上很少能买到白面包,红军战士有的用皮条缠在脚上代替靴子,而对我们如此优待,使我们很为苏联当局的国际主义精神感动。"[①]杨尚昆入校的时间是在 1926 年年底,他不知道的是,1925 年创校伊始,学校还安排学生们一天吃五顿饭,最后是学生们因为实在"吃不消"而主动请求校方取消了下午的点心和夜宵。此后,校方又担心中国学生天天吃腻了面包、黄油、鱼子酱,特意雇了中国大厨,使学生们能够在中餐西餐中随意挑选。而在一墙之隔的现实生活中,陷入物资匮乏与经济困难的苏联老百姓,冒着零下几十度的严寒通宵排队,却往往买不到一小块肉。

除了在吃方面的优待,中山大学的学生一入校便免费发放西装、外套、皮鞋、衬衫等全套穿着衣物,小到牙刷、梳子、手帕、肥皂等日常用品也是一应俱全。学校会想方设法为学生安排观看音乐会、电影、戏剧、歌舞演出的机会,还会在暑假将全体学生送往苏联各地著名的休养所

[①] 《杨尚昆回忆录》,中央文献出版社 2001 年版,第 23—24 页。

休养度假。休养所内休闲娱乐项目众多，一日四餐，强制午睡，如果有人在离开休养所时没有增加体重，该休养所所长便会面临失职的指控而轻易丢掉职务。

当时的苏联，刚刚从长年内战、经济崩溃与社会革命的风雨飘摇中恢复起来，在本国人民还在忍饥受冻、节衣缩食的背景之下，却对培养外国革命者摇篮的中山大学如此不惜血本的大手笔投入，反映了苏联政府推进"世界革命事业"的"坚强"决心。而当这种"坚强"发展到极致，却也会转化成为强硬与蛮横的大国沙文主义，从而伤人伤己。例如，在俄语、历史唯物主义与辩证唯物主义、马克思主义政治经济学、中国革命运动史等正常课程教学之外，中山大学还通过开展自我批评、连环监视、相互揭发等方式严厉控制学生的思想。而斗争，也从建校伊始的国共两党之争发展到大革命失败后中国共产党与苏联对中国革命的领导权之争以及苏联内部政治斗争这两条主线的相互交织。

1928年8月15日，中共驻共产国际代表团发布《中共代表团致联共中央政治局信》，针对联共监委处理中山大学学生中所谓"江浙同乡会"的错误结论，提出不同意见。在接到此信后，共产国际监委、联共监委与中共代表团联合组成审查委员会重新调查此案，最后作出不存在所谓"江浙同乡会"反动组织的结论，并由周恩来在中山大学全体师生会上宣布此结论，正式撤销此案。"江浙同乡会"一案是秋白受中共中央委托，以中共代表团团长身份介入中山大学事务的起点，就如同推倒了多米诺骨牌的第一张牌，使其陷入了此后为之带来无尽麻烦的厄运怪圈。究其实质与根本原因，作为那段历史亲历者的陆定一与杨尚昆的两段总结性文字已经分析得极为透彻与明晰了。

陆定一："一九二八年党的六次代表大会以后，到一九三〇年中，瞿秋白同志是中国共产党驻共产国际代表团的团长。我是青年团五次代表大会选出的驻少共国际的代表，也是代表团的成员之一，于一九二八年年底到达莫斯科。我们住在一个旅馆里，常相往来。……这个时期里，王明集团开始在莫斯科形成。这个集团自称是'二十八个半布尔什维克'或者'百分之百的布尔什维克'。王明集团实际上是米夫

（共产国际东方部部长）组织起来,要夺取中国共产党的领导权的。……米夫组织了王明集团,首先就在莫斯科反对中国共产党代表团,扬言中国共产党的领导使中国革命遭到失败,所以所有老的领导人都是机会主义者,非推翻不可。……瞿秋白同志成了米夫和王明集团在党内的主要打击对象,我成了他们在青年团内的主要打击对象。现在来看,我们在莫斯科同米夫、王明集团的斗争是正确的,实质上是反对'老子党'和大国主义的斗争。"①

杨尚昆:"中大的办学方针确实存在许多严重的问题:一是脱离中国革命的实际。讲马列主义,而不强调应用,不联系中国的国情;课程的设置,同中国革命的实际需要明显地脱节;讲革命经验,言必称苏俄,就是以城市暴动为中心的模式。……二是学校的领导把中国共产党排除在外。中山大学前期还有国民党的代表,说是共同管理,后期却没有中共中央的代表参与管理。党的六大后,驻共产国际的中共代表团成立,负责人瞿秋白是政治局委员,但是,米夫不允许他过问中大的事,即使是受中共中央委托的,米夫也认为是向中大'争夺领导权'。后期并将中共旅莫支部撤销,党员一律编入联共支部,降为预备党员,受莫斯科区委领导,连中共一大代表董必武和何叔衡也不例外。学员结业时的政治鉴定、工作分配,一概不准中共代表团插手,使中共党员和青年团员在学习期间同中国党中断了联系,而日常组织生活又完全卷入苏联内部的政治斗争。米夫实际上是企图培训一批政治上绝对听从共产国际东方部和联共的中共新领导人。三是思想政治工作中的形而上学和组织上的培植宗派。在反对托洛茨基派的斗争中,把所有渴望总结大革命的教训、对斯大林透过陈独秀不满的中共党员一律给予打击,甚至制造'江浙同乡会'之类的假案,独断专行,排除异己,搞残酷斗争,无情打击。最后,竟迁怒中共代表团。"②

今天,我们已经可以作出"江浙同乡会"案是时任共产国际东方部

---

① 陆定一:《〈忆秋白〉前言》(1980年5月3日)。《忆秋白》一书于1981年由人民文学出版社出版。
② 《杨尚昆回忆录》,第42—43页。

副部长与莫斯科中山大学校长的米夫以及他为夺取中国共产党的领导权所培植的在政治上绝对听从于共产国际的王明小宗派集团，在苏联当局批判托洛茨基和布哈林的党内斗争的特殊背景下制造出来的一场排除异己的派性斗争的历史结论。所谓王明小宗派即坚决拥护中山大学联共支部局的支部派，在中山大学"十天大会"后形成"二十八个半布尔什维克"。他们将反对他们的江苏、浙江籍的同学称之为"江浙同乡会"，中共青年团团员称之为"先锋派"，工人出身的同学称之为"工人反对派"，然后将这三部分人统称"第二条路线联盟"，进行残酷打击。然而，在历史行进的当时，既没有看到前因，也没能预料后果的秋白却真的是将一门心思放在所谓"江浙同乡会"是否真实存在这一基础问题之上的。他深入学校调查研究，亲自召见两方面的人员进行当面询问，并要求双方提交实质性的书面证据材料。针对秋白的"较真"行为，就连位列"二十八个半布尔什维克"之一的盛岳都不得不承认："事实上，我们无法否认，瞿秋白报告中是有一定道理。但对我们来说，重要的问题在于，那些和它有关的人所采取的政治路线和共产国际以及中山大学党支部局不一致，不在于传说中的同乡会本身。"而对于"传说中的同乡会"本身，盛岳亦明确表示："我当时并不相信它曾正式存在过。"①在通过自己的实际调查，作出"江浙同乡会"并不存在这一结论之后，一心求真又敢于直言的本性促使秋白向共产国际东方部部长库西宁提出了撤销米夫的东方部副部长以及中山大学校长职务的要求，并经历曲折过程最终为这一直言付出了生命的代价。而在此之前，他所先要失去的是自己最不看重的个人政治前途以及自己最为看重的至亲亲人的生命。

秋白处理完"江浙同乡会"案之后，本以为中山大学之内部纷争可以就此告一段落。然而，树欲静而风不止。紧接着到来的便是如旋风般更为猛烈与强劲的"十天大会"与清党运动。

1929年夏初，王明小宗派成员策划召开了"十天大会"，要求中共

---

① 盛岳：《莫斯科中山大学和中国革命》，第231—233页。

代表团成员参加,并点名团长秋白必须到会,意图就是要"把他们拉出来打","把他们置于公开批判之下"。秋白婉言谢绝,由张国焘作为中共代表团的代表参加大会。据盛岳的说法,"这十天党员大会是在中山大学政治斗争中发生的最有戏剧性的事件。那是狂风暴雨、一片混乱和蓄意拆台的十天。"①当时的场面非常混乱,支持支部局与反对支部局的学生相持不下,而其余大部分学生都因不愿意卷入纷争而选择弃权沉默。② 面对这样的乱局,就连在场的共产国际官员索里茨都不忍再目睹下去,他向中国学生们大声疾呼:"你们在这里,在莫斯科,无论说得多么好听,都不能完全说明你们是好样的。你们必须在中国,在流血斗争中,用自己的实际行动,才能证明你们是真正好样的。不是这里,而是那里!"

由于"二十八个半布尔什维克"没能在"十天大会"上把秋白和中共代表团其他成员"拉出来打",他们只好再次等待时机。同年秋天,波及全苏联范围内的联共清党运动的风暴来袭,他们决定抓住清党大会的机会再度出击。据盛岳的回忆,"二十八个半布尔什维克"开始着手收集他们(指秋白与中共代表团)幕后活动的材料:"我们同时仔细审查他们自中共六大以来的各种讲话,从中找出同中共中央和国际立场相抵触的地方。我记得有个周刊,是共产国际的刊物,内部发行,那上面载有他们的大部分言论,我们逐字逐句地仔细把它翻阅了一遍。这可以说是我们为对瞿秋白和代表团其他成员发动全面政治攻势,做好了思想上的准备。按照我们的计划,发动攻势的时间就定在中山大学清党的时候。"③就在这个巨大的阴谋秘密酝酿的同一时刻,极端缺乏斗争经验与防范意识的秋白与景白兄弟二人却在聚精会神地合编《中国职工运动材料汇编》。

1929年10月,在中山大学第一次清党大会上,蓄谋已久的盛岳粉墨登场了:"我走上讲台作了我在莫斯科期间的第二个重要发言。我

---

① 盛岳:《莫斯科中山大学和中国革命》,第239—242页。
② 吴福海:《莫斯科中国共产主义劳动大学》,《党史资料丛刊》1980年第1辑。
③ 盛岳:《莫斯科中山大学和中国革命》,第244—245页。

公开谴责瞿秋白及其同伙犯了机会主义的罪行。瞿秋白犯了左倾机会主义,我说,而张国焘则是右倾机会主义。我谴责他们都在中山大学培植'反党第二路线联盟'。为了论证我的指责,我引证了大量他们的讲话和文章,和提供了关于他们进行幕后活动的充分证据。我用中文讲,用不着停下来等译成俄文,王稼祥和另一个我忘了名字的中国人,轮流着替我作同声传译。发言只限五分钟,可贝尔津允许我讲了四十五分钟。"①

领导中大清党运动的三人委员会是共产国际和联共中央派人组成的,主任委员是1905年入党的老布尔什维克贝尔津,据杨尚昆回忆:"在非常紧张的气氛中,柏烈仁(贝尔津)讲话的矛头针对着中共代表团负责人瞿秋白,指责他政治上犯过'左'倾盲动主义的错误、富农路线,在中大学生中培植派别势力。这在学生中造成一种空气,凡是过去不支持支部局而和中共代表团接近的,都将受到追究,他们因此愤愤不平。瞿秋白弟弟景白一气之下,把联共的预备党员证书交还支部局。第二天,他失踪了。"②

景白的同学陈修良也证实了这一悲剧的发生:"秋白的弟弟瞿景白敢讲话,斗争性也很强,但后来失踪了。失踪前几天,他精神有些失常,有人就造他的谣,说他掉进莫斯科河里自杀了。我们马上通知苏联保安机关去找,也没找到。秋白说,他肯定被捕了,被苏联保安机关枪毙了。这事对他刺激很大。""解放以后杨之华同志还同我提起过景白失踪问题,我们都认为他的死与'中大'斗争有关,决非自杀,而是他杀。苏联动用专政工具,秘密逮捕中国留学生的事情在30年代是司空见惯的。"③然而即使是景白的失踪或者说景白的死,也并没有能够让王明小宗派成员的行动有半点收敛,相反却有愈演愈烈之势。他们甚至在学校墙报上将秋白画成一只猴子,并公开侮辱杨之华。清党运动

---

① 盛岳:《莫斯科中山大学和中国革命》,第244—245页。
② 《杨尚昆回忆录》,第37页。
③ 陈修良:《回忆瞿秋白和杨之华》,《党史资料丛刊》1981年第2辑;《瞿景白失踪之谜》,《陈修良文集》,第374—375页。

之后,杨之华被送到工厂劳改。她与秋白一起咬紧牙关以绝对的沉默渡过了这一场难熬的也是非人的政治灾难。

因弟弟的死而遭受巨大打击的秋白身心俱疲,很快旧病复发,再度入院治疗。在此期间,也许是已然意识到了中大问题对于自己的影响远远没有结束,他暗自写下一份《清校问题》,作为备忘录留存。其中对于王明宗派小集团成员的分析,客观冷静,没有挟带丝毫因弟弟之死而产生的怨怼、愤恨的私人情绪:

> 后一批人,如张闻天、盛宗亮(即盛岳)、沈际明、吴绍益、秦邦宪等等,大半都是官僚地主资产阶级的子弟、大学生,或者欧美留学生。他们因为外国文好的缘故,自然容易学到理论,如果能够切实的学习实际工作,教育幼稚党员的方法,刻苦的做些帮助工人同志学习的工作(对于政治问题,国际问题,尤其是中国问题,加以研究而发表自己的见解,写在工人同志所懂得的中国文的文章里等等),抛弃许多小资产阶级的虚荣心,那么,他们之中,像地主资产阶级子弟之中的少数例外一样,亦许可以造成党的极其得用的人才,甚至于政治领袖。但是,事实上,他们不这样做……

据盛岳个人的总结回忆,"二十八个半布尔什维克"在回国后,有十人当选为中央委员或候补委员,有三人先后当选为中共总书记,此外还有两个共青团中央总书记、两任中共中央上海局书记,其余的人也都成了省一级的党组领导人或方面军的政治委员。其中三人被国民党抓捕后处决,十一人叛变脱党。[①] 结合秋白当日对他们的评价之词,确实发人深思。

1930年的3、4月间,中大清党结束。秋白被解除了中共驻共产国际代表团团长的职务。据张国焘在《我的回忆》中的记载:"在中国学生中的清党工作,拖延了三个月时间,快要结束的时候,瞿秋白遭受着比我还要重得多的打击。在柏金斯基的办公室内(柏金斯基系当时共产国际秘书长),围坐着少数人在那里举行秘密会议,我和瞿秋白也在

---

① 盛岳:《莫斯科中山大学和中国革命》,第238—239页。

座。首先由共产国际那位主持中大清党的监察委员,报告中大清党的经过。根据他所搜集的材料,认为在中国学生中,长期存在着一个托洛茨基的秘密小组织。中共代表团方面,一直采取放任的态度。他指摘瞿秋白曾让刘仁静这个托派领导人物,经由土耳其回国。刘在土耳其曾会见托洛茨基,请示机宜,回国从事托派活动。又指出其他若干托派分子,都是经由瞿秋白的提议,一一派遣回国。……在柏金斯基办公室会议之后几天,米夫曾约请我和瞿秋白、邓中夏、余飞四人,在他的办公室内举行会议。他以从未有过的骄傲神态,板起面孔向我们宣读一件共产国际谴责中共代表团的秘密决议。……我和瞿秋白心中都很明白,这是上次在柏金斯基办公室内举行秘密会议,在我和瞿秋白等当事人退席后,共产国际的少数巨头会同共产国际监察委员会,所作出的谴责决议,米夫只是受委托向我们宣布而已。这个会议,当无改变这个决议的可能,争论也是无益的。……从此,米夫便可以为所欲为,中共代表团则只有销声匿迹,丧失了它的发言地位。"

在生命的最后时刻,对于那不堪回首的中大事件,秋白的解释却相当云淡风轻:"莫斯科中国劳动大学(前称孙中山大学)的学生中间发生非常剧烈的斗争。我向来没有知人之明,只想弥缝缓和这些内斗,觉得互相攻讦[讦]批评的许多同志都是好的,听他们所说的事情却往往有些非常出奇,似乎都是故意夸大事实俸为'打倒'对方的理由。因此我就站在调和的立场。这使得那里的党部认为我恰好是机会主义和异己分子的庇护者……"(《多余的话》)

一切,他已不愿多说。只在心中默念景白。景白走了,那扼杀了至亲的一抹血色带走了他心中那曾经眷恋神往的赤色"饿乡",也带走了他人生此后几乎全部的政治生命力。如果政治忘记了最初的理想,只意味着日夜缠斗的话;如果为了走上所谓终极正确的路线,就可以肆意剥夺人性与生命的话,那么,从此以后,他要在"政治"二字跟前主动停下自己的脚步了。人生若只如初见,他只想要道一声:"误会了。"然后,打道回府。对于依旧身处斗争漩涡恋战不已的"同志"们,他挥了挥衣袖,宣布自己"已经退出了无产阶级的革命先锋的队伍,已经停止

了政治斗争,放下了武器":

> 你们去算账罢,你们在斗争中勇猛精进着,我可以羡慕你们,祝贺你们,但是已经不能够跟随你们了。我不觉得可惜,同样我也不觉得后悔,虽然我枉费一生心力在我所不感兴味的政治上。过去的是已经过去了,懊悔徒然增加现在的烦恼。应当清洗出队伍的,终究应当清洗出去,而且愈好〔快〕愈好,更用不着可惜。……
>
> 永别了,亲爱的同志们!——这是我最后叫你们"同志"的一次。我是不配再叫你们"同志"的了,告诉你们:我实质上离开了你们的队伍好久了……
>
> ……

同时,也留下了一片挟带着人性光辉的"宽恕"云彩:

> 其实最理想的世界是大家不要争论,"和和气气的过日子"。
>
> 我有许多标本的"弱者的道德"——忍耐、躲避、讲和气,希望大家安静些仁慈些等等。固然从〔少〕年时候起,我就憎恶贪污、卑鄙……以至一切恶浊的社会现象,但是我从来没有想做侠客。我只愿意自己不做那些罪恶,有可能呢,去劝劝他们不要再那样做;没有可能呢,让他们去罢,他们也有他们的不得已的苦衷罢?……
>
> ——瞿秋白《多余的话》

20. 面包问题

回忆七年前,
来到此人间,
共游如飞燕,
我曾被你坚强的意志燃烧;
我被你多年的幽情缠绕。

过去的一切甜情蜜意，

已成今日悲苦的回忆……

心影呀！

你犹在眼前，你犹在云烟。

今战后负伤只身来，

又从地狱到人间。

——怀念秋白的诗，杨之华写于1935年8月第二次赴俄期间

1935年8月，共产国际七大闭幕后，杨之华随会议代表们去往克里米亚参观游览。近一个月的时间，她孤身徘徊于黑海之滨，忆起此前与秋白二人"共游如飞燕"的日日夜夜，心中无限悱恻缠绵。回到莫斯科后，她从国际儿童院将女儿独伊接出来同住。从此，一个人对逝者的孤寂思恋变成了两个人对故亲的共同追忆，母女二人你一言我一语，在脑海中还原了那曾经与好爸爸在一起度过的难忘的日子。瞿独伊后来在《怀念父亲》中回忆道：

> 那一天，爸爸和妈妈来看我，带我到儿童院旁边河里去撑木筏玩，爸爸卷起裤管，露出了细瘦的小腿，站在木筏上，拿着长竿用力地撑，我和母亲坐在木筏上。木筏顺流而下，微风轻轻地吹动着我们的衣服，忽然，父亲引吭高歌起来。接着，我和母亲也应和着唱，快乐的歌声，在河上飞翔，我们就在歌声中尽情地享受着天伦之乐。

1928年两个六大之后，秋白、之华与独伊的三口之家就设立在莫斯科共产国际高级宿舍柳克思旅馆的二层12号房间，虽然是身在异乡的临时居所，却也成就了一段难能可贵的天伦时光。当时的苏联经济还处于困难时期，生活用品都需定量供应。秋白与日本、朝鲜、匈牙利等党驻共产国际的代表们一样，每月领取一本编有号码的票证。在柳克思旅馆，早餐一般是面包涂黄油，午餐是面包夹香肠，晚餐是面包加菜汤，因此生活中最基本的吃饭问题便被秋白戏称为"面

包问题"。革命者也是人,也有家,也需食人间烟火,也要过普通人的最普通的生活,并且在这日常凡俗的生活中也同样扮演着各自不同的角色。

据当时经常光顾"瞿宅"的陈修良在《怀念杨之华同志》一文中的记载,"我因为同之华同志很熟悉,经常到她的宿舍去谈天,她与秋白同志当时住在共产国际宿舍(宿舍名柳克司)楼上的一间房子,前半间办公,后半间作为卧室。桌子上引人注目的是一张之华与她的女儿独伊的照相,上面题有'慈母爱女'四个字,这是秋白同志的亲笔题字。秋白同志患肺病,之华同志无微不至地照顾他的身体,她常给秋白同志烧鸡汤。她对我说:'自从结婚以来,我从未吃过鸡腿,全让给秋白同志吃了。'"

庄东晓则在《难以忘却的怀念》中提供了"瞿宅"中另一则充满情趣的生活细节:"当秋白同志工作的时间过长,面带倦容,需要休息时,华姐在旁就说几句诙谐风趣的话,或叫秋白放下笔去做点什么,调剂调剂。"有一次,"华姐向我递了个眼色,笑着说:'有个人连脸都懒得洗,洗手也只洗手心,连手背都不洗,这个人更不喜欢搞卫生,房子里有气味,他就洒点香水,你们猜这个人是谁?'我们都哈哈大笑起来。秋白也只好放下笔,同我们一起说笑,这才稍得一点休息。"

当时,杨之华在中山大学特别班学习,据同学李文宜在《忆敬爱的杨之华同志》中的记载:"别的班上的同学称我们班为老头子班,因多数人年龄较大,学习又都用功,空气自然比较沉闷。之华同志性格活泼,她一来到班里,好像水里有了鱼,林中有了鸟,顿时热闹起来,有了生气,常见她在校园里参加篮球、排球等活动,学习上她很用功,讨论时发言很中肯,学俄文进步也很快。"

值得一提的是,当时中大特别班的学员,除了吴玉章、林伯渠、董必武、叶剑英、徐特立等老资格革命家,还有一位未来将与秋白共同经历生死之劫的老同志何叔衡。徐特立就曾说:"在莫斯科,我们几个年老的同志,政治上是跟叔衡同志走的。开头都说叔衡同志笨,不能做事。清党事起,大家还摸不着头绪的时候,叔衡同志就看到了,布置斗争,很敏捷,很周密,谁说他笨！……我们政治上是跟他走的。"①

与中共代表团成员及家人、中大特别班的老资格党员们以及郭质生、鲍罗廷等苏联老朋友和来往于共产国际的其他各国代表们的交流往还极大地丰富与喜悦了秋白之华的留苏生涯。不必时刻担忧白色恐怖的警报,能够随意地站在大街上,安心地呼吸自由的空气,周末到儿童院与女儿相聚玩耍,还能夫妻双双跟随共产国际代表团前往南俄地区的巴统、第比利斯、巴库、罗斯托夫、乌法、哈尔科夫等地参观游览,如果没有"政治"因素的干扰,留驻莫斯科的两年对于"秋之白华"来说,真可谓一段黄金岁月。

期间,由于秋白的肺病反复发作,需要入院疗养,或两人要离开莫斯科去他地参加会议,夫妻二人也有短暂的分离,而这样的"小别"却依靠满含浓情蜜意的书信更加拉近了两人的心灵。仅以1929年间秋白致之华的几封书信为例,从中不仅能读到"秋之白华"作为生命伴侣的深厚情意,更能对当时秋白的身心状况、所思所想稍作一观。

爱爱：

　　……

　　我只是觉得精力不够了。我只有丝毫的精力支持着自己的躯壳。尤是最近是如此的。世界加在我身上的事务是如此的多。我只是慌乱。我想帮助你学习,可是我能做的是如此之少。我已经是一半废人了。我念念只想如何弄好生活的秩序。念念的想成痴想了。我是在千钧万两的压迫之下。不知是为什么缘故,我心上什么事都不能认真的想。我的思想是麻木的。我只觉得你是亲人,是我的生命。……然而我如何能救我自己呢！我是如此的颓废！如此的昏沉！

　　……

你的哥哥
二月七日

---

① 谢觉哉:《忆叔衡同志》,《永远的叔衡》,湖南人民出版社2006年版,第60页。

亲爱爱：

　　……

　　好爱爱，亲爱爱，我又梦见你两次。我想着：你在上海时，如何的替我制衣服，理书籍……你是我的生活的组织者。我想起来，从一九二六年的春天，我俩从江湾路搬到五丰里之后，我便日渐丧失一切组织整理的能力，一直到现在。这是很奇怪的。为什么，我对于一切事物现在都不能理出一个条理出来，而且心上一丝如此的愿望都没有。

　　……

你的阿哥
二月二十四日晚

亲爱爱：

　　今天接到你二月二十四日的信，这封信算是走得很快的了。你的信，亲爱爱，是如此之甜蜜，我像饮了醇酒一样，陶醉着。我知道你同着独伊去看《青鸟》，我心上非常之高兴。《青鸟》是梅德林的剧作（比利时的文学家），俄国剧院做得很好的。我在这里每星期也有两次电影看，有时也有好片子，不过从我来到现在，只有一次影片是好的，其余不过是消磨时间罢了。独伊看了《青鸟》一定是非常高兴，我的爱爱，你也要高兴的。

　　好爱爱，我想想：如果我不延长在此的休息期，我三月八日就可以到莫斯科，我就可以拥抱着我的唯一的爱爱了。如果我还要延长两星期那就要到三月二十边。我如何是好呢？我又想快些快些见着你，又想依你的话多休息几星期。我如何呢？好爱爱，亲爱爱，体力是大有关系的。我最近几天觉得人的兴致好些，我要运动，要滑雪，要打乒乓。想着将来的工作计划，想着如何的同爱爱在莫斯科玩耍，如何的帮你读俄文，教你练习汉文。我自己将来想做的工作，我想是越简单越好，以前总是"贪多少做"。

可是,我的肺病仍然是不大好,最近两天,右部的胸膛痛得利害,医生又叫我用电光照了。

好爱爱,亲爱爱,《小说月报》怎么还没有寄来,问问云白看!

……

要睡了,要再梦见你。

你的阿哥
二月二十六日晚

亲爱爱:

……最近半年是什么时候?是我俩的生命领受到极繁重极艰苦的试验。我的心灵与精力所负担的重任,压迫着我俩的生命,虽然久经磨练的心灵,也不得不发生因疲惫不胜而起呻吟而失常态。

……

你的阿哥
(二月)二十八日晚

亲爱爱:

……

天气仍旧是如此冷,仍旧是满天的雪影,心里只是觉得空洞寂寞和无聊,恨不得飞回到你的身边,好爱爱。我是如此的想你,说不出话不出来的。

我想,我只是想着回莫之后,怎样和你两人创造新的生活方法,怎样养成健全的身体和精神。

……

你的阿哥
三月十三日

好爱爱:

昨天晚上写了一封信,现在已经觉得又和你离别了不知多少时候了,又想写信。

亲爱爱,再过四天,我俩可以见面了,我是多么高兴!今天这里的天气非常好,青天白云,太阳光耀着,冷风之中已经含着春意,在那里祝贺我俩的叙首呢。我数了一数你写给我的中俄文信一总有三十封了!我读了又读,只是陶醉在你的爱之中,像醇酒一样的甜蜜,同时,在字里行间我追随着你的忧愁或高兴,我觉得到你的一切一切!!好爱爱,我吻你。

……

你说,决定暂时不用功而注意身体。这是很好,我原是时时想着的,时时说的。好爱爱,这不好是灰心,而是要觉得自由自在的。自己勉强固然是必须的,但是不是要自己苦自己。我俩虽已到中年了,可是至少还有二十年的生活呢,不要心急,不好焦灼。我一生就是吃这个苦。我是现在听着爱爱的话,立志要改变我的生活。好爱爱,亲爱爱,你自己也要如此,你要如此!!你是顶乖的。亲爱爱,我抱你,吻你。

我俩快见面了!!!

你的阿哥

三月十八日

爱爱:

临走的时候①,极想你能送我一站,你竟徘徊着。

海风是如此的飘漾,晴明的天日照着我俩的离怀。相思的滋味又上心头,六年以来,这是第几次呢?空阔的天穹和碧落的海光,令人深深的了解那"天涯"的意义。海鸥绕着桅樯,像是依恋不舍,其实双双栖宿的海鸥,有着自由的两翅,还羡慕人间的鞬掌。我俩只是少健康,否则如今正是好时光,像海鸥样的自由,像海天般的空旷,正好准备着我俩的力量,携手上沙场。爱爱,爱爱,我梦

---

① 指秋白于 1929 年 7 月由莫斯科动身赴德国法兰克福参加国际反帝同盟大会。

里也不能离你的印象。

　　独伊想起我吗？你一定要将地名留下,我在回来之时,要去看她一趟。下年她要能换一个学校,一定是更好了。

　　你去那里,尽心的准备着工作,见着娘家的人①,多么好的机会。我追着就来,一定是可以同着回来,不像现在这样寂寞。你的病怎样？我只是牵记着。

　　可惜,这次不能写信,你不能写信。② 我要你弄一本的小书,将你要写的话,写在书上,等我回来看！好不好？

　　好爱爱,乖爱爱,一万个 Kiss。

你的阿哥
七月十五

在 1929 年 2 月 28 日致杨之华的信中,秋白写道:"极巨大的历史的机器……之中,我们只是琐小的机械,但是这些琐小的我们,如果都是互相融合着,忘记一切忧疑和利害,那时,这整个的巨大的机器是开足了马力的前进,前进,转动,转动。——这个伟大的力量是无敌的。"充分表明了在政治斗争的重压之下,他对革命理想主义决然的坚守。而对于他所认可的真正的革命同志,他更是毫不吝啬自己的满怀关切之情。在 3 月 12 日致杨之华的信中,秋白表达了惊闻苏兆征病逝,满纸悲酸,不胜哀痛的心情：

亲爱爱：

　　昨天接到你的三封信,只草草的写了几个字,一是因为邮差正要走了,二是因为兆征死的消息震骇得不堪。钱寄到的时候,我都不知道！（三十元已接到。）

　　整天的要避开一切人——心中的悲恸似乎不能和周围的笑声相容。面容是呆滞的,孤独的在冷清清的廊上走着。大家的欢笑,

---

① 此处杨之华注:"一九二九年八月,海参崴召开太平洋劳动大会,从中国去的工人代表是秘密赴苏联的。这里所指的娘家人就是从中国去的工人代表。"
② 此处杨之华注:"为什么不能写信？也是因为要使出席太平洋劳动大会的各国代表安全起见,有一条纪律,不能与外界通讯。"

对于我都是很可厌的。那厅里送来的歌声,只使我想起:一切人的市侩式的幸福都是可鄙的,天下有什么事是可乐的呢?

一九二二年香港罢工(海员)的领袖,他是党里工人领袖中最直爽最勇敢的,如何我党又有如此之大的损失呢?前月我们和史太林谈话时,他所关心的问题,是如何的切合于群众斗争的需要;他所教训我的——尤其是八七之后,是如何的深切。

可是他的死状,我丝毫也不知道,爱爱,你写的信里说得太不明白了,他是如何死的呢?

亲爱爱……你自己的病究竟怎样?我昨天因为兆征死的消息和念着你的病,一夜没有安眠,乱梦和恶梦颠倒神魂,今天觉得很不好过。

……

亲爱爱,我只是想着你,想着你的心——这是多么甜蜜和陶醉。我的爱是日益的增长着,像火山的喷烈,好爱爱,亲爱爱,我要吻你,我俩格外的要保重自己的身体,——我党的老同志,凋谢得如此之早呵。仿佛觉得我还没有来得及做着丝毫呢!!①

而当彭湃、杨殷等同志于同年 8 月 24 日被捕的消息传至莫斯科,秋白更是顿足不已,当即致信中共中央:"得彭、杨被捕之电,究竟情形怎样?此事宜亟设法,究竟用武力劫狱,或贿买狱卒,或其他方法救济,你们应能就地决定。如需特费,宜速来电声明。"几天后,没有得到及时回音的他再度发报:"彭、杨如何,急死人了!!"两封信中的短短几行文字,让人无法想象出自一向从容不迫、斯文淡定的秋白之手。为了挽救心之所系的亲密战友,他一介书生,却连"武力劫狱"和"贿买狱卒"的办法都想出来了。然而远隔千里,眼睁睁无力施援,真是快要"急死人了"。

8 月 30 日,终于噩耗传来,秋白怀着极其悲痛的心情,于深夜灯下

---

① 以上瞿秋白致杨之华信件内容,引自瞿独伊、李晓云编注《秋之白华:杨之华珍藏的瞿秋白》。

写就《纪念彭湃》一文,发布于《真理报》。字里行间,饱含深情:"他是中国劳苦的农民群众顶爱的、顶尊重的领袖,在海陆丰农民的眼中,看得像父母兄弟一样的亲热。恐怕除湖南农民的毛泽东同志以外,再没有别的同志能够和他相比了。"此后,秋白还不辞辛苦,拖着病体在苏联收录彭湃遗作,编辑出版《纪念彭湃》一书,以全战友之谊。

在3月12日秋白致杨之华的信件中,还透露了另一个重要信息,即"前月我们和史太林谈话时,他所关心的问题,是如何的切合于群众斗争的需要;他所教训我的——尤其是八七之后,是如何的深切"。这记录的应是秋白在驻莫斯科的两年中与斯大林的第二次面见会谈。第一次为1928年11月的一天夜间,秋白与张国焘应邀前往斯大林办公室,与其针对中国革命问题长谈了近三个小时。其间,斯大林就当时两个他最关心的中国人——宋庆龄与陈独秀,向瞿张二人提出了疑问:宋庆龄会不会反共?陈独秀会不会组建反对党?秋白均予以了否定。心情就此轻松起来的斯大林便开始抽起烟斗,甚至动情地向两位中国共产党人娓娓道来自己在三十二岁那年由一本《资本论》第一卷开始踏上马克思主义道路的往事。据张国焘回忆,秋白被斯大林的话完全吸引住了,听得入了神,连翻译给他听都忘记了。

能够亲耳聆听比自己年长二十余岁的前辈斯大林讲述他的革命起点,是一次非常难得的奇妙体验,或许秋白也就此想到了自己第一次赴俄,从而逐步走上共产主义道路的心境与感受。

秋白一直强调自己"马克思主义理论家"的头衔是偷到的虚名,更表示:"到一九三〇年,我虽然在国际参加了两年的政治工作,相当得到一些新的智识,受到一些政治上的锻炼,但是,不但不进步,自己觉得反而退步了。中国的阶级斗争早已进到了更高的阶段,对于中国的社会关系和政治形势,需要更深刻更复杂的分析,更明了的判断,而我的那点智识绝对不够。"但事实却正如他所说的——"我的思路已经在青年时期走上了马克思主义的初步,无从改变。"——他可以人为地选择规避"政治",却终其一生无法说服自己放弃理想。因此,从1929年冬天至1930年6月,在遭受到景白之死的残酷打击之后,尽管在致中共中央政治局的信中反复强调自己已不想再继续兼顾中山大学"剪不断理还乱"的繁琐事务,但秋白却仍然坚持以一名教师的身份站在中山大学和列宁学院的讲坛上讲授中国共产党党史。

此后将与秋白、何叔衡等共经一番生死磨难的国家机关医院院长周月林当时也在中山大学,几十年后,她依然记得第一次听秋白讲课时的情景:那天只见同学们簇拥着一位身穿西装,鼻梁上架着一副玳瑁眼镜的中国人来教室讲课。刚入学的她经介绍才知道来者就是瞿秋白。那天讲的什么内容,时过五十多年早已忘记,但是一个与别的教员完全不同的开头的举动,却忘不了。瞿秋白走上讲台,就把手表退下来看一看,然后微笑着向大家说,你们要我讲多少时间啊?你们有多少时间听我讲啊?有多少时间,我就可以讲多少内容啊……三言两语就消除了师生之间的楚河汉界,再艰深的革命道理也听得进去了!①

对于党纲、党史的研究,秋白是极为重视的。在1929年4月4日给李立三的信中,他曾明确指出:"党内政治上的问题是有许多许多理论上实际上需要解决的。要十分的努力和研究,要教育和宣传。"在接到中共中央要他起草党纲草案的决定之后,他异常重视与焦急,甚至想要请求共产国际方面能给他三个月的假,不管其他一切杂事。在秋白心目中,修纲著史、教育宣传始终是党内理论建设的头等大事,也许一位学者兼教师的身份更为符合他的内在质素与价值取向。他多想摆脱无谓的政治争斗的困扰,"静静的工作"。然而,他毕竟选择了革命之路,战士的筋骨铸造了他坚强不屈的人格精神。尽管身处政治打击的逆境,面对亲人离世的悲恸,忍受着身体病痛的折磨,他依然笔耕不辍,写下《世界无产阶级独裁——共产国际党纲问题》《共产国际在目前殖民地革命中的策略》《世界革命高潮之前——共产国际执委第十次全体会议》等论著以及翻译了《无产阶级斗争之政治的战术与策略》《共产国际第六次大会与德国共产主义之任务》等

---

① 1986年4月,王观泉在浙江省新昌县周月林家中对后者的采访。引自王观泉《一个人和一个时代:瞿秋白传》,第462页。

文章。谁能想象这些文字是在杨之华所形容的"有时候,他睡到半夜,从床上跳到窗前,从他的口里不断流出口水"(《忆秋白》)的情况下写译就的呢!

除了共产国际执委会的常务工作、中山大学的教学工作、《共产国际》中文版和中国问题研究所机关刊物《中国问题》的编务工作,还要准备随时应对突如其来的政治事件,比如中东路事件以及处理陈独秀开除出党的问题等等,秋白身心疲惫的状况可想而知,如同他自己所形容的:"一只羸弱的马拖着几千斤的辎重车,走上了险峻的山坡,一步步的往上爬,要往后退是不可能,要再往前去是实在不能胜任了。我在负责政治领导的时期,就是这样的一种感觉。欲罢不能的疲劳使我永久感觉一种无可形容的重厌〔压〕。精神上政治的倦怠,使我渴望'甜密〔蜜〕的'休息,以致于脑经麻木停止一切种种思想。"(《多余的话》)

然而"甜蜜的休息"是可想而不可得的,尽管在1930年春被撤销了中共代表团团长的职务,但很快秋白便会与周恩来根据共产国际指示,回国纠正李立三错误路线,直到走至其"政治"生涯的最后一站。

日后,郭绍棠在《回忆瞿秋白》中用文字记录下了1930年5月1日与秋白之华以及周恩来在莫斯科的最后一面:"在这个节日里,瞿秋白同妻子杨之华和以中共中央代表身份来莫斯科的周恩来(化姓苏),来到我们红色教授学院十分简陋的学生宿舍。我们的宿舍位于尼克尔斯基街,原是一个'斯拉夫市场'。房间里没有供暖,老式荷兰壁炉不能用,所以只好靠烧煤油炉取暖。我们举行了节日聚餐,吃了一只鹅,这是我妻子在前一天好不容易才弄到的。我们交谈到很晚。在反动派猖獗三年之后中国掀起新的革命高潮的消息,使我们很振奋。苏讲述了许多令人感兴趣的情况。……瞿秋白还就前一天我在《共产国际》杂志上发表的文章《在中国新的革命高潮到来之前》,谈了自己的看法。就在这次会面中,他建议我取代他负责《共产国际》杂志中文版的出版工作。我们长时间亲切话别,好像预感到,这是我们最后一次见面。不久,瞿秋白就回国了,我们再没有机会见面。"①

临行之际,秋白与之华携手留下了在莫斯科的最后一张亲密合影,秋白的右手轻松插兜,左手则俏皮地藏在之华的身后。两位尚处在青春年华的革命伴侣,相互依偎,脸上的表情恬淡而温馨,安详而满足,仿佛自成一个二人世界,不受外界任何因素的打扰。既没有当时遭受政治打击失去亲人留下的悲苦,也没有对归国后生死两茫茫未知命运的忧愁。

时光的定格,让人喟叹不已:

别了,莫斯科。别了,苏俄。

21. 夜　工

我最近又常常想起注音字母,常常想起罗马字母的发明是很重要的,我想同你一起研究,你可以帮我做许多工作。这是很有趣味的事。将来有许多人会跟着我们的发端,逐渐的改良,以致于可以通用到实际上去,使中国工农群众不要受汉字的苦。这或许要到五十年、一百年之后,但是发端是不能怕难的。好爱爱,我们每人必须找着一件有趣的大部分力量和生活放进去的事,生活就更好有意趣了。

——1929年3月18日瞿秋白致杨之华信

1928年,苏联通过制定与推广拉丁化文字方案扫除国内文盲的运动进入到高潮阶段。同年9月,中国南京政府大学院发布"数人会"拟定的"国语罗马字拼音法式"。差不多与此同时,一位苏联同志敲响了

---

① 引文由路远自俄文译出,载《瞿秋白研究》第6辑,学林出版社1994年版,第257—258页。

柳克思"瞿宅"的房门,他为秋白送来了两个封面已略显陈旧而手感依然厚重的笔记本。翌年初,秋白独自一人身处列宁疗养院,治疗积劳所致、久治不愈的肺病。他随身带上了那两个笔记本,不时拿出来翻阅、思考,尤其在夜深人静的一盏孤灯之下,他躲过医生护士的监视,悄悄开起了"夜工"。

这位敲开了秋白重新研究中国文字改革问题大门的苏联同志正是郭质生,而那两个笔记本便是秋白第一次赴俄期间留在他那里保存的研究中国文字拉丁化的笔记。收到笔记本后,秋白又将吴玉章、林伯渠、萧三等人拉来组成自愿集合的小组,不时在一起探讨中国语言文字改革即汉字拉丁化问题。据吴玉章在《纪念瞿秋白同志》一文中的回忆:"秋白同志第二个使我印象最深的是中国新文字的创造,他主张中国文字改革必须是文字革命,应当采取拼音制度,用罗马(拉丁)字母拼音,制造一种新的中国文字,方才能够达到'言文一致'的目的。一九二八年时代,他常和我及林伯渠同志等几个人研究中国文字改革问题。"

1929年2月,秋白拟定出《中国拉丁化字母方案》,随后修订为《中国拉丁化的字母》小册子,并于1930年由中山大学出版社出版。小册子用汉字、瞿氏拉丁化新文字和俄文排印,共有二十八个字母,声母二十六个,韵母三十六个,并且规定几条简单的拼音原则;后面还附有《新拉丁化字母的一览表》《汉字拼音表》两个附表,以及《谁是靠着什么生活的?》(《SHUE SHE KAOZHO SHEME SHEN HUO DI?》)、《汪精卫反对蒋介石》(《WUAЙ ZINWEI FANDUE ZIAЙ GAESHE》)两篇拼音文字和方块汉字对照的短文。秋白具体分析说:"我根据北京政府教育部的'罗马字',加以相当的修改,写了一个《中国拉丁式字母草案》。这个草案只不过要说明'五声'的理论。后来我又研究:实用上的'五声'(阴平,阳平,上声,去声,入声),是不是有五种分别得很清楚的声音?研究的结果,我觉得实用上只有三个声音。所以我又写了第二个草案。第二个草案也不过要分析普通话里的实用上的五声。现在我根据'五声'的分析,认为'五声'在实用上不过是音调的变化,和外国文里的'重音',有些相同。所以拉丁化的中国字母里,用不着把那种很微细的分别表示在拼音上。"在最后的"出版说明"中,秋白继续写道:"中国文字的拉丁化具有非常重大的意义,因为它是中国的亿万文盲群众的政治发展和文化发展的一个强有力的因素。"他自己总结这本小册子"是了解中国地方话的拉丁化写法的指南,其中包括实用所需的基本知识,提供充分的图表资料以论证拉丁化字母便于用来书写全部中国话。这本小册子是中国字拉丁化事业的第一个试探,因而难免有缺点。"此后,秋白又完成了《汉字和中国的言语》《中国文和中国话的关系》以及《新中国的文字革命》等文,其中,《新中国的文字革命》文后还附有《新中国文草案》《新中国文音韵学》《声调标记法》《等韵字母韵摄表》《英文声母韵母表》《新中文声韵表》,详尽、全面地集合了他对于中国文字改革的建议与主张。可以说,秋白对于中国语言文字改革的研究源起于第一次赴俄,成熟于第二次赴俄,最终完成于归国后的一两年间,为此耗费了大量心血,倾注了诸多热情。

据当时担任秋白拉丁化新文字工作助手的彭玲回忆:

一九三二年初夏,我们姊妹住在上海。秋白同志点名要我去协助他搞拉丁化新文字的工作,这实在是个学习的好机会,我当然高兴极了。来通知我的是丁九同志(即应修人,莫斯科同学、湖畔诗人,一九三三年牺牲)。他领着我来到秋白夫妇的住处——南市紫霞路六十八号。

……

寒暄让坐之间,我发现秋白同志面色苍白,气短乏力。……他叫我们用方言读一些字音给他听(我是长沙人,长沙方言中保留着古入声,我能分辨),他一一记录下来。他说:"我们都是南方人,本来我还约了两位北方人,不知为什么今天没来,不过我对北方话比较熟悉,自己有些把握,暂时不来没关系。"他是想通过方言调查给汉字定音。一面听写,他还一面讲了些有意思的问题。比如他说他考虑究竟拉丁化新文字要不要像赵元任他们搞的那

样,标出音调呢?……①

同一时期,对于秋白对拉丁化新文字工作的投入与热衷,许广平在《鲁迅回忆录》中也有一段小小的回忆:

> 在一九三二年九月一日那天的早晨,我们带着孩子去拜访了他们(秋白夫妇),地点就是紫霞路原六十八号三楼一个房间。……当时,他就从桌子里拿出他研究中国语言文字问题的原稿,提出里面有关语言文字改革和文字发音问题来同客人讨论,并因我是广东人,他又找出几个字来特意令我发音以资对证。他就是这样随时随地关心人民事业,寻找活的资料,丰富自己的知识,订正自己的看法,不倦地、谦虚地进行工作,从任何一个人身上,也不放过机会。就这样,这天上午谈话主题就放在他所写的文字方案的改革上了。后来,又几经改动,誊抄完整,到离开上海时,就成为他比较完妥的著作了。这些著作,他临行前交给鲁迅一份,鲁迅妥慎保存于离寓所不远的旧狄思威路专藏存书的颇为秘密的一个书箱内。……

秋白之所以对汉字拉丁化如此情有独钟,并甘愿为此花费巨大的时间与精力,是因为在他看来,"五四"文学革命半途而废,是不成功的,留下的成果与遗产仍有清理与批判的必要。因此,他在30年代初期提出了告别"五四",超越"五四",从"五四"走向"无产阶级新五四"的有关中国现代政治文化方向与程序的设计,即要发动一场新的文化革命运动,打倒一切文言余孽的权威,包括旧小说式的旧白话文,"五四"式的假白话文,造就几万万民众所迫切需要的、真正言文一致的现代中国文,也就是罗马字母化的"新中国文"。而这场中国无产阶级新革命文化建设或者说新文化革命的进程大抵要经过从文学革命到文腔革命,最后到文字革命的三段历史演进。只有闯过了最后的文字革命的历史阶段,完成了这整个文化革命的历史使命之后,无产阶级自身才

---

① 彭玲:《难忘的星期三——回忆秋白、之华夫妇》,《新文学史料》1982年第4期。

能最终获得文化上的完全自由和政治上的彻底解放。因此,秋白在《鬼门关以外的战争》一文中明确指出:"现代普通话的新中国文必须罗马化。罗马化或者拉丁化,就是改用罗马字母的意思。这是要根本废除汉字。……总而言之,要写真正的白话文,要能够建立真正的现代中国文,就一定要废除汉字采用罗马字母。我们可以把一切用汉字写的中国文叫做旧中国文或者汉文,而把罗马字母写的中国文叫做'新中国文',或者简直叫做'中国文'。"

秋白提出彻底废除汉字,改用罗马字母的理由共有三条:一、汉字是十分困难的符号,学会须下多年死功夫;二、汉字不是表示声音的符号,汉字存在一天,中国的文字就一天不能和言语一致;三、汉字使新的言语停滞在《康熙字典》的范围里,不利于容纳采取欧美科学技术的新名词。——总之,在中国通行了三千年的汉字应该寿终正寝,而创造罗马字母拼音的"新中国文"便是第三次文学革命的"一个责任"。在《罗马字的中国文还是肉麻字中国文?》一文中,秋白指出:"现在最适当的办法,是适应着自然发展出来的普通话,制造一种新中国文——用罗马字母拼音的文字,作为全国通用的文字,同时,只要有必要,可以用这种字母同时制造拼音的广东文、江浙文、福建文……这才是发展民众文化的道路。……废除汉字采用罗马字母而制造拼音制度的新中国文,方才能够真正达到'言文一致'的目的。"

在一定程度上来说,秋白的文字拉丁化主张确实是实践并逐步完善"文艺大众化"的有力武器。但他自己也清醒地意识到中国文字拉丁化的目标浪漫、道路艰难。因此,在1930年代与"左联"文艺运动思维的互动中,他更多地还是注重大众白话口语的推广与倡导。例如,为实现"文艺大众化"所从事的说唱文学创作实践。其中,《诗歌说唱辑存》所收录的部分作品便是他大胆尝试的初步成绩。在代表作《东洋人出兵》的序中,秋白写道:"这首歌的调头是没有什么一定的,大家随口可以唱,所以叫做乱来腔。谁要唱曲子唱得好,请他编上谱子好了。"他用上海话和北方话写就两种歌词,卸掉了文学身上的高雅和气度,完完全全地向民众的接受水平靠拢。而《上海人打仗景致》则是仿

《无锡景》调子写成,表达了对日本侵略者的憎恨,宣传了党的抗日思想。《江北人拆姘头》运用说书的形式,揭露了日本进攻上海期间地痞流氓的"汉奸"思想:为金钱而不惜做汉奸的"聪明人"哲学。《英雄巧计献上海》同样运用说书的形式,以十九路军军部一个接受抗战思想的勤务兵的遭际揭露了上层军人假抵抗、真卖国的"巧计献上海"的真相。

今日看来,秋白的坚决主张废除汉字,是与他的新中国文学革命三段论,与他的普洛大众文艺革命的终极政治目标,与他抗拒主流文化传统,并有心颠覆、破坏现行文化秩序的文化心理以及与他从政治革命蔓延到文化革命的特定的文化情结紧密联结在一起的。这种主张的发源,一方面来自"五四"时期已有几位激进趋新的主流知识分子提出过的废止汉字的建议;另一方面更多地是来自秋白本人脚踏实地的革命实践。知识分子革命家在从事工运农运宣传时经常会碰到文字表达与交流困难的问题。1921年他就有了创制拉丁化字母的中国新文字的想法。在其生命晚期,他更是在罗马字拼音方案的设计上不遗余力,不仅提出了充沛的理论,而且还拿出了体现自己文字革命宗旨的重要成果,使其成为一位杰出的中国语言改革、文字改革的实践家。

值得一提的是,1931年9月,在海参崴召开的"中国新文字第一次代表大会",正是以秋白《中国拉丁化的字母》为基础,讨论并通过中国新文字的新方案《中国汉字拉丁化的原则和规则》。此方案还被用于在侨居苏联的十万华工中扫盲,诚如吴玉章所说,秋白的工作"使中国文字改革有了一个正确的方向,受到广大人民的欢迎,开辟了中国新文字发展的道路"[①]。

[①] 吴玉章:《纪念瞿秋白同志》,1949年6月18日《人民日报》。

第八章　退养时期

　　我家乡有句俗话,叫做"捉住了老鸦在树上做窠,这窠是始终做不成的"。一个平凡甚至无聊的"文人",却要他担负几年的"政治领袖"的职务。这虽然可笑,却是事实。这期间,一切好事都不是由于他的功劳——实在是由于当时几位负责同志的实际工作,他的空谈不过是表面的点缀,甚至早就埋伏了后来的祸害。这历史的功罪,现在到了最终结算的时候了。

——瞿秋白《多余的话》

22. 油干火尽时

> 我第二次回国是一九三〇年八月中旬,到一九三一年一月七日我就离开了中央政治领导机关,这期间只有半年不到的时间。可是这半年对于我几乎比五十年还长!人的精力已经像完全用尽了似的,我告了长假休养医病——事实上从此脱离了政治舞台。
>
> ——瞿秋白《多余的话》

1930年8月上旬的一天,在德国柏林的文化广场上,信步徘徊着一位东方游客。只见他气定神闲地走到一位剪纸艺人跟前,饶有兴趣地观察了一会儿,便兴致勃勃地从裤子口袋中掏出几个马克,给自己留下了一帧头戴礼帽、鼻架眼镜、脖系领带的侧面胸像剪影,高挺的鼻梁、微扬的下巴与紧紧抿起的嘴唇构成鲜明的面部曲线,给人以冷峻、倔强的直感。谁也不知道这个化名"Doulou"的东方游客,其实是一位怀揣着共产国际的密令重托,回归故国拨乱反正,继续领导革命朝着正确方向勇猛航行的中国革命者。他颇具艺术范儿的这一举动,似乎流露出了他当时的某种心理状态与价值取向,他多想在这座拥有着卓越历史文化传统、洋溢着自由学术思想空气的世界名城多逗留一阵子啊,然而严峻的现实却在不断催逼着他的脚步,使他不得不去面对一个由于实行了错误路线而导致了深重灾难性恶果的革命乱局:那个一直以来他深表同情与关切,并不断加以善诱与告诫的李立三,在他与周恩来不在国内、总书记向忠发名不副实、蔡和森撤职、苏兆征病逝的客观条件下,如一匹脱缰野马横冲直闯,马蹄所到之处,踩踏一片狼藉。用秋白形容他的话,便是此人已经"疯了"。

早在该年6月11日,实际掌控了中共中央领导权的李立三便主持召开政治局会议,通过《新的革命高潮与一省或几省首先胜利》的新决议,史称"六月十一日决议"。从标题一望可知,这是参加了两个"六大"归国后的李立三,在客观上受到共产国际六大《国际形势与共产国际之任务》的"左"倾之风的影响,在主观上又不接受中共六大作出的"现时的形势,一般说来是没有广泛的群众的革命高潮"的历史结论,从而将共产国际六大的"左"倾带回国内反对中共六大对于"左"倾盲动主义的纠正反省,并且将"左"倾路线继续高歌推进。"六月十一日决议"首先便遭到了共产国际远东局代表罗伯特的坚决反对,要求中共中央立刻停发此决议。而中共中央对此反应强硬,转而要求共产国际远东局解除"一贯执行右倾方针"的罗伯特的职务并改组远东局。向忠发为此致信周恩来,说:"毫无疑问,党应该坚决地竭尽全力来完成这一任务。……若是在现有条件下不坚决动员全体党员去执行这条路线,若是发生动摇、怀疑、观望等待,那就是对革命犯下滔天大罪,那就是阻扰革命。中央因此与远东局发生严重分歧。虽然远东局竭力阻扰我们发表决议,但中央未能屈从远东局,还是发表了决议。"7月16日,中共中央继续发布组织南京士兵起义、上海总同盟罢工与武汉暴动的决定,并就此致信共产国际,要求共产国际动员各国支部支援中国革命,并恳请国际"通知恩来、秋白诸同志速归"。在收到此信后,共产国际果然通知了恩来与秋白速归,不过却是责成他二人即刻回国阻止与纠正中共中央的"左"倾冒险错误。7月16日、23日,共产国际执委会政治书记处连续召开紧急会议,一方面由于共产国际当时依然强调布哈林"第三时期"理论指导下的进攻战略和反右倾方针,另一方面,由于秋白与周恩来的努力化解,因此会议通过的《关于中国问题决议案》(简称"七月决议")认定中共中央与共产国际之间并没有产生路线上的不同,而只是对于李立三的形势错误评估与"左"倾冒险策略进行了不点名的温和批评,认为党要集中火力对付的主要是右倾危险。另外确实改组了远东局,任命米夫担任远东局书记,罗伯特依然为远东局成员。于是,7月下旬,秋白与周恩来便带着"七月决议"精神,总体还算心情比较轻松地踏上了归国纠偏的道路,毕竟能够跳出中大事件、清党运动等乌烟瘴气的政斗泥潭,回到国内切切实实地搞革命对于瞿周二人,尤其是秋白来说才是求之不得的如释重负。然而谁又能料想,由于二人取道欧洲,先后于8月中下旬才回到国内。就在这短短一个月时间内,事态竟已悄然升级,发生了质的变化。

8月伊始,李立三将党、团、工会三大组织合并,成立中央行动委员会,并作了题为《目前政治形势与党在准备武装暴动中的任务》的政治报告,不顾共产国际的三令五申,依然一意孤行地向全党下达"积极准备武装暴动,以武装暴动的目的来布置全国的工作"的指示。他在会上公开宣称"全世界之最后的阶级决战到了","在中国革命爆发后,将要转变成国际战争"。他甚至耳提面命向忠发以中共中央的名义直接致信斯大林,请求斯大林支持他的全盘计划。斯大林接到此信后的反应是可想而知的,在8月13日给莫洛托夫的电报中,他连用了"荒诞""危险""胡闹""愚蠢"的词汇,表示"决不能容许这样做"。自此,共产国际将李立三的错误急遽升级,认定他是"半托洛茨基主义盲动主义路线",并且在组织上不尊重共产国际的意见,"拒绝服从共产国际的指示",甚至"进行了反国际的斗争",因此,必须"给这种反国际的立场以致命的回击"。而分别于当月19日、26日才回到上海的周恩来与秋白却因信息迟滞,对事态的转折变化竟一无所知。他们此时正忙于向中共中央传达共产国际的"七月决议"精神,即中共中央与共产国际并没有路线上的不同,国际只是在暴动问题上担心中国党的主观领导力量能否实现这一重大任务,因而反对暴动。对于秋白个人来说,此前在莫斯科历经的政治斗争给他留下了极为不愉快的体会经验,他深知内斗的残酷性对革命及个人的耗损,因此将自己回国的任务定位于"最重要的是纠正立三的错误",其次便是"消灭莫斯科中国同志之间的派别观念对于国内同志的影响"。远东局的罗伯特对此也看在眼里,在致共产国际的信中汇报说:"莫斯克文(即周恩来)和斯特拉霍夫在回来后行动很谨慎。毫无疑问他们想纠正错误,认真地着手执行莫斯科通过的决议,但是他们又不想给李立三和向忠发带来痛苦,他们想尽可

第八章 退养时期　　273

能避免任何斗争。"

然而,痛苦与斗争往往却是避无可避的。9月24日至28日,秋白与周恩来在上海一起主持召开了中共六届三中全会,据聂荣臻在《学习恩来的优秀品德,继承他的遗愿》中的回忆,"恩来是这次全会的实际主持人,但他很谦虚,总是把秋白推到前台,让他主持会议,做报告,发表结论性意见。因此,三中全会使瞿秋白同志成为党中央实际上的主要领导人。"

尽管李立三所计划的疯狂"左"倾风暴在7月即被共产国际否定,但在秋白与周恩来尚未回到国内的6、7、8三个月里已经给中国革命造成了触目惊心与难以挽回的损失。在战区,红军减员大半。有些部队由于冒进,人数只剩下原有的零头。洪湖、右江革命根据地丧失。为攻占一个长沙,彭德怀、朱德、毛泽东轮番上阵,最后彭部被撤,朱毛更是索性"擅自"挥师江西以得保全。而在白区,由于中央错误地停止了党团组织的正常活动,使得地下党员尤其是干部损失惨重,仅天津一地的五百多名党员只剩下了区区二十多人。其中原任中共中央委员、中共中央宣传部秘书长的常州三杰之一恽代英,由于反对李立三的"左"倾政策,被排挤到敌人重点搜查的上海沪东区做区行动委员会书记,因情况不熟又缺乏保护措施,很快便被逮捕,壮烈牺牲。在这样已然可类比八七会议前的紧急关头,秋白再一次挺身而出。他不是不清楚处理内部路线错误的"山芋"烫手,也不是不明白自己的处境已决非八七会议时可比。但在秋白镜片上闪过的是一道冷峻的寒光。短短两年,心已然苍老了许多。对于政治斗争——尤其是事关路线问题的内斗——他早已心如止水;只是出于对中国革命前途的一份责任感,他没有选择退场,甚至在人们眼中似乎又一步踏回到了舞台的最高处。聚光灯下,他仿佛一位正在举行告别演出的演员,心中已经没有了"下一场"的想念,全部的生命燃烧只聚集在这一刻:再一次挽救中国革命于危难。

据说,当时的会场气氛激烈如火星四溅,有的同志发言时情绪激昂,声扬屋外,使负责安保的同志们不由得捏了一把汗。但是,最终大会还是一致通过由秋白起草的《中共三中全会关于政治状况和党的总任务议决案》。议决案表示中共中央完全接受共产国际"七月决议"精神,切实停止组织全国总起义和集中全国红军进攻中心城市的冒险行动,从而结束了以李立三为代表的"左"倾冒险主义的统治。在1945年4月中共中央六届七中扩大全会通过的《关于若干历史问题的决议》中指出:"一九三〇年九月党的第六届中央委员会第三次全体会议(六届三中全会)及其后的中央,对于立三路线的停止执行是起了积极作用的。"但是,"无论六届三中全会或其后的中央,对于立三路线的思想实质,都没有加以清算和纠正,因此一九二七年八七会议以来特别是一九二九年以来一直存在于党内的若干'左'倾思想和'左'倾政策,在六届三中全会上和六届三中全会后还是浓厚地存在着。"而"所谓犯'调和路线错误'的瞿秋白同志,是当时党内有威信的领导者之一"。所谓"调和路线",很大程度上指的是六届三中全会在组织上未对李立三进行处理,改选后的中央政治局七名正式委员(向忠发、项英、周恩来、瞿秋白、李立三、关向应、张国焘)中,李立三依然榜上有名,这便引起了党内曾经遭到李立三批评打压的何孟雄、林育南等人的不满,也为日后王明小宗派借此在党内掀起新一轮夺权大战埋下了伏笔。

10月,共产国际执委会在收到中共中央关于六届三中全会的情况汇报后,十分不满,随即发出《共产国际执委会给中共中央关于立三路线问题的信》,即"十月来信"。信中指出:"在中国革命最重要的时机,曾经有两个在原则上根本不同的政治路线彼此对立着。如果抹煞这两条路线底原则上的区别,那就不仅是遗害无穷,而且一定会潜伏着在将来又重复这些错误的极大危险。"来信认定李立三"犯的不仅仅是个别的错误,而是形成了一整套错误观点,制定了一条反马克思主义、反列宁主义的方针",并且"玩弄了共产主义的一切右派叛徒和'左派'叛徒破了产的理论,说共产国际不甚了解情况,说中国有特殊性,说共产国际不了解中国革命的发展趋势",有"敌视布尔什维克主义、敌视共产国际的行为",要求李立三接到此信后立刻前往莫斯科接受批判与审查。

送别李立三,秋白的心情是复杂的。对于这个粗暴豪放又固执蛮干的湖南汉子,他是寄予了同情的。两个人都犯了"左"倾错误,虽然程度不同,但在思想根源上不能说毫无关联。在这一问题上,秋白是这样自我剖析的:"老实说,立三路线是我的许多错误观念——有人说是瞿秋白主义——的逻辑的发展。立三的错误政策可以说是一种失败主义。他表面上认为中国全国的革命胜利的局面已经到来,这会推动全世界革命的成功,其实是觉得自己没有把握保持和发展苏维埃革命在几个县区的胜利,觉得革命前途不是立即向大城市发展而取得全国胜利以至全世界的胜利,就是迅速的败亡,所以要孤注一掷的拼命。这是用'左'倾空谈来掩盖右倾机会主义的实质。因此在组织上,在实际工作上,在土地革命的理论上,在工会运动的方针上,在青年运动和青年组织等等各种问题上……无往而不错。我在当时却辨别不出来……我当然间接的负着立三路线的责任。"

12月初,共产国际执委会就东方部提交的《关于中国党三中全会与李立三同志的错误的报告》召开讨论会,集中宣布了秋白主持的中共六届三中全会的"七宗罪":一、没有揭发立三路线的实质;二、模糊了立三路线与国际路线在原则上的不同;三、没有研究中国革命过去阶段的真正教训;四、没有提出并解决革命现在阶段的现实任务;五、对于全党同志没有解释领导机关所作的错误,反而模糊了这些错误的实质;六、没有责备中央政治局中存在的反共产国际的言论;七、表现出了领导机关之中有不健全的小团体的两面三刀的空气。矛头明显已经由立三错误路线转移到了对现任中共中央领导机关的批判,火力更是集中于秋白一身。攻击他"实际上是三中全会的领导者,不但不去执行国际指示,反而对立三托洛茨基盲动主义的路线采取调和态度(政治决议案是他起草的),这是对于国际的指示,运用两面派的手段"。算新账的同时,自然又翻出八七会议后盲动主义和中山大学的旧账,硬说秋白在莫斯科时便策划领导了中山大学的小团体纠纷,而这个小团体实际上是和托洛茨基派合作的。回国后,继续搞小团体,"无原则地领导了三中全会",并直接攻击秋白"不是中国全党的代表","不过是一个小小团体的首领之一"。其中,李立三在重压之下也作了如下的发言:

"现在我知道:我实际工作上的错误,在最近二年在中国做的,是在秋白同志影响之下的。……我现在了解了:秋白同志的确用了两面派的手段。——他在三中全会上的行动,就可以表现出来。党的利益放到了第二位,而私人小团体的利益放到了第一位。"这样的话语从李立三的口中说出,实在是耐人寻味。此后,他依照指示不断升级批判秋白的话语,比如"采取外交手腕蒙骗共产国际和党员群众""将派别斗争渗入到政治局""在损害党,分裂党并造成党内的严重危机"等等。不知当时的他是否明白共产国际利用他制造言论、转移视听的意图所在:将不听话的中国党的"老一辈"领袖赶下舞台,将国际一手扶植起来的"知道列宁主义布尔什维克的理论和实际"的,能绝对忠实于国际,"为国际路线而斗争"的"很好的同志"取而代之,全面掌控中共领导权。而这些所谓"很好的同志"的代表之一就是王明。他从苏联归国后,担任了《红旗》杂志驻沪西区的通讯员,并在1930年的5、6月间参加一次群众大会时被警察局逮捕。虽然当时只是被当作普通违法分子拘禁,但他为了尽快出狱,不顾组织安全守则,竟然擅自买通一名巡捕直接去到党的一个地下组织机关送信,导致了上海的地下党组机关几乎全部紧急撤离搬迁。就是这样的行为却依然被时任共产国际驻中国代表的米夫赞为"英勇革命者的典范",指责当时的中共中央不为其安排重要的职务。[①]

为了加速实现中共中央的"布尔什维克化",米夫于三中全会后接受共产国际的派遣,作为共产国际驻中国代表来到上海,并刻意将"十月来信"的内容先于中共中央,违规透露给了王明等人。早就野心勃勃、伺机而动的王明终于等到了他的机会。于是,他一方面与博古联名写信给中共中央,抢先打出拥护国际路线的旗号,尖锐批判立三路线与六届三中全会的"调和主义";另一方面,他暗自花费一个多月的时间,写就《两条路线》(后更名为《为中共更加布尔塞维克化而斗争》)的小册子,作为自己抢班夺权的理论依据与上台之后的施政纲领,抄成数

---

① 盛岳:《莫斯科中山大学和中国革命》,第259页。

份,在党内几十人中传阅,将攻击的矛头直指三中全会之后的党中央,尤其是秋白与周恩来。王明在小册子中写道:"这一切都证明,现时的领导同志维它(即秋白)等,已经没有可能再继续自己的领导,他们不能执行布尔塞维克的政治策略来解决当前的革命紧急任务。"三中全会所作之决议案更"是在事实上更进一步的宣告自己在政治上组织上的领导危机,只是使一般同志对于现在政治局的领导同志维它等更表示绝望"。王明的先发制人与双管齐下使当时的党中央陷入了极为被动的局面。党内一些遭受过李立三与三中全会批评的地方党组织成员也一拥而上,其中,罗章龙、徐锡根、王克全等还与王明联名致信共产国际,说中国党目前的危机已经相比于八七会议的前夜,要求召开八七会议那样的紧急会议。于是,纠正三中全会错误的六届四中全会,已箭在弦上。

而从接到"十月来信"的11月16日,直到1931年1月7日六届四中全会的召开,秋白努力了,也抗争了。面对危局,他连续主持召开中央政治局紧急会议,针对党内问题与"两条路线"的斗争作了冷静的批评与自我批评,并最终通过《中央政治局关于最近国际来信的决议》,承认"三中全会没有把和国际路线互相矛盾的立三同志的半托洛茨基路线彻底的揭发出来",因此"对于立三路线以及个别'左倾'错误的调和态度,是我们在自己批评中应当坚决的提出的"。但他仍坚持认为"十月来信"指出了李立三的错误,但并没有说"中央的整个路线是错误的",目前党"正是很困难的时候",李立三和赞成过他的同志也都作了自我批评,应为顾全党内大局,不适宜"公开辩论"。对于王明等人在先于中央知道国际"十月来信"的内容以后,不主动向政治局汇报,却以突然袭击的方式向中央提出立三路线问题和三中全会的"调和错误"的问题的行径,秋白直白地批评其为"不是帮助中央,而是进攻中央,依然表现无原则的斗争"。他甚至与远东局反复协商,反对将"反共产国际斗争"的罪名加到李立三和当时的政治局头上。

然而,无可奈何花落去。个人的奋力抗争只能被历史的车轮碾压得粉身碎骨。12月23日,在米夫的操控下,中央政治局召开会议,并发布《中央紧急通告(中央通告第九十六号)——为坚决执行国际路线反对立三路线与调和主义号召全党》,指出,"在适合秘密条件下,产生新的政治决议来代替三中全会的一切决议","党内应实行改造……必须引进积极反立三主义、反调和主义的干部尤其是工人干部到指导机关。"会议还决定改组江南省委,由王明任代理书记。这也标志着中央政治局已在事实上陷入瘫痪。在1931年1月7日召开的六届四中全会上,王明更是一步登堂,进入中央政治局。此后由于党在名义上的总书记向忠发于同年6月被捕叛变后被枪决,王明成了代理总书记,实际掌控了中央。而秋白与周恩来则决定共同承担三中全会"调和主义错误"的责任,提议两人一起退出中央政治局。最后,米夫采取了"留周拒瞿"的方针,在六届四中全会所作的《决议案》中指出:"三中全会的调和主义的立场,造成纯粹只是字面上承认共产国际路线的可能,以及对于共产国际代表的不尊重——这里最主要的责任,都应该是秋白同志负的。"自此,秋白落选中央政治局。对于自己政治生命的结局,他只是淡淡地描述为:

> 我回到上海开三中全会(一九三〇年九月底),我更觉得自己的政治能力确实非常薄弱,竟辨别不出立三的错误程度。结果,中央不得不再召集会议——就是四中全会,来开除立三的中央委员,我的政治局委员,新干部起来接替了政治上的最高领导。我当时觉得松了一口气……我呢……正感谢这一开除,使我卸除了千钧担。
>
> ——瞿秋白《多余的话》

对于自己被冠以的"调和主义罪名",他更是"供认不讳",分析自己"真正的懦怯"便在于"差不多完全没有自信力":

> 每一个见解都是动摇的,站不稳的。总希望有一个依靠。记得布哈林初次和我谈话的时候,说过这么一句俏皮话:"你怎么同三层楼〔上〕的小姐〔一样〕,总那么客气,说起话来,不是'或是',就是'也许'、'也难说'……等。"其实,这倒是真心话。可惜的是

人家往往把我的坦白当作"客气"或者"狡猾"。……虽然人家看见我参加过几次大的辩论,有时候仿佛很急〔激〕烈,其实我是最怕争论的。我向来觉得对方说的话"也对","也有几分理由","站在对方的观点上他当然是对的"。我似乎很懂得孔夫子忠恕之道。所以我毕竟做了"调和派"的领袖。假使我急〔激〕烈的辩论,那么,不是认为"既然站在布尔塞维克的队伍里就不应当调和",因此勉强着自己,就是没有抛开"体面"立刻承认错误的勇气,或者是对方的话太幼稚了,使我"箭在弦上不得不发"。

——瞿秋白《多余的话》

最后,他意味深长地留给自己这样一句斩钉截铁的宣言——

到了现在,我已经在政治上死灭。

谁又能料想,在政治肉身死灭之后,等待他的将是一场文人精神的魂归。死还是生?输还是赢?人生还真无定……

23."做戏"

但是我想,如果叫我做一个"戏子"——舞台上的演员,倒很会有些成绩,因为十几年我一直觉得自己一直在扮演一定的角色。扮觉〔着〕大学教授,扮着政治家,也会真正忘记自己而完全成为"剧中人"。虽然这对于我很苦,得每天盼望着散会,盼望同我谈政治的朋友走开,让我卸下戏装,还我本来面目——躺在床上去极疲乏的念着"回'家'去罢,回'家'去罢",这的确是很苦的——然而在舞台上的时候,大致总还扮得不差,像煞有介事的。

——瞿秋白《多余的话》

"退养"到《子夜》的话题

再想回头来干一些别的事情,例如文艺的译著等,已经觉得太迟了！从一九二〇到一九三〇整整十年我离开了"自己的家"——我所愿意干的俄国文学研究——到这时候才回来,不但田园荒芜,而且自己的气力也已经衰惫了。自然有可能还是可以干一干,"以度余年"的。可惜接着就是大病,时发时止,耗费了三年光阴。

——瞿秋白《多余的话》

六届四中全会之后,秋白因肺病加重,不得不告病假完全脱离工作休养治病,然而实际状况却是依旧笔耕不能辍。与过去不同的是,笔下的东西是在外力逼迫下,以"心中空无所有"的精神状态写就的一系列公开声明。比如:

四中全会指出:这种调和主义错误(三中全会及其后),以及对国际代表的不尊重的态度的最主要的责任,是我应当负的。我对于这种指斥完完全全的接受;我对于议决案的全部,是完完全全拥护。

再比如:

我在莫(斯科)当中国共产党代表团的领导者的时候,对于在俄中国同志之中的派别斗争问题,不但没有能够有正确的立场帮助联共党的领导去取消这种派别斗争,反而客观上卷入派别斗争的漩涡。……这种错误是非常严重的错误,是和我过去整个的非布尔塞维克的立场联系着的。正因为政治立场的错误,所以对于这些派别观念,不去坚决的反对,不站在布尔塞维克的立场上从政治问题上去打碎派别成见,却想去调和这些派别,使之互相谅解——这是市侩式的"和事佬"的立场。现在我公开对国际执委和中国全党揭发和承认自己的错误——懦怯的腐朽的机会主义。

虽然"在病重中不能多写",但同样的话如果不车辘辘般多重复几

遍,似乎便不能达到"上方"所预期的效果。于是,还得再写:

> 我完全抛弃自己的一切错误和离开国际路线的政治立场——三中至四中间之调和主义的立场,而站在共产国际路线的立场之上,拥护四中全会,在中央政治局的领导之下来为党为革命而斗争。

程度似乎还是不够,仍需深挖:

> 我的调和主义的错误,是和在莫斯科代表团对于"学生问题"的错误相联系的。当时对于莫斯科学生中反对中大支部局的李剑如等同志,对于这个小组织,我采取了保护态度,以至不但不能反对派别斗争,反而自己陷于派别斗争的泥坑。……这种错误是我的非布尔塞维克的整个立场之中的一部分。现在我公开揭露和承认我立场的全部错误,和这种派别斗争的错误,而和他奋斗。

这样的情形,使同样遭遇撤职的杨之华忍无可忍了,她在《回忆秋白》中写道:"当时,宗派主义者不但打击秋白,而且竟然把我的工作也给撤掉了。我当时的党性修养还不够,一方面为秋白感到不平,同时对宗派主义者这样无理地对待我也感到委屈,要求给我工作做。但是,秋白却始终没有一丝一毫的个人情绪;不仅如此,当他觉察到我的委屈情绪和知道我要求做工作的心情之后,就经常耐心地教育和热情地鼓励我说:'你要求工作的热情是好的,共产党员当然要为党工作。但在这种情况下要学会独立工作,自觉地、主动地去做。'他还常常给我讲一些生动而含义深刻的故事来启发我:一个人要经得起任何考验,不光是在顺利的情况下要考验得起,特别是在遇到挫折的时候更要经得住考验。"

在杨之华眼里,"秋白是从不计较个人得失的。在那三年里,他从来没有一点委屈情绪,也从来没有在同志、朋友和我面前诉说过受打击的事。……在艰险的漫长的岁月里,他总是那样专心致志地、安详地、乐观地工作着和学习着,他在生活中充满了乐趣,从来没有烦躁、忧郁、无聊的表现。有时我碰到一些不愉快的事,随便向他嘟囔几句,也不会影响他的情绪。相反地,他总是给我除忧解闷,对我说上几句既风趣又有深意的话,使我解开了疙瘩,高兴起来了。……"

然而,这或许只是杨之华眼中与心中的秋白,又或者是作为"秋白"的一个表象,正如秋白自己所言——"一生没有什么朋友,亲爱的人是很少的几个。而且除开我的之华以外,我对你们也始终不是完全坦白的。就是对于之华,我也只露一点口风。我始终戴着假面具。我早已说过:揭穿假面具是最痛快的事情,不但对于动手去揭穿别人的痛快,就是对于被揭穿的也很痛快,尤其是自己能够揭穿。现在我丢掉了最后一层假面具。"——就在生命即将走到尽头的时刻,他自己动手揭开了血淋淋的假相皮肉,裸露出那一段段"最真实的谎言":

> 我不过刚满三十六岁(虽然照阴历的习惯算我今年是三十八岁),但是自己觉得已经非常的衰惫,丝毫青年壮年的兴趣都没有了。不但一般的政治问题懒得去思索,就是一切娱乐甚至风景都是漠不相关的了。……
>
> 正因为我的政治上的疲劳、倦怠,内心的思想斗争不能再持续了。老实说,在四中全会之后,我早已成为十足的市侩——对于政治问题我竭力避免发表意见,中央怎样说,我就依着怎样说,认为我说错了,我立刻承认错误,也没有什么心思去辨〔辩〕白,说我是机会主义就是机会主义好了;一切工作只要交代得过去就算了。我对于政治和党的种种问题,真没有兴趣去注意和研究。……
>
> 当时,我逐渐觉得许多问题不但想不通,甚至想不动了。新的领导者发挥某些问题的议论之后,我会感觉到松快,觉得这样解决原是最适当不过的,我当初为什么简直想不到;但是,也有时候会觉得不了解。
>
> 此后,我勉强自己去想一切"治国平天下"的大问题的必要,已经没有了!我在十分疲劳和吐血症复发的期间,就不再去"独立思索"了。一九三一年初就开始我政治上以及政治思想上的消极时期,直到现在。从那时候起,我没有自己的政治思想。我以中央的思想为思想。这并不是说我是一个很好的模范党员,对于中

央的理论政策都完全而深刻的了解。相反的,我正是一个最坏的党员,早就值得开除的,因为我对中央的理论政策不加思索了。偶然我也有对中央政策怀疑的时候,但是,立刻就停止怀疑了,因为怀疑也是一种思索;我既然不思索了,自然也就不怀疑。

——瞿秋白《多余的话》

而这一切的一切,归根到底,究竟是为什么?秋白也在扪心自问:

为什么?因为青年精力比较旺盛的时候,一点游戏和做事的兴会总有的。即使不是你自己的事,当你把它做好的时候,你也感觉到一时的愉快。譬如你有点小聪明,你会摆好几幅"七巧版〔板〕图"或者"益智图",你当时一定觉得痛快;正像在中学校的时候,你算出了几个代数难题似的,虽则你并不预备做数学家。

不过扮演舞台上的角色究竟不是"自己的生活",精力消耗有〔在〕这里甚至完全用尽,始终是后悔也来不及的事情。等到精力衰惫的时候,对于政治舞台,实在是十分厌倦了。

庞杂而无秩序的一些书本上的智识和累坠〔赘〕而反乎自己兴趣的政治生活,使我麻木起来,感觉生活的乏味。

——瞿秋白《多余的话》

因此,事到了如今,他在内心大声宣布:"一出滑稽剧就此闭幕了!"从此以后,不必再"做戏"了。也许这才是一份在真正意义上作数的"声明书",只是在当时还不能被所有的人了解清晰,不管是同志是亲人还是朋友。

对于米夫、王明等"同志"来说,最闹心的莫过于如何安排"斯特拉霍夫"的前途命运。米夫在1931年2月下旬写给共产国际的密信中说道:"关于斯特拉霍夫。四中全会后我就同他谈过话。谈了他后来写的声明(现寄给你们)。我提出让他搞政治工作的问题。他摇摆着手脚表示拒绝。他更乐意从事翻译,讲讲课,研究苏维埃运动的经验。现在他病了,将完全脱离工作两个月。我认为,以后可以利用他做些非独立的,但却是政治性的工作。"①

1931年5月7日,共产国际执委会政治书记处政治委员会会议决定:同意中共中央送斯特拉霍夫同志去莫斯科治病。短短十天后,同样是共产国际执委会政治书记处政治委员会会议作出决定:立即通知中共中央,政治委员会认为必须有中国党的领导同志留在莫斯科,因此,要求把斯特拉霍夫同志作为中共中央驻共产国际执委会的代表派往莫斯科。然而,这两份决定传到中国后,便仿佛人间蒸发了一般悄没了声息。从这两份决定中,时在上海的共产国际代表米夫及新上台的王明等人感知到了共产国际对于秋白依然存在的信任、善意与好感,这反而激起了他们的嫉恨与忌惮。他们担心秋白"东山再起",恐慌于秋白依然是受共产国际重视的"重要人物"。五个月后的1931年10月,去到莫斯科担任中共驻共产国际代表的变成了王明本人,而这一切,也已经为红军长征前夕,秋白最终被恶意"抛掉"的悲剧结局埋下了伏笔。秋白的政治命运与人生际遇也在这一刻遭遇了不可逆转的历史节点。

不管是治病还是任职,斯特拉霍夫重回莫斯科,是绝无可能的。但如果是去河北管管宣传,倒还是可以的。据马辉之在《怀念瞿秋白同志》一文中的回忆:"一九三一年六月,中共河北省委遭到敌人的破坏。七月间我到上海向中央汇报省委被破坏的情况时,中央领导同志通知我,决定瞿秋白同志任河北省委宣传部长,并要我约秋白同志一道北上。按照约定的时间,我和秋白同志在杨树浦英租界的一个公园里接了头。一年多不见,他更加消瘦了。可以看出,他的心情是沉重的,但他想的仍然是革命的命运和前途。当我向他传达了中央的决定后,他当即表示:'党中央决定我去河北,我坚决服从。只要革命需要,去哪里,干什么,我都诚恳接受。'他非常关心组织和同志的安全,略沉思了一会,又说:'可不可以你先走,我随后就到。因为我在平津的熟人很多,一道走对组织的安全不利。'事后,我考虑到秋白同志和组织的安

---

① 《联共(布)、共产国际与中国苏维埃运动》第10卷,中共中央党史研究室第一研究部译,中央文献出版社2007年版,第137页。

全,向组织上请求另派他人,组织上接受了我的建议后,我就离开了上海。"看来在这种情况下想要为党工作,只能是如秋白所言——"要学会独立工作,自觉地、主动地去做"——了。好在他很快便找到了回"家"的路。

对于杨之华来说,最关心的自然还是亲人的身体。当时他们夫妇二人仅靠党内派发的十六七元生活费过日子,而这些钱仅为当时上海工人每月平均工资的一半,只能维持最低生活需求。为了给重病的秋白增加营养,杨之华可谓用心良苦。在《回忆秋白》中有这样一段描述:"秋白久患肺病,身体很弱,但生活上是一点儿也不讲究的,无论怎么艰苦,总是满不在乎。拿吃饭来说吧,因为出去买菜不便,我们吃的是普通的包饭,一直没有什么好东西吃。他从来没有说过,看来也根本没有想过,要为他那患着严重肺病的身体增加一些营养。甚至连吃药也要我经常提醒他。有一次,我看他很久没吃到过一点好菜了,就托邻居买到了一只肥鸡,我高兴得不得了,尽心尽意地把它炖得稀烂,准备让他吃顿好饭。想不到晾衣服的时候,一不小心,晾衣服的竹杆碰翻了鸡锅子。我心疼得不得了,就一边收拾一边埋怨他没有帮我晾衣服。他马上一声不响地帮我收拾,像哄孩子似地说:'算我已经吃了吧,应该高兴嘛。不要想它了,该读书和翻译了,把你昨天译好的拿给我改。'说得我心宽了。"

而对于茅盾来说,现在却正是时候去探望一下老友秋白了。他在《我走过的道路》中如是记载:"一九三一年四月下旬,泽民和琴秋要去鄂豫皖苏区了,他们来告别,谈到秋白在四中全会后心情不好,肺病又犯了,现在没有工作;并告诉了我秋白的新住址。于是第二天我和德沚就去看望他们。秋白和之华见了我们很高兴,因为我们有四五个月没有见面了。在叙了家常之后,秋白问我在写什么?我答已写完《路》,现正在写长篇小说,已草成四章,并把前数章的情节告诉他。他听了很感兴趣,又问全书的情节。我说,那就话长了,过几天等我把写成的几章的原稿带来再详谈罢。过了两天,记得是一个星期日,我带了原稿和各章大纲和德沚又去,时在午后一时。秋白边看原稿,边说他对这几章及整个大纲的意见,直到六时。我们谈得最多的是农民暴动的一章,也谈到后来的工人罢工。写农民暴动的一章没有提到土地革命,写工人罢工,就大纲看,第三次罢工由赵伯韬挑动起来也不合理,把工人阶级的觉悟降低了。秋白详细地向我介绍了当时红军及各苏区的发展情形,并解释党的政策,何者是成功的,何者是失败的,建议我据以修改农民暴动的一章,并据以写后来有关农村及工人罢工的章节。正谈得热闹,饭摆上来了,打算吃过晚饭再谈。不料晚饭刚吃完,秋白就接到通知:娘家有事,速去。这是党的机关被破坏,秋白夫妇必须马上转移的暗号。可是匆促间,他们往何处转移呢?我们就带了他俩到我家中去。当时我家在愚园路树德里,住的是三楼厢房。二房东是个商人。我曾对二房东说,我是教书的。现在带了秋白夫妇来,我对二房东说是我的亲戚,来上海治病,不久就要回去。我让孩子睡在地板上,把床让给秋白夫妇睡。之华大概觉得我们太挤了,住了一夜,第二天就转移到别处去了。秋白在我家住了一两个星期。那时天天谈《子夜》。秋白建议我改变吴荪甫、赵伯韬两大集团最后握手言和的结尾,改为一胜一败。这样更能强烈地突出工业资本家斗不过金融买办资本家,中国民族资产阶级是没有出路的。秋白看原稿极细心。我的原稿上写吴荪甫坐的轿车是福特牌,因为那时上海通行福特。秋白认为像吴荪甫那样的大资本家应当坐更高级的轿车,他建议改为雪铁龙。又说大资本家愤怒绝顶而又绝望就要破坏什么乃至兽性发作。以上各点,我都照改了。"

然而,秋白对于《子夜》创作的启发与影响绝不仅限于车牌的更改等细枝末节,更在政治原则及意义方面引导了作家茅盾的思维。可惜的是,由于对农民暴动和红军军事活动等实在缺乏活生生的接触与了解,隔靴搔痒的文学家还是无法将秋白提供的素材与意见一一在文中实现。尽管如此,秋白对于《子夜》依旧十分看重与推崇,在《〈子夜〉和国货年》与《读〈子夜〉》二文中肯定作品"描写着企业家、买办阶级、投机分子、土豪、工人、共产党、帝国主义、军阀混战等等"之外,"更提出许多问题,主要的如工业发展问题,工人斗争问题,它都很细心的描写与解决。"所谓"文学是时代的反映",《子夜》描写了

"中国的封建势力""中国民族工业""中国的知识分子""时代女性""恋爱问题""共产党的斗争方式问题"等一系列问题,秋白高度评价其为"中国文坛上新的收获",并称"一九三三年在将来的文学史上,没有疑问的要记录《子夜》的出版"。显示了秋白心底的文艺审美立场和艺术判断功力。

《子夜》的书名一度从《夕阳》到《燎原》到《野火》,最终定为《子夜》。对于茅盾来说,在30年代得遇秋白,二人产生了思想交锋火花的远不止《子夜》一篇——还有《幻灭》《动摇》《追求》以及《三人行》与评论文章《问题中的大众文艺》。对茅盾创作的指导与评价甚至成了秋白关于马克思主义文艺理论的重要实践的组成部分。秋白评价茅盾"在现在的一般作家之中,不能够不说是杰出的,因为他的思想的水平线和科学智识的丰富,超出于许多自以为'写实主义文学家'之上"。但是,对于茅盾的《三人行》这部中篇小说,秋白却提出了批评。因为,他认为《三人行》中的三个主人公分别体现了"侠义主义""虚无主义""市侩主义"的思想。而在中国,贵族子弟的"侠义主义"在现实生活里几乎不存在;虚无主义的商人子弟、市侩主义的农民子弟这两类人物虽然确实在中国社会现实中大量存在,但茅盾又没有能够正确运用自己的革命立场来评判他们。秋白强调,普洛文学即劳苦大众的文学应该特别着力揭发市侩主义的危害性,但遗憾的是《三人行》中没有提出这个任务。"《三人行》的头几段简直是用云做正面的主人公,他的果断的坚决的口吻,劝告许的一些市侩主义的议论,差不多是句句要读者佩服他。"因此,"作者的革命的政治立场,就没有能够在艺术上表现出来"。秋白认为,"如果《三人行》的作者从此能够用极大的努力,去取得普洛的唯物辩证法的宇宙观和创作方法,那么,《三人行》将要是他的很有益处的失败,并且,这是对于一般革命的作家的教训。"

1931年9月,秋白借《大众文艺和反对帝国主义的斗争》一文,发出振聋发聩的呐喊——"革命的文艺,必须'向着大众'去!"一个月后,承载着他"普洛大众文艺"的设计理念与终极追求的两万字长文《普洛大众文艺的现实问题》重磅出炉。秋白在文章中明确指出了"普洛文艺应当是民众的"。当时的左翼文艺界有一种论调,说不能够把艺术降低了去凑合大众的程度,只有提高大众的程度来高攀艺术。秋白严词批驳:"这在现在的中国情形之下,简直是荒谬绝伦的论调"!"现在的作家,难道配讲要群众去高攀他吗?老实说是不配"!现在唯一的一条道路是:"站到群众的'程度'上去,同着群众一块儿提高艺术的水平线","造成新的群众的言语,新的群众的文艺"。——即普洛大众的文艺是必须为普洛大众政治上的最后的翻身解放服务的,因此革命的作家必须"要向群众去学习"——群众不需要"五四"式白话文学和诗古文词,也不需要章回体的通俗白话小说,更不需要《七侠五义》《火烧红莲寺》《说岳》《征东》之类的演义小说、小调唱本、说书滩簧。——那是些反动的大众文艺,普洛的革命的大众文艺要在向这些反动的大众文艺宣战中创造出崭新的群众喜闻乐见的文艺作品。

1932年7月,茅盾在《文学月报》第2期上发表《问题中的大众文艺》一文,针对秋白的"普洛大众文艺"的基本理念指出了三条意见:一、杰出的旧小说使大众感动,受到了大众的欢迎,而革命文艺尚做不到。二、旧小说的成功主要由于它的接近大众的技术而不是文字——文学以技术为"主",作为媒介的文字则是"末"。三、现在流行于大众的新文言完全可以用来创作大众文艺,因此不必再搞一场什么新的文学革命或文字革命。——这三条意见可以说是"针锋相对"的。

秋白则在《再论大众文艺答止敬》一文中回应强调普洛大众文学所采用的文字和语言不是日常生活的、豆腐白菜式的文字语言,更不讲求"细节的真实",而是充满阶级性、充满斗争性、充满崭新意识形态进攻性的一种特别的语言文字。听得懂、说得出是"特别"的关键,也是大众能够辨认、能够追随的标志。而茅盾所钟情不放的是"新式文言的假白话"和"旧小说的死白话",必定会成为新的文学革命的对象,被普洛大众所抛弃,因为它"罪孽深重",是反动统治阶级推行愚民政策的一种手段。秋白总结他与茅盾"原则上的分别是在于他不觉得肃清文言余孽应当是一个群众的革命运动,他只要求作家'多下功夫修炼';而我以为一定要一个自觉的革命的斗争,领导群众起来为着活人的言语而斗争。分别是在于发动一个攻击'新文言和死白话'的运动,还是不要"。秋白认为"普洛大众文艺"不仅在内容、质性上是革命的,而且在语言文字的形式上也是有硬性要求的,两者缺一不可。而文字问题是普洛大众文学的"现实问题"中的一个最要紧的问题,绝不是"末",它远比"技术"重要,不仅关系到中国普洛革命的方向,还关系到中国新文化的前途。

对于此次争论,茅盾最终采取了主动放弃的做法。他后来在《我走过的道路》中解释道:"对于秋白的这篇文章,我没有继续争论下去,因为我发现我与秋白是从不同的前提来争论的,即我们对文艺大众化的概念理解不同。文艺大众化主要是指作家们要努力使用大众的语言创作人民大众看得懂,听得懂,能够接受的,喜见乐闻的文艺作品(这里包括通俗文艺读物,也包括名著)呢?还是主要是指由大众自己来写文艺作品?我以为应该是前者,而秋白似乎侧重于后者。由此又引出了对文艺作品艺术性的分歧看法。"

事实上,秋白的这份苦心孤诣,在一定程度上确实为中国普洛文艺即无产阶级阶级文艺的大众化方向奠定了理论的基石,也为中国共产党领导的无产阶级文艺事业搭建了一个完整的体系框架,设计了一套实践中具切实指导意义的方法,更历史性地成了日后毛泽东《在延安文艺座谈会上的讲话》的雏形与蓝本……

对于秋白来说,在四中全会后得遇茅盾,仿佛是穿过了政治斗争带给他的"黎明前的黑暗",最终回归到了文艺这一温暖而明亮的心灵家园。通过与茅盾的文艺争论,徐徐展开了其普洛大众文艺设计理念与终极追求的煌煌大幕。子夜之后,万物由静寂而复苏,正如茅盾在1980年所书:"左翼文坛两领导,瞿霜鲁迅各千秋。"——左翼文学的天空即将挂起一轮光华夺目的红日,与冷月惺惺相惜,交替生辉,共同承担与完成一段可歌可泣却短暂仓促的岁月流转。

紫霞路 68 号

> "一为文人便无足观",这是清朝一个汉学家说的。……不幸,我自己不能够否认自己正是"文人"之中的一种。……近年来感觉到这一切种种,很愿意"回过去再生活一遍"……
>
> ——瞿秋白《多余的话》

1931 夏天,上海南市紫霞路 68 号一幢三开间三进的旧式大楼房附近悄然贴上了几张租屋告示。由于环境僻静,人来人往之间,似乎并没有什么人驻足留意。周边熟悉的街坊也只是议论上一句:"总说这谢家家境富裕,如今怎么也出租余房了?"便也抛在脑后,不以为意。就这样,静静过了一段时日。一个普通的上午,谢家的房客便上门来了。男的唤作林先生,剪的平头,戴了副黑眼镜,穿一件浅灰色的长衫,脚上是一双布鞋,提着一个小皮包,一看便是个规矩的教书先生的模样。女的被房东太太叫作林家嫂嫂,倒像是个过生活的行家里手,一来第一句话便向房东太太打听附近的菜场、商店,当天下午便叫房东太太陪着走了一趟蓬莱市场,买了面盆、漱口杯等杂七杂八的日用品。这叮叮当当过日子的架势便摆得足足的了。

房东太太钱云锦安排林先生与林家嫂嫂住在二楼东厢房,家具全是现成的。对面便是谢家的藏书房,夫妇二人经常一头扎进书堆,半日也不见出来。一日三餐,房主与房客合在一起吃,倒也平添了几分热闹生气。饭后,林先生与谢先生边听收音机边聊天,他们尤其喜欢听评弹,往往边听边谈,不知疲倦。林先生还时不时给房主家的孩子讲讲故事见闻。这位林先生平日足不出户,每日从早到晚伏案工作。偶尔在一张旧沙发上坐坐休息,独自玩上一会儿骨牌"过五关",或者便在房间来回踱步,不知是在活动身体,还是在思考问题。在日后的《忆谢旦如掩护党的秘密工作的片断》一文中,钱云锦表示除了听说这对夫妇是借住这里养病的,她对二人的具体情况便一无所知了。当时在整个谢家,只有谢澹如一人知道林先生与林家嫂嫂的真实姓名与身份。能够在白色恐怖之下,冒着全家杀头的危险收留大名鼎鼎的"赤色"夫妻"秋之白华",并能若无其事地瞒过所有人的眼睛,细致周到地照顾二人前后长达一年半的时间,其人义勇无畏的胸怀豪气与胆大心细的行事作风实在令人刮目叹服。

英雄亦自有出处:谢澹如,1904年生人,又名旦如、淡如、永淦,笔名元功、王了一。其父谢敏甫是福康钱庄的经理。钱家世代经商,家境富裕,藏书颇丰。谢澹如与应修人、冯雪峰、楼适夷、汪静之等人过从甚密,凭借一生中唯一一本诗集《苜蓿花》跻身"湖畔诗人"的行列。虽然身为党外人士,但谢澹如出资开设一家西门书店、一家西区书店、两家公道书店专门经售各种左翼文艺书刊,并很快成为左联的秘密通讯站。为了保障赤色友人们的安全,谢澹如还特意在老靶子路附近公道书店隔壁另开红狮食品公司门市部,在西区书店隔壁另开一家花店,作为突遇紧急情况时的转移掩护之需。1931年4月,左联《前哨》杂志创刊,谢澹如又承担起秘密印刷的责任。由此可见,能够在"秋之白华"遭遇党内无情斗争的特殊困难境遇,义无反顾地伸出援手,扮演雪中送炭的角色,对于谢澹如其人,并无意外。而这份难能可贵的恩情一直持续到秋白身后,还在继续绵延不绝。1935年春,得知秋白被俘的消息,谢澹如、钱云锦夫妇曾想方设法筹到几百元钱,欲托情营救而未果。他唯一能做的便是将秋白离开紫霞路68号时留下的文稿与方志敏烈士遗稿《清贫》《可爱的中国》原稿等珍贵材料锁在一只小皮箱中精心保存。虽然此后谢家在战火纷飞的动荡年代几经搬迁,紫霞路68号也被日军一把火焚烧殆尽,但小皮箱始终不离谢澹如身旁。1938年,谢澹如创办金星书店,以霞社的名义编印出版秋白的《乱弹及其他》,重印《社会科学概论》及译稿《新哲学——唯物论》。他还将《瞿秋白论文集》书稿保存到抗战胜利,完璧交与亚东图书馆。解放后,谢澹如一度在上海鲁迅纪念馆任职,1961年曾服安眠药自杀未遂。1962年谢澹如因脑溢血重病辞世之前,杨之华曾专程前往探望。人们不会忘记,正是这位智勇双全、义薄云天的革命侠士的紫霞路68号,在30年代成为秋白人身安全的庇护所与重拾文人情怀旧梦的精神家园。很难想象,当时如果没有谢澹如,没有紫霞路68号,今日的我们又要何处去找寻那个"文人"秋白?

正如杨之华在《回忆秋白》中所描述的,那个时期的秋白"把全部心思都集中在工作上。他当时每天工作和学习的时间总在十几小时以上,而且总是按部就班,有条有理。早晨起床后先看报,几份大报看得很仔细,看到有用的材料就剪下来或摘录。上午剩下的时间一般是写文章;下午睡一会午觉起来就翻译和写作;晚上是看书或写作。他习惯于晚上工作,很晚才睡。……在这一段时期中,秋白怎样勤奋地工作,仅仅从他写作的数目字来看,也就足以说明了。粗略地计算起来,仅收编在《瞿秋白文集》中的这一时期的文学著作,就约有一百五十来万字,每天平均写两千来字。这还不算他给党刊写的许多文章。为了写作,他还要花许多时间阅读大量书报杂志。比如他编《鲁迅杂感选集》并写序言时,就研究了鲁迅的差不多全部著作和有关参考材料"。

然而,对于自己作为"文人"的回归,秋白却始终是感伤的——"是不是太迟了呢?太迟了!徒然抱着对文艺的爱好和怀念,起先是自己的头脑,和身体被'外物'所占领了,后来是非常的疲乏笼罩了我三四年,始终没有在文艺方面认真的用力。书是乱七八糟着〔看〕了一些,也许走进了现代文艺水平线以上的境界,不〔至〕于辨别不出趣味的高低。我曾经发表的一些文艺方面的意见,都驳杂得很,也是一知半解的。时候过得很快。一切都荒疏了。眼高手低是这必然的结果。自己写的东西——类似于文艺的东西是不能使自己满意的,我至多不过是一个'读者'。"——

然而事实上,作为江南才子秉承传统文艺的审美心灵与胸襟格调使他在"文艺"家园的一回归,便是驾轻就熟,长袖善舞,似乎自然天成一位导乎先路的领袖人物。而在苏俄红色洪炉锻炼成就的一副纯正的共产主义思想筋骨,又使他具备了足够的马克思主义理论水平为当时的中国指导出一支"铁流"般的苏维埃文艺队伍。于是,中国现代文艺的历史在此刻成全了一次闪光的交汇:秋白得遇左联,左联得遇秋白,双方恰逢其时。

"左联",全名"中国左翼作家联盟",是一个政治文化延及文学艺术领域倾向于左翼的诗人、作家、批评家的联合组织,是一个集政治特性、文化特性、文学特性于一身的政治文化团体。而秋白则既是一个受到党内高层排斥批判即"犯了严重政治错误"的领袖人物,同时又是一位在左翼文艺界深受承认与赞赏的成绩斐然的作家、诗人、批评家与翻译家。从而,他回归文学家园的个体选择与左联发展至瓶颈寻求突破的历史要求在30年代碰撞相遇,迅速产生了化学反应。如果说紫霞路68号为这一时期的秋白提供了物质层面的庇护,那么,左联及其同仁的存在与求索、争鸣与友谊,则在最大程度上给予了秋白精神世界的慰藉,承载了他"生命晚期"既颠沛动荡,又丰富厚重的三年岁月。

对这一宿命般的相逢,茅盾在《我走过的道路》中回忆说:"我担任(左联)行政书记不久,瞿秋白参加了'左联'的领导工作。六届四中全会后,秋白遭到王明的打击,被排挤出中央领导岗位,有半年没有工作。我曾去看望过他,他肺病复发,正在休养,但精神仍旧很好。他表示想改行搞文学。果然,现在他真的来'搞文学'了。他知道我在担任行政书记,就约我去谈。在这之前,我们在交往中,如四月底他在我家中避难时,我已经把我对'左联'的意见向他直说过,例如'左联'像政党,关门主义,不重视作家的创作活动等等。他大致上同意我的看法。现在他找我谈,就提出须要改进'左联'的工作。他建议《前哨》要坚持办下去,作为'左联'的理论指导刊物,另外再办一个文学刊物,专登创作。我说,我与鲁迅、雪峰也研究过这个问题,有这样的打算。他又提出,要对'五四'以来的新文学运动,以及一九二八年以来的普罗文学运动进行研究和总结,吸取经验教训。他并且建议我作为'左联'行政书记先写一两篇文章来带个头。"

在《追念瞿秋白同志》一文中,夏衍同样回忆了这一时期的秋白:"我和秋白同志发生工作关系,记得是在一九三一年的春夏之交,第一次见面的时候给我介绍的同志并没有说出他的真实姓名,可是几次谈话之后,彼此心领神会,就知道他是《赤都心史》的作者了。大家都能回想得起，一九三一年前后正是狂风暴雨的时代，那时候的白色恐怖是异常严重的，在这样一个时期，他给我的第一个印象，是出乎意外的安详。态度很舒坦，布置工作很细致，这恰恰和同一个时期的某些同志的激昂、焦躁，乃至若干轻率的态度，成了一个鲜明的对照。同时，大家也都能回想得起，秋白同志来参加文化工作的领导，正是党的六届四中全会之后，他正受到了'左'的教条主义、宗派主义分子的打击，可是，在我和他断断续续的近两年的工作接触中，丝毫也没有感觉到他受了打击之后的委屈的心情。日常谈话的时候他是那样的乐观，那样的'潇洒'，那样的幽默，可是一接触到工作，他又是那样的生气勃勃，对敌人和旧社会的一切不合理现象具有那样强烈的敌忾和仇恨。小资产阶级出身的知识分子最经不起打击——特别是来自内部的打击，而在秋白同志身上，是一点也找不到牢骚、委屈之类的个人主义情绪的痕迹的。他从来不谈个人的事，不谈过去的事，在任何困难危险的情况之下，他永远是那样的爽朗、愉快，丝毫没有感情上的阴影。他的这种高度的党性，高贵的品质，是永远值得我们学习的榜样。"

秋白之于左联的影响与变革，一方面如涓涓细流，步步为营，有意识地开辟、渗透、占领革命阵地。例如，此前，左联不允许成员在国民党报刊上发表文章，在白色恐怖下，自创的刊物又通常躲不过当局查禁的厄运，大众文艺的普及与宣传苦于打不开局面。秋白介入左联工作后，提出左联作家应该抓住各种机会为无产阶级服务，只要能够展示左翼革命理念和战斗意志，完全可以在各种刊物上发表作品。很快，传达左翼声音与主张的杂文、漫画、随笔便在《申报》《晨报》《东方杂志》等"主流"媒体冒出头来，从而扩大了影响力。同时，秋白还与夏衍、郑伯奇、钱杏邨、阳翰笙、田汉等人秘密联络协商，在当时完全由资产阶级掌控的电影与唱片领域寻求突破。结果，1933年便组成了党在电影界的第一个小组。左翼的力量在1932至1937年实际控制了明星、联华、艺华几大电影公司的编剧领导权，并将一批进步电影中的歌曲和一些救亡歌曲经由百代公司灌制成唱片，广泛发行，从而使《渔光曲》《毕业歌》《义勇军进行曲》《大刀进行曲》的旋律响彻全中国。对此，夏衍总

结说:"这件事,在秋白同志领导文艺工作之前,我们是不可能做得到的。"(《"左联"》杂忆)

另外,在文艺理论建设与文艺批评方面大刀阔斧、披荆斩棘从大林莽开辟出一条宽阔的无产阶级与普罗大众行走的新通道。1931年年底,自称文艺的"自由人"的胡秋原在他所主持的《文化评论》创刊号上发表《阿狗文艺论》。几个月后,又发表《钱杏邨理论之清算与民族文学理论之批评》一文,其基本立场或者说根本信仰概括起来为三句话:"我们是自由的智识阶级","我们的态度是自由人的立场","文艺至死是自由的",从而掀起了一场与左翼文艺理论阵营的轰轰烈烈的"文艺自由"论战。此后,"自由人"又引来"第三种人",苏汶登场发表《关于"文新"与胡秋原的文艺论辩》《"第三种人"的出路》《论文学上的干涉主义》等文,将左联作为"政治的留声机"的靶子猛打。再加上民族主义文学与"新月派"文学等宿敌,左联一时之间腹背受敌,四面楚歌。匆忙招架之中,又迅速暴露出在文艺批评方面的理论不足与态度粗暴的两大弱点。而秋白便在此时挥舞衣袖,翩然出场。

虽然左联在成立伊始就成立了马克思主义文艺研究会,专门从事马克思主义文艺理论的翻译、介绍和研究工作,但直到秋白翻译介绍马克思主义文艺理论之前,可以说左联并没有系统的全面的对马克思主义文艺理论的翻译与介绍。以至于胡秋原在《钱杏邨理论之清算与民族文学理论之批评》中指出的钱杏邨文艺批评存在的第一个问题居然便是"基础理论之混乱"。而作为马克思主义文艺理论在中国最早、最自觉,又是最成熟的传播者之一,秋白全面系统地清理了马克思主义文艺理论批评体系的主要线索与经典文本,不仅身体力行地将之一一翻译了出来,并且进行了尽可能正确而清晰的梳解与阐发,真诚奉献给国内左翼的同仁。他最著名的一册论文集《"现实"——马克思主义文艺论文集》,由经典的马克思主义原著的译文和他自己阐释性的论文即"撰述"组成,包括马克思恩格斯论现实主义、恩格斯批判文学上的机械论、关于普列汉诺夫的研究、关于左拉研究等四组十三篇文章及作者的"后记"。其意义不仅在于这应该是马克思主义文艺理论在中国第一次得到完整、系统而正确的阐释,更起到了纠正与改进同时代的马克思主义文艺理论传播者的幼稚、不足,甚至谬误的关键性作用,大力推动了30年代初中国的左翼文艺运动理论成熟与实践高涨。

例如,针对胡秋原所持文艺理论的核心要义来自普列汉诺夫的虚伪的客观主义的文艺观和变相的艺术至上主义的审美立场,秋白努力尝试作了一番严格的理论清理与价值判断的工作,站在列宁主义的立场上总结了普列汉诺夫主义的"七宗罪",对所谓"普列汉诺夫正统"说作出了历史性的批判,从而从根本上动摇了论敌的理论基础。而针对苏汶提出的文学已沦为留声机与卖淫妇的比附,秋白则用一篇《文艺的自由和文学家的不自由》严正指出,在阶级的社会里,文艺没有真正的、实在的自由:"事实上,著作家和批评家,有意的无意的反映着某一阶级的生活,因此,也就赞助着某一阶级的斗争……当无产阶级公开的要求文艺的斗争工具的时候,谁要出来大叫'勿侵略文艺',谁就无意之中做了伪善的资产阶级的艺术至上派的'留声机'。"这便凸出了秋白关于"文艺"的一个最基本、最核心的认识——即"文艺"不是"自由"的,也不是为着"自由"的。文艺的本质不是自在、自由,文艺是有责任的,有目的的,即是说,文艺是有担当、有任务的。它的本质是属于一定的阶级,并为一定的阶级服务的。文艺家的历史功用也就是操持着自己阶级的文艺,为自己的阶级服务,或者说斗争的,他当然"不自由"。而在《"自由人"的文化运动》一文中,秋白更针对"自由人"提出的要"继续完成五四之遗业""负起文化运动的特殊使命"的口号,严正声明:"当前的文化运动是大众的——是为大众的解放而斗争。"想要脱离大众而自由的"自由人"们已经没有什么"五四未竟之遗业"了。摆在他们面前的只有两条道路——或者来为着大众服务,或者去为着大众的仇敌服务;后者是把"五四"变成自己的连肉带骨的皮,前者则是勇于脱下资产阶级旧"五四"的衣衫,为创建无产阶级新"五四"而奋斗。

同时,在"文艺自由"论战开展以后,芸生等人在左联机关刊物《文学月报》上发表文章一味痛骂胡秋原。鲁迅写信劝告其说"辱骂和恐吓决不是战斗",立刻引发首甲等人不由分说给鲁迅扣上"带上了极浓厚的右倾机会主义的色彩"的帽子。秋白因此写作《鬼脸的辩护》一文,对首甲等人的粗暴批评方式进行了理性的分析。指出他们对鲁迅的批评是错误的,鲁迅绝没有右倾机会主义的错误,相反,他们空谈革命,文章不追求理论旨趣,一味扮鬼脸吓人,正好给予了敌人以攻击无产阶级革命理论的机会,因此,倒是他们犯有"左"倾机会主义的错误。秋白指责他们空有为无产阶级服务的想法,却不注意提高自身修养。他们的文艺批评不是真正的战斗,只是阿Q式的咒骂和自欺。他劝告这些批评家们真诚地接受鲁迅的批评,了解和纠正自己的错误。为帮助这些鲁莽的批评家,秋白还创作了寓言《慈善家的妈妈》一文,立意自然是直指左联批评家的粗暴态度。

今日重看这场火花四溅、影响深远的"文艺自由"论战,二者的论争在纯粹追求文艺真理的平面上或许是一场误会,或许是两条不相交的线,但却也并不是一场"浪费的论争"。秋白在"文艺自由"论战中所表现出的有理有据、一切如风卷残云般大气蓬勃的文艺批评态度,为当时的左翼文艺界树立了一个正面而光辉的榜样形象,被鲁迅拍手盛赞为"真是皇皇大论！在国内文艺界,能够写这样论文的,现在还没有第二个人！"(冯雪峰《回忆鲁迅》)在《追念瞿秋白同志》一文中,夏衍亦说:"从仪表,从谈吐,乃至从他日常生活来看,秋白同志是一个典型的'书生'。常常穿一件灰色的哔吱袍子,平顶头,举止斯文得很,善于欣赏各种美好的东西,读到一篇好的文章他会反复背诵,逢人介绍,可是,当接触到工作,接触到理论斗争,他就一变而为一个淬砺无前的勇猛的斗士。他的文章辛辣锐利,又是娓娓动人而富于说服力和逻辑性。他有几篇短文用化名在杂志上发表,许多读者都认为是鲁迅的作品。秋白同志给我的最深刻的印象,是他的旺盛的斗争性和高度的责任感。在反对所谓'第三种人'的斗争中,对于胡秋原、苏汶这一类人的'理论',秋白同志采取了完全'不在话下'的蔑视鄙视的态度,对他们作了无情的、极其尖锐的揭露与批评,可是同时,对于这种在当时也披上了马克思主义外衣的反动理论在群众中可能发生的影响,却作了足够的估计。他的文章理路清楚,例证确切,通俗易懂,就是为了让大多数理论水平不高的读者也能够看懂。不是从教条出发,而是从实际出发来解释、宣传和鼓动,我以为这就是秋白同志的文风的特点。"

1933年,钱杏邨在自己的专著《现代中国文学论》的《题记》中特意表达了他的观点:"事实上,只有洛扬的《给〈文艺新闻〉编者的一封信》和易嘉对我的批评[①],是使我非常感激的,他们是很正确的指出了我的批评上的缺点,而且教育我怎样的去克服。可惜他们只是原则的指出,没有具体的充分的说明;虽然我当时几次的要求他们,甚至替他们搜集关于批判我的材料,终于因为事忙,他们不曾写将出来。"而论敌胡秋原则在《浪费的论争》一文中表示:"首先我要赞美易嘉先生的态度。倘若左翼理论家都能这样平心静气地讨论真理,我想,大家一定愿意参加……他的文章,也是一篇'美丽的',革命的散文——是一篇革命的'艺术品',不像有一些文章使人望而却步。"进而也不得不承认"中国左翼文坛是一天一天向比较正确的路线上走"。

在此值得一提的是,有些时候争论并不仅仅局限于外部。左翼联盟内部也曾就秋白提出的"普洛大众文艺"口号的"现实问题"发生过巨大的争论。除了前文提到过的茅盾,创造社成员郑伯奇也曾化名何大白,在《大众化的核心》一文中提出:我们已经服膺"普洛大众文艺"的口号了,我们在文艺作品的文字上也做到简单易懂了,我们在方法上也努力按要求去实践了,但是"大多数的群众依然不受我们的影响"。对此,秋白在《我们是谁?——和何大白讨论"大众化"的核心》一文中批评道:"大众化"的口号在左翼文学圈子里始终只是空谈,始终不去解决实行大众化的现实问题,除了空谈什么成绩也没有。最主要的原因,就是普洛文学运动还没有跳出知识分子"研究会"的阶段,还只是知识分子小团体的主观愿望及空想,而不是普洛群众的实践运动。这些小资产阶级的左翼革命知识分子"还没有决心走近工人阶级的队伍,还自己以为是大众的教师,而根本不了解'向大众去学习'的任务。

---

① 洛扬即冯雪峰,易嘉即瞿秋白。

秋白问道："何大白说的'我们'是谁呢？他用'我们'和大众对立起来。这个'我们'是在大众之外的。他根本不感觉到这个'我们'只是大众之中的一部分。"而"智识分子脱离群众的态度，蔑视群众的态度，这种病根必须完全铲除"。"如果普洛文艺的作者，以为群众还没有'准备'，而同时又认为自己的文字、方法、口号都一些儿也没有错误，那么，自然只有等待群众程度的提高，而客观上，这种等待主义只是把群众放在反动思想影响之下。"因此，秋白再度高声呼吁：文艺大众化的运动最关键一点是"使群众自己创造出革命的文艺"，而绝不是知识分子如何在方向、方法与口号上一再让步，一再后退或者说一再"进步"。

对于秋白的苦口婆心，郑伯奇在《回忆瞿秋白烈士》一文中这样说道："我那篇含有错误思想的短文发表以后，瞿秋白烈士及时地提出了严肃的批评，题目是《我们是谁？》，一针见血地指出了我的立场态度问题。……在当时，我对于瞿秋白烈士的批评……没有深刻地去领会去理解。相反地，对自己的错误思想强作辩护……在这以后不久，瞿秋白同志很亲切地通过夏衍同志约我去谈话。记得是在旧名爱文义路北面一条横街（路名忘记了）口的一个弄堂里一所清静的院落里面我会见了瞿秋白烈士。他是比现在的画像稍显苍老的一个颀长的中年人。他穿着中国式的长衣。房子里只有我们三人。他态度很宁静和蔼，细心地导引着我谈话。他把我的话用他独特的拉丁化的文字记在他的笔记本上。他也对我发表了较长的谈话。在那样白色恐怖最厉害的环境之下，我们还谈了一个多钟头光景。"

由此可见，在30年代重返文艺园地，与左联发生了许多联系并对其产生了重大影响的秋白无论是从事马克思主义文艺理论翻译、介绍，还是倡导文艺大众化运动、从事文艺批评和创作，始终是心系普罗大众的。他的文艺理念真正体现了早期共产党人为无产阶级政治献身的思想。真正地俯下身来，到民间去，认真探讨为无产阶级广大民众服务的道路与方式，甚至文化解放的技术手段。在一个特定的新旧文化、新旧政治矛盾斗争激化转折的时代，为了实现中国的无产阶级文艺革命、政治自由及理想中的新文化建设，秋白始终站立在代表光明、代表斗争、代表进步、代表历史选择的一翼,并且是站在这一翼的最前列。

"大先生"

> 秋白和我都很敬重鲁迅先生,知道他在兄弟中居长,就亲切而尊敬地称他"大先生"……
>
> ——杨之华《回忆秋白》

1932年4月,有一件事使杨之华对"大先生"产生了更为敬重的情意,她在《回忆秋白》中写道:"那时,在秋白的鼓励下,我写了一篇短篇小说《豆腐阿姐》。秋白很高兴地说:'拿去给大先生看看吧。'我不好意思地说:'这样的东西能拿给大先生看吗?而且他又很忙。'秋白说:'不要紧,大先生是很乐于帮助人的,特别是对初学写作的青年。'于是,秋白把我的习作拿给鲁迅看了。鲁迅毫不耽搁地给改了错字,在错字旁边,还端正地分别写出楷体和草书字样。鲁迅把稿子送还时,亲自用纸包得方方正正的,用绳子扎得整整齐齐的。"——那个时候,不仅杨之华本人,就连秋白与鲁迅之间都还只是书信往还,未曾谋面。

令杨之华没有想到的是,仅仅五个月以后,这位已在海内外声名显赫的中国文坛巨匠会再次亲自操刀,校阅由她翻译,并经秋白修改的绥拉菲摩维支的《一天的工作》与《岔道夫》,并在稿件成集出版后,第一时间将相当于他们夫妇几个月的党组织补助金的稿费六十元交到她的手中,解了他们生活上的燃眉之急。——那个时候,他们与鲁迅也仅仅只有三面之交。

此后,在所有对于"大先生"的回忆文字中,杨之华笔下的两段极为鲜活与传神的描述,显得颇为触动人心:

> ——当我们在监狱似的亭子间里生活的时候,谁能够像他那样的热情,一批批的书送给我们看。他是我们寂寞和患难中的知己,当他笑嘻嘻的夹着黑印度绸的书包走进房内的时候,我们充溢

着说不出的愉快,等他的包袱一打开时,外国文的中文的杂志呀,小说呀,笔头呀,好纸呀,还有糖果呢!……

——有一天,忽然听到飞快的跑(步)声从楼下一直送到房门口,我们在门里面听了知道这一定是到别人家去的小孩子,然而急叩着我们的房门。我们很吃惊,开了门,原来是他,默默微笑着。对面的女人也在暗笑着,似乎她也在奇怪着为什么五十多岁的老头子,还是这样的天真。……

——杨之华《回忆敬爱的导师——鲁迅先生》

"谁能够像他""原来是他",如果不是杨之华的言之凿凿,让人很难将以上两段文字中那样一个细腻、温情又不失天真、顽皮的"他",与横眉"冷"对千夫指的鲁迅联系在一起。而也正是这位已年逾半百的中国文坛的精神掌门,却会为一位比自己年轻近二十岁的晚辈青年革命家秋白亲手抄录一副对联:"人生得一知己足矣,斯世当以同怀视之。"——那个时候,他们认识不过两年,日夜相对抵足相处的时日加在一起也不足半载。这段友谊来得突然,发展得迅猛,结束得无奈,仿佛一段闪电恋爱,铭心刻骨却嫌匆忙仓促,只剩下余音袅袅,遗恨缠绵。所幸一番轰烈之后,留下的感情结晶倒也是实打实地茁壮而繁硕。

一切还要从1932年春末夏初,一个天气晴朗和煦、阳光斜斜地射到川北公寓东窗的清晨说起。许广平听说有一位为了革命过着地下生活的人,想乘此大好时光,出来游散一下,见见太阳。待到一见面,才发觉是"剃光了头,圆面孔,沉着稳重,表示出深思熟虑"的一位"炉火纯青了的""百炼成钢的战士",亦是昔日在女师大做学生时曾目睹过其演讲风采的故人。在她看来,"鲁迅对这一位稀客,款待之如久别重逢有许多话要说的老朋友,又如毫无隔阂的亲人(白区对党内的人都认是亲人看待)骨肉一样,真是至亲相见,不须拘礼的样子。总之,有谁看到过从外面携回几尾鱼儿,忽然放到水池中见了水的洋洋得意之状的吗?那情形就仿佛相似。他们本来就欢喜新生一代的,又兼看到在旁才学会走路不久的婴儿,更加一时满室皆春,生气活泼,平添了会见时的斗趣场面"。日后，许广平将这一切记入《鲁迅回忆录》中，她如是写道："那天谈得很畅快。鲁迅和秋白同志从日常生活,战争带来的不安定（经过'一·二八'上海战争之后不久）,彼此的遭遇,到文学战线上的情况,都一个接一个地滔滔不绝无话不谈,生怕时光过去得太快了似的……为了庆贺这一次的会见,虽然秋白同志身体欠佳,也破例小饮些酒,下午彼此也放弃了午睡。还有许多说不完的话要倾心交谈哩,但是夜幕催人,没奈何只得分别了。"

待到一个季度过后,同一年夏末秋初一个下雨的午前（九月一日）,便是翘首以盼的第二次会面了。紫霞路68号迎来了鲁迅、许广平与小海婴的三口之家。许广平对主人家的书桌表示出了浓厚的兴趣："秋白同志坐在他的书桌旁边,看到我们来时,就无限喜悦地站起来表示欢迎。他的书桌,是一张特质的西式木桌,里面有书架可以放文件,下面抽斗也一样,只要把书桌上面的软木板拖下来,就可以像盒子一样,连抽斗也给锁起。据他说,这样一走开,写不完的文件只要一拉下木板就不会被别人乱翻了。做革命工作的人,这种桌子是比较方便的,后来他去苏区时,就把这张桌子搬到我们的住处大陆新村来,至今还保存在那里。"而在《回忆秋白》中,杨之华则记录下了自己作为主妇对那一日的糟糕饭菜的耿耿于怀："我们平时在谢家吃包饭,这天为了款待他们,特地到饭馆去叫了几个菜。当坐下来吃中饭时,我才发觉送来的菜是凉的,味道也不好,心里感到抱歉和不安。但鲁迅却毫不在意,和蔼可亲,仍然和秋白谈笑风生,非常亲热高兴。"十三天后,她与秋白一起,又一次踏进川北公寓。那一日,他们夫妇二人在鲁迅家中还见到了周建人。后来,周建人在《我所知道的瞿秋白同志》一文中回忆说："我几乎认不出秋白了,他已经不是原来那个样子了。只见他满脸病容,面目浮肿,气色和精神都很坏。身上穿着一件长衫,破旧不合身,好像是从旧货摊上弄来的。……鲁迅本来不认识秋白,可是一听说秋白在上海,而且有了困难,就想见他,相见以后,又热诚相待。"

而此后的脉络发展,便不是简单一个"热诚相待"可以概括的了。"秋之白华"四次生死避难,都托赖"大先生"稳妥承接。用杨之华的话

说,真真是"谁能够像他"?——"是我们寂寞和患难中的知己"。以下是四幕历史的图景:

第一次避难。据杨之华在《回忆秋白》中的记载,那是"一九三二年十一月底,我们得到组织送来的警报,知道有一个叛徒在盯我们的梢。秋白于是立即住到鲁迅家里去。因为叛徒认识我,为了免得把他引到鲁迅家,我没有同秋白一起去,只好在马路上转了三天三夜。秋白和鲁迅很担心我的安全,请一位同志到处找我,终于在马路上碰见了。这时正是白天,我不放心,就请他先走。我又在街上转了很久,直到天黑以后,确信后面没有'尾巴'了,才到了鲁迅家。我们在鲁迅家中住到十二月下旬,陈云同志把我们接了出去,住到党的一个机关里"。

由于之前的11月11日,鲁迅已动身去北平,30日方归。许广平果断从容地独自接待了突然而至的秋白,并把鲁迅写作兼卧室的一间朝北的大房间让出,安排妥帖。待到鲁迅归来以及杨之华安全抵达之后,一切才稍显安定。事后,在《鲁迅回忆录》中,许广平认为,在紧要关头收留避祸的革命者,力担了危机与风险,承受了动荡与不安的同时,也为她与鲁迅"简单的家庭平添了一股振奋人心的革命鼓舞力量,是非常之幸运的。加以秋白同志的博学、广游,谈助之资实在不少。这时,看到他们两人谈不完的话语,就像电影胶卷似的连续不断地涌现出来,实在融洽之极。更加以鲁迅对党的关怀,对马列主义的从理论到实际的体会,平时从书本上看到的,现时可以尽量倾泻于秋白同志之前而无须保留了。这是极其难得的机会。一旦给予鲁迅以满足的心情,其感动快慰可知!对文化界的复杂斗争形势,对国民党反动势力的打击,对帝国主义的横暴和'九一八'东北沦亡的哀愁,这时也都在朝夕相见中相互交谈,精心策划。……杨大姐也以革命干部共有的风格,和我们平易相亲,和女工、小孩打成一片,使我们丝毫没有接待生客之感,亲如一家地朝夕相处,使我也学到了许多说不尽的道理"。

第一次在鲁迅家中避难的时光,已经使秋白将鲁迅视为倾心之交。正是在这一时期,他将自己的旧作"雪意凄其心悄然,江南旧梦已如烟。天寒沽酒长安市,犹折梅花伴醉眠"重录书赠鲁迅,并在诗后添加跋语,称:"此种颓唐气息,今日思之,恍如隔世。然作此诗时,正是青年时代。殆所谓'忏悔的贵族'心情也。"这也许便道出了许广平所说的两个同是从旧社会士大夫阶级中背叛过来的"逆子贰臣"在这历史造就的特殊际遇场景,一拍即合,相见恨晚,完全成了"同甘苦共患难的知己"的深层次原因,即二人在精神领域的共性与交点实际上正是那昔日遥远而凄惘的,已经被他们公开宣布完全抛弃了的"忏悔的贵族"的颓唐情绪与忏悔心情:沽酒、折花、踏雪、醉眠,忆江南旧梦,心镜的图像"恍如隔世"。共同的精神基底,造就一脉的忧愁、孤绝与哀怨,表现于情趣审美的心曲互通,战斗行动的琴瑟合鸣。

关于"逆子贰臣"这一概念,秋白在他的文字中也曾多次反复提及,有时是"绅士阶级的逆子贰臣",有时是"士大夫阶级的逆子贰臣"。他们往往是被社会"挤出轨道"的孤儿,不幸破落的门阀的畸零子弟,或是"小资产阶级的流浪人的智识青年"。秋白自然意识到自己也正是绅士阶级破落门第的"逆子贰臣"之一种,而这种新起的知识分子,如果不坚决地克服自己的浪漫蒂克主义,"因为他们的'热度'关系,往往首先卷进革命的怒潮,但是,也会首先'落荒'。或者'颓废',甚至'叛变'"。虽然秋白与鲁迅出身攸同,惺惺相惜,但是他从心底认可鲁迅的"进化",即"鲁迅从进化论进到阶级论,从绅士阶级的逆子贰臣进到无产阶级和劳动群众的真正的友人,以至于战士,他是经历了辛亥革命以前直到现在的四分之一世纪的战斗,从痛苦的经验和深刻的观察之中,带着宝贵的革命传统到新的阵营里来的"。而对于自身,虽然秋白坦承自己"毕竟不是一个'战士',无论在哪一战线上",然而事实却是:无论在哪一条战线上,他都无愧于一名"战士",不管是在政治战线上,还是在文艺世界里……

为了答谢收留之情,处于经济窘迫之中的秋白夫妇还特别以高价托人向某大公司买了一盒"积铁成象"玩具赠予小海婴。许广平与鲁迅深感不安,"但体会到他们爱护儿童,给儿童培植科学建筑知识的好意,就又在这不安中接受了这件礼物。秋白同志在盒盖上写明某个零件有几件,共几种等等,都很详尽。又料到自己随时会有不测,说:'留个纪念,让小孩大起来也知道有个何先生(何先生是他来我家时的称呼)!'"长大成人之后的周海婴曾专门对此撰写《瞿秋白夫妇的礼物》一文,回忆道:"这珍贵的玩具,我幼小时很少玩,稍大以后,母亲才从柜中郑重地取出,说这是何先生送的,过去因你太小,一直由我替你保管,现在可以交给你了,每次玩过后,要拆开放好。并嘱咐我说,这盒盖上面有全部零件的清单,可以按件核对。我仔细一看,何先生亲自以清晰秀丽的笔迹,按顺序写明了零件的名称,各有多少种,多少件,连有多少螺丝、螺母都写得一清二楚。字里行间,凝集着何先生的缜密细心。这种'积铁'玩具,在当时非常稀罕,只有舶来品……售价之贵令人咋舌。"可惜因年代久远,几经变乱搬动,留有秋白真迹的玩具盒盖已经遗失。零件还有若干存上海鲁迅纪念馆,作为秋白预感到革命胜利后必有大规模的建设,因而对下一代必须从小给以技术知识教育的深意的纪念物品来珍贵保存。

12月23日,一个雨夜,化名史平的陈云奉组织之命,护送秋白夫妇从鲁迅家中转移。此后,他在《一个深晚》中详细地记录下了当夜的所有细节点滴,刊登在了1936年10月30日的巴黎《救国时报》上:

> 大约是深晚十一时许了,我坐着一辆黄包车,把戴在头上的铜盆帽捺低到眉毛以下,把吴淞路买来的一件旧的西装大衣的领头翻起盖满两颊,由曲曲弯弯的小路到了北四川路底一路电车掉头的地方就停下了黄包车。付了车钱,望四边一看,没有人"盯梢",我就迅速地走进了沿街的一座三层楼住宅房子的大门。这是一座分间出租的住宅,走进大门就是楼梯。大约是在三层楼的右首的那间房间的门口,门上有着一个同志预先告诉我的记号。我轻轻的扣了两下,里面就出来了一位女主人。我问:"周先生在家吗?我是×先生要我来,与×先生会面的。"女主人就很客气的请我进去。
>
> 秋白同志一切已经准备好了,他的几篇稿子和几本书放在之华同志的包袱里,另外他还有一个小包袱装着他和之华的几件换洗的衣服。我问他:"还有别的东西吗?"他说:"没有了。""为什么

提箱也没有一只?"我奇怪的问他。他说:"我的一生财产尽在于此了。"他问我:"远不远?""很远,我去叫三辆黄包车。"我说着,正想下楼去叫车子,旁边那位五十以外庄重而很关心我们的主人就说:"不用你去,我叫别人去叫黄包车。"说着就招呼女主人去叫黄包车去。这时候,秋白同志就指着那位主人问我:"你们会过吗?"我和那位主人同时说:"没有。"秋白同志说:"这是周先生,就是鲁迅先生。"同时又指着我向周先生说:"这是×同志。""久仰得很!"我诚恳地尊敬地说了一声。的确,我是第一次见鲁迅。他穿着一件旧的灰布的棉袍子,庄重而带着忧愁的脸色表示出非常担心地恐怕秋白、之华和我在路上被侦探巡捕捉了去。他问我:"深晚路上方便吗?""正好天已下雨,我们把黄包车的篷子撑起,路上不妨事。"我用安慰的口气回答他。我是第一次与鲁迅会面,原来不知他哪里人,听他的说话,还多少带着绍兴口音。后来把秋白、之华送到了他们的房子里,问起秋白同志,才知道鲁迅确是绍兴人。

一会儿女主人回头说:"车子已经停在门口。"我说"走吧",就帮助之华提了一个包袱,走到门口,秋白同志向鲁迅说:"我要的那两本书,请你以后就交××带给我。"又指着我向鲁迅说:"或者再请×同志到你这里来拿一下。"我就顺便插口:"隔几天我来拿。"正想开门下楼去,之华还在后间与女主人话别。我们稍微等了一下,鲁迅就向秋白同志说:"今晚上你平安的到达那里以后,明天叫××来告诉我一声,免得我担心。"秋白同志答应了。一会儿,我们三人出了他们的房门下楼去,鲁迅和女主人在门口连连说:"好走,不送了。"当我们下半只楼梯的时候,我回头去望望,鲁迅和女主人还在门口目送我们,看他那副庄严而带着忧愁的脸色上,表现出非常担心我们安全的神气。秋白同志也回头望了他们一眼,说:"你们进去吧。"他们默不作声地点了点头。当我们走下到了二层楼梯口,才听到三层楼上拍的一声关上了房门。

……

第二次避难。距离上一次的避难仅过去了一个多月,1933 年的 2

月间,警报又接踵而来。秋白夫妇再次来到川北公寓。据杨之华在《回忆秋白》中的记载,"这一次住的时间较久,秋白和鲁迅朝夕相处,促膝谈心,十分融洽,详细研究当时的斗争和'左联'的工作。……秋白还就谈话所得,或者和鲁迅商量以后,写了《苦闷的答复》《出卖灵魂的秘诀》等十多篇杂文。这些杂文,为了不让敌人发觉它们的真正作者,秋白有意模仿了鲁迅的笔调,鲁迅请别人另抄一份,署上自己的笔名,送给《申报》副刊《自由谈》等处发表。① 鲁迅为了使这些文章广为流传,还把它们收入了自己的杂文集。"

2月17日,英国著名戏剧家、作家萧伯纳途经上海,在宋庆龄宅邸午餐时,会见了蔡元培、林语堂、杨杏佛及鲁迅等六人,短暂停留半日之后,便挥一挥衣袖,匆匆离沪赴京。原本以为这一场潦草仓促的"半日谈",在报纸上喧闹一两日之后,自然尘嚣落定,不会留下一片云彩。然而,鲁迅赴宴归家,免不得要把当时情形给秋白夫妇描述一番。许广平在《鲁迅回忆录》中写道:"从谈话中鲁迅和秋白同志就觉得:萧到中国来,别的人一概谢绝,见到的人不多,仅这几个人。他们痛感中国报刊报导太慢,萧又离去太快,可能转瞬即把这伟大讽刺作家来华情况从报刊上消失。为此,最好有人收集当天报刊的捧与骂,冷与热,把各方态度的文章剪辑下来,出成一书,以见同是一人,因立场不同则好坏随之而异地写照一番,对出版事业也可以刺激一下。说到这里,兴趣也起来了,当时就说:我们何不亲手来搞一下?"

于是,这"臭味"相投的两对夫妻,说干就干了起来。首先由许广平跑到北四川路一带,将大小各个报摊仔细搜罗一遍。接着由鲁迅与秋白阅读整合,圈出所需的材料,杨之华与许广平负责剪贴下来,再交由秋白鲁迅编辑成书。四个人精诚合作,风风火火挑灯夜战,鲁迅连夜将序言都赶了出来,并决定用"乐雯"署名,当月里便交给了野草书屋出版发行,书名《萧伯纳在上海》,成为秋白二次避难的最大成果。日

---

① 这批文章的写作时间可能杨之华记忆有误,据文末所标示时间及许广平回忆,应大多写于居东照里12号期间。

后,庄东晓在《记忆中的瞿秋白同志》一文中也提及秋白在苏区与她闲谈时还曾说起:"在进苏区之前,在鲁迅的合作下,在上海也痛快地干了一场,你华姐替我们剪报、收集材料,我和鲁迅汇集了材料就写,写得淋漓,骂得痛快,到时来不及煮饭吃,就打个电话到小饭馆去叫,过得也很愉快。"

而在这件事上,除了共同的趣味与行动力,鲁迅的心中动机却还有着另一层意思。周建人对此看得明白,他在《我所知道的瞿秋白同志》一文中写道:"秋白生活上困难,又不肯接受鲁迅的馈赠,鲁迅总是想办法让秋白出版一些书,以便获得一些稿费版税维持生活。……对于自己的劳动所得,秋白是不可能反对的。鲁迅也安心了。"

可以说,对待秋白,鲁迅是真的上了心了。与秋白的相识与相交,似乎使阅人无数的他终感在"知天命"的年岁找到了"其类",激发出了他为人中几乎所有的细腻与暖意,一切想其所想,备至关怀。例如,时针刚刚指向3月,他便亲自出面委托内山夫人,为秋白夫妇寻找更为合适、稳妥的庇护所了。

东照里12号与大陆新村9号。1933年3月1日,鲁迅与内山夫人前往北四川路底施高塔路东照里,为秋白夫妇寻觅住所。3日再往,租定东照里12号亭子间一间,作为他们暂时遮避外间白色恐怖风雨的落脚之地。之后,秋白与杨之华便迁往新居。3月6日,鲁迅造访东照里,并将内山夫人送来的一盆堇花转赠杨之华。对于一个身处流离颠沛之中的主妇来说,没有什么比置屋带来的安全感与鲜花带来的美感更为有效的心灵安慰了。鲁迅的这一举动可谓细致入微,扣人心弦。

一个多月以后,鲁迅自己也举家搬迁,移居东照里斜对面的大陆新村9号。用这一边东照里主妇杨之华在《回忆秋白》中的话来说,鲁迅这个大陆新村的新居就"在东照里的斜对面,同在一条马路上,一在路南,一在路北,离得很近。所以,我们住在这里的时候,鲁迅几乎每天到东照里来看我们,和秋白谈论政治、时事、文艺各方面的事情,乐而忘返。我们见到他,像在海阔天空中吸着新鲜空气、享受着温暖的阳光一样。秋白一见鲁迅就立即改变了不爱说话的性情。两人边说边笑,有时哈哈大笑,驱走了像牢笼似的小亭子间里不自由的闷人气氛。我们舍不得鲁迅走。但他走了以后,他的笑声、愉快和温暖还保留在我们的小亭子间里。他还经常留下一些书刊。这些,都使秋白深感欣慰"。

而那一边大陆新村的主妇许广平也在《鲁迅回忆录》中对这一时期两家的往来交通感怀不已:"到四月十一日,我们的家搬到大陆新村之后,就过往更其频繁,有时晚间,秋白同志也来倾谈一番。老实说,我们感觉少不了这样的朋友。这样具有正义感、具有真理的光芒照射着人们的人,我们时刻也不愿离开!有时晚间附近面包店烤好热烘烘的面包时,我们往往趁热送去,借此亲炙一番,看到他们平安无事了,这一天也就睡得更香甜安稳了。"

在东照里与大陆新村之间往还的不仅仅是鲜花与面包,更多的则是精神的食粮与思想的硕果。除了合作选编的国内第一本介绍苏联版画的《引玉集》之外,秋白与鲁迅二人在这一时期亲密合作与无间交流的关键词就是"杂文"。

据许广平统计,从3月5日写《王道诗话》开始算起,秋白陆续写就《伸冤》《曲的解放》《迎头经》《出卖灵魂的秘诀》《最艺术的国家》《关于女人》《真假堂·吉诃德》《内外》《透底》《大观园的人才》等一批杂文,均使用鲁迅的笔名,以鲁迅的名义发表于《申报》。此后,许广平在《鲁迅回忆录》中向世人披露了这批文章的问世过程:"这些文章,大抵是秋白同志这样创作的:在他和鲁迅见面的时候,就把他想到的腹稿讲出来,经过两人交换意见,有时修改补充或变换内容,然后由他执笔写出。他下笔很迅速。住在我们家里时,每天午饭后至下午二、三时为休息时间,我们为了他的身体健康,都不去打扰他。到时候了,他自己开门出来,往往笑吟吟地带着牺牲午睡写好的短文一、二篇,给鲁迅来看。鲁迅看后,每每无限惊叹于他的文情并茂的新作是那么精美无伦。而他所写的这些文章,又是那么义正辞严地揭露了敌人的卑鄙无耻行径,足使敌人为之胆寒。"

对于这些在特定的历史条件下借用自己的名义公开发表,并注定了会在日后的历史评估上与自己的杂文"你中有我,我中有你"剪不断理还乱的瞿氏杂文,鲁迅的评价为:尖锐、明白、晓畅、有才华,但深刻性不够,少含蓄,第二遍读,即有一览无余的感觉。——可谓一语中的、极为独到地点透了秋白杂文观的本质:"战斗的阜利通",追求的正是思想性的正确性、战斗的倾向性及意识形态的立场,不润饰,不斟酌,往往似行云流水一气呵成,锐利痛快。难怪鲁迅会常叹道:"何苦(秋白别名)的文章,明白晓畅,是真可佩服的!"(冯雪峰《回忆鲁迅》)

而反过来,秋白对鲁迅杂文的理解与认识则集中体现在那一篇著名的《〈鲁迅杂感选集〉序言》中。杨之华对这篇重头文章的出炉情景也是记忆犹新,她在《回忆秋白》中说:"我们在东照里住下不久,秋白就要完成一个任务:编一本鲁迅的杂感选集,并且要写一篇序文,论述鲁迅和他的杂文。秋白认为有必要为鲁迅辩明是非,给鲁迅一个正确的评价,以促进革命文艺队伍的团结战斗,并留下一个永久的纪念。……秋白想动手完成这个任务,但当时的环境很不好,妨碍他的工作。东照里十二号的房东,是个好事泼辣的中年寡妇,广东人,住在上海多年了。她的房客有中国商人,也有日本的商人和浪人。女房东和日本浪人似乎都'关心'我们,时常来串门,问长问短,谈东道西,纠缠不完,既妨碍秋白的工作,又影响我们的安全。于是我们想了个谢客的办法:白天,秋白装病半卧在床上,关起房门看书;我就在房门口的炉子上熬汤药,药味充满了整所房子,这些药我都偷偷地倒掉了。这出'戏'演得很成功,房东和房客果然不再来打搅我们了。秋白在白天专心研究鲁迅的著作,夜深人静时,就伏在一张小方桌上写作,花了四夜功夫,写成了《〈鲁迅杂感选集〉序言》。"

可以说,秋白下笔之时,正是与鲁迅感性上的友谊处于最高潮的顶端,左翼圈内的合作亦很圆满,对于鲁迅的认识,也处于最辩证、最深刻、最完整的阶段。秋白认为鲁迅的杂文是"中国新文学的第一座纪念碑",认为鲁迅"是莱谟斯,是野兽的奶汁所喂养大的,是封建宗法社会的逆子,是绅士阶级的贰臣,而同时也是一些浪漫谛克的革命家的诤友!他从他自己的道路回到了狼的怀抱",为了拯救青年,宁愿"自己'背着因袭的重担,肩住了黑暗的闸门,放他们到宽阔光明的地方去'"。

秋白为鲁迅的"杂感"总结出的四条特色：

"第一,是最清醒的现实主义。"秋白说:"鲁迅是竭力暴露黑暗的,他的讽刺和幽默,是最热烈、最严正的对于人生的态度。……善于读他的杂感的人,都可感觉到他的燃烧着的猛烈的火焰在扫射着猥劣腐烂的黑暗世界。"他更引用鲁迅的话作为对当时中国文学的渴望与期待:"世界日日改变,我们的作家取下假面,真诚地,深入地,大胆地看取人生并且写出他的血和肉来的时候早到了,早就应该有一片崭新的文场,早就应该有几个凶猛的闯将!"

"第二,是'韧'的战斗。"——"一口咬住就不放,拼命的刻苦的干去"。

"第三,是反自由主义。"妥协、不调和。

"第四,是反虚伪的精神。"鲁迅认为中国人的"虚伪"已经"超越了全世界的纪录",正所谓"狗有狗道理,鬼有鬼道理,中国与众不同,也自有中国道理"。"中国的是明明知道什么都是假的,不过偏要这么说说,做做,骗骗人"。秋白认为:"这是鲁迅——文学家的鲁迅,思想家的鲁迅的最主要的精神。"——"革命的作家总是公开地表示他们和社会斗争的联系;他们不但在自己的作品里表现一定的思想,而且时常用一个公民的资格出来对社会说话,为着自己的理想而战斗,暴露那些假清高的绅士艺术家的虚伪。"

秋白指出:"鲁迅其实并不孤独的。"因为他在思想上培育出了一大批战士,即所谓"精神界的战士"。而这些战士代表了"真的光明斗争的基础"。

在《回忆秋白》中,杨之华记得这样一个有趣的插曲,在秋白完成《〈鲁迅杂感选集〉序言》后不久的一天下午,"忽然传来一阵急促的脚步声,有人向我们的房间奔来,接着呼呼地敲我们的门。秋白和我大吃一惊,急急忙忙把桌上的书籍收藏起来,然后去开门。呀!原来是鲁迅。鲁迅站在房门口,虽然脸上布满了皱纹,并且长着一簇大胡子,但却那么高兴天真,笑呵呵地对我说:'你不是说听惯了我的脚步声吗?

这次你听出来了没有？'站在他身后的一个日本女房客，看到这位老人高兴的样子，也有趣地笑了。鲁迅这场亲切而喜露童心的逗趣，使我们的亭子间里充满了活泼愉快的气氛。鲁迅走进房间，在椅子上坐下来，抽着香烟。秋白把那篇《序言》拿给他看。鲁迅认真地一边看一边沉思着，看了很久，显露出感动和满意的神情，香烟头快烧着他的手指头了，他也没有感觉到。……他感动而谦虚地说：'只觉得说得太好了，应该对坏的地方也多提起些。'……那天，他们一直谈到夜深了，鲁迅才告辞回家。"

就在当天东照里的小小亭子间内，鲁迅挥笔为秋白写下了那一副十分有名的对联：

人生得一知己足矣
斯世当以同怀视之

上书："疑冰道兄属"，下款："洛文录何瓦琴句"。"疑冰"是秋白的代号，"洛文"是鲁迅的笔名。环境使然，他们往来都只能使用笔名或者代号，而彼此之间却真正是心窗洞照、肝胆相映。秋白当时就把对联挂到了墙上。不过仅仅一个多月之后，他便不得不又将对联从墙上取下，奉命搬出东照里，开始新一轮的逃亡。

第三次避难。1933年6月初，秋白夫妇搬出东照里，住到位于王家沙鸣玉坊一家花店楼上的中共江苏省委机关。然而天有不测风云，不到两个月的时间，省委机关便被敌人发觉。又是一个雨夜，机关内的所有人员收到紧急撤离的警报，必须在半点钟以内全部离开。秋白与杨之华四目相对，两口同声："到先生家里去吧。"于是，两人各带一个包袱坐上黄包车，扯下雨篷，一路奔向大陆新村。此时正值大约7月下旬，秋白夫妇又在鲁迅家中住了一个短期。

在此之后，鲁迅分别于8月10日、14日、20日、27日致函杜衡，商讨秋白翻译的《高尔基论文选集》《高尔基小说选集》等作品的出版、发表事宜。至9月，得到《高尔基小说选集》即将顺利问世的消息，鲁迅又致信杜衡，亲自为秋白催稿费。待到11月，鲁迅再度给杜衡写信，质询另外两部书稿的出版情况:"那一本《现实主义文学论》和《高尔基论文集》,不知何时可以出版?高的小说集,却已经出了半个多月了。"而在鲁迅这一时期的往来通信中,向人推崇瞿译的内容更是比比皆是。例如向董永舒推荐秋白译《高尔基小说选集》和《高尔基论文选集》,称:高尔基的作品"中国译出的已不少,但我觉得没有一本可靠的,不必购买。今年年底,当有他的《小说选集》和《论文选集》各一本可以出版,是从原文直接翻译出来的好译本,那时我当寄上。"另外还有向徐懋庸推荐秋白译《"现实"——马克思主义文艺论文集》,向姚克推荐秋白译《解放了的董·吉诃德》等等,不一而足。

无疑,鲁迅对瞿译是极为看重与推崇的,甚至到了忘我无私的地步。1931年11月,原本他已经根据日文译本翻译了卢那察尔斯基的剧本《解放了的董·吉诃德》的第一场,并已经在《北斗》杂志上刊登。但他最终还是选择放弃了自己的翻译,转而请秋白从俄语原文重新翻译,不仅继续在《北斗》上连载,还积极为其出版单行本努力联络奔走。而在此之前,鲁迅已经委托秋白为其赶译了涅拉陀夫为苏联作家绥拉菲摩维支所著长篇小说《铁流》所写的《序言》,与自己担当校稿的由曹靖华翻译的《铁流》一齐自费出版。那时,瞿鲁二人尚未谋面。而当鲁迅耳闻到秋白对他从日文转译的几种马克思主义文艺理论著作的批评意见时,不仅不争辩解释,还急切地脱口而出:"我们抓住他!要他从原文多翻译这类作品!以他的俄文和中文,确是最适宜的了。"(冯雪峰《回忆鲁迅》)

可以说,翻译是秋白与鲁迅两人尚未见面便不得不直接碰撞面对的争议话题,却也在客观上奠定了二人见面之前的精神交流基础。就在鲁迅翻译苏联作家法捷耶夫的《毁灭》于1931年出版后,秋白致信鲁迅,开启了二人关于文艺翻译问题的一场争论。秋白在信中表示,翻译世界无产阶级革命文学的名著,并且有系统地介绍给中国读者,是"中国普洛文学者的重要任务之一","应当认为一切中国革命文学家的责任"。而鲁译《毁灭》以及曹译《铁流》的出版,无疑是普洛文艺事业的一个胜利,"每一个革命的文学战线上的战士,每一个革命的读者,应当庆祝这一个胜利;虽然这还只是小小的胜利"。接着,他便对《毁灭》的译文提出了很多具体入微的意见,例如对于《毁灭》主题、对单个的"人"或者说"新人"的诞生、出现的重视,鲁迅把单数的"人"译成了复数的"人类"。仅序中所引的原文,他便改译了九处,不但从语法修辞上纠正了鲁迅的错误,关系到鲁迅对原文精神的理解和字句的斟酌与锤炼,有的甚至涉及鲁迅的基本翻译理念,如他批评鲁迅的译笔"用了中国文言的文法",并强调翻译文学应遵循一个"顺"的观念。他进一步提出了自己的对翻译的核心要求——"我的意见是:翻译应当把原文的本意,完全正确的介绍给中国读者,使中国读者所得到的概念等于英俄日德法……读者从原文得来的概念,这样的直译,应当用中国人口头上可以讲得出来的白话来写。为着保存原作的精神,并用不着容忍'多少的不顺'。相反的,容忍着'多少的不顺'(就是不用口头上的白话),反而要多少的丧失原作的精神。"对此,鲁迅的回应则是要区分读者的受教育程度。供给他所说的甲类即"很受了教育"的读者的译本,他的主张"宁信而不顺";而即便为乙类读者即"略能识字"者而译的书,也应该时常加些"新的字眼""新的语法"在里面。他坚持"译得'信而不顺'的至多不过看不懂,想一想也许能懂,译得'顺而不信'的却令人迷误"。而秋白则认为鲁迅的"宁信而不顺"犯了"提出问题的方法上的错误"。此外,秋白还对鲁迅关于翻译作品的读者须从文化程度上分等级的意见以及关于中国的文或话"输入新的表现法"的建议均持否定看法。争论在两个翻译大家之间持续了几个来回,结局是谁也说服不了谁,还是友谊第一,求同存异吧。

正如秋白在信中坦承:"所有这些话,我都这样不客气的说着,仿佛自称自赞的。对于一班庸俗的人,这自然是'没有礼貌'。但是,我们是这样亲密的人,没有见面的时候就这样亲密的人。这种感觉,使我对于你说话的时候,和对自己说话一样,和自己商量一样。"而鲁迅也在秋白身后出版《海上述林》上卷时,为其盖棺论定道:"作者既系大家,译者又是名手,信而且达,并世无两。"既坚持用了"信",兼也调和了"达",做到了两个标准的协谐与融合,即便在文艺批评中也成全了彼此难能的一番情意。

第四次避难。1933年7月底8月初,秋白与杨之华搬进党中央在上海的一处秘密机关,即黄陂路鸣琴坊三楼,对外与楼下的高文华夫妇及两个孩子合称一家,共同生活。然而一个多月后的一天深夜,警报再次响起。为了避人耳目,六人分批撤离。秋白独自先走,杨之华带着高家的小女儿后行。此时已是凌晨两点左右。鲁迅一家早已睡下,许广平在《鲁迅回忆录》中追忆起当晚情形,颇有些惊心动魄:"约在深夜二时左右,我们连鲁迅在内都睡下了。忽然听到前面大门(向来出入走后门)不平常的声音敲打得急而且响,必定有什么事情发生了。鲁迅要去开门,我拦住了他以后自己去开,以为如果是敌人来逮捕的话,我先可以抵挡一阵。后来从门内听出声音是秋白同志,这才开门,见他夹着一个小衣包,仓促走来。他刚刚来了不久,敲后门的声音又迅速而急迫地送到我们耳里,我们想:这次糟了,莫非是敌人跟踪而来?还是由我先下楼去探听动静,这回却是杨大姐不期而遇地带着一个十三四岁的别的同志的小姑娘一同进来,原来是一场虚惊。但东邻住着的日本人和西邻住着的白俄巡捕都开窗探望这不寻常的事件,我们代秋白夫妇担心也不是偶然的了。"

几天后,秋白夫妇离开鲁迅家,搬到上海中央局的另一个机关里。自此以后,除了1934年1月4日晚,秋白在赴苏区前专程到鲁迅家道别住了一夜之外,他便再也没有机会踏入大陆新村9号,和他的"人生知己"鲁迅一同秉烛夜谈、笑傲笔战了。许广平记得那个最后的夜晚:"鲁迅特别表示惜别之情,自动向我提出要让床铺给秋白同志安睡,自己宁可在地板上临时搭个睡铺,觉得这样才能使自己稍尽无限友情于万一。"而当天晚上,秋白还在临睡前,工工整整地为鲁迅翻译了一封长达三千字的致苏联版画家希仁斯基等人的信,并将自己编就的《乱弹》文稿郑重托付于鲁迅保存。在秋白离开后,鲁迅一直将其居住过的卧室保留原状,时不时观望、怀念一番。同年的2月7日,曹靖华到上海拜访鲁迅。晚饭后,鲁迅便郑重将他引到三楼楼梯跟前的一个房间里,根据他在《罗汉岭前吊秋白》一文中的回忆,"那房间虽不很大,但却极整洁。后墙有一个窗子,靠窗有一张条桌,桌上铺着雪白的桌布。桌上放着削好了的铅笔、毛笔、墨盒、信封、拍纸簿等等。桌前放着一张靠椅。靠后墙放着一张单人床。鲁迅先生站定之后,从容而低沉地说:'这是秋白逃难住的房间,一切布置照旧,你就住在这里吧……'说毕,我们就又回到二楼鲁迅先生的书房兼作卧室的房间里。我坐在桌头的藤躺椅上,鲁迅先生坐在桌前的转椅上。鲁迅先生一面回忆着,一面用同样低沉的音调说:'……那是秋白逃难住的房间。他不断受猎犬追逐、缉捕,到处迁居。有时甚至一日数迁。有时被追逐到走投无路时,就跳上野鸡汽车,兜几个圈子,把猎犬甩掉,再下来步行。有时到最危险的关头,就逃到这里,住到你住的那个房间里……他等你等了好久,没有等着,你来了,他走了,到那边去了……'"

最后的营救。1935年1月初,一个大雪纷飞的夜晚,形单影只的杨之华孤身前往看望病中的鲁迅。在《回忆敬爱的导师——鲁迅先生》一文中,她伤感地记录道:

  ……他的消瘦和脸上阴郁的气色使我吃惊,他的手瘦得格外显现,完全与几个月以前不同。我从那一天起时刻担心他的健康。我们围坐在火盆旁边,他不断抽吸着香烟,他问:

  "听说又有一次大破坏?"

  我还没有回答他的问题,而他皱紧了双眉叹着气说:

  "这许多好的青年失去了,真是中国的不幸!"

  这时候大家不约而同地沉默了起来,黑夜压住了我们久别重会的愉快,反在各人的心头涌上一阵说不出话来的苦痛。

  先生又把第二支香烟接上去,很诚恳的说:"友敌应该分得非常清楚,奸细应当用适当的方法肃清出去,这些比狗都不如,简直可耻到极点了。"

  他站了起来对我凝视着好久,他很关心的问我:

  "听说维它在行军时的路上病死了,这消息确不确?"

  "我没有听人说过,我想并不的确。"这时候的我,真痛楚极了,可是我不愿引起先生的焦急。

"他这样的身体怎么可久居在那里呢?如果他留在上海,对于全国文化上的贡献一定不少。像他那样的人不可多得的,他是一个少说话多做事的青年。"他的眼光对着火盆凝视,有话说不出口来,又像他在回忆着什么。……

他送我出房门的时候又再三嘱咐着我:

"如果得到了确实的消息告诉我一声,你也该小心些。"

先生的消瘦和他提出的问题给了我千斤重的担子。

从此后不能团聚的恐怖常塞在我的心头,然而我不料会这样快……!

就在仅仅两个多月后,首先得到消息的却是鲁迅和周建人。当时,周建人仍在商务印书馆上班,据他在《我所知道的瞿秋白同志》一文中的回忆:"有一天,茶房送到我手里一封信。这是一个白色的洋信封,上面的笔迹是瞿秋白的,翻过信封一看,有一个大印:'福建长汀监狱署'。我心中一惊,拆开信封。信里的一字一句我记不全了,但我清清楚楚记得的是,他讲自己是一个生意人,到福建来做生意;另外,他讲天气冷了,他在狱中衣被单薄,很冷,需要一些衣服或钱;最后他讲到,只要上海有殷实的铺保,这里就可以释放。信里最后的署名是'林琪祥'。"而"林琪祥"同样给鲁迅发去一信,上面写道:"我在北京和你有一杯之交,分别多年没通消息,不知你的身体怎样。我有病在家住了几年,没有上学。二年前,我进同济医科大学,读了半年,病又发,到福建上杭养病,被红军俘虏,问我作什么,我说并无擅长,只在医科大学读了半年,对医学一知半解。以后,他们决定我做军医。现在被国民党逮捕了,你是知道我的,我并不是共产党员,如有人证明我不是共产党员,有殷实的铺保,可释放我。"二周接信之后,大惊失色。两人分头急寻杨之华,结果直找了二十多天,却杳无音讯。当时,由于上海地下党组织遭到破坏,杨之华几经颠簸,进到班达蛋厂做工。为了鲁迅的安全着想,便也断绝了与其的一切联系。好在待到稍微安定下来之后,她写了一封信给鲁迅,询问是否有秋白的来信及是否有可能通过鲁迅转达,与秋白通信。正是这封信,终于让心急如焚的鲁迅等到了杨之华的主动现身。他忙派人送信,告知:有紧急事情找你二十多天了,赶快来取信!

消息对于杨之华,是残酷的一个惊雷。由于党组织被破坏,无法依靠党组织去营救秋白。经过再三考虑,强制镇静的她找到曾经一起工作过的当时地下党印刷所的负责人、此次与秋白一同被捕的何叔衡同志的女婿杜延庆商量,想到利用手头所剩的一架印刷机办一个印刷所,作为铺保去保释秋白。鲁迅立刻出资五十元,却还是没能找到合适的人来开办这个印刷所。最后,通过当时以牧师身份掩护工作的秦化人,找到一个旅馆老板,这才写好了铺保声明。杨之华第一时间将这份来之不易的铺保声明连同鲁迅给的五十元钱以及自己亲手缝制的两条裤子一齐寄给了秋白。余下的便是在微渺的希望中焦急而痛苦地等待。在这一过程中,鲁迅曾委托杜延庆代为安慰杨之华,让其保重,并做好最坏的精神准备。5月11日,《中央日报》与国民党电台传出了"匪首瞿秋白就逮"的消息。杨之华一看报,惊叹秋白"不能活了"。急痛之下头脑一片空白的她,想到的第一件事便是马上派人看鲁迅。据传递消息的那人说,当时鲁迅木然坐在那里,一言不发,头也抬不起来了……

5月14日,鲁迅在写给曹靖华的信中写道:"闻它兄大病,且甚确,恐怕很难医好的了。……"17日,又写信给胡风:"那消息是万分的确的,真是可惜得很。从此引伸开来,也许还有事,也许竟没有。"再几天后,鲁迅又致信曹靖华:"它事极确,上月弟曾得确信,然何能为。这在文化上的损失,真是无可比喻。"此后,想尽一切人事的鲁迅也曾联络陈望道、蔡元培等做最后的设法,终未果。6月11日,已有先觉的鲁迅对曹靖华说道:"它兄的事,是已经结束了,此时还有何话可说。"

《海上述林》。1935年7月下旬,鲁迅约请茅盾到郑振铎家中商议出版秋白遗作之事,三人决定:一、出版经费由友人筹集;二、印刷所由郑振铎联系;三、稿件编选由鲁迅与杨之华商定,并且由鲁迅负编选的全责。《海上述林》的编印工作正式拉开了其厚重的帷幕。

8月初,由秋白生前友人陈望道、胡愈之、叶圣陶、耿济之、宋云彬、傅东华等人募捐的二百元出版经费在郑振铎与茅盾的主持下全部集齐到位。

9月11日,鲁迅写信将自己与茅盾、杨之华商议的结果告知郑振铎:"关于集印遗文事,前曾与沈先生商定,先印译文。……密斯杨之意,又与我们有些不同。她以为写作要紧,翻译倒在其次。"经再三考量之后,鲁迅仍然认为:"他的写作,编集较难,而且单是翻译,字数已有这许多,再加一本,既拖时日,又加经费,实不易办。我想仍不如先将翻译出版,一面渐渐收集作品,俟译集售去若干,经济可以周转,再图其它可耳。"

10月,重病缠身的鲁迅正式开始《海上述林》的编校工作。他将收存亡友的遗文比喻为"捏着一团火",寝食难安。于是,不顾自己的病体,呕心沥血"把他的作品出版",将"我的精神用在里面"。因为,这"是一个纪念,也是一个抗议,一个示威"。它的横空出世,表明:"人给杀掉了,作品是不能给杀掉的,也是杀不掉的。"

1936年8月,由鲁迅亲自拟定饱含深意社名的"诸夏怀霜"社出版的,由他亲自装帧设计、手书题记,并由内山完造送往日本印刷装订的蓝天鹅绒烫金本以及羊皮书脊烫金本《海上述林》上卷样书从海上运抵上海。然而一个多月后,还没有等到下卷本的送到,鲁迅便撒手人寰。难怪茅盾会顿足叹道:"鲁迅为了编印亡友的这两卷著作,耗费了大量的心血,而这一年正是他沉疴不起的一年!"瞿鲁之谊,日月可表。而对于未出版亡友的创作文集,鲁迅引为此生憾事,他致信杨之华,表示"自己的身体很坏,怕不能如愿了"。

第九章 苏 区

我将到我们的"老家",很快会看见亲兄弟,那是一个不可想象的天堂,快来!

——瞿秋白赴瑞金途中致杨之华信

24. 那松林的"河岸"

"什么"都已经知道了,熟悉了,每一个人的脸都已经看厌了。宇宙和社会是那么陈旧,无味,虽则它们其实比"儿时"新鲜得多了。我于是想念"儿时",祷告"儿时"。

不能够前进的时候,就愿意退后几步,替自己恢复已经走过的前途。请求"无知"回来,给我求知的快乐。可怕呵,这生命的"停止"。

过去的始终过去了,未来的还是未来。究竟感慨些什么——我问自己。

——瞿秋白《儿时》

"最近两三个月,我在《斗争》上发表了一些短评。这些短评里——自然不只在这些短评里——暴露了我的机会主义的错误。经过中央的指示,经过《关于帝国主义国民党五次'围剿'与我们党的任务的决议》的两次讨论,经过同志们的纠正,我才认识了我的错误。在我最初写给《斗争》的那封信(《我的错误》)里,我不但没有承认错误,其实反而加深了错误。为着反机会主义的斗争,为着党的路线而斗争,我是应当把我现在对于自己错误的认识写出来,而请求中央和同志们的指示的。"——1933年9月22日,中共中央临时政治局发布《中共中央关于狄康(瞿秋白)同志的错误的决定》。在外力逼迫下写完上述《我对于错误的认识》的第二天,秋白默默地为自己写下短短四百字的《儿时》,字字锥心刻骨,泣血含泪。沉淀了数日之后,他将这四百字寄给鲁迅。鲁迅阅后,几乎未作任何修改,大笔一挥写上自己的笔名"未明",直接寄予《申报·自由谈》编辑黎烈文,并附信称:"无聊文又成两篇,今呈上。《儿时》一类之文,因近来心粗气浮,颇不易为;一涉笔,总不免含有芒刺,真是如何是好。"

数日之后,秋白又在被迫参加的党组会议上,被不久便叛变革命的李竹声拍桌狮吼:"像你这样的人,我只有把你一棍子敲出党外去!"让人不禁唏嘘:此时的秋白,正处在各级党组织奉命开展的针对自己的最无情的斗争之中,在政治上被冠以"阶级敌人在党内的应声虫"的"罪名"而被钉牢在耻辱柱上。

也许一切正如他自己所说:"最后这四年中间,我似乎记得还做了几次政治问题上的错误。但是现在我连内容都记不清楚了,大概总是我的老机会主义发作罢了。我自己不愿意有什么和中央不同的政见。我总是立刻'放弃'这些错误的见解,其实我连想也没有仔细想,不过觉得争辨〔辩〕起〔来〕太麻烦了,既然无关紧要就算了罢。……"

而真正有关紧要的却是信仰。秋白始终昂扬着自己高贵的头颅,不曾让现实的丑陋与缺失浸染到圣洁的理想天堂:"本来,生命只有一次,对于谁都是宝贵的。但是,假使他的生命溶化在大众的里面,假使他天天在为这世界干些什么,那么,他总在生长,虽然衰老病死仍旧是逃避不了,然而他的事业——大众的事业是不死的,他会领略到'永久的青年'。而'浮生如梦'的人,从这世界里拿去的很多,而给这世界的却很少——他总有一天会觉得疲乏的死亡:他连拿都没有力量了。衰老和无能的悲哀,像铅一样的沉重,压在他的心头。青春是多么短呵!"秋白的《儿时》,让人想起李大钊的《青春》。此时的秋白,已能将那些无关紧要的放下了,"永久的青年"才是他与李大钊这样的革命者共同的,也是永恒的人生归宿。只是归宿还在未来的前方,脚下的路程却还要继续。身为政治上的被批判者,他的人生命运的下一站已被规定。

"一天晚上,有一位同志来到我家,对秋白说:'中央有电报来,要你去中央苏区。'秋白毫不迟疑地回答:'想去很久了。'他沉静地点燃了手上的烟斗,问:'之华可以同去吗?'那位同志迟疑了一会,回答说:

'我可以把这意见反映给组织。'第二天,那位同志又来了,一谈到我的问题时,那位同志这样回答:'之华去苏区的问题,要等有人代替她的工作才能走,请你先走吧!'"杨之华在《忆秋白》中的这段事后的回忆,浸透着满腔有口难诉的哀怨。正如鲁迅同样在事后的惋惜:"像秋白这样的身体,去苏区是不适宜的,应该去苏联才对。"①而在当时,"秋之白华"却隐忍着胸中一切的不平与不安,没有抗争,没有拖延,安然静默地接受了这个已能隐约透露出"生离即死别"意味的人事决定。就这样把所有思想重担、情感负累全部留给了自己,也从此抛在了身后。

在秋白带着一种"不可遏止的深情和渴望",与鲁迅及茅盾当面话别之后,"要见的都见到了,要说的话也说了",只等着1934年1月7日的到来。

这一天,也许在杨之华的一生中是最常被记起,被摩挲,被反复重放、回味的。举重若轻的字里行间流露出的是残酷的命运之下人对于失去了的幸福的思念与憧憬,因此美丽却又哀伤:

……在静悄悄的夜里,他弯着腰低着头伏在书桌上辛勤地工作,已成了他多少年来的习惯。但这一夜却与往常不一样,我在睡梦中不断醒过来,也不断地见到他绕着我的床踱来踱去,或者坐在椅子上沉思抽烟,安静的夜并不能安静他的心。快要天亮的时候,他看见我醒了,悄悄地走过来,低下头,指着书桌上的一迭书说:"这是你要读的书。"又把十本黑漆布面的本子分成两半:"这五本是你的,这五本是我的,我们离别了,不能通讯,就将要说的话写在上面罢,到重见的时候,交换着看吧!"

他一夜没有休息,但精神还很好。我们谈着当前的工作,也谈着离别以后的生活。我发现他一直为分别后我的生活耽心,为我的安全耽心,我就像小孩子似地轻松地对他说:"不要紧的,过去离别几次不是都重见了吗?这次当然也一样!"他说:"我们还能在一起工作就好了!"我说:"组织已经答复我们,等找到代替我工

---

① 杨之华著、洪久成整理:《回忆秋白》,第142页。

作的人,我就可以走了,我们会很快地见面的。"他突然握住我的手说:"之华,我们活要活在一起,死也要死在一起。你还记得广东某某同志夫妇一同上刑场的照片吗?"我紧紧地拥抱着他说:"真到那一天也是幸福的!"

他愈说愈兴奋了,在他的脸上充满了对共产主义事业的信心,他很坚决地对我说:"我一旦被捕,受到审判的时候,就这样回答他们:'你们不配审判我,我要审判你们!'"他的坚强的意志,热烈的热情,无形中给予我一种不可摧毁的内在力量。

这一天的晚饭比较丰富,在一起工作的同志们各出一元钱,叫了个菊花锅,买了几个苹果,大家很愉快地给他送行。夜十一点他离开了寓所,我送他出门,他尚未走到里弄口,又在白雪纷飞的路灯底下回到我的眼前:

"之华,我走了!……"

"再见,我们一定能重见!"我很自信地回答他。

我又送了他一段路,一直看他的影子消失在黑魆魆的大街尽头……

——杨之华《忆秋白》

秋白人走了,这一个"辉煌的天才的生命"不久便陨落了。留给杨之华的是此后半生缠绵缱绻、挥之不去的思念日夜与荣辱与共、红黑交错的苦难岁月。肉体的死灭,却阻止不了精神的永生。临别之时,他把《乱弹》留给了鲁迅,《茨冈》留给了助手彭玲。一转身,便也与文学家园诀别了。对于自己回归三年来的成绩,秋白在《多余的话》中自我总结说,"书是乱七八糟着〔看〕了一些,也许走进了现代文艺水平线以上的境界,不致〔至〕于辨别不出趣味的高低";曾经发表的一些文艺方面的意见,"都驳杂得很,也是一知半解的","至多不过是一个'读者'"。在翻译方面,"仅有的一点具体智识,那就只有俄国文罢。假使能够仔细而郑重的,极忠实的翻译几本俄国文学名著,在汉文方面每字每句的斟酌着,也许不会'误人子弟'的"。然而这一个"最愉快的梦想","可惜,恐怕现在这个可能已经'过时'了"!

彭玲在《难忘的星期三——回忆秋白、之华夫妇》一文中这样回忆她与《茨冈》的相遇以及与秋白的别离:"校对完一大叠稿子以后,他将稿子清理成两大札,放入抽屉中,又拿出一本黑色的漆布软面的簿子,放在我面前。这是普希金诗歌中的名篇《茨冈》的译文,是他在旧病复发前夕译的,还剩下一点儿没有译完。他一面打开译文,一面背诵起原文来,很快就沉浸在原作的意境之中……我翻开译文,虽然他说是试译的草稿,可是疏疏的诗行匀净工整,诗句是用纯白话翻译的,有的地方还拼注着拉丁化新文字,后半部分有好几种格式,都写在这个本子里,他说:'同一节诗,用几种格式翻译,放在一起,以后有机会,可以征求其他同志的意见,研究品评,抛砖引玉。'我试着读一读,觉得辞句清丽,音韵和谐,不论哪种译法都琅琅上口,优婉动人……临走,秋白把一些稿子给了我,其中就有那本《茨冈》。'你喜欢,你就拿去吧,作为你研究苏俄文学之助。'这就是他临别的话。"

此后,《茨冈》译文最初刊于1938年5月穆木天(彭玲姐夫)等主办的诗歌丛刊《五月》,首页上印着秋白遗稿的第一页手迹。编者蒋锡金在此诗后附记中写道:"秋白先生未及完成他的工作,就离开了上海,一个辉煌的天才的生命,不久便牺牲了。"1940年3月,由上海万叶书店出版单行本,作为上海文艺新潮社小丛书第一辑之一。解放初,《茨冈》译文未竟部分由杨之华的女婿李何补译,1953年2月由人民文学出版社出版单行本,并在第二年辑入《瞿秋白文集》第8卷,也算是为秋白留存了其译海的一粟。

1月下旬,秋白已然抵达"那松林的'河岸'"。他随手给杨之华写下了一封短信。上面只有一句话:

> 我将到我们的"老家",很快会看见亲兄弟,那是一个不可想象的天堂,快来!

也许,那时的秋白,在心中确实还残剩有关于"天堂"的摹想与期盼。毕竟,未到终点之前,一切还是未知……

25．真君潭（雪峰）

  夜色掷落到山峰，/那么沉重！/听不见声音，/但是，/那么沉重！/屹崛的尖塔，/永远直立，/永远孤贞，/但也悚然一震。//伸出窗口，/把愤怒的手，/我想抓来什么，紧紧握上，/向空中掷去；但是，/北天的星，多么晶莹！/我立刻收手，/重新站直，/一片星早已对着我的眼睛！/它们澄清，/明澈，/我的心也澄净，明清；/我直想/站立到天明。

——冯雪峰《夜》

  1903年，他出生于浙江义乌赤岸镇神坛村一个农民家庭，是个每日放牛砍柴，也喜欢读书的地道的农村娃。1921年秋，他考入浙江省立第一师范学校。入学后不久，便参加了以朱自清、叶圣陶两先生及一师学生汪静之、赵平福（柔石）、潘漠华、魏金枝等为核心的文学团体晨光社。1922年，他与应修人、潘漠华、汪静之四人合出诗集《湖畔》，从此以"湖畔诗人"闻名于世。1925年，他来到北京大学学习日语，并有机会旁听到鲁迅的课。很快，他便开始着手从日文翻译一些进步文学作品和理论著作，包括《新俄文学的曙光期》《苏俄的二种跳舞剧》等。1927年6月，在李大钊之死与"四一二"反革命政变的双重刺激下，他勇敢无畏地选择在这一特殊时机加入了中国共产党。

  自1928年12月第一次正式拜访鲁迅之后，直至1936年10月鲁迅逝世，他以学生与战友的身份开启了与一代文化巨擘相契相投的忘年深交。在《鲁迅和青年们》一文中，许广平这样记载：那是1929年的2月，这位代号F的青年"在闸北和先生住在同里，而对门即见，每天夜饭后，他在晒台一看，如果先生处没有客人，他就过来谈天。他为人颇硬气，主见甚深，很活动，也很用功，研究社会科学，时向先生质疑问难，甚为相得。……这青年有过多的热血，有勇猛的锐气，几乎样样事都想来一下，行不通了，立刻改变，重新再做，从来好像没见他灰心过。有时听听他们谈话,觉得真有趣。F说:'先生,你可以这样这样的做。'先生说:'不行,这样我办不到。'F又说:'先生,你可以做那样。'先生说:'似乎也不大好。'F说:'先生,你就试试看吧。'先生说:'姑且试试也可以。'于是韧的比赛,F目的达到了。"

1929年,他参与筹备"中国左翼作家联盟",并在"左联"五烈士牺牲之后,接任"左联"党团书记。上任后他办的第一件事就是与茅盾、鲁迅等人一起排除万难,出版了《前哨——纪念战死者专号》,将国民党杀害革命作家的卑劣行径大白于天下,引起国内外强烈反响。

1931年5月初的一天,当他手持几份刚刚印刷出炉,还散发着油墨余温的《前哨》亲自送到茅盾家中的时候,却意外与"秋之白华"相遇。日后,他将这一场景写入《回忆鲁迅》中:"在茅盾先生家里我第一次看到了秋白同志和杨之华同志。后来我知道,秋白同志那时是因为在上海的党中央某机关的被破坏而避难在茅盾先生家里的。那天秋白同志谈些什么话,我大半都忘记了,但记得他很高兴地翻读着《前哨》,而对于其中鲁迅先生写的追悼当时被杀作家的文章《中国无产阶级革命文学和前驱的血》,还说过这样的话:'写得好,究竟是鲁迅!'"

过了几天,他再度来到茅盾家里,发现秋白夫妇还在那里:"这一天,秋白同志问我有无商人之类的朋友或可靠的社会关系,因为他想找一个可以比较长时间居住的地方。并且说因身体不好,组织上要他休养,他很想借此休养的机会,翻译一些苏联的文学作品。这件事情,使我很兴奋。我立即去和一个接近文学而同情革命的在钱庄里做事的朋友谢澹如商量了。因为他的家虽在上海南市,不是租界(那时候租界里各方面的情形都更繁杂,帝国主义统治者对户口等的管理也比较马虎,所以反而比较地有利于革命机关和革命者的秘密隐藏的),但那是一所建筑不久的旧式的大楼房,他的亲戚和社会关系又都在商界,他的家属也很单纯,所以这是一个相当可保证的住处。谢澹如当即义勇地答应了……"

因此,在1931年夏日,秋白与杨之华第一次踏入紫霞路68号的那一天,正是由他陪同的。而且此后就连上海的党中央也没有人直接涉足此地与秋白接洽,他几乎一力承担了组织与秋白的全部联络工作。那时候,他大概三四天去一次紫霞路68号,主要是去和秋白谈有关左联与革命文学运动的发展情况。就这样,秋白开始和左联发生关系,并且比较直接地开始领导左联的工作。

1931年11月,左联执委会通过了《中国无产阶级革命文学的新任务》决议案。这份被认为是左联成立以后第一个既有理论又有实际内容的决议案,背后凝聚了秋白的无限心血。茅盾在《我走过的道路》中写道:"这个决议在'左联'的历史上有十分重要的作用,它标志着一个旧阶段的结束和一个新阶段的开始。可以说,从'左联'成立到一九三一年十一月是'左联'的前期,也是它从'左'倾错误路线影响下逐渐摆脱出来的阶段;从一九三一年十一月起是'左联'的成熟期,它已基本上摆脱了'左'的桎梏,开始了蓬勃发展、四面出击的阶段。促成这个转变的,应该给瞿秋白记头功。当然,鲁迅是'左联'的主帅,他是坚决主张这个转变的,但是他毕竟不是党员,是'统战对象',所以'左联'盟员中的党员同志多数对他是尊敬有余,服从则不足。秋白不同,虽然他那时受王明路线的排挤,在党中央'靠边站'了,然而他在党员中的威望和他文学艺术上的造诣,使得党员们人人折服。所以当他参加了'左联'的领导工作,加之他对鲁迅的充分信赖和支持,就使得鲁迅如虎添翼。鲁迅与秋白的亲密合作,产生了这样一种奇特的现象:在王明'左'倾路线在全党占统治的情况下,以上海为中心的左翼文艺运动,却高举了马列主义的旗帜,在日益严重的白色恐怖下(一九三二年以后上海的白色恐怖,比之三〇、三一年是更猖獗了),开辟了无产阶级革命文学的道路,并且取得了辉煌的成就!"

这份被载入史册的《中国无产阶级革命文学的新任务》决议案正是由冯雪峰起草的。正如他为这段历史所作的证明:"秋白同志来参加领导左联的工作,并非党所决定,只由于他个人的热情;同时他和左联的关系成为那么密切,是和当时的白色恐怖以及他的不好的身体有关系的。"可以说,秋白在鲁迅、茅盾等左联骨干的支持甚至拥戴下成了左联的精神领袖,但却并不是组织意义上真正的领导。正是因为在组织上存在着他这样一位有职有权的"文委"领导、左联党团书记愿意请秋白出山,主动以左联事问询于秋白,才能使当时"犯了严重政治错误"的秋白直接参与到左翼文艺纲领的制定,以及规范马克思主义基本原理在思想文化领域的正统表述中来。

可以说,是他,连接了秋白与左联。另一方面,也是他,连接了秋白与鲁迅。据他在《回忆鲁迅》中的记载,从搬入紫霞路68号直到秋白离开上海这两年半之间,"秋白同志的工作与领导对于当时左联和革命文学运动的影响可以说是和鲁迅先生所起的影响差不多相等的。两人的关系也就开始于秋白同志住进谢家的这个时候。这个共产党的著名人物,鲁迅先生当然是早已知道的。他是文学研究会的会员,是一个有天才的作家,鲁迅先生也当然知道的。所以,鲁迅先生从最初在我口里知道了秋白同志从事文艺的著译并愿意与闻和领导左联的活动的时候,就和我们青年人一样,很看重秋白同志的意见,并且马上把秋白同志当作一支很重要的生力军了。"

翻译是瞿鲁友谊的重大起点,鲁迅委托秋白翻译《〈铁流〉序言》及《解放了的董·吉诃德》的当时,二人还没有见过面。正是他,甘愿游走传递于二人之间,成了启动与维系瞿鲁友谊的一条纽带:"这个时候,两人虽然还没有见过面,也并没有什么通信,来往的只是事务性的条子,大半事情都是经过我在口头上替他们相互传达和商量的;但他们中的友谊已经很深了。……他们的亲密就建立在对于共同的战斗与工作的热情和同志的赤诚的关系上,见不见面是没有关系的。"

而瞿鲁二人的第一次见面,也正是他充当了许广平笔下的"介绍人"的角色:"这一天天气特别和煦,似乎天也不负好心人似的。阳光斜射到东窗上的大清早,介绍人就陪同稀有的初次到来的客人莅临了我们的住处……"

而瞿鲁两人有关翻译理念的争论,对彼此杂文特点的评价,在反对"第三种人"与"自由人"时笔调一致的对外论战等等,背后都有着他的存在与参与,或通过他的中介。他仿佛化身为影子使者,在瞿鲁的一次次合作中扮演着穿针引线、从旁作证的角色。

1933年6月初,秋白夫妇奉组织之命从日照里搬出,来到王家沙鸣玉坊居住。事实上,正是搬去与他同住。他原本在上海中央局宣传部负责一个通讯社工作,此时调任江苏省委宣传部长。秋白与他同住一来可以暂时负责照看通讯社的日常审稿工作,二来也方便了他与秋白商榷为党报写文章的事宜。杨之华评价其在此期间"热诚负责地保护秋白,确保绝对秘密,只让一个党内交通知道"。不想一个多月后,这个住处便发生了暴露的危险。他第一时间提议秋白夫妇去往"大先生"家里避难,这也是秋之白华第三次往鲁迅家中避难。

　　同年年末,他离开上海,奔赴苏区担任中央苏区党校教务主任。当时的党校校长是张闻天。有一次,张闻天与几位中央领导闲谈,冯雪峰也在场,谈起有人反映苏区教育部门的工作有点事务主义,张闻天问瞿秋白同志能不能来苏区主持教育工作,他回答说:秋白同志是党员,组织让他来他一定会来的。于是,他亲自起草了给秋白的电报,发往上海。

　　在秋白于第二年2月到达苏区之后,他与秋白再续前缘。在同志们眼中,他最诙谐和健谈,是和秋白最谈得来的人。两人在苏区的谈笑声,经常使同志们感到轻松与愉悦。然而,亲兄弟般的相处岁月度过了仅仅八个多月。1934年10月,他与秋白即面临分离。他专程前来告别,据当时在场的同志回忆,秋白紧紧地握住他的手说:"不要为我的安全过分担忧,你们突围北上肯定比我更艰巨,道路更险阻,让我们共同来承受严峻的考验吧!"说罢,秋白忽然脱下自己身上的长衫,披在他的肩上,深情地说:"雪峰,这件长衫伴着我战斗七八年了,留下与鲁迅先生共同战斗过的痕迹,现在给你做个纪念,伴着你出征吧!"①这也是他与秋白的诀别时刻了。

　　两年后,他作为特派员回到上海,再度回到鲁迅的身边,直到鲁迅逝世。解放后,他出任人民文学出版社社长,为尽当年情谊,抓紧时间陆续出版了秋白翻译的《高尔基论文选集》《高尔基创作选集》《茨冈》

---

① 海宇:《一件不寻常的长衫——追忆冯雪峰对瞿秋白的怀念》,《东海》1980年第8期。

《解放了的董·吉诃德》等俄文著述和鲁迅《彷徨》《呐喊》及多种杂文、散文集子的单行本。1954年,八卷本《瞿秋白文集》出齐;1958年,十卷注释本《鲁迅全集》和十卷本《鲁迅译文集》出版。这些无疑是中国现代革命文学(及中国现代文学)出版史上划时代的大手笔。

然而他,虽然出生在一个叫作"神坛"的村庄,却注定此生一辈子与"神坛"无缘。1954年,他因《红楼梦》事件被批判;1957年"反右"运动遭受更为严厉的打击,1957年9月被划为"右派分子"。1976年1月在中国大地天亮之前,他终因饱经磨难,撒手人寰。直至今日,当人们谈起他,往往只是一个证明鲁迅、说明秋白的历史经历者。如今即便"神坛"村他的故居里上了一块"功埒鲁瞿"的匾,似乎也改变不了他实质上的历史评价,抬升不了他主流圈里的文化地位。

他,就是秋白笔下的"真君潭"——冯雪峰。

26. 只管唱,不管认

> 一九三四年一月,为着在上海养病的不可能,又跑到瑞金——到瑞金已是二月五日了——担任了人民委员的清闲职务。可是,既然在苏维埃中央政府担负了一部的工作,虽然不必出席党的中央会议,不必参与一切政策的最初讨论和决定,然而要完全不问政治却又办不到了,我就在敷衍塞责,厌倦着政治却又不得不略为问一问政治的状熊〔态〕中间,过了一年。
>
> ——瞿秋白《多余的话》

1934年1月11日,秋白拜别杨之华,乘船离开上海。从此孑然一身,以医生林琪祥为掩护身份,一路颠簸艰辛,经香港抵汕头,改乘火车赴潮州,再由秘密水路到大浦、多宝坑,最后步行,经永定铁坑、桃坑、下金、中金、古木督、严坑、丰稔、太拔、茶地、白砂、旧县、南阳、涂坊、元亨、河田、长汀、古城,终于2月5日抵达红都瑞金。

尽管此前,《中央关于狄康(瞿秋白)同志的错误的决定》早已上传下达到苏区的每一个角落,然而秋白的到来,却在同志们中间引起了不小的轰动。据石联星在《秋白同志永生》一文中的回忆:"一九三四年,在红色首都瑞金,一个简陋的办公室里,聚集了几位同志,在我记忆里有李伯钊、沙可夫、钱壮飞、胡底,还有两位留苏的同志,他们在那里交谈着什么。忽然门口出现一位身材高高的,戴副深边眼镜的同志,他身着合身的灰色中式棉袄,面容清癯,风度潇洒而安详,约三十余岁。他像春天的风,带来温暖与欢乐。刹时间,整个屋子沸腾起来了,大家激动地呼唤着:'秋白……秋白……'还有人用俄语叫他的名字。大家把他包围起来了,与他拥抱握手,握手拥抱,问这问那,不少同志用俄语与他交谈。我来到中央苏区一年半,还是第一次看到这样相会的场面。当时我也跟着激动,不知是谁在我耳边低声地说:'他,就是瞿秋白同志。'"

秋白一进瑞金,便入住沙洲坝中央大礼堂附近的教育部办公室,上任教育人民委员,即教育部部长,负责中央苏区的教育建设与文化宣传。关于他在瑞金一年的生活与工作细节,有当时在教育部工作的张闻天的夫人刘英以及被安排担任秋白秘书的庄东晓二人的回忆,为我们粗线条地勾勒出了一幅秋白在苏区的生动图景。刘英在《秋白同志在中央苏区》一文中回忆说:"秋白同志住在一间狭小的平房里,房里除了一张木板床、一张破旧桌子和几条长板凳外,就是他的一个所谓书架:一块长木板上放了许多书和文件。在这间屋子的外面另有一间屋子,里面有一张旧长条桌和几条长板凳,这是大家开会的场所。每次开会,秋白同志总是热情地和大家打招呼,给大家倒水。尽管大家喝的是白开水,可是都很高兴,会场气氛活跃,谈笑风生。秋白同志喜欢用毛笔,在他的破旧桌上放着一个墨盒和几枝毛笔,还有苏区造的粗黑纸张,可他用这些简陋的文具不知写了多少文件,花费了多少心血啊!"她亲眼看到,当时由于"在秋白同志身边工作的人不多,许多文件都是他亲自执笔起草。他文笔流畅,写作能力惊人。他身边有一个秘书,常常只帮助他做些抄写工作。我记得每次到他那里去,总看到他在埋头写东西。想到他的身体那样不好,我也常劝他注意休息,但他总是微微一笑,仍继续伏案写作,把全部精力倾注到工作上去了"。

而作为秋白的秘书,庄东晓则需要在工作与生活两方面成为秋白的得力帮手。日后,在《瞿秋白同志在中央苏区》一文中,她回忆说:"中教部系统的同志们的工作热情是高的,干劲是大的,但问题也不少,有时是一大堆,几乎处处要秋白同志亲临指导,一处不到,一处不了。在他小小的卧室兼办公室里,经常挤满了一批批来请示的人,提出这样那样的问题等他答复解决,有时忙得连饭都顾不上吃。秋白同志一向是终日伏案,埋首写作,需要安静的,这时他的习惯和作风却变了,有人来找就见,有事要解决就谈。不但约人来谈,而且还亲自下去调查了解。为了行动迅速,节省时间,他学着骑马。……秋白同志经常工作到深夜,但一早就起来骑马出去了。晚饭后经常和同志们一起去散步,有时还同大家打打球,在厅里就放着一张乒乓球球台,同志们都异口同声的说:'秋白同志变了,变年轻了。'其实呢,他三日两头发高烧,傅连暲医生天天都走来给他看病、开药、打针。有时他实在支持不住了,不得不卧床,但躺在床上还是要看文件,处理日常事务。他这种带病工作的忘我精神,实在令人感佩!"

而对于照顾秋白的病体,在没有杨之华在侧的严峻形势下,庄东晓更是身负重责:"老战友们深知秋白同志长期带病工作,一再要我注意照料,但在敌人层层包围的情况下,为了加强秋白同志的营养,要跑到几里外的圩场上去才能买到一条鱼和几只鸡蛋。当煮好送到他的跟前时,他总是问东西是哪里来的,旁人有没有的吃,推来让去,给他弄点东西吃的任务,也不容易完成。有时邓大姐(即邓颖超)从几里路外,亲自跑来,送点面粉和白糖给他,并亲手煎几张糖饼给他吃,在当时敌人的封锁下,这已是得来不易,最好的营养品了。大家都在关心着秋白同志的健康,为他担心,可是他却经常忘了自己。"庄东晓记得,一次,秋白"骑着马飞跑着去看正在养病的王稼祥和其他几个同志,他们感动的说:'你带病来看病人,我们病好后一定去看望你。'"

在生活方面,当时苏区正在开展节省粮食突击运动,号召每个革命的工人农民,都要节省每一粒谷子来抵御敌人的围困与封锁。据徐特立在1950年代写给杨之华的信中的记载,"秋白同志到苏区时敌人封锁最严重,粮食按人分配,米自十四两到一斤四两,用席芊做的袋子装着,袋子上吊一牌子,牌子上写着姓名。一起放在锅里煮及甑里蒸。为着解决苏区全部粮食问题,每一个党员和群众都自动的节省,我是一日十四两,秋白同志吃多少我不知道,只知道节损委员会批评教育部节省过火。有一天我到教育部去了,他留我吃饭,他说有某同志送给他几两盐,留我吃一吃有盐的菜,最后一时期我们一日一人只吃一钱盐,职无高低,人无老幼一律。"

当时的苏区,正处在如火如荼的第五次反"围剿"战争的大环境中。身为中央教育人民委员的秋白明白,他眼下在办的教育正是革命战争时代的教育。"打仗就要像个打仗"——何况正在战争的紧要关头。他常常感慨:苏区人民的文化水平太低了,一定要积极想法扫除文盲。他提倡根据苏区特点开展扫盲运动。他说,除了办学校外,要发动群众自己开展扫盲运动,互教互学,这样才能使更多的人较快地提高文化水平。经过他与徐特立的苦心策划,在苏区因陋就简地创设了地方识字班、训练班。提倡丈夫教妻子,儿子教父亲,识字的教不识字的,识字多的教识字少的。秋白还亲自编写通俗课本,供学生使用。

苏区一年,拖着日渐病弱的身体与深入血液的高度责任感,秋白的身后留下了一部教育大法,一份红色报纸,一所红军大学,一所戏剧学校以及一个工农剧团的可谓"五个一"。这"五个一"既可视作他个人生命中为"政治"所尽的最后一份殚精竭虑,也可视为一个生命始终都心系大众的革命者为了大众所奉献的最后一抔心血。而其最终指向却依然都落脚在"文化"二字上。

除去起草《教育行政纲要》修正案,针对教育部机构建制进行改革调整外,秋白又亲自操刀,起草《苏区文化教育工作计划》,制定或修订许多文化、教育方面的条例、制度等,1934年4月汇编为《苏维埃教育法规》。这是涵盖了小学、中学、大学、师范和社会教育在内的苏区教育法规大全，充分体现了秋白的教育理念与思想，为当时的苏区乃至日后的新中国的教育制度建设奠定了基础。据刘英回忆，在起草《苏区文化教育工作计划》草案前，秋白不仅参看了许多报告材料，还找来许多具有丰富工作经验的同志们了解情况，交换意见。草案完成后，他还将之发给大家征求意见，并多次召开会议进行讨论。在讨论会上，他很重视大家提出的意见，然后综合大家的意见做总结发言。以后，草案又经过他的认真修改，才作为正式文件印发下去。这些深深打上了秋白烙印的法规条例也在一定程度上抵制了当时"左"倾的教育政策。例如，针对战时的苏区却动辄大行"共产主义教育"的口号式空谈，秋白指出：共产主义的人生观与宇宙观必须在战斗与劳动实践中去学习、体会，一切离开了实际，专拿书本教条来读的教育方法，是说不上共产主义教育的。他脚踏实地，亲力亲为到初级小学、高级小学的具体课程设置，细化教学内容与要求，力求教给学生更多切合实际需要的文化科学常识。在由师资不足牵扯而出的知识分子政策问题上，在"左"倾之风大行的其时，秋白一方面精心栽培工农子弟和妇女充当教员；另一方面，提出在保持警惕的安全前提下合理改造与使用旧知识分子的正确主张。在当时复杂的斗争形势下，他竟然设法从白区聘请到了好几位有教育经验的老教师，为苏区的文化教育事业贡献了积极的力量。当时俘虏来的白军军官中亦有擅长美术与舞台装置的，也有会导演的，经过一段时间的工作考验，秋白都接纳他们充当教员。当有些学生借口听不懂方言，拒绝听俘虏军官上课时，秋白耐心劝解学生一切以将艺术这个武器拿到手为目的，不要因噎废食，以教员的曾经出身为由，拒绝学习知识的难得机会。

作为教育部部长，秋白顺理成章地担任了国立沈泽民苏维埃大学（1934年春，为纪念不幸病逝的鄂豫皖省委书记沈泽民而改名）的校长。作为副校长的徐特立回忆说："秋白同志在江西时间短，我没有在刊物上看见他的政治论文，因为他不是做党的工作而是任政府的教育部长，我只见他对教育工作十分负责，苏大住校直接负责者是我，但他关于政治教育每一课程，每一次学习的讨论的题目他都加以原则指示。他那样衰弱的身体，在十分艰苦生活环境，由于他认真工作，一切困难他都忘却了，精神上表现着十分愉快。"这所成立于1933年、为根据地培养干部的苏维埃大学，坐落在沙洲坝中央政府大礼堂附近的黄土岗上，因为校舍是用松木、杂木及毛竹搭建而成，因此被学员们称为"茅草房中办大学"。1934年夏天，苏大并入马克思共产主义大学（即中央党校），秋白便不再担任校长职务。

1934年2月，秋白开始参与领导红色中华通信社（即新华通讯社的前身）的工作，担任中央政府机关报《红色中华》的社长兼主编。早在上海时期，秋白便主动关心过《红色中华》，甚至专门写过《关于〈红色中华〉报的意见》的书面文章公开发表。在文中，秋白指出了《红色中华》的六点不足：一是机关报应该首先反映党的建设，充分发挥党在群众中的领导作用；二是应该避免报喜不报忧，正确地开展自我批评并继续追踪报道党针对错误的纠正政策；三是应该纠正偏重于刊登口号式的鼓动性标题的倾向，而应针对当前最主要的事实和运动做明白详尽的报道，使红军和工农群众及时了解战斗的最新形势以及各条战线上的具体情况；四是要反对命令主义的倾向，加强社论与一般论文的指导作用，对革命群众进行有说服力的解释说明工作；五是要开展工农兵通讯运动，除了派出记者，更要在民间挖掘与组织会写通讯的工农兵群众；六是除《红色中华》外，还应该由中央局出版一种真正通俗的、可以普及到能够勉强读得懂最浅近文字的读者群众的《工农报》，这在苏区非常需要。在正式主持《红色中华》的工作之后，秋白不遗余力，想将纸上谈兵的这六点意见落实在实处。然而，当时的中共中央设有专门的党报委员会，在"左"倾路线的领导下直接贯彻中共中央的政策意图。据说当时党报委员会的成员们对秋白的态度都是避之唯恐不及，没有话语权的秋白的努力很难获得实际的成效。但早已历经沧海、世事洞明的秋白却不会因此产生丝毫沮丧与懈怠，依然秉承着自己的初衷，尽力人事。能做什么就做什么，能做到什么程度就做到什么程度。他通过《红色中华》编辑部发出倡议书："我们后方的全体工作人员应该在生活上完全服从战争,节省每一个铜板来帮助战争,争取革命战争的全部胜利。"藉此倡议,席卷整个苏区的节支节粮运动轰轰烈烈地展开了。秋白主持中央教育部会议,全体一致同意每人每日节米二两,菜金一分,直至粉碎敌人"围剿"为止,这便是徐特立所说的节损委员会曾经批评教育部节省过火的由来。此后,《红色中华》继续发力,一方面建议广大开辟苏维埃菜园,制作菜干供应前线;另一方面又在中央一级机关掀起收集被毯、捐赠衣物的大动员。除了发起与推动节支节粮运动,秋白主持的《红色中华》,还陆续发表了《努力开展我们的春耕运动》《纪念"五一"与援助华北工人斗争》《中国能否抗日?》《一切为了保卫苏维埃》等一系列重要社论文章。值得一提的是,1934年8月4日发表于《红色中华》的《瑞金红军家属代表大会开幕志盛》,是《红色中华》作为党和政府的机关报,唯一一次刊登秋白参加中央政府重要活动并代表中央政府致词的报道。

  此外,在秋白的"五个一"中,最具活力与亮点的便是那一所戏校与一个剧团。早在1932年夏天,苏区诞生的第一个剧团八一剧团便发展壮大为工农剧社,成为苏区戏剧运动的核心。第二年春天,为了培养戏剧演员与戏剧干部,蓝衫剧团与蓝衫剧团学校成立。后经秋白提议,剧团学校改名为高尔基戏剧学校。据当时任团长兼校长的李伯钊在《回忆瞿秋白同志》一文中的记载,当时,"工作的范围扩大,文艺工作干部的需要也随着增加,中央苏区就创办了第一所戏剧学校。当时瞿秋白同志提议学校的名称应以高尔基来命名。他说:'高尔基的文艺是为大众的文艺,应该是我们戏剧学校的方向!'他推荐高尔基的小说《母亲》和戏剧《下层》说:'那真正是表现劳动人民的小说和戏剧。'没有教员,没有教材,没有书的学校创办是艰难的,难以想象的。我们在瑞金附近找着一所破庙,略加修理,建设了一个室内剧场。他用鲁迅的话来鼓励我们:'路是人走出来的。'他又说:'革命的戏剧学校在苏区还是新生的婴孩,慢慢抚育吧!不要性急。'"高尔基戏剧学校直属于教育部,是中央苏区唯一的一所戏剧学校,也是党直接领导下创办的第一所艺术学校。秋白亲自参加制定戏剧学校的工作计划,颁布《高尔基戏剧学校简章》,一方面指出"没有戏剧工作骨干,就谈不到什么工农戏剧运动",从而在普通班之外,加设红军班与地方班,为红军剧社与地方工农剧社培养艺术干部;另一方面强调"闭门造车是绝不能创造出大众化的艺术来的",从而提议建立中央苏维埃剧团,组织到火线与地方巡回表演,真正走到民众中去,保持同革命群众的紧密联系。

当时,李伯钊创作了一个剧本《无论如何要胜利》,描写一个不满十岁的儿童团员和双目失明的姐姐宁死保守秘密,不说出红军行踪的故事,在苏区群众中引起了巨大的反响。据李伯钊回忆,此剧一经演出,秋白便在第一时间召开了作者、导演和演员参加的会议,分析总结这个戏的成功与缺憾。他说:"这一出戏应当到边沿区到处去演,解决群众斗争最尖锐的矛盾,暴露白军的残暴,鼓励群众如何同白军作斗争,增加边沿区群众胜利的信心。"同时,他对剧本中某些对白的生硬、抽象,不能朗朗上口提出了批评。他特别强调:"要用活人口里的话来写台词,不要硬搬书上的死句子。务要使人一听就懂,愿意听,欢喜听。让群众闭上眼睛听,也能听出来是什么样的人在什么样的环境下讲话。语言艺术是戏剧成功必不可少的条件。"秋白为剧团的同志们定下了剧本的审查与预演制度,规定凡是剧本,必须经过"写"和"预演"两步程序。这样一来便将个人的创作融入集体的智慧,群策群力之下,中央苏维埃剧团在很短的时间里高效打磨出了十几部群众喜闻乐见的话剧作品,此外还集体生产了很多歌剧、舞剧、儿童剧和山歌小曲等。李伯钊记得,秋白十分重视苏区的红色歌谣,经常鼓励大家搜集民歌来填词,比如《竹片歌》《砍柴歌》《十骂反革命歌》等在江西老百姓口中最流行的歌子。他曾说:"通俗的歌词对群众教育作用大,没有人写谱就照民歌典谱填词。好听,好唱,群众熟悉,马上能流传。比有些创作的曲子还好些!"他还以此为标准,将自己于1923年创作的《赤潮曲》改为歌词,在苏区军民中广泛传唱。秋白把这种唱法叫作"只管唱,不管认。"

1934年6月,为了防空,高尔基戏剧学校搬迁至梅村,距离教育部驻地只两三里路。秋白常去为教职员工上政治课,解答时事问题。李伯钊回忆说:"由于他精通马列主义,能够深入浅出地讲解时事,听众总是精神饱满,常常发出笑声。他一走出校门,总有一大群学生和先生围住他,不让他走掉。他每次都说:'隔两天我再来听"哎哟来"(刘秀章的别名,她是兴国县最好的青年农妇歌手)的兴国山歌。'一阵如雷的掌声把他送走。两个最小的演员秋兰、郭滴海每次都把他送到教育部才回来。"

9月,《红色中华》刊登署名特约通信员王昌期集材的《苏区教育的发展》,调查报告指出:

> 到今年三月为止,在中央苏区的江西、福建、粤赣、瑞京等地,根据不完全的统计,我们有了三千一百九十九个列宁小学,学生约达八万人。四千五百六十二个补习学校,学生约达八万八千。二万三千二百八十六个识字组,识字的组员只在江西一省约达十二万人。一千九百十七个俱乐部,参加这些俱乐部文化生活的固定的会员,就有九万三千余人。在各种机关团体中,文化生活成了工作人员日常生活的重要部分,每个组织都附属有自己的列宁室,进行群众的文化教育工作。

这份调查报告也是秋白主持教育部工作,开展其个人的"五个一"以来为苏区民众交上的一份值得骄傲的成绩单。不能忽略的是,所有这些工作成绩的取得都建立在秋白仍是一个重度肺病患者的前提之下。就在这一年的8、9月间,在物质条件极度艰苦的环境中劳累过度又加思虑爱侣,秋白终于熬不过,肺病复发,身心俱疲。用他自己的话说,这种疲乏的感觉"简直厉害到无可形容,无可忍受的地步"。肉体的苦楚已到达极限,内心的疲累也已临近绝境。

在几个月后,身心都最终迎来"永久的休息"的秋白,还在长汀狱中"供词"里念念不忘他对苏区教育事业未竟的遗憾:

> 因为国军军事压迫甚紧,一时尚不易顾及教育工作,但我曾极力为之。苏区各地列宁小学甚多,教科书亦已编就,此外有识字班

之设立,后又改为流动识字班。师范学生极感缺乏,故设立列宁师范,造出小学教员甚多。另有郝西史小学,学科均极粗浅,学生大半为工人。去年计划设立职业中学多处,尚未实现……

27. 淡淡的象

　　本来,书生对于宇宙间的一切现象,都不会有亲切的了解。往往会把自己变成一大堆抽象名词的化身。一切都有一个"名词",但是没有实感。譬如说,劳动者的生活,剥削,斗争精神,土地革命,政权等……一直到春花秋月,崦嵫,委蛇,一切种种名词,概念,词藻,说是会说的,等到追问你究竟是怎么一回事,就会感觉到模糊起来。

　　对于实际生活,总像雾里看花似的,隔着一层膜。

——瞿秋白《多余的话》

　　1934年10月10日,第五次反"围剿"战争失败。中央红军主力和中央机关人员共八万六千多人离开瑞金,开始了艰苦卓绝的二万五千里长征。虽然这是一条眼前充满了死生考验的孤绝险途,却也是象征着未来光明与希望的最后一缕注定燎原的星火。而秋白却与这最后的生之机会擦肩而过了。

　　就在几天之前,在中央政府主席毛泽东主持召开的中央政府各部负责人会议上,秋白被宣布担任长征队伍走后的苏区新领导机关的宣传部长,兼后方办事处人民教育委员。会议现场的秋白,明显心情有些激动,却没有说出一句话。会后,他应邀到时任中央政府国民经济部副部长的吴黎平家里吃饭。酒喝得很多,激动地吐出这样几句临别赠言:"你们走了,我只能听候命运摆布了,不知以后怎样,我们还能相见吗?如果不能相见,那就永别了。我一生虽然犯过错误,但对党对革命忠心耿耿,全党同志有目共见。祝你们前途顺利,祝革命胜利成功,我无论怎样遭遇，无论碰到怎样逆境，此心可表天日。"①吴黎平听得心中酸楚，很快便去请求毛泽东，说秋白这样的同志，怎么能够不带走？而毛泽东只能摇摇头，回答说：他也提了，但是他的话不顶事。吴黎平还不一定清楚，就连毛泽东本人在当时的复杂状况下都差点被行使"左"倾路线的领导者们留下。此后，吴黎平又找到张闻天，张闻天说，这是中央局大伙决定的，他一个人不好改变。② 于是，那一日的酒席，便一语成谶地成了吴黎平与秋白的永诀。

红军大部队拔寨出行之前，秋白特意请了李富春、蔡畅、刘少文、傅连暲等老同志聚餐话别。在众人难以打破的沉默中，他举起一只酒杯，向大家祝酒，说道："这酒杯是之华在白区临别时给我的……"秋白再不开口，默默地与同志们握手告别。最后时刻，他以伴随自己七八年的长衫赠冯雪峰，又以自己强壮的马伕换与徐特立，默默地目送着大部队渐行渐远。那一刻，不管是离开的，还是留下的，每一个人的心中恐怕都难以平静。个人的命运之舟已然驶入无可挽回的漩涡边缘，前方等待着的是什么？沉没还是置之死地而后生？当时的人们即使有隐隐预感，亦无法真正预见，唯有任凭此刻的时间点滴推移向前……

而人，正是在这样的时刻，才会真正分出高下。有人自怨自艾，畏缩不前；有人膝盖发软，变节叛变。而真的勇士，只会挥手擦干心中血泪，转过身来便以一己之身顶扛千钧重担。《红色中华》在红军主力离开瑞金之后，仍以中共中央和苏维埃中央政府机关报的名义继续顽强存在。虽然在编人员只剩下秋白、韩进等寥寥数人，他们却极尽能力与本分，将《红色中华》以最大程度保持原样，在不暴露红军实际行动情况的前提下，一方面大量制造烟雾战讯，为中央中央与红军主力保驾护

---

① 吴黎平：《在党的历史的紧急关头——关于遵义会议之前的片段回忆》，《学习与研究》1981年第1期。

② 据张闻天后来所做说明："当时关于长征前一切准备工作，均由以李德、博古、周恩来三人所主持的最高'三人团'决定，我只是依照最高'三人团'的通知行事，我记得他们规定了中央政府可以携带的中级干部数目字，我就提出了名单交他们批准。至于高级干部，则一律由最高'三人团'决定。瞿秋白同志曾向我要求同走，我表示同情，曾向博古提出，博古反对。"（张闻天：《从福建事变到遵义会议》，《遵义会议文献》，人民出版社1985年版，第78页）

航;另一方面,继续加大苏区群众动员的力度,号召各地百姓坚壁清野,储粮备战。虽然由于环境愈来愈恶劣,中央苏区几乎所有县城和重要交通要道陆续失陷敌手,业已丧失消息来源与安全保障的《红色中华》从每周三期减少到每周两期,最后一周一期,印数也只剩三千多份,但它依然如一面红色的旗帜,坚持屹立,直至1935年1月的最后一期完成其最终使命,秋白始终撰写着绝大部分的稿件。1935年新年,在中央分局驻地,陈丕显见到了秋白,"他身患疾病,脸色很不好,还有些浮肿,他正在自己动手煮稀饭、煮鸡蛋。柴草很湿,满屋是烟,他不断地咳呛着。当时我感到十分怅惘,像他那样的身体,怎能坚持打游击呢?"[1]

秋白用实际行动,将众人的担忧化为无形。愈来愈重的病痛实实在在,如影随形,但他却以常人难以想象的意志力与使命感将其压制克服,为的是他瘦弱的肩膀不仅扛着自己,还扛着许许多多需要他来鼓励与支撑的人们。为了适应游击战争,秋白还主动将高尔基戏剧学校、原工农剧社和红军大学的留守人员按照部队的形式设置总社,下分战号、火星、红旗三个剧团,奔赴各自规定战区流动演出,定期汇合。火星剧团的负责人石联星在《秋白同志永生》一文中记载,秋白在瑞金最后居住的地点是在距离瑞金下肖区三十里的一块菜园地中一座孤零零的茅草屋内。主力红军长征之后,他们第一次见面的场景深深印刻在石联星的脑海——"这时已是漆黑的夜晚了,大约是借助于星光,或是由于我们急切盼望见到秋白的心灵之光吧,我们很清楚地看到秋白同志仍然穿着他来苏区时那套合身的棉袄,态度仍然是那样安详,站在屋檐下在等待我们。我们这二十几个孩子上前把他紧紧围住,抱着他,拉着他,望着他……他安详而平静地说:'中央红军大部队走了,党中央走了,毛主席走了。'我们听到这里,禁不住都嚎啕大哭起来,哭声震动着田野。秋白同志继续说:'不要难受,将来我们一定会再看到他们的。'他的话音是那样坚定有力,使我们不觉逐渐收住了眼泪。"

1935年1月,战号、火星、红旗三个剧团,按照秋白预先制定的计

---

[1] 陈丕显:《赣南三年游击战争》,《中共党史资料》1982年第2辑。

划，成功在于都县黄龙区井塘村的中央分局机关驻地会师。2月7日，秋白组织三大剧团就地举行文艺汇报演出。据石联星在《秋白同志永生》中的回忆："一九三五年元宵佳节前，秋白同志来信要我们三个剧团回到总部，也就是中央局驻地进行会演。我们立即整好行装与当地群众告别。经过几天的行军到达雩都县小密附近的一个山村，在农舍里见到秋白同志。他看到我们回来了，而且带了许多新的创作，非常高兴。并将我们寄给他的山歌、民歌都拿出来给我们看，上面有不少地方有他亲自修改过的笔迹。他要我们休息两天，然后将节目整理出来会演。他对节目的排练很重视，认为排演是一次修改与提高的过程。在我们三个剧团整理与排练时他是时常来看、来提意见的。……总部的工务班，加上一些群众帮我们搭了一个不太大，但是有顶棚的舞台，战士们与老表们砍了些树枝为搭景用，还借了几块木板与桌椅。有简易的门窗和美丽的外景，把总部办公用的两盏煤汽灯也搬来用了。……那时已是数九寒天了，山风和小雨吹打着我们。说起来算是够冷的吧，可是我们这些演员们一个个内心像一团火在燃烧，我们兴奋得什么样的冷都忘了，脱下外衣，跳舞服、红背心、黑短裤，一个个穿得整整齐齐地跳起舞来了。海军舞也跳开了。还有新创作的游击舞也大显身手了。还有台湾同志跳的《台湾人民反抗殖民主义者》的草裙舞也上台了。山上村子里的群众大都来了，还有从十几里地来看戏的群众呢。依然是过去老习惯，让他们占最好的地方。这次没有座位，大家都是站着看戏。中央局的领导都来了，站在人群中间。秋白、陈毅、毛泽覃、陈潭秋、何叔衡、刘伯坚、项英……等同志都来了。……秋白和其他中央局领导同志以及群众战士，一直在雨中看到节目完，时已过午夜，接近拂晓。……这次演出后的第二天，秋白同志还亲自给我们评了奖，并给整个演出谈了意见。他认为我们在群众中生活、学习了几个月，能创作出这样多而且较感人的多样的节目，无疑地能鼓舞群众与战士。说我们基本上做得不错，学习得不错，而且发动了剧团的所有同志写了几百首歌词，他很高兴。他还说把这些节目整理一下，可以出专集。还有那么多的山歌、民歌，想办法带到上海去出版。虽然他也认为我们所写的这些东西是粗糙的,比较简单,艺术性不是很强,但是健康的。本来他还想再谈,后来战争情况更紧张了,他亲自给我们发了奖,第三天他就收拾行装要离开我们了。在他出发之前,他将上面提到的要出版的戏剧集,名为《号炮集》……油印了三百份发到全区,在我印象里,秋白同志写了序言。……秋白同志是在会演完毕后的第三天晚上走的。那天晚上,我和品三(即赵品三),还有剧团的两位同志去看他。他住在农民家的一间茅屋里,有一个不太大的窗,窗前放了一张不太大的桌子,桌上堆满了文件和书籍,小警卫员在帮他收拾东西,他自己也在灯下收拾文件和书。他对我们说:'你们要正式到部队里去了,一定要好好工作,有机会能演出就演出……'总之他谈了许多希望我们好好跟着队伍走的话。就在与我们谈话时他还发着烧呢!后来听人说前不久他还吐了血。我们明确知道他马上要走,不便多停留就向他告辞了。在告辞时,我们没有任何的伤感之情,总认为秋白同志能平安转移到什么地方去,将来会见面的。没想到这次是与他永别了。"

与此同时,庄东晓也接到了秋白用俄文写的一张字条:"她娜(庄的别名)!再见了!望你锻炼的比钢铁还强。"于是,她知道,这一次,秋白是真的离开中央苏区了。

对于自己在中央苏区的一年时光,秋白曾留下两份书面总结。在1935年5月13日写就的长长"供词"中,秋白以大量篇幅宣传与肯定了中央苏区作为"下等人"掌握的政权,在政治、经济、文化、教育等方方面面取得的突破、革新与成就,一一驳斥了国民党当局对苏区的妖魔化攻击。字里行间充满了他对那片土地及在那片土地上努力开拓"地上天堂"的人们倾注的所有热爱与温情。然而对待自己,他依旧那么严厉苛刻,鞭辟入里地剖析与批判。作为一介文人书生,他承认自己眼中的苏区只是一种雾里花般的"淡淡的象",始终有一道无法冲破的隔膜横亘在现实世界与他的形而上的灵魂世界之间:

"文人"和书生大致没有任何一种具体的智识。他样样都懂得一点,其实样样都是外行。要他开口议论一些"国家大事",在不太复杂和具体的时候,他也许会。但是,叫他修理一辆汽车,或者配一剂药方,办一个合作社,买一批货物,或是清理一本账目,再不然,叫他办好一个学校……总之,无论那一件具体而切实的事情,他都会觉得没有把握的。

例如,最近一年来,叫我办苏维埃的教育。固然,在瑞金、宁都、兴国这一带的所谓"中央苏区",原来是文化非常落后的地方,譬如一张白纸,在刚刚着手办教育的时候,只是创办义务小学校,开办几个师范学校,这些都做了。但是,自己仔细想一想,对于这些小学校和师范学校,小学教育和儿童教育的特殊问题,尤其是国内战争中工农群众教育的特殊问题,都实在没有相当的智识,甚至普通常识都不够!

近年来感觉到这一切种种,很愿意"回过去再生活一遍"。

雾里看花的隔膜的感觉,使人觉得异常的苦闷、寂寞和孤独,很想仔细的亲切的尝试一下实际生活的味道。譬如"中央苏区"的土地革命已经有三四年,农民的私人日常生活究竟有了怎样的具体变化,他们究竟是怎样的感觉。我曾经去考察过一两次。一开口就没有"共同的言语",而且自己也懒惰得很,所以终于一无所得。

可是,自然而然的,我学着比较精细的考察人物,领会一切"现象"。我近年来重新来读一些中国和西欧的文学名著,觉得有些新的印象。你从这些著作中间,可以相当亲切的了解人生和社会,了解各种不同的个性,而不是笼统的"好人"、"坏人",或是"官僚"、"平民"、"工人"、"富农"等等。摆在你面前的是有血有肉有个性的人,虽则这些人都在一定的生产关系、一定的阶级之中。

我想,这也许是从"文人"进到真正了解文艺的初步了。

是不是太迟了呢?太迟了!

——瞿秋白《多余的话》

时光推移到 1934 年 10 月 14 日,兴国县城失守;26 日,宁都失守;11 月 1 日,长汀县城失守;10 日,瑞金失守;17 日,于都失守;23 日,会昌失守……一切的确都已经"太迟了"。中央苏区转瞬之间已被敌人分割成几小块,即将面临的就是"分区清剿"。1935 年 2 月 11 日,中央分局从井塘村转移至于都南部禾丰地区。在转移之前,陈毅说起,"像瞿秋白这样的病号,最好让他们穿上便衣,到白区隐蔽,打游击是吃不消的"。① 于是,一支由"一老"——年逾六十的老人何叔衡,"一病"——长期被肺病折磨的病号秋白,"一孕"——项英之妻小脚孕妇张亮,"一弱"——梁柏台之妻一介弱女子周月林组成的"老弱病孕"特别转移小组就地成立,计划经福建去香港,或转道香港再奔赴上海。仿佛上帝之手摆弄着写有各人姓名的纸牌,即将一张一张亮出底牌,就这样,瞿张周何四人外加被组织派往福建龙岩打游击的邓子恢一同踏上了一条即将改变他们命运的转移之旅。

---

① 王观泉:《一个人和一个时代:瞿秋白传》,第 623 页。

第十章　上　杭

　　廿载浮沉万事空,年华似水水流东,枉抛心力作英雄。　湖海栖迟芳草梦,江城辜负落花风,黄昏已近夕阳红。

——瞿秋白《浣溪纱》(集句)

28．逃！

  这世界对于我仍然是非常美丽。一切新的，斗争的，勇敢的都在前进。那么好的花朵，果子，那么清秀的山和水，那么雄伟的工厂和烟囱，月亮的光似乎也比从前更光明了。
  但是，永别了，美丽的世界！
  ……

——瞿秋白《多余的话》

  1935年2月17日，周月林在武阳山与秋白、张亮、何叔衡及邓子恢会合，一起向福建长汀转移。她祖籍宁波，出生于上海。童年在上海纱厂做工，1925年五卅运动不久加入中国共产党。1926年3月担任中共曹家渡部委妇女部部长。后被调到上海总工会做保密工作。10月参加上海第一次工人武装起义。失败后因身份暴露于年底被党组织派往苏联海参崴党校学习，得遇梁柏台。婚后，至伯力华工俱乐部工作。1929年秋进入莫斯科中山大学特别班学习。正是在那里，她与杨之华、何叔衡成为同学，共同聆听过秋白的演讲。1931年她回国来到瑞金。三年多后，她被组织派遣进入"老弱病孕"特别转移小组，作为唯一的正常劳力，负责协同照顾。接受任务之时，项英代表组织和她谈话，说道："中央分局决定瞿秋白、何叔衡、张亮和你转移到白区去搞地下工作。从福建、广东到香港，如在香港能接上党的关系，就留在香港；如在香港接不上关系，就去上海。你从小在上海长大，又在上海搞过地下工作，对上海情况比较熟悉，他们都喜欢你一起去。"①

当时,二十九岁的周月林服从组织安排,护送一担中央政府办事处的铅皮公文箱到武阳山区埋藏之后,便等在当地与转移小组会合。一见面,她便和秋白就成功转移后的未来生活设想兴致勃勃地聊了起来。当时,秋白的身子十分单薄,脸色不好,还有些浮肿。连日来不停地奔跑,过度劳累,使他病情加剧了,时常咳嗽不止,还经常吐血。周月林为他的身体担忧,对秋白说:"要是不能很快找到党组织,你就先住在旅馆里吧。"秋白听了她的话,不由得笑了起来,回答说:"我还能住旅馆?国民党里面有我的学生,也有交过锋的对手,还有认识我的叛徒。旅馆里人又多又杂,万一被人认出怎么办?"周月林这才意识到这是一个马虎不得的问题。后来,秋白突然问起她家里的人是否见过梁柏台。周月林一时不明白他为什么问这个问题,便告诉他只有自己的弟弟认识,其他的人没有见过。秋白听了周的回答,便说:"那好,我们到了上海,你先同弟弟商量好,我就假称是梁柏台,先在你家住下,反正别人也不晓得我是什么人。"周月林听了,怕她家里条件差,秋白住不习惯,便说道:"我家里很穷,住在工人区,一间小小的楼阁,条件很差,生活不好呀!"秋白却说:"工人区更好,更安全!"他又特别向周月林提到鲁迅,说心里老是想着鲁迅,如果还能到上海,能再见到鲁迅就好了……两人你一言我一语,既像是为后事郑重商议了一个约定,又似乎不过是一场跋涉前轻松愉快的交流谈笑。那时的周月林,对未来充满了乐观希望,对她来说,明天即将开始的不过是一次协同转移,与她此前参与的革命任务并没有什么不同。她甚至已经在心里认真地盘算起到了上海后接待秋白到自家来住的具体事宜了。她万万想不到,这天晚上的一番谈话竟会成为此后终生的梦魇。如果说这场转移行动注定了秋白的个人命运,那么,秋白的个人命运又在此后漫长的岁月中铸就了她黑暗与不幸的宿命人生。她接受组织委派,承担了一次护送任务,却最终成了秋

---

① 周月林:《我和瞿秋白、何叔衡等一起突围、被俘的前前后后》,《浙江党史通讯》1988年第7期。

白人生中的一个注脚,而为了这个注脚,她付出的是自己此后几乎全部的人生。

当晚,转移小组继续向东前行,在武阳山区的河边与瑞金县苏维埃政府副主席邱世桂相遇。邱世桂描述了这次短暂的相逢:"二月十七日晚(农历正月十三日)我带着四、五个人来到武阳河边,察看徒涉地点。在这里,恰巧遇上了邓子恢、何叔衡、瞿秋白、张亮、周月林一行。他们五人由一个警卫排护送,往长汀地区转移,这天晚上也来到武阳河边。我认识邓子恢同志,见面后,我问:'邓部长,你来了?'他说:'是呀。你们有什么困难吗?'我汇报了敌情和我们的活动情况。他听后,说了一些鼓励的话,然后他抓了几支铅笔给我。他们一共有四副担架,当晚就在武阳附近的下州坝过绵江河。过河时,四副担架一起浸湿了。过河以后,就在黄田的袁屋祠堂烧了一堆火,烘衣服,做饭吃。吃完饭已经天亮了。我们几人和他们一行继续往白竹寨走。到了老虎崶,碰上了武阳区游击队。这时,刚巧敌人也到了老虎崶。武阳游击队立即与敌人接火,我们听到枪声,加快步伐前进。张亮听到枪声,吓得腿发抖,走不动,就用担架抬着走。在武阳游击队的掩护下,我们安全到达白竹寨。邓子恢同志他们一行继续往长汀方向前进,我们同他们分手了。"①

一天后,转移小组到达长汀县四都区小金村福建省委所在地。在这里,他们见到了福建省委书记万永诚,并从他那里听到了一个颇为匪夷所思的突围方案,即将转移小组与外地买伐木的香菇商人关押在一起,由战士押送到交界线,让转移小组和香菇商人们一起佯装逃跑,穿过敌人的封锁线,护送战士则朝天开枪,作为掩护。然而这一方案对于"老弱病孕"转移小组来说,难度还是大了一点儿。秋白觉得此方案不甚妥当:如果战士一放枪,敌人必然出动,有的跟战士交火,有的追商人,危险性很大,而且同商人混在一起也难保不暴露身份。于是,这第一方案没有通过。几天后,万永诚拿来了几只假面罩,又提出了第二个

---

① 邱世桂:《我所知道的中央分局和中央政府办事处》,《江西党史资料》第2辑。

方案,即让转移小组乔装成被红军抓来的俘虏,每个人都戴上不同颜色的假面罩,由战士押送。这样,即使遇上密探,也认不出是谁。尽管事后证明由于戴了怪异的假面罩,沿途的人们觉得新奇,反而惹来纷纷围观,但在当时看来,秋白等人虽仍觉此计欠妥,但又想不出更好的办法,便也只好勉强同意执行。坠入险境的伏笔已在此时埋下,然而身处其中的人们,早已箭在弦上,只得依照宿命的剧本继续演绎前行。

2月21日夜晚,转移小组从四都山上出发,向永定方向行进。一路上,部队装出押送犯人的样子,一部分战士在前面开路,一部分战士押后,瞿张何周邓五人在中间,每人戴着假面罩,身边还有两个战士"押"着。经过村子时,因为他们五人戴了假面罩,人们觉得新奇,围观的很多。周月林已然觉察出"这个方案并不好,这样反而更加惹人注意",但此时也已进退维谷。自此之后,她所走的每一步、历经的每一细节、身旁每个人说的每一句话都在她的头脑记忆库中深深扎根,并在日后苦难无涯的岁月中不断地在心中反刍,她一遍遍回顾,一遍遍重温,也是一遍遍地感受折磨:

为了避开敌人,我们走的尽是山路。出发之前,省委找了个年轻妇女做向导,她长年在山上砍柴,知道一条很少有人走的山路,地形十分复杂,路径难以辨认。向导走在前头,遇上岔路口她就折下两根树枝,将一根横在岔路上,另一根直放着暗示前进的方向。

带病的瞿秋白和年迈的何叔衡,和我们一起在这曲折盘旋的山间小路上一个挨一个地走着,谁也不敢落后一步。路窄得只能一个人通过。何叔衡幽默地对瞿秋白说:"这是蛇走的路,也是你们文人作诗写文的好材料。"……但是瞿秋白的心情好像要比我们沉重一些,他比我们考虑得更多、更远。他看了一下周围的环境,对何老说:"过去这一带都是我们的地方,往来都很安全。现在都成了敌人的了,路上的危险性是不小的。"何老根据多年经验,认为瞿秋白的分析是对的,绝对不能大意。……

……

大约第三天晚上,我们到了敌人占领的水口村附近。我们必须从这里东渡汀江,但只有村里的一座桥可过,而桥头驻有敌保安十四团一个营,无法通过。我们便决定在半夜时从桥的下游偷渡。护送队临时扎了副担架,好抬瞿秋白、何老过河。

半夜过后,我们甩掉了假面罩,准备过河。当我和张亮到达河边时,有几个战士已在河里,邓子恢也下河了。我看水不太深,就对张亮说,我们快过河吧!张亮不肯,她要等担架。……我想,她怀孕在身,而2月的河水还很冷,便没有相强。

我跳下河,两个战士赶快来换扶我前进。到了河对岸,见邓子恢已在岸上。……过了一会儿,担架抬着瞿秋白过来了。接着又扛回担架,把何叔衡抬了过来。最后,担架又扛回去,把张亮抬过来。这样来回三趟,就耽误了一些时间。

人都过河后,我又继续向前走。当到达一个小村时,天已拂晓,我们准备吃了早饭再走。刚刚休息一会,饭还没有吃,突然传来枪声——这是村口哨兵发现敌人来了的讯号。……掩送队一面掩护,一面催促我们赶紧转移到村南的大山上。随后,战士也撤上了山。但是,敌人尾追不放,向山上紧逼。护送的战士掩护我们从后山突围。可是后山坡很陡,无路可走。战士便叫我们滚下去。我们就劈里叭啦地从后山滚了下去。

我滚下山后,不顾疼痛站起来一看,只见邓子恢在前面走,还有几个人跟着。我想邓子恢是在福建打游击出身的,路熟悉,就紧紧跟上去。好多人也跟着往这条路上来了。

我往前走了一段路,为已脱离了危险而暗暗庆幸。突然我发现瞿秋白、何叔衡没有跟来。心想这下糟了,他俩会不会掉了队?瞿秋白有病又是近视眼,何叔衡年迈体弱,他们掉了队,在到处是敌人的山上是寸步难行的。我不应该撇下不管。想到这里,我给自己下了命令:倒回去,把他们找到!……我找着找着,突然发现瞿秋白正一个人艰难地走着。见到他我好像一块石头落了地;他一见到我,也高兴得不得了,对我说:"阿梅啊!(他以前叫我月林,从这时起就叫我阿梅。因我在苏联时曾化名叫王月梅)你来了,我心里正急得不得了。"敌人正在搜山,我们处在十分危险中,我就催促他快走。

走了一段路,又发现了张亮。她也掉了队,正坐在那里干着急。我们见到后都很高兴。我们一行五人,现在三个人碰在一起,邓子恢已突围出去,只有何老不知情况怎样了。

我们三人一起走着。后来到了一间没有顶的破屋前面,瞿秋白由于不停地奔跑,身体已疲惫不堪,对我说,阿梅,我实在走不动了,要到这个破屋子里休息一下。张亮也说要进去休息。……于是,我把他俩陪进屋里,又叮嘱他们,在里面不要说话,周围可能有埋伏的敌人。出来找我也不要叫,轻轻地拍两下子,我就知道了。我从破屋出来,就到草丛中隐蔽起来。……

过了一会儿,张亮来了。后来瞿秋白也来了。他说,我也到你这里来。说后他就跳了下来,不料却跌倒了,我赶紧把他扶起。他靠近一棵小树坐了下来,万万没有想到,他的身子碰着了树身,树枝摇动了,被山上的敌人发觉。只见敌人向我们这儿搜索过来,还相互说:没有风,别的树都没有动,为什么那棵树会动,可能有人。敌人来到草丛前,一时不敢进来,对着草丛喊叫:里面有人没有?我们没有响,敌人又一连喊了三次,然后向草丛中搜来。就这样我们三个人都被俘了。

——周月林《我和瞿秋白、何叔衡等一起突围、被俘的前前后后》

那时的周月林还不知道,那个德高望重,曾在路上和他们说起此次上路得从最坏处设想,万一逃不出敌人魔掌,宁可自杀也绝不让敌人活捉的六十老人何叔衡已然实践了自己的誓言,为共产主义流尽了最后一滴血。与敌人激战当时,他正与邓子恢在一起,眼见突围无望,便大喊一声:"子恢同志,我不能走了,革命到底了!"随即夺过警卫员手里的枪,对准自己的头部。邓子恢大惊失色,忙上来抢夺,何叔衡手中的枪已然击发,从山崖滚落。据说,当时尚未断气,后被山下敌人补枪射杀。邓子恢则与仅剩的几个战士冲出重围,用机枪阻击追敌,边打边走,逃离了长汀。

周月林与秋白、张亮一行三人被敌人押往水口镇,那时已经是2月24日下午4时左右了:

> 我们被押到水口镇敌营部时,只见二十多个护送我们的战士已关押在那里了。敌人把瞿秋白、张亮和我三人关在里角,战士们关在外边。
>
> 敌人当天来不及审讯。但审讯是预料之中的事,该怎样对付呢?在这次突围行动中,我们是装扮成红军押送的"俘虏"的,但是,各人的假身份事先并没有统一过。到了深夜,我们三人便悄悄商量对付审讯的办法。一致同意继续利用红军"俘虏"的假身份,各自编一套假口供。瞿秋白要我先编。我说:"我就化名陈秀英,是被红军抓去的护士。"因为,我在当国家机关医院院长时学会了打针、接生,懂得一些医务知识。
>
> 接着,由张亮编。张亮说:"我就姓你的周,叫周莲玉,是香菇商老板娘,被红军抓住的。"张亮把自己说成是老板娘,我看倒很像。我和瞿秋白都没有提出异议。
>
> 最后,瞿秋白编。他说:"我就姓你的那个林,叫林琪祥。原是上海大学的学生,后毕业于同济大学。职业医生,被红军俘获。"
>
> ……
>
> 我们商量好之后,就躺在地上休息。突然,闯进两个敌兵,架起我就往外拉。我一看苗头不对,不像是传讯,这些野兽一定不怀好意,就拼命挣扎,用脚踢,用嘴咬,还大声叫骂。躺在脚后的瞿秋白猛地坐了起来,用眼睛瞪着敌人,怒目而视,站起来要和敌人拼了。敌兵见状将我放下,用力把瞿秋白推倒,出去了。……
>
> 我已用尽了力气,倒在地上直喘气。瞿秋白过来摇摇我的头,对我说:"阿梅,你不要哭,你没有被拉走就好了。他们是敌人,是野兽。我瞪着他们,倒要看看他们还有没有脸拉你出去。"
>
> 最后,瞿秋白还深有感触地对我说:"阿梅啊,今天我才知道,到了这个地步,你们妇女比我们男子还要多一层痛苦。"

第二天,敌人开始审讯了,我们按已编好的口供回答。敌人没有问出什么,就将我们三人和被俘的战士一起押送到上杭县城敌团部。将瞿秋白和战士关押在一起,我和张亮关在一道。自此,我再也没见到瞿秋白的面了。

——周月林《我和瞿秋白、何叔衡等一起突围、被俘的前前后后》

……

自此,命运终极的鼓点轰然敲响,不可逆转,亦无法停留……

29. 饿的研究

山城细雨作春寒,料峭孤衾旧梦残。
何事万缘俱寂后,偏留绮思绕云山。

——瞿秋白《梦回》

本人林琪祥,江苏人,北京大学医学系毕业,民国二十四年赴漳访友,后不幸被匪掳去。在匪总卫生部出任医助。匪主力出征后不久,卫生部解散,附任福建省军区、省苏医务所医助。借为省苏财政经济委员会主任治病之机,窃得钞票及金饰逃走。至上杭露潭地界被苏区保卫局特务队俘获,绑押过河。本年二月二十四日天明后,在水口附近闻枪声,上山奔逃。与两女犯落在最后,保卫队员开枪击我未中,滚入沟中,旋即被俘。

二十六日解至上杭县监寄押,迄今瞬将两月。……身体孱弱,积年肺病……狱中困顿,又多侵蚀其体力……现觉日就衰惫,手足乏力,头晕眼眩,时发潮热,秽气蒸熏,似饥似饱,似此久羁不决,势将瘦毙……沪信至今不至,恐吾友迁往别处,或来信中途失落,亦未可知……恳准暂予释出,住在城内,绝不逃走,如我有什么嫌疑,可以随传随到。如能开脱释放,文书胜任,足敢自负,担任医学上士,绝不至于尸位。亦可以担任中学教员,不论中文史地数理化均可,绝不至于滥竽充数。……

钟绍葵保安十四团二营营长李玉,乃至团长钟绍葵本人,在看了林琪祥在狱中所写"笔供"与"呈文"之后,均未表示怀疑,甚至还因他文通字顺,颇有欣赏之意。不出意外,下一步,他们便准备将这个"病秀才"林琪祥介绍到武平中学做教员了。然而,就在此时,一纸电令改变了形势的走向。

1935年4月10日,中共福建省委书记万永诚的妻子被国民党汤恩伯部第八师在福建长汀、武平和会昌三县交界处的归龙山俘获,随即供出秋白等人在濯田被俘的事实。第八师师长陶峙岳立即电告国民党驻闽绥靖公署主任、东路军总指挥蒋鼎文。蒋鼎文感到事关重大,又立刻电令驻长汀县的国民党三十六师部和管辖该地区的驻龙岩国民党第二绥靖区司令李默庵,紧急查明上报。据三十六师师长宋希濂回忆,当时的清查过程颇为一波三折:"在此之前向上杭方面走的红军三百多人,已被该保安团所截俘,内中有二十余人,经该团查明是红军干部,寄押于上杭县政府的监狱里,瞿秋白先生当时化名林琪祥,说是在红军部队中做医务工作的,即在其中。保安团接到蒋鼎文的电令后,一则感到他们的责任重大;一则觉得如能将瞿秋白清查出来,可以邀功邀赏,所以,十分卖力气来进行这一工作。他们先将所俘红军士兵三百余人再逐一查问,证实这些人中没有疑问后,便肯定瞿秋白先生是在那二十多人中,于是进行个别审问,一次、两次,……仍然没有人供认,遂使用严刑拷打和'谁说出来就释放谁'的双管齐下的办法,结果其中有一个人经不起革命的考验而变节了,供出了林琪祥就是瞿秋白。"①

事实进行到这一地步,此后的一切便几乎顺理成章,再无悬念。5月9日,秋白被重兵押抵长汀三十六师师部。此后,他的一言一行,只能通过国民党方面各色人等的回忆略见一斑了。

---

① 宋希濂:《瞿秋白烈士被捕和就义经过》,《革命史资料》第2辑,文史资料出版社1981年版,第203页。

三十六师师长宋希濂:

三十六师司令部住在长汀靠西头路南的一栋中等地主所谓缙绅之家。进大门有一个小天井,靠左手边有一间厢房,长约一丈一尺左右,宽约七、八尺,门向南,窗子向西,室内有一张中国式的床,安置在东边靠着墙,一张书桌安置在西边靠着窗户,一个洗脸架安置在北头,还有一把木椅和一条板凳,秋白先生自到长汀那天起到就义止,就是住在这间屋子里。在瞿先生正对面的一间厢房,住着一个副官和几名警卫,他们负着双重任务——监视和照料生活。中间是堂屋,不怎么大,空无所有。进里面就是所谓正房,左右各一间,两边还有几间厢房,我和向贤矩及秘书、侍从副官、卫士等住在这里。其他各处(如参谋处、副官处等)则住在后院和附近的一些民房里。

秋白先生原来穿什么衣服,我不清楚,我见到他时,他是穿着一件灰色夹布长袍,一双浅口的布鞋和蓝色线袜。

秋白先生每天除了刻图章或有时和人谈话以外,大部分时间便是写写感想和作诗,有时也读读古文和唐诗……

据秋白先生说,他因健康情况不大好,所以没有随红军主力部队北上,原打算转到上海去疗养,不料在上杭被捕了。他在长汀一个多月,没有生过大病,但常有些咳嗽及头晕的情形。他身躯颇为单弱,脸部显得清瘦。

——宋希濂《瞿秋白烈士被捕和就义经过》

三十六师"特种军法会审庭"书记官高春林:

瞿秋白被捕,身份暴露后,被押解到三十六师军法处。伪师部决定组织特种军法会审庭审理。并指定:军法处长吴淞涛任审判长,参谋处第二课长张翼扬,副官处少校副官陈定二人任审判官,我任书记官组织之。

关于开庭审讯瞿秋白,在伪三十六师内部已成为公开的秘密。因此,参加旁听的官兵,开庭前就挤满了法庭的四周。我还记得,当秋白烈士被押解入庭时,挺身站立庭中,态度极为从容。当吴淞涛询问他的姓名、年龄籍贯、职业时,秋白答:何琪祥,年三十六岁,职业医生。继问有无其他姓名?秋白不承认有其他姓名,更不承认就是瞿秋白。吴淞涛当即呼提一人出庭(即叛徒,其姓名忘记,听说话是长汀附近口音),其脸圆,身材矮胖,当时年约四十岁,系工农民主政府教育文化委员会的勤杂人员。他被押进法庭立于秋白左侧。吴淞涛照例询问叛徒姓名、年龄、籍贯以后,就问秋白:"你认识他么?"秋白答复:"不认识。"吴淞涛再问叛徒:"你认识他么?"叛徒答:"他就是瞿秋白。是中央工农民主政府教育文化委员会委员。"吴淞涛进一步问:"没有认错人吧?"叛徒答:"没有认错。"于是吴淞涛转而问秋白:"你听到没有?还有什么说的么?"秋白剀切地说:"事已至此,没有什么可说的!"此时,张翼扬插问:"你们闯入水口镇干什么?"秋白告之因有肺病,想经水口镇突围赴漳州转上海就医。不料经过封锁线,众寡不敌被俘。吴淞涛随即征询张翼扬和陈定两审判官意见后,指示我当庭宣读笔录,如被告等认为无误命盖指印。事毕,吴宣布退庭,被告等还押。

当时审讯的目的,就是要弄清楚何琪祥是否即瞿秋白,事经叛徒指证,并经瞿秋白认可以后,事已大白。吴淞涛、张翼扬、陈定等退庭后,立即向师参谋长向贤矩、师长宋希濂汇报。宋指示电报南京伪军委会请示处理。

此时,伪师以优待俘虏为名,将秋白调迁到单人监房,专派了湖南籍的副官蒋昌宜和江苏泰兴籍的上尉军医陈志刚去管理秋白的生活供应及保健事宜。在秋白同志移住单人监房的下午,我随师属处长级官员四、五人,曾去探看他。这间监房约十几平方。房门之侧有木质花格窗两扇,窗可透光,但其余三面都是砖墙,相当阴湿。屋之中央偏后置床。被褥用具均秋白随身之物,床头有一柜放置洗脸用具,皮箱一只放于床之一端。靠窗置三抽桌一张,木靠椅两张,组成了秋白最后读书的场所。伪处级官员由吴淞涛领进屋里后,分别向秋白作了介绍,并由副官处长龙莹介绍了蒋昌宜、陈志刚的姓名,并假殷勤地问寒问暖,告诉秋白:凡关生活上的需要,请向蒋昌宜提出;并要保健医生陈志刚"要随侍瞿先生左右"。究其实际,都是监视人员。秋白当时只提借《诗经》,并淡淡地说:"我生活上不需要什么!"在秋白冷漠的态度下,谈话就尴尬的结束了。

　　这间单人监房的门外,是一片狭长空地,为伪师部占用长汀文庙的一死角,很少人往来。空地两端都设有武装监视哨。秋白只可在院子里散步。据陈志刚谈:秋白终日读书不倦,因有肺病,健康情况欠佳。陈志刚还告诉我:秋白甚喜金石篆刻,有时用残余蜡烛捏成印章坯子,用小刀刻章。瞿曾篆刻了一枚名章送给他,字迹古雅可爱。我听说后,也曾求请秋白为我刻制"江平"蜡章,以供玩赏。后来在抗战中遗失,至今深感遗憾。

　　　　——高春林《我所知道的瞿秋白烈士就义前后》

据当事人回忆,审判官曾向秋白发问:"明明你是瞿秋白,为什么来冒供林琪祥呢?"秋白一笑回答:"过去的呈文、供述,算我是做了一篇小说。"

林琪祥的小说至此结束了。

5月13日,秋白书写了一篇长达四千字的"供词",宣传和颂扬了中央苏区在政治、经济、文教等多方面所取得的建设成就,驳斥了国民党对苏区的种种攻击与诬蔑,算是他作为革命理论家提交的生平最后一篇关于"饿"的研究报告。秋白在文中写道:

　　初进苏区的感想,首先就是各乡各区……的政权的确握在另外一种阶级手里,同苏区以外是相反的。那些"下等人",无论他们因为文化程度的低而做出些愚蠢或者多余的事,可是,他们是在学习着、进步着,在斗争中纠正着自己的错误。他们中间产生了不少干部……例如江西省苏维埃政府主席刘启尧(现在已经在战争中死了),他是一个长工,二十多岁还是一个字不识的,然而三年的苏维埃革命中,他努力学习,甚至晚上不睡觉——在一九三四年三月间我见着他的时候,他已经能够看得懂《红色中华》报,已经能够指导一个省政府的工作。

经济建设方面,除兵工厂、印刷厂、造币厂等一些国有企业外,农业方面在后方也有可惊的成绩。例如去年的春耕运动教会了几万妇女犁田。苏区去年没有灾象是事实,虽然红军扩大了好些,就是在家耕田的壮丁少了好些,而米粮能够吃到今年秋季。……至于民众同苏维埃政府的关系方面,只看一九三四年五月扩大红军,九月又扩大,计划都完成了;六月和八月的收集粮食(有借农民的谷子,有农民自己节省来捐助的谷子,有按时交纳土地税的谷子)也完成了。

苏区的生活,在一九三四年二月到八九月,还是相当安定和充足的,不过盐贵些,布缺乏些,这是国民党封锁的关系。我见着一般农民当时的饭菜,问他们比革命以前怎样,他们都说好些,因为分了田。到后来,国民党的军队很多很多的围紧起来,占领了一切城市和圩场,乡村中的生活就一天天的苦起来,因为有油的地方运不出,没油的地方买不到……等等。生活一般的说,是很苦的,并没有在苏维埃革命之后立刻创造"地上的天堂"。这区域原来就是很贫瘠的,何况要应付这样严重的战争和封锁,这的确是中国历史上空前残酷的战争呵!

自然,革命和战争难免杀人,这种肃反的工作做得"过火",或是错误,就会引起一种民众的恐慌和反感。可是,在我到苏区的这一年中,早已没有这种现象。……正是共产党中央迅速纠正了他们……在中央的决定之中,决没有以残杀为原则,"越杀多越革命"、"七八十岁的老头子,几岁的小孩子都要杀"的事情。据我所知道的,就是"消灭地主阶级"的口号,也绝对不是杀尽地主的意思。……我在苏区没有亲眼见着"杀得满地是尸首"的现象,也许是我的"见闻不太广"。

到了苏区,使我更加感觉现在的中国共产党中央和全党,同以前我和其他几个同志(如李立三)领导的时候比较起来,大不同了,工人干部也多了,工作方式也是新的了,政治分析等等的能力也强多了。

总之,在政策方面,我虽然不在党的中央政治局,不担负着政治上的最高领导责任,可是,以我在苏区一年的感觉而论,觉得党中央的政策和路线没有什么错误。

最后我只要说:我所写的都是我心上真实的感觉。我所见,所闻,所作,所想的。至于我所没有见过的,没有觉到的,或者违背事实,捕风捉影的话,我是不写的。我不会随声附和骂几句"共匪",更不会装腔作势扮成共产党的烈士——因为反正一样是个死,何苦自欺欺人呢?!

这份"供词"如果说对自己与李立三当年的"领导"错误作自我批评,又正面赞美现在的"党中央的政策和路线没有什么错误"是出自真实的感觉和真心的认识的话,那么"不会装腔作势扮成共产党的烈士"的提法也已经出露了后来《多余的话》的思想苗头。

在进行完"饿"的研究之后,秋白的政治使命便至此结束了。

此后,在完成《多余的话》后,他本想再写两本书,凑成三部曲,但是,时间已不允许,而只留下一份《未成稿目录》,列出自己想写而终未有机会写成的——文字札记《读者言》:1. 王凤姐。2. 张飞与李逵。3. 安公子。4. 野叟曝言主义。5. "阿Q"。6. "阿Q"以后。7. 酒瓶问题。8. "不成话"。9. 古汉文。10. 翻译。与自传性作品《痕迹》:1. 环溪。2. 大红名片。3. 父亲的画。4. 娘娘。5. 宁姐。(以上《家乡》)6. 黄先生。7. "出卖真理"。(以上《北平》)8. "饿乡"。9. 郭质生。(以上《第一次赴俄》)10. 丁玲和他。11. "生命的伴侣"。12. 独伊。13. 误会。(以上《上海》)14. 蓝布袍子。15. 庐山。(以上《武汉》)16. 忆太雷。(以上《一九二七年年底》)17. □□□(缺漏)。18. "老爷"。19. 忆景白。20. 面包问题。21. 夜工。(以上《第二次赴俄》)22. 油干火尽时。

23."做戏"。(以上《退养时期》)24.那松林的"河岸"。25.真君潭(雪峰)。26.只管唱,不管认。27.淡淡的象。(以上《苏区》)28.逃! 29.饿的研究。30.不懂的。(以上《上杭》)31.得其放心矣(《汀州》)——的纲目标题——这或许是文学家的秋白最后一笔无法兑现的文债吧。其中《痕迹》,择取记忆中有代表性或印象深刻的人物,意象或事件,以之串联起自己短暂的一生,其纲目与思路是笔者本书章节构架的基本脉络与体例结构。后人何幸,能够遵从秋白本人的构思,为他演绎人生,替他清偿心愿。

与此同时,秋白亦为爱人杨之华留下了一封绝笔的情书,然而,现实残酷,杨之华却与这封遗书失之交臂:

> 大约在一九三五年五月底或六月初,有一个人来到我母亲家里,他冒充是与秋白同狱的所谓同情者,说秋白让他捎来给我和我哥哥的两封信,说给我的信他一定要亲自交给我。我妹妹就偷偷来找我,说了这些情况。我对妹妹说:"那是敌人派来'钓鱼'的坏蛋。你不能领他到我这里来。"我要她想办法把那两封信要到手。但她只拿到了秋白给我哥哥的信,信的大意是:想来你们已经在报上看到了我的事。我要和你们永别了。之华是我生平的知己,我要留最后的一封信与她永别。可能她也已经被捕,你们不知道她的下落。那么,就请你们把信投寄给叶圣陶先生作为写小说的材料吧。
>
> 秋白给我的那封诀别信,那个坏蛋始终不肯交出来,他只把信在我的家属面前晃了晃。那是一封很厚的信。他再三说:"瞿秋白要我把这封信亲手交给杨之华本人。"我妹妹对他说:"已经几年没来往,到哪里去找呢?你愿把信留下是可以的,不留下也没有什么,反正我们不知道她的下落。"这个特务无法实现这个"钓鱼"的毒计,以后就没有再去找我的家属了。我虽然非常想得到秋白给我的那封诀别信,但我不能上敌人的圈套,只得放弃这封宝贵的遗书。

——杨之华《回忆秋白》

而于5月17日至22日写就的两万余字的大文章《多余的话》,可谓字字珠玑,椎心泣血。算是他作为他自己——一个大写的"人"——为自己的人生所作的最后交代,或者说是对自己人生的最完整诠释。在开场白中,他这样说道:

> 话既然是多余的,又何必说呢?已经是走到了生命的尽期,余剩的日子不但不能按照年份来算,甚〔至〕不能按星期来算了。就是有话,也可说可不说的了。
>
> 但是,不幸我卷入了"历史的纠葛"——直到现在外间好些人还以为我是怎样怎样的。我不怕人家责备,归罪,我倒怕人家"钦佩"。但愿以后的青年不要学我的样子,不要以为我以前写的东西是代表什么什么主义的;所以我愿意趁这余剩的生命还没有结束的时候,写一点最后的最坦白的话。
>
> 而且,因为"历史的误会",我十五年来勉强做着政治工作——正因为勉强,所以也永久做不好,手里做着这个,心里想着那个。在当时是形格势禁,没有余暇和可能说一说我自己的心思,而且时刻得扮演一定的角色。现在我已经完全被解除了武装,被拉出了队伍,只剩得我自己了。心上有不能自已的冲动和需要:说一说内心的话,彻底暴露内心的真相。布尔塞维克所讨厌的小布尔乔亚智识者的"自我分析"的脾气,不能够不发作了。
>
> 虽然我明知道这里所写的,未必能够到得读者手里,也未必有出版的价值,但是,我还是写一写罢。人往往喜欢谈天,有时候不管听的人是谁,能够乱谈几句,心上也就痛快了。何况我是在绝灭的前夜,这是我最后"谈天"的机会呢!

在回顾了自己从出生到参加革命的一路曲折之后,他近乎残忍、绝决地彻底剖出了自己全部的内心真实。仿佛已能预知日后读到这篇文字的几乎每一个人都会问出一句:"何苦?何必呢?"秋白提前从容作答:

> 现在,我已经是国民党的俘虏,再来说起这些似乎多余的了。

但是,其实不是一样吗?我自由不自由,同样是不能够继续斗争的了。虽然我现在才快要结束我的生命,可是我早已结束了我的政治生活。严格的讲,不论我自由不自由,你们早就有权利认为我也是叛徒的一种。如果不幸而我没有机会告诉你们我的最坦白最真实的态度而骤然死了,那你们也许还把我当做一个共产主义的烈士。记得一九三二年讹传我死的时候,有地方替我开了追悼会,当然还念起我的"好处",我到苏区听到这个消息,真叫我不寒而栗,以叛徒而冒充烈士,实在太那么个了。因此,虽然我现在已经囚在监狱里,虽然我现在很容易装腔做势慷慨激昂而死,可是我不敢这样做。历史是不能够,也不应当欺骗的。我骗着我一个人的身后不要紧,叫革命同志误认叛徒为烈士却是大大不应该的。所以虽然反正是一死,同样是结束我的生命,而我决不愿意冒充烈士而死。

他感到了极大的生之厌倦:

永别了,亲爱的朋友们!七八年来,我早已感觉到万分的厌倦。这种疲乏的感觉,有时候例如一九三〇年初或是一九三四年八九月间,简直厉害到无可形容,无可忍受的地步。我当时觉着,不管全宇宙的毁灭不毁灭,不管革命还是反革命等,我只要休息,休息,休息!!好了,现在已经有了"永久休息"的机会。

我留下这几页给你们——我的最后的最坦白的老实话,永别了!判断一切的,当然是你们,而不是我。我只要休息。

他从自己的人生中,总结出一个教训:

要磨炼自己,要有非常巨大的毅力,去克服一切种种"异己的"意识以至最微细的"异己的"情感,然后才能从"异己的"阶级里完全跳出来,而在无产阶级的革命队伍里站稳自己的脚步。否则,不免是"捉住了老鸦在树上做窠",不免是一出滑稽剧。

最后,他留下临终遗言。从此阴阳两隔,毁誉由人:

一生的精力已经用尽。剩下的一个躯壳。

如果我还有可能支配我的躯壳,我愿意把它交给医学校的解剖宣〔室〕。听说中国的医学校和医院的实习室很缺乏这种科学实验用具。而且我是多年的肺结核者(从一九一九年到现在),时好时坏,也曾经到〔照〕过几次 X 光的照片,一九三一年春的那一次,我看见我的肺部有许多瘢痕,可是医生也说不出精确的判断。假定先照过一张,然后把这躯壳解剖开来,对着照片研究肺部的状态那一定可以发现一些什么。这对于肺结核的诊断也许有些帮助。虽然,我对医学是完全外行。这话说得或许是很可笑的。

总之,滑稽剧始终是闭幕了。舞台上空空洞洞的。有什么留恋也是枉然的了。好在得到的是"伟大的"休息。至于躯壳,也许不由我自己作主了。

告别了,这世界的一切。

最后……

俄国高尔基的《四十年:克里摩·萨摩京的生活》,屠格涅夫的《鲁定》,托尔斯泰的《安娜·卡里宁娜》,中国鲁迅的《阿Q正传》,茅盾的《动摇》,曹雪芹的《红楼梦》,都很可以再读一读。

中国的豆腐也是很好吃的东西,世界第一。

永别了!

秋白将这篇文字题名曰《多余的话》,更多的思维凝聚于自己是一个"多余的人"的认识基点。他要把自己的这一层"多余"赤裸裸地展示给世人看,给后人看。十几天后的6月4日,当《福建民报》记者李克长走进囚室采访之时,秋白主动向他提到了《多余的话》,并请李设法将之公之于世:

瞿:我花了一星期的工夫,写了一本小册,题名《多余的话》。(言时,从桌上检出该书与记者。系黑布面英文练习本,用钢笔蓝墨水书写者,封面贴有白纸浮签。)这不过记载我个人的零星感想,关于我之身世,亦间有叙述,后面有一《记忆中的日期表》,某年作某事,一一注明,但恐记忆不清,难免有错误之处,然大体当无讹谬。请细加阅览,当知我身世详情,及近日感想也。

李:此书亦拟出版否?

瞿:甚想有机会能使之出版,但不知可否得邀准许。如能卖得稿费数百元,置之身边,买买零碎东西,亦方便多多矣。

李:此书篇幅甚长,可否借出外一阅?

瞿:可以,可以,如有机会,并请先生帮忙,使之能付印出版。

李克长将这次访问写成《未正法前之瞿匪秋白访问记》,刊于1935年7月3日至7日的《福建民报》,又刊于同年7月8日出版的《国闻周报》第12卷第26期。《国闻周报》在发表时,加了编者按语:

共党首领瞿秋白氏,在闽被捕,于六月十八日枪决于长汀西郊。本文作者于其毕命前之两星期(六月四日)访问瞿氏于长汀监所,所谈多关个人身世,了无政治关系,故予刊载,以将此一代风云人物之最后自述,公诸国人。

而《多余的话》部分内容最早发表于由国民党"中统"主办的《社会新闻》杂志第12卷第6—8期(1935年8月、9月出版,选载《"历史的误会"》《"文人"》《告别》三节);1937年3月5日至4月5日,又由上海《逸经》半月刊第25—27期全文刊载。此后日本、香港地区的报刊亦有转载。

《社会新闻》在首次选载《多余的话》时,加编者按语称:"瞿之狡猾恶毒,真可谓至死不变,进既无悔祸之决心,退亦包藏颠倒黑白之蓄意,所以瞿之处死,实属毫无疑义。"1937年3月《逸经》刊出《多余的话》时,一个署名"雪华"的人在《〈多余的话〉引言》中则写了这样一段话:

有人说,瞿秋白这篇《多余的话》,实在不是"多余"的,他在字里行间,充分地流露了求生之意;这对于共产党,要算是一桩坍台的事。我觉得像瞿秋白这样历尽沧桑的人,到了如此地步,对死生还不能参透,是不会有的事,我们不应从这方面去误解他。

可见,在国民党方面是不把《多余的话》当作秋白临死变节的悔过书的。然而,"文革"开始后,《多余的话》被认定为"自首叛变的铁证","屈膝投降的自白"。康生、江青等都曾经在多种场合公开点名"瞿秋白是叛徒"。1967年5月6日,北京政法学院红卫兵、北京市法院红色革命造反总部合办的《讨瞿战报》第一期出版。5月12日,北京政法学院红卫兵冲进八宝山,砸坏了秋白墓。6月17日,在中国革命博物馆召开了"声讨叛徒瞿秋白大会"。福建长汀县罗汉岭的秋白墓碑同期被毁。1972年中央为秋白"叛徒"定性的"12号文件"正式下达。

"文革"结束后,1980年10月19日,中共中央办公厅向全党全国转发了中央纪律检查委员作出的《关于瞿秋白同志被捕问题的复查报告》,报告指出:瞿秋白同志被国民党逮捕后,坚持了党的立场,保持了革命情操,显示了视死如归、从容就义的英雄气概。"文化大革命"中把瞿秋白同志诬蔑为"叛徒",是完全错误的,应当给他彻底平反,恢复名誉。当年,经中央同意,有关部门召开了秋白就义四十五周年座谈会,重新肯定了秋白光辉的一生。嗣后,位于北京西郊八宝山革命公墓的秋白墓和福建长汀罗汉岭墓地得到了恢复重修。

1985年6月18日,中共中央在中南海举行秋白同志就义50周年纪念大会,时任中央军委常务副主席兼秘书长的杨尚昆,代表党中央对他作出全面、公正的评价:"瞿秋白同志是中国共产党早期的主要领导人之一,伟大的马克思主义者,卓越的无产阶级革命家、理论家和宣传家,中国的革命文学事业的重要奠基者之一。""瞿秋白同志在短暂的一生中为中国革命艰难创业,为共产主义理想奋斗牺牲,他的崇高的献身精神和巨大的革命功绩,在半个世纪之后,仍然受到党和人民长久景仰和怀念。"

对于《多余的话》问世之后必然会面对的曲曲折折,想来当时的秋白早有预见。然而,他依然选择了写出《多余的话》,并且将它公之于世。因为,他明白,写《多余的话》,势必会引发许多的误解与风波;然而,如果不写《多余的话》,他瞿秋白的一生倒反而是肯定地会被误解到底。

——所谓"知我者,谓我心忧;不知我者,谓我何求"。——懂得的,不懂得的,一切又何必说?

30.不懂的

夜思千重恋旧游,他生未卜此生休;
行人莫问当年事,海燕飞时独倚楼。

——瞿秋白《忆内》(集唐人句)

自1935年5月9日被押解至长汀到最后的6月18日之间的一月余时间里,秋白被来自各地各方的各色人等造访谒见,其中既有陈炎冰、李克长等对他抱有同情并能将他最后的言行传之于世的、"略懂"他的人,亦有单纯为了求字画求篆刻、搞收藏的人,但绝大部分的"会客"时间还是耗费在了"不懂"他的人的劝降之上。

首先便是三十六师师长宋希濂:

瞿秋白:谈什么?你问吧。重复的话,我不想说。我正在写东西,我的时候不多了。

宋希濂:你正在写什么,可以谈谈吧。

瞿秋白:写完后可以公之于众,也会送给你看。我想在离开这个世界之前,回顾往事,剖析自己,让后人了解我,公正地对待历史。这里边没有共产党的组织名单,也没有红军的军事情报。你今天如果要问这些,恐怕白白浪费时间。

少顷,瞿秋白反问:宋先生,你说上中学时就读过我的文章,当时你对文中宣传的主张是赞成还是反对?

宋希濂:我曾经相信过你的主张,走过一段弯路。现实证明,你的主张在中国行不通。不仅七年前我本人抛弃以前的信仰做得对,今天我还要奉劝你也做一个三民主义信徒,以发挥你的才华。

瞿秋白:当年孙中山的三民主义,不过是一盘大杂烩,无所不包,又缺乏真谛,不能最终解决中国的出路。所幸他顺乎潮流,确定三大政策,实行国共合作,推动国民革命。今日,蒋介石背弃这些,屠杀民众,有什么资格谈论三民主义呢?

宋希濂:共产党自民国十六年后苦心经营的若干山头,如今已荡然无存。以至于像瞿先生,也落到今天的这种地步。共产主义如能救中国,何以这样奄奄一息,濒于绝境?时至今日,你还没有对我讲一点有关共党和匪区的有价值的情况,这对你是很不利的。

瞿秋白:这最后几句话,才是你今天绕着大弯子找我谈话的本意。可以坦率告诉宋先生,几年来我身患重病,在苏区所做工作甚少,管过一些扫盲识字办学校的事,你不愿意听这些吧?至于其他情况,我早就说过,无可奉告。我对自己目前处境,十分清楚。蒋介石绝不会放过我的,我从被认定身份后就没有打算活下去。我唯一的希望,是让我把要写的东西写完,我剩下的时间不多了。我应该感谢宋先生的是,你在生活医疗上优待我,使我有条件完成我要做的最后几件事。但是,宋先生,我郑重地告诉你,如果你想借此完成蒋介石交给你的任务,那将是徒劳的。①

由于彼此间的立场完全对立,谈话到此结束。

接下来,便是众所周知的那场持续了整整六天的,由王杰夫、陈建中、钱永健、朱培璜四人组成的劝降小组的车轮大战。②

第一天:6月9日。

上午8时许。

瞿秋白在三十六师参谋长带引下走了进来。他"穿淡蓝色的

---

① 引自刘小中、丁言模编著《瞿秋白年谱详编》,第450—451页。
② 以下审讯材料及记录,如无特殊说明,均引自许映湖、王仰清《国民党中统诱降瞿秋白同志始末记》,《党史资料丛刊》1982年第4辑。

中式便服,面容消瘦,精神尚佳"。参谋长指着王等对瞿秋白介绍说,"这又是不远千里由京来汀挽救你的中央要员,望你好自为之。"王等与瞿寒暄后,即请瞿秋白在写字台旁坐下。钱永健也在写字台旁背墙向门坐下,陈建中和朱培璜则坐在门侧的茶几旁。王杰夫相对瞿秋白坐定,即打开皮包,取出两封书信,交给瞿秋白,说是"从上海带来的亲友的亲笔信"。瞿秋白接过书信,随口说了声"谢谢",只是朝信封看了一眼后,就把书信放在写字台右侧。经王一再催促,瞿秋白才一一拆阅信件。谈话从相互询问籍贯等家常话开头,渐渐转入正题。

"蒋委员长、陈部长对瞿先生的真才实学,尤其精通苏俄国情,至为爱惜。只要瞿先生肯为国效劳,过去的事可以不加追究。我奉命由南京赶到长汀,就是来挽救瞿先生的。"王杰夫单刀直入说明来意。

"谢谢你替我带来亲友书信,远道来'挽救'我,但我听不进,有负盛意,奈何?"瞿秋白冷冷地回绝。

"哪里,瞿先生是当代名人,在共产党内威信很高,声望很大",王抢着说,"不过现在中共已临末路,瞿先生若能识时务转变方针,为国尽力,前途未可限量啊!"

"当前国家、民族存亡的关键是抗日。日寇亡我东北,现又入侵华北、胶东,你们不去抵抗,却在这里空喊为国出力,前途何以之有?"瞿秋白反驳道。

"党国方针攘外必先安内,亦即先平定叛乱,统一国内,然后一致对外。现共军西窜已临覆灭,国内统一局面已成,因而特派我们前来争取你共同抗日。"陈建中插嘴说。

"内未安,内不安,这是事实。但是,国内安不了就不要攘外了吗?不要抗日了,让华北继东北而沦亡吗?"瞿秋白怒斥道,"不!历史事实证明:凡是对外越屈辱,就会引起越来越多的人的不满,这也就是你们认为的'内忧',越来越大的'内忧'。因此,你们所谓的'安内'实际上是对爱国力量的摧残、镇压,敌人的侵略就会越加猖狂,这难道不是常理吗?"接着瞿秋白话锋一转,"王先生,你是东北人,你对故乡沦亡的感受,总该比我深刻一些吧?"

王万没料到,刚才谈家常时提到的籍贯,竟会成为被瞿秋白挖苦的话柄,他硬着头皮应付道:"我对东北沦亡体会至深,有时夜深人静,常挥泪自勉,立志报仇。多年来,中枢当局对内力求统一,对外忍辱负重,用心良苦,现统一局势渐已形成,对外抵抗定将步步加强。"

"多年来,你们所谓的对内力求统一,对外忍辱负重,实际上就是要把抗日的武装消灭掉,把抗日的组织解散掉,把人民抗日的热情压下去,让日寇肆无忌惮地蹂躏中华!对于你们的这种亡国灭族的作法,广大不愿做奴隶的人民是绝不会答应的!"瞿秋白怒不可遏。

钱永健一见苗头不对,赶紧向王使了一个眼色,插嘴说:"瞿先生关心国事,令人钦佩!不过,今天我们初次见面,还是叙叙家常吧!"王顺水推舟说:"时间快晌午了,瞿先生请休息休息,我们下午再谈。"第一次诱降活动,就此结束。

下午2时半,劝降小组总结上午谈话心得,调整策略为从"建立感情"入手,"随时注意方式方法,尽量减少刺激口吻"。谈话室增加瓜子、花生、莲心、果糖四小碟及香烟一罐。

"谈话"一开始,王、钱二人便一搭一档胡诌什么"闽西平定,共军西窜,浙赣铁路畅通无阻,东南诸省一片升平景象,社会各行各业欣欣向荣,京沪市场繁荣活跃",并特别对瞿秋白所热爱和关心的文化出版事业,说了几句"蒸蒸日上"、"不断提高"的鬼话。正当王、钱二人说得天花乱坠之际,猛然间瞿秋白昂然说道:"东北四省早已沦亡,淞沪卖国协定墨迹未干,华北、山东又危在旦夕,外患方盈,亏你们还说得出什么'升平',什么'繁荣'!"王一见谈话又将破裂,忙站起身来,一连说出几声"少谈国事,少谈国事",并绕过写字台,转到瞿秋白的身边,突然问道:"你想家吗?瞿先生!"瞿秋白接过话题说:"王先生,你是东北人,东北沦陷,家破人亡何止万千,你的家料想也难保全。日寇在淞沪侵略战争中,又使多少人家破人亡,我就有不少同志、亲友遭到不幸。古语云'国破家何在?'谈家常焉能不涉国事!"王、钱、陈等人唯恐坏了诱降大事,便迫不及待地打断了瞿秋白的话头,"劝"他不必"严声正色",并以瞿秋白的健康安全为题,你一言我一语地扯了开去。王说,"京沪朋友都很关心瞿先生的身体和安全。这次我从上海带交的两封信,每封信都代表了许多关心瞿先生安全的心意。"陈说,"自从瞿先生被捕的消息传到京沪,许多亲友,甚至许多青年都为瞿先生的安全担心,有的还向'中央'呈递意见书,要求予以'考虑的机会'。"王又说,"瞿先生是明事理、通世故的智者,只要从长计议,自己也有极其光明的前途。"正当他们自以为得计时,瞿秋白厉声答曰:"够了!我绝不作这样的考虑,更不愿听你们这样、那样的'教言'!"至此,王见谈话气氛急转直下,难以转圜,只得搭讪着说:"瞿先生怀念亲友,感情上难免不好过,请好好休息,今天就谈到这里吧。"

当晚,秋白回到囚室后,"晚饭没有吃,只喝了几口汤"。劝降小组得知此情况,以为谈话奏效,颇为雀跃。即刻上报中统局,决定第二日继续实行"刺激感情"策略方针不变。

第二天:6月10日。

劝降小组摩拳擦掌,跃跃欲试,秋白却转而采用避而不答、装聋作哑与反客为主的应对战略,几次请王、钱吃茶点,"好比主人自居",并主动、委婉地探听红军近况。王杰夫无奈叹道:"今天上午是他在探索我们,向我们做工作呢!"随即宣布下午停顿修整。

第三天:6月11日。上午8时许。

经过对前三次劝降过程进行分析研究,王杰夫等认为瞿秋白的感情"比常人丰富",这不失为诱降工作的"有利条件"。因此决定从第三天起,采用以"激发感情为主,导入主题为副"的方案,使用"引导"和"规劝"的方法,还决定在"谈话室"里,备置老酒,以利做工作。王、钱等人还相约:"未经研究不准谈有刺激的题材,如果看到不利于说服的苗头一露,另一个人应立即将话锋转过来"等等。上午8时许,按照新的方案,开始了第四次劝降活动。

……八时许,王等四人来到师部"谈话室"。方坐定,瞿秋白身着长衣,慢步前来。王趋前询问:"瞿先生贵体可好一些吗?"

"没什么,我的身体一向如此!"瞿秋白坐下后,冷冷地回答。

"听说瞿先生很喜欢汀州家酿,让我们来喝喝酒,聊聊天。"钱立即转过话锋。

"宋师长替我们布置了这样窗明几净的房间,又特意备了浓茶美点,醇厚家酿,"王边说边拿起锡制酒壶给瞿秋白倒了一碗,然后自己也倒了一碗,对瞿秋白举起酒碗,"来一碗吧!酒逢知己千杯少!"

"话不投机半句多!"瞿秋白毫不退让。

"我们不是谈得很投机的吗?"钱边说边将花生、莲心分给瞿秋白。

"国民党与共产党怎能相互投机?"

"古语云:'识时务者为俊杰',不能称为投机。"王又说道。

"瞿先生,喝一碗吧,我们祝你做当代的俊杰!"陈也帮腔凑热闹。

"好吧,干一碗吧!"瞿秋白端起一碗酒一饮而尽,"你们要谈,那就谈下去吧。王先生,我要请教你,什么是时务?什么是俊杰?"

"善于观察和分析当前世界的事物,特别是善于处理自己的前途,像瞿先生这样真才实学的人,就是会识时务。"王得意地说道。

"照王先生的逻辑,我做了你们的俘虏,投降你们,求免一死,替你们办不可告人的事,就是识时务,就是俊杰喽!"瞿秋白说完哈哈大笑。

"瞿先生,我们是看重你,并不把你当俘虏。瞿先生要识时

374

务,认清当前大势,珍惜自己生命,爱惜自己前途,争取当个俊杰。"钱企图缓和空气,忙帮腔说道。

"好,你们既然要谈时务,那就谈吧! 本世纪初,苏联十月革命成功,震撼了世界,动摇了资本主义,为被压迫、被剥削的人民作出了榜样。从此,世界共产主义蓬勃发展,中国自从一九二一年建立共产党以来,对中国革命作出了巨大贡献。革命的果实虽被你们国民党所篡夺,但我们共产党仍抛头颅,洒热血,前仆后继,为中国人民的生存和幸福作斗争。自东北沦亡,日寇魔爪伸入华北,全国垂危! 有志之士正揭竿而起,奔走呼号,如尚有人性和天良的当权者,应该准许并积极发动和组织人民,捍卫国土抵御外侮。这就是当代世界的大势,当前中国的时务!"瞿秋白口若悬河,滔滔不绝。

"瞿先生说的道理很对,不过作为你自己来说,为要替国家、民族作一番事业,必须珍惜自己的生命,先为自己的生存作打算,只有有了生命,然后才可徐图向当局条陈意见,实现你的宏图宿愿。"王话中有话,企图以死相胁迫。

"凡是认清了当前时务,为国家的独立,民族的自由而斗争的人,无论是成功或失败,都不愧为当代的俊杰! 纵使失去了生命,虽死犹生,千千万万的人,将继承他的遗志,前仆后继,斗争至功成! 死又何足惜耶?"瞿秋白正气凛然。

"瞿先生说得太累了,让我们再干一碗吧!"钱见王无言以对,忙借酒扯开话题。

"这样的叙谈,虽然是有益的,但我总觉得离题太远,无济于事。"陈有些沉不住气了。

"当然,除了喝酒之外,我同你们的谈话是无济于事的,是不会达到你们的目的的!"瞿秋白爽朗地回答。

"今天我们各自畅抒己见,有助于相互了解。瞿先生累了吧? 下次再谈吧。"王见苗头不对,站起身来准备收场,同时又给瞿秋白倒了一碗酒。瞿秋白一饮而尽。

第四天:6月12日。

上午8时半。

经过三天的徒劳无功,劝降小组感觉到强烈的挫败,决定改变谈话策略,采取强势审讯的形式,试图以巨大的压力压垮秋白。

王问:几天的"谈话",没有结果,今天正式审问你。(说完照例问明姓名、年龄、籍贯、职务、职业、住所等)本人奉中央之命,专程来到长汀,规劝你放弃共党,归顺中央,这是对你宽大为怀,你考虑了没有?

瞿答:没有考虑。

王问:你对政府的优待、挽救无动于衷吗?对你亲友的规劝、希望也都不顾吗?

瞿答:没什么好说的!

王问:你只有三十几岁,就这样顽固,不愿活下去吗?

瞿答:如果一个人只有躯壳,没有灵魂,那么活着不如死去!

王问:老实告诉你,这次共军西窜途中,中共大部要员均已被捕,他们的地位不比你不重要,但已认清大势,一一投降了,你何必这么顽固呢?

瞿答:古语云:"朝闻道,夕死可也。"我不仅闻了共产主义世界大同之道,而且还看到这个道正越来越多地为人民所拥护,千千万万的人正在为它洒热血、抛头颅,不管遭受多大的牺牲,多少次的失败,总有一天会在中国、在全世界成功的。我瞿秋白纵然一死,又何足惜哉!

王问:你这样冥顽不灵,不是硬把自己的生命和前途葬送了吗?

瞿答:葬在土里,会变成肥料,促进树木开花结果。

王问:你这样不识抬举,就不要怪法律无情!

瞿答:我从不考虑在你们的法律上求得宽恕,更不懂得什么抬举不抬举!

钱问:你这样顽固不化,有负众望,但我们贯彻中央挽救你的初衷,仍然给你再次考虑的机会。

王说:下午再来问你,你好好考虑吧!(随即宣布审讯结束)

下午2时半。

劝降小组认为上午审讯无效,还是转而采取"谈话"方式,企图利用秋白对亲友的感情来动摇他的思想。

……王杰夫戴着一副金丝架的眼镜,一对细小的眼珠紧紧地盯着秋白同志,又极力装出一副斯文的姿态,细声细气地对秋白同志说:

"你的问题,你自己没有兴趣考虑,你的朋友,你的亲戚和家属,倒希望你好好的加以考虑。你可不使他们失望。"

"我自己的问题,从来由自己考虑,不劳朋友亲戚甚至家属来考虑。特别是政治问题,过去是我自己考虑,现在不可能也无必要戚友代劳。"秋白同志回答说。

"瞿先生,我们从南京到长汀来,因为你是一个非凡的人才,你的中文特别是俄文程度在中国是数一数二,你生存下去,可以作翻译工作,翻些托洛茨基最近有关批判联共的著作,这对你来说是轻而易举。……"王杰夫的话还没有说完,秋白同志就打断了他的话,说:

"我对俄文固然懂得一些,译一点高尔基等的文学作品,自己觉得还可以胜任。如果译托洛茨基反对联共的著作就狗屁不通了!"秋白同志软中带硬,把王杰夫顶了回去。王杰夫这时有点恼火,然而还是假惺惺地对秋白同志说:

"朋友,亲属关心你,中央挽救你,也是爱惜你的才学,才派我们远道而来。那料到同你谈了好几天,你无动于衷乎?"

秋白同志被解到长汀后,受到敌人厚待。他是了解敌人的用意的。他预料敌人会使用种种诱惑手段,知道自己不得不进行韧性的斗争。越在这样的时候,他就越会想到文天祥的那首《言志》诗中的名句:"杀身慷慨犹易免,取义从容未轻许。"慷慨激昂,壮烈成仁,当然不易。但是,在敌人的种种诱惑面前,比较慷慨杀身引刀一快,从容就义真是更难为呵!秋白同志打定了主意,毫不退缩,无所畏惧地对待眼前发生的一切。他答道:

"王先生,钱先生,谢谢你们的好意。我问你们,这种关心和陷害有什么区别?我知道,你也知道,事实上没有附有条件是不会允许我生存下去。这条件就是要我丧失人性而生存。我相信凡是真正关心我爱护我的亲友家属,特别是吾妻杨之华,也不会同意我这样毁灭的生存,这样的生存只会长期给他们带来耻辱和痛苦。"

秋白同志立定脚跟,侃侃而谈,使得王杰夫等人面面相觑,无可奈何,只得草草结束了这一次谈话。①

当晚,劝降小组连夜研究新的诱降方案,商定除照常摆设茶点、烟酒外,另添加围棋和象棋。认为"边饮、边弈、边谈,既显得轻松,又易于露出真情"。

第五天:6月13日。

上午。

第五天上午"谈话"开始时,王强装笑脸,假惺惺地以"关心"瞿秋白的身体健康为话题说"我们一向关怀瞿先生的身体,许多中央委员,凡是认识瞿先生的,无一不希望瞿先生能认清大势,从速抉择,改弦更辙,这样就可以马上迁到京郊休息疗养。"还说"果夫、立夫都很关心你,顾建中也很关心你,中央一再为挽救你,特派我们专程前来劝你,希望你能放弃那为国民所不容的非法活动,争取为党国效劳。"

瞿秋白反问道:"难道国民党的一切活动都是合法的吗?拱送东北四省给日本,让日本入侵华北,签订卖国的淞沪协定,不准人民抗日,消灭抗日武装,难道这一切都是合法的吗?"

---

① 此处劝降材料,引自陈铁健《最后的斗争——瞿秋白就义前后》一文,载《近代史研究》1980年第3期。

钱恶狠狠地说:"近几年红军所实行的杀人放火的政策,料想瞿先生是不会赞同的,这样的破坏总不能说是合法的吧?"

瞿秋白立即反驳说:"杀人放火的不是共产党,而是国民党,是你们的委员长,是你们在'四·一二'背信弃义,实行了大屠杀,是你们在江西的所谓'围剿'中,实行了烧光、抢光、杀光的政策。但是,你们的白色恐怖,绝不能压服人民,你们欠下的血债,总有一天是要偿还的!"

王听罢此言,嘿嘿一笑:"瞿先生,你这一席话,虽然我完全不能同意,可是你有许多话是出于误解,也有许多话是出于爱国热情,这些是可以理解的。不过,当今中共在江西浩大的苏区尚无法立足,西窜到那赤贫的山区,还谈得到什么作为呢?"这时,陈自作聪明,补充道:"红军西窜,路过那不毛之地,已全军覆没了!"

瞿秋白听后,放声大笑:"你们讲这些话的目的,无非是要我相信北上抗日的红军已被消灭,从而使我对中国革命失去信心,投降你们,为你们效劳。但是你们的伎俩是骗不了人的,我从你们言谈的矛盾里,已经知道了红军西征北上的成功!"

王等顿觉狼狈不堪,为掩饰其狼狈相,王遂摆开棋盘,与瞿秋白对弈。未终局,王便一推棋盘,说道:"我输了,下午再来。"

经过一番调整,下午,王杰夫与秋白继续边下棋,边谈话。

……为改变气氛,仍然摆下棋局,仍由王与瞿秋白边弈边谈。但只要王一开口,就被瞿毫不客气地顶了回去。王作了最后的努力:

"瞿先生,生命是宝贵的,一个人只有一次生命,你是不是愿意活着?"

"生命是宝贵的,一个人是只有一次生命,我愿意活着,但是——"

"但是什么?往下说吧,我们会照你的意见考虑着办的。"

"但是你们的要我活着,是要我当你们的傀儡,供你们驱策,与其这样的活着,还不如死掉的好!"

"我们不要你当傀儡,只要你去翻译托洛茨基的书刊!"

"我与托匪毫无共同语言,他的谬论,我看也看不下去,那里说得上翻译呢?"

"给你再一次考虑吧,如果你愿意生存!"

"我被捕失去了自由,又要剥夺我的灵魂,利用我的躯壳,这没什么考虑的!"

此次劝降失败,令四人垂头丧气,深知"说服"工作败局已定。王杰夫更显焦躁不安,只得借酒消愁。

第六天:6月14日下午。最后的正式审讯。

形式及内容与上次审讯雷同,最后,秋白在审讯记录上盖了指印,并给亲友回信告别:"感激关怀,身体尚好,今后勿以我为念。……"劝降小组接受失败,于15日离开长汀复命。①

白费六日的口舌、时光,终于打发了"不懂的"人。秋白已然卸下身上千钧重担。在他的强烈要求下,被允许进入"新生活"俱乐部,最后一次读报。就在秋白还在为日寇侵犯华北深为忧虑愤恨不已的同

---

① 拒绝"中统"劝降部分,本书所引史料主要来自许映湖、王仰清《国民党中统诱降瞿秋白同志始末记》一文,陈铁健《最后的斗争——瞿秋白就义前后》一文对此段历史亦有详细描述,有兴趣的读者可参看。陈文尚有部分史料为许、王文所未载,如下面几段:

    一次,王杰夫笑嘻嘻地对秋白同志说:

    "我有一个假设,假设瞿先生不幸牺牲了,你瞿先生是否希望中共中央为你举行盛大的追悼会呢?"

    王杰夫寻思,这个设问可以试探秋白同志是不是怕死,具有一针见血的威慑之力。他是相当得意的。

    秋白同志看穿王杰夫意存讥讽,笑里藏刀,毅然答道:

    "我死则死耳,你何必谈什么追悼会?!"

    陈建中急功近利,单刀直入地问道:

    "瞿先生,你是去香港再转往上海,你打算在香港住什么地方?还有什么关系?到上海又打算住什么地方?有什么关系?"

    秋白同志对这个叛徒的愚蠢发问,愤然没有作答。(转下页)

时,宋希濂已然对他的命运作出了最后的,亦是必然的决定:17日,他先后接到蒋介石和蒋鼎文均是"限即刻到"的电令:"着将瞿秋白就地处决具报。"他和向贤矩等商定,瞿秋白于18日上午10时执行枪决。事实上,蒋介石"瞿匪秋白即在闽就地枪决,照相呈验"的密令早在6

(接上页)一次,王杰夫换了一副面孔,一上来就摆着蛮横的架势问道:

"请你说明中共中央过去发动过几次大暴动,如南昌暴动、两湖秋收暴动、广州暴动等,这个责任,你瞿先生要不要负责?"

秋白同志听罢,只是一笑,他坦然答道:"这些大暴动,都是中共中央发动的。发动这些革命运动的责任,在中央方面,我当然负责任!"

王杰夫接着问道:

"中共中央和红军都西上了,江西等地的善后潜伏计划,你当然知道一些的,请谈一谈。"

对此,秋白同志理也不理,拒绝回答。这次交锋,王杰夫败下阵来,但他仍然不死心。离开长汀的前一天,他又去见秋白同志。

"瞿先生,我们决定明天就离开长汀回到南京。你是不是在我们走以前,最后表示你的真正态度。我们同你的亲友一样诚心诚意挽救你,爱惜你的才学。"

秋白同志回答得毫不含糊:

"劳了你们远道而来,几天来费尽心机和口舌。我的态度,昨天都谈得一清二楚,任何改变都是不可能的!"

钱永健表面温和,实则威胁地说:

"你要识大体。最近中共残部流窜西去,只余下几个小股,很快就要肃清,中国已经空前统一,中共穷途末路,大势已去。'识时务为俊杰',你为什么这样顽固迷信?我看瞿先生还是从速考虑吧!"

王杰夫接着紧逼上来,劝秋白同志效法叛徒顾顺章,他说:

"你如果决心生存下去,不一定叫你作公开的反共工作。你可以担任大学教授,也可化名作编译工作,保证你不作公开反共。瞿先生,你学识渊博,现在正是国家用人之际,所以,我们为国家爱惜你的生命。瞿先生,你不看顾顺章转变后,南京对他的优待。他杀人如麻,中央都不追究嘛!"

秋白同志沉思片刻,从容地说:

"我不是顾顺章,我是瞿秋白。你认为他这样作是识时务,我情愿作一个不识时务笨拙的人,不愿作个出卖灵魂的识时务者!"

这一席慷慨陈辞,说得满室敌特失色动颜,无话可答。王杰夫等人知道再谈下去,还有更严厉的抢白,只好偃旗息鼓而退。

月2日便已下达至蒋鼎文,是中统陈立夫派遣劝降小组,这才拖延了执行的时间。

6月17日晚,三十六师参谋长向贤矩奉命来到秋白囚室,向他暗示蒋介石的处决密令,冀其回心转意。秋白面色不改,平静安睡。当晚,他做了一个梦,人生中最后一个梦——"梦行小径中,夕阳明灭,寒流幽咽,如置仙境。……"

他终于等到了那"永久的'伟大的'可爱的睡眠"了。

第十一章 汀　州

　　寂寞此人间,且喜身无主。眼底云烟过尽时,正我逍遥处。　花落知春残,一任风和雨。信是明年春再来,应有香如故。

——瞿秋白《卜算子》

31．得其放心矣

一九三五年六月十七日晚，梦行小径中，夕阳明灭，寒流幽咽，如置仙境。翌日读唐人诗，忽见"夕阳明灭乱山中"句，因集句得《偶成》一首：

夕阳明灭乱山中，
落叶寒泉听不穷。
已忍伶俜十年事，
心持半偈万缘空。

方欲提笔录出，而毕命之令已下，甚可念也。秋白曾有句："眼底云烟过尽时，正我逍遥处"，此非词谶，乃狱中言志耳。

——秋白绝笔

1935年6月18日清晨，秋白像往常一样起身披阅唐诗，当三十六师特务连长余冰走进囚室，向他出示枪决命令时，他刚作成集句诗《偶成》，遂疾笔奋书，留下最后的绝笔。此时，三十六师部官兵百余人，正列队聚集在堂屋，等候军事法庭对人犯的最后宣判仪式。

担任审判长的吴淞涛当庭向秋白宣读判决死刑的布告，并询问秋白："如对家庭有遗嘱，可以当庭书写。"秋白泰然作答："没有。"于是，吴淞涛命高春林宣读"审判笔录"后，即宣布："将被告瞿秋白押赴刑场，执行枪决。"（高春林《我所知道的瞿秋白烈士就义前后》）

宋希濂与官兵们站在一起，全程目睹了这一场景，在《瞿秋白烈士被捕和就义经过》一文中，他有如下记载："九时二十分左右，秋白先生在蒋先启的陪伴下走出他住了一个多月的小房间，仰面向我们这些人看了一下，神态自若，缓步从容地走出大门。时间只是一刹那，但秋白先生这种视死如归的伟大精神，使我们这些人既震惊，又感动，默默离开了那间堂屋。"

当日，国民党三十六师令长汀园艺照相馆摄影师赖韶九和许萌秋在汀州中山公园待命拍摄。由囚室走到中山公园大约六七百步的距离。许萌秋回忆说："一大清早，我们来到没有人影的公园里等候着。突然，从三十六师师部一个通向公园的边门走出一个中年人（后来才知道是瞿秋白），他身着黑衣白裤，戴一副深度的近视眼镜，信步来到凉亭。当时，一个国民党下级军官已向他出示枪决令，但瞿秋白毫无惧色，轻蔑的笑了笑，说：'人之工余为小快乐；夜间安眠，为大快乐；辞世长逝为真快乐！'随后，他悠然自在地站在凉亭拍了就义前之照。"①

拍照之后，武装士兵在凉亭石桌上摆了酒菜。《大公报》记者在旁记录道："全园为之寂静，鸟雀停息呻吟。信步行至亭前，已见韭菜四碟，美酒一瓮，彼独坐其上，自斟自饮，谈笑自若，神色无异。酒半乃言曰：'人之公余稍憩，为小快乐；夜间安眠，为大快乐；辞世长逝，为真快乐。'继而高唱《国际歌》，以打破沉默之空气。酒毕徐步赴刑场，前后卫士护送，空间极为严肃。经过街衢之口，见一瞎眼乞丐，彼犹回首顾视，似有所感也。"②

从中山公园到长汀西门外罗汉岭下蛇王宫养济院右侧一片草坪上的刑场有两华里多山路，宋希濂出动了一百五十多人的特务连押送。卫兵们夹道戒严，荷枪实弹，气氛极为紧张。队伍前列有号兵一班吹号前进，最后有一个凶相毕露的"监斩官"陈定骑着高头白马尾随押队。秋白上身着杨之华亲手缝制的中式黑色对襟衫，下身穿白布抵膝短裤，足登黑线袜。手持香烟，神态自若，从容缓步而行，沿途还唱起《国际歌》与《红军歌》。

据宋希濂转述蒋先启的报告，到达罗汉岭刑场后，秋白向在场的人

---

① 陈俊义：《珍贵的照片，历史的见证》，1980年12月15日《北京日报》。
② 《瞿秋白毕命纪》，1935年7月5日天津《大公报》第4版。

作了十多分钟的演讲,大意是说共产主义是人类最伟大的理想,是要实现一个没有剥削没有压迫的世界,使人人都能过上幸福美好的生活。他相信这个理想迟早会在中国共产党的领导下最终实现云云。临刑前,秋白对执行者提出了两点要求:一不能屈膝跪死,而要坐着;二就是不能打头部。

最后的时刻,秋白环视罗汉岭四周,只见山上青松挺秀,山前绿草如茵,便点头微笑道:"此地很好! 就在这里。"他双手交叉放在胸前,昂首阔步走向最终的地点。用尽力气,仰天高呼:"共产主义万岁!"最后,盘膝而坐,静待子弹穿过心脏,当时的时间为1935年6月18日上午10时左右……

9月1日,左联后期机关刊物《文艺群众》在其创刊号上刊登了中国国内第一篇悼念秋白的文章《悼瞿秋白同志》,署名"本社同人",全文约有三千字,声情并茂,感人肺腑,文中写道:

> 中国无产阶级的天才领袖,中国左翼文化运动中的光芒万丈的巨星,中国青年十多年来的最亲切的指导者,我们的瞿秋白同志于今年六月十八日在闽赣的边界,在中国苏维埃运动的战线,被国民党蓝衣团领袖蒋贼谋杀了!
>
> 几次报纸的传载,说他被捕了,我们不相信,我们说没有的事,他是不会被捕的。然而报纸的传闻一天天更加多,而且更加详细了,显然和平常的造谣有些两样,而我们也微闻闽西方面的确有部分的失败,我们说,不会吧,他是不会被捕的。说这话,已经有些不能自信,在统治阶级垂死的挣扎的瞬间,在这种空前的白色恐怖之下,一切都有可能的。然而我们实在不愿意相信他的被捕的确实,一直到我们看到了他的遗体的留影,穿着宽阔的中国衣衫,静静的躺在长汀草地的时候。
>
> 是的,他们枪杀了他,枪杀了我们最伟大的英雄,最亲切的领袖! 我们永远记得,中国无产阶级劳苦群众永远记得的!

苏联也很快发布了秋白英勇就义的消息,共产国际执委会领导成员皮克、贝拉·库恩、马·卡申、曼努伊尔斯基、克诺林、科拉罗夫、库西宁、加·波利特等分别为共产国际悼念秋白的专号墙报写了悼念文章,都对这位杰出的国际共产主义运动活动家、共产国际主席团成员、国际反帝联盟领导人之一表达了深切的敬意。他们指出了秋白在世界革命运动中的杰出功绩,谈到他的英勇精神,并一致认为他的牺牲是不可弥补的损失。在莫斯科的中国共产党组织亦指出,秋白之牺牲,"不仅是中国共产党和中国革命的巨大损失,而且也是全世界无产阶级的巨大损失",称赞秋白"是中国人民为社会、为民族解放事业而斗争的光辉榜样"。

在秋白殉难周年祭、两周年祭以及此后漫长的岁月里,人们以专版、专刊、纪念文章、党建课程等各种形式纪念他们心目中的英雄秋白。

最后,让我们引用毛泽东在1950年12月31日为《瞿秋白文集》题写的一段题辞来结束全篇,虽然这段珍贵的话语在文集正式出版时(当时只出版了"文学编")被神秘地抽掉了,重见天日已经是中国文坛拨乱反正文化复兴的新时期,然而其措词含义深刻,寄意悠远,直到六十多年后的今天,其核心意思仍然值得我们细细咀嚼、领会与诠释:

> 瞿秋白同志死去十五年了。在他生前,许多人不了解他,或者反对他,但他为人民工作的勇气并没有挫下来,他在革命困难的年月里坚持了英雄的立场,宁愿向刽子手的屠刀走去,不愿屈服。他的这种为人民工作的精神,这种临难不屈的意志和他在文字中保存下来的思想,将永远活着,不会死去。瞿秋白同志是肯用脑子想问题的,他是有思想的。他的遗集的出版,将有益于青年们,有益于人民的事业,特别是在文化事业方面。

附录　多余的话[1]

编者按：《多余的话》是瞿秋白就义前在福建汀州狱中所作。这里根据中央档案馆保存的国民政府档案手抄本刊出。其中明显的错字漏字都在〔〕内标明。

1935年8、9月，国民党"中统"主办的《社会新闻》部分刊载了这篇《多余的话》，1937年《逸经》半月刊第25、26、27期发表了全文；与手抄本比较，《逸经》发表的文本有不少遗漏，这里都逐一注明。

《多余的话》至今未见到作者手稿。从文章的内容、所述事实和文风看，是瞿秋白所写；但其中是否有被国民党当局篡改之处，仍难以断定，故作为"附录"收入本卷，供研究者参考。

---

[1] 选自《瞿秋白文集·政治理论编》第7卷，人民出版社1991年版。"编者按"及文中注释系文集编者所加。选入本书时，调整了少许标点符号的用法；另参照其他版本，补正了几处文字之漏误。

"知我者

　　谓我心忧；

　不知我者

　　谓我何求。"①

何必说？（代序）

　　话既然是多余的，又何必说呢？已经是走到了生命的尽期，余剩的日子不但不能按照年份来算，甚〔至〕不能按星期来算了。就是有话，也可说可不说的了。

　　但是，不幸我卷入了"历史的纠葛"——直到现在外间好些人还以为我是怎样怎样的。我不怕人家责备，归罪，我倒怕人家"钦佩"。但愿以后的青年不要学我的样子，不要以为我以前写的东西是代表什么什么主义的；所以我愿意趁这余剩的生命还没有结束的时候，写一点最后的最坦白的话。

　　而且，因为"历史的误会"，我十五年来勉强做着政治工作——正因为勉强，所以也永久做不好，手里做着这个，心里想着那个。在当时是形格势禁，没有余暇和可能说一说我自己的心思，而且时刻得扮演一定的角色。现在我已经完全被解除了武装，被拉出了队伍，只剩得我自己了。心上有不能自已的冲动和需要：说一说内心的话，彻底暴露内心的真相。布尔塞维克所讨厌的小布尔乔亚智识者的"自我分析"的脾气，不能够不发作了。

　　虽然我明知道这里所写的，未必能够到得读者手里，也未必有出版的价值，但是，我还是写一写罢。人往往喜欢谈天，有时候不管听的人

---

① 语出《诗经·黍离》。

是谁,能够乱谈几句,心上也就痛快了。何况我是在绝灭的前夜,这是我最后"谈天"的机会呢!

瞿秋白
一九三五·五·一七于汀州狱中

"历史的误会"

我在母亲自杀家庭离散之后,孑然一身跑到北京,本想能够考进北大,研究中国文学,将来做个教员度这一世,什么"治国平天下"的大志都是没有的,坏在"读书种子"爱书本子,爱文艺,不能"安分守己的"专心于升官发财。到了北京之后,住在堂兄纯白家里,北大的学膳费也希望他能够帮助我——他却没有这种可能,叫我去考普通文官考试,又没有考上,结果,是挑选一个既不要学费又有"出身"的外交部立俄文专修馆去进。这样,我就开始学俄文了(一九一七夏),当时并不知道俄国已经革命,也不知道俄国文学的伟大意义,不过当作将来谋一碗饭吃的本事罢了。

一九一八年开始看了许多新杂志,思想上似乎有相当的进展,新的人生观正在形成。可是,根据我的性格,所形成的与其说是革命思想,无宁说是厌世主义的理智化,所以最早我同郑振铎、瞿世英、耿济之几个朋友组织《新社会》杂志①的时候,我是一个近于托尔斯泰派的无政府主义者,而且,根本上我不是一个"政治动物"。五四运动期间,只有极短期的政治活动,不久,因为已经能够查着字典看俄国文学名著,我的注意力就大部分放在文艺方面了,对于政治上的各种主义,都不过略略"涉猎"求得一些现代常识,并没有兴趣去详细研究。然而可以说,这时就开始"历史的误会"了:事情是这样的——五四运动一开始,我就当了俄文专修馆的总代表之一,当时的一些同学里,谁也不愿意干,

---

① 《新社会》旬刊,1919 年 1 月 1 日创刊,次年 5 月被查封。

结果,我得做这一学校的"政治领袖",我得组织同学群众去参加当时的政治运动。不久,李大钊、张崧年他们发起马克思主义研究会①(或是"俄罗斯研究会"罢?),我也因为读了俄文的倍倍尔的《妇女与社会》②的某几段,对于社会——尤其是社会主义的最终理想发生了好奇心和研究的兴趣,所以也加入了。这时候大概是一九一九年底一九二〇年初,学生运动正在转变和分化,学生会的工作也没有以前那么热烈了。我就多读了一些书。

最后,有了机会到俄国去了——北京《晨报》③要派通信记者到莫斯科去,来找我。我想,看一看那"新国家"尤其是借此机会把俄国文学好好研究一下,的确是一件最惬意的事,于是就动身去(一九二〇年八月)④。

最初,的确吃了几个月黑面包,饿了好些时候,后来俄国国内战争停止,新经济政策实行,生活也就宽裕了些。我在这几个月内,请了私人教授,研究俄文、俄史、俄国文学史。同时,为着应付《晨报》的通信,也很用心看俄国共产党的报纸、文件,调查一些革命事迹,我当时对于共产主义只有同情和相当的了解,并没有想到要加入共产党,更没有心思要自己来做中国共产党的"创始人",因为那时候,我误会着加入了党就不能专修文学——学文学仿佛就是不革命的观念,在当时已经通行了。

可是,在当时的莫斯科,除我以外,一个俄文翻译都找不到。因此,东方大学开办中国班的时候(一九二一年秋),我就当了东大的翻译和助教;因为职务的关系对马克思主义的理论书籍不得不研究些,而文艺反而看得少了,不久(一九二二年底),陈独秀代表中国共产党到莫斯

---

① 马克思主义研究会是在李大钊的组织和指导下,由当时北京大学学生邓中夏、张国焘、刘仁静等人发起,于1920年3月创立。
② 《妇女与社会》,即《妇女与社会主义》(Femme et Socialisme)。其作者倍倍尔(August Bebel,1840—1913),是德国社会民主党和第二国际的创建者和领导者之一。
③ 《晨报》初名《晨钟报》,是研究系的机关报。1916年8月创刊于北京,1928年6月停刊。
④ 瞿秋白在《饿乡纪程》一书中记述,他是1920年10月14日从北京动身去莫斯科的。

科①(那时我已经是共产党员,还是张太雷介绍我进党的),我就当他的翻译。独秀回国的时候,他要我回来工作,我就同了他回到北京。于右任、邓中夏等创办"上海大学"的时候,我正在上海,这是一九二三年夏天,他们请我当上大的教务长兼社会学系主任。那时,我在党内只兼着一点宣传工作,编辑《新青年》。

上大初期,我还有余暇研究一些文艺问题,到了国民党改组,我来往上海广州之间,当翻译,参加一些国民党工作(例如上海的国民党中央执行部的委员等),而一九二五年一月共产党第四次全国代表大会,又选举了我的中央委员②,这时候就简直完全只能做政治工作了,我的肺病又不时发作,更没有可能从事于我所爱好的文艺。虽然我当时对政治问题还有相当的兴趣,可是有时也会怀念着文艺而"怅然若失"的。

武汉时代的前夜(一九二七年初),我正从重病之中脱险,将近病好的时候,陈独秀、彭述之等的政治主张,逐渐暴露机会主义的实质,一般党员对他们失掉信仰。在中国共产党第五次大会上(一九二七年四五〔月〕间),独秀虽然仍旧被选,但是对于党的领导已经不大行了。武汉的国共分裂之后,独秀就退出中央,那时候没有别人主持,就轮到我主持中央政治局。其实,我虽然在一九二六年年底及一九二七年年初就发表了一些议论反对彭述之,随后不得不反对陈独秀,可是,我根本上不愿意自己来代替他们——至少是独秀。我确是一种调和派的见解,当时想望着独秀能够纠正他的错误观念不听述之的理论。等到实逼处此,要我"取独秀而代之",我一开始就觉得非常之"不合式",但是,又没有什么别的办法。这样我担负了直接的政治领导有一年光景(一九二七年七月到一九二八年五月)。这期间发生了南昌暴动、广州暴动,以及最早的秋收暴动。当时,我的领导在方式上同独秀时代不同了,独秀是事无大小都参加和主持的,我却因为对组织尤其是军事非常

---

① 陈独秀当时到莫斯科参加共产国际第四次代表大会。
② 四大选举陈独秀、蔡和森、张国焘、彭述之和瞿秋白等五人组成中央主席团(即中央常委会)。

不明了也毫无兴趣,所以只发表一般的政治主张,其余调遣人员和实行的具体计划等就完全听组织部军事部去办。那时自己就感觉到空谈的无聊,但是,一转念要退出领导地位,又感得好像是拆台。这样,勉强着自己度过了这一时期。

一九二八年六月间共产党开第六次大会的时候,许多同志反对我,也有许多同志赞成我。我的进退成为党的政治主张的联带问题。所以,我虽然屡次想说:"你们饶了我罢,我实在没有兴趣和能力负担这个领导工作。"但是,终于没有说出口。当时形格势禁,旧干部中没有别人,新干部起来领导的形势还没有成熟,我只得仍旧担着这个名义。可是,事实上六大之后,中国共产党的直接领导者是李立三和向忠发等等,因为他们在国内主持实际工作,而我只在莫斯科当代表当了两年。直到立三的政治路线走上了错误的道路,我回到上海开三中全会(一九三〇年九月底),我更觉得自己的政治能力确实非常薄弱,竟辨别不出立三的错误程度。结果,中央不得不再召集会议——就是四中全会,来开除立三的中央委员,我的政治局委员,新干部起来接替了政治上的最高领导。我当时觉得松了一口气,从一九二五年到一九三一年初,整整五年我居然当了中国共产党领袖之一,最后三年甚至仿佛是最主要的领袖(不过并没有像外间所传说的"总书记"的名义)。

我自己忖度着,像我这样性格、才能、学识,当中国共产党的领袖确实是一个"历史的误会"。我本只是一个半吊子的"文人"而已,直到最后还是"文人结(积)习未除"的。对于政治,从一九二七年起就逐渐减少兴趣,到最近一年——在瑞金的一年,实在完全没有兴趣了。工作中是"但求无过"的态度,全国的政治形势实在懒问得。一方面固然是身体衰弱精力短少而表现的十二分疲劳的状态,别方面也是十几年为着"顾全大局"勉强负担一时的政治翻译,政治工作,而一直拖延下来,实在违反我的兴趣和性情的结果,这真是十几年的一场误会,一场噩梦。

我写这些话,决不是要脱卸什么责任——客观上我对共产党或是国民党的"党国"应当负什么责任,我决不推托,也决不能用我主观上的情绪来加以原谅或者减轻。我不过想把我的真情,在死之前,说出来罢了。总之,我其实是一个很平凡的文人,竟虚负了某某党的领袖的声名十来年,这不是"历史的误会",是什么呢？

脆弱的二元人物

一只羸弱的马拖着几千斤的辎重车,走上了险峻的山坡,一步步的往上爬,要往后退是不可能,要再往前去是实在不能胜任了。我在负责政治领导的时期,就是这样的一种感觉。欲罢不能的疲劳使我永久感觉一种无可形容的重厌〔压〕。精神上政治的倦怠,使我渴望"甜密〔蜜〕的"休息,以致于脑经麻木停止一切种种思想。一九三一年一月的共产党四中全会开除了我的政治局委员之后,我的精神状态的确是"心中空无所有"的情形,直到现在还是如此。

我不过刚满三十六岁(虽然照阴历的习惯算我今年是三十八岁),但是自己觉得已经非常的衰惫,丝毫青年壮年的兴趣都没有了。不但一般的政治问题懒得去思索,就是一切娱乐甚至风景都是漠不相关的了。本来我从一九一九年就得了吐血病,一直没有好好医治的机会,肺结核的发展曾经在一九二六年走到最危险的阶段,那年幸而勉强医好了,可是立即赶到武汉去,立即又是半年最忙碌紧张的工作。虽然现在肺痨的最危险期逃过了,而身体根本弄坏了,虚弱得简直是一个废人。从一九二〇年直到一九三一年初,整整十年——除却躺在床上不能行动神智昏瞀的几天以外——我的脑经从没有得到休息的日子。在负责时期,神经的紧张自然是很厉害的,往往十天八天连续的不安眠,为着写一篇政治论文或者报告。这继续十几年的不休息,也许是我精神疲劳和十分厉害的神经衰弱的原因。然而究竟我离得衰老时期还很远,这十几年的辛劳,确实算起来,也不能说怎么了不得,而我竟〔成〕了颓丧残废的废人。我是多么脆弱、多么不禁磨炼啊！

或者,这仅是身体本来不强壮,所谓"先天不足"的原因罢。

我虽然到了十三四岁的时候就很贫苦了,可是我的家庭世代是所谓"衣租食税"的绅士阶级,世代读书,也世代做官。我五六岁的时候,我的叔祖瞿睿〔廷〕韶还在湖北布政司使任上,他死的时候正署理了湖北巡抚。因此我家的田地房屋虽然在几十年前就已经完全卖尽,而我小的时候,却靠着叔祖伯父的官俸过了好几年十足的少爷生活。绅士的体面"必须"继续维持。我母亲宁可自杀而求得我们兄弟继续读书的可能;而且我母亲因为穷而自杀的时候,家里往往没有米煮饭的时候,我们还用着一个仆妇(积欠了她几个月的工资到现在还没有还清),我们从没有亲手洗过衣服,烧过一次饭。

直到那样的时候,为着要穿长衫,在母亲死后,还剩下四十多元的裁缝债,要用残余的木器去抵账。我的绅士意识——就算是深深潜伏着表面不容易觉察罢——其实是始终没脱掉的。

同时,我二十一二岁,正当所谓人生观形成的时期,理智方面是从托尔斯泰式的无政府主义很快就转到了马克思主义。人生观或是主义,这是一种思想方法——所谓思路;既然走上了这条思路,却不是轻易就能改换的。而马克思主义是什么?是无产阶级的宇宙观和人生观。这同我潜伏的绅士意识,中国式的士大夫意识,以及后来蜕变出来的小资产阶级或者市侩式的意识,完全处于敌对的地位;没落的中国绅士阶级意识之中,有些这样的成分:例如假惺惺的仁慈礼让,避免斗争……以至寄生虫式的隐士思想。完全破产的绅士往往变成城市的波希美亚①——高等游民,颓废的,脆弱的,浪漫的,甚至狂妄的人物,说得实在些,是废物。我想,这两种意识在我内心里不断的斗争,也就侵蚀了我极大部分的精力。我得时时刻刻压制自己的绅士和游民式的情感,极勉强的用我所学到的马克思主义的理智来创造新的情感,新的感觉方法。可是无产阶级意识在我的内心是始终没有得到真正的胜利的。

当我出席政治会议,我就会"就事论事",抛开我自己的"感觉"专就我所知道的那一点理论去推翻一个问题,决定一种政策等等。但是

---

① 自"完全破产的绅士往往变成城市的波希美亚"起,至以下第三段"对于现代文学以及文学史上的各种有趣的问题"一句止之文字,《逸经》本遗漏。

我一直觉得这种工作是"替别人做的",我每次开会或者做文章的时候,都觉得很麻烦,总在急急于结束,好"回到自己那里去"休息。我每每幻想着:我愿意到随便一个小市镇上去当一个教员,并不是为着发展什么教育,只不过求得一口饱饭罢了,在余的时候,读读自己所爱读的书,文艺、小说、诗词、歌曲之类,这不是很逍遥的吗?

这种二元化的人格,我自己早已发着〔觉〕——到去年更是完完全全了解了,已经不能够丝毫自欺的了;但是八七会议之后我没有公开的说出来,四中全会之后也没有说出来,在去年我还是决断不下,一至延迟下来,隐忍着。甚至对之华(我的爱人)也只偶然露一点口风,往往还要加一番弥缝的话。没有这样的勇气。

可是真相是始终要暴露的,"二元"之中总有"一元"要取得实际上的胜利。正因为我的政治上的疲劳、倦怠,内心的思想斗争不能再持续了。老实说,在四中全会之后,我早已成为十足的市侩——对于政治问题我竭力避免发表意见,中央怎样说,我就依着怎样说,认为我说错了,我立刻承认错误,也没有什么心思去辨〔辩〕白,说我是机会主义就是机会主义好了;一切工作只要交代得过去就算了。我对于政治和党的种种问题,真没有兴趣去注意和研究。只因为久年的"文字因缘",对于现代文学以及文学史上的各种有趣的问题,有时候还有点兴趣去思考一下,然而大半也是欣赏的份数居多,而研究分析的份数较少。而且体力的衰弱也不容许我多所思索了。

体力上的感觉是:每天只要用脑到两三小时以上,就觉得十分疲劳,或者过分的畸形的兴奋——无所谓的兴奋,以至于不能睡觉,脑痛……冷汗。

唉,脆弱的人呵,所谓无产阶级的革命队伍需要这种东西干吗?!我想,假定我还保存这多余的生命若干时候,我只有拒绝用脑的一个方法,我只做些不用自出心裁的文字工作,"以度余年"。但是,最好是趁早结束了罢。

我和马克思主义

　　当我开始我的社会生活的时候,正是中国的"新文化"运动的浪潮非常汹涌的时期。为着继续深入的研究俄国文学,我刚好又不能不到世界第一个"马克思主义的国家"去。我那时的思想是很紊乱的:十六七岁时开始读了些老庄之类的子书,随后是宋儒语录,随后是佛经、《大乘起信论》——直到胡适之的《哲学史大纲》①,梁濑溟〔漱溟〕的印度哲学,还有当时出版的一些科学理论,文艺评论。在到俄国之前,固然已经读过倍倍尔的著作,《共产党宣言》之类极少几本马克思主义的书籍,然而对马克思主义的认识是根本说不上的。

　　而且,我很小的时候,就不知怎样有一个古怪的想头。为什么每一个读书人都要去"治国平天下"呢?各人找一种学问或是文艺研究一下不好吗?所以我到俄国之后,虽然因为职务的关系时常得读些列宁他们的著作、论文演讲,可是这不过求得对于俄国革命和国际形势的常识,并没有认真去研究。政治上一切种种主义,正是"治国平天下"的各种不同的脉案和药方。我根本不想做"王者之师",不想做"诸葛亮"——这些事自然有别人去干——我也就不去深究了。不过,我对于社会主义或共产主义的终极理想,却比较有兴趣。

　　记得当时懂得了马克思主义的共产社会同样是无阶级、无政府、无国家的最自由的社会,心上就很安慰了,因为这同我当初的无政府主义,和平博爱世界的幻想没有冲突了。所不同的是手段,马克思主义告诉我要达到这样的最终目的,客观上无论如何也逃不了最尖锐的阶级斗争,以至无产阶级专政——也就是无产阶级统治国家的一个阶段。为着要消灭"国家",一定要先组织一时期的新式国家;为着要实现最彻底的民权主义(也就是无所谓民权的社会),一定要先实行无产阶级的民权。这表面上"自相矛盾"而实际上很有道理的逻辑——马克思

---

① 《逸经》本自"直到胡适之的《哲学史大纲》"至"文艺评论",共遗漏三十六字。

主义所谓辩证法——使我很觉得有趣。我大致了解了这问题,就搁下了,专心去研究俄文,至少有大半年,我没有功夫去管什么主义不主义。

后来,莫斯科东方大学要我当翻译,才没有办法又打起精神去看那一些书。谁知越到后来就越没有功夫继续研究文学,不久就宣〔喧〕宾夺主了。

但是,我第一次在俄国不过两年,真正用功研究马克思主义的常识不过半年,这是随着东大课程上的需要看一些书,明天要译经济学上的那一段,今天晚上先看过一道,作为预备,其他,唯物史观哲学等等也是如此,这绝不是有系统的研究。至于第二次我到俄国(一九二八——一九三〇),那是当着共产党的代表,每天开会,解决问题,忙个不了,更没有功夫做有系统的学术上的研究。

马克思主义的主要部分:唯物论的哲学,唯物史观——阶级斗争的理论,以及政治经济学,我都没有系统的研究过。《资本论》——我就根本没有读过,尤其对于经济学我没有兴趣。我的一点马克思主义理论的常识,差不多都是从报章杂志上的零星论文和列宁的几本小册子上得来的。

可是,在一九二三年的中国,研究马克思主义以至一般社会科学的人,还少得很,因此,仅仅因此,我担任了上海大学社会学系教授之后就逐渐的偷到所谓"马克思主义的理论家"的虚名。其实,我对这些学问,的确只知道一点皮毛。当时我只是根据几本外国文的书籍传译一下,编了一些讲义。现在看起来,是十分幼稚,错误百出的东西。现在已经有许多新进的青年,许多比较有系统的研究了马克思主义的学者——而且国际的马克思主义的学术水平也提高了许多。

还有一个更重要的"误会"就是用马克思主义来研究中国的现代社会,部分是研究中国历史的发端,也不得不由我来开始尝试。五四以后的五年中间,记得只有陈独秀、戴季陶、李汉俊几个人写过几篇关乎这个问题的论文,可是都是无关重要的。我回国之后,因为已经在党内工作,虽然只有一知半解的马克思主义智识,却不由我不开始这个尝试:分析中国资本主义关系的发展程度,分析中国社会阶级分化的性质,阶级斗争的形势,阶级斗争和反帝国主义的民族解放运动的关系等等。

从一九二三年到一九二七年,我在这方面的工作,自然在全党同志的督促,实际斗争的反映,以及国际的领导之下,逐渐有相当的进步。这决不是我一个人的工作,越到后来,我的参加是越少。单就我的"成绩"而论,现在所有的马克思主义者都可明显的看见:我在当时所做的理论上的错误,共产党怎样纠正了我的错误,以及我的幼稚的理著〔论〕之中包含着怎样混杂和小资产阶级机会主义的成分。

这些机会主义的成分发展起来,就形成错误的政治路线,以致于中国共产党中央委员会不能不开除我的政治局委员。的确,到一九三〇年,我虽然在国际参加了两年的政治工作,相当得到一些新的智识,受到一些政治上的锻炼,但是,不但不进步,自己觉得反而退步了。中国的阶级斗争早已进到了更高的阶段,对于中国的社会关系和政治形势,需要更深刻更复杂的分析,更明了的判断,而我的那点智识绝对不够,而且非无产阶级的反布尔塞维克的意识就完全暴露了,当时,我逐渐觉得许多问题不但想不通,甚至想不动了。新的领导者发挥某些问题的议论之后,我会感觉到松快,觉得这样解决原是最适当不过的,我当初为什么简直想不到;但是,也有时候会觉得不了解。

此后,我勉强自己去想一切"治国平天下"的大问题的必要,已经没有了!我在十分疲劳和吐血症复发的期间,就不再去"独立思索"了。一九三一年初就开始我政治上以及政治思想上的消极时期,直到现在。从那时候起,我没有自己的政治思想。我以中央的思想为思想。①这并不是说我是一个很好的模范党员,对于中央的理论政策都完全而深刻的了解。相反的,我正是一个最坏的党员,早就值得开除的,因为我对中央的理论政策不加思索了。偶然我也有对中央政策怀疑的时候,但是,立刻就停止怀疑了,因为怀疑也是一种思索;我既然不思索了,自然也就不怀疑。

---

① 《逸经》本遗漏"我以中央的思想为思想"一句。

我的一知半解的马克思主义智识，曾经在当时起过一些作用——好的坏的影响都是人所共知的事情，不用我自己来判断——而到了现在，我已经在政治上死灭，不再是一个马克思主义的宣传者了。

同时要说我已经放弃了马克思主义，也是不确的。如果要同我谈起一切种种政治问题，我除开根据我那一点一知半解的马克思主义方法来推论以外，却又没有什么别的方法。事实上我这些推论又恐怕包含着许多机会主义，也就是反马克思列宁主义的观点在内，这是"亦未可知"的。因此我更不必枉然费力去思索：我的思路已经在青年时期走上了马克思主义的初步，无从改变，同时，这思路却同非马克思主义的歧路交错着，再自由任意的走去，不知会跑到什么地方去。——而最主要的是我没有气力再跑了，我根本没有精力再作政治的，社会科学的思索了。Stop。

盲动主义和立三路线

当我不得不担负中国共产党的政治领导的时候，正是中国革命进到了最巨大的转变和震荡的时代，这就是武汉时代结束之后。分析新的形势，确定新的政策，在中国民族解放运动和阶级斗争最复杂最剧烈的〔路〕线汇合分化转变的时期，这是一个非常艰难的任务。当时，许多同志和我，多多少少都做了政治上的错误；同时，更有许多以前的同志在这阶级斗争更进一步的关口，自觉的或者不自觉的离开了革命队伍。在最初，我们在党的领导之下所决定的政策一般的是正确的。武汉分共之后，我们接着就决定贺叶的南昌暴动和两湖、广东的秋收暴动（一九二七），到十一月又决定广州暴动。这些暴动本身无〔并〕不是什么盲动主义，因为都有相当的群众基础。固然，中国一般的革命形势，从一九二七年三月底英、义〔美〕、日帝国主义者炮轰南京威胁国民党反共以后，就已经开始低落，但是接着而来的武汉政府中的奋斗、分裂……直到广州暴动的举出苏维埃旗帜，都还是革命势力方面正当的挽回局势的尝试，结果失败了——就是说没有能够把革命形势重新转变到高涨的阵容，必须另起炉灶。而我——这时期当然我应当负主要的责任——在一九二八年初，广州暴动失败以后，仍旧认为革命形势一般存在，而且继续高涨，这就〔是〕盲动主义的路线了。

原本个别的盲动现象我们和当时的中央从一九二七年十月起就表示反对的；对于有些党部不努力去领导和争取群众，反而孤注一掷或者仅仅去暗杀豪绅之类的行动，我们总是加以纠正的。可是，因为当时整个路线错误，所以不管主观上怎样了解盲动主义现象的不好，费力于枝枝节节的纠正，客观上却在领导着盲动主义的发展。

中国共产党第六次大会纠正了这个错误路线，使政策走上了正确的道路。自然，武汉时代之后，我们所得到的中国革命之中的最重要的教训，例如革命有在一省或几省首先胜利的可能和前途，反帝国主义革命最密切的和土地革命联系着等，都是六大所采纳的。苏维埃革命的方针就在六大更明确的规定下来。

但是以我个人而论，在那时候，我的观点之中不仅有过分估量革命形势的发展以致助长盲动主义的错误，对于中国农民阶层的分析，认为富农还在革命战线之内，认为不久的将来就可以在某些大城市取得暴动的胜利等观念也已经潜伏着或者有所表示。不过，同志们都没有发觉这些观点的严重错误，还没有指出来，我自己当然更不会知道这些是错误的。直到一九二九年秋天讨论农民问题的时候，才开始暴露我在农民问题上的错误。不幸得很，当时没有更深刻的更无情的揭发。……

此后，就来了立三路线的问题了。

一九二九年年底我还在莫斯科的时候，就听说立三和忠发的政策有许多不妥当的地方。同时，莫斯科中国劳动大学（前称孙中山大学）的学生中间发生非常剧烈的斗争。我向来没有知人之明，只想弥缝缓和这些内斗，觉得互相攻讦〔评〕批评的许多同志都是好的，听他们所说的事情却往往有些非常出奇，似乎都是故意夸大事实俸为"打倒"对方的理由。因此我就站在调和的立场。这使得那里的党部认为我恰好是机会主义和异己分子的庇护者，结果撤销了我的中国共产党驻莫代表的职务准备回国。自然,在回国的任务之中,最重要的是纠正立三的错误,消灭莫斯科中国同志之间的派别观念对于国内同志的影响。

但是,事实上我什么也没做到,立三的错误在那时——一九三〇年夏天——已经形成了自己的半托洛斯基的路线,派别观念也使得党内到处抑制莫斯科回国的新干部。而我回来之后召集的三中全会,以及中央的一切处置,都只是零零碎碎的纠正了立三的一些显而易见的错误,既没有指出立三的错误路线,更没有在组织上和一切计划及实际工作上保障国际路线的执行。实际上我的确没有认出立三路线和国际路线的根本不同。

老实说,立三路线是我的许多错误观念——有人说是瞿秋白主义——的逻辑的发展。立三的错误政策可以说是一种失败主义。他表面上认为中国全国的革命胜利的局面已经到来,这会推动全世界革命的成功,其实是觉得自己没把握保持和发展苏维埃革命在几个县区的胜利,觉得革命前途不是立即向大城市发展而取得全国胜利以至全世界的胜利,就是迅速的败亡,所以要孤注一掷的拼命。这是用左倾空谈来掩盖右倾机会主义的实质。因此在组织上,在实际工作上,在土地革命的理论上,在工会运动的方针上,在青年运动和青年组织等等各种问题上……无往而不错。我在当时却辨别不出来。事后我可以说,假定六大之后,留在中国直接领导的不是立三而是我,那末,在实际上我也会走到这样的错误路线,不过不致〔至〕于像立三这样鲁莽,也可以说,不会有立三那样的勇气。我当然间接的负着立三路线的责任。

于是四中全会后,就决定了开除立三的中央委员,开除我的政治局的委员。我呢,像上面已经说过的,正感谢这一开除,使我卸除了千钧担。我第二次回国是一九三〇年八月中旬,到一九三一年一月七日我就离开了中央政治领导机关,这期间只有半年不到的时间。可是这半年对于我几乎比五十年还长!人的精力已经像完全用尽了似的,我告了长假休养医病——事实上从此脱离了政治舞台。

再想回头来干一些别的事情,例如文艺的译著等,已经觉得太迟了!从一九二〇到一九三〇整整十年我离开了"自己的家"——我所愿意干的俄国文学研究——到这时候才回来,不但田园荒芜,而且自己的气力也已经衰惫了。自然有可能还是可以干一干,"以度余年"的。可惜接着就是大病,时发时止,耗费了三年光阴。一九三四年一月,为着在上海养病的不可能,又跑到瑞金——到瑞金已是二月五日了——担任了人民委员的清闲职务。可是,既然在苏维埃中央政府担负了一部的工作,虽然不必出席党的中央会议,不必参与一切政策的最初讨论和决定,然而要完全不问政治却又办不到了,我就在敷衍塞责,厌倦着政治却又不得不略为问一问政治的状熊〔态〕中间,过了一年。

最后这四年中间,我似乎记得还做了几次政治问题上的错误。但是现在我连内容都记不清楚了,大概总是我的老机会主义发作罢了。我自己不愿意有什么和中央不同的政见。我总是立刻"放弃"这些错误的见解,其实我连想也没有仔细想,不过觉得争辨〔辩〕起〔来〕太麻烦了,既然无关紧要就算了罢。

我的政治生命其实早已结束了。

最后这四年,还能说我继续在为马克思主义奋斗,为苏维埃革命奋斗,为着党的正确路线奋斗吗?例行公事办了一些,说"奋斗"是实太恭维了。以前几年的盲动主义和立三路线的责任,却决不应当因此而减轻的,相反,在共产党的观点上来看,这个责任倒是更加重了,历史的事实是抹杀〔煞〕不了的,我愿意受历史的最公开的裁判。

一九三五·五·二十

"文人"

"一为文人便无足观",这是清朝一个汉学家说的。的确所谓"文人"正是无所用之的人物。这并不是现代意义的文学家、作家或是文艺评论家,这是咏风弄月的"名士",或者是……说简单些,读书的高等游民,他什么都懂得一点,可是一点没有真实的智识。正因为他对于当代学术水平以上的各种学问都有少许的常识,所以他自以为是学术界的人,可是,他对任何一种学问都没有系统的研究,真正的心得,所以他对于学术是不会有什么贡献的,对于文艺也不会有什么成就的。

自然,文人也有各种各样不同的典型,但是大都实际上是高等游民罢了。假使你是一个医生,或是工程师,化学技师……真正的作家,你自己会感觉到每天生活的价值,你能够创造或是修补一点什么,只要你愿意。就算你是一个真正的政治家罢,你可以做错误,但是也会改正错误,你可以坚持你的错误,但是也会认真的为着自己的见解去斗争,实行。只有文人就没有希望了,他往往连自己也不知道,究竟做的是什么!

"文人"是中国中世纪的残余和"遗产"——一份很坏的遗产。我相信,再过十年八年没有这一种智识〔分〕子了。

不幸,我自己不能够否认自己正是"文人"之中的一种。

固然,中国的旧书,十三经、二十四史、子书、笔记、丛书、诗词曲等,我都看过一些,但是我是抓到就看,忽然想起就看,没有什么研究的。一些科学论文,马克思主义的和非马克思主义的,我也看过一些,虽然很少。所以这些新新旧旧的书对于我,与其说是智识的来源,不如说是消闲的工具。究竟在那一种学问上,我有点真实的智识?我自己是回答不出的。

可笑得很,我做过所谓"杀人放火"的共产党的领袖(?),可是,我却是一个最懦怯的,"婆婆妈妈的"〔书生〕,杀一只老鼠都不会的,不敢的。

但是,真正的懦怯不在这里。首先是差不多完全没有自信力,每一个见解都是动摇的,站不稳的。总希望有一个依靠。记得布哈林初次和我谈话的时候,说过这么一句俏皮话:"你怎么同三层楼〔上〕的小姐〔一样〕,总那么客气,说起话来,不是'或是',就是'也许'、'也难说'……等。"其实,这倒是真心话。可惜的是人家往往把我的坦白当作"客气"或者"狡猾"。

我向来没有为着自己的见解而奋斗的勇气，同时，也很久没有承认自己错误的勇气。当一种意见发表之后，看看没有有力的赞助，立刻就会怀疑起来；但是，如果没有一个另外的意见来代替，那就只会照着这个连自己也怀疑的意见做去。看见一种不大好的现象，或是不正确的见解，却还没有人出来指摘，甚至其势凶凶〔汹汹〕的大家认为这是很好的事情，我也始终没有勇气说出自己的怀疑来。优柔寡断，随波逐流，是这种"文人"必然的性格。

虽然人家看见我参加过几次大的辩论，有时候仿佛很急〔激〕烈，其实我是最怕争论的。我向来觉得对方说的话"也对"，"也有几分理由"，"站在对方的观点上他当然是对的"。我似乎很懂得孔夫子忠恕之道。所以我毕竟做了"调和派"的领袖。假使我急〔激〕烈的辩论，那么，不是认为"既然站在布尔塞维克的队伍里就不应当调和"，因此勉强着自己，就是没有抛开"体面"立刻承认错误的勇气，或者是对方的话太幼稚了，使我"箭在弦上不得不发"。

其实最理想的世界是大家不要争论，"和和气气的过日子"。

我有许多标本的"弱者的道德"——忍耐、躲避、讲和气，希望大家安静些仁慈些等等。固然从〔少〕年时候起，我就憎恶贪污、卑鄙……以至一切恶浊的社会现象，但是我从来没有想做侠客。我只愿意自己不做那些罪恶，有可能呢，去劝劝他们不要再那样做；没有可能呢，让他们去罢，他们也有他们的不得已的苦衷罢？

我的根本性格，我想，不但不足以锻炼成布尔塞维克的战士，甚至不配做一个起码的革命者。仅仅为着"体面"，所以既然卷进了这个队伍，也就没有勇气自己认识自己，而请他们把我洗刷出去。

但是我想，如果叫我做一个"戏子"——舞台上的演员，倒很会有些成绩，因为十几年我一直觉得自己一直在扮演一定的角色。扮觉〔着〕大学教授，扮着政治家，也会真正忘记自己而完全成为"剧中人"。虽然这对于我很苦，得每天盼望着散会，盼望同我谈政治的朋友走开，让我卸下戏装,还我本来面目——躺在床上去极疲乏的念着"回'家'去罢,回'家'去罢",这的确是很苦的——然而在舞台上的时候,大致总还扮得不差,像煞有介事的。

为什么?因为青年精力比较旺盛的时候,一点游戏和做事的兴会总有的。即使不是你自己的事,当你把它做好的时候,你也感觉到一时的愉快。譬如你有点小聪明,你会摆好几幅"七巧版〔板〕图"或者"益智图",你当时一定觉得痛快;正像在中学校的时候,你算出了几个代数难题似的,虽则你并不预备做数学家。

不过扮演舞台上的角色究竟不是"自己的生活",精力消耗有〔在〕这里甚至完全用尽,始终是后悔也来不及的事情。等到精力衰惫的时候,对于政治舞台,实在是十分厌倦了。

庞杂而无秩序的一些书本上的智识和累坠〔赘〕而反乎自己兴趣的政治生活,使我麻木起来,感觉生活的乏味。

本来,书生对于宇宙间的一切现象,都不会有亲切的了解。往往会把自己变成一大堆抽象名词的化身。一切都有一个"名词",但是没有实感。譬如说,劳动者的生活,剥削,斗争精神,土地革命,政权等……一直到春花秋月,崦嵫,委蛇,一切种种名词,概念,词藻,说是会说的,等到追问你究竟是怎么一回事,就会感觉到模糊起来。

对于实际生活,总像雾里看花似的,隔着一层膜。

文人和书生大致没有任何一种具体的智识。他样样都懂得一点,其实样样都是外行。要他开口议论一些"国家大事",在不太复杂和具体的时候,他也许会。但是,叫他修理一辆汽车,或者配一剂药方,办一个合作社,买一批货物,或是清理一本账目,再不然,叫他办好一个学校……总之,无论那一件具体而切实的事情,他都会觉得没有把握的。

例如,最近一年来,叫我办苏维埃的教育。固然,在瑞金、宁都、兴国这一带的所谓"中央苏区",原本是文化非常落后的地方,譬如一张白纸,在刚刚着手办教育的时候,只是创办义务小学校,开办几个师范学校,这些都做了①。但是,自己仔细想一想,对于这些小学校和师范学校,小学教育和儿童教育的特殊问题,尤其是国内战争中工农群众教育的特殊问题,都实在没有相当的智识,甚至普通常识都不够!

近年来感觉到这一切种种,很愿意"回过去再生活一遍"。

雾里看花的隔膜的感觉,使人觉得异常的苦闷、寂寞和孤独,很想仔细的亲切的尝试一下实际生活的味道。譬如"中央苏区"的土地革命已经有三四年,农民的私人日常生活究竟有了怎样的具体变化,他们究竟是怎样的感觉。我曾经去考察过一两次。一开口就没有"共同的言语",而且自己也懒惰得很,所以终于一无所得。

可是,自然而然的,我学着比较精细的考察人物,领会一切"现象"。我近年来重新来读一些中国和西欧的文学名著,觉得有些新的印象。你从这些著作中间,可以相当亲切的了解人生和社会,了解各种不同的个性,而不是笼统的"好人"、"坏人",或是"官僚"、"平民"、"工人"、"富农"等等。摆在你面前的是有血有肉有个性的人,虽则这些人都在一定的生产关系、一定的阶级之中。

我想,这也许是从"文人"进到真正了解文艺的初步了。

是不是太迟了呢?太迟了!

徒然抱着对文艺的爱好和怀念,起先是自己的头脑,和身体被"外物"所占领了,后来是非常的疲乏笼罩了我三四年,始终没有在文艺方面认真的用力。书是乱七八糟着〔看〕了一些,也许走进了现代文艺水平线以上的境界,不致〔至〕于辨别不出趣味的高低。我曾经发表的一些文艺方面的意见,都驳杂得很,也是一知半解的。

---

① 《逸经》本自"这些都做了"至"对于这些小学校和师范学校",共遗漏二十六字。

时候过得很快。一切都荒疏了。眼高手低是这必然的结果。自己写的东西——类似于文艺的东西是不能使自己满意的,我至多不过是一个"读者"。

讲到我仅有的一点具体智识,那就只有俄国文罢。假使能够仔细而郑重的,极忠实的翻译几本俄国文学名著,在汉文方面每字每句的斟酌着,也许不会"误人子弟"的。这一个最愉快的梦想,也比在创作和评论方面再来开始求得什么成就,要实际得多。可惜,恐怕现在这个可能已经"过时"了。

告 别

一出滑稽剧就此闭幕了!

我家乡有句俗话,叫做"捉住了老鸦在树上做窠,这窠是始终做不成的"。一个平凡甚至无聊的"文人",却要他担负几年的"政治领袖"的职务。这虽然可笑,却是事实。这期间,一切好事都不是由于他的功劳——实在是由于当时几位负责同志的实际工作,他的空谈不过是表面的点缀,甚至早就埋伏了后来的祸害。这历史的功罪,现在到了最终结算的时候了。

你们去算账罢,你们在斗争中勇猛精进着,我可以羡慕你们,祝贺你们,但是已经不能够跟随你们了。我不觉得可惜,同样我也不觉得后悔,虽然我枉费一生心力在我所不感兴味的政治上。过去的是已经过去了,懊悔徒然增加现在的烦恼。应当清洗出队伍的,终究应当清洗出去,而且愈好〔快〕愈好,更用不着可惜。

我已经退出了无产阶级的革命先锋的队伍,已经停止了政治斗争,放下了武器,假使你们——共产党的同志们——能够早些听到我这里写的一切,那我想早就应当开除我的党籍。像我这样脆弱的人物,敷衍、消极、怠惰的分子,尤其重要的是空洞的承认自己错误而根本不能够转变自己的阶级意识和情绪,而且,因为"历史的偶然",这并不是一个普通党员,而是曾经当过政治局委员的——这样的人,如何还不要开除呢!

现在,我已经是国民党的俘虏,再来说起这些似乎多余的了。但是,其实不是一样吗?我自由不自由,同样是不能够继续斗争的了。虽然我现在才快要结束我的生命,可是我早已结束了我的政治生活。严格的讲,不论我自由不自由,你们早就有权利认为我也是叛徒的一种。如果不幸而我没有机会告诉你们我的最坦白最真实的态度而骤然死了,那你们也许还把我当做一个共产主义的烈士。记得一九三二年讹传我死的时候,有地方替我开了追悼会,当然还念起我的"好处",我到苏区听到这个消息,真叫我不寒而栗,以叛徒而冒充烈士,实在太那么个了。因此,虽然我现在已经囚在监狱里,虽然我现在很容易装腔做势慷慨激昂而死,可是我不敢这样做。历史是不能够,也不应当欺骗的。我骗着我一个人的身后不要紧,叫革命同志误认叛徒为烈士却是大大不应该的。所以虽然反正是一死,同样是结束我的生命,而我决不愿意冒充烈士而死。

永别了,亲爱的同志们!——这是我最后叫你们"同志"的一次。我是不配再叫你们"同志"的了,告诉你们:我实质上离开了你们的队伍很久了。

唉!历史的误会叫我这"文人"勉强在革命的政治舞台上混了好些年。我的脱离队伍,不简单的因为我要结束我的生命,结束这一出滑稽剧,也不简单的因为我的痼疾和衰惫,而是因为我始终不能够克服自己的绅士意识,我终究不能成为无产阶级的战士。

永别了,亲爱的朋友们!七八年来,我早已感觉到万分的厌倦。这种疲乏的感觉,有时候例如一九三〇年初或是一九三四年八九月间,简直厉害到无可形容,无可忍受的地步。我当时觉着,不管全宇宙的毁灭不毁灭,不管革命还是反革命等,我只要休息,休息,休息!!好了,现在已经有了"永久休息"的机会。

我留下这几页给你们——我的最后的最坦白的老实话,永别了!判断一切的,当然是你们,而不是我。我只要休息。

一生没有什么朋友,亲爱的人是很少的几个。而且除开我的之华以外,我对你们也始终不是完全坦白的。就是对于之华,我也只露一点口风。我始终戴着假面具。我早已说过:揭穿假面具是最痛快的事情,不但对于动手去揭穿别人的痛快,就是对于被揭穿的也很痛快,尤其是自己能够揭穿。现在我丢掉了最后一层假面具。你们应当祝贺我。我去休息了,永久休息了,你们更应当祝贺我。

　　我时常说:感觉到十年二十年没有睡觉似的疲劳,现在可以得到永久的"伟大的"可爱的睡眠了。

　　从我的一生,也许可以得到一个教训:要磨炼自己,要有非常巨大的毅力,去克服一切种种"异己的"意识以至最微细的"异己的"情感,然后才能从"异己的"阶级里完全跳出来,而在无产阶级的革命队伍里站稳自己的脚步。否则,不免是"捉住了老鸦在树上做窠",不免是一出滑稽剧。

　　我这滑稽剧是要闭幕了。

　　我留恋什么?我最亲爱的人,我曾经依傍着她度过了这十年的生命。是的,我不能没有依傍。不但在政治生活里,我其实从没有做过一切斗争的先锋,每次总要先找着某种依傍。不但如此,就是在私生活里,我也没有"生存竞争"的勇气,我不会组织自己的生活,我不会做极简单极平常的琐事。我一直是依傍着我的亲人,我唯一的亲人。我如何不留恋?我只觉得十分的难受,因为我许多次对不起我这个亲人,尤其是我的精神上的懦怯,使我对于她也终究没有彻底的坦白,但愿她从此厌恶我,忘记我,使我心安罢。

　　我还留恋什么?这美丽世界的欣欣向荣的儿童。"我的"女儿,以及一切幸福的孩子们。我替他们祝福。

　　这世界对于我仍然是非常美丽。一切新的,斗争的,勇敢的都在前进。那么好的花朵,果子,那么清秀的山和水,那么雄伟的工厂和烟囱,月亮的光似乎也比从前更光明了。

　　但是,永别了,美丽的世界!

一生的精力已经用尽。剩下的一个躯壳。

如果我还有可能支配我的躯壳,我愿意把它交给医学校的解剖宣〔室〕。听说中国的医学校和医院的实习室很缺乏这种科学实验用具。而且我是多年的肺结核者(从一九一九年到现在),时好时坏,也曾经到〔照〕过几次 X 光的照片,一九三一年春的那一次,我看见我的肺部有许多瘢痕,可是医生也说不出精确的判断。假定先照过一张,然后把这躯壳解剖开来,对着照片研究肺部的状态那一定可以发现一些什么。这对于肺结核的诊断也许有些帮助。虽然,我对医学是完全外行。这话说得或许是很可笑的。

总之,滑稽剧始终是闭幕了。舞台上空空洞洞的。有什么留恋也是枉然的了。好在得到的是"伟大的"休息。至于躯壳,也许不由我自己作主了。

告别了,这世界的一切。

最后……

俄国高尔基的《四十年:克里摩·萨摩京的生活》,屠格涅夫的《鲁定》,托尔斯泰的《安娜·卡里宁娜》,①中国鲁迅的《阿Q正传》,茅盾的《动摇》,曹雪芹的《红楼梦》,都很可以再读一读。

中国的豆腐也是很好吃的东西,世界第一。

永别了!

一九三五·五·二二

---

① 《四十年:克里摩·萨摩京的生活》,今译《克里姆·萨姆金的一生》,副标题为《四十年》;《鲁定》,今译《罗亭》;《安娜·卡里宁娜》,今译《安娜·卡列尼娜》。

记忆中的日期

——附录①

一八九九年(一月二十九日——光绪二十四年十二月十八)	生于常州
一九〇二	入私塾
一九〇五	入常州冠英小学
一九〇八冬	初等小学毕业
一九〇九春	入常州中学
一九一五夏	因贫辍学
一九一六二月	母亲死
二月	赴无锡南郊某小学任校长
	是年父亲赴济南,弟妹分散
八月	辞无锡教职返常州
十二月	抵汉口考武昌外国语专修学校
一九一七四月	在北京应普通文官考试未取
九月	入俄文专修馆
一九一九一月	与耿济之瞿世英等组织《新社会》杂志
五月	任俄专学生会代表
一九二〇八月	应北京《晨报》聘起程赴俄任通信员
一九二一一月	方抵莫斯科
五月	张太雷抵莫介绍入共产党
九月	任东大翻译始正式入党
一九二三一月底	返国抵北平

① 作为"附录"的"记忆中的日期"有不准确之处,这里都不一一注明。《逸经》本没有刊登这个"附录"。

	七月	参加共产党第三次全国大会
	九月	返沪任上海大学教职
		是年加入国民党
一九二四一月		与王剑虹结婚
	一月	赴粤参加国民党第一次代表大会
	七月	剑虹死,赴粤
	十一月七日	与杨之华结婚于沪
一九二五一月		参加共产党第四次大会被举为中委
一九二七二月		写批评彭述之的小册子
	三月	赴武汉
	四月	参加共产党第五次大会仍任中委
	七月	(宣言退出国民党)赴庐山
	八月七日	参加"八七"紧急会议后实际主持政治局
一九二八四月三十日		离沪出国
	六月	参加共产党六次大会仍任中委留莫为中国共产党代表
一九三〇六月		撤销驻莫代表职
	七月	起程返国仍在政治局工作
	九月	参加共产党三中全会
一九三一一月七日		参加共产党四中全会被开除政治局委员之职请病假
一九三二秋		病危几死
一九三四二月五日		抵瑞金任教育人民委员
一九三五二月十一日		离瑞金
	二月二十三	抵福建汀州之水口被钟绍葵团俘
	二十六	入上杭县监
	五月九日	解到汀州三十六师师部